suhrkamp taschenbuch 4404

Die rebellische Dominika mit dem dunklen Teint und der »Zigeunermähne« ist eine Außenseiterin. Das Leben im »Sandberg«, der heruntergekommenen Plattenbausiedlung am Rande einer westpolnischen Kleinstadt, ödet sie an: der Dreck, der Suff, ihre Mutter, die von Kirche und Konsumwahn manipulierten Nachbarsfrauen. Eines Tages taucht ein Historiker aus Kalifornien auf, der die Spur eines jüdischen Freundes verfolgt und wie beiläufig ins Gespinst der Lebenslügen hineinsticht, aus dem Dominika sich befreien will.
Joanna Bator, die stärkste neue Stimme der polnischen Literatur, erzählt von den Träumen, Ängsten und Hoffnungen einer von Krieg und Flucht traumatisierten Generation und von der Rebellion und Freiheitssehnsucht ihrer Kinder.

Joanna Bator, 1968 geboren, lebt in Japan und Polen. Für *Sandberg* wurde sie mit dem Preis der Gesellschaft der polnischen Buchverlage ausgezeichnet.

Esther Kinsky ist Autorin und literarische Übersetzerin.

Joanna Bator

Sandberg

Roman

Aus dem Polnischen
und mit einem Nachwort von
Esther Kinsky

Suhrkamp

Die Originalausgabe erschien 2009 unter dem Titel
Piaskowa Góra
im Verlag W.A.B. in Warschau.
Die Übersetzerin dankt dem deutschen Übersetzerfonds
für die großzügige Unterstützung ihrer Arbeit.

Abweichungen der vorliegenden Übersetzung von der
Originalausgabe wurden mit der Autorin abgestimmt.
Die deutsche Ausgabe erscheint mit Unterstützung
des Polnischen Buchinstituts
© POLAND Translation Program

Umschlagfoto: Jitka Hanzlová

INSTYTUT KSIĄŻKI
©POLAND

3. Auflage 2014

Erste Auflage 2012
suhrkamp taschenbuch 4404

Druck: Druckhaus Nomos, Sinzheim
Umschlag: Göllner, Michels, Zegarzewski
Printed in Germany
ISBN 978-3-518-46404-5

Sandberg

Meiner Familie

Alle Gestalten des Romans sind
frei erfunden, mögliche Ähnlichkeiten
mit lebenden Personen Zufall.

Anfang Jadzia watschelt und hinkt, Dominika ist leicht und zerbrechlich. Die Knochen würden wie Eiswaffeln knacken, wenn Jadzia sich auf ihre Tochter setzte. Dafür ist Dominika schneller, sie schlägt Haken. Sie macht Sprünge und schert aus wie ein Hase in einem sowjetischen Zeichentrickfilm. Bei jeder Annäherung von Dominika und Jadzia droht eine Kollision, die Gefahr wächst proportional zur Entfernung, aus der sie aufeinander treffen. Jadzia ist immer am selben Ort, Dominika ist es, die im Steilflug abhebt oder ankommt. Sie macht eine abrupte Landung auf Piaskowa Góra, dass die Funken sprühen, bis sie zum Stehen kommt, kurz darauf steigt sie in einer Staubwolke schon wieder in die Luft.

Jadzia wäre es lieber, wenn sich Dominika nicht so weit von ihr entfernte und nicht dauernd herumgondelte. Die Mutter sehnt sich danach, dass ihre Tochter sich niederlässt und sesshaft wird. Nun tu doch nicht so rennen, du Wirbelwind, sagt sie immer wieder, obwohl sie weiß, dass die Tochter es nicht mag, wenn sie so dörflich redet. So eine Städtische ist sie. Mama, es heißt renn nicht so und nicht tu nicht so rennen, verbessert sie neunmalklug, und es heißt wir und nicht mir. Als wär da ein Unterschied. Jadzia sieht jedenfalls keinen, Jadzia sieht lieber dasselbe.

Na, setz dich doch mal einen Augenblick auf deinen Hintern, du Wirbelwind, du Flattervogel, ruft sie und klopft neben sich aufs Sofa, setz dich, ich stell jetzt den Fernseher an. Jadzia macht es sich bequem in der zersessenen Kuhle, diesem Nest, das einst der Platz von Stefan war, ihrem Mann. Dort hatte er nach der Arbeit gesessen und war bei den Fernsehnachrichten oder dem sonntäglichen Naturfilm über das Leben exotischer Tiere und Insekten eingeschlafen. Guck dir mal den Kopf von dieser Reptilie an! rief er, oder er bohrte in der Nase und schnipste den Fund in den Palmentopf. Tief unten im Kuhlennest hütete er das silberne Ei seiner Flasche, ein Ei, aus dem nie etwas schlüpfte. Jadzia nahm das Nest erst Jahre nach dem Tod ihres Mannes in Besitz. Jetzt guckt sie ihre Telenovelas von Stefans Platz aus und wünscht sich, dass Dominika mit ihr guckt. So als Mutter und Tochter. Sie auf dem Platz der Mutter und Witwe, Dominika auf dem alten Platz der Mutter, dem für sie glattgeklopften. In dieser Folge wird herauskommen, dass Maria Celesta schwanger ist, von diesem Dunklen mit Schnurrbart wie Leoncio aus *Isaura*, von dem Jadwiga den Namen vergessen hat. Luis Alfredo oder so ähnlich.

Jadzia bringt oft Daten und Fakten durcheinander, doch sie hat immer noch Träume. Sie sind alt und ziemlich abgenutzt, aber sie existieren. Jadzia wirft ungern was weg. Lieber bewahrt sie es auf, man kann nie wissen, wann man es mal brauchen kann. Altes ist oft von besserer Qualität als Neues, und dann hat man es gleich zur Hand. Suchet, so werdet ihr finden, sagt Jadzia und bohrt sich in die angesammelten Schichten von Anschaffungen in der Wäschekommode wie ein Bergmann in eine Wand Wałbrzycher Kohle. Alles hat sie schon eingeplant: das Traumkleid der Tochter und die kirchliche Hochzeit. In einem Kleid, wie sie nie eins besaß. Sie musste in einer umgenähten Gardine heiraten, die die Deutschen zurückgelassen hatten, die Füße geschwollen in zu kleinen Pumps, was hatte sie sich gequält! Dominika wird bei ihrer Hochzeit aussehen wie aus der Illustrierten ausgeschnitten, wie die Tochter von irgendwelchen Champignonzüchtern oder Doktoren aus Szczawno Zdrój. Sie kriegt ein Kleid aus dem Salon Sabrina am Markt oder vielleicht sogar aus Breslau. Mit Korsage und Schleppe. Das wird alles auf Video gefilmt. Den Schleier für die Tochter wird die Mutter heimlich selbst sticken. Und dann mit der Pferdekutsche zum Ball ins Prinzenschloss, in Brautkleid und Schleier, der im Winde weht. Wie werden sie sich die Augen ausglotzen, die's nicht haben glauben wollen, erstarren werden sie vor so viel strahlender Schönheit und Glückseligkeit, wie es ihnen nicht zugedacht ist. Noch ist es nicht zu spät, und die Narben im Gesicht der Tochter sieht man kaum noch, höchstens, wenn sie wütend wird.

Aber vor allem darf Dominika bei der Hochzeit nicht mehr so dünn und zerbrechlich sein, dass jeder Wind sie erfassen und hierhin und dorthin verwehen kann. Sie muss beschwert, mit etwas Gewichtigem an die Erde gebunden werden. Dominika züchtet Basilikum auf der Fensterbank, und wenn sie wegfährt, lässt sie Sachen im Kühlschrank stehen, die Jadzia argwöhnisch beschnuppert und mit der Zungenspitze kostet. Bigos solltest du essen, du Nörgeljörgel, mit Kartoffeln und Kotelett! Gegen einen Mann aus dem Ausland hat Jadzia nichts, doch unser polnisches Essen, das hält sie für das beste auf der Welt, und sie braucht nichts anderes zu kosten, um sich eine Meinung zu bilden. Ihre Meinung ist seit langem fertig, sie hat keine Berichtigung nötig, besten Dank.

Sie macht der Tochter Platz neben sich auf der Couch und hält ihr die Naschereien hin, die sie im Sonderangebot gekauft hat. Zwölf Törtchen plus zwei gratis, ein echter Preisknüller von Real. So ein großer Laden gleich vor der Haustür bietet Zerstreuung und hilft sparen, das weiß Jadzia zu schätzen, denn der Hang, überflüssige Dinge zum halben Preis zu kaufen, kommt sie teuer zu stehen. Sie richtet die Törtchen hübsch auf einem kleinen Teller an und reicht sie der Tochter, schnalzt mit der Zunge: lecker! Ich werd schon dafür sorgen, dass du Fleisch auf die Rippen kriegst, du Nörgeljörgel. Die Tochter weiß schon lange, dass der Wind den Nörgeljörgel mit sich gerissen hat. An die Schnur eines roten Ballons geklammert, flog er davon, so schön flog er da, die Erde rückte ganz weit weg, der Himmel war zum Greifen nah, glatt wie hellblaues Glas. Deshalb spuckte die kleine Dominika rote Beete aus und würgte an den Kalbswürstchen, die auf den Knien der Mutter bereitstanden und warteten, dass der Wind auch sie mitreißen würde, in die BeErDe und noch weiter, auf die Bula-Bula-Inseln, und Piaskowa Góra würde nur noch ein Fleckchen am Horizont sein, nicht größer als ein Fliegenschiss. Doch das Märchen hatte ein anderes Ende. Der Nörgeljörgel wurde mit Frikadellen bombardiert und mit gebratenen Koteletts beschossen, bis er sie aß, dann wurde er schwerer und sank herab. Er ist normal geworden, sagte Jadzia, er hat angefangen zu essen. Bestimmt ist er irgendwo gelandet, wo er heute noch wohnt.

Die Mutter möchte demnach, dass ihre Tochter sich niederlässt, während die Tochter die bodenständige Mutter aus ihrer Trägheit reißen und zu einer Reise ins Ausland bewegen will. Meistens leben sie in einem Gleichgewicht der Kräfte, indem jede stur auf dem beharrt, was sie will. Nein, nein und nochmals nein, darauf besteht die Mutter, die Tochter lockt, umflattert sie, schlägt mit den Flügeln, gibt dem weichen Körper der Mutter plötzlich einen Schubs, *Los, Bruno, gehn wir auf ein Bier.* Dominika schickt Postkarten, die vor Farben sprühen wie kleine Feuerwerke, sie schreibt: Mama, wenn Du kommst, siehst Du die schöne Stadt auf der Postkarte, in Wirklichkeit ist sie natürlich größer, echter. Hier sind die Abende warm, und es gibt Restaurants, wo abends Musik gespielt wird, die Melonen sind so groß, dass ein kleines Kind in einer Hälfte liegen kann wie in einer Wiege. Treppen führen direkt zum Meer, wir trinken Kaffee mit Aussicht, und im Frühling blühen die Berge weiß, gelb und lila. Das alles kostet gar nicht viel, wenn Du nicht immer in Zloty rechnest. Wir freuen uns alle, wenn Du kommst, die ganze Familie, und es kostet uns auch nicht mehr, ganz im Gegenteil, Du kannst Dich hier sogar nützlich machen, Du wirst schon sehen. Jadzia denkt, dass diese Leute von Dominika, die dort angeblich alle auf sie warten, doch ein wahres Sodom und Gomorrha sind. Einer ist fast schwarz, und obwohl er studiert hat, läuft er abgerissen herum und trägt Ketten und Perlchen, dann ist da ein Mannweib, so ein Homodingsbums, und alle auf einem Haufen, man weiß nicht, wer mit wem und von wem das Kind ist, das dazwischen herumwuselt. Verrücktheit ist das, Spinnerei, und keine normale Familie, die ja aus Mutter Vater Kind besteht, verbunden durch Sakrament und Gefühle plus Großmutter, um das Kind zu betreuen. Verstecken sollte sie sich, diese Familie von Dominika, in Gottes Namen, ihren Lebenswandel geheimhalten und nicht vor aller Augen ausbreiten. Aber nein, sie machen sich publik, geben sich dem Gespött preis, als wären sie stolz auf ihren Spleen. Am Ende würde dort noch jemand sie, Jadzia, darauf ansprechen: Na, Sie haben Ihre Tochter ja vielleicht fein erzogen!, wie peinlich ihr das wäre! Peinlich, obwohl Jadzia ja gar keine Fremdsprachen versteht. Stefan, der hatte einen Kopf für Sprachen, und wenn er sich nicht so hätte verlottern lassen, dann hätte er spräkdeutschen und parlehvuhfranzäsen können. Und sie weiß kaum noch was aus ihrer Russischstunde, nur skolka, tawarischtsch Stalin und do svidania. Und außerdem – was sollte sie dort essen? Oliven bestimmt nicht, die schmecken ja irgendwie faul.

Jadzia streicht Dominika die schwarzen Haare zurecht, als wären es ihre eigenen. Du hast doch noch alles vor dir! sagt sie. Jadzia radiert Dominikas dreiunddreißig Jahre aus. Sie bläst sie weg wie Krümel vom Tisch. Jetzt ist nichts mehr hinter Dominika. Wenn sie einen Schritt rückwärts macht, fällt sie in ein Loch. Doch Jadzia sagt, wenn alle Stricke reißen, könne sie immer nach Piaskowa Góra kommen, auf jeden Fall.

1 Unter dem Boden von Wałbrzych ist Kohle, und oben drauf Sand, und Menschen, die es aus der weiten Welt hierher, an die Stelle der Vertriebenen verschlagen hat. In den einstmals deutschen Häusern wandern die Bücher mit Frakturschrift zum Feuermachen in den Ofen. Der Schneider, der nicht im geringsten einem polnischen *krawiec* gleicht, fliegt zum Fenster hinaus, das Wasser verwandelt sich beim Kochen in *woda*. Durch die Adolf-Hitler-Straße, die inzwischen Wladimir-Lenin-Straße heißt, drängen sich die Fuhrwerke, werden Koffer geschleift, Kinder, Hunde und Greisinnen in geblümten Kopftüchern weitergezerrt. Der erste Schub kommt gleich nach dem Krieg und stinkt noch nach Pulverdampf. Hitler kaputt! schreien die Halbwüchsigen den letzten Deutschen und denen, die so aussehen, entgegen. Andere Ausländer stellen noch keine Bedrohung dar, weil vorläufig noch keiner hier zu Hause ist. Man fängt erst an einzuteilen: wer Gold hat und wer keines, wer mit Gott ist und wer gegen ihn, den einen und einzigen, der das auch bleiben soll. Die Ankömmlinge werfen ihr Gepäck ab und hauen, eins, zwei, drei, Stöcke in die Erde. Hier zimmern sie was aus Brettern, Pappe und Planen, dort stecken sie sich ein Stück Land ab für Kartoffeln und Karotten, zäunen es mit Schnur ein und nageln es zu, das ist jetzt ihres, und soll sich bloß keiner unterstehen. Sie rüsten sich mit Knüppeln aus und mit Schimpfwörtern, wenn ihnen einer dumm kommt, dann setzt es aber was!

Die wiedergewonnenen Gebiete von Wałbrzych wecken vor allem in jenen Hoffnung, die nie was Eigenes gehabt haben. Sie sind von nirgends her, aber sie wollen es zu etwas bringen, um von woher zu sein. Zuerst nehmen sie die alten, ehemals deutschen Häuser in Besitz, doch schon bald reichen die nicht mehr aus. Zwanzig Jahre nach dem Krieg schließt sich um die alten Stadtteile von Wałbrzych, die wohl jede »Ordnung«, nicht jedoch einen gewissen Charme eingebüßt haben, ein Betonring neuer, in aller Eile für die Neuankömmlinge errichteter Siedlungen. Auf dem Sandberg werden an die Dreißigtausend Platz finden, alle schön in die einheitlichen Fächer der Hausschachteln gestopft. Zu den Neuankömmlingen gehört auch Jadzia Maślak. Sie hat stachelbeergrüne Augen, die von der langen Reise müde sind, einen Pappkoffer, einen Korb mit Eiern vom Dorf und einen Mantel mit zweierlei Ärmeln. In der Menge nimmt man sie kaum wahr, denn viele Frauen sehen so ähnlich aus wie sie.

Mit Jadzia Maślaks Augen betrachtet ist Wałbrzych eine große Stadt. Der Bahnhof, an dem sie angekommen ist, heißt beispielsweise Stadtbahnhof, außerdem gibt es noch den Hauptbahnhof und die Bahnhöfe Fabryczny und Szczawienko. Weder Jadzias Mutter, Zofia Maślak, noch ihre Großmutter Jadwiga Strąk haben was von der Welt gesehen, höchstens sind sie mal in Skierniewice auf dem Markt oder auf Pilgerfahrt in Tschenstochau gewesen, und Jadwiga wird auch mit Sicherheit nichts mehr von der Welt sehen, denn sie liegt im gelben Sand begraben auf immer und ewig Amen. Von Wałbrzych haben sie nie etwas gehört, denn Wałbrzych hat es bis vor kurzem noch gar nicht gegeben, kein einziger Zug ist dorthin gefahren, aus Zalesie jedenfalls ganz bestimmt nicht. Durch Zalesie donnern die Schnellzüge, und bevor sich das Dorf noch in den Zugfenstern spiegeln kann, sind sie schon vorbei.

Jadzias Mutter sagte immer, die Teufel würden unartige Kinder im Zug in die Hölle fahren. Tateram-taram! machte sie das Geräusch des Zuges nach; tateram-taram! Züge voll mit schmutzigen Kindern, tateram-taram durch die zu einem Rohr zusammengelegten Hände. Zofias Teufel stanken nach verbranntem Fleisch und hatten wulstige Lippen, die immer feucht waren. Wulstig wie bei den schwarzen Negern, tateram-taram!, so machte sie Jadzia Angst und wogte dann auf ihren breiten Hüften in einen anderen Teil des Hauses, schlug dabei Wellen, auf denen die Möbel und Heiligenbilder noch eine Weile schaukelten. Sie konnte nie lange bei ihrer Tochter vor Anker gehen, gleich zog es sie wieder in die Speisekammer, in den Garten, in den Wald, um Zündholz zu sammeln. Du Schmutzfink, du Sudeltrine – sie rang die Hände: Die Teufel werden dich im Zug in die Hölle fahren. Am Fenster huschte nachts der Schatten des Schnellzugs vorbei, und Jadzia stellte sich die Kinder vor, die in die Waggons gestopft waren wie in die leere Salmiakpastillendose, in die sie im Sommer die gesammelten Kartoffelkäfer steckte, um dann den Deckel wieder draufzusetzen. Im Finstern verendeten die Käfer und sonderten einen dunklen Saft ab, auf dessen Oberfläche die gestreiften Flügelchen schwammen. Wenn Jadzia in die Dose guckte, wurde ihr vor Ekel schlecht.

Als junges Mädchen wartete Jadzia täglich im Morgengrauen an der Bahnstation Zalesie auf den Personenzug nach Skierniewice, wo sie Krankenschwester lernte. Das Spritzensetzen gefiel ihr, das saubere und fachmännische Hineinstechen in blaue Adern, das Tragen weißer Schürzen und das Betrachten von Bakterien unter dem Mikroskop. In ihrem wimmelnden wuchernden Dasein fand sie die Rechtfertigung für den Essig, ihrer Mutter bevorzugtes Mittel zur Körperhygiene, mit dem sie getränkt war wie der gut zubereitete Aspik um ein Schweinefüßchen. Man muss die Bakterien totkriegen! Bakterien sind Schmutz und Krankheit, sie sind sehr gefährlich, deshalb muss das Essigwasser sehr heiß sein, das leuchtete ein. Unbeantwortet blieb die Frage, woher Zofia, die nicht mehr als ein paar Klassen in der Dorfschule absolviert hatte, über Bakterien Bescheid wusste, aber Jadzia stellte nicht viele Fragen. Während sie auf den Zug nach Skierniewice wartete, aß sie eins der drei Brötchen mit Erdbeermarmelade, die sie fürs zweite Frühstück im Spital eingepackt hatte, und sog den öligen Geruch des Gleiskörpers ein, schmeckte ihn wie ein Getränk. Sie leckte sich über den kleinen, hübsch geformten Mund und konnte sich nicht entscheiden, ob sie den Geruch mochte oder nicht. Als Kind war Jadzia schwächlich gewesen, doch dann nahm sie zu wie ein rollender Schneeball; mit achtzehn Jahren füllte sie die für ihre Größe vorgesehene Menge Haut gänzlich aus, schlank waren nur ihre Waden und Unterarme geblieben. Nie stand sie ganz gerade, sondern immer so, als drängte eine unsichtbare Kraft sie nach rechts oder als wiche sie einem Schlag aus. Sie trug große Baumwollunterhosen, die Zofia ihr nähte, und frisierte sich das mausfarbene Haar vor dem Spiegel im Flur, steckte es mit Spangen fest und reckte sich mal hierhin, mal dorthin, um ihr entgleitendes Spiegelbild im Blick zu behalten. Sie war nur aus einem bestimmten Winkel und bei Tageslicht sichtbar. Schaute man Jadzia im hellen Sonnenlicht an, war ihr Umriss unscharf, wabernd wie sonnenheißer Sand. Wer sie morgens auf der Straße grüßte, war sich nachher oft nicht sicher, ob er tatsächlich Jadzia Maślak auf dem Weg zum Bahnhof gesehen oder es sich nur eingebildet hatte. Nachts wurde Jadzia von Kummer um etwas Namenloses ergriffen, den sie mit der vertrauten Lust auf Süßigkeiten verwechselte, sie seufzte, holte ein Stück Zucker unter dem Kopfkissen hervor und lutschte es, bis sie einschlief. Gehorsam befolgte sie die Anweisungen ihrer Mutter, deren Reinlichkeitsobsession sich auf Sitzbäder in Essigwasser beschränkte. In ihrem Haus klebten die Teller am

Tisch fest, die Fledermäuse quietschten nachts auf dem Dachboden, und Mäuse bauten ihre Nester in den räudigen Kaninchenfellen, die in jeder Schublade lagen, doch nie hätte Zofia das heiße Sitzbad mit Essig vergessen. Jeden Abend hockte Jadzia sich nach der Mutter in die Metallschüssel, in der ihre immer ausladenderen Gesäßbacken nur mit Mühe Platz fanden. Der Essig brannte, und manchmal war das angenehm. Nach der Waschung steckte sie die Finger zwischen die Beine und roch, ob der Gestank von Schmutz und Bakterien auch nicht durch die Essigfrische drang.

Dann, im Nachthemd, las Jadzia Romane, langsam blätterte sie Seite für Seite mit dem speichelbefeuchteten Finger um. Sie gierte nach Romanen, freute sich gleichermaßen an Glück und Unglück, wie sie in Zalesie leider selten geschahen, doch glücklicherweise bekam sie von Frau Gorgólowa, der Lehrerin, Bücher geliehen. Am liebsten mochte Jadzia *Die Aussätzige*, wie verzaubert las sie das Buch ein ums andere Mal beim Schein der Petroleumlampe, sehr zu Zofias Verdruss. Morgens waren Jadzias stachelbeergrüne Augen müde und sahen aus wie ein feucht gewordener Farbdruck. Manchmal stellte sie sich vor, sie liege auf einer schönen Wiese und Oberarzt Michorowski bedecke sie mit seinem Körper wie der Deckel einen mit Atlasseide ausgeschlagenen Sarg. Sie tat nichts in diesen Träumen, der Oberarzt fuhr mit einem Auto, einer Karosse, vor dem Krankenhaus in Skierniewice vor und nahm sie mit, auf eine Wiese oder ins Ausland. Vielleicht in die schöne Sowjetunion, die sie in der Schule durchgenommen hatten. Dort, wo Genosse Stalin herrschte, mit dem Mund, der süßer als Himbeeren war, und wo es große, reißende Flüsse mit seltsamen Namen gab. Und alle anderen im Traum sahen nur zu, wie der Oberarzt sie, Jadzia, erwählte. Wo Gabrysia sich doch die Augen hellblau anmalte und Teresa mit ihren hochhackigen Schuhen klapperte, aber die konnten zugucken, wie der ausländische Oberarzt mit ihr und keiner anderen davonfuhr, und der Schleier wehte auf dem Kopf von ihr und keiner anderen. Ach, Oberarzt, ich bin dein! Nimm mich mit in die blaue Ferne, so träumte Jadzia.

Das romantischste Ereignis in Jadwigas Leben war der Besuch eines Unbekannten, eines Ausländers, der eines Sommers in Zalesie auftauchte. Der junge Mann fuhr im Auto vor, und hinter ihm stiegen Aschewolken auf, denn mit Asche waren die Löcher in der Dorfstraße zugeschüttet. Er lüftete den Hut, Guten Tag die Damen, dürfte ich, rief er vom Weg vor der Gartenpforte aus, dürfte ich vielleicht um ein Glas Wasser bitten? Aus heiterem Himmel stand er da plötzlich an der Gartenpforte, ausgerechnet als sie gerade nachlässig gekleidet unterm Nussbaum am Tisch saßen und Kirschen für die Marmelade entsteinten. Die Kerne schossen in die Schale, Mutter und Tochter waren bespritzt, ach, wenn sie sich doch wenigstens hätten zurechtmachen und ein bisschen frisieren können, als der Fremde dort plötzlich um ein Glas Wasser bat. Wie der angezogen war! erzählte Jadzia Dominika, wie aus einem Journal, wie aus der Illustrierten ausgeschnitten, so kam er da einfach an, mit Hut, an einem normalen Werktag, und bat um ein Glas Wasser, wo sie doch nur Becher hatten. Der Ausländer redete, als sei ihm ein Kirschkern im Mund steckengeblieben, und das eine oder andere, was er sagte, konnten sie nicht verstehen, aber er benahm sich höflich und respektvoll. Er trank das Wasser, aß zwei Handvoll Kirschen mit Zucker und wischte sich die Hände an einem Taschentuch ab, das er aus der Jackentasche zog. Herr im Himmel, was für ein Mann, der sich am Wochentag die Hände an so einem weißen Taschentuch abputzte! Er war noch sehr jung, doch Jadzia kam er von Anfang an älter vor, und mit der Zeit hängte sie ihm immer mehr Jahre an, wenn sie von ihm erzählte. Klar, wie sollte er nicht älter sein als sie, so einer mit Jackett und Hut. Außerdem musste ein Mann älter sein. Er erkundigte sich nach den Dahlien, wie man solche großen rosaroten züchtete, und dann kam er plötzlich auf das Haus zu sprechen, ob der Dachboden groß sei, und auf die Apfelbäume, ob sie trugen, ob sie okuliert waren, und auf den Krieg, und alles so geschickt, dass sie sich hinterher beim besten Willen nicht mehr darauf besinnen konnten, wie es zu dieser Fragerei gekommen war und überhaupt, wie ein Fremder, der sich nicht einmal mit Namen vorgestellt hatte, beim Kirschenessen an ihrem Tisch solche Fragen stellen konnte. Zofia schaute in das Gesicht des Ausländers wie in einen Brunnen, in den ihr etwas Kostbares hineingefallen war, doch statt blinkendem Gold sah sie die glatte Wasseroberfläche und ihr eigenes verzerrtes Spiegelbild. Enttäuscht wandte sie den Blick ab und warf weiter Kirschen in den Entsteiner. Wenn Mama nur mal mit dem Entsteinen aufhören würde. Sie wird ihm noch das blütenweiße Hemd und sein ausländisches Gesicht mit Kirschsaft bespritzen. Spritz spritz – wie es einem geschrieben steht, so fällt der Stein ins Wasser. Musste Zofia dem eleganten Fremden jetzt allen Ernstes mit einem Spruch von Oma Jadwiga kommen, noch dazu einem, der überhaupt nicht zum Thema passte! Darüber konnte Jadzia sich aufregen. Was sollte er von ihnen denken? Irgendwelche Dorfdeppen, wird er denken, auf dem Absatz kehrtmachen und wegfahren. Mein Vater war ein Kriegsheld, auf dem Feld der Ehre gefallen, mit Apfelblüten beschneit, antwortete sie auf die nächste Frage des Gastes, bevor ihre Mutter zu Wort kommen konnte. Zofias Gesicht verdüsterte sich, und sie sagte nichts mehr, bis der Besuch ging.

Beim Abschied fielen Worte, die Jadzia zum Anlass

nahm, sich romantischen Phantasien hinzugeben, in denen Glocken zur Hochzeit läuteten und das Gesicht der Braut hinter einem Schleier verborgen war. Vielleicht komme ich mal wieder, hatte der Ausländer gesagt und Jadzia dabei in die Augen gesehen, vielleicht komme ich mal wieder, um Kirschen zu essen. Er sagte das so klug und bedeutungsvoll (bloß – was sollte es bedeuten?), wie es der Oberarzt aus der *Aussätzigen* hätte sagen können und nicht irgendein hergelaufener Typ. So ein Wiesiek Dorosz oder Czesiek Kociuba, die konnten höchstens fragen: Kommst du mit zum Tanzen ins Sosenka? und guckten ihr dabei auf die Titten und nicht in die Augen. Keine Spur von Romantik! Jadzia erwehrte sich der Hände und Lippen von Wiesiek und Czesiek, die sie nie richtig auseinanderhalten konnte, und träumte von dem Ausländer, von einem Gutsherrn, vom Oberarzt und der blauen Ferne, in die sie sich entführen lassen würde wie ein Paket ohne Rücksendeadresse.

In Zalesie gab es keine Gutsherren mehr, das Landgut war zu Schule, Gesundheitszentrum und Lebensmittelladen umfunktioniert worden, nachdem alles rausgeholt worden war, was nicht schon die deutschen Besatzer, die abgezogen waren, und die sowjetischen Besatzer, die sich als Befreier gaben, mitgenommen hatten. Jeder Vergleichsmöglichkeit begeben, summte Jadzia in schiefen Tönen von Rebekka der armen, die in Vergessenheit wartet, bis Du kommst, nur Du … doch es gab keine Fortsetzung, es wurden keine Kirschen mehr aus einer gepflegten Männerhand verspeist, das war's gewesen, ein nicht gehaltenes Versprechen, kleine Fliegen, die im Licht der untergehenden Sonne tanzten, ein davonfahrendes Auto. Nach ihrem Praktikum im Spital in Skierniewice bekam Jadzia eine Arbeit in der neuen Arztpraxis in Zalesie, und Oberarzt Michorowski nahm immer mehr die Züge des dort angestellten Doktor Maciej Malczyk an. Auch ein Name mit M! Das war ein Zeichen – Jadzia blieb fast das Herz stehen. Von ihren ersten Ersparnissen ließ sie sich einen Pepitamantel nähen, mit einem Kragen aus Kaninchenpelz, für den sie aus der Truhe ihrer Mutter das am wenigsten von Mäusen und Motten angefressene Stück genommen hatte. Auf dem Markt in Skierniewice kaufte sie bei einer fuchsigen Zigeunerin ein sowjetisches Parfum namens »Roter Mohn«, im staatlichen Geschäft eine Handtasche und farblich passende Stiefelchen. Jetzt war sie zur Erfüllung der auf sie maßgeschneiderten Träume bereit. Vor der Sonntagsmesse betrachtete sie sich in dem alten Spiegel im Flur, aus dem ihr eine Wassernixe entgegenblickte. Einer Frau, die ihr nicht im geringsten ähnlich sah, mit dunklen Augen, Haaren wie eine Wilde und elfenbeinweißem Teint, spritzte Jadzia kaltes Wasser ins Gesicht, und die Erscheinung verschwand so schnell, dass Jadzia gar nicht glauben konnte, sie gesehen zu haben.

So zog sie los zur Kirche, vorsichtig setzte sie auf der vereisten Dorfstraße einen Fuß vor den anderen. Vor der Hütte von Gorgól rutschte sie aus. Sie ruderte mit den Armen in der Luft, schrie Herrjeh, ließ die Tasche fallen, die zwei Meter weiter schlitterte, wie eine Melone aufplatzte und ihr rotglänzendes Inneres hervorkehrte. Jadzia kam nicht wieder ins Gleichgewicht, sie stürzte und brach sich den rechten Arm an drei Stellen. Als man ihr im Krankenwagen den Mantelärmel aufschnitt, sah sie ihren gelben spitzen Knochen mit einem Fetzen Fleisch daran, ihre stachelbeergrünen Augen verdrehten sich, versanken in der Tiefe ihres Schädels, sie wurde ohnmächtig. Am folgenreichsten war der Bruch des Handgelenks, Nerven waren zu Schaden gekommen, und Jadzia konnte ihre rechte Hand nie wieder richtig gebrauchen. Zeige- und Mittelfinger blieben krampfhaft gekrümmt, und jeder Befehl des Gehirns versickerte irgendwo im Bereich des Ellbogens. Den Arm heben konnte sie nur, wenn sie mit dem anderen nachhalf, ihr Winken wirkte wie die infantile Karikatur dieser Gebärde. Von da an trug Jadzia den rechten Unterarm leicht angewinkelt und an die Seite gedrückt und stützte ihn mit der gesunden Hand. Sie drückte den kranken Arm unter ihre schwere Brust, dort passte er hinein wie in ein warmes Nest. Ein Attest erklärte sie arbeitsunfähig in ihrem Beruf, und so war sie wieder da angekommen, wo sie angefangen hatte, nur um den zerschnittenen Mantel, eine verhältnismäßig fertige Zukunft und ihre Handtasche ärmer, denn diese war in dem Durcheinander auch irgendwie abhandengekommen. Ein halbes Jahr später heiratete Doktor Malczyk die neue Krankenschwester, Gabrysia mit den blauen Augenlidern, die beiden saßen in der Kirche immer ganz vorn, obwohl sie knapp sieben Monate nach der Hochzeit schon was Kleines hatten. Die Malczyk trug Dauerwelle und goldene Ohrringe; auf den ersten Blick war ihr nicht anzusehen, dass sie das Leben lebte, das sich Jadzia Maślak für sich selbst ausgemalt hatte. Jadzia wurde immer dicker und schwerer und watschelte zum Dorfladen, um gefüllte Bonbons zu kaufen, die sie lutschte, bis ihre Zunge blutete. Sie spuckte süßen bräunlichen Speichel aus und dachte an Schwindsucht, daran waren im letzten Frühjahr zwei Mädchen aus Zalesie gestorben, sie hatten Stück für Stück ihre Lungen ausgewürgt. Ob mir jemand nachweinen würde? fragte sie sich. Im Frühjahr lag sie im hohen Gras an der Pełcznica, wo man vor vielen Jahren ihren Vater gefunden hatte. Sie schloss die Augen, hielt das Gesicht in die rieselnden Blütenblätter der wilden Apfelbäume und stellte sich vor, sie stürbe – wie die Heiligen, deren Leichen noch Jahre, nachdem man sie begraben hat, nach Blumen dufteten, nach Veilchen und Maiglöckchen.

Der Brief von Onkel Kazimierz Maślak kam kurz vor Weihnachten, sehr zu Zofias Überraschung. Sie hatte schon lange keinen Brief mehr bekommen, und den Verwandten, der gleich nach dem Krieg in die wiedergewonnenen Gebiete gezogen war, hatte sie seit über zehn Jahren nicht mehr gesehen. Kazimierz war ein Vetter ihres Mannes Maciek aus Brzezina, wo jeder zweite Maślak oder Strąk hieß. Zofia hatte ihn nie gemocht und vermutete, dass in den Gerüchten über seine Geschäfte mit den Deutschen während des Krieges ein Körnchen Wahrheit steckte. Der Kazimierz hat immer gewusst, wo die Ratten den Speck haben, sagte Jadwiga Strąk, die Müllerin von Brzezina, deren Namen Jadzia bekommen hatte, eine Expertin für geflügelte Worte, einen ganzen Vorrat an Sprichwörtern und Sprüchen, deren Sinn allein sie verstand. Onkel Kazimierz schickte Zofia und Jadzia gelegentlich Postkarten, auf denen die deutsche Aufschrift Waldenburg anfangs nur knapp von dem violetten Stempel Wałbrzych überdeckt wurde und später ganz verschwand. Der Onkel erstattete kurzen Bericht von seinen Erfolgen. Zofia antwortete ihrem Verwandten ebenso lakonisch mit Informationen über die Misserfolge ihres Lebens und in diesem Zusammenhang auch über Jadzias Unfall. Jadzia solle nach Wałbrzych kommen, schrieb Kazimierz in dem Brief, den Zofia mehrmals durchlas, denn, ob sie ihn mochte oder nicht, Kazimierz Maślak war ihr einziger lebender Verwandter. Er versprach Jadzia eine Arbeit im Büro. Vielleicht könne sie sogar Sekretärin bei einem Direktor werden. Sie würde ihm Kaffee aufbrühen, den Gästen bulgarischen Cognac kredenzen und hätte im Handumdrehen alles gelernt, was wichtig war. Die eine gute Hand würde dafür mehr als ausreichen, erst recht, wenn sie obendrein noch ein hübsches Frätzchen zu bieten hatte. Kazimierz Maślak schrieb auch, in Wałbrzych gebe es wirklich jede Menge Nationalitäten, weder an Zigeunern noch an anderem Gesindel mangele es, und die Juden schalteten und walteten wie vor dem Krieg, man könne sich nur wundern, wieso sie immer noch so viele waren, doch die Stadt sei reich, sie sitze ja schließlich auf den Bergwerken. Schwarzes Gold, so nenne man die Kohle hier. Auch unter der Hand lasse sich einiges verdienen, die Russen aus den Kasernen, die Deutschen, die Zigeuner, alles handle mit allem, was sich biete. Da lerne man umtriebig zu sein und das Beste herauszuholen. Dafür habe er offenbar ein Händchen! Kalte Kost und Logis könne er anbieten, schrieb Onkel Kazimierz. Zu Mittag könne Jadzia billig in der Werkskantine essen, wo es außer montags und freitags immer was mit Fleisch gab. Jadzia solle ihren Koffer packen, gleich nach Neujahr würde er Geld für die Fahrkarte schicken. Jadzia würde Geld verdienen und es ihm dann zurückgeben. In Wałbrzych Stadt solle sie aussteigen und warten. Sogar einen eingeschriebenen Expressbrief ließ er sich nicht gereuen, obwohl er sehr ungern Geld ausgab. Er münzte die schon leicht abgenutzte Weiblichkeit seiner immer noch kinderlosen Gattin Barbara in die einst ausgespähten Polster der jungen Verwandten um. Zehn Jahre war sie damals jung gewesen, die kleinen Tittchen sprossen schon, ach, und wie sie an den gefüllten Bonbons lutschte, die er ihr mitgebracht hatte! Familie war schließlich Familie. Schnalzend leckte Kazimierz Maślak eigenzüngig den Briefumschlag an und klebte ihn zu.

Zofia nähte Jadzia einen neuen Ärmel – der sich in Farbe und Muster von dem anderen unterschied – an den zerrissenen Mantel, packte ihr sechs Brötchen mit Erdbeermarmelade in einen Korb und gab ihr ein gutes Dutzend frische Eier und eine Kette mit getrockneten Pilzen für Kazimierz mit. Sie küsste die Tochter zum Abschied auf die Stirn und ging wieder nach Hause, ohne sich noch einmal umzudrehen. Als der vom Wald gebildete Tunnel den Zug mit Jadzia an Bord verschluckt hatte, verspürte Zofia eine gewisse Erleichterung, es kam ihr vor, als sei mit ihrer Tochter auch der Brandgeruch verschwunden, der ihr durch den Essig in die Nase gestiegen war.

Nach vierundzwanzig Stunden und dreimal Umsteigen kam Jadzia in Wałbrzych an. Wartend stapfte sie in der niedrigen Kuppelhalle im Kreis, doch Onkel Kazimierz tauchte nicht auf. Sie genierte sich, in die Bahnhofskneipe zu gehen, aus der es verführerisch nach Leberwurstbroten roch, sie war noch nie allein an einem solchen Ort gewesen. Nach drei Stunden Auf und Ab über den schwarzweißen Schachbrettfußboden wurde ihr schwindlig, und Jadzia ging auf die Bahnhofstoilette, um Pipi zu machen; auf der Tür stand »Damen«, darunter mit Kreide »Panie« und darunter in braun »Nutten«. Sie stellte den Kragen aus Kaninchenfell hoch, aus dem bei jedem Atemzug einzelne kleine Büschel aufflogen, und knüllte in der Manteltasche den Zettel mit der Adresse des Onkels. Auf eigene Faust ging sie hinaus. Sie roch den Kohlenstaub in der frostigen Luft, der Himmel war blassgrün und schwankte hin und her wie ein Betttuch, das nach der Wäsche gestreckt wird. Glatt war es! Die ganze Stadt rutschte in diesem Winter aus, die Krankenhäuser waren voll mit knochenbrüchigen eingegipsten alten Weiblein in geblümten Kopftüchern, die von ihren Familien nicht abgeholt wurden, ohne sie war mehr Platz, und der war schnell gefüllt. Die Säufer fielen von den Gehsteigen direkt unter die schlingernden Autos, unterernährte Kinder sausten auf ihren Schlitten geradewegs von den Kohlehalden auf die Straßen, und die Verbrennungsanlagen in den Spitälern kamen kaum nach mit dem Verbrennen der amputierten Gliedmaßen. Der Wind riss Fetzen aus schmierigem

Rauch hin und her und klatschte sie an die Hauswände, schwarze Klümpchen fügten sich zu einer Kruste, die die auf den Straßen liegengebliebenen Schneehaufen überzog.

Jadzia steigt nun die Stufen hinunter, dicht an der Wand, die halbe Treppe hat sie schon geschafft, in der linken Hand hält sie den Koffer, die rechte, an den Unterleib gepresst, trägt schwer an dem vollen Eierkorb. Gleich werden sich die Geschichten von Jadzia Maślak und Stefan Chmura ineinander verhaken und verzahnen, mit der Zeit auch aneinander reiben. Reibung braucht ja ihre Zeit, sie braucht Druck und mindestens zwei aneinander reibende Flächen. Das alles ist vorhanden. Kommt Stefan von der Nachtschicht und will im Bahnhofskiosk Zigaretten kaufen? Oder hat er trotz der Kälte Lust auf Orangenlimonade, weil er nicht von der Arbeit kommt, sondern mit Kowalik gebechert und davon einen trockenen Mund bekommen hat? Hauptsache jedenfalls, dass Jadzia jetzt das Gleichgewicht verliert, schon hat sie den Korb mit den Eiern fallengelassen und segelt die Treppe hinunter, rudert mit den Armen und kreischt Herrjeh! Stefan grätscht die mageren Beine und breitet die Arme aus. Wie schön sie fliegt! Wie ein warmer Laib Brot, wie ein Butterfässchen, wie ein Kuchenengel mit Zuckerguss. Als er sie aufgefangen hat, wie Pionier Timur mit dem roten Halstuch, krümmt sich Stefan, der Wackere, der Held – Geroj! – unter dem Gewicht, findet aber sofort die Balance wieder.

Viele Male wird Stefan Chmura die Szene auf der Treppe bei Namenstagen und Barbarafeiern und auch bei Silvesterpartys nachspielen, und die Knappschaft wird ihm Beifall klatschen. Sie ist gefallen, er hat sie aufgefangen, das nennt man Vorsehung, und die gefällt ihm sehr. Stefan arbeitet im Bergbau, sein Leben ähnelt einem frisch ausgepackten Geschenk, das beim Nikolaus oder bei Väterchen Frost bestellt worden ist oder vielleicht auch bei beiden, des Guten kann man nie zu viel haben. Zumal man ja auch nicht genau wissen kann, ob Väterchen Frost den Nikolaus verdrängt hat oder ob sie als Duo die Geschenke verteilen und in ihrer Freizeit mit den Schneeflöckchen polnischen Wodka trinken. Der Sprung übers Leder zum Abschluss der Ausbildung in der Grundstufe der Bergbauschule war für Stefan ein Siebenmeilensprung, und er landete aus solcher Höhe, dass er bis zu den Ohren im Stolz steckenblieb. Das Bergmannsleder kriegte ja nicht jeder Rotzlöffel. Mit dem Leder wurde man Bergmann und war kein Fuchs mehr. Dieses Leder, das war ja nicht was x-Beliebiges, nicht bloß ein Stück Leder, das aussah wie eine Schürze, sondern das war das Symbol der Bergmannswürde. Ein Bergmann, das ist wer und nicht niemand, das schwarze Gold holt er herauf, im Fernsehen wird von ihm geredet, und in der Zeitung schreiben sie über ihn. Stefan merkte sich alles, was der Direktor der Bergbauschule bei seiner Aufnahme in den Bergmannsstand sagte. Wenn der Bergmann eine Missetat verübte, Schande über die Knappschaft brachte, dann wurde ihm das Leder entzogen, und dann kam die Grabesgruft. Ein Bergmann ohne Leder ist ein Bergmann ohne Ehre, und das war etwas, wozu es Stefan nie kommen lassen wollte. Als der Direktor seinen Namen aufrief, schritt Fuchs Chmura Stefan auf etwas weichen O-Beinen in die Mitte der Aula.

Nehmen wir den Fuchs Chmura in den Bergmannsstand auf? fragte der Zeremonienmeister, und die übrigen antworteten: Soll er zeigen, was er kann, der Fuchs Chmura! Trommelwirbel ertönten, und der Chor fragte: Wer kommt dort zu uns herab? Wer kommt dort zu uns herab? Hej, hej, zu uns herab? Der Fuchs Chmura Stefan! antwortete Stefan, und vor Aufregung brannten ihm die Augen. Und was will der Fuchs? Nehmt mich in den Bergmannsstand! Nehmt mich in den Bergmannsstand, nehmt mich in den Bergmannsstand. Hej hej in den polnischen Bergmannsstand. Ist unsere Ordnung ihm bekannt? Ist unsere Ordnung ihm bekannt? Hej hej – ist der polnischen Bergleut Ordnung ihm auch gut bekannt? Der Chor ließ nicht locker. Ja, die Ordnung ist ihm bekannt, erwiderte Stefan mit einem lauten Ruf, und das war sein einziger Fehler, denn er hätte sagen müssen »mir« und nicht »ihm«. Kennt er das Dunkel im Schacht? Kennt er das grause Dunkel im Schacht? Hej hej das Dunkel im Schacht? Ich kenn das Dunkel und die Mühe im Schacht! Die Mühe will ich auf mich nehmen wie heut das Lied mein ganzes Leben. Stolz die Mühe auf mich nehmen. Hej hej, mit Stolz sie nehmen, bejahte Fuchs Chmura. Der Chor befand, dass das jetzt reichte. Hej, unsre Ordnung ist ihm bekannt. Hej, unsre Ordnung ist ihm bekannt. So trete Fuchs Chmura in den herrlichen Stand, in der polnischen Bergleute Stand. Das ganze Orchester in Galauniformen mit roten Federbuschen auf den Tschakos war auf seiner Seite. Trommelwirbel ertönten – und was für prächtige Trommelwirbel! Stefan machte einen Satz in die Höhe, um über das Leder zu springen. Wie katapultiert schoss er in die Luft, und die ganze Aula zog die Köpfe ein, weil er die Decke durchschlug und wie eine sowjetische Rakete zur Eroberung des Kosmos aufstieg. Ein Loch im Dach, Putz rieselte, die liebe Sonne schien in die Turnhalle, die Vögel sangen, und von Stefan keine Spur. Die Kameraden aus der Bergbauschule schauten zum Himmel und warteten. Würde er zurückkehren oder nicht?

Seit diesem Zeitpunkt spürt Stefan dieses unablässige Kribbeln, als hätte er kosmische Luft mit Bläschen geschluckt, die in seine Blutbahn geraten waren. Obwohl er mager ist, kriegt er einen kleinen Bauch, in dem es dauernd gluckert und rumpelt. Beim Friseur schaut er in den Spiegel und sagt wie ein richtiger Mann: Kurz bitte, Herr

Antoś, aber mit Koteletten. Ingenieur Waciak hat Koteletten, deshalb will er sich auch welche stehen lassen und findet, dass sie ihm Männlichkeit und Ernst verleihen. Antoś schneidet, und er summt: Gib der Liebsten schnell den Kuss und eil ins unterirdische Gnomenland, Arbeit unser dort wohl harrt, Glückauf Glückauf, mit Gott Glückauf. Die Liebste, Jadzia, ist die Kirsche auf seinem Dessert. Sollen sie alle ruhig wissen, wie es passiert ist, auch wenn Jadzia ihn unterm Tisch vors Schienbein tritt und bittet: Hör doch auf mit diesen Albernheiten, Stefek. Aber das soll mal einer versuchen – den Komödianten Stefan zum Schweigen zu bringen. Mit den Schultern zeigt er, wie er schritt, mit der an die Stirn gelegten Hand betont er, wie er plötzlich auf der Bahnhofstreppe Jadzia erspähte, Jadzia in Not. Und gleich darauf der Höhepunkt mit Auffangen und Fallen und Fallen und Auffangen, grand finale. Jadzia fällt, und Stefan, der Bergmann mit Adlerblick und Gladiatorenarmen fängt sie auf – zack. Hosanna! Kein Mantel mit zweierlei Ärmeln mehr, keine zerbrochenen Eier aus dem Dorf, nur schäumender Schampus, bulgarischer Cognac, goldene Rubel und Perlen, nicht mehr Jadzia, sondern Dziunia*, nicht mal mehr Wałbrzych, sondern fast schon BeErDe. Die Puppe ist mir ganz von selbst zugeflogen, und ich – zack, hab sie geschnappt! Wie weiblich ist es, so durch die Luft zu segeln, und wie männlich, so aufzufangen, die ganze Gesellschaft ergeht sich in lobendem Hoho! Dann darauf ein Schluck für den Specht, sagt Stefan, und er prickelt vor Glück. Sein Glück, das ist Jadzia. Jadzia hofft, das Glück kommt irgendwann später.

* Ostpolnische und ukrainische Koseform für Jadwiga (Anm. d. Ü.)

2 Pass auf, der Dreck, Dziunia.

Sie sind unterwegs, um zum ersten Mal die Wohnung zu besichtigen, die ihnen in der neuen Wałbrzycher Siedlung Piaskowa Góra zugeteilt worden ist. Das Haus von Stefan und Jadzia hat neun Eingänge und elf Stockwerke und eine große gemeinsame Terrasse. Mit schwankenden Schnäbeln bewegen die Kräne Betonplatten von einer Stelle zur anderen, der Sand wird unter den Rädern der Lastwagen zu Schlamm und spritzt, als spuckte einer durch zusammengebissene Zähne. Das Ehepaar Chmura hat eine Zweizimmerwohnung auf dem neunten Stock zugeteilt bekommen: ein Esszimmer, wo die Klappcouch aufgestellt wird, auf der nachts die Eltern schlafen, ein Kinderzimmer, Küche und Bad mit Toilette. Und überall Heizkörper. Ein sagenhaftes Glück.

Das ist alles Stefans Pfiffigkeit zu verdanken. Jetzt war Schluss mit dem Aufeinanderhocken in einer ehemals deutschen Bruchbude, Schluss mit den Nazischränken und Gestapo-Klobrillen, mit den Öfen, derentwegen kürzlich jemand im Haus nebenan in Szczawienko an Rauchvergiftung gestorben war. Verdammt, sie hätten warten können, bis sie schwarz geworden wären, sagt Stefan zu Jadzia, jawohl, wenn er, Stefan, nicht wüsste, wie man mit Leuten redet. Wie man sich zum Beispiel an diesen Ingenieur Waciak ranmacht, wie man ihm Honig ums Maul schmiert, damit er denkt, man kriecht ihm in den Hintern. Aber wenn man von einem solchen Menschen geschätzt wird, und zwar so, dass einem ganz wohlig wird dabei, das ist etwas völlig anderes. Verstehst, Dziunia? Stefan hat von alten Kumpels gehört und erzählt es nun Jadzia weiter, dass Ingenieur Waciak inzwischen ein Bonze ist, der scheißt höher, als ihm der Arsch sitzt, wie es heißt. Er spekuliert auf die Nachfolge des Direktors. Den Vize Mrugala will er überspringen. Und dieser Mensch, der es noch ganz weit bringen wird, der hat Stefan »mein Sohn« genannt. Mein Sohn, hat er gesagt, Dziunia, und dann hat er mit mir getrunken wie mit seinesgleichen. Ich versprech dir, mein Sohn, dass ich da was ausrichte für dich, ich hab einen Draht zur Genossenschaft. Und das ist die Hauptsache, sagt Stefan immer wieder zu Jadzia, einen Draht muss man haben und Protektion im Rücken. Jadzia hat nur Schmerzen im Rücken, vom Bücken bei der Wäsche, aber Stefan verspricht ihr, dass sie mit der Zeit auch eine Waschmaschine kriegen wird. Auch eine Urlaubsreise steht auf dem Plan und eine Schrankwand, auf Hochglanz lackiert, wie er sie bei Obersteiger Grzebieluch gesehen hat, als er dort zum Namenstag war. Dziunia, hast du dort bei euch auf dem Dorf schon mal so eine Schrankwand gesehen?

Den Obersteiger Grzebieluch bewundert Stefan genauso wie den Ingenieur Waciak, vielleicht sogar noch mehr. Guck dir alles gut an, Dziunia, und merk es dir, hat er zu ihr gesagt, als sie auf seinem Namenstag waren. Als Grzebieluch die Hausbar aufgeklappt hat, kam von dort eine Helligkeit, dass es Stefan fast blendete. Innen beleuchtet, durch einen Spiegel verstärkt, und ganz und gar vollgestellt mit kleinen Alkoholfläschchen. Wenn sie leergetrunken sind, schüttet man Tee hinein, damit es weiter hübsch aussieht, wär doch schade, etwas wegzuwerfen, was schön ist. Die ganze Schrankwand war außerdem so dicht mit Kristall und Figürchen vollgestellt, dass kein Finger mehr dazwischenpasste. Was es da nicht alles gab! Zuckerdosen, Eimer, Schatullen, Vasen, Becher, Schälchen und Schalen mit kristallenen Löffeln. Und dazwischen possierliche Figürchen, Hündchen, Kätzchen, Madonnen. In den Kristallgefäßen Blumen, Flieder, Rosen,

Gerbera, wie echt, wie frisch gepflückt. Überall ein Glänzen und Strahlen, so blankgeputzt, dass zwischen den Kristallsachen Regenbogen entflammten und die Augen von diesen sprühenden Regenbogen richtig wehtaten. Und auf dem Klo Maiglöckchenduft und bunte Shampoos. Frau Grzebieluch reichte fortwährend Teller mit allen möglichen Kleinigkeiten herum, alles so köstlich, dass einem das Wasser im Munde zusammenlief, und dazu wurde reichlich eingeschenkt. Ach, diese Glassachen haben sich so angesammelt, quittierte sie Stefans aufrichtige Begeisterung achselzuckend, für sie war es nichts Besonderes, dass die ganze Schrankwand mit Kristall vollgestopft war. Nur gut, dass diese dürre Grzebieluch nicht nach Stefans Geschmack war, denn zu viel Schönheit, das hätte ihn auf dem Namenstag von Obersteiger Grzebieluch glatt umgehauen. Dieses Kristall, Stefan, dieses Kristall! seufzte Jadzia, als sie mit dem Nachtbus nach Hause fuhren, meinst du, das ist unsres oder von den Pepiks? Ein Vermögen, wenn man dieses Kristall zu Geld machen würde.

Wenn sie erst ihre eigene Wohnung auf Piaskowa Góra haben, werden sie auch am Jadwiga- und am Stefanstag Namenstag feiern und zeigen, was sie zu bieten haben. Hinterher gibt es zum Kaffee Pralinen aus einer Kristallschale mit Henkel, der auch aus gebogenem Kristall ist. Stefan erklärt Dziunia, dass sie das dann ganz lässig herumreichen muss, so als ob sie jeden Tag Konfekt aus der Kristallschale naschen würden, statt das alles bloß in der Hausbar unter Verschluss zu halten, für Besuch. Stefan kann es kaum erwarten. Innerlich zerreißt ihn plötzlich eine solche Ungeduld, dass er einen Furz lässt. Jadzia macht sofort das Fenster auf, du Ferkel, sagt sie, kräuselt die Nase und wedelt mit dem Geschirrtuch. Um sie zum Lachen zu bringen, öffnet Stefan beim nächsten Mal selbst das Fenster und streckt den Hintern raus, Deutsche, in Deckung! ruft er, ich schieße! Das sind so ihre häuslichen Scherze, die man vor anderen nicht macht, doch in den eigenen vier Wänden, da ist man ja sein eigener Herr. Nicht selten machte Stefan nach der Arbeit noch einen Umweg, um zu sehen, wie ihr Haus in die Höhe wuchs. Der Wind zerzauste ihm die kartoffelschalbraunen Haare und trieb ihm die Tränen in die von Kohlenstaub umrandeten Augen, doch er zählte die Stockwerke und veranstaltete in Gedanken ein Namenstagsfest, öffnete die Hausbar in der noch nicht existierenden Schrankwand. Jetzt würde alles Wirklichkeit, Stefan Chmura kam nach Piaskowa Góra.

Die neue Wałbrzycher Siedlung wuchs auf einem Hügel voller windgekrümmter Birken empor. Im Winter türmten sich auf seinem Gipfel die Schneehaufen, und noch im Mai lagen Reste herum, überzogen mit einer schwarzen Rußschicht, die aussah wie verbrannte Haut. In den übrigen Jahreszeiten wehte der Wind den Abfall aus der ganzen Gegend hierher, unter Frühlingsstürmen flatterten sogar Zeitungen aus Breslau und Liegnitz herüber. Von Sturmböen erfasst trudelten Papierschnipsel, Stofffetzen, rostige Rohre, tote Vögel und Hundehaufen durch die Luft. Später werden sogar deutsche Schokoladenpapierchen über die Grenze geweht, die tragen die Aufschrift Milka und das Bild von einer lachenden Kuh und riechen noch nach Kakao. Die Kinder von Piaskowa Góra werden sie sammeln, mit den Fingernägeln das Stanniolpapier glattstreichen und solange daran riechen, bis der Schokoladenduft weg ist. Vor dem Krieg hieß der sturmumbrauste Berg Sandberg*. So steht es auf der Karte, die Halina Chmura, Stefans Mutter, in der Wohnung im Stadtteil Szczawienko gefunden hat, von den Vormie-

* Polnische Übersetzung: Piaskowa Góra (Anm. d. Ü.)

tern zurückgelassen. In Frakturschrift saß der Name in Habachtstellung zwischen den Bäumlein und Büschen, drei Striche pro Busch, wie Haare auf einer Warze. Der Sand, aus dem der Berg bestand, diente der Herstellung von Glas in der Wałbrzycher Hütte. Die Deutschen hatten den Hügel nie bebaut, die alten, einstmals deutschen Arbeiterhäuser machten am Fuß des Sandbergs Halt und wandten ihm die Küchen- und Badezimmerfenster zu. Nicht mal die Ziegen weidete man dort gern, und Paare, die ein wenig Einsamkeit suchten, gaben jedem anderen Ort den Vorzug. Diese Hure vom Sandberg, so hieß es von den Mädchen, die sich nicht um den Verlust ihres guten Rufes – unwiderruflicher als der Verlust der Tugend – scherten und mit Hans und Fritz in den Büschen des Sandbergs knutschten. Vor dem Krieg hatte die Stadt ihre Grenze am Sandberg gezogen, doch jetzt hatte sie ihn verschlungen und angefangen, ihn zu verdauen, jetzt würde Wałbrzych ihn nicht mehr loslassen. Wenn Frau Emmel, die so gern beim Kuchenessen aus dem Fenster guckte, an den Fuß des Sandbergs zurückkehrte, würde sie sehen, dass dem Hügel die grüne Haut abgezogen worden war und dass er dampfte wie frisches Fleisch. Die kurzsichtige Frau Reuswig würde ihren Augen nicht trauen und warten, bis Jürgen von der Arbeit in der Glashütte zurückkam, wo er von morgens bis abends Glaskugeln blies, und ihr bestätigen konnte, dass es keine Sinnestäuschung war. Sie würden den Sandberg nicht wiedererkennen, und um zu glauben, dass es immer noch derselbe Ort ist, hätten sie simultan aus der Sprache ihrer Erinnerung übersetzen müssen, dass hier eine Birke wuchs, gekrümmt wie ein buckliger Zwerg, und dort, zwei, drei Schritte nach links, da schnitt man den Klee für die Kaninchen. Daneben, wo sich jetzt ein schlammiger Weg emporwindet, Heilige Mutter Gottes! da hat die Großmutter das bayerische Tafelservice für zwölf Personen vergraben, mit rosa Rosen, wie man es auf der ganzen Welt nicht mehr bekommt (sagt Frau Emmel).

Auf dem Hügel aus Sand, der oben abgeflacht ist wie ein geköpftes Ei, sind schon ein paar Blocks fertiggestellt und warten auf ihre Bewohner. Manche sind wie Stefan in den ehemals deutschen Häusern aufgewachsen, wo sich ihre Eltern, aus den verlorenen in die wiedergewonnenen Gebiete verschlagen, niedergelassen hatten, andere sind in masurischen Dörfchen ausgerodet und wie von einem besoffenen Karren gerollte Kartoffeln in die Wałbrzycher Gruben gestopft worden. Die einen hatten Ostrobramer Madonnenbilder im Koffer, die anderen Tschenstochauer, beide hatten zu Hause auf den kalkgeweißten Wänden vergilbte Rechtecke hinterlassen. Die einen wie die anderen hatten sich dort, woher sie kamen, mit wenig Platz beschränken müssen, das verband sie und verlieh ihnen eine kollektive Wachsamkeit. Krumm hatten sie am Tisch gehockt, um vor den anderen mit dem Löffel zur Stelle zu sein, hatten auf dem Strohsack zwischen Schwester und Bruder gelegen, um es wärmer zu haben, hatten den Kopf tief eingezogen, die Mütze in der Hand, um demütig zu bitten und zu beten, doch jetzt richteten sie sich langsam auf. Sie sprachen fast dieselbe rauhe Sprache, die knasterte wie ins Feuer geworfene Zapfen, doch oft verstand der eine Nachbar den anderen nicht. Voller Hoffnung kamen sie mit ihren Pappkoffern und in Vorfreude auf mehr Platz, der ihnen zustand, und sie wunderten sich, wie es möglich war, dass sie ihn vorher nicht gehabt hatten. Sie stiegen den ganzen Hügel hinauf, stapften hinter Stefan und Jadwiga her, ihnen auf den Fersen, drängten sich auf die Baustelle und trieben zur Eile an. Zweihundert Prozent der Norm! Zweihundertfünfzig!

Die Fenster- und Türrahmen auf Piaskowa Góra geraten daher nicht ganz gerade. Die Wohnung von Stefan und Jadzia im neunten Stock ist zwei Quadratmeter kleiner, doch dafür ein gutes Dutzend Zentimeter höher als die im siebten, wo Familie Lepki mit Sohn Zbyszek einzieht. Zwei Eingänge weiter ist den Kowaliks mit zwei Kindern, die ihnen bereits bis zur Hüfte gehen, und der frisch eingetroffenen Edytka eine Wohneinheit auf dem elften Stock zugewiesen worden, von wo aus sie die Nachbarn Pasiak, Besitzer von Einzelkind Jagienka, im ersten Stock um die richtigen Maße der Nische für einen dreitürigen Kleiderschrank beneiden, die bei ihnen zu flach und schief ausgefallen ist. Jeder hat etwas, das besser, und etwas, das schlechter geraten ist, doch die Unterschiede sind nicht groß. Es ist sehr schön, dass auf Piaskowa Góra alle fast dasselbe haben, so gibt es schließlich mal Gerechtigkeit.

Gleich wird Stefan Jadzia sagen, sie soll die Augen schließen, und er wird sie über die Schwelle tragen, genauso, wie er es sich ausgedacht hat – er wird sie hineintragen, und sie wird das irgendwie ertragen, obwohl sie durchgefroren ist und von den neuen Schuhen eine Blase an der Ferse hat. Stefan weiß, dass Frauen solche romantischen Sachen mögen, bei sich nennt er es rheumatisch. Hatte Dziunia nicht dann, wenn er ihr untern Rock wollte, verlangt: Stefek, sei doch mal ein bisschen romantischer!? Deshalb fällt er vor seiner Frau auf die Knie, legt die Hand aufs Herz und verdreht die Augen, oder er tut so, als verneige er sich vor ihr und streife mit dem Hut, den er nie besessen hat, über den Boden. Ach, seine rheumatische Dziunia! ein Leckerbisschen ist sie und still wie ein Mäuschen, und wie sie ihn manchmal um den kleinen Finger wickelt, dass Stefan schier durchdreht vor Liebe. Er merkt gar nicht, wenn er etwas macht, wozu er keine Lust hatte, und obendrein noch einmal so viel verspricht, gegen Zärtlichkeiten auf Kredit, der schnell aufgebraucht ist, sodass er ein weiteres Darlehen aufnehmen muss. Sie bohrt sich mit dem Popo auf seine Knie, kocht ihm Klößchen in Sauce, oder sie beschert ihm stumme Tage, knallt mit den Tellern, zieht dabei eine Schippe, als hätte er ihr Gottweißwas getan. Na, wie ist es, Dziunia, macht er sich dann an sie heran, wie ist das mit dem Pulli im Kaufhaus, wo du gesagt hast, dass du den gern haben würdest? Und sie darauf: Was für ein Pulli, ich hab diesen Pulli schon vergessen, als hätte sie nicht eben noch gestöhnt, wie kuschelweich und wie rosa, und sie würdigt Stefan nicht mal eines Blickes, als er mit innigen Worten vorschlägt, dass sie sofort hingehen, ihn anprobieren und kaufen können. Um Verzeihung zu erbitten, legt Stefan seiner Frau Geld an alle möglichen lustigen Orte: unters Kopfkissen, in das Etui fürs Gebetbuch, einmal hat er es sogar unter den Klodeckel geklebt. Sie sollte sich nur wieder lächelnd, lachend mit dem Popo auf seine Knie bohren, dafür hätte Stefan noch viel mehr gegeben als einen Pulli im staatlichen Warenhaus.

Für Dziunia hatte er schließlich auch in Abendkursen im Bergwerkstechnikum das Abitur abgelegt. Seit der Hochzeit hatte sie geseufzt, wie es so ihre Art war: Ach, wenn du doch dein Abitur hättest, dann könnten wir leichter eine eigene Wohnung kriegen. Andere haben schon was Eigenes, und wir – immer noch bei der Schwiegermutter in Szczawienko. Willst du, dass ich hier sitze, bis ich Rost ansetze? Er büffelte also diesen ganzen Scheiß von Onkel Konrad und den Leuchtturmwächtern, und weil er ein gutes Gedächtnis hatte, klappten zwei von den Gedichtdeklamationen auch wirklich gut. Einmal *O Litauen, du meine Heimat*, das ging ihm ganz einfach in den Kopf, und das andere war auch in Ordnung, das ging so: *Großes Unrecht ist im Vaterland noch ungesühnt, das kann auch fremde Hand nicht tilgen*. Das gefiel Stefan übrigens am besten, ihm kamen sogar die Tränen an der Stelle, wo etwas aus Herz und Blut ausgetrunken wurde. Er schnitt auch ganz gut im polnischen Aufsatz ab, denn das Blaue vom Himmel schwätzen, das konnte er, seit er Onkel Franciszek erklären musste, dass nicht er den Markknochen in der Suppe ausgesaugt hatte, obwohl man ja sah, dass der Knochen leer war. Er hatte gute Dreien und Vieren in Russisch und war fortan überzeugt, dass er nicht nur Deklamations-, sondern auch Sprachtalent hatte, und wenn er nur wollte, dann würde er einfach so spräken und parlehvuhfranzäsen. Gelegentlich besann sich Stefan auf dieses brachliegende Talent, dann sagte er: Weißt du was, Dziunia, nach Neujahr, da schreib ich mich vielleicht am Kulturhaus ein. Irgendwann fasste Stefan auch genug wodkagetränkten Mut und kaufte in der Buchhandlung eine deutsche Grammatik für Fortgeschrittene. Eigentlich hatte er vorgehabt, eine für Anfänger zu kaufen, aber dann verbot ihm der Stolz, vor der aufgedonnerten Verkäuferin zuzugeben, dass ein Bursche in seinem Alter Anfänger war. Eine deutsche Grammatik für Fortgeschrittene bitte, sagte er, die für Anfänger hab ich schon durch; da hat diese Kuh ihn vielleicht angeguckt, man sah gleich, dass er Eindruck machte. Sie hat es dann sogar ihrer Kollegin weitergesagt: Gib dem Herrn eine deutsche Grammatik für Fortgeschrittene, denn die für Anfänger hat der Herr schon durch. Er warf auch einen Blick in das dicke hellblaue Buch, aber dann dachte er sich, dieses bröckchenweise Lernen hätte ja keinen Sinn, im Sommer, wenn er Urlaub hatte, würde er das Ganze eins zwei drei in einem Rutsch lernen. Nach der Ausgabe der Abiturzeugnisse betrank Stefan sich in Gesellschaft der anderen Abiturienten im Sobieski-Park mit einer Mixtur aus Selbstgebranntem und Quittenlikör. Der große, verwahrloste Park lag auf einem kleinen Hügel, der sich mitten in Wałbrzych erhob.

Die verwilderten Pfade waren übersät mit Bucheckern, aus denen man im Herbst die Kerne aß. Im Park hatte sich eine Kolonie von Exhibitionisten etabliert, die sich wie graue feuchte Pilze durch Sporen zu vermehren schienen. Den Razzien der Miliz gingen die noch unausgereiften Exemplare durchs Netz, die dann im Laufe einer Woche heranwuchsen und den Platz der Aufgegriffenen einnahmen. Sie ließen sich nicht ausrotten. Die Schulschwänzer aus den beiden nahegelegenen Gymnasien stumpften mit der Zeit gegen den Anblick der erbärmlichen Männer in grauen Regenmänteln ab, die unter und hinter so gut wie jedem Baum und Strauch standen und ihre kaum weinbergschneckengroßen Penisse zeigten. Man brauchte nur mit dem Fuß aufzustampfen, schon verschwanden sie im Trippelschritt, um sich unter einem anderen Baum aufzubauen und voll Hoffnung zur Schau zu stellen, was keiner sehen wollte. Die Abiturienten des Bergwerkstechnikums machten vor Freude einen solchen Lärm, dass sich die kleinen Bewohner des Sobieski-Parks hastig unter dem Laub verkrochen und die größeren hinaus auf die Straße stürzten, wo sie, ins ungewohnte Licht blinzelnd, auf und ab stapften, die Mantelschöße zusammenhielten und warteten, dass die Veranstaltung im Park zu Ende ging. Welch eine Qual, so zwischen Frauen herumzuspazieren und nichts zu zeigen!

Nach dem Abitur wurde Stefan zum Oberbergmann befördert, der höher gestellt ist als der gewöhnliche Bergmann und dem der Weg nach oben, zum Steiger, offen steht. So ein Steiger, der hat ein Leben, Herr im Himmel! In Stefan prickelte es, bis ihm Blasen aus der Nase kamen, und dann musste man ihn dauernd erschrecken, weil er chronischen Schluckauf bekam. Er ließ sich von Jadzia erschrecken, schluckte löffelweise Zucker und hielt den Atem an, bis er puterrot anlief, aber nichts half. Einmal hielt der

Schluckauf eine ganze Woche an, und erst der alte Doktor Jedwabny, ein Zahnarzt mit Privatpraxis in Szczawienko, konnte etwas dagegen tun. In der staatlichen Arztpraxis hatten sie keine Ahnung, warum Stefan Chmura, zweiundzwanzig, einen solchen Schluckauf hatte, und verschrieben ihm Multivitamine. Dabei war dieser schwere und langwierige Anfall von Schluckauf die Folge von Stefan Chmuras Teilnahme an der Bierkneipe, zu der beileibe nicht jeder Zugang hatte. Was für eine Ehre! Stefan kann bis heute nicht glauben, dass er dort gewesen ist und das alles mit eigenen Augen gesehen hat. Grzebieluch hatte ihn mitgenommen, denn so ein gewöhnlicher Oberbergmann konnte eigentlich nur davon träumen, zwischen so hohen Tieren zu sitzen, zu trinken und an einer Haxe zu knabbern. In einer solchen Kneipe darf man nur Bier trinken. An der Tür wird kontrolliert, und wenn sie im Hosenbein oder unter dem Gürtel eine Flasche finden, dann wird die in einen Kessel entleert, alles in ein und denselben, egal, ob im Laden Gekaufter oder Selbstgebrannter aus Kirschen oder Kräutern. Das schnitt einem richtig ins Herz, zuzugucken, wie sie das auskippten. Stefan sah den schäumenden Strom, und das Wasser lief ihm im Munde zusammen. So vielen wurde was abgeknöpft, dass an die hundert Liter Molotowcocktail zusammenkamen. Molotowcocktail, so nannten sie das Alkoholgemisch in dem Kessel, Stefan versuchte sich alles so genau wie möglich zu merken, aber ringsum geschah einfach zu viel. Vize Mrugala selbst war der Vorsitzende des HÖCHSTEN UND IN FRAGEN DES BIERES UNFEHLBAREN PRÄSIDIUMS. In Galauniform, jede Menge Orden auf der Brust, so eine Würde, dass man Angst hatte, hinzugucken. Ein Orden mit einem Bierseidel darauf leuchtete wie die Sonne. Grzebieluch, der hat Glück, dass er zu so einer Persönlichkeit nach Hause eingeladen wird, aber ehrlich. Der Bursche weiß, wo's lang geht. Neben dem Vorsitzenden der Major Fuchs in der Mütze mit Fuchsschwanz, der Priester Bierarius wie ein Priester eben, nur die Stola in den Bergmannsfarben schwarz-grün und mit den Hämmern des Bergmanns geschmückt, daneben Icek Lapcycek*. Ach, dieser Icek, das war echt eine komische Nummer. Und die Tische, eine Pracht, so viel Geselchtes und Blutwurst und Haxen, wie man sie sonst wohl nur auf einer Dorfhochzeit sah. Die Füchse aus der Grundstufe der Bergbauschule schenken nur nach und tragen auf. Alle sind entweder in Uniform oder im Anzug mit Oberhemd. Stefan hat es dumm angestellt, er ist im Pullover gekommen wie ein Depp, aber vielleicht war das auch gut so, denn die Gesellschaft hatte was zu lachen. In der Kneipenregel steht, wer im Pullover kommt, der wird bestraft. Sogleich ergriff ihn die Zechwache, und er bekam eine Reihe Hiebe mit einem Arschziemer. So eine Strafe vor allen, auf der hellen Bühne, das war eine Art Ehre, denn was hat Grzebieluch ihn nachher umarmt und wie hat Waciak ihm auf die Schultern geklopft! Es hätte auch noch schlimmer kommen können, sie hätten ihn in den Stock legen können und dann mit dem Arschziemer drauf auf den nackten Hintern oder ihm eine Bierbescheißung verpassen. Als sie Grzebieluch seinen Kneipennamen gaben, konnte Stefan die Tränen der Rührung nicht zurückhalten. Zeuge einer solchen Zeremonie sein zu dürfen! Und in leuchtender Zukunft vielleicht selbst einmal einen Kneipennamen zu bekommen! Zuerst lasen sie Grzebieluchs Lebenslauf vor, und zwar in so schönen und so gereimten Versen, das musste ein Mensch von großem Talent geschrieben haben. Über einer Schüssel begossen sie ihm dann den Kopf mit Bier, gut zwanzig Liter gingen dabei drauf, mindestens. Die Schüs-

* Icek Lapcycek – höhnisch, pseudojiddisch, etwa »Itzig Tittengrabscher« (Anm. d. Ü.)

sel mit den Kopfschuppen stellten sie beiseite, die war für die ganz Durstigen, und mit der Bergmannsklinge ernannten sie Grzebieluch zum Stöpsel. Stöpsel war vielleicht nicht der schönste Kneipenname, sie hatten schönere in der Grube, wie zum Beispiel Flanca, Rympis oder Karminadel, aber Stefan hätte auch gern so einen Namen gehabt, allein der Ehre wegen. Bis zum Schluss konnte er sich nicht entscheiden, was das Interessanteste in der Kneipe gewesen war: die Verleihung des Namens an den von ihm bewunderten Obersteiger Grzebieluch oder der Auftritt von Icek Lapcycek Doctor Humoris Causa, der seine sogenannte Arbeit vortrug, das ist ein sehr interessanter und spaßiger Teil der uralten Tradition der Bierkneipe. Man hätte sich wirklich in die Hose machen können vor Lachen, denn Icek Lapcycek, das war ein Jude. In so einem langen dunklen Mantel wie Juden ihn tragen, mit Pejes am Kopf und einem jüdischen Hut oder Zylinder, und er sprach so schnell und jiddelnd, wirklich so, als käme er direkt aus so einem jüdischen Film, wenn sie davon doch mehr im Fernsehen zeigen würden anstatt der langweiligen russischen oder blöden tschechischen Filme. Herrschaften, verährte, gestatten Sie, ich mich farstelle … so begann Icek Lapcycek, und dann ging es weiter auf jüdisch, dass am Anfang war gewesen die biblische Manne, Plasme und … so ein Pampe, und da schon haben sich heimlich getroffen mein Ururgroisvater mit mein Ururgroismutter … Stefan bedauerte, dass er zu dem Zeitpunkt schon ziemlich betrunken war und sich aus Icek Lapcyceks Arbeit über Bergmannskrankheiten an nicht viel mehr erinnerte als an den Fickibus kippele beziehungsweise die Vojgelkrankheit. In einer Zickzack- und Schlangenlinie kehrte er von der Kneipe zurück, denn in ihm blubberte der Alkohol, der sich gegen Ende so regelwidrig vermischt hatte, dass sowohl die Kopfschuppensuppe von Grzebieluchs Kneipentaufe als auch der Molotowcocktail bis auf den letzten Tropfen verschwunden war. Gegen Morgen erreichte er die Siedlung auf Piaskowa Góra, und als er so dastand und auf das dunkle, im Wolkendunst schwebende Haus blickte, überkam ihn der Wunsch, seiner Dziunia, seiner Dziuneczka, mit anderen Taten seine Liebe zu zeigen, Taten, die eines von der Kneipe zurückkehrenden Bergknappen würdiger waren, doch er fand nichts als ein paar verkümmerte Astern, die aus dem Betonsarkophag vor seinem Aufgang staken. Mit diesem Strauß in der Hand klingelte er an der Tür im neunten Stock, hinter der Jadzias Zorn wachsam wie ein Hund auf der Lauer lag. Anstatt zu lachen, als er ihr – unter dem Siegel der Verschwiegenheit, denn die Kneipe ist nichts für Weiber – von Iceks Lapcyceks Witzen erzählte, sagte sie bloß, wenn Kerle zusammen sind, fällt ihnen nichts Besseres ein, als sich den Schwanz zu begießen, sie hätten bloß Schweinereien im Kopf.

Seit der ersten Kneipe bohrte sich Stefan mit solchem Eifer in die Kohlenwand, dass ihn die Kollegen von der Schicht an den klotzigen Bergmannsstiefeln aus dem entstandenen Loch ziehen mussten, mehr als einmal im allerletzten Moment. Zweimal hintereinander war er Brigadeleiter, beim dritten Mal, das, wie er glaubte, bevorstand, würde ihn die in solchen Fällen übliche Belohnung erwarten. Stefan konnte sich nicht entscheiden, ob er lieber einen Zuschuss zur Galauniform wollte oder einen siebentägigen Urlaub in Warschau, wie ihn nur Brigadeführer mit untadeligem Ruf bekamen. Sag, Dziunia, kannst du dir deinen Stefan in Warschau vorstellen? Das wär doch rheumatisch! Stefan wurde ganz kribblig, und Jadzia zog ein Gesicht. Ach geh! Aber wie sollte er nicht aufgeregt sein, wo doch Obersteiger Grzebieluch in der Kantine gerufen hatte, dass alle es hören konnten (Bruder, na, komm her, setz dich zu uns! so hatte er gerufen), er solle sich hersetzen und ihnen einen Witz erzählen. Witze von der Frau, die zum Arzt geht, die alle möglichen Sachen in den Öffnungen stecken hat, meistens Haushaltsgeräte, aber manchmal auch zum Beispiel eine Palme oder eine Krabbe, waren die Spezialität von Oberbergmann Stefan Chmura. Er erzählte sie in der Bergmannskantine mit derselben Hingabe, mit der er bei geselligen Zusammenkünften Gedichte aufsagte. Er übte Mimik und Gesten vor dem Spiegel im Badezimmer und war immer bemüht, sich auf dem Laufenden zu halten. Die anderen lachten – und zwar nicht irgendjemand Hergelaufener, sondern Obersteiger Grzebieluch und Ingenieur Waciak und Kowalik, der allerdings nur Steiger war, doch mit Ehrgeiz und einem eigenen Auto Marke Syrena.

Ein Auto hatte Stefan im Fünfjahresplan, das hatte er sich alles mit dem Bleistift in der Hand ausgerechnet. Einen Teil seines Lohns legte er aufs Sparbuch bei der Sparkasse, kleinere Summen versteckte er unter der Wäsche im Schrank, das war seine stille Reserve. Guck mal, Dziunia! Jeden Monat zeigte er seiner Frau die wachsenden Ersparnisse und ermahnte sie, besser aufzupassen, wenn er auf dem Papier rechnete: Das ist für dies, das ist für jenes, oder vielleicht besser umgekehrt – sich erst etwas leisten, etwas Teureres kaufen und aus der stillen Reserve was dazulegen. Was meinst du, fragte er Jadzia, wie viel müssen wir noch beiseite legen für einen Fernseher? Sie erwiderte mit einem Blick aus ihren stachelbeergrünen, leicht vorstehenden Augen, deren Ausdruck Stefan lebenslänglich ein Rätsel blieb, ganz abgesehen davon, dass er Jadzias Augen für blau hielt. Was ist, Dziunia, sagte er aufmunternd, willst du etwa keinen Fernseher? Nach einigem Nachdenken nannte Jadzia schließlich eine so alberne Summe, dass er Lust hatte, ihr eine zu scheuern, obwohl er dagegen war,

Frauen zu schlagen, nicht mal mit einer Blume. Jadzia hatte keinen Sinn für Zahlen, und Stefan machte gern Witze über seine Frau, ihre Rechenschwäche war für ihn ein Vorwand für ein komödiantisches Zwischenspiel zwischen den Witzen von der Frau, die zum Arzt geht. Zähl zweimal nach, Dziunia, sagte Stefan an Silvester im Clubcafé Barbara zu ihr, sonst passiert wieder was, und er hätte schwören können, dass ihm dabei Ingenieur Waciak mit väterlicher Zustimmung zuzwinkerte, aber diskret, damit keine Eifersüchtigen ihre Vertrautheit sahen.

Egal wie Jadzia rechnet, immer passiert es. Stefan weiß nicht, was er davon halten soll, letztens ist sie sogar schwanger geworden, als er aufgepasst hat, er hätte schwören können, dass er es rechtzeitig geschafft hat, bevor was passieren konnte. Er hielt sich etwas darauf zugute, dass er Ahnung hatte von solchen Dingen, aber nie im Leben hätte er Worte in den Mund genommen wie Sex, Penis, Scheide oder Periode, die er, wenn es sein musste, Rote Tante nannte. Außerdem sagte er Dingsda, Lutscher, Pipi, Pflaume, Schwanz, Fotze und Vögeln, wenn er schlechte Laune hatte oder andere Männer in seiner Nähe diese Worte benutzten. Das reichte eigentlich für Theorie und Praxis. Einmal zeigte Kowalik ihm einen Film, auf ein Bettlaken projiziert, das regte seine Phantasie an. Der Film war zwar auf Deutsch und etwas unscharf, aber dass es ein Kerl und eine Frau war, das konnte man sehen, und auch dass sie es von hinten, in Reiterstellung, und auch normal machten, so, wie es der Experimenten abgeneigten Dziunia am liebsten war. Sie tranken ein paar Flaschen Bier, der hausgemachte Wein aus Kowaliks Schrebergarten-Johannisbeeren und fast ein halber Liter Magenbitter waren zu den Salzstangen und Gürkchen schnell konsumiert. Stefan fasste sich ein Herz und fragte den Kollegen, der älter und erfahrener war als er, wie er es denn mit seiner Frau schaffte mit dem Dingsda und so. Also, Stefan, du musst wissen, hob Kowalik an, du musst wissen, Kumpel, dass die Alte nur dann schwanger wird, wenn sie dabei Spaß hat, das ist ganz egal, ob es direkt nach oder vor der Roten Tante ist. Dann reicht ein Tröpfchen, und schon winken die Windeln. Sonst kannst du von vorn und hinten ficken bis zum Verrecken, und nichts passiert. Kumpel, die sind falsch, die Weiber, wenn du die nicht an der Kandare hältst, tanzen sie dir auf der Nase herum. Mehr sagte Steiger Kowalik nicht, denn das letzte Glas Magenbitter hatte ihn umgehauen, doch diese kurze Erläuterung der Verhütungsproblematik hatte Stefan eingeleuchtet. Stefan begriff Jadzias übermäßige Fruchtbarkeit als eine unangenehme Nebenwirkung ihres Vergnügens, obwohl ihre Reaktionen nie über leises sporadisches Stöhnen hinausgingen und sie hinterher sofort ins Bad rannte, um sich mit Essig abzuwaschen.

Als Dziunia sieben Wochen nach der Geburt der Tochter wieder schwanger war, sah Stefan in diesem Missgeschick die Bestätigung von Steiger Kowaliks Theorie. Sie konnten jetzt nicht sofort wieder eins haben, also brachte er sie im Taxi ins Spital und mit dem Taxi wieder nach Hause, dabei weiß doch jeder, wie diese Typen mit dem Taxometer betrügen. Als sie geschwächt im Bett lag, kaufte er ihr drei Nelken mit Grün, damit sie bald wieder die Alte wäre, denn mit so einer Fremden wusste er nichts anzufangen. Das Ganze war ein teurer Spaß. Er hatte zwar vergessen, dass seine Frau Gerbera oder Fresien lieber mochte, aber trotzdem – schließlich hatte er doch Mitgefühl bewiesen, und es setzte ihm ein bisschen zu, dass sie keine Spur von Dankbarkeit zeigte und sich sogar zur Wand drehte. Vielleicht hatte sie Schmerzen, aber von außen konnte man ihr kein bisschen ansehen, dass sie krank war.

Stefan wusste, was »mein« bedeutete: Sein waren Jadzia

und Dominika, zwei Geschöpfe, die mit ihm durch Bande des Blutes und Gesetzes verflochten waren, des Gesetzes Gottes und der Menschen, denn sie hatten kirchlich und standesamtlich geheiratet. Nie würde man ihm nachsagen können, dass er am Wodka und am Priester gespart hatte, obwohl das ganz schön ins Geld gegangen war. Als Dominika auf die Welt kam, beugte er sich über das katzengroße Wesen im Bettchen, gluckste und blubberte: Tititi, kennst du den Papa? Er bekam ein ganz feuchtes Gefühl in der Nase, als die großen schwarzen Augen einen Moment lang seinen Blick zu erwidern schienen. Bleibst du wohl weg mit deinen Bakterien! fauchte Jadzia ihn an. Er solle sich die Hände waschen, befahl sie ihm, dabei hielt er die doch auf dem Rücken verschränkt, weil er fürchtete, sie könnten für so etwas Zerbrechliches wie Dominika zu grob sein. Er hätte lieber einen häufigeren Namen gehabt, Iwonka oder Mariola, aber Dziunia war eisern gewesen, das kam nicht in Frage. Jetzt wusste er nicht, wie er aus diesem großen sperrigen Namen eine Koseform machen sollte, die zu dem kleinen Mädchen passte, wenn er, von Jadzia unbeobachtet, behutsam ihr Köpfchen streichelte, um sich zu vergewissern, dass sie existierte. Stefan konnte seine Liebe in ein Sparbuch bei der Staatlichen Sparkasse und in gehortete Rücklagen umsetzen, in die Groschen, aus denen er Frau und Tochter im Wachen beschenkte, während er im Traum auf das große Los im Totolotto zurückgreifen konnte. Er brauchte nie etwas nur für sich, denn außer der Familie interessierte ihn nichts, höchstens die Zeitung *Motor* mit den halbnackten Frauen auf der vorletzten Seite, die so einen seltsamen starken Ausdruck im Gesicht hatten. Abgesehen davon hätte er einfach nur dasitzen und Jadzias und Dominikas Freude betrachten können, kribblig vor Stolz, dass er, der Bankert, der Uneheliche, so viel zu geben hatte. Jedes Mal, wenn die eine oder die andere zu ihm käme, würde er ein Geschenk aus der Kunstledertasche nehmen: ein neues Kleid, eine Apfelsine, einen Krakus-Schinken. Zärtliche Worte jedoch waren nicht Stefan Chmuras starke Seite, der nur pinkeln und furzen konnte. Die einzige Möglichkeit, sich die Liebesworte zu eigen zu machen, die er so unfertig und ungestalt unter der Zunge liegen hatte, waren Verkleinerungen und Koseformen, und deshalb machte ihm der große Name dieses kleinen Säuglings, seiner Tochter, solche Schwierigkeiten. Durch die Koseformen wurden Dziunias Brüste, dieses wundersam verdoppelte Kleinod, so vertraut wie gut geknetete Kartoffelklöße. Ihre Beine waren Beinchen, ihre Hände Händchen oder Händileinchen. In der Wut brauchte man das verkleinerte Wort nur mit einer zornigen Intonation zu färben und wie mit der Gabel zu zerdrücken, und schon hatte man die Gröschelchen, die er, Stefan, verdiente und die Jadzia für irgendwelche Fummelchen und Fürzchen vergeudete. Aus dem Fenster schmiss sie die Scheinchen, und sogar die Rücklagen in seinem Nestchen hatte sie ihm abgepresst. Stefans Zorn verflog meistens nach einem Süppchen. Dann bat er um ein Teechen und las das Käseblättchen, das er nicht mehr lesen würde, sobald sie sich ein Fernseherchen leisten konnten. Nachts im Bett sagte er zu Dziunia: klopf klopf, das Zipfelchen hat Hunger. Dziunia hatte Schinkelchen und Brötchen wie Sahnepudding. Stefan griff und knetete Bauch und Hintern seiner weichen Frau und schnalzte. Er saugte mit Hingabe an ihren großen Milchbrüsten und schlief oft mit ihrer Brustwarze im Mund ein wie mit einem Schnuller. Manchmal, wenn er in Jadzia drin war, stellte er sich ein großes Stück Fleisch in Sauce vor, und während er auf sein Ziel zukeuchte, schmatzte er am Rest des Sößchens, das er mit einem Stückchen Brot völlig wegputzen konnte. Als er Jadzia Maślak zum ersten Mal sah, hatte er zuerst Magenknurren verspürt und erst dann die Lust, mit ihr ins Bett zu gehen und sie von Kopf bis Fuß abzuschlecken wie einen Lutscher.

An dem Tag, als sie sich kennenlernten, wölbte sich Jadzia unter dem hellen Pepitamantel (dunkelgrau mit Fischgrätmuster, korrigierte sie ihn) wie ein aufgegangener Hefeteig unter dem Geschirrtuch. Stefan meinte, der Knopf auf dem Busen würde im nächsten Moment abspringen und ihn im Auge treffen. Er wurde fast ohnmächtig beim Anblick ihrer schweren, nach unten ziehenden Brüste und der prallen Birne ihres Hinterns in dem kurzen Rock, den er sah, als sie im Bahnhofsbuffet den Mantel (hell- oder dunkelgrau, je nach Belieben) auszog und über die Stuhllehne hängte, denn dorthin, ins Bahnhofsbuffet, hatte er sie nach der glücklichen Landung in seinen Armen eingeladen. Vor Aufregung verschüttete er die Hälfte des Tees, als er – was seinen Untergang endgültig besiegelte – Jadzias kleine Füße und die kurzen wohlgeformten Beine mit schwarzen Härchen auf den Waden sah. Härchen, die von den durchsichtigen Strümpfen platt gedrückt wurden – Stefan hatte nie etwas Schöneres an einer Frau gesehen. Als er sich vorbeugte, um Jadzia den Zucker zu reichen, stieg ihm ihr Duft in die Nase, so rein und appetitlich, dass ihm schwindlig wurde. Während er in Jadzias Duft frisch angesetzten Aspik mit Schweinefüßchen und Einbrennsauce erschnupperte, begriff er, dass er die Frau seines Lebens gefunden und in ihrer Person den Schlüssel zu einer Speisekammer voller Leckerbissen erhalten hatte, die ihm als unwiederbringlich verloren erschienen waren.

Bevor man seine Mutter Halina Czeladź dem Schmied Władek Chmura aus dem Nachbardorf bei Grodno zur Frau gab, hatte Stefan die ersten vier Jahre seines Lebens im Haus seines Onkels Franciszek verbracht. Ein Fräulein mit Kind hatte keine guten Chancen, und die Geste des Bruders bezeichnete man als Gunst. Doch solche Gunst und Lerchensang klinget wohl und währt nicht lang. Stefan, der Bankert, der Uneheliche, trippelte auf krummen Beinen vor der Speisekammer herum und leckte sich die trockenen Lippen, die rissig waren wie zwei Rindenstückchen. Er durfte nicht hinein. Würstchen? fragte manchmal der Onkel Franciszek und hielt ihm ein Stück wacholderduftender Trockenwurst unter die Nase, als hätte er plötzlich seine Haltung zu dem rotzlöffeligen Kostgänger geändert und ihn liebgewonnen wie seine eigenen vier Kinder, die er nie grundlos verprügelte. Wenn Stefan den Mund so weit wie möglich geöffnet hatte, damit auch recht viel hineinpasste, und er schon den Geschmack der fettglitschigen Wurst auf der Zunge hatte, fuhr der astdicke Arm zurück. Wurst gibt's für den Hund doch keine, er kriegt Scheiße unverfeinert! Von diesem Lachen klirrten die fliegenbekackten Fensterscheiben, fielen die jungen Störche aus dem Nest, wurde das Brot im Ofen klitschig und gerann die Milch. Stefan schluckte den im Mund zusammengelaufenen Speichel, während er zusah, wie die Wurst zwischen den gelben Zähnen von Onkel Franciszek zermalmt wurde und verschwand. Einmal, unmittelbar vor Ostern, fand Stefan die Speisekammer offen und erstarrte mit der Hand am Türrahmen. Fassungslos glotzte er auf die Wurstringe, den geräucherten Speck, die Käse und Kuchen unter Küchentüchern, schön wie die Muttergottes, wie Vergissmeinnicht. Er konnte nicht einmal etwas anfassen, denn hinter ihm stand Onkel Franciszek und knallte die Tür zu, dass ihm drei Finger eingeklemmt wurden und dunkelblau anliefen. Der Schmerz der Ohrfeigen, die von oben kamen, konnte dem der geklemmten Finger nicht das Wasser reichen.

Die Erinnerung daran lag in Stefans Herz zusammengeringelt wie ein mit scharfen Stacheln ausgestatteter Bandwurm, und bei jeder Gelegenheit fraß er sich auf Vorrat voll, doch der Hunger verließ ihn nie und er nie den Hunger. Junge, was bist du unersättlich, seufzt Jadzia, wenn sie sich seinen morgendlichen Liebkosungen entzieht oder ihm noch ein paar Kartoffeln auflegt, noch einen Löffel Blutwurst, schwarz und rauh wie die Kruste auf einem aufgeschürften Kinderknie. Stefans Magen ist groß wie der eines Wiederkäuers und droht nach jedem Mittagessen mit einer Kartoffelpüree-Explosion.

3 Nach einem Kegel mit Schnurrbart musst du Ausschau halten. Bei der Beschreibung des Onkels zeigte Zofia mit der Hand in Brusthöhe, wie groß er war. Kazimierz Maślak war knapp ein Meter sechzig, doch dank seiner Kegelförmigkeit war es ihm möglich, behende emporzuschnellen.

Solange er denken konnte, hatte er dank seiner Kleinwüchsigkeit Katastrophen aus dem Weg gehen können, die anderen den Tod, ihm aber Vorteile brachten. Bis zum siebten Lebensjahr war er der jüngste und missratenste von drei Brüdern, die anderen beiden waren groß, wendig und schnell. Er stellte sich auf die Zehenspitzen und machte Riesenschritte, doch er konnte nicht mithalten, sie niemals einholen. Der kaum ein Jahr ältere Włodek überragte ihn um einen ganzen Kopf, und mit Wacek, dem Ältesten, hätte er nicht einmal wagen können sich zu messen. Sie aßen ihm vor der Nase den Nudelteig weg, den Mutter Maślak auf Kuchenblechen trocknete, sie schlichen sich davon, sprangen ihm über den Kopf, trompeteten ihm ins Ohr: Kegelchen! und weg waren sie wieder. Kazimierz begriff schnell, dass man investieren muss, um zu gewinnen, und sobald die Brüder die Bereitschaft verrieten, ihn an einem Spiel teilnehmen zu lassen, war er zu einem Tauschhandel bereit. Auf einen Baum zu klettern und ein Storchennest auszuheben, von den Eisenbahngleisen einen Hundekadaver herbeizuschleppen, den sie als Köder für die Aale haben wollten, das setzte sich in klingende Münze um. Er hatte die Taschen voll davon, aber es war nicht immer genug. Eines Wintermorgens lief er hinter den flinkfüßigen Brüdern her bis zur Eiche an der Wegkreuzung, doch dann hängten sie ihn ab. Er keuchte in sauren Atemdampfwolken, zwei Rotztropfen, grün wie Anemonenknospen, leuchteten ihm an der Nase, doch die beiden rutschten schon auf bloßen Füßen die Böschung zur Pełcznica hinab. Er hörte, wie sie lachend über den schlammigen Abhang hinunterschlitterten, mit den Fersen die weiche Erde pflügten, in der es von erwachenden Würmern wimmelte, glücklich waren sie, ihn abgehängt zu haben, unerträglich in diesem gegen ihn gerichteten Glück. Der Frühling brach an, das Eis barst, die Fische trieben so groß und träge vorbei, dass man sie mit bloßen Händen aus dem Eisloch ziehen konnte. Ein paar Meter vom Ufer waren sie entfernt, im Sommer wären sie hingeschwommen, aber so rutschten sie unters Eis, und erst im April fand man ihre Leichen bei der alten Mühle. In jedem der beiden Brüder von Kazimierz Maślak knäuelte sich ein Schwarm Aale, die durch die Augen und Mundhöhlen entwischten.

So wurde Kazimierz kurz vor seinem achten Geburtstag zum Einzelkind, und all das, was sonst auf drei Söhne aufgeteilt worden wäre, fiel jetzt ihm zu. Der alte Maślak verschrieb sich in seinem Kummer dem Trunk, doch Mutter Maślak begrub nicht die Liebe zu den beiden Ältesten, auch wenn sie ihnen nichts mehr nützen konnte, sondern bewahrte sie für den Übriggebliebenen auf. Bei ihr verkam nichts, was noch gut oder auch nur halbwegs essbar war. Gab es keine besseren Pilze, sammelte sie die gelben und dunkelroten Täublinge, war kein Fleisch da, machte sie Frikadellen aus geriebenem Altbrot, waren die Größeren ertrunken, liebte sie eben den Kleineren, der noch am Leben war. Mutter Maślak konnte alles einwecken, trocknen, vergraben für später. Das Vergraben und Horten von Dingen war ihr vielleicht ein Ersatz für den Wunsch, selbst unter der Erde zu verschwinden, wenn ihr der alte besoffene Maślak mal wieder eins auf den Schädel gab, weil er ihr die Schuld am Tod der Söhne zuschob. Wenn sie die Flasche mit Kornblumenschnaps verkorkte, die mindestens ein halbes Jahr unter der Erde liegen muss, mag sie davon geträumt haben, sich durch den Flaschenhals zu zwängen und sich drinnen mit angezogenen Knien zusammenzurollen, und die Erde würde auf sie fallen, und es würde immer geborgener und dunkler.

Unbehelligt von jeglicher Konkurrenz zu Hause wurde Kazimierz kräftiger und selbstsicherer. Er wurde nicht viel größer, doch auf den Hüften sammelte sich Speck, und die Ellbogen hielt er weiter vom Körper entfernt. Er begriff, dass sein kleiner Wuchs und seine Kegelform sich nach der Größe und Gestalt der anderen um ihn herum bemaß, und nach dem Tod seiner Brüder ließ er sich nur noch mit Jüngeren ein. Er bemerkte, dass man Dümmere leicht reinlegen, sie ohne weiteres um ein paar Glasmurmeln, ein Stück Zucker oder einen Gummi für die Schleuder prellen oder ihnen weismachen konnte, dass sie doch die größere Hälfte bekommen hatten, was man ja mit bloßem Auge sehen konnte. Er entdeckte an sich das von der Mutter ererbte Talent zum Hamstern und Verdoppeln von Beständen und von den Brüdern die Neigung zum Geschäftemachen. Er tauschte mit den kleinen Gorgóls Ware und ging mit den mageren Zwillingen aus Kocierzowa an die Pełcznica; die beiden hoben für ein Brötchen mit Butter die schmutzigen Kleidchen hoch und zeigten ihm ihre identischen unbehaarten Muschis mit blauen Äderchen unter der dünnen Haut, die aussahen wie neugeborene Mäuse. Das machte sich für den kleinen Kazio bezahlt, er lernte daraus, dass alles seinen Preis hat, und von dieser Lehre sollte er im Krieg profitieren.

Der Krieg steckte Kazimierz in eine Uniform mit zu langen Ärmeln und Hosenbeinen, er wiederum steckte sich Stroh in die Stiefel und fuhr mit den anderen in dem längsten Zug davon, der jemals in Zalesie Station gemacht hatte. Überall hielt er sich hinten, aber nie ganz am Schluss, er war stets bemüht, Vorderseite, Hintern und Seiten gleichzeitig zu schützen. Die Kugeln, die sechs seiner Altersgenossen aus Zalesie hinmähten, pfiffen hoch über seinen Kopf hinweg. Mal wand er sich heraus, mal kaufte er sich frei, dann verschwand er im Wald, wo er bis zum Kriegsende blieb, um dann tatsächlich als Held hervorzutreten. Bei den Partisanen hieß es, Kazimierz Maślak bringe Glück, weil er wie kein Zweiter den richtigen Zeitpunkt für einen Besuch im Dorf zu treffen verstehe. Er verschwand nachts und kam mit einem Sack voll Wurst, Gläsern mit eingelegten Pilzen und ein paar Goldringen zurück, die er im Astloch einer alten Eiche versteckte, wovon außer ihm niemand wusste. Kazimierz dachte an eine Familie, an die Vermählung mit einem Mädchen, das klein und dünn war wie die Zwillinge aus Kocierzowa, die nicht in Frage kamen, weil sie verdorben waren und keine Mitgift hatten. Kazimierz sah zwar aus wie ein Kegel, aber er war geschickt und gewieft, er konnte schlüpfen und hurtig springen, wenn es sein musste, er packte einen dicken Ast, zog sich hoch und, rittlings auf einer Astgabel sitzend, stopfte er seine Schätze ins weiche, morsche Innere des Baumes. Woher diese Juden bloß soviel Gold haben! Ungläubig und bewundernd schüttelte er den Kopf, dafür muss man schlau sein, für so ein goldblitzendes Bätzchen, dazu noch mit Edelsteinen. Für ihn bestand der Krieg darin, dass die einen den anderen etwas wegnehmen wollten, und beim Gewinnen ging es darum, dass man hinter dem Rücken der einen wie der anderen profitierte. Kazimierz hätte nie hergegeben, was sein war, die umgeschmiedete Sense würde er packen und Türken, Tataren oder gleich welche Kosaken metzeln, dass sie es nie vergessen würden, mit dem Säbel drauf auf die Kappe, die Beine unterm Arsch weggeschlagen. Er biss in die Münzen, Medaillons, Armbänder und Ringe, um sich zu vergewissern, dass sie auch echt waren, dann sprang er hinunter und lief leise wie ein Fuchs zu seinen Leuten. Er empfand weder Mitleid noch Angst, nur ein großes Bedürfnis zu besitzen, und die Gewissheit, dass er, um besitzen zu können, überleben musste.

Bei den Deutschen handelte er mit Wodka und nahm Gold von den Juden, von denen, die aus Łódź hinausgeschmuggelt, in Skierniewice nicht erschlagen und in Warschau nicht verbrannt worden waren. An verabredeten Stellen im Wald traf er sich mit dunklen Gestalten, halb durchsichtig wie Schatten, die jemand bis dorthin geführt hatte und die er nun weiterführen sollte, um sie nach ein paar Kilometern in andere Hände zu übergeben, und mit seiner kleinen Kartoffelnase erschnüffelte er den Geruch von Tod, den ihr Haar und ihre Kleidung verströmten. Manchmal sprach er sich auch mit anderen ab, je nachdem, was sich mehr lohnte, und die Schatten irrten dann so lange durch den Wald, dass sie vor Hunger und Erschöpfung irgendwo für immer einschliefen, nachdem ihnen die Ringe der Mutter schon aus den Taschen gezogen worden waren. Nun ja, so war es eben, aber er, Kazimierz nahm ja nicht nur das Gold an sich, sondern auch kein geringes Risiko auf sich. Er tat das Seine, darüber hinaus nichts. Er ging davon, und seine Finger betasteten in der Tasche den Lohn in Gestalt von Gold mit einem grünen Edelstein, und wenn keiner kam, um den Juden abzuholen, dann war das nicht seine Sache, nicht mal dann, wenn er wusste, dass niemand kommen würde. Wenn man ihn, Kazimierz Maślak, fragte, dann waren die meisten von diesen Jüdchen im Wald schon tot, das konnte man riechen.

Er kehrte nach Brzezina zurück, sein Elternhaus existierte noch, die Mutter Maślak mehr oder weniger auch, allerdings nur mit Unterstützung, sie war nur am Leben geblieben, um dem Sohn zu sagen, wo die Flaschen mit Kornblumenschnaps und die Schmalztöpfe vergraben waren (einer davon gefüllt mit der Mutter Gottes von Tschenstochau am Goldkettchen und Ohrringen mit goldenen Herzchen). Ein bisschen machte sich die alte Maślak noch im Haus zu schaffen, hielt sich den aufgedunsenen Unterbauch, in dem etwas wuchs, und machte sich dann davon ins Jenseits, sodass Kazimierz sich plötzlich allein in dem ganz ansehnlichen Bauernhaus befand. Völlig allein und ohne Familie, wenn man einmal von Zofia Maślak aus Zalesie absah, der Frau des tumben Cousins, der aus dem Krieg noch nicht zurück war. Den ersten Besuch bekam Kazimierz von den Zwillingen aus Kocierzowa. Genauso mager und hellhaarig wie einst, waren sie in den Kriegsjahren noch verdorbener geworden und machten jetzt für einen halben Topf des mütterlichen Schmalzes weit mehr als früher. Vom Kornblumenschnaps und seinem Übermaß an Glück berauscht, verlor er den Überblick, welcher magere Hintern zu welchem Zwilling gehörte, zumal er sie nie hatte auseinanderhalten können. Während er zusah, wie die Zwillinge nackt dasaßen und mit den Fingern das Schmalz aus dem Topf kratzten, dachte er an seine eigene Familie, die noch unbenutzte Frau und die Kinder, lauter kleine Mädchen, die es geben würde, wenn er die Frau richtig nutzte. Vielleicht wäre Kazimierz sogar in Brzezina geblieben, hätte noch Land dazugekauft, mit etwas gehandelt, etwas organisiert, wäre nicht die Leiche gewesen, die er als Zeichen betrachtete, dass es an der Zeit war, sich davonzumachen. In jener Nacht, als er mit dem alten Klapperkasten aus Skierniewice kommend die Straße an der Pełcznica entlangfuhr und plötzlich dieser Soldat vor ihm aufgetaucht war, hatte Kazimierz später noch lange draußen im Freien gestanden. Er bekreuzigte sich und fing wieder an zu schnüffeln.

Der Instinkt, der dafür gesorgt hatte, dass er Kugeln, Granaten und dem Galgen entging, der ihm wegen Kollaboration blühte, legte ihm jetzt nahe, sich Richtung Westen davonzumachen. Er nahm also seine Kriegsbeute aus dem Astloch und versteckte sie an mehreren sorgfältig ausgesuchten Stellen seines kegelförmigen Körpers, für die größeren Stücke eignete sich das Schmalz der seligen Mutter Maślak. Auf einem Umweg über Stettin, Posen und Breslau, auf dem er seine Beute von einem Versteck ins andere transportierte und unterdessen ein abenteuerliches Geschäft nach dem anderen machte, kam Kazimierz Maślak nach Wałbrzych. Um mehrere Armbanduhren, ein Bündel neuer Banknoten und einen Rotfuchspelz reicher – den hatte er einer großen, mit gedehntem Ostakzent sprechenden Frau günstig abgehandelt, die unterwegs bestohlen worden war und nichts mehr besaß als den Pelz nebst einem ebenfalls in gute Hände abzugebenden schreienden Säugling –, fand er sich an einem Ort wieder, wo seine Spürnase wie ein von der Leine gelassener Jagdhund zur Höchstform auflief. Er leerte das Gold in raffinierte kleine Säckchen aus Präservativen, spülte sich das Gedärm mit Wodka aus, ließ sich bei Antoś in Szczawienko die Bartstoppeln abrasieren und machte sich auf den Weg in die Stadt. Er zog immer weitere Kreise, bis er an die Tür des Hauses am Fuße des Sandbergs gelangte, das in einer anderen Epoche der Familie eines deutschen Bergbauingenieurs und seiner fleißigen Gattin Gerta gehört hatte. Jetzt wohnten vier Kumpel im Obergeschoss und die Familie von Professor Mucha im Erdgeschoss. Professor Mucha hatte einst irgendwo in den östlichen Gebieten des Landes das Klarinettenspiel erlernt, während die Frau Professor Geschichten unter einem Pseudonym schrieb, doch ihre Tochter Basia, die kleine Basia, hatte leider nicht in die Fußstapfen ihrer Eltern treten können, denn in Spuren, die der Wind der Geschichte verweht hat, lässt sich nicht gut wandeln.

Bald darauf posierte Kazimierz Maślak vor der Kirche in Szczawienko fürs Hochzeitsfoto mit seiner minderjährigen Frau Basia, Letztere in einem Fuchspelz, der für zwei von ihrer Sorte zu groß gewesen wäre, über dem Hochzeitskleid. Sie sah in dem weißen Kleid aus wie ein Kommunionkind. Wer konnte sich damals einen Fotografen leisten? Wer konnte sich damals eine Hochzeitsfeier in einem Lokal leisten? Nur einer mit Köpfchen wie Kazimierz, der sich immer so zu stellen wusste, dass er den Wind, der durch Wałbrzych fegte, im Rücken hatte. In den wiedergewonnenen Gebieten litt Professor Muchas Gesundheit sehr, von den vielen Infektionen verlor er das Gehör. Die Frau Professor verdiente mit Häkeln ein Zubrot, denn was sie besaß, hatte sie verkauft, und Basia, die für die Volksschule zu alt und in keinem Gymnasium aufgenommen worden war, flocht den ganzen Tag Kränzchen. Sie war klein und mager wie ein strohblonder Pinocchio, wohl auch ein bisschen zurückgeblieben, aber Kazimierz erschien sie gerade richtig ausgereift und wie mundgerecht zugeschnitten. Wenn sie die Treppe hinunterlief, hörte man das hölzerne Klappern der dünnen Knöchlein, und hinter ihr blieb ein Duft von zerquetschten Himbeeren in der Luft. Dauernd summte sie Liedchen vor sich hin, die wahre Musik für sein Herz, so etwas Süßes, eine Honighimbeere. Sing dem Onkel was ins Ohr! Komm zum Onkel, der hat ein Bonbon für dich! Von oben beobachtete Kazimierz, wie Basia in dem verwahrlosten Garten Blumen pflückte, wie sie unter dem Apfelbaum ein Kränzchen flocht und die Sonne sie mit tausend goldenen Nadeln durchstach. Auf der Treppe lauerte er ihr auf, trieb sich in der Nähe der Küche herum, sprang in dem nach Schuhen stinkenden Flur hinter dem alten deutschen Schrank hervor, Kazimierz war verliebt, und seine Fühler gingen zum bohrend-saugenden Angriff über, doch Basia wehrte sich: Nein, Onkel, neinneinnein! Mangelware brachte der gewiefte Kazimierz mit, echten Kaffee, ganze hundert Gramm, über einen Meter Miedergummi, ein Paar Lederstiefel, und einmal überraschte er die alten Muchas gar mit einem halben Kalb.

Bald wohnte nur noch Kazimierz mit Basia und der stöhnenden Schwiegermutter, die nicht mehr viel zu erwarten hatte, in dem Haus, und sein erstes Privatunternehmen – gehäkelte Babyausstattungen für die Taufe – florierte. Diejenigen, die es nach Wałbrzych verschlagen hatte, vermehrten sich in der Hoffnung, die Kinder würden mit den Wurzeln geboren, die man ihnen abgeschnitten hatte, und dann würden sie sich an ihren verwurzelten Kindern festhalten können und sich am richtigen Ort fühlen, zu Hause, nicht mehr wegzukriegen. So häkelte die Schwiegermutter Weißes, häkelte immerzu, und Basia häkelte auch, vor sich hinsummend, und die Nachbarinnen in Biały Kamień häkelten und sechs Frauen in Szczawienko, und es regnete Bestellungen. Die Frauen rollten weißen Faden aus aufgeribbelten Pullovern auf, aus Entenflaum, Schnee und Papier, aus Pusteblumen und Albinokaninchen, aus Spinnweb und greisem Haar. Weißer Faden für Taufhäubchen, -jäckchen und -schühchen spann sich um ganz Wałbrzych wie ein Netz, und mancher Bergmann, der nach ein paar Gläschen im frostigen Morgendämmer heimkehrte, stolperte darüber und konnte nicht mehr aufstehen, der Faden hatte ihn so umstrickt, dass er zu Tode kam. Doch für Kazimierz waren die Taufgarnituren erst der Anfang, er sah ein riesiges Imperium vor sich, und das Einzige, was ihm noch fehlte, war ein Erbe. Er klopfte sein mageres Frauchen ab, bis die letzten Reste Kindheit von ihr abgefallen waren wie morsche rosa Tünche, und auf Rat der Ärzte, die Unterernährung, Anämie und Frigidität diagnostizierten, nötigte er sie zum Verzehr von heißen Milchsuppen mit einem Extrastück Butter und fetttriefenden Krapfen aus einer Privatbäckerei in Szczawienko. Er stopfte sie mit Fettgebackenem, Würstchen mit Senf, Nüssen in Honig und Kogelmogel voll, doch sobald Basia sich selbst überlassen war, rannte sie in den Garten und erbrach sich in die Rabatten. Kazimierz Maślak hatte sich vorgestellt, dass er die Welt mit kleinen strohblonden Mädchen bevölkern würde, Mädchen wie seine kleine Verwandte Jadzia aus Zalesie und die Zwillinge mit den Mäusemösen. Frauen im Miniaturformat, die ihn nie um einen Kopf überragen würden.

Als Kazimierz nach zwölf Jahren seinem Heimatdorf einen Besuch abstattete, hatte die Cousine Zofia ihre Blütezeit hinter sich und war nicht mehr verwendbar, doch ihre Tochter blühte gerade erst auf. Das ausgelassene Hoppereiterspiel auf den Knien des Onkels, das ihr Schicksal entscheiden sollte, würde Jadzia immer in Erinnerung bleiben. Onkel Kazimierz nahm Jadzia zuerst nur in Gedanken an Tochters Stelle an, um nicht mit Worten voreilig etwas zu besiegeln. In geschäftlichen Dingen darf man nichts überstürzen, erst recht nicht, wenn es um die Familie geht. Hooooch flog der Onkel mit der fast an Tochters Stelle angenommenen Jadzia zum Himmel und kitzelte sie nach Leibeskräften unter den Armen. Auf die Annahme Jadzias an Tochters statt kam Kazimierz erst acht Jahre später zurück, als klargeworden war, dass sich auch bei langem und systematischem Quetschen nichts aus Basia herauspressen lassen würde. Da schrieb er den Brief an Zofia. Dennoch hatte Kazimierz an jenem Morgen vergessen, Jadzia abzuholen, vielleicht war es das erste Symptom einer Erkrankung, die im heißen Klima seines auf Kalkulationen und Profit ausgerichteten Hirns keimte. In jenem Winter befand sich Onkel Kazimierz in der Champignonphase, und wenn er einmal für etwas entflammt war, dann brannte er wie eine Fackel. Seine Augen, klein und tief im Schädel sitzend, sprühten Funken, unter dem Schnurrbart spie er das Feuer der Privatinitiative und zielte dabei mit seinen schnipsenden Pistolenfingern direkt auf die durchlöcherte Basia. Die Champignons waren die Mühe wert! In ehemals deutschen Scheunen am Rande von Wałbrzych illegal gezüchtet, weiß wie Schnee und Taufhäubchen, wuchsen die Champignons auf Pferdemist, Scheiße verwandelte sich in Geld, und Onkel Kazimierz wusste, wo man Erstere billig besorgen konnte. Die Champignoninvestition würde die Einnahmen durch die Taufgarnituren verdoppeln, aus Geld wird Geld. Nur eines quälte Onkel Kazimierz, nämlich der Verdacht, dass der Kompagnon im Champignongeschäft mosaischen Glaubens sein könnte. Das brachte ihn um den Schlaf, unruhig warf er sich im Bett hin und her, bis Basia in hohem Bogen hinausflog. Doch er fürchtete keine Herausforderung, er ging keinem Risiko aus dem Weg, wenn er mosaisch war, dann musste man eben alles zweimal nachzählen und ihm auf die Finger schauen, entschied Kazimierz. Am Morgen von Jadzias Ankunft wurden die Einzelheiten hinsichtlich der Champignons festgeklopft, und Kazimierz wollte sich nicht eingestehen, dass Jadzia ihm erst wieder eingefallen war, als seine Frau ihn zaghaft flüsternd – denn das ihr vor langer Zeit im Munde abgeschnittene Wort konnte sie nicht wieder laut ergreifen – fragte: Kazik, wo ist denn Jadzia? Kazimierzs Windmühlenarme setzten sich in Bewegung, es war ein Ausbruch, bei dem die Kugeln aus seinen Fingern pfiffen, eine traf Basia unterm Auge, eine andere, verirrte, am Arm. Was werden die Leute sagen, wenn unsere junge Verwandte geklaut worden ist, wenn sie, die unserer Stadt Unkundige, von den Zigeunern aus der Poststraße vergewaltigt oder ermordet wird? Wessen Schuld soll es sein, dass ihn niemand an Jadzia erinnert hat, wenn nicht Basias? Basia war schuld, und so zusammengestaucht wandte sie sich den Rindsrouladen zu und stauchte diese. Ihr Mann indessen, der die Rindsrouladen gern mit Grütze aß, machte sich in Wałbrzych auf die vergebliche Suche nach Jadzia.

Als sie am Abend mit Stefan vor der Tür stand, gesund und wohlbehalten, die Wangen rotfleckig wie mit Kirschmarmelade glasiert, öffnete Kazimierz für den besonderen Anlass eine Flasche bulgarischen Cognac. Heiß überliefen ihn die väterlichen Gefühle, wenn er Jadzias Hüften betrachtete, ihre Milchbrüste, die Schweißkränze unter den Achseln des rosa Pullovers. Er dachte daran, dass er von diesen Champignons einiges würde zurücklegen können. Und die Ersparnisse sowie Haus samt Inhalt würde er ja irgendwann einem hinterlassen müssen, und das würde bestimmt kein Fremder sein, o nein, nur über seine Leiche. Wem sonst als Jadzia, die doch immerhin von seinem Blute war, wenn auch in etwas verdünnter Form.

Jadzias eigentlicher Vater, Kazimierzs Vetter Maciek Maślak, ein seelenguter Mensch, der von klein auf nichts als Kaninchenzucht im Kopf gehabt hatte, kam noch am Tag seiner Heimkehr aus dem Krieg auf die denkbar dümmste Weise ums Leben. Er verschwand spurlos wie ein Stein im Wasser, erst im Herbst fischten sie seine Reste aus derselben Pełcznica, in der die Aale Kazimierzs Brüder gefressen hatten, und nur an der in seinen Gebeinen verhedderten Erkennungsmarke ließ er sich identifizieren. Er musste sich betrunken haben, eine andere Möglichkeit wollte Kazimierz nicht laut werden lassen. Zofia brachte nach seinem Tod ihr Kind zur Welt, und Kazimierz konnte damit denen das Maul stopfen, die Zofias Monate zählten, als wären es ihre. Sollten sie doch ihre eigenen Monate zählen! Dieser üble Geruch könnte noch an ihm hängenbleiben, wenn es sich herumspräche, was Czesiek Kociuba hinter vorgehaltener Hand zischelte, und Janek Kos gab bestimmt auch seinen Senf dazu, der hatte immer schon ein Auge auf Zofia geworfen. Jadzia sieht man allerdings nichts davon an, blaue Augen, blond, weiß wie ein Weizenbrötchen. Das ist eine Erleichterung, das nennt man Familienglück, dachte Kazimierz bei sich und klopfte Jadzia väterlich auf den Schenkel. Er fragte Stefan aus, wie viel er in der Grube ausgezahlt bekam und was für Aufstiegschancen er hatte, ein-, zweimal fuhr er ihm mit der Hand über den Rücken, um zu prüfen, ob er auch keinen Buckel hatte und für einen Schwiegersohn breitschultrig und muskulös genug war. Untergehakt tranken sie einen Cognac zum Zeichen der Freundschaft, die sie mit drei dicken Küssen auf die Backe besiegelten. Männlich hauchten sie aufs Brot, die Damen tranken Orangeade, die auf der Zunge prickelte wie Hagelkörnchen. An diesem Abend schon fingen sie an, ihre Rollen in der Familie abzustecken, Jadzia einander abzutreten und sich mit ihr abzuwechseln, auszuprobieren, wie man sie so zwischen sich einzwängt, dass es am besten passt. Onkel Kazimierz glühend vor Begeisterung am Kopfende des Tisches, Stefan zu seiner Rechten, der über seinen Fünfjahresplänen ganz zappelig wird, der Onkel wirft, Stefan apportiert. Jadzia fühlt sich schon ganz wie zu Hause, das haben sie ihr ja auch gesagt: Fühl dich wie zu Hause, Jadzialein. Schon lernt sie an der Seite von Tante Basia, wo hier das Brot ist, wo der Abfall, wie man in Wałbrzych den Teesud in den von den Deutschen hinterlassenen Kesselchen am sparsamsten aufbrüht. Die Dinge gediehen weit, und Jadzia gedieh sehr bald auch, und angesichts dieses unverhofften

Gedeihens verlobte sich Jadzia mit Stefan Chmura vermittels eines Rings, der bei einem Soldaten der Sowjetarmee in der nahegelegenen Kaserne erstanden worden war.

Die Kaserne in Świdnica war ziegelrot, mit Drahtgitter und Mauer umgeben. In der Umgebung der Kaserne roch es nach Chemie und altem Schweiß wie beim Schuster, und in den Ritzen der Holzdielen fanden sich auch lange nach dem Krieg noch deutsche Uniformknöpfe. Jungen mit faulen Zähnen und Trauerrändern unter den Fingernägeln wohnten dort, sie stülpten die Hosentaschen aus, und heraus fielen Birken und Holzkirchlein, Nataschas und Katjuschas, rote Sterne, hüfthoher Schnee, Väterchen Frost und Gold in rauhen Mengen. Es gab keine Verlobung in Wałbrzych ohne dieses Gold, denn billiger und dicker, glänzender und üppiger konnte man es nicht kriegen. Das war ein Gold, gelb und fett, mit rosa, hellblauen, hellgrünen Steinen besetzt, die Mütter bewahrten es zwischen der Wäsche auf, horteten es in Beuteln zwischen Büstenhaltern und Schlüpfern, als meinten sie, wenn man solche Dinge nicht öffentlich zeige, würde auch kein Bösewicht zwischen ihren rosafarbenen, im Schritt durchgewetzten Slips wühlen. Wenn mütterlicherseits gute Laune angesagt war, wurden die Päckchen hervorgeholt, die Edelsteineinsätze am Rock glänzend gewienert und den kleinen Töchtern gezeigt, die sehen konnten, wie die Steine im Licht schimmern und funkeln. Die Töchter würden diese Wunderdinge bekommen, wenn die Zeit gekommen war, dann würden sie sie zwischen die Wäsche stecken können, für die eigenen Töchter oder für schlechte Zeiten, mögen sie nie eintreffen, denn es wäre doch schade, solches Gold abgeben zu müssen. Das war ein Gold, das man für später aufbewahrte, nie benutzte man es jetzt, trug es nie, holte es nicht zu oft ans Tageslicht, als könnte es sich vom Anschauen allein abnutzen. Die Kumpel standen vor der Kaserne, und die Russkis verkauften ihnen Gold durchs Gitter, von Hand zu Hand, gegen Zigaretten, polnische Zloty, Wurst. Nachts kamen die Nutten, die älteren bliesen einen durchs Gitter, die Jüngeren halfen sich gegenseitig über den Zaun und fielen dann kopfüber dem Gold entgegen, direkt auf die wartenden Soldaten drauf, die sie in der Luft auffingen wie Fallobst und sich in ihnen festbissen, bevor sie noch auf dem Boden ankamen. Diese Helden, die Zwiebeln und Presskopf aufrülpsten, wenn die dort im Dunkeln beim Warten auf die Nutten gewusst hätten, dass sie Jahre später zu einem literarischen Motiv werden würden, dann hätten sie mehr für die Ringe mit Rubinen und Smaragden und für die Kettchen genommen und hätten anders gefeilscht. Der Soldat mit dem ausschlagzerfurchten Gesicht hatte Stefan geschworen, der Ring, den er ihm verkaufe, habe den allerechtesten Rubin, Zarengold, noch von der Großmutter, doch die Lüge kam schon am nächsten Tag ans Licht, als der Ring bläulich anlief. Jadzia wird den Betrug barmherzig vor ihrem Mann geheimhalten, doch nach Jahren wird das Erbarmen aufgebraucht sein, und die verbitterte Ehefrau wird ihrem Mann den Trompetengoldring ins Gesicht werfen.

Zur kirchlichen Trauung ging Jadzia in einem Kleid aus einer ehemals deutschen Gardine. Ein anderes Kleid war fertig und wartete auf sie, doch seit der letzten Anprobe war eine Woche vergangen, und am Tag vor der Hochzeit bedeckte die Spitze Jadzia nur noch zu einem Dreiviertel. Sie zogen und zerrten vierhändig, Jadzia und Stefans Mutter Halina, um die beiden Stoffkanten zusammenzuziehen und die Reihe Perlmuttknöpfe über dem in der Mitte aufquellenden Körper der Braut schließen zu können. Doch der Körper drängte heraus, weiß und weich, wie ein Hefeteig war er aufgegangen. Tränen gab's und Verwünschungen, doch nichts half. Schließlich riefen sie Stefan zu Hilfe, der sich mit männlicher Kraft an den beiden Seiten des Kleides versuchen sollte, obwohl es doch Unglück bringt, wenn der Mann seine zukünftige Frau vor der Hochzeit in Weiß sieht. Stefan spuckte in die Hände, stemmte das Knie gegen Jadzias Hintern und riss das Hochzeitskleid in zwei Stücke. Es platzte so weit auf, dass jetzt Jadzia nicht nur hinten herausquoll, sondern auch vorne das nackte Fleisch zu sehen war. Am nächsten Tag sollte Hochzeit sein – was nun? Die Einladungen waren verschickt, der Priester bezahlt, die Torte in der Speisekammer, zwanzig Schälchen mit Schweinssülze, eine ganze Pyramide Frikadellen, Töpfe mit Fleischsuppe und Barszcz – das konnte man doch nicht verderben lassen. Wie peinlich vor den Leuten! Da riss Stefans Mutter die handgestickte Gardine vom Fenster, dass die Röllchen auf der Vorhangstange klirrten. Fräulein Herta Korn hatte den Vorhang gestickt, und jahrelang hatte es ihr leidgetan, dass sie ihn in Waldenburg gelassen hatte. Ach, was für ein Vorhang das war! Bis an ihr Lebensende hat sie in ganz Bayern nichts dergleichen gesehen. Im oberen Teil ein dichtes Muster, damit Blicke und Fliegen nicht den Weg hindurch finden konnten, und unten eine ganze Landschaft hingezaubert. Es war genug Gardine da, um Jadzia von Kopf bis Fuß und ringsherum einzuhüllen, und Halina säumte, heftete und drapierte, bis man der Braut kaum mehr ansehen konnte, dass sich das Jungfernkränzchen erübrigt hatte. Vorher noch schnell die standesamtliche, in dunkelrosa Polyester gezwängt, und schon war Jadzia, vorehelich geschwängert, verehelicht. Wenn Onkel Kazimierz Pferdemist in der Scheune ausstreute, wo die Champignons in rauhen Mengen wie kahle Schädelchen sprossen, dachte er, Hauptsache ein Mädchen, klein und weiß und niedlich, und Tante Basia stürzte sich auf Jadzias Bauch und sang ihr Wiegenlieder in den Bauchnabel. Auf der anderen Seite des Bauchnabels wogten die Wiegenlieder vom himbeersüßen Honigmägdlein, die die verrückte Tante in Ohren groß wie Ostseemuscheln sang, und ihre Spuren blieben in dem butterweichen Gehirn zurück. Durch die Schlingpflanzen der Gedärme, die mit wurmartiger Bewegung den Brei aus Kartoffeln und Frikadellen voranschoben, durch die klebrigen Wände des geblähten Muskelbeutels flossen auf den Wogen eines roten Meeres die Worte vom blauen Hündchen und dem Mägdelein, dem himbeerroten und sterbenstoten. Jadzia streichelte der verkindschten Basia geistesabwesend den Kopf und hatte das Gefühl, dass das alles außerhalb von ihr geschah und gediehen war, zumal sie doch dreimal die fruchtbaren und die unfruchtbaren Tage nachgezählt hatte. Die Schwangerschaft trug sie mit sich herum, weil sie sie nicht zu Hause lassen konnte, obwohl ihre Beine so anschwollen, als wüchse etwas auch in ihren Waden, worauf ihr Wille keinen Einfluss hatte. Jadzia trug aus, und als sie ihre Tochter anblickte, spürte sie den vertrauten Kloß im Hals, wie damals, als sie ihr Kommunionkleid verfleckt oder soeben, als sie einen Haufen auf das Kreißsaalbett gemacht hatte. Wie peinlich, dass Jadzia ganz offen und in diesem jeder Frau so wichtigen Augenblick im Leben, während sich ein Wunder der Natur vollzog, anstelle der Frucht ihres Leibes erst einmal zwei gut verdaute Mahlzeiten hervorbrachte. Da kackt dieses Trampel uns doch alles voll, sagte der Arzt oder eigentlich nur seine Stimme, die zwischen den gespreizt festgeschnallten Schenkeln Jadzias emporstieg. Sie wäre in den Boden versunken, wenn sie gekonnt hätte, aber sie konnte sich nicht mal an der Nase kratzen, denn auch ihre Arme waren ruhiggestellt, für alle Fälle. Es tat weh, das war eben so, da gab es nichts mit den Armen zu fuchteln.

Ja, es war schwer, sauber zu bleiben und mit alledem zurechtzukommen. Alles ist so formlos, es drängt heran wie Wasser, und die Luft hat nichts Belebendes mehr. Jadzia atmet, aber sie fühlt nichts in ihre Lungen strömen, vielleicht ist sie schon ertrunken. Nächtelang liegt sie zwischen dem Schlaf von Mann und Tochter, und in ihren Brüsten schwillt anstelle von Milch eine salzige Woge an, Wasser voll Algen und toter Fische überschwemmt das Zimmer. Jadzia kann nicht verstehen, woher all dieses salzige Wasser in ihr kommt, ausgerechnet in ihr, wo sie doch noch nie das Meer gesehen hat. Es fließt ihr aus Augen und Nase, drängt aus Mund und Ohren, Bäche stürzen zwischen ihren Beinen hervor und aus den kleinen runden perlmuttfarben lackierten Nägeln. Ganze Schwärme geräucherter Sprotten ergießen sich aus ihr, Tintenfische mit schwarzen, sepiageschwollenen Augen stoßen heraus, aus dem Bauchnabel spritzt ein Geysir mit Amöben auf spinnigen Beinen, und vom Peroxydnebel benommen rutschen schlaffe Seesterne aus ihren Haaren. Tang und Algen schwimmen umher, ganze Felder von Sargassopflanzen, in denen Jadzia ertrinkt. Da geht die junge Frau mit ihrem frischen und vom Leben noch kaum abgenutzten Ehemann, und plötzlich gluckst das Salzwasser in ihren Schuhen, als hätte sie Springbrunnen unter den Füßen, die Taschen ihres Pepitamäntelchens sind schon voll, der salzige Wasserfall ergießt sich auf ihren Kopf, den wasserstoffblondierten und mit Haarspray lackierten, wie es der Mode für die praktische Dame entspricht. Wo gibt es denn so etwas – dass derartige Dinge einer Ehefrau widerfahren, deren Ehemann mit ihr zu einem höchst freudigen ersten Besuch in der neuen Wohnung auf Piaskowa Góra geht. Auf dem Fallreep aus Brettern über den schlammigen Sumpf, aus dem Häuser emporwachsen, ringt Jadzia um ihr Gleichgewicht, rutscht alle paar Augenblicke ab und versinkt mit dem rechten oder linken neuen Wildlederschuh im Schlamm. Dabei waren sie so schön gewesen, als sie das Paar im Staatlichen Warenhaus im Zentrum von Wałbrzych gekauft hatte, und Stefan hatten sie auch gefallen, als sie ihm gegenüber den Preis halbierte, um der männlichen Gefühlswelt gerecht zu werden. Jadzia hat erst wenig Praxis im Stand der Ehe und ist noch nicht ganz versiert in den Tricks und Erpressungen einer Ehefrau. Sie lernt erst, wie man so tut, als hätte man die Tage, wie man Preisschildchen austauscht oder von den Gegenständen entfernt, die die frauliche Gewieftheit hinter dem Rücken des Mannes anhäuft. Noch kann sie nicht zur rechten Zeit beurteilen, ob es Stefan weich stimmt oder wütend macht, wenn sie einen Schmollmund zieht. Stefan geht wütend mit Kowalik Wodka trinken und kommt mit feuerrot glänzendem Kopf zurück. Dann versöhnt er sich im Bett mit Jadzia und passt nicht auf. Jadzia sagt: Das Bett hat uns nicht zerstritten, das Bett wird uns auch nicht versöhnen, aber ihr Mann hört gar nicht zu, und da ist es schon besser und angenehmer, sich zu fügen, dann tut es wenigstens nicht weh. Danach muss Jadzia im Dunkeln liegen und die Tage zählen, bis das Ergebnis in der nächsten Flut untergeht und sie zum Arzt laufen muss.

Gleich nach der Rückkehr versucht sie die Schuhe sauberzumachen, und dabei beruhigt sie sich, die Aussicht darauf, etwas abwaschen zu können, hat immer beruhigend auf sie gewirkt. Seit sie ihren Haufen aufs Wochenbett gemacht hat, wäscht Jadzia alles ab, was ihr in die Hände fällt oder aus diesen auf den mit Keimen übersäten Boden fällt, als könnte sie auf diese Weise die unangenehme Erinnerung ausradieren. Bakterien! Ganz besonders gründlich wäscht sie ihre Tochter, deren Sauberkeit allein in ihren Händen liegt. Für die Schuhe benutzt sie eine weiche Bürste und Radiergummi, durch Reiben werden sie hoffentlich zu retten sein.

Sie hat sich wieder im Griff, sieht ihr Mann das auch? Jadzia schaut von ihren Einmeterzweiundfünfzig aus in Stefans behaarte Nasenlöcher. Sie sehen aus wie die feuchten Äuglein eines furchtsamen und sehr gierigen Tierchens. Im Mund der Glanz einer Goldkrone auf dem oberen Dreier, die Zunge, die auf einen kurzen Ausflug hervorgeschnellt ist und dann den Zierzahn zärtlich streift. Etwa drei Monate vor der zu diesem Zeitpunkt noch ungeplanten Hochzeit war Stefan zum Zahnarzt gegangen und hatte was investiert: Diese Arbeit, die würde bis ins Grab halten, erklärte er Jadzia mit breit aufgerissenem Mund. Jadzia stellte sich plötzlich vor, wie blöd Stefans Schädel aussehen würde, wenn er keine Haut und Muskeln mehr hätte, aber immer noch dieses klappernde Gebiss, in dem immer noch dieser Goldzahn glänzen würde. Er war beleidigt, weil sie kicherte, denn er hatte in der Privatpraxis von Doktor Jedwabny gewaltig blechen müssen, und anstatt zum Beispiel zu sagen: Ist dir schon aufgefallen, dass Ingenieur Waciak auch eine Goldkrone hat? kichert sie sich eins ins Fäustchen. Sie versöhnten sich danach im Badezimmer, im Stehen, weil sie damit rechneten, dass Halina jeden Augenblick von der Nachbarin Grażynka Rozpuch zurückkommen würde. Stefan gefiel das, aber Jadzia nicht, sie musste die ganze Zeit an diesen goldenen Hauer denken, der ihrem Verlobten gesprossen war und den er in ihren Hals bohren könnte. Nicht genug damit, dass jede Romantik fehlte, sie riss sich auch noch eine Laufmasche, die so lang war, dass man sie nicht wieder aufnehmen konnte. Damals war sie bestimmt schwanger geworden, und dann ging alles genau nach Stefans Plan. Nichts als Verluste.

Der Aufzug funktioniert noch nicht in ihrem Haus auf Piaskowa Góra. Jadzia schnauft, zieht den Bauch ein, der nach der Geburt noch groß und schlaff ist wie ein alter

Wasserball, und steigt die Treppen hinauf bis fast ganz nach oben. Auf dem neunten Stock heben die Gattenarme sie mit einem Schwung hoch und tragen sie über die Schwelle in die vierzig Quadratmeter große Leere; dort riecht es nach frischem Putz und PVC, es ist so schön. Mach die Augen auf, Dziunia! jault Stefan wie ein goldzahniges Hündchen. Was für einen Ausblick du hier hast! Ausblick auf den Himmel, auf andere neue Blocks rechts und links und geradeaus. Stefan öffnet das Fenster, und fast saugt der Wind ihn hinaus. Mit dem herausgerissenen Fenster in den ausgestreckten Armen würde er wie ein Segelflugzeug bis in die DeDeEr oder die BeErDe fliegen. Doch im Unterschied zu Jadzia weiß er, wo sein Platz ist, er stemmt die Füße auf den Boden und knallt das Fenster zu. Die Hauptsache aber ist die Zentralheizung, nie wieder Kohleneimer schleppen. In den Keller kommen nur Kartoffeln für den Winter und Gläser mit Gurken. Dziunia? Jadzia nickt bejahend. Ihr ist ganz schwindlig vom Ausblick auf Menschen wie Ameisen, auf die glänzenden Panzerchen der Autos, die Fenster gegenüber, die sie anstarren, wo lauter Jadzias sich spiegeln, schwanken, sie wie Fische hinter den Scheiben ihres Aquariums aus hervorquellenden Augen anglotzen. Hoch wie in einem Storchennest, sagt Jadzia, und zum ersten Mal im Leben wird ihr klar, dass sie sich fortan nach der Erde sehnen wird. Plötzlich begreift sie, dass ein Grund für ihre Traurigkeit das fehlende Gras unter ihren Füßen ist, und mit ebenso plötzlicher Klarheit erstrahlt unter der erschlafften Pracht ihrer Frisur die Erinnerung an den Garten in Zalesie.

Hoch! freut sich Stefan, hoch hinaus muss man wollen, wenn die arbeitende Bevölkerung eine Chance bekommt. Das gäbe es nicht ohne den Sozialismus, ohne Lenin und die anderen bekäme man nicht eine solche Wohnung oder die Gutscheine für Jungverheiratete. Stefan findet den derzeitigen Parteisekretär Edward Gierek einen anständigen Kerl, zumal er ja auch Kumpel ist. Er hat was Stattliches, er kann reden und man sieht ihm die Ehrlichkeit an der Nasenspitze an. Die anderen, erklärt er Jadzia, die wollen sich doch nur an die Fleischtöpfe machen, sich den Bauch auf Staatskosten vollschlagen und sich überallhin kutschieren lassen. Aber nicht Gierek. Als der gefragt hat: Werdet ihr helfen?, da hat Stefan ganz feuchte Augen gekriegt. Dann träumte er von Gierek, in dem Traum war Gierek er selbst und er, Stefan, war irgendwie so, aber nicht ganz, als wäre er Jadzia, ein bisschen jedenfalls, und wenn er aufwachte, schämte er sich. Dieser Gierek! Was für ein Prachtmensch, der Vater des Volkes. Das war ein guter Rat, den Ingenieur Waciak ihm gegeben hatte, als er gesagt hatte: Tritt der Partei bei, da verlierst du nichts, und er bekam den Parteiausweis. Stefan steht voll hinter Gierek. Auf Gierek lass ich kein schlechtes Wort kommen! sagt er zu Jadzia, dabei hatte sie nichts dergleichen vor, zumal sie, aus heiterem Himmel befragt, den jetzigen Parteisekretär ohne weiteres mit dem letzten verwechseln könnte. Die Frau von Genosse Gierek gefällt ihr aber, die Stasia. Eine sehr elegante Frau, wie aus dem Journal, wie aus einer deutschen Zeitung, obwohl das bestimmt ein Vermögen kostet, wenn man so aussah. Angeblich flog Stasia nach Paris zum Friseur, das hat Jadzia jedenfalls gehört, aber sie hält das für ein Gerücht. So gut kann's doch keinem gehen! Stefan interessiert sich eher für die, die seiner Verehrung von Genosse Edward im Wege stehen könnten, als für die Modeträume und Frisuren von Edwards Frau. Wenn es einem nicht passt, dann aber ab mit Arschtritt. Keiner in Stefans Familie hatte je so etwas Kostbares wie eine Wohnung im Block bekommen, einfach so, von Nichts. Höchstens mal einen gebrauchten Unterrock von der Frau des Hauses oder eins über den Schädel vom

Herrn, dem man nicht mal was anhaben konnte, wenn er die Ehefrau in der Waschstube oder die Tochter im Heu begrapscht hatte. Stefan weiß, dass die Hand, die Geschenke und Hiebe verteilt, immer jemandem gehört. Deshalb stellt er sich vor, dass diese huldvoll spendende Hand Edward Gierek persönlich gehört. Sie streckt sich ihm entgegen, dem Oberbergmann Stefan Chmura, und das beglückt ihn. Unterdessen öffnet und schließt der Oberbergmann alle Türen, die im Preis inbegriffenen, klopft die Türfüllungen ab, es fehlt nur noch, dass er an die Wände pinkelt, um sie als sein Eigentum zu markieren. Die Küche, daneben das Bad mit Klo. Stefan setzt sich auf die Muschel, zwinkert ihr zu, der alte Witzbold, na, was sagst du jetzt, Dziunia. Jadzia blickt aus ihren stachelbeergrün geäderten Augen zu ihm auf und gibt zu, dass das alles zum großen Familienglück gereicht. Stefan reicht das nicht, er hechelt und wartet, dass sie ihm ein Stöckchen zuwirft. Hoffentlich heizen sie auch, sagt Jadzia besorgt. Leider ging das daneben. Wieso nicht, Dziunia? Bist du hier etwa auf dem Dorf, in der Jauche oder im Hühnerstall? Wieso sollen sie nicht heizen? Mach du dir mal keine Sorgen um die Heizung. Ist doch schließlich Zentral, selbst muss man nicht einheizen, wie können sie dann nicht heizen? Das frag ich mich, wie sollen sie nicht heizen, wenn hier doch Zentral ist? Du redest vielleicht einen Stuss. Jadzia sagt erklärend, dass das eben so ihre Art ist. Jedes Wort, das aus ihrem Mund kommt, ist weich wie eins der großen Geleebonbons, deren Herstellung Onkel Kazimierz seit kurzem neben der Champignonzucht betreibt, um sie stückweise im Kiosk des Privatbetriebs auf Piaskowa Góra zu verkaufen. Also ehrlich, Dziunia. Stefan hat sich beruhigt, und Jadzia schmiegt sich an seine Brust, drückt den Kopf so fest daran, dass sie keine Luft mehr bekommt. Wenn sie erst Spazierwege anlegen, Bäume setzen und Rasen säen, dann wird es ganz nett hier. Die Bäume werden die Traurigkeit aus ihr ziehen, die Traurigkeit wird in die Blätter steigen, und die Blätter werden im Herbst abfallen. Du solltest dem Herrgott die Füße küssen, dass du so einen tüchtigen Burschen abgekriegt hast, sagt ihre Mutter immer wieder, so eine Heulsuse und lahme Trine wie du, und hast einen Burschen wie eine Kerze, freu dich doch, Mädchen, und heb dir deine Tränen für schlechte Zeiten auf. Durch Stefans Polyesterjacke hört sie sein heftig schlagendes Herz. Ein Geruch steigt ihr in die Nase, nach Ixi-Waschpulver und nach etwas Rauhem wie Packpapier und nach etwas Feuchtem, vielleicht in Papier eingewickeltes Fleisch, das anfängt zu stinken.

Stefans Arm rutscht tiefer über den Rücken seiner Frau, seine Hand klapst ihr auf den Po. Warte nur ab, wie sie hier heizen, nackig wie ein Türke wirst du hier rumspringen. Wie ein Türke so nackig! Stefan bekräftigt den Witz mit einem weiteren Klaps auf den Hintern seiner Frau. Nackig wie ein türkischer Pascha, und ich kann ihr patsch! direkt auf den Schinken klatschen. Patsch auf den Schinken, denn den Pascha muss man klatschen! Das hatte er gut hingekriegt! So ein Verschen musste er sich merken, damit er es bei Gelegenheit zum Besten geben konnte, vielleicht auf Kowaliks bevorstehendem Namenstag, wo auch Obersteiger Grzebieluch hinkommen würde und wer weiß, vielleicht sogar der Ingenieur Waciak. Er wird alles tun, um die Gesellschaft zu amüsieren, soll Jadzia erst gar nicht versuchen, ihm unterm Tisch beschwichtigend gegen das Schienbein zu treten, phantasiert Stefan glücklich. Wer weiß, was er noch alles erreichen wird. Vielleicht ist das erst der Anfang seiner Erfolge, ein Trampolin, von dem aus er himmelhoch springt und eines schönen Tages dort landen wird, wo der Direktor Mizera und der Vize Mrugala persönlich gläserweise bulgarischen Cognac trinken, in dem Büro mit der tropischen Palme. Und er wird reingehen und sagen: Na, dann schenkt mal schön ein. Und sie werden ihm heiße Wurst und Bigos und Räucherwürstchen vorsetzen, ihn wie einen der ihren bewirten, wie ihresgleichen.

So gründlich er auch die Dokumente studierte, die er in der Bergmannsgenossenschaft unterschrieben hatte, Stefan konnte sich eines Körnchens Furcht dennoch nicht erwehren, das am Grunde seines mächtigen Magens keimte. Einfach so eine Wohnung zu bekommen, um darin zu wohnen? Mit Zentralheizung und fließendem Wasser? In Stefans Seele wird die Ungläubigkeit noch länger mit dem wachsenden Verdacht kämpfen, dass er sich vielleicht doch auf eine gewisse merkwürdige Weise dieses Glück verdient hat, dass es ihm schlicht und einfach zusteht. In alkoholgetränkten Träumen richtet Parteisekretär Gierek die Augen auf ihn, Stefan Chmura, und zeichnet ihn aus. Genosse Edward kommt zum Ersten Mai nach Wałbrzych, und von der blumengeschmückten Tribüne aus bemerkt er Stefan, der in der Menge marschiert. Ihn allein! Alle schauen sich verwundert um, und der Parteisekretär stürzt direkt auf Chmura zu, der die Galauniform der Bergleute trägt. Die Menge teilt sich, um einen Weg freizumachen, fällt auf die Knie, die Strahlen der Sonne brechen mit plötzlichem Glanz durch die Wolken, über denen Engelschöre mit Harfen und goldenen Trompeten dem Bergmannsorchester zur Seite stehen. Gierek tritt auf Stefan zu, drückt ihm die Hand und sagt: Ich bin stolz auf Sie, Genosse Chmura. Und Stefan antwortet: Ich hab getan, was meine Pflicht ist, danke schön, Parteisekretär.

Von diesen Träumen erzählt Stefan nicht einmal Jadzia. Frauen verstehen solche Dinge nicht. Manchmal spricht er nur vor dem Badezimmerspiegel nach: Ich habe getan, was meine Pflicht ist, danke schön, Parteisekretär. Wie stolz Jadzia auf ihn sein würde! Und wenn die Auszeichnung mit einer Geldzuwendung verbunden wäre, würde er ihr etwas Schönes kaufen, ein weißes Kostüm wie aus Zuckerguss, weiße Zuckergusshandschuhe und -schuhe, cremefarbene Strümpfe, erdbeerfarbene Schlüpfer.

Stefan gefällt es, dass Jadzia immer runder und weicher wird, mit vorgewölbtem Venushügel, wie er ihn nie zuvor bei einer Frau gesehen hatte. Nicht mal bei Grażynka Rozpuch, die er durchs Schlüsselloch beguckte, wenn sie sich in der Schneiderstube seiner Mutter zur Anprobe auszog. Stefan nimmt seine Frau fester in den Arm und denkt an die dunkle Linie, die ihr nach der Schwangerschaft geblieben ist, die vom Bauchnabel aus nach unten führt, wie ein Pfeil, der dem Bär den Weg zum Honig zeigt. Manchmal würde sich Stefan gern in Jadzias Weichheit verkriechen und für immer dort bleiben, sogar, wenn ihm dann der Parteisekretär die Hand nicht anerkennend schütteln würde. Stefan sieht sich mit einem Mal von Gefühlen übermannt, dass er blinzeln muss, um den feuchten Dunst aus den Augen zu verscheuchen. Eine Anwandlung von Begehren ringt mit dem erwachenden Appetit auf Bratkartoffeln mit Blutwurst und Sauerkraut und vielleicht ein bisschen Tomatensauce, die vom Mittagessen übriggeblieben ist. Weißt du was, Dziunia, sagt er und schluckt – ich hab irgendwie wieder Hunger.

4 Stefans Mutter Halina fing an zu rauchen, als sie in das von Deutschen verlassene Haus in Wałbrzych zogen, und seit diesem Tag qualmte sie wie ein Schornstein. Ein Haus? Was für ein Haus? hätte ihr Mann Władek verwundert gefragt. Ein Haus hatten sie drüben gehabt, mit Matthiolen an der Wand, mit Dach und Fußboden, und neben der Scheune wuchs der Reineclaudenbaum, den Władeks Großvater gepflanzt hatte, als er aus dem Krieg zurückkam, der nicht der Letzte sein sollte. Angeblich hatte er ihn aus einem Kern gezogen, den er in seiner Uniformtasche mitgebracht hatte. Władek erinnerte sich, wie er davon gegessen und gedacht hatte, was für ein Baum aus diesem einen Reineclaudenkern entstanden war, und dadurch wurde das Haus irgendwie noch mehr ihr eigenes.

Hier aber bekamen sie zwei Zimmer in einem Mietshaus in Szczawienko mit Blick auf einen Hügel, wo man nicht mal Sauerampfer für die Suppe finden konnte, die Blätter waren löchrig wie ein Sieb. Und Władek Chmura pflückte gern Sauerampfer, wie seine Mutter es ihm beigebracht hatte, nur die obersten zarten Blätter. Sie hatte ihm erklärt, dass man wählerisch sein kann, wenn man wie sie den Sauerampfer nur des Geschmacks wegen pflückt und nicht aus Not. Schau, Władek, was für schöne Blätter der hier hat! sagte sie, und wenn sie redete, war es wie ein Gesang. Und hier gab's nicht mal Sauerampfer. So eine Weltreise hatten sie gemacht, um hier zwei Stock über dem Erdboden zu wohnen, mit anderen Leuten zusammen, von denen die einen ihnen und sie den anderen über den Köpfen herumliefen und wo man sogar die Kartoffeln kaufen ging, anstatt die eigenen auszubuddeln.

Am Anfang aber buddelten alle, wenn auch nicht nach Kartoffeln. Den ganzen Hof des Hauses rissen sie auf, weil sie suchten, was die Deutschen dort vergraben haben sollten. Jeder grub in Gedanken nach etwas anderem. Nach einem silbernen Besteck, wie es die Großmutter bei Sambor der Enkelin hatte schenken wollen, aber nicht mehr dazu gekommen war und es deshalb auf Nimmerwiedersehen im Garten vergraben hatte. Wenn man das, was dort vergraben worden war, hier wieder ausgraben würde, das wäre Gerechtigkeit. Die Goldrubel, die auf den Freikauf der leider bereits übergeschnappten Tante draufgegangen waren, diese Rubel müsste man zurückbekommen, sie müssten in der Wałbrzycher Erde warten, sodass man sie nur abwischen und einmal draufbeißen müsste, um sicherzugehen, dass der Schein nicht trog. Was war das für eine Buddelei überall! Zuerst stürzten alle zum Fürstenschloss, durch den Buchenwald, denn es ging das Gerücht, dass die Deutschen dort das Bernsteinzimmer versteckt hatten. Deshalb rissen sie die Fußböden heraus, klopften die Wände auf und fraßen sich in die Stuckdecken, zwei ertranken im Schlossbrunnen, einer blieb in einem Kanalisationsrohr stecken, doch sie fanden nichts als ein paar Türklinken aus Messing und verbogene Löffel aus der Schlossküche. Danach hieß es, die Deutschen seien ja nicht so blöd, an einem derart augenfälligen Ort wie dem Fürstenschloss etwas zu vergraben. Woanders hatten sie den großen Schatz versteckt, irgendwo lag er im Sand vergraben wie eine Kartoffelknolle und in Lumpen gehüllt, sie hatten bestimmt einen prima Platz gefunden, da gab es kein Vertun. Sie waren ja schließlich ein ordentliches Volk und würden ihr Gold nicht an irgendeiner x-beliebigen Stelle vergraben, wo jeder Bauer es finden konnte. Denn der Schatz, und daran hatte niemand irgendwelche Zweifel, war sehr kostbar und wartete in der Wałbrzycher Erde auf den kühnen Finder. Wer ihn findet, der wird bis an sein Lebensende ausgesorgt haben, und was für einen Neid würde er wecken! Was es da nicht alles geben würde! Goldmark und Silberleuchter, Schatullen, die geradezu platzten vor Perlen, Rubine wie Tretminen, der Schmuck von Eva Braun und Hitlers persönliche Preziosen, die von ganz unvorstellbarem Wert waren, Heiligenfiguren, groß wie gefüllte Sonntagshühnchen, vollgestopft mit irdischen Gütern, die sich verkaufen ließen. Deshalb rutschten die Leute auf den Knien und gruben in der Hoffnung, dass sie hier zum Trost für das, was sie zurücklassen mussten oder nie besessen hatten, etwas anderes ausgraben, sich zu etwas anderem durchgraben würden, was ihnen helfen konnte, auf die Beine zu kommen. Und seien es auch nur ein paar Zloty! Sie gruben nachts beim Schein von Kerzen und Petroleumlampen, sie gruben mit Bergmannslampen auf der Stirn, jeder war seines Nächsten Feind, es kam wohl auch vor, dass Blut floss, wenn ein Grabender dem anderen in die Parade fuhr. Sie holten Hellseher mit Wünschelruten und Zigeunerfrauen, die in ihren langen Röcken über die Höfe gingen und durch die Goldzähne spuckten. Sie gruben den ganzen Hof am Haus von Halina und Władek um, gruben unter den Fundamenten des Nachbarhauses, rissen die Böden aus den Holzverschlägen, gruben die verwilderten Schrebergärten um und buddelten unter dem Asphalt, bis er einsank. Die Allereifrigsten gruben, bis man sie nicht mehr sehen konnte. Sie hinterließen nichts als einen langen engen Gang, aus dem Wolken von Erdklümpchen flogen, und lamentierende Ehefrauen und kamen selbst irgendwann mit leeren Händen auf der anderen Seite des Erdballs heraus, dort blinzelten sie in eine Sonne, die zweimal so hell war wie in Wałbrzych, und betrachteten verblüfft die australischen Kängurus und Pelikane. Bei ihnen im Haus war Grażynka

Rozpuch die Einzige, die etwas fand, und alle packte die Wut, als sie ausrief: Ich hab was! Sie stemmte den Deckel mit dem Spaten auf und wickelte einen Lumpen ab, und der Schlag soll die anderen treffen, insbesondere die Tutkas aus dem Parterre, wenn es aus diesem Lumpen nicht wie Gold blitzte. Aus dem Parterre konnte man am besten sehen, mit wem und zu welchem Zweck sie am frühen Morgen nach Hause kam, und die Tutkas wussten so manches, mindestens ein gutes Dutzend ihrer Sünden hatten sie genauestens gezählt, wie man eben fremde Sünden zählt. In der Holzkiste war ein Grammophon mit Trichter, kein Gold und kein Hitlerschatz, nicht mal kostbarste Wertpapiere, da lachten die Tutkas, wie man so was Wertloses nehmen konnte, und alle im Haus atmeten erleichtert auf, dass das Schicksal sie diesmal gerecht behandelt hatte. Grażynka hingegen freute sich, als hätte sie weiß der Himmel was gefunden, und einer ihrer Liebhaber richtete das ausgegrabene Wunderding wieder her, es röchelte und stotterte zwar, aber es spielte, irgendwie spielte es ihre geliebten Milonga-Tangos, denn Tangos rührten sie zu Tränen. So bin ich nun mal, dass ich mich über jeden Scheiß freue. Und heulen tu ich auch, weiß Gott, über jeden Scheiß, sagte sie, und wahrscheinlich war es das, was ihr die anderen in dem Mietshaus in Szczawienko am wenigsten verzeihen konnten, denn es ging ja nicht an, dass man sich vor den Augen ordentlicher Leute ohne jeden Grund freute oder auch weinte, zum Beispiel wenn eine Katze überfahren wurde, und zum Tango aus dem Grammophon tanzte, das eine Enttäuschung hätte sein müssen, aber keine Enttäuschung war. Ganz in Nuttenspitze gehüllt tanzte Grażynka den Milonga, dass der Putz von der Decke und ihr vom Gesicht fiel, bis irgendein anderer zeitweiliger Liebster, der sich von Musik nicht so leicht rühren ließ, wütend wurde und das Grammophon aus dem Fenster warf, wobei er um ein Haar Zdziś Tutka getroffen hätte, einen der sechs kleinen Tuteks, der von da an noch schlimmer stotterte.

Halina hätte – wie jeder in Wałbrzych – lieber eines der ehemals deutschen Häuser mit Garten in Biały Kamień oder in Szczawno Zdrój bewohnt, wo die neuen Mieter unter den Büschen ganze Küchenausstattungen fanden mit der Aufschrift Bavaria auf der Unterseite, Heiligenfiguren voller Münzen, komplettes Tafelbesteck und Standuhren, die nie stehenblieben, und wo nach dem Regen die Tänzerinnen und Schäferinnen ganz von selbst die bleichen Händchen und Füßchen aus der Erde streckten, um bloß gefunden zu werden. Die Hausfrauen gingen mit dem Korb hinaus und sammelten sie ein wie frische Champignons, mit Stöckchen schoben sie das Laub auseinander, hoben die Zweige der Johannisbeerbüsche, und da schimmerte es schon weiß. In Szczawno Zdrój wohnten früher die Reichen und in Szczawienko die Armen, und nach dem Krieg war es genauso, denn manche Dinge ändern sich nie, doch am wichtigsten war für Halina, dass niemand von drüben nach Wałbrzych kam. Sie wollte nicht einmal den Namen jenes Drüben erwähnen, ja tat vor sich selbst so, als hätte sie ihn vergessen, und dank dieser kleinen Schummelei war jenes ferne Dorf bei Grodno sozusagen weniger existent. Sie erkundigte sich immer ganz gezielt: Und woher seid ihr? Woher sind diese oder jene gekommen? So konnte sie sich fern von Bruder und Schwägerin und allen anderen ansiedeln, die sie kannten und auf der Straße erkennen könnten, trotz der kastanienbraun gefärbten Haare und Dauerwelle, von der sich ihre Kopfhaut schuppte. Sie kamen zu spät nach Wałbrzych, um bei der Verteilung der besseren Güter etwas abzubekommen, denn die Situation des kleinen Stefan war, wie sich herausstellte, nicht so einfach, ausreisen konnte er nur als ihr unehelicher Sohn mit Namen Czeladź, wie es in den Papieren stand, oder gar nicht. Daran hatten sie und Władek nicht gedacht, als sie heirateten, aber dort drüben wussten ja sowieso alle, dass er ein Bankert war, ein Kegel, ein Unehelicher. Aber als sich herausstellte, dass sie umgesiedelt werden sollten, dachte sich Halina, es gebe doch nichts, das so schlecht wäre, dass es nicht auch sein Gutes hatte, und sie witterte eine Chance, dem Sohn ein neues Leben unter dem Namen des Stiefvaters zu ermöglichen, ganz so, als wäre er erwünscht, ehelich und von Anfang an sein eigen Kind gewesen. Mit dem umbenannten fünfjährigen Stefan, der jetzt Chmura statt Czeladź hieß, kamen sie in Wałbrzych an, wo sie sich, mit Władek angefangen, nacheinander in einem Badezimmer mit grüner Holzvertäfelung auspinkelten und verwundert dachten, wie schwer es sein würde, unter demselben Dach zu scheißen, unter dem man auch schlief und kochte. Sie setzten sich an den ehemals deutschen Tisch, aber irgendwie saßen sie nicht gut daran, ob er zu hoch war oder zu niedrig, wussten sie selbst nicht, und Stefan stammelte »Mama – essen«, dann schlief er mit dem Daumen im Mund, den Kopf auf der Tischplatte ein, bevor sie ihm einen Krumen Brot geben konnte, was zeigte, wie groß seine Müdigkeit war. Władek seufzte, strich dem Kind über den Kopf und nahm eine Zigarette, und Halina griff zum ersten Mal nach der Packung, um ihre Hände zu beschäftigen, die nicht wussten, was sie ohne das abendliche Melken machen sollten. Das Melken war ihre liebste Tätigkeit, und die großen, warmen, ruhigen Kühe, die so voll mit Milch waren, als sei ihnen das Spenden der Fülle ein Vergnügen und keine Pflicht, erschienen ihr immer als die besten Tiere überhaupt. Sie wärmte die Füße gerne in den Kuhfladen, und wenn sie, den Kopf an die Flanke des Tieres gelehnt, die Milch in den Kübel spritzen ließ, war ihr so ruhig und süß zumute, dass sie nichts weiter brauchte als ein paar warme schäumende Schlucke, die sie immer trank, wenn niemand in der Nähe war, und bis zum Abend war ihr das genug. Als sie Władek heiratete, sagte ihr Bruder Franciszek zu dem aus gegebenem Anlass feiertäglich gestimmten Schmied, der Bankert pinkle ins Bett und gehe außerdem ans Schmalz, er solle bloß achtgeben auf den. Aber die da, sagte er mit einer abfälligen Geste zu seiner Schwester, so widerwillig, als scheuche er ein Huhn vom Tisch, die sei ja nicht mehr wert als der Dreck unter den Fingernägeln. Milch täte sie trinken und das reichte ihr für den ganzen Tag. Halina hatte sogar daran gedacht, vielleicht in Wałbrzych eine Kuh zu halten, doch als sie aus dem Zug die feuerspeienden Schornsteine sah und die sich um die Ziegelschlote drängenden schwärzlichen Mietshäuser, die aussahen wie angekokelt, da begriff sie, dass es hier keine Weiden mit Kuhfladen gab, in denen sie die Füße wärmen konnte, und auch kein abendliches Melken mit der Wange an der Flanke des Tieres. Wenn es schon so ist, dachte sie, dann müsste sie sich gleich morgen umhören, wo sie denn frische Milch für ihr Kind herkriegen könnte. Sie war eine praktische Person, was für ein Fräulein mit Kind und ohne nennenswerte Mitgift auch bitter nötig war. Der Eimer, den Halina Chmura mitgebracht hatte, war zum Melken nicht zu gebrauchen, dafür aber bestens geeignet, wenn sie sich mit anderen Frauen und Kindern zu den Wałbrzycher Halden aufmachte, um zwischen Schlacke und Steinen Kohlestückchen zu suchen.

Am Tag ihrer Ankunft gab Władek seiner Frau Feuer für die erste Zigarette und sagte kein Wort, als sie sich am Rauch verschluckte. Er hatte immer schon wenig gesprochen, doch nachdem man ihm befohlen hatte, die Siebensachen zu packen und in die Fremde zu ziehen, schrumpfte die Zahl der von ihm benutzten Worte auf ja-nein-gut-schlecht und bitte-danke-was-darf-ich-bringen, als er Kellner im Lokal Tęczowa wurde. Für die Grube eignete er sich wegen einer blutigen Lungengeschichte nicht, und Schmiede über vierzig brauchte man im pferdelosen Wałbrzych nicht, also zog er den einzigen Anzug an, den er besaß, und zufällig machte er in dem neuen gastronomischen Betrieb in Szczawienko einen guten Eindruck, um so mehr, als es an männlichem Personal mit entsprechender Erscheinung mangelte. Als der Direktor des Tęczowa, ein untersetzter, hellhäutiger, schorfiger Typ, der Ähnlichkeit mit einer Kugel aus Griebenschmalz hatte, den Schmied als Kellner einstellte, sagte er, mit seinem Aussehen und einer Traurigkeit in den Augen wie ein Filmschauspieler könnte er glatt als Geistesmensch durchgehen, wenn er sich noch irgendein Schulzeugnis besorgen würde. Seiner Meinung nach eigneten sich melancholische Braunhaarige wie Władek besser zur Karriere im Kellnerberuf als Blonde, überwiegend schweinchenartige, und nach ein paar Monaten beförderte er ihn zum Saalchef. Seine Augen folgten Władek voll Neid und Bewunderung, denn trotz seiner Stellung und Bekannten an verschiedenen höheren Stellen fehlte es ihm an Vornehmheit und Erfolg beim anderen Geschlecht, wie ihn dieser große Mann mit dem Kopf einen Bernhardiners und seinen großen behaarten Ohren genoss. Władek Chmura war vergiftet, sowohl von der Sehnsucht (von der er wusste) als auch von einer beginnenden Krankheit (von der er nichts wissen wollte), die seinem Gesicht einen grünlichen Hauch von Leiden verliehen und seiner Stimme eine heisere Rauhheit, was bewirkte, dass jeder Satz, den er aussprach, den anderen Kellnern bedeutsam und gleichsam endgültig erschien. Ein bisschen fürchteten sie sich vor ihm und nannten ihn nur dann den Wehmütigen Władzio, wenn sie ganz sicher waren, dass er sie nicht hörte, sonst redeten sie ihn mit Herr Władysław an. Im Laufe des ersten Jahres in Wałbrzych verlor Władek zwei Vorderzähne und lächelte auch deshalb noch seltener, ohne zu wissen, dass diese Steigerung von Ernst und Wortkargheit anderen sogar Anlass gab, in ihm einen ganz anderen zu argwöhnen, einen, der viel bedeutender war als der Schmied, für den er sich ausgab. Den Frauen, die ins Tęczowa kamen, gefiel es, dass er so geheimnisvoll und distanziert war. Sie versuchten den Wehmütigen Władek mit ihren Busen in Nylonblusen und dem künstlichen Rosa ihrer Lippen zu verführen, doch er blieb ungerührt, er hatte schon lange keine Lust mehr, sich rühren zu lassen, und in seinen freien Minuten stand er lieber abseits und zupfte sich Haare aus den Ohren. Władek war überzeugt, dass er an Schwindsucht sterben würde, wie seine Eltern, seine beiden Schwestern und sein Bruder in der Blüte ihres Lebens und wie seine erste Frau und Tochter, deshalb glaubte er den Ärzten in Wałbrzych nicht (drüben, ja, drüben, da hatten sie Ärzte gehabt, aber hier gab es nur Quacksalber), die für seinen schlechten Gesundheitszustand die Leber verantwortlich machten und nicht die Lungen. Das Stechen im Gedärm hielt er für ein bösartiges Schwindsuchtssymptom, das sich tarnte, indem es sich aus dem geschwächten und vom hiesigen Brot übersäuerten Magen meldete. Sägemehl ist das, kein Brot, sagte er zu Halina, drüben, das war Brot, das konnte man pur essen, und es schmeckte auch, wenn man nur ein bisschen Salz draufstreute. Manchmal war es noch warm, und so, nur mit Salz, konnte ich einen halben Laib aufessen, aber dieses Brot hier, das ist doch wie Lehm. Władek meinte, drüben wäre alles besser gewesen, und wenn ihm mal ein richtiger Hammer fehlte, um einen Nagel einzuschlagen, oder Winterschuhe, dann sagte er: Ja, drüben, da hatte ich einen Hammer; oder: Drüben, da hatte ich Schuhe! und nichts weiter, keine Einzelheiten, denn für ihn lag es auf der Hand, dass der Unterschied zwischen einem Hammer oder Schuhen von drüben und von hier jedem sonnenklar war.

Für Władek wurde sein Drüben immer schöner, während Halina ihr Drüben so kleinmachte, dass es nicht größer war als ein Eulengewölle und eine Staubfluse in der Ecke. Jedes Mal, wenn Stefan sie nachts weckte und sich aus Angst vor Onkel Franciszek, der hinter ihm in der Speisekammertür erschien, vollgepinkelt hatte, wusch sie ihm den Traum mit warmer Milch aus dem Gedächtnis, gab ihm einen Löffel Zucker direkt in den Mund und versicherte ihm, er habe sich Unsinn zusammengeträumt, ein Dummerchen sei er, ach so ein Dummerchen, was für ein Onkel Franciszek denn, es gibt doch gar keinen Onkel Franciszek und es hat nie einen gegeben, es gibt Mama und Papa und ihn, den kleinen Stefan Chmura, und jetzt soll er schlafen, schlafe mein Kindchen, schlaf ein ... Halina schnaubte, wenn es um das Dorf ging, dessen Namen sie gestrichen hatte, was haben wir denn da gehabt, einen Koffer voll Scheiße, während Władek in Erinnerungen an die Geschmäcke, Gerüche und Farben schwelgte, aber das Gesicht seiner Frau vor lauter Rauchwolken nicht mehr sehen konnte, und so entfernten sie sich immer weiter voneinander. Nach ein paar Jahren kam es Władek so vor, dass auch Halina dort anders gewesen war, manchmal hatte er sogar den Eindruck, er sei mit einer fremden Frau nach Wałbrzych gekommen, deren Haut sich so kalt anfühlte, dass ihn ein Schauer überlief, während sein echtes Mäuschen mit dem dicken Zopf auf der Bank vor dem Haus zurückgeblieben war und weinte, weil sie nicht wusste, wo sie alle hin verschwunden waren und warum sie allein zurückgeblieben war. Władek verknitterte und verschrumpelte so, dass nur seine Hände und Ohren groß blieben, und es kostete ihn eine verflixte Anstrengung, diese große Hand mit der Zigarette hochzuheben. Sogar sein Kopf wurde kleiner, und seine sämtlichen (zwei) Hüte wären Władek auf die Schultern gerutscht, wären nicht diese Ohren gewesen, die demnach zu mehr als nur zum Popeln taugten. Manchmal betrachtete Władek seine Hände, als gehörten sie gar nicht zu ihm, dabei hatten sie doch früher gepasst, und er griff in die Luft, um sich daran zu erinnern, wie es war, den Hammer in der Rechten und den Pferdehuf in der Linken zu spüren. Er bewegte die Hände im Leeren und fühlte, wie die Drüben-Welt ihm durch die Finger rann und wie alles, was er hatte, mit dem Verfließen der Zeit immer weniger wurde. In Wirklichkeit verlieren wir doch immer mehr Jahre, anstatt mehr auf dem Buckel zu haben, sagte er eines Nachts zu Halina, aber sie verstand ihn nicht, wie konnte er immer weniger haben, wenn sie immer mehr hatte, eben noch war sie zwanzig gewesen und jetzt auf einen Schlag fünfunddreißig, und sie sagte ihm, er möge bitte still sein, weil Stefcio schlief, und wenn er sich erschreckte, dann würde er sich am Ende wieder an alles erinnern, und dann wäre die ganze Mühe umsonst gewesen.

Immer trauriger servierte Władek im Tęczowa Schweinsfüßchen in Aspik und Russisches Ei und schenkte den Wodka aus, den er schnell auch sich selbst einzuschenken wusste, ohne etwas zu beißen dazu, mit zurückgeworfenem Kopf wie ein gehetztes Pferd. In den Hinterräumen des Tęczowa trank man von jeder Halbliterflasche ein Gläschen dem Alter nach und füllte dann die Flasche mit Wasser aus dem Kran auf, und jeden Abend wurden rund vierzig, an Samstagen und Feiertagen bis zu sechzig Flaschen konsumiert, den bunten Fruchtwodka und das Bier nicht eingerechnet. Fast jeder Kunde bestellte zum Einstieg zwei Gläschen Klaren und Aspik, aus dem noch die

Schweineborsten ragten, denn *Alkohol servieren wir nur mit Speisen* und wenn es schon sein musste, dann kam man mit dem Aspik am billigsten weg und der rutschte auch am schnellsten runter. Dreimal Lorgnon mit Qualle am Zweier, vier Heringe, Qualle, Lorgnon, fünfmal. Mit Władek zusammen waren es sechs Kellner, sie zirkulierten zwischen Theke und den Tischen, jeder dunkel gekleidet, am Kopf pomadisiert und mit Dienstfliege am Gummiband, damit die arbeitende Bevölkerung von Szczawienko eine Vorstellung von der Eleganz bekam, die ihr von jeher zustand. Nach zehn Uhr, insbesondere wenn der Saal für eine Hochzeit gemietet war, hingen die Fliegen flugbereit an den ausgeleierten Gummibändern, begierig, sich den anderen zuzugesellen, die schon im Rhythmus des Orchesters über dem Tatar kreisten, die Gesichter glänzten vor Schweiß, und die hochzeitlich beschuhten Beine verhedderten sich, das Lorgnon wurde zum Lorgnönchen und rutschte nicht selten vom Tellerchen, und versuch mal einer, Aspik vom Boden aufzuheben. Nur Władek behielt seinen Ernst, egal wie viel er getrunken hatte, das Gesicht in einer Grimasse des Schmerzes von Seele, Leib oder beidem leicht nach links verzogen, servierte er die Tabletts mit den Lorgnons und den verzweifelt zitternden Quallen, die die Kunden mit abgehärteten Speiseröhren großzügig mit Spiritusessig übergossen und männlich in zwei Happen erledigten. Die Frauen tranken zu Mayonnaise-Ei oder Gemüsesalat, es kam auch vor, dass die Herren ihnen Kirschlikör oder Cognac anstatt Klarem bestellten oder Orangeade, die sie dazu trinken konnten. Wenn einer sagte: Herr Oberkellner, bringen Sie der Dame doch eine Orangeade, damit sie den Cognac runterkriegt, dann war klar, dass der Kunde eine dicke Brieftasche hatte oder der Frau imponieren wollte, und in beiden Fällen erhöhte sich die Chance auf ein erkleckliches Trinkgeld, wenn die Damen erst einmal tranken. Die Damen, die keine Erfahrung im Trinken hatten, wurden von den Kellnern Pfauenaugen genannt, sie erkannten sie daran, dass sie zum Wodka »Malaga«-Pralinen knabberten, zum Cognac saure Gürkchen und zur Orangeade Tatar, und sie fluchten: Zum Teufel mit dem Tęczowa, heute haben wir mindestens vier Pfauenaugen. Sie behielten im Blick, welche zuerst voll war und zum Klo stürzte, um zu kotzen, und sie hofften, dass sie es schaffen würde. Was für ein verficktes Pfauenauge, wie kann man sich so den Arsch zuziehen, ärgerten sich die jüngeren Kellner, die zum Putzen von Boden und Wänden abkommandiert wurden, doch Władek erinnerte sie mit Grabesernst daran, dass man vor den Damen keine Kraftausdrücke benutzt, auch wenn die Betreffende würdelos auf dem Betonboden lag, aus der Nase blubberte und ihr alles egal war.

Nur die Nutten im Tęczowa wussten, was und wie sie trinken mussten, und wenn sie ihren Tisch am Fenster besetzten, brachte Władek ihnen ohne nachzufragen zwei Flaschen Klaren, Tatar und Brot, von dem er mehr in den Korb gab als normalerweise, denn normalerweise wog man nicht genau ab und nahm eher weg, als dass man dazulegte, damit man sich was für zu Hause abzweigen konnte. Er trank mit ihnen die erste Runde zur Desinfektion nach der schweren Arbeit, wie sie zu scherzen pflegten, während sie ihre blau angelaufenen Hintern in eine entspannte Sitzhaltung brachten, dann entschwebte der unwandelbar traurige Władek mit dem Tablett und der Serviette über dem Arm, die wie ein kleines Segel über einem Meer aus Rauch trieb. Die Nutten vom Tęczowa fühlten sich vom Wehmütigen Władzio geachtet, denn wie hätten sie sonst verstehen können, dass er nie auch nur eine von ihnen im Tausch gegen die gewährte Freundlichkeit benutzen wollte, sie aber eigentlich nie etwas umsonst bekamen außer Hinterntritten und Kinnhaken. Aus dem Osten, dem Norden und weiß der Himmel woher sonst noch waren sie nach Wałbrzych gekommen, so erniedrigt und geschmäht, als wäre die Front über jede einzelne von ihnen hinweggegangen, die Deutschen von vorn, die Russen von hinten, und dann umgekehrt. Mit Kindern, bleich wie Kartoffelkeime und niemandem ähnlich, waren sie gekommen, mit alten, verschossenen Fuchspelzen, in denen krankhaft glänzende Knopfäugelein blinkten, in Schuhen mit schief gelaufenen Absätzen und mit den Resten von Hoffnung auf eine günstige Fügung des Schicksals, wenn sie beim Ausstellen der Papiere (die alten waren auf Nimmerwiedersehen verloren) ein paar Jahre unterschlagen konnten und wieder dreißig waren. Ganze Kompanien von ihnen kamen in Schlachtordnung nach Wałbrzych gezogen, wie Fallschirmspringer landeten sie mit ihren Regenschirmen in Biały Kamień und Szczawienko und auf Piaskowa Góra, die Strömung der Flüsslein schwemmte sie an, schwarz von Kohlenstaub oder Wimperntusche trieben sie herbei und gingen an Land, um mit Spürnase und indianischer Fertigkeit im Spurenlesen in Blitzesschnelle den Weg zu den Kasernen, Bars und Parks zu finden. Herr Władzio, setzen Sie sich zu uns, baten sie ihn im Morgengrauen, er sollte mit ihnen frühstücken, dann schoben sie ihm mal ein Käsebrot mit Tomate, mal eine Scheibe kalte Blutwurst hin, was sind Sie wieder so traurig, Herr Władzio, sagten sie, essen Sie doch wenigstens was aufs Brot, Sie sind doch schon mager wie der Sensenmann. Die Rote Maryśka, von allen Gegrüßetseistdumaria genannt, die Traktoristin Lidka, die Heilige Ameise, die nie einen anderen Namen benutzte, und als man sie tot im Sobieski-Park fand, wusste wie bei einer Heiligen keiner, wie sie wirklich hieß – sie alle sahen in Władek jemanden, der noch erbärmlicher war als sie, denn sie meinten, nur jemand sehr Erbärmliches könnte ihnen Achtung erweisen. In diesem bargeldlosen Tausch gestatteten sie sich wiederum den Luxus, mit ihm – ebenfalls völlig kostenlos – Mitleid zu haben. Spät in der Nacht, manchmal auch erst früh am Morgen kehrte Władek aus dem Tęczowa heim; sauer rülpsend torkelte er über die Straßen von Szczawienko in dem armseligen Rausch eines Trinkers, der es trotz täglich aufs neue unternommener Versuche niemals schafft, sich vergnügt volllaufen zu lassen.

Nach mehreren Anläufen gelang es ihm, die Tür aufzuschließen, und er stolperte in die dichte grünliche Stille der Wohnung, deren Inneres um diese Zeit einem untergegangenen Schiff glich, voll seltsamer Wesen und Vorrichtungen mit unbekanntem Zweck. Unvermeidlich fiel der Kleiderständer um, überwuchert mit Seerosen in Gestalt von Mänteln und Schals, Władek fing ihn im Flug auf, hiiiiiii! rief er und zog sich unbeholfen die Schuhe aus. Bevor er sich in Unterhemd und weißer Baumwollunterhose neben seine schlafende Frau legte, die instinktiv beiseiterückte, warf er noch einen Blick in Stefans Zimmer. Es ist nur zum Wohl des Kindes, denk daran, hatte Halina ihm eingeschärft, damit er nie ausplauderte, dass ihr Kind unehelich geboren war, doch Władek hatte Stefan ohnehin von Anfang an als sein eigenes Kind anerkannt und so lieb gewonnen, wie es ihm möglich war. Fast jede Nacht schnupperte er in die kindliche Ausdünstung, die nach ein paar Jahren sauer wurde wie Milch. Er betrachtete eine Zeitlang den Sohn, mit dem er nie zu plaudern gelernt hatte, legte ihm einen Schokoriegel oder ein paar Bonbons neben das Bett und schloss die Tür wieder im schmerzlichen Empfinden der Unzulänglichkeit dieses Betrachtens und Ablegens von Süßigkeiten. Tagsüber sahen sie sich fast nie, denn Stefan war in der Schule oder trieb sich mit seinen Spielkameraden auf den Halden herum, während Władek sich von der nächtlichen Kellnerei ausschlief. Wenn er nach Hause kam, schlief der Sohn und wuchs im Schlaf, sodass der Vater eines Tages ganz erstaunt bemerkte, wie groß der Sohnesumriss unter der Decke geworden war, ungläubig griff er nach etwas, das sich als Fuß von männlichen Ausmaßen erwies und ihm einen Tritt gab. Um diese Entdeckung zu würdigen, schüttete er ein Häuflein polnischer Zloty neben dem Schlafenden auf, denn ein Schokoriegel war bei einem jungen Mann nicht mehr angebracht, das wusste sogar ein so unerfahrener Vater wie Władek.

Als Stefan vierzehn Jahre alt war und seine Stirn wie mit Kirschsaft bespritzt in Pickeln erblühte, war auch der in Władek lauernde Krebs herangereift und warf den überraschten Kellner gegen das Buffet mit den Tęczowaschen Fertigspeisen, während die Glasscheibe in tausend Stücke zersprang. Władek spuckte Blut und ließ sich weder durch kalte Wassergüsse noch durch die Ohrfeigen des in Panik geratenen Geschäftsführers wieder zu Bewusstsein bringen, also riefen sie den Krankenwagen, und Gegrüßetseistdumaria und die Heilige Ameise rannten zu Halina, die die Tür öffnete und sofort wusste, dass zwei alte Nutten um vier Uhr morgens keine guten Nachrichten bringen konnten. Nach der Operation faselte Władek zwei Wochen lang vom Sauerampfer, an dem man nur die oberen Blättchen abzupfen durfte, und erschreckte Halina mit seinem Argwohn, sie sei nicht sie, sie schaute sich sogar um, ob da nicht eine stand, die so tat, als sei sie die Frau des ehemaligen Schmieds, um sich über sie lustig zu machen. Kurz darauf büßte Władek Chmura seine Fähigkeit zu sprechen völlig ein, eine Fähigkeit, von der er in seinem fünfzigjährigen Leben so ungern Gebrauch gemacht hatte, denn erst war die Welt am rechten Ort, und der Schmied brauchte nichts zu sagen – wo hat man schon mal einen geschwätzigen Schmied gesehen? –, danach war es zu spät, und das Wort blieb ihm im Halse stecken, erdrückt von einem der Krakenarme des Krebses, der ihm nach oben gekrochen war und sich im Mund ausbreitete. Als er ins Krankenhaus kam, waren die Metastasen schon überall, und die Ärzte schnitten Władek noch mal auf, um ihn dann mit einer mehr schlecht als recht zusammengestoppelten Wunde abzuschreiben. Sie schirmten das Zeugnis ihrer Machtlosigkeit mit einem weißen Vorhang vor den anderen Patienten der Onkologie ab, die noch ein Recht auf Hoffnung hatten, damit der Anblick des Sterbenden ihnen nicht nehmen konnte, was ihm nicht mehr zustand. Eine Woche nach der Operation gingen die Nähte auf, Władek begann, ins Bett zu vertröpfeln und sich endgültig aus der Welt zu verpissen, also nahmen sie ihn noch mal unters Messer, damit die Medizinstudenten sehen konnten, wie das letzte Stadium in dem noch knapp lebendigen Körper eines vierundfünfzigjährigen Mannes mit normalem Körperbau aussah, dessen Gewicht sich auf fünfundvierzig Kilo reduziert hatte und wohl kaum noch in die Höhe gehen würde. Entgegen den ärztlichen Prognosen wachte Władek nach der zweiten Operation aus der Narkose auf und schaute, begleitet von den in Kehle, Knochen und Hirn festgekrallten Krebskinderchen, mit dem einen noch funktionierenden Auge umher, seine Familie in Gestalt von Frau und Sohn beugte sich so weit über ihn, wie es der unter dem Laken aufsteigende Verwesungsgestank zuließ. Anstelle der Gesichter seiner Nächsten, die ihm inzwischen so fern gerückt waren, dass sie sich nicht mehr erkennen ließen, sah Władek nur zwei Jahrmarktswindräder, ein größeres und ein kleineres, so schön wie vor einem halben Jahrhundert auf dem Stand vor der Dorfkirche; sie drehten sich ohne Unterlass, schneller und immer schneller.

In verspäteten Anwandlungen von Koketterie, die ihr Gatte bisher eigentlich nie von ihr erwartet hatte, kleidete sich Halina für die täglichen Besuche im Krankenhaus sehr sorgfältig, schminkte sich Augen und Mund, verrieb auf den Wangen ein zähes bräunliches Cremepuder Marke Miraculum, das ihr mindestens acht schlecht sitzende Jahre draufgab, weil es so fremd und unpassend aussah. Stefan stand neben ihr in zu kurz gewordenen Hosen und schluckte an seinem Speichel, weil ihm die hinter den Vorhängen aufsteigenden Essensgerüche aus der Krankenhausküche durch den Tod hindurch in die Nase stiegen. Nach fünfwöchigem Todeskampf zwinkerte Władek mit seinem eiterverklebten Auge, hob ein letztes Mal die von den Tropfnadeln blau zerstochene Hand, und noch einmal verfehlten die Eheleute einander. Sie, schweißtriefend unter einer Fuchspelzmütze, meinte, ihr Mann wolle sich von ihr verabschieden, er aber wollte nach dem größeren der beiden Windräder greifen, mit dem er dann kurz darauf durch die Wiese seiner Kindheit davonging, der letzte Weg, den er vor sich sah. Die andere Hand, die wieder kindlich weich geworden war, lag in der seiner längst verstorbenen Mutter, mandeläugig und braunhäutig, was sie infolge einer genetischen Laune von werweißwem geerbt hatte, vielleicht von einer Ururgroßmutter, die Dschingis Khans Soldaten vergewaltigt hatten, und so ging und ging er, bis die Wiese in einer plötzlichen Lichtexplosion erstrahlte.

Ich werde dich in gutem Andenken bewahren, schwor Halina ihm in Gedanken, doch zeigte sich, dass man jemanden nicht so einfach rückwirkend lieben kann, wenn man nie Übung darin gehabt hat, und allmählich verschwamm Władek in Witwe Chmuras Gedächtnis wie die Erinnerung an ein misslungenes Picknick. Zwei-, dreimal im Jahr ging sie mit Stefan an sein Grab, aber sie redeten nur über das, was sich obendrauf befand: die Kunststeinplatte, die poliert werden müsste, die zerbrochene Blumenvase. Sie stritten, wer Poliertuch und Paste hätte einpacken sollen, regten sich auf, dass die Grableuchten ausgingen und die Chrysanthemen schütter und dickstengelig waren. Was die hier für Zeugs verkauften! Die Witwe polierte die Kunststeinplatte über dem verwesenden Bauch des Verstorbenen, und dem Sohn knurrte der lebendige Bauch, und während er ringsum Schachtelhalm zupfte, klagte er, man hätte den Bus nehmen und direkt beim Privatkiosk einkaufen sollen, außerdem hätte er sich im Bahnhofsbuffet ein Brötchen mit Leberwurst besorgen können. Die Gesichter von Mutter und Sohn machten gegenläufig alle Stadien der Verwandlung durch, die das Leben für sie bereithielt. Bei ihr waren es die einzelnen Phasen des Verrunzelns, Erschlaffens und Verschwabbelns, bei ihm das Schärferwerden der Züge, das Verpickeln und Erstoppeln des Barthaars, wovon kein Weg zurückführte, und eines Morgens tauchte er spritzend ins Rasieralter ein. Die Sorge für jenes Rechteck Erde unter der Steinplatte, grauweiß gesprenkelt wie von Hühnern bekackt, wurde zu einem Zweck an sich, und der darunter ruhende ehemalige Schmied und Kellner Władysław Chmura erstand weder in Gesprächen von Mutter und Sohn wieder auf, noch erschien jemand in ihrer Wohnung in Szczawienko, der den Platz des Toten hätte einnehmen wollen, denn niemand wusste so recht, wo dieser Platz war. Halina wurde im Alter von knapp vierzig Jahren eine alte Frau, die das Ihre erlebt hatte, der Fremdes fremd blieb, die insgesamt nichts mehr erwartete und deshalb ihre Menstruation einschlafen ließ.

Die Witwenschaft brachte ihr neue Probleme, denn sie musste jetzt auf eigenen Füßen stehen und sich und den heranwachsenden Stefan ernähren. Beine und Arme ihres

Kindes erschienen ihr mit jeder Woche länger, und die Aussicht, ihn dorthin zurückstopfen zu können, wo er hergekommen war, erschien ihr unwahrscheinlicher denn je. Das anspruchslose Allesfresserkind, dessen lästigste Eigenschaften das nächtliche Bettnässen und das Stibitzen von Zucker waren, wurde plötzlich vereinnahmend, groß und unersättlich. Er verschlang alles, was essbar war, kauend und die Augen verdrehend vor Lust wie seinerzeit, als er sich mit der Selbstvergessenheit einer Zecke in ihre Brust krallte, dass sie Angst bekam, er würde sie nie wieder loslassen. Jetzt, als Halbwüchsiger, warf er gierige Blicke auf den Teller der Mutter, wenn er seine Portion aufgegessen hatte, wartete auf mehr, das nicht da war. Vom Brot blieben nicht mal Krümel für die Vögel übrig, die Speckschwarten waren durchgekaut, die Knochen ausgesaugt, die Kochtöpfe, die sie hinaus aufs Fensterbrett stellte, waren morgens leer, die angefressenen Geranien konnten kaum noch nachwachsen, dem nackten Zimmerfarn krümmten sich die abgenagten Triebe, und die Wände der Wohnung in Szczawienko waren wie von Kugeleinschlägen übersät, denn Stefan pulte den Kalk heraus und leckte das weiße Pulver als Puderzucker vom Finger.

Grażynka Rozpuch rettete Halina vor dem Hungertod, indem sie ihr eine von den Deutschen zurückgelassene Singer-Nähmaschine schenkte, die sie als Lohn dafür bekommen hatte, dass sie sich benutzen ließ, doch selbst benutzte sie sie nie. Vom Zahn der Zeit beknibbelt, der ihren Hintern schon wie einen benutzten Fahrschein gekerbt und ihr Gesicht gezeichnet hatte, weckte sie weiterhin keine Sympathie bei den Frauen von Szczawienko, denn diese für sie so offensichtlichen Spuren der Zeit entgingen den Männern, die auf Grażynka flogen. Zu Halina führte sie ihr Instinkt, und sie wollte kein Geld, sondern jemanden, der sie weder anzischelte noch hinter ihr her pfiff, noch in sie eindrang, sondern nur die Tür öffnete und sagte: Bitte kommen Sie herein und machen Sie es sich gemütlich. Halina machte auf, kündigte aber an, dass sie sich im Rahmen ihrer Möglichkeiten mit Näharbeiten erkenntlich zeigen würde, und kurz darauf weinte Grażynka Rozpuch vor Glück über einen etwas schief geratenen Rock mit weißen Punkten, denn schon lange hatte sie kein so schön gehaltenes Versprechen erlebt. Dank der Notwendigkeit, Stefans Hosen länger zu machen und seine Hemdkragen zu wenden, entdeckte Halina in sich das Schneiderinnentalent, das einer Frau bekanntlich angeboren ist, besonders dann, wenn das Schicksal sie zu einer armen Witwe macht; bald schon benähte sie das ganze Mietshaus in Szczawienko. Sie saß am Fenster und kürzte für die Mutigen, machte länger für die Verheirateten, enger für die mit und weiter für die in Hoffnung, trat so kraftvoll in die Pedale, als sollte sie im nächsten Moment über den Halden und Fördertürmen aufsteigen, einen knisternden Schweif aus blutroter Futterseide hinter sich herziehend. Unter ihren Händen flossen hellblaue Ströme von Nylonblusen hervor, erblühten Rosen auf Polyesterwesten, sprühten Fuchsien aus Acrylgeorgette Funken, ganze Regenbogen von Resten für Tüchlein und Ansteckblumen erstrahlten in dem Zimmer mit den Fenstern auf die Kohlenhalden. Den ersten schräg geschnittenen Rock und zwei Blusen aus ausländischem Noneiron-Stoff nähte sie für Frau Herta Kowalska, die einen Polen geheiratet hatte und nicht weggegangen war, sodass die Kinder in Szczawienko aus vollem Hals hinter ihr her schreien konnten: Hitler kaputt!, um ihre Zungen am Fremden zu schleifen. Bald hatte Halina einen gewissen Ruf als Damenschneiderin und Stichwunden an den Fingern. Ohne die Zigarette aus dem Mund zu nehmen und zum Rauch den im Glas aufgebrühten Kaffeesud schlürfend, trat sie von morgens bis abends die Pedale, das Zimmer war übersät mit Fetzen in hellblau und rosa, fleischfarben und purpurn, als wären die größten Modepüppchen von Szczawienko hier gemetzelt worden und verblutet. Erst viele Jahre später sollte sie Konkurrenz bekommen, in Gestalt von Modesta Ćwiek von Piaskowa Góra, und die Kundinnen teilten sich auf in diejenigen, die zu Halina hielten, und diejenigen, die nur zu Modesta gingen. Grażynka Rozpuch blieb Halinas treueste Kundin, denn erstere zog in jedem Fall ein Tauschgeschäft vor, und letztere nahm von ihr weniger als andere, weil sie nicht glaubte, dass jemand ihre Gunst erkaufen wollte.

Bald nach ihrer Ankunft in Wałbrzych war Grażynka Empfangsdame im eleganten Hotel Sudeten geworden, doch ihr Ruf, der durch den Namenswechsel der Stadt von Waldenburg zu Wałbrzych keinen Schaden litt, hatte sie bald eingeholt, eigentlich war er ihr ohnehin stets auf den Fersen. Sofort zerrissen sich alle das Maul über sie und tuschelten, dass sie ihre Arbeit, die vor allem im Bedienen von Parteidelegationen bestand, mehr im Liegen als im Sitzen verrichte, wofür sie selbst Geld und schöne Geschenke bekomme, den anständigen Frauen in Szczawienko aber nur Schande bringe. Sie verlor ihre Arbeit im Hotel Sudeten und machte sich auf zur Heißmangel in Szczawienko, wo der Besitzer, Hertas Mann Ryszard Kowalski, ihr Arbeit gab, weil er zuerst von ihrer Schönheit, dann vom geschickten Zupacken ihrer starken Hände sehr angetan war. Eines Tages kam ein Weiblein mit Kopftuch zu Grażynka in Szczawienko und brachte ihr zwei verrotzte und von den Windpocken verschorfte kleine Kinder, die Fräulein Rozpuch als Rabenmutter entlarvten. Wenn es Gerechtigkeit auf Erden gäbe, wäre sie in Sack und Asche gegangen, hätte gejammert, ihr Schicksal verflucht oder wäre zumindest krank geworden, doch sie ging jeden

Abend zur Haltestelle und trug dabei ihren toupierten Kopf so gerade, als stecke eine entkorkte Wodkaflasche in ihrem Dutt, und sie ließ sich nicht einmal unterkriegen, als ihr eines Nachts die Zähne ausgeschlagen, die Tasche gestohlen und eine Rippe gebrochen wurden. Unbeugsam stolperte sie auf ihren hohen Absätzen nach Hause, und von den Moschusdünsten ihres Körpers schmolz der Schnee und brachen die Eiszapfen, sie ließ eine Spur erwärmter Erde hinter sich, auf der plötzlich aus dem Winterschlaf erwachte Mistkäfer krabbelten. Als einer der Tuteks ihr mit Ruß »Nutte« auf die Tür schrieb, genau dahin, wo bei anständigen Leuten das K+M+B stand, wischte sie es nicht etwa weg, damit wieder einer »Nutte« hinschreiben konnte, sondern schrieb darunter, und zwar in rosa Ölfarbe: mit goldenem Herz. Für so eine gab es keine Strafe. Halina sah oft durch die Gardine, wie das Kleid mit Rüschen und Dekolletee, das sie genäht hatte, an Grażynkas weiblichem Körper wie angegossen saß und zum allgemeinen Eindruck beitrug. Das bereitete ihr eine noch nie gekannte Genugtuung, als fiele damit, leicht wie ein Noneiron, auch ihr ein Teil der Bewunderung zu, die der anderen galt. Alle ein, zwei Wochen kam Grażynka zu Halina und zog sich zur Anprobe aus, als wickelte sie ein großes russisches Konfekt mit Füllung aus dem Stanniolpapier und könne es kaum erwarten, die Süßigkeit mit dem ersten Besten zu teilen, der gerade zur Hand war und Lust hatte. Halina lieferte die bunten Verpackungen für diesen Körper, der Männer dazu brachte, zu pfeifen, zu schmatzen und zu schnalzen, und Frauen die Luft zischend einzuziehen, als wollten sie ein wenig von der verbotenen Süße aufsaugen und dort speichern, wo niemand sie herauspulen konnte.

Grażynka hatte nicht aus Not so viele Männer, sondern aus Überfluss. Sie überließ sich ihnen halb umsonst, für ein paar Strümpfe und Komplimente, zwei Tafeln Schokolade und drei Nelken mit Grün, einen haben Liter Wodka und eine Dose mit Krakus-Schinken – nicht deshalb, weil sie so wenig besaß, sondern weil sie so viel in sich trug, und zum Schluss zeigte sich immer, dass die Männer nichts zu geben hatten und gingen, weil sie nicht noch mehr nehmen wollten. Doch eine Nutte war Grażynka nicht, und als die Beschützer der Professionellen sie zusammenstauchten, weil sie ihnen im Tęczowa Konkurrenz machte, lachte sie bei Halina und hielt sich dabei die gebrochene Rippe, was war das für ein Irrtum, sie suchte doch Liebe, dass man das nicht auf den ersten Blick sah! Auch wenn so ein Mann Liebe nicht im Überfluss zu bieten hatte, sie nahm auch eine Liebe, die leer war wie eine Milchflasche und füllte sie für sich bis zum Rand. Nie saß sie im Tęczowa mit Gegrüßetseistdumaria, Traktoristin Lidka und der Heiligen Ameise an der Bar, denn sie, Grażynka, eine anständige Frau, die sich und ihre Kinder mit eigener Hände Arbeit an der Heißmangel ernährte, hatte es nicht nötig, sich für Geld hinzulegen. Am Tisch bestellte sie einen kleinen Wodka und eine Orangeade, ließ ihre Blicke durch den Saal schweifen, und es dauerte nie lange, bis sich die Gestalt eines Mannes, unförmig, wie aus Lehm geknetet, aus der Menge löste und sich zu ihr an den Tisch hockte, man konnte zugucken, wie er auf Grażynka flog. Geschichten, die länger als zwei Wochen dauerten, feierte Grażynka mit einem neuen Kleid, selbst wenn es aus alten Vorhängen und ehemals deutschen Tischdecken genäht war, und je kürzer das Kleid und je tiefer der Ausschnitt, umso mehr füllte sie es mit Hoffnung. Bei Grażynkas Anproben lernte Halina, dass man sich das Pelzchen zu einem schmalen Streifen rasieren konnte, das auf dem fleischigen Hügel anfing und da aufhörte, wo es wahrscheinlich wie bei ihr bläulich und schon etwas erschlafft hing.

Wie die Lippen von einem schlafenden Säufer, prustete Grażynka, als dieser vielstrapazierte Teil ihrer weiblichen Anatomie anlässlich der Anprobe eines kleingepunkteten Kleides, so eng, dass es nur ohne Wäsche ging, zum Vorschein kam. Bei diesem Anblick musste sie so lachen, dass sie einen Hustenanfall bekam, der nicht aufhörte, bis sie die Geschichte von einem Parteifritzen aus Warschau zu Ende erzählt hatte, der zur Schulung ins Bergwerk gekommen war und bei der Gelegenheit auch Grażynka schulte – im Rasieren mit einem elektrischen Rasierapparat aus der DeDeEr.

In Gesellschaft einer Frau, der das strotzende Leben aus allen Poren trat, die sich nach jedem Kuchen die Finger ableckte und stöhnte: Ach, ich liebe Süßigkeiten!, fühlte Halina sich richtig wohl in ihrem Eidechsenkörper, der dann durch Osmose Farbe und Wärme bekam. Es konnte geschehen, dass ihr aus heiterem Himmel beim Brotschneiden Grażynkas schwere Brüste einfielen, ihre Achselhöhle mit dem Büschel feuchter Haare oder eine cremefarbene Speckfalte, die über den Bund eines von ihr genähten Rockes quoll. Sie zündete sich eine Zigarette an, nahm sie zwischen die Lippen wie ein Säugling die Brustwarze und vertiefte sich in das Bild, dessen Sinn ihr lebenslang unklar blieb.

Unter dem Einfluss eines tschechoslowakischen Kräuterlikörs, den Grażynka von irgendwem für etwas bekommen und zum Dank für das Umnähen eines Saumes mitgebracht hatte, erzählte Halina ihr in einer Anwandlung von Offenherzigkeit von dem Zirkusartisten Wowka, vor Władek Chmura der erste und einzige Mann in ihrem mit erotischen Abenteuern spärlich bestückten Leben. Mit einem Russki hast du gevögelt! lachte Grażynka, einem russischen Akrobaten hast du den Arsch hingehalten! Vulgäre Ausdrücke aus ihrem Mund störten Halina nicht, ja, sie sagte sie ihr sogar nach: Ja, ich hab ihm den Arsch hingehalten, na und, und sie musste husten vor Lachen, zeigte dabei Zähne, die so bläulich und scharf waren wie Hühnchenknochen. Wowka hatte Augen wie Wasser mit blauer Farbe drin und konnte russische Romanzen singen, und Halina war damals die kleine Haluska, die Tochter von Zdzisław und Scholastyka Czeladź, kaum schreibkundigen Bauern in einem Dorf bei Grodno, die außer ihr noch vier weitere Kinder hatten, diejenigen nicht mitgezählt, die im Säuglingsalter gestorben waren, denn wer außer dem Herrgott würde die schon mitzählen. Halinas Eltern besaßen ein Stück sandigen Boden, das der Sohn Franciszek erben würde, und sie hatte, da sie ein Mädchen war, einen sandfarbenen Zopf und eine Zukunft in Gestalt irgendeines Sohnes anderer Leute, der am besten auch etwas erben und sie dann zur Frau nehmen würde.

Halina hatte sein Gesicht sehen wollen, das Gesicht ihres zukünftigen Mannes, und dazu gab es nur eine Methode – eine Luftfahrt. Jedes Mädchen in ihrem Dorf hatte mindestens einmal eine solche Fahrt gemacht, und mochte der Ehemann schließlich nicht ganz mit dem Bild übereinstimmen, das ein Mädchen gesehen hatte, so unterschied er sich doch auch nicht so sehr davon, dass man die Geister der Lüge hätte bezichtigen können. Als Halina fünfzehn Jahre alt war, ging sie zusammen mit anderen Mädchen – der roten Maschka, der hinkenden Aldonia und Hanka mit den schwarzen Zöpfen, zum zugefrorenen Fluss, der hart und glatt war wie ein Tisch. Was mussten sie sich abmühen, bis sie ein Eisloch gebrochen hatten! Als das Wasser heraussprudelte und sich das Auge des Flusses öffnete, breiteten sie eine Pferdehaut darüber, und Aldonia, die Älteste, wies sie an, sich Rücken an Rücken in einen Kreis zu setzen und einander an den Händen zu fassen. Im schwachen Licht der Kerze rief die Popentochter

Aldonia mit einer ihrem Vater abgehörten brunnentiefen orthodoxen Kirchenstimme den Geist herbei, er solle aus dem Eisloch steigen, sie zu ihren zukünftigen Männern führen, ihnen ihre Gesichter zeigen. So melodisch trug Aldonia ihre Bitte vor, so klagend flehte sie, dass Haluska schon bei den ersten Worten spürte, wie das Pferdefell zitterte und sich zum Flug anschickte, und im nächsten Augenblick hielt sie sich krampfhaft an einem von Hankas schwarzen Zöpfen fest, denn sie flogen durch die eisige Luft, und die Sterne pulsierten wie Blasen mit blauen Spiritusflämmchen darin. Aldonia sah einen Studenten aus Grodno, Hanka – den Janek aus dem Nachbarhaus, Masza ein Kloster und Halina einen Tanzbär.

Wowka, Tierbändiger in einem fahrenden Zirkus, brach ihr das Herz, machte ihr einen dicken Bauch und verschwand aus ihrem Leben, während sie das alles mit sich machen ließ, weil sie jung und naiv war, was miteinander einhergeht, doch das sagte sie Grażynka nicht mehr, denn dafür floss der Kräutertrank der Offenherzigkeit nicht stark genug. Wowka, für den Halina die Beine breit gemacht hatte, hüpfte um den Bären herum, und das Tier kratzte sich den räudigen Bauch, bis Schuppen und Haare rieselten. Das gefiel dem Dorf, besonders aber den jungen Leuten. Los nu, tanzy, tanzy, svolotsch du; der Akrobat sprang in die Höhe wie von einer Feder hochgeschnippt, lief im Kreis und stupste das trippelnde Tier, und Halina (jung und naiv), die zwischen den Gaffern stand, hatte das Gefühl, dass jeder seiner Sprünge sie mit sich riss, dorthin, wo sie noch nie gewesen war. Wowka konnte nicht nur singen und Balalaika spielen, er konnte auch auf den Händen laufen und Salto schlagen. Seine Haare waren braun wie Kartoffelschalen und igelkurz geschnitten, er trug ein gestreiftes Zirkuskostüm und schaute sie an. Da nahm Haluska ihren Mut zusammen und erwiderte seinen Blick, was ihr wiederum bescherte, dass sie beim Tanz im Dorf die Erwählte war, und dann gedieh es weiter. Wowka hüpfte beim Tanzen vertikal um sie herum, und sie, sechzehnjährig, die Wangen mit roten Rüben angemalt und in einem fast neuen rosa Kleid mit Perlmuttknöpfen, das sie von Fräulein Leosia auf dem Gut bekommen hatte, wo sie sich zur Erntearbeit verdingt hatte, und mit Ohrringen aus Katzensilber, die kleine blaue Steinchen hatten, sie dachte, wie es wohl wäre, aus ihrem Leben hinauszuspringen und nicht hier zu sein, sondern ganz woanders, und nicht allein, sondern mit jemandem. Sogar ihre steifen sandfarbenen Zöpfe, die über den Ohren zu Schnecken gesteckt waren, sahen hübsch aus, und zufällig ganz besonders in dem Augenblick, als Wowka sagte, sie seien hübsch. Noch nie hatte jemand Halina Komplimente gemacht oder sie für hübsch gehalten, ganz im Gegenteil, sie war die hässlichste, weil die dünnste und blasseste der vier Schwestern. Die Schwestern mit ihrem Wangenrot und ihren schwarzen Zöpfen starben jedoch an Wundrose, während sie, immer kränklich und zu Skrofeln neigend, überlebte, zum Ärger und Erstaunen der Eltern und des älteren Bruders Franciszek. Wie hätte sie Wowka zurückweisen können, als er sie beim Tanz so an sich drückte und dann mit ihr und keiner anderen zum Abkühlen an den Fluss gehen wollte, sie wusste nicht einmal mehr, wann die schillernden Perlmuttknöpfe abgesprungen und im Gras erloschen waren.

Der Zirkus fuhr davon, hinterließ auf der zertrampelten Wiese einen helleren Fleck von dem runden Zelt und an Halina einen zusehends runderen Bauch, der ihr Leben sehr bedrückte. Alle hofften, wegen ihrer Schwächlichkeit würde sie es nicht austragen, doch auch das Stemmen von Heuballen, das Wasserschleppen vom Brunnen und nicht mal die Prügel, die ihr der Vater zu diesem Anlass verabreichte, konnten dem Bauch etwas anhaben. Er wuchs spitzig und stand immer mehr hervor, wie ein Kamelhöcker auf ihrem schmalen sehnigen Körper.

Als Halina ohne größeren Schaden für sich und das Kind die Schwangerschaft bis zum Schluss durchgestanden und entbunden hatte, wiegte man sich in der Hoffnung, der Bankert würde nicht überleben, weil er genauso mager auf die Welt gekommen war wie seine Mutter und die Nabelschnur ihm die Luft abgedrückt hatte. Er war so klein, dass die Hebamme ihn wie ein Kätzchen auf den Handteller nahm und verwundert erklärte, sie entbinde doch jetzt seit vierzig Jahren, aber so ein Scheißehäufchen habe sie noch nie gesehen. Es gibt ja Kartoffeln, die größer werden als dieses Bastardchen! Stefan wuchs langsam, erst mit einem halben Jahr begann er einem normalen Neugeborenen zu ähneln, und mit einem Jahr hatte er die Größe eines sechs Monate alten Kindes. Doch er ging lebend aus allen Kleinkinddurchfällen hervor und genas trocken und kühl wie eine Eidechse. Bis zum nächsten Durchfall saugte er mit immer gleichem Eifer an dem in Mulltuch gehüllten Stück Brot mit Zucker und Mohn, aus dem er genauso wenig heraussaugen konnte wie aus der Brustwarze seiner Mutter. Drei Jahre lang machte Halina sich vor, dass Wowka aus der weiten Welt zurückkommen würde, wo er es zu etwas gebracht hätte, denn das hatte er ihr ins Ohr geflüstert, als sie in jenem Sommer noch ein paar Mal zu ihm auf die Wiese am Fluss ging, bis sie schwanger wurde, und er ihr sein Versprechen gab, zurückzukehren, um dann schleunigst zu verschwinden und ungeschoren davonzukommen. Ihr werdet euch noch wundern, sagte sie ihrer Familie, die ihre Sentimentalität einerseits der schwachen Gesundheit zuschrieb, andererseits den Gedichten, die das Fräulein vom nahegelegenen Gut unbedingt den Kindern am Ort vorlesen wollte, obwohl davon sogar die

Dümmsten ganz durcheinander wurden im Kopf. Zum Glück wurde das Fräulein bald jemandem zur Frau gegeben, sie hörte auf, sich außerhalb des Hauses zu betätigen, und starb wenig später im Kindbett. In Halinas Erinnerung jedoch lebte sie unverändert weiter, so wie sie im siebzehnten Lenz ihres Lebens ausgesehen hatte. Weiß und üppig wie aus fetten Quarkröllchen und in rosa Spitze eingepackt, sitzt sie im Korbsessel und liest, sie liest aus einem Buch vor, das aufgeschlagen auf ihren Knien liegt, und in Halinas Kopf entsteht bei den Worten der Gedanke, weit davonzufliegen, bis über den Gutswald hinaus, während die weißen Schneebällchen laut platzen, die sie zum Zeitvertreib zwischen den Fingern knetet. Der Zirkus kam noch einmal ins Dorf, als Stefan schon auf seinen vom Vater geerbten O-Beinchen ging und unreife Erbsen, Sauerampferblätter, Feldsteine, steinharte Mirabellen, Melde und Regenwürmer in den ewig hungrigen Mund steckte. Halina färbte sich die Wangen rot, legte die Ohrringe mit den hellblauen Steinchen an und setzte sich an den Küchentisch, doch die Stunden vergingen und niemand fuhr vor, es kam noch nicht einmal jemand zu Fuß. Da lief sie auf die Wiese, wo die bunten Zelte und Buden aufgebaut wurden, doch niemand im Zirkus hatte je von Wowka gehört, obwohl der Bär immer noch der alte zu sein schien, höchstens ein bisschen räudiger und erstaunter, als könnte er immer noch nicht begreifen, warum er beim Walzer genauso tanzte wie damals, als er ein Bärchen war und beim Walzerchen ein glühendes Blech unter den Füßen hatte anstatt Gras oder Schnee. Halina blieb, ähnlich wie der Bär, einsam im Regen stehen.

Als nun Władek Chmura, ein ernstzunehmender Witwer mit anständigem Beruf, an einem Maiennachmittag auf seinem zweirädrigen Pferdewagen vorfuhr, fragte niemand danach, ob sie mit ihm gehen und später dann, ob sie ihn heiraten wollte. Der Schmied nahm den fast zweijährigen Stefan auf den Arm, der immer noch nicht größer war als ein ausgewachsener Gockelhahn, und dachte, dem Bankert fehle einfach der Vater, deshalb sei er so ein erbärmlicher Jämmerling. Wenn er ihn an Sohnes statt annehme, werde der Kleine bestimmt noch wachsen, und außerdem werde es ihm nicht schlecht bekommen, wenn er jeden Morgen frischen Rahm trinken kann. Man kam überein, dass Halina zwei Satz Bettzeug bekommen würde, zwei Kelim-Läufer, ein Kopfkissen sowie die Federn für ein Oberbett, das sie allerdings noch selbst würde machen müssen, und die magere Großmutter, die als Einzige der Enkelin und ihrem Bankert ein wenig Herz gezeigt hatte, weil es ihr dicht an der Oberfläche schlug, gleich unter Haut und Knochen, kramte noch irgendwo ein Medaillon mit der Ostrobramer Madonna hervor, das sollte sie jetzt, wo ein Mann sie genommen hatte, vor Bösem beschützen. Als das Leben von Halina, Władek und dem Kind langsam in die ihnen eigenen Geleise kommen wollte, blähte sich die Welt auf wie ein Ballon und zerplatzte. Stalin, Hitler, das ganze Durcheinander des Krieges rissen das auf Halina noch nicht fertig zugeschnittene Leben mit dem Schmied in Fetzen, dass ihr Hören und Sehen verging. Sie wurde zu einem unter vielen Umsiedlern, ein Wort, zu dem es im Polnischen nicht mal eine gebräuchliche weibliche Form gab, die man mit entsprechenden schneiderischen Fähigkeiten so zuschneiden konnte, dass sie die Blöße bedeckte. Da Halina mit sich selbst nichts anzufangen wusste, konzentrierte sie sich auf Stefan, der noch klein genug war, um vom unehelichen Czeladź auf den ehelichen Chmura gewendet zu werden. Das Ehepaar Chmura hatte einen Beamten bestochen, und in den Dokumenten wurden fast vier Jahre von Stefans Alter abgeschnipselt, die Anzahl seiner Lenze wurde sozusagen auf sein Mikro-Aussehen zurechtgestutzt, und Stefan lebte fortan mit neuem Alter und Namen. Halina hoffte, sie könnte auf diese Weise, mit dieser dem Kind praktisch geschenkten Zeit, die schlimme Zeit im Haus von Onkel Franciszek wettmachen, als wäre Zeit etwas, das sich aus Läppchen frommer Wünsche und verspäteter Reue zusammenstoppeln ließe. Die Leute in Wałbrzych, wo sie als Familie Chmura eintrafen, sagten: Der ist aber groß! So ein großer Junge für sein Alter!, und Halina verspürte zum ersten Mal den Kitzel mütterlichen Stolzes. Als sie Stefan in den wiedergewonnenen Gebieten zum zweiten Mal zur Welt gebracht hatte, dachte sie, ihr bliebe jetzt nichts mehr zu tun, und sie begann zu welken.

Halinas größte Leidenschaft wurde das Zigarettenrauchen, angefangen von dem russischen Tabak in Zeitungspapier, den sie Władek weggenommen hatte, als sie sich an den Tisch in ihrer ehemals deutschen Wohnung in Wałbrzych setzten. Viele Jahre später dreht ihre Enkelin ihr einen dicken Joint, und Halina kommen fast die Tränen, so leid tut es ihr, dass sie das ganze Leben lang jede x-beliebige Scheiße geraucht hat, während es doch so wunderbare ausländische Zigaretten gibt. Die erste Zigarette des Tages zündete sie sich an, sobald sie in dem großen Holzbett aufwachte, das Deutschen gehört hatte, unter dem Bild von Jesus als Hirte mit Wangenrouge und karminroten Lippen, auch er hatte Deutschen gehört, denn wenn Gott mit uns ist, dann ist es sein Sohn ja wohl auch, selbst wenn er aussieht wie ein Transvestit. Mit geschlossenen Augen tastete sie nach dem Zigarettenpäckchen und ließ das schwere Metallfeuerzeug mit dem eingravierten Schriftzug »Grüsse aus München« aufschnappen. Als Stefan mit der Fachschule fertig war und zur Arbeit in die Grube ging, wechselte Halina von der Marke Sport auf Klub mit Filter, denn jeden Monat lag jetzt Geld in einem hellblauen Umschlag auf der Anrichte, und mit jedem Monat war es mehr. Der Sohn erwies der Mutter seinen Dank, und sie teilte den Lohn in kleine Haufen, erst das Papiergeld, dann die Münzen, aufgeschichtet zu kleinen Pyramiden, und für diesen von Monat zu Monat größer werdenden Haufen, der fürs Essen bestimmt war, konnte sie von Monat zu Monat mehr Essen kaufen und immer größere Gerichte auf den Tisch bringen, damit derjenige, der sie verspeiste, die Kräfte zur Produktion noch größerer Geldhaufen sammeln konnte, und so blieb alles in einem geschlossenen Kreislauf. Als Zwanzigjähriger – nach der neuen Altersberechnung – sah Stefan allmählich wirklich wie ein Mann aus und unterschied sich kaum noch von anderen Zwanzigjährigen in Szczawienko, er hatte ausladende, leicht gekrümmte Schultern, breite Hände, an denen die Finger fast alle gleich lang waren, und einen kleinen runden Bauch als sichtbares Zeichen des Wohlstands. Wenn ihr zum Manne gewordener Sohn von der Arbeit nach Hause kam, lud Halina ihm einen Berg Kartoffeln auf den Teller, die sie mit dem Löffel zurechtklopfte, um in die Vertiefung Fett mit Grieben oder eine dunkel angeschwitzte Sauce zu füllen, klatschte warmen Brei aus roten Rüben dazu, die amaranthfarben zerliefen. Beim Fleischer suchte sie die Fleischstücke aus, betastete schmatzend die blutigen Lappen, und sonntags gab es immer Hühnersuppe und Schweinskotelett. Entsprechend dem wachsenden Lohn stieg in ihren Augen auch der Wert des Sohnes, für den das Beste gerade gut genug war. Er hatte es zu was gebracht! Na, wie ist es denn da in der Grube, fragte sie, wenn sie sich ihrem erwachsenen Kind gegenüber an den Tisch setzte, und Stefan antwortete: Dort, Mama, dort wird das schwarze Gold gemacht, und er verschlang die mütterliche Liebe, denn alles, was er von ihr verlangte, war Essen, und alles, was er von sich verlangte, war, seinen

Hunger zu stillen, sobald er sich meldete. Halina legte ihm noch ein Stück Fleisch von ihrem eigenen Teller dazu und sagte Issnurissnurissnur, wie damals, als sie ihm die Brust gegeben hatte, es war das einzige Liebesmantra, das sie kannte, und sie war sicher, ihre zukünftige Schwiegertochter würde es auch kennen. Sie nähte nur noch für Stammkundinnen, denn zum ersten Mal seit Władeks Tod ging ihr nicht vor dem Monatsersten das Geld aus, ganz im Gegenteil, der nächste Monat kam, und sie hatte immer noch welches. In dem kleinen Schrebergarten, den sich die Mieter ihres Hauses an den Eisenbahngleisen ergattert hatten, um noch mehr Eigenes zu haben, zog sie die harten Gemüse nördlicher Länder. Im Herbst verarbeitete sie diese zu Eingelegtem und Eingemachtem, sie war zutiefst davon überzeugt, dass das zu ihren Pflichten gehörte, denn nichts Essbares durfte verkommen. Von dem gewohnten Pfad abgekommen, auf dem es immer gefehlt und nie gereicht hatte, stopfte sie Stefan mit einem Übermaß an Nahrung voll, die gegessen werden musste, und sie selbst ließ sich von ihm sogar einen neuen Mantel mit Pelzkrägelchen schenken und trug den Kopf ein wenig höher.

Ihre Freizeit verbrachte sie mit Grażynka, inzwischen Mutter dreier unehelicher Kinder; zum Schrecken des ganzen Hauses hatte sich noch ein weiteres dazugesellt. Grażynka kam immer häufiger zu Halina, um für die Kinder etwas weiter oder länger zu machen oder umschneidern zu lassen, kaum je, um für die zwei Töchter und den Sohn, die weder ihr noch einander glichen, etwas Neues zu bestellen. Von stets wechselnden Verbrauchern abgenutzt, deren keiner die Gebrauchsanweisung kannte, verloren ihre am meisten ausgebeuteten Zonen allmählich an Straffheit, doch äußerlich hielt sie sich tapfer, mit goldenen Gürteln und schmetterlingsverzierten Spangen zusammengeklammert. Keiner wusste, wie alt sie wirklich war. Die Männer, die die Frauen gern jung hatten, gaben ihr zwanzig Jahre, und diejenigen mit einer Vorliebe für reifere Frauen Mitte dreißig, und auch diese verschmähte sie nicht. Die Haare zu einer steiflackierten Hochfrisur toupiert, die Brauen nach der Natur mit Kopierstift nachgezogen, die Lider perlmuttgrün wie der Bauch einer Schmeißfliege, so sang sie in Halinas Küche den Schlager vom Minimini-, ach dem Miniminirock, und ihre ganze Apparatur war klapprig und undicht, weil sie zu lange widrigen Einflüssen ausgesetzt gewesen war. Es waren keine dicken Fische mehr, keine spendablen Vertreter aus Warschau, keine Scharen rechter Hände von Bezirksvertretern, die sich in Grażynka verströmten und vor Lust zerflossen, sondern treibender Seetang in Gestalt von Männern mit dunklen Ringen unter den Augen oder vorstehenden Adamsäpfeln. Manche klammerten sich an das Floß Grażynka, saugten sich gierig fest und nutzten sie aus, und sie stellte sie Halina vor: Das ist Januszek, sagte sie, oder, das ist Grzesio, vergnügt wie damals, als sie das klapprige Grammophon ausgegraben hatte. Sein Kompagnon hat ihn übers Ohr gehauen, fügte sie hinzu, oder: Seine Frau hat eine Schraube locker und ist durchgeknallt, so wie andere Frauen gesagt hätten: Er ist Arzt oder Busfahrer. Mit nie erlahmender Begeisterung und Hoffnung ließ sie einen Mann nach dem anderen die Saugnäpfe anlegen, und jeder ließ wie seine Vorgänger bekotzte Teppiche, unbezahlte Schulden, stumpfe Rasierklingen, einen Tripper oder auch nur einen Herpes zurück und manchmal auch ein Kind, das zur Welt kam oder auch nicht. Diejenigen, die gerne schlugen, flogen genauso auf sie wie diejenigen, die gerne geschlagen wurden, denn jeder fand etwas für sich in den Winkeln ihres Körpers, und Grzesio schwor, sie sei eine kleine Rothaarige, mit der er alles hatte machen können, was er wollte, während Januszek steif und fest behauptete, sie sei eine Brünette, stattlich und dazu mit Charakter, und er hätte nur gemacht, was sie ihm befahl, so hätte sie ihn an die Kandare genommen. Halina wusste nicht, dass sogar ihr Sohn am Schlüsselloch zum Mann geworden war, während er Grażynka in Einzelteilen zur Anprobe betrachtet hatte, und dass er seitdem mit den Blicken nur die Frauen auszog, die aus großen flachen Teilen bestanden, deren größter in der Mitte war.

Einmal aber sah Halina ihren Sohn mit Grażynka schäkern, die ihm ihre Brust entgegenreckte, und sie wusste sofort, dass sie wachsam sein musste, denn wenn die erfahrene Nachbarin so vor ihrem Sohn das Weibchen spielte, dann würden hastdunichtgesehen auch andere merken, dass er ein Mann geworden war. Als Mutter musste Halina nun aufpassen, dass sich nicht irgendeine Hergelaufene mit Stefan zu weit einließ, bevor sie sie nicht begutachtet und genehmigt hatte. Halina wollte nicht, dass sich irgendein gefallenes Mädchen ihr Kind unter den Nagel riss, das sie mit so viel Mühe zu einem tüchtigen Menschen gemacht hatte. Als zwei Monate nach diesen prophetischen Erleuchtungen in Halinas bislang nicht allzusehr in Mütterlichkeit bewandertem Herzen Jadzia in ihrer Wohnung in Szczawienko auftauchte, kam es für sie dennoch überraschend. Der mütterliche Instinkt hatte Halina nicht eingeflüstert, wie der Verlust ihres Kindes an eine andere Frau im Einzelnen vor sich gehen würde, ganz zu schweigen von den Details, wie beispielsweise, dass die Besagte mit dem ersten Frühzug aus Wrocław eintreffen und die Treppe hinunter und in die Arme ihres Sohnes fliegen würde, ohne dass die Mutter zuvor ihre Zustimmung gegeben hatte. Die Fliegerin hatte sie überlistet, und es war geschehen. Vieles wurde anders und nicht zum Besseren für Halina, wie sich zeigen sollte. Vor allem bedeutete es das Ende von Grażynka Rozpuchs Besuchen, denn in einer plötzlichen Aufwallung moralischer Läuterung wünschte Stefan ihre Gesellschaft nicht mehr. Grażynkas verbrauchte und hurige Fraulichkeit, Grażynkas rabenschwarzes Haar (er hätte nämlich geschworen, dass sie dunkelhaarig war) gingen ihm derartig mit Jadzias frischer Fraulichkeit und ihrem blonden Haar durcheinander, dass er zu einer männlichen Tat schreiten und eine Scheidelinie ziehen musste: hier Mutter und Verlobte, dort Nichtmutter und Nichtverlobte. Diese Hure wird mit meiner zukünftigen Frau nicht an einem Tisch sitzen, so sprach er. Auf Halinas zaghaften Protest hin erhob der plötzlich so erzern ermannte Sohn die Stimme und schleuderte sie zwischen die Bigosteller auf den Tisch, dass es widerhallte. In den abschließenden Worten der Ansprache über die Hure, die, und das solle sich die Mama bitte merken, dieses Hauses Schwelle nicht mehr überschreiten werde, spürte Halina einen biblischen Ernst und die felsenfeste Autorität des Patriarchen, der das Geld ins Haus bringt und eh man sich's versah einen linken Haken versetzen konnte wie einst ihr Bruder Franciszek. Was blieb ihr übrig, sie packte die Mittagessensreste zusammen und ging hinunter zu der Nachbarin, die Schweinsgulasch und Bratkartoffeln rasch wieder auf die Beine brachten. Ein oder zwei Monate später, als sich Grażynka mit der ausnahmsweise ernsten Gefahr konfrontiert sah, ihre Kinder an den sozialistischen Staat abgeben zu müssen, mobilisierte sie ihre Reserven und siedelte nach Szczawno Zdrój über, wo sie als Küchenhilfe im Sanatorium für Magengeschwürler und Nervenkranke moralisch gesunden sollte. Eine Zeitlang verschwand sie aus dem Blickfeld aller in eine Wolke aus Kohldunst.

Jadzia wurde bald darauf Stefans Frau und nahm die Stelle der Schwiegertochter ein, an der Halina lieber jemanden wie Grażynka gesehen hätte, nur eben jung und unbenutzt, während Jadzia an Halinas Stelle lieber gar niemanden gesehen hätte, denn dann hätten sie in der Wohnung in Szczawienko mehr Platz gehabt. Jadzias trübselige Gesellschaft entschädigte Halina nicht für den Verlust der Freundin, und sie hatte Sehnsucht nach Grażynka, die ihr gluckerndes Vogellachen lachte, als wäre das Huren im Tęczowa die herrlichste Sache der Welt. Wieder war Jadzia unerwünscht und wurde nicht gemocht, und Halina bekam wieder nicht, was sie erwartet hatte, und so übten sich Schwiegertochter und Schwiegermutter beiderseitig in der tagtäglichen Wiederholung der Vergangenheit, vor der sie davongelaufen waren. Nein, dachte Halina über Jadzia, und nochmals nein, dachte Jadzia über Halina, und wenn sie miteinander sprachen, benutzten sie verstümmelte unpersönliche Formen, die auf der Konstruktion unnötiger Verneinungen beruhten. Es könnte wohl nicht mal einer zum Metzger gehen und was für die Suppe kaufen, seufzte Halina, während ihr der Rauch aus allen Löchern quoll, und Jadzia, in ihrer entsetzlichen Schwangerschaft nach Süßem gierend, stellte die Frage in den Raum, ob wohl mal jemand Teig für die Blaubeerpiroggen kneten könnte. Sie schlossen vorübergehende Bündnisse, wenn es ums Waschen, Wäscheaufhängen und Strecken des Getrockneten ging, denn bei bestimmten häuslichen Tätigkeiten erwiesen sich vier nicht einvernehmliche Hände trotzdem als wesentlich geschickter als zwei, die gut miteinander können. Außerdem guckte dabei die eine der anderen auf die Finger und schöpfte Genugtuung daraus, dass die andere nichts so machte, wie es sich gehörte. Jadzia seufzte: Liebe Mama, kannst du nicht ein bisschen kräftiger wringen?, und die liebe Mama, der der Sohn so unverhofft eine Tochter beschert hatte, fragte: Bringen sie einem dort nicht bei, dass man Kartoffeln dünner schält?

Sobald Jadzia etwas anzusehen war, betrachtete Halina

die Schwiegertochter mit anderen Augen, sie merkte, dass dieser sich wie ein Maulwurfshügel vorwölbende Bauch die Perspektive änderte und den Horizont erweiterte. Das war ein Bauch, den ihr Stefan der fremden Jadzia gemacht hatte, und somit gehörte der Inhalt zu einem gewissen Teil auch ihr, Halina, die sich von diesem Bauch etwas für sich erhoffen konnte. Auch wenn sie nicht selbst in Hoffnung war, so konnte sie doch eine Hoffnung hegen, zum Beispiel auf eine bessere Zukunft als Großmutter mit Enkel, an dem nicht die gleichen Fehler begangen werden würden wie am eigenen Nachwuchs, einschließlich der Geburt zur Unzeit. Halina erwartet vom Bauch ihrer Schwiegertochter ein Kind beliebigen Geschlechts, das sie zur Großmutter und Person mit eigenem Platz machen würde, Stefan erwartet eine Mehrung seines Besitzes und denkt, dass mehr Platz und mehr Arbeit an der Kohlenwand nötig sein werden, während Jadzia sagt, sie würde auf der Stelle den Platz mit ihm tauschen, wenn sie bloß nicht mehr jeden Morgen kotzen müsste.

5 Die Schwangerschaft lastet schwer auf Jadzia Chmura, sie erträgt sie nicht gut, denn es ist schwierig, etwas zu ertragen, was man ununterbrochen tragen muss und nie absetzen kann. Die ersten vier Monate hat sie täglich bis mittags Brechkrämpfe, die auch zu anderen Tageszeiten jederzeit wiederkommen können, wenn ihr irgendwo Brandgeruch in die Nase steigt. Ein unschuldiges Streichholz reicht aus, um den schlummernden Vulkan in ihren Innereien zu wecken, und schon quillt es Jadzia aus Nase und Mund. Essiggeruch hilft, wenn auch nur kurz. Jadzia öffnet die Flasche und schnuppert, doch sobald sie sie wegstellt, muss sie wieder ins Badezimmer rennen. Die Ursache für das Erbrechen kann sie allerdings nicht rauswürgen, deshalb gibt Jadzia nach vier Monaten klein bei und fängt an zu essen; ihr Körper saugt jetzt mit der gleichen Verbissenheit alles auf, mit der er vorher ausgestoßen hat. Jadzia verschlingt Brötchen mit Erdbeermarmelade, die ihre Mutter aus Zalesie schickt, und Dosensardinen, ja sie trinkt sogar das Öl und leckt die Büchse hinterher sauber aus wie eine Katze, wobei sie sich die Zunge an den scharfen Rändern schneidet. Sie verschlingt Salzheringe und saure Gurken, Würfelzucker und Räucherspeck, Lutsch- und Kaubonbons. Wenn Stefan isst, legt er den Arm schützend um seinen Teller aus Furcht, Jadzia würde sich im nächsten Moment an seiner Portion vergreifen. Nachts tapst sie in die Küche und isst die Reste auf. Sie steckt die Hand in den irdenen Topf mit Pflaumenmus, stößt durch die Zuckerdecke in die feuchte Weichheit und leckt sich die Hand ab, jeden Finger einzeln leckt sie sauber und saugt die kleinsten Reste Süßigkeit unter den Fingernägeln heraus. Sie hat ein Gefühl, als verlange etwas in

ihr mehr und mehr, das ist ein Hunger, der nicht ihr eigener ist, deshalb kann sie ihn nicht beherrschen. Ihre großen Brüste ziehen nach unten, die Haut auf Hintern und Schenkeln verliert ihre Glattheit und sieht jetzt wie ungleichmäßig eingekerbt aus, in Jadzia ist jetzt mehr als in ihren Körper passt. Sie hat zugelegt, sagen die Nachbarinnen, sie haben auch schon mal zugelegt oder werden zulegen. Als schwergewichtige Schwangere hat sie besondere Privilegien in Bussen und Bahnen, die Leute lassen ihr den Vortritt und machen ihr einen Sitz frei, Jadzia allerdings passt selten auf den ihr angebotenen Platz und fürchtet immer, dass sie steckenbleibt und nicht mehr rauskommt.

Die Bekannten in Szczawienko, die schwanger gewesen sind, erzählen der Novizin Jadzia von Geburten, bei denen sie ständig in Lebensgefahr waren, die Gebärende um ein Haar zerrissen wurde oder platzte und nur durch außergewöhnliches Glück und Willensstärke am Leben blieb. Jeder dieser Berichte trieft von Schmerz, Angst und Blut, Kriegsveteranen sind im Vergleich dazu Waisenknaben, sie hatten ja schließlich Schützengräben, Bajonette und letzten Endes auch die Fahnenflucht, die ihnen als Möglichkeit zur Verfügung stand. Bei diesen Auktionen der Gebärschrecken geht es darum, die vorhergehende Geschichte zu überbieten, indem man mit schrecklicherem Schmerz und einem längeren Dammschnitt aufwartet. Ein nicht eingeschnittener Damm reißt quer durch (halb so schlimm) oder längs, wird wie beim Vierteilen von Pferden auseinandergerissen, vom Bauchnabel bis zum Steißbein klafft dann eine Wunde, in die unverdünntes Jod geklatscht wird, eimerweise. Jadzia hört zu und spürt, wie sich das Loch zwischen ihren Beinen zu einem Knoten schlingt, jetzt hat sie zwei Bauchnabel. Sie schläft allein auf der Couch, hält sich Stefan vom Leib, der zum Trost im Badezimmer ein paar deutsche Pornohefte unter der

Wanne versteckt hat. Jadzia zählt die Tage bis zu dem von Doktor Lipka errechneten Geburtstermin und denkt, wenn es ein Mädchen wird, nenne ich sie Dominika oder Paulina. Das sind die schönsten Namen aus dem Kalender, und sie kann nicht sagen, welcher ihr lieber ist. Bei der Geburt im Januar wird sie sich endgültig entscheiden. An einen Jungen denkt Jadzia gar nicht, es kommt ihr sehr unwahrscheinlich vor, dass sie einen Menschen anderen Geschlechts im Bauch haben könnte. Alles egal, sagt Stefan, Hauptsache gesund.

Der von Doktor Lipka auf den siebzehnten Januar datierte Geburtstermin kommt ebenso vorzeitig wie unzeitig, als Jadzia beim Abendessen am Heiligen Abend aufsteht, um sich Sahnehering nachzunehmen. Im Haus in Szczawienko hat niemand Telefon, der Weg ins Krankenhaus ist weit, und überall liegt der Schnee hüfthoch. Jadzia wird vom ersten Wehenstoß k. o. geschlagen, obwohl dieser ja erst ein Vorgeschmack auf das ist, was eine Frau guter Hoffnung zu erwarten hat. Zur Telefonzelle machen sie sich selbdritt auf, denn keiner will allein zu Hause bleiben, am wenigsten Jadzia. Ihre Füße sind so geschwollen, dass sie in Stefans Schneestiefeln gehen muss, die ihr sechs Nummern zu groß sind, über den riesig gewölbten Bauch passt nur noch seine alte Windjacke. Halina drückt ihr noch eine Mütze aus Kunstfell mit Leopardenmuster auf den Kopf, und los geht's. Jadzia schiebt sich über den Trampelpfad durch den Schnee, der Himmel über ihr ist hart wie Eis, in diesem Winter zerschellen Vögel daran, und ihre Herzen bersten. Jadzia bersten die Hämorrhoiden und die Blasen an den Fersen. Sie fällt vornüber in eine Schneewehe, in der einer von Stefans Schuhen verschwindet und bis zum Frühling verschwunden bleiben wird. Zu beiden Seiten der Straße Mietshäuser, deren Türen geschlossen, die Vorhänge an den Fenstern zugezogen sind, die Lichter an den Weihnachtsbäumen flackern fröhlich durch die Ritzen. Jadzia kauert sich hin und heult auf, ein paar rosige Blutstropfen fallen in den Schnee, und zwei Tränen. Halina hämmert an die Tür des Heißmangelbesitzers Zenon Kowalski, der einen Warszawa fährt, doch Pech gehabt, er hat kein Benzin, ist betrunken, würde helfen, wenn sich nicht alles so gegen ihn verschworen hätte. Ein Schlitten! Ein alter Holzschlitten lehnt an einer Wand, vielleicht werden gute Menschen ihn ausleihen, damit sie ihre Last, ihre Jadzia, so halbbeschuht und gesegneten Leibes, durch den Schnee ziehen können. Halina klopft an ein Fenster im Erdgeschoss, aber die guten Menschen sitzen wohlbehütet am Tisch und hören nichts, weil sie mit solcher Inbrunst Weihnachtslieder singen, und man kann es ihnen nicht verübeln, bei Gott, sollen sie über ihre eigenen Beine fallen. Der Schlitten wechselt ungesetzlich den Besitzer. Mit Halina und Stefan im Geschirr und Jadzia rittlings darauf sitzend sausen sie susani susani durch Szczawienko, kommen in Schwung, dass die Funken unter den Kufen stieben, sie steigen in die Lüfte, stoßen Eiszapfen von den Dächern, fliegen über Hochspannungsdrähte, die vor Kälte wie Hunde knurren. Jadzia, in einer Wolke aus Schneestaub mit Rauhreif auf Wimpern und Brauen, legt den Kopf in den Nacken, schließt die Augen, verliert den zweiten Schuh und denkt, wenn das der Oberarzt wäre, oder der Ausländer, dann sähe das alles vielleicht romantischer aus und täte nicht so weh. In einer Telefonzelle schimmert eine Urinpfütze, und Stille Nacht herrscht im Hörer, der an einem aufgeschlitzten Metallstengel schaukelt. Die vor der Zelle geparkte Jadzia rutscht vom Schlitten, und die Schmerzkugel, die sich jetzt, schneller und größer als die vorhergehenden, in ihr umwälzt, explodiert in den Farben der Malven und Dahlien aus dem Zalesier Garten. Aus vollem

Hals brüllt Jadzia NEIN!, zum ersten Mal in ihrem Leben so entschlossen und leider vergebens. Die Klammern an ihrem Strumpfhalter öffnen verblüfft die Mäulchen, und Mutter Erde tut sich auf. Das eingekesselte Wasser voll scharfkantiger Gegenstände drängt auf den Tunnel zu, durch den höchstens ein Bächlein passt. Ich halte ein Auto an! kommt Stefan die Erleuchtung, doch beim Anblick der Gruppe am Straßenrand zwinkert der vorbeifahrende Saporoshez nur mit seinem Zyklopenauge, beschleunigt und verschwindet. Jadzia brüllt schon wieder NEIN!, denn ihre Beckenknochen beginnen sich zu bewegen wie tektonische Platten bei einem Erdbeben. Stefan weint. Warum gibt es in diesem Scheißland keine Taxis und Telefone? Halina schreitet zur Tat, diese Frau weiß, wann man die Dinge in die Hand nehmen muss, und stürzt mitten auf die Breslauer Straße, die zwischen den Schneehaufen glänzt wie ein schwarzer Lavastrom. Hinter der Kurve hüpft im Slalom ein Miliz-Nyska mit Blaulicht hervor und steuert auf Halina zu, die ihre Arme ausgebreitet hat wie für ein auf sie zulaufendes Kind. Bleib stehen, du Hurensohn! kreischt Halina Chmura auf Russisch, bleib stehen, du Hundesohn! Der Nyska bremst, kommt ein Haarbreit vor Halina zum Stehen. Zwei Milizionäre, der eine mehr, der andere weniger betrunken, springen aus dem Gefährt, bereit, verfickt noch mal, die Alte zu verprügeln, aber der Anblick der im Schnee liegenden Jadzia rührt ihr Herz. Mensch, Scheiße, guck mal, die Frau, scheiße, die kriegt da n' Kind, sagt der mehr Betrunkene zum weniger Betrunkenen, der zwar von kleinerem Wuchs, aber höherem Dienstgrad ist. Die Bürgerin gebiert, bestätigt der weniger Betrunkene dem mehr Betrunkenen, zum Teufel! Jessesmaria, fluch nicht, du blöder Sack, wenn eine Bürgerin gebiert. Hauptmann Pasiak, der weniger Betrunkene und Ranghöhere, heißt Herrn und Frau

Chmura zusammen mit der wundersamerweise nicht überfahrenen Schwiegermutter in den Nyska steigen. Drinnen wischt sich ein Mann in Handschellen und Schlafanzug, der eine Bergmannsgalamütze mit schwarzem Federbusch auf dem Kopf trägt, die blutende Nase, räuspert sich und singt: Ein Kind ist uns geboren … mit überraschend kräftiger Stimme, allerdings von Schluckauf unterbrochen.

Als Jadzia in den Saal der Gebärfoltern kommt, ist es schon zu spät, um mit Einlauf, Rasur und Einschnitt anzufangen. Der Nachwelt wäre dieser Teil ihrer kämpferischen Erinnerungen entgangen, wenn Jadzia nicht mit der Zeit Geläufigkeit im Erfinden von Frauengeschichten erworben hätte. Der Arzt, der an diesem Heiligabend Dienst hat, ist entsprechend schlechter Laune, und auch das feuchtfröhliche Abendessen in Gesellschaft der Kollegen aus der Chirurgie hat seine Laune nicht gehoben. Die Aufnahme der achten Gebärenden in drei Stunden betrachtete der Arzt als eine außerordentliche Ungerechtigkeit des Schicksals, haben sich diese Marias alle abgesprochen oder was, verfickt noch mal. Er misst Jadzias Öffnung mit dem Finger, hier tut sich noch nichts, Frau, alles still, beruhigt er sie mit einem Klaps auf den Schenkel wie bei einer Kuh, während sie auf einer Wolke Heringsatem ihr NEIN! brüllt, er lässt sie liegen, um zur nächsten Gebärenden in ihrer Box hinter Bettlakenvorhängen zu gehen, schwankt, lässt das Stethoskop fallen, wirft den Paravent um, fängt sich aber wieder; viele Jahre Übung sind nicht umsonst. Links neben Jadzia grollt eine werdende Mutter mit Bassstimme und sagt ein ums andere Mal Scheiße, rechts von Jadzia eine andere Meingottmeingott, während des kurzfristigen Wegfalls des Paravents sieht man sie in ihrer ganzen Pracht. Der Fünfmarienchor bildet aus der Ferne eine Klangwolke aus Kreischen, Furzen und Stöhnen, und Jadzia wird irgendwie wohler, weil es den anderen auch wehtut. Allen tut es weh, aber jede von ihnen wird später Töchtern und Schwestern immer wieder erzählen, so wie sie hätte keine Schmerzen gehabt, das war unvergleichlich, ihr Schmerz war absolut außergewöhnlich und der allerschlimmste. Wenn der Schmerz, größer als der rechts und links, unerträglich wird, dringen auf den Wehenwogen zwei Dinge in Jadzias Bewusstsein: die beglückende Erkenntnis, dass sich ihre rechte Hand zum ersten Mal seit Jahren zu einer gesunden Faust ballt, und die bestürzende Erkenntnis, dass sie nach drei Tagen Verstopfung gleich einen Haufen machen wird und nichts dagegen tun kann.

Als sie meinte, es könnte keine Steigerung der Demütigungen mehr geben, zeigten sie ihr etwas Rotes, so erschreckend in seiner plötzlichen Andersartigkeit unter diesem Licht, das kalt wie ein Spiegel war oder wie Eis. Sie drückten den Stempel Mädchen darauf und gleich den nächsten: Tochter, dann gingen sie mit diesem Etwas, mit diesem Fetzen, mit diesem Tochter-Mädchen weg, aber Jadzia, eine durch den kreuzweisen Dammschnitt ausgepresste große weiche Frucht, fühlte nicht die erwartete Erleichterung, sondern dass etwas nicht stimmte. In einer großen Woge kam ein plötzlicher neuer Wehenkrampf, sie schrie noch einmal NEIN!, und die Hebamme mit den herzfömig geschminkten Lippen schaute zwischen ihre Beine, entblößte ein kleines Nagergebiss und rief: Hier ist noch eins. Jadzia fühlte, wie noch etwas, genauso, aber irgendwie anders – zarter, wie Seide, wie sie in Zukunft erzählen wird – auf Blut und Jod durch sie glitschte und Durcheinander stiftete, sie hörte hastiges Hin und Her, einen Schrei. Jadzia versuchte sich aufzurichten, aber es ist nicht so einfach aufzustehen, wenn man fast achtzig Kilo wiegt und die Beine mit Lederschlaufen am Entbindungsbett festgeschnallt sind. Sie ruckte nur ein-, zweimal, dann kam die Hebamme mit den kleinen Zähnchen und gab ihr eine Beruhigungsspritze. Das Letzte, was Jadzia hörte, war: Zu spät.

Als Jadzia ein paar Stunden später aufwachte, lag sie in einem anderen Saal, zugenäht und jodtriefend, zwischen sechs anderen, die genau wie sie zugenäht und jodtriefend waren und auf die geflickten Laken bluteten, auf die löchrigen Wachstuchunterlagen, auf die Matratzen mit dem bräunlichen Mohn, der immer wieder aufs neue in der Mitte aufblühte, wie die Mohnblumen von Monte Cassino für jeden dort gefallenen Soldaten, und Jadzia konnte sich nicht einig werden, was die Vornamen anging. Paulina und Dominika, diese zwei, die sie ausgesucht hatte, waren so schön und ungewöhnlich unter den Kasias, Basias und Joasias, sie konnte sich einfach nicht für einen entscheiden. Sobald die angehende Mama einem den Vorzug gab, erschien ihr der verworfene plötzlich hübscher, ein schweres Problem. Zwei Namen, Dominika und Paulina, warteten wie zwei Netze auf das Mädchen, das Fischchen. Dominika passte wie Paulina so schön zum rosa Mützchen, an dem alle direkt erkennen würden, dass es ein Mädchen ist. Sie werden sich über den Kinderwagen beugen und sagen: Was für ein süßes Mädchen, wie heißt es denn? Im Fall eines Jungen (mit hellblauem Mützchen, egal wie er hieß) hatte Stefan auf Władek bestanden, nach seinem Vater, so tat er plötzlich und unerwartet seine Sohnesgefühle kund, doch wieder hatte der Schmied und Kellner Chmura kein Glück, und sein Name fiel aus dem Rennen, er würde in dieser Familie nicht mehr zum Zuge kommen. Zwei Vornamen also, Dominika und Paulina, und zwei Mädchen, ein totes und ein lebendes, ein lebendes und ein totes, denen Jadzia jetzt Dominika und Paulina zuteilen musste. Der eine Name für das lebende, der andere für das tote Kind, dessen Anwesenheit in Jadzias

Gebärmutter alle überrascht hatte, sie selbst inbegriffen. Das Schlagen zweier Herzchen hatte der junge Doktor Lipka, genannt Doktor Hühnchen, Gynäkologe in der Bezirkspraxis auf Piaskowa Góra, nicht gehört. Einer, der jeden Tag zwischen Dutzende von Schenkeln guckt, um zu diagnostizieren, zu untersuchen und auszuschaben, der in den Dünsten altpolnisch gesäuerter Fraulichkeit von einer Privatpraxis träumte, der hatte wohl das Recht, sich auf weibliche Intuition zu verlassen. Das ist eine Gabe der Natur, Jadzia, wo hast du die gelassen? Vielleicht schlugen die beiden Herzchen in so einträchtigem Rhythmus, dass man sie nicht auseinanderhalten konnte, wahrscheinlicher jedoch war es so, dass die zwanzig zusätzlichen Kilogramm Jadziafett, die sich in der Schwangerschaft angesammelt hatten und wie ein dicker Filz den Klang des Herzschlags dämpften, in Verbindung mit dem Heiligabend, der nicht nur in Bethlehem, sondern mit Sicherheit auch in Wałbrzych der denkbar schlechteste Zeitpunkt zum Gebären war, schuld daran hatten, dass Dominika ein Einzelkind blieb. Der Morgen kam, und es kam die Familie, von diesem Durcheinander von Leben und Tod aus der weihnachtlichen Bahn geworfen. Stefan rührselig und angetrunken, mit einem Nelkenstrauß, Halina in dicker Fuchspelzmütze mit einer Orange, Onkel Kazik und Tantchen Basienka, er seufzend, sie zum Summen bereit, mit einer Tüte Bonbons. Die Familie stand an Jadzias Bett, dampfte in der Wärme nach dem Frost draußen und wusste nicht, ob man sich freuen oder ob man weinen sollte, die Situation überstieg sogar den hochgestellten Champignonnier. Also, was ist jetzt, Dziunia, nennen wir sie jetzt Dominika oder Paulina? fragte Stefan, nachdem er etwas Mut gefasst hatte. Selbst als Jadzia sich gesagt hatte: Paulina ist für diese und Dominika für die andere, war sie nicht sicher, ob sie es richtig gemacht hatte, denn die erhoffte Erleuchtung stellte sich nicht ein, und keiner der beiden Namen passte ganz zum Tod noch ganz zum Leben, oder vielleicht passten beide gleichermaßen. Dominika, sagte Jadzia unter dem Druck der Familie, und sie dachte an die tote Tochter, die sie mit dem letzten Endes als schöner erachteten Namen für die jenseitige Welt ausstatten wollte, wo es von stückweise ausgeschabten Seelchen wimmelte, von Engelein mit Löchern im Herzen, mit offenen Wirbelsäulen und Wasserköpfchen, aber man verstand sie falsch. Den Namen für die Tote bekam das lebende Mädchen mit seinen zwei Komma zehn Kilo und nur fünf Punkten auf der Apgarskala, und das andere, einen Augenblick jüngere, ein wenig leichtere, das keinen einzigen Punkt auf der Skala irdischer Belange hatte, bekam den Namen für die Lebende, ein Särglein von der Größe einer Pralinenschachtel und einen aufgrund der Feiertage überteuerten Platz auf dem Friedhof, zwei Reihen von Opa Władek entfernt. Das war ein kleines Glück im Unglück, dass es so nah war, da musste man sich zu Allerheiligen nicht werweißwie von einem Grab zum anderen mit den Chrysanthemen abschleppen. Sie hat ja noch eins, sie wird es schnell vergessen, sagten sie, ja, sie wird das, was ihr geblieben ist, für zwei liebhaben, aber Jadzia war nie gut im Malnehmen und Teilen, und beim Zusammenzählen kam sie auf Null. Das tote Mädchen mit dem vertauschten Namen wird demnach all das, was Dominika nie erreichen wird, und das lebende Mädchen wird nie das, was aus Paulina hätte werden können. Jadzia bringt die Töchter durcheinander. Die Tote wird der Mutter als lebendig in Erinnerung bleiben, die Lebende wird ihr dauernd sterben – mit gebrochener Wirbelsäule unter der Teppichstange, von einem Perversen im Keller zu Kleinholz zerschlagen, unter den Rädern eines Lastwagens zu Kirschmarmelade zerquetscht. Dominika kann auf Piaskowa Góra nicht mal unter den Fenstern vorbeigehen, ohne dass im Kopf der Mutter eins davon aus dem Rahmen reißt und auf sie fällt. Das Überleben in einem so gefahrenvollen Leben ist nicht leicht für einen Säugling, der aussieht wie ein Greis im Miniaturformat und mit dem Leichnam der Schwester auf die Welt gekommen ist.

Alle Frauen in Jadzias Nachgeburtsfolterkammer waren sich einig, dass es besser und hygienischer war, ein Kind mit künstlicher Nahrung zu füttern, was überdies wissenschaftlich nachgewiesen war. Die Frau Ingenieurin, die längs und kreuzweise genäht werden musste, nachdem ihr schwergewichtiges Söhnchen sie mir nichts dir nichts und ohne Unterlass von innen attackiert hatte, behauptete mit spürbarer Sehnsucht in der Stimme, in der Zukunft werde es sogar künstliche Gebärmütter geben, in denen man den Nachwuchs ausgewählten Geschlechts wie in einem Brutkasten würde züchten können. Man würde kommen und durch eine Scheibe betrachten, wie er wuchs, und wenn es nach ihr ginge, dann würde sie nur Jungen züchten und keine solchen Schmöchter-Töchter, wozu waren die denn schon gut. Der armen tochtergebärenden Jadzia fiel eine freche Antwort wie üblich zu spät ein, als sie schon nicht mehr angebracht war. Die Wissenschaft, das war der Schlüssel zur Macht, und keine der Damen, Jadzia inbegriffen, wollte ein Weiblein vom Dorfe sein, wo im Gegensatz zu Städten wie Wałbrzych Unwissen, Aberglauben und Mangel an Hygiene herrschten. Die Hebamme nahm Jadzia den weißen Wickel aus den Armen, dessen Inhalt sich nicht auf Saugfunktion einstellen ließ, und abseits des mütterlichen Blicks, der nicht verfettet war, wurde das Neugeborene zum ersten und nicht zum letzten Mal mit Ersatzmilch gefüttert, verabreicht durch einen Schnuller mit zu großem Loch. Da hieß es schlucken, um nicht zu ersticken.

Als Dominika im Krankenhaus zum ersten Mal das Gesichtchen von der Brust abwandte und die Mutter ansah, spürte Jadzia, wie ein Schauer des Widerwillens ihren geschundenen Körper überlief. Wenn sich die Tür hinter dem weißen Kittel der Hebamme schloss, stellte sich Erleichterung ein, weil ihr der Wickel aus den Armen genommen und samt dem als Dominika Chmura etikettierten Inhalt fortgebracht worden war. Etwas Dunkles in Jadzia wollte nie wieder dieses verrunzelte rote Gesichtchen betrachten, vergessen! schrie dieses Etwas, die Berührung des leicht deformierten Köpfchens vergessen, dessen weiche Knochen ein wenig eingedrückt waren, wo sie die Zwillingsschwester berührt hatten. Dieses Köpfchen, so zerbrechlich wie ein ausgeblasenes Ei, Jadzia wird es nicht schaffen, es am Leben zu erhalten. Es zerbröselt unter ihren Fingern, birst, sobald es an die Stangen des Gitterbettchens stößt, durch die Ohren wird ihm das Badewasser hineinfließen. Diese Jadzia, alles hat sie durcheinandergebracht – wie kann man das vergessen, jede Mutter will doch das Bild ihres wehrlosen Neugeborenen in Erinnerung behalten. Sie will es in Erinnerung behalten und eines Tages dem gegen ihren Willen vom Säugling zur Lebensenttäuschung herangewachsenen Menschen, dieser am eigenen Busen genährten Schlange sagen, dass sie ihn sozusagen von Gnaden genährt und ihm von Ungnaden den Hintern abgewischt hat, deshalb soll er der Mutter nicht frech kommen, denn ihr dämmert, dass sie sich umsonst geopfert und aufgerieben hat. Nach der Rückkehr in die Wohnung in Szczawienko renkt sich Jadzias Zustand nicht ein, dieses Etwas in Jadzia wird eher noch schlimmer, noch unartiger, es führt ein Eigenleben, ist aber gleichzeitig in sie verkrallt wie ein parasitärer Zwilling. In schlaflosen Nächten überschwemmte Jadzia das Zimmer mit den Meeren, die aus ihr strömten, und wie eine Riesenalge unter der Decke hängend beobachtete sie, wie das Wasser ihren Mann und ihre Tochter verschlang. Sie sah, wie sich Tintenfische um den nichtsahnenden Stefan schlangen, wie Quallen auf das kleine Holzbettchen sanken und eine gallertartige Decke über Dominika breiteten, unter der letzte Luftblasen emporstiegen. Der Jadzia-Alge fehlte der Mut und vielleicht auch die Kraft, um ohne Luftholen in der nächtlich heraufbeschworenen Flut zu verharren und sich erst morgens ans Ufer schwemmen zu lassen. Sie dachte ans Springen aus einem hochgelegenen Fenster, an Gas, ans Schlucken von Tabletten, doch Reglosigkeit und Ausharren siegten, sie war vergiftet vom Sargasso-Meer, von der Pełcznica voller Soldatenleichen. Unerschütterlich betrachtete sie mit ihren Augen von der Farbe unreifer Stachelbeeren in der Schlaflosigkeit ihr Werk der Vernichtung, und Schuldgefühle zerrten an ihr und hinterließen blutende Wunden. Bedeckt mit einem juckenden Ausschlag, dessen Ursache der Hausarzt aus der Bezirkspraxis nicht identifizieren konnte und den er wahrscheinlich wie Stefans Schluckauf mit Vitaminen behandelte, kratzte sie die Bläschen zu einem feuchten Matsch und kaute an ihren weichen und wie Blätterteig schuppigen Fingernägeln. In weinerlicher Gleichgültigkeit strich sie, nur mit dem Morgenmantel bekleidet, durch die Wohnung und drückte sich kauernd in Ecken, aus denen Halina sie wie einen Lappen zog, damit sie etwas für ihren Mann kochte, wenn der von der Arbeit nach Hause kam. Konnte sie sich nicht ein bisschen zusammenreißen? Hatte sie nicht vor, sich anzuziehen? Zwischendurch unterbrachen Anfälle fieberhafter Aktivität Jadzias Apathie, in denen sie ganz auf das Kind fixiert war. Alle paar Augenblicke sprang sie aus der Dunkelheit, schoss wie ein Komet immer schneller durch die Wohnung und prallte an die Wände, scheuerte plötzlich um vier Uhr morgens Fußboden, Wanne und Toilette, dass es noch zwei Stockwerke tiefer nach Lysol roch und ihre Arme bis zum Ellbogen rot waren wie zwei rohe Würste. Unvermittelt beschäftigte sie sich mit Dominika, als wollte sie sie für Wochen der Nichtbeachtung entschädigen, riss Halina die Flasche mit der zu heißen Milch aus der Hand, rückte das Bettchen an eine Stelle, an der der plötzliche Kindstod unwahrscheinlicher schien, sang, schwor Mutterliebe bis ans Ende ihrer Tage. Sie roch an Dominika, und gleich, auf der Stelle, musste Badewasser für die Aluminiumwanne erhitzt werden. Das Kind ist schmutzig! Der Säugling wurde stocksteif in ihren Armen, wandte das Köpfchen ab und begann zu weinen, während Jadzia im klebrigen Sumpf ihrer Panik versank, Beteuerungen, dass alles gut war und Mama sie liebhatte, steigerten sich zu einer gefährlichen Höhe, jenseits derer nur noch Piepsen und Zähneknirschen zu hören waren. Der Komet Jadzia stürzte mit blutigem Feuerschweif aus dem Haus in Szczawienko, um Stunden später zerknittert und vergilbt wie ein Stück angesengtes Papier zurückzukehren. Das Maß ihrer aushäusigen Anfälle wurde an dem Tag voll, als sie im Nachthemd aus der Wohnung rannte und Halina sie nach mehrstündiger Suche auf dem Dachboden entdeckte, wo sie sich durch die Dachluke hatte aufs Dach zwängen wollen, doch auf Hüfthöhe steckengeblieben war. Die Schwiegermutter zog die Schwiegertochter an den behaarten Waden in den Schoß der Familie zurück, doch man konnte nicht wissen, für wie lange. Irrsinn kam auch in Wałbrzych vor, aber nie in anständigen Familien. Stefan hatte Angst, seine Frau könnte noch einmal nachts im Hemd ausbüchsen und wie die Heilige Ameise vom Tęczowa, die bei den Feierlichkeiten am Jahrestag der Oktoberrevolution nackt hinter dem Denkmal der Helden der Sowjetunion hervorgesprungen war, in die Zwangsjacke gesteckt und eingesperrt werden, um dann – wenn überhaupt, und in jedem Fall mit Schande bedeckt – wieder laufen gelassen zu werden. Der Knall, den Jadzia hatte, käme dann auf der Zunge der Leute wie ein Bumerang immer wieder zurück und würde Stefans berufliche und gesellschaftliche Karriere zerstören. Selbst wenn er einen Berechtigungsschein für ein Auto bekäme, könnte er in einer solchen Lebenslage nicht im Traum an ein Treffen mit Ingenieur Waciak denken, weder auf gesellschaftlicher Ebene noch im Schoße der Natur. Ja, der irrlaufende Knall Jadzias konnte sogar ein Loch in die Champignonzucht von Onkel Kazimierz schlagen, der unterdessen noch in den Besitz eines Betriebs für die Herstellung von Haarschmuck und anderen Galanteriewaren aus Kunststoff gekommen war.

Ein Rat, bestehend aus: Onkel Kazimierz (anwesend), Tante Basia (anwesend, längst ihres Stimmrechts verlustig), Halina (rauchend, damit rechnend, dass das Kind in ihre alleinige Obhut kommen würde), Stefan (anwesend, ratlos) und Jadzia (anwesend, unpässlich) kam auf Appell des Oberbergmanns zusammen und nahm Platz. Es wurde festgestellt, dass es nicht so schlimm war, wenn Jadzia zu Hause ihren Knall kriegte (stimmt, Onkel), denn dann hielten die Wände das Element im Zaum, ja, solange sie putzte, war es sogar ein nützlicher Knall (Zustimmung abzüglich des unverständlichen Flüsterns von Tante Basia, die zum Schweigen gebracht wird). Einstimmig (Tante Basia nicht mitgezählt) wurde festgestellt, dass es schlimmer, ja, viel schlimmer war, wenn Jadzias Nachgeburtsknall sie auf die Straße triebe. Das geht ja geradezu dem Kriminalen entgegen, verkündet Onkel Kazimierz, und Stefan nickt bejahend, obwohl er es nicht versteht. Als Arznei für Jadzia entscheidet man sich für eine Arbeit außer Haus und das Fernhalten schädlicher Faktoren, zu welchen das Kind gezählt wird. Der Rat beschließt, dass Jadzia eine

Stelle als Sachbearbeiterin annimmt und Oma Halina sich um Dominika kümmert, bis es der jungen Mutter wieder besser geht. Für eine Stelle als Sachbearbeiterin braucht man Abitur, was Jadzia nicht hat, doch Onkel Kazimierz verspricht, diese kleine Unstimmigkeit in Ordnung zu bringen, denn er hat Beziehungen und Kontakte. Um das Kind kümmert sich die Oma, und du machst unterdessen schön männlich deine Sachen mit dem Frauchen, damit sich das Weiberoberstübchen nicht ganz benebelt, erklärte Onkel Kazimierz Stefan, der bereit war, allem zuzustimmen, um bloß seine alte Jadzia bald wiederzubekommen.

Als nach fast einem Jahr gemeinsamen Glücks in Szczawienko die Zeit kam, nach Piaskowa Góra umzuziehen, blieb das Kind, wo es war. In Stefans Glück gab es eine erste ernsthafte Trübung in Gestalt von Jadzias Knall und des in fremde Obhut gegebenen Kindes, das er lieber bei sich gehabt hätte, vielmehr bei der Mutter des Kindes, nicht bei seiner eigenen. Die Natur des Problems seiner Frau stellte sich ihm nur sehr verschwommen dar, denn er sah die Gründe nicht, und wenn er es auf männliche Art anging, rannte er immer wieder mit dem Kopf gegen die Wand. Deshalb fing er an, im Tęczowa Zwischenstation zu machen und sich einen Klaren zu genehmigen, der größere Klarheit vermitteln sollte, denn die brauchte er, besonders nach acht Stunden in der Grube, wo es schwarz war wie im Arsch von einem Neger, der Blutwurst gegessen hat. Dieses Sprüchlein hatte leider nicht er sich ausgedacht, sondern Kowalik, was Stefan jedes Mal bedauerte, wenn dieser damit einen Lacherfolg bei den Kumpeln erntete. Vom Tęczowa ging er zu Halina, um ein bisschen das Kind zu betrachten und sich zu vergewissern, dass das Kind auf seinem Kinderplatz und er auf seinem Vaterplatz war. Auf diesem neuen Umweg ging er nach Hause nach Piaskowa Góra. Im Fahrstuhl prüfte er seinen Atem, denn gleich im Flur musste er hauchen. Wenn Jadzia Alkohol roch, würde sie sich aufregen, und das konnte Einfluss auf die Qualität des Essens haben, ja es konnte sogar dazu führen, dass sie heulte und mit Tellern nach dem Ernährer warf, der hungrig bleiben würde. Die Besuche im Tęczowa und bei der Tochter hielt Stefan vor Jadzia geheim, warum, wusste er im ersteren Fall genau, im letzteren nicht so recht, aber das Geheimnis bereitete ihm Genugtuung, wie damals, als es ihm gelungen war, ein Stück Speck aus dem Barszcz zu fischen und Onkel Franciszek hinterher nicht merkte, dass es angebissen war. Sonntags waren beide Eltern Eltern und nahmen die Tochter mit nach Piaskowa Góra, und Dominika war die Mitgenommene, denn vorläufig hatte sie in dieser Frage nichts zu sagen.

6 Halina macht Frühstück für sich und Dominika, ohne die Zigarette aus dem Mund zu nehmen; Tee mit Zucker, Würstchen, Brot; zwischen zwei Handbewegungen stößt sie flinke Rauchschwaden aus, die an Schwung verlierend durch die Küche treiben. Oma Kolomotive nennt das Kind sie, denn Lokomotive (wie sie am Bahnhof steht und schwitzt) ist ein langes Wort, das sich gern auf der Zunge verdreht. Manchmal verdreht das Kind selbst die Wörter, als schiebe es ein Himbeerbonbon im Mund umher, das in die Zunge schneidet, wenn man nicht aufpasst. Guten Tag, Frau Buchhalterin! ruft sie der Verkäuferin in der Buchhandlung zu, die ihnen Geschichten von braven Kindern und fleischverschmähenden Tigern verkauft. Verdrehte Worte machen den Erwachsenen Freude, denn daran finden sie bestätigt, dass ein Kind klein und dumm ist, sie selbst hingegen groß und klug. Man darf jedoch nicht übertreiben, sonst bleibt das Kind geistig zurück, solche Kinder müssen immer zurückstehen, und ihre Mütter schämen sich vor den anderen Frauen.

Dominikas Mama hat allerdings nicht viel Gelegenheit sich zu schämen, denn sie besucht ihre Tochter nur sonntags. Oma Kolomotive ist für werktags. Die Oma stört sich nicht an den verdrehten Wörtern, sie selbst mischt ja weißrussische und russische Wörter ins Polnische, spricht weich, gedehnt und singend mit dem gluckernden tiefen »l«. In Dominikas Gegenwart wird die im Zaum gehaltene Sprache aus Halinas jüngeren Jahren wieder lebendig, verwildert und wuchernd greift sie um sich, doch Halina muss aufpassen, denn Jadzia mag keine fremden Wörter. Liebe Mama, mach dem Kind doch nicht so ein Durcheinander im Kopf, rügt sie die Schwiegermutter. Jadzia

Chmura möchte das Kind zur rechten Zeit und im rechten Zustand zu sich nehmen, allenfalls etwas schwerer und größer als jetzt, doch ganz entschieden mit nichts weiter beschwert als einem Zuwachs an Masse. Doch das Kind ist sehr weich und offen, die Welt strömt in es hinein, dringt durch seine Haut und lässt sich im Innern nieder, niemand wird sie dort wegradieren können. Das wird sich Dominika als Erstes einprägen, und dorthin wird sie immer zurückkehren; sie wird ihr Leben lang nur auf weißrussisch lachen: uhaha!

Oma Kolomotive trägt einen Nylonkittel mit einem Muster aus Blumen und afrikanischen Tieren drauf, wilden Tigern, trompetenden Elefanten und langschwänzigen Affen. Zwischen den Blumen und Tieren ist es blau, das ist das Meer, darin sind Inseln – Papa kommt und sagt, das sind die Inseln Bula-Bula, der Wind weht lau, die Affen kugeln. Von Oma Kolomotives Zigarette fällt Asche in den Dschungel und brennt Löcher hinein, durchlöchert die Tiger, Elefanten und Affen, brennt ihnen die Augen aus, verkohlt ihnen die Schnurrbarthaare, erlischt zischend im Meer. Oma Kolomotive riecht nach verbranntem Dschungel, nach Tigern, denen Rauch aus den leeren Augenhöhlen quillt, nach Affen, deren Schwänze zu Fackeln geworden sind, nach Elefanten mit einem Loch im Bauch, durch das man hindurchgucken kann. Das Kind würde gerne auf die tropischen Inseln im blauen Meer fahren und die Tiger, Elefantchen und Affen retten. Das sind die Inseln Bula-Bula, sagen die Erwachsenen, leider ist es nicht so einfach, aus Wałbrzych dorthin zu fahren. Oma riecht wie Geschirrtücher, die am Ofen getrocknet werden, nach heftig ausgewrungener Feuchtigkeit, sie hat Lockenwickler auf dem Kopf, aus denen Metallnadeln spießen wie scharfe kleine Hörner. Das Kind darf nicht mit Nadeln spielen und sie in den Mund stecken, warnt die

Mama beim Besuch. Eine verschluckte Nadel würde durch die Adern zum Herzen treiben wie ein Kajak mit einem spitzen Bug, und Dominika würde dann zu Opa Władek und dem kleinen Paulinchen kommen. Dominika weiß, dass sie ein Schwesterchen hat, das nicht hier ist. Mal sagt Oma Kolomotive, Paulinchen schläft in der Erde, ganz fest, dann, dass Paulinchen ein Engel im Himmel ist, da flattert es umher wie eine kleine Schwalbe, aber wie ist das möglich, dass man gleichzeitig an zwei so weit auseinanderliegenden Orten ist? Der Himmel gibt keine Antwort, egal, wie lange sie darauf schaut. Deshalb guckt Dominika in den Blumentöpfen nach, sie kippt die Erde aus, um nach kleinen Schwesterchen zu suchen, mit denen man spielen kann, wenn man sie abwäscht oder auch nur den Dreck ein bisschen abklopft. Vielleicht sitzen sie dort im Dunkeln und warten zusammengekauert, dass man sie befreit. Doch in der Erde aus den Blumentöpfen ist nur ein Gewirr weißer Wurzeln, und auf einmal fällt ein Regenwurm heraus und windet sich auf dem Teppich. Das kleine Mädchen wird ausgeschimpft, die Erde kommt zurück in den Blumentopf, die Blumen mit den Wurzeln in die Erde, der Regenwurm kommt um und hinterlässt im Kopf des Kindes einen schwer zu beschreibenden Verdacht.

Jeden Morgen sitzt Oma Kolomotive, schneidet die Würstchen, aus denen trüber Saft spritzt, und nimmt bei der Gelegenheit auch etwas zu sich, sie kratzt die Fleischmasse aus, die noch an der Pelle haftet, und streicht das Messer an einer Brotrinde ab. Je älter sie wird, desto weniger Nahrung braucht sie, ihr Eidechsenkörper ist kühl und trocken, vom Zigarettenrauch gelb geräuchert. Jadzia gibt der Schwiegermutter genaue Anweisungen. Sie hält es für wichtig, dass das Kind täglich mit einer bestimmten Nahrungsmenge abgefüllt wird. Sie selbst ist nicht in der Lage, das zu übernehmen, doch auch aus der Entfernung lässt sich mittels Würstchen die mütterliche Liebe bezeugen. Die Fähigkeit zur Gegenseitigkeit ist bei dem Kind noch nicht gut entwickelt, sie muss noch ausgebildet werden. Das Kind soll den Mund öffnen und schlucken. Das ist sein Teil der Gegenseitigkeit, zurückgeben darf es nichts. Da fliegt fliegt fliegt das Flugzeug für Mama, für Papa, und dann für Onkel Kazio und für Oma Zofia aus Zalesie, für die summende Tante Basienka, die außer bei dieser Gelegenheit nie erwähnt wird. Zum Schluss landen die Würstchendoppeldecker mit Toten an Bord: für Opa Władek, für das Schwesterchen Paulina, neben Dominika das einzige Kind in der Gesellschaft. Die Kinder aus Szczawienko, schmutzig und ungebildet, aber immerhin lebendig, werden von Jadzia als ungeeignete Gesellschaft für ihre Tochter abgelehnt. Oma Kolomotive hat nur Erfahrung mit Stefan, der so verfressen war, dass er in der Wand ihrer Wohnung herumpulte, und lernt immer neue Methoden, die Enkeltochter zu überlisten, denn die sagt Neeeiiin zu jedem Flugzeug mit Essen. Dominikas Nee steigt vibrierend auf, das iin kommt kaum nach und scheppert wie eine leere Büchse auf Straßenpflaster. Die Kleine streckt die zum Rüssel gerollte Zunge raus und schaut die Oma aus Augen an, von denen nur der liebe Gott im Himmel weiß, wie sie in diese Familie geraten sind. Halina fühlt sich wohl in der Rolle der Oma, nur das Aussehen der Enkelin macht ihr etwas Sorgen. Dominika, was ist das überhaupt für ein Name, weder die Mutter noch eine der Omas heißt so, ein Findlingsname, und dazu dieses Wechselbalgsgesichtchen, woher kommt so ein dunkles Kind, so ein Zigeunerchen oder, Gott bewahre, noch Schlimmeres, so ein Wuschelkopf mit einer Nase wie eine Sakristeiklinke? In der Heißmangel bei Herta Kowalski oder im Lebensmittelladen unten gucken die Frauen und wundern sich, die dummen Schachteln, von wem hat es denn solche Äugelchen, und die Nase, hat sie die von der Mama oder vom Papa, und diese Haare, na sowas! Eine Scheiße geht's euch an, von wem sie was hat, möchte Halina am liebsten sagen, aber jeden Tag versucht sie, vor dem Verlassen der Wohnung wenigstens die Haare unter einer Mütze oder einem Kopftuch verschwinden zu lassen, da sie ja nicht das ganze Kind unter einem anderen Aussehen verstecken kann. Da haben sie eine neue Variante, denn Stefan ist blond und Jadzia, selbst wenn sie sich aufdonnert, so blass und farblos wie ein schlabbriges Ei. Und trotzdem hängt man an so einem Kind, dass man Angst kriegen könnte. Je mehr Halina an dem Kind hängt, desto größer wird ihre Angst, denn je stärker eine Bindung, desto schwerer lässt sie sich kappen, ja, es kann sogar Blut dabei fließen. Schon zweimal hat die Oma das Ende ihres Zusammenlebens mit dem Enkelkind hinausschieben können, doch früher oder später werden die rechtmäßigen Besitzer es wegholen. Die Kleine wendet sich von den Würstchenleichen ab, schaukelt auf dem Stuhl und steckt nochmal die zum Rüssel gerollte Zunge heraus. Dieses Kunststück kann keiner in der Familie außer ihr. Streck nicht die Zunge raus, sonst scheißt dir ein Vogel drauf, droht Halina, und Dominika lacht allzu überschwänglich über diesen abgegriffenen Witz, es ist ein Als-ob-Lachen, das die Oma dazu bewegen soll, diese Tortur aufzugeben. So ein uhahaha! Jetzt machen wir das Mündchen auf! Halina sperrt den Mund auf, um dem Kind zu zeigen, was es machen soll, und führt bei der Gelegenheit den Beweis ihrer eigenen Abneigung gegen Zahnärzte vor, denen jetzt zwischen den Stümpfen und Splittern kaputter Schneidezähne nicht mehr viel zu tun bleibt. Mama, du solltest dir ein Gebiss machen lassen! Stefan versucht sie dazu zu überreden, seit er zur Arbeit in die Grube geht. Mama, geh doch privat zum Jedwabny, ich geb was aus meinen Ersparnissen dazu, aber Halina winkt nur ab. So sieht man eben, dass sie im Leben soundsoviele Zähne abbekommen hat und nicht mehr, und jetzt auf ihre alten Tage wird sie sich von niemandem mehr im Maul rumfummeln lassen. Ins Jenseits wird sie so ein Gebiss auch nicht mitnehmen, denn dort wissen sie, dass jeder Mensch zwei Satz Zähne kriegt, nicht mehr, und sie würden die Schummelei sofort merken. Der heilige Petrus wird sagen: Frau, du brauchst nicht mit deinem Porzellan zu klappern, hier wird kein Film gedreht. Grażynka hatte mal eine halbe Stunde über diesen Witz gelacht, ach, was hatte sie gelacht, dass die Pfingstrosen aufblühten und die Scheiben klirrten, aber Jadzia schnalzt nur überheblich: Aber liebe Mama, sei doch nicht so rückständig, liebe Mama, weißt du denn nicht, dass so faule Zähne eine Brutstätte der Bakterien sind? Halina sieht sehr wohl, dass die Schwiegertochter sich ekelt und unterm Tisch das Besteck mit der Serviette abwischt, weil sie Angst hat, die Bakterien werden an ihr hochkrabbeln wie die Ameisen an der Heiligen Ameise vom Tęczowa, denn die haben irgendwelche Bösewichte im Sobieski-Park an einem Baum festgebunden, der an einem Ameisenhügel stand, damit sie ihren Namen endlich verdiente. Jadzia! Dziuneczka, die geliebte Frau ihres Sohnes, in deren Nähe man auf Zehenspitzen gehen muss, weil sie seit der Geburt einen Knall weghat. Wie ein Kuckucksei hat sie ihr das Kind untergeschoben, und selbst putzt sie dauernd oder hat den Kopf in ein Buch gesteckt und seufzt, und wenn sie mal einen besseren Tag hat, rennt sie durch die Läden wie angestochen und gibt Geld aus für irgendwelchen Scheiß und Nippes von Cepelia, all diese Väschen wird sie sich bald in den Arsch stecken müssen, weil in der Wohnung kein Platz mehr ist. Nach jedem Sonntag auf Piaskowa Góra kommt Dominika ganz verändert zu Oma Kolomotive zurück, denn aus dem Tochterkind von Mama und Papa auf Piaskowa Góra muss sie wieder zum Enkelkind der Oma in Szczawienko werden, also stößt sie sich Beulen, bleut sich blaue Flecke ein oder schürft sich das Knie auf, um wieder in die Schablone zu passen. Einmal kam sie nach Hause, machte einen Haufen ins Töpfchen und beschmierte alles ringsum mit Scheiße. Halina hatte bis zum Morgen damit zu tun, die Scheiße von Sofa, Möbeln und Vorhängen abzuwaschen. Doch der Anblick des Enkelkinds, das von Jadzia gebadet und parfümiert nach Hause gekommen war und jetzt mit Scheiße beschmiert dastand, brachte Halina so zum Lachen, dass das Kind, den Tränen nahe, schließlich auch zu lachen begann, und Halina hatte zum ersten Mal das Gefühl, dass dieses hässliche magere Mädchen etwas von der strahlenden üppigen Grażynka an sich hatte. Sie lachten – uhahaha – bis zum Umfallen. Oma Kolomotive konnte nichts machen, sie hatte das Kind jetzt noch lieber, und nun würde es noch schwerer, es von ihr wegzureißen, und selbst wenn die Trennung gelänge, würde doch alles Wesentliche in Halina, das Beste und das Schlechteste, an dem Kind kleben bleiben, und in ihr, Halina, würden nur noch Löcher und Risse sein. Dominika hängt an Oma Kolomotive und an der Mutter, was nicht einfach ist, denn Schwiegertochter und Schwiegermutter mögen sich nicht, jede zerrt das Kind in ihre Richtung. Das tut weh, und das Kind droht dabei zu zerreißen. Dominika zieht beide an sich, was eine Annäherung zwischen Mutter und Oma bewirken könnte, doch das Kind hat noch nicht genug Kraft, und vorläufig siegt die Abneigung zwischen Jadzia und Halina.

Halina hat für Jadzia keine innigen Gefühle, Jadzia für Halina hingegen jede Menge Anweisungen, die sich auf die Autorität der Modernität und Stadtverwaltung stützen. Dazu gehören Ge- und Verbote hinsichtlich Nahrungsaufnahme, Ausscheidungen und Hygiene des Kindes. Dominika hat ein Äußeres und ein Inneres in Gestalt von Därmen. Das alles muss sorgsam gepflegt werden, und die Oma tut gut daran, die Anweisungen der gebildeteren Schwiegertochter zu befolgen. Menschen und Tiere, mit denen das Kind unbeabsichtigt in Kontakt kommt, diese sabbernden sogenannten Tanten in den Geschäften, Hunde, die andere Hunde beschnuppern, pfui, sogar unter dem Schwanz, und dann bei Kindern schöntun, wehrlosen kleinen Mädchen übers Näschen und das ganze Gesicht lecken, das alles sind für Jadzia perfide Bakterienverteiler. Infizierte Stellen müssen sofort mit einem in Kölnischwasser getränkten Taschentuch abgewischt werden, um die Widerlichkeiten auf der Oberfläche des Kindes unverzüglich abzutöten. Zuhause hat man zu diesem Zweck Essig für außen und Knoblauch für innen. Am besten wäre es, wenn das Kind draußen gar nicht durch den Mund atmen würde. Da es ja nun mal atmen muss, soll es das bitte nur durch die Nase tun. Manchmal schneit Jadzia unangemeldet mitten in der Woche zur Inspektion herein. Sie schaut in Dominikas Ohren, ob sich da nicht inzwischen Schmalz gebildet hat, und prüft die Fingernägelchen auf Trauerränder. Wie dreckig sich dieses Kind macht! Sie soll bloß nicht draußen auf öffentlichen Toiletten pinkeln! erklärt sie Halina, und wenn es unbedingt nötig ist, dann nicht im Sitzen oder nur wenn der Sitz mit Papier abgedeckt ist. Ganz besonders gefährlich für Dominika sind die anderen Kinder in Szczawienko. Sie könnten sie nicht nur äußerlich infizieren, sondern auch innerlich, durch Augen, Ohren, weiß der Himmel wo sonst noch eindringen. Jadzia weiß schon wo, es graust sie, daran zu denken. Jadzia hat gesehen, wie diese dreckigen Kinder spielen. Sie stecken einen Stock in die Erde und spucken und rotzen darauf, dann zählen sie ab, ene mene muh, und wer aus ist, der muss den Stock mit den Zähnen rausziehen, mit den Zähnen! wiederholt Jadzia, wer will denn so was spielen!, in ihren Augen funkelt das Grauen und noch etwas anderes. Diese Kinder trinken nichtabgekochtes Wasser, popeln in der Nase und essen Ziegen, warnt sie ihre Tochter. Die Kinder von Szczawienko spielen also ohne Dominika auf dem bakterienverseuchten Hof und wissen nicht, was ihnen entgeht, weil sie Dominika kaum kennen, und das ist so, als entginge ihnen gar nichts.

Durchs offene Fenster hört das einsame Mädchen das Lachen der unkultivierten Kinder von Szczawienko, und ihr entgeht etwas. Auf den Hygienespaziergängen lässt Oma Kolomotive die Enkelin manchmal aus den Augen, und sofort rennt die Kleine zu den Kindern von Szczawienko, die sie jedoch so energisch zurück in Richtung Oma befördern, dass der schneeweiße Schlüpfer aufblitzt. Die Kinder von Szczawienko sind ein vielköpfiges Geschöpf, dessen Köpfe alle miteinander verbunden sind. Dominika ist allein, Paulina zählt nicht, die ist ja im Himmel oder unter der Erde. Emil Tutka, der älteste von sieben Stück Kleinvieh in der Familie Tutka, und die hellhaarige Emilia Buczek, die ein Jahr jünger ist als er, schreien etwas, was Dominika nicht versteht, sie rufen Zigeuner, dreckiges Zigeunerluder, die anderen tun es diesen Köpfen nach, Steine fliegen, die Dominika gelten. Sie findet sich allmählich mit der Tatsache ab, dass sie nicht passt. Sie hält sich abseits, den Plastikeimer mit dem Schäufelchen an die Brust gedrückt. Sie kann auch alleine schön spielen, wie Jadzia ihr immer rät, zum Beispiel Suche nach der Schwester, wie Dominika sich ausgedacht hat. Mit der rosa Schaufel reißt sie die Erde neben der Teppichstange auf, je stärker sie wird, desto tiefere Löcher gräbt sie. Manchmal machen sich die anderen Oma Kolomotives kurzfristige Unaufmerksamkeit zunutze, einer der Drachenköpfe schnellt auf einem langen Hals vor und schlägt Dominika in den Nacken oder auf den Rücken. Das ist bestimmt Emil Tutka mit den verkrusteten Augen, die aussehen wie mit Streusel bestreut. Er stößt dem Kind ein zitterndes Stück rosa Fleisch direkt unter die Nase und wirft dann eine Handvoll Regenwürmer auf die Erde, zertritt sie und sagt Aas am Arsch! Sie kann nichts antworten, sie kennt die Sprache nicht, in der sie auf Emil Tutkas hässliche Worte erwidern könnte, die sie wie Spucke treffen. Er ist schon wieder weit weg und dreht ihr eine lange Nase. Sie kann ihn nicht einholen.

Die Würstchenmasse, die es zum Frühstück gibt, erinnert Dominika an die Leiche eines großen Regenwurms, die Mama der kleinen, die Emil Tutka mit dem Schuh zertreten hat, und des Wurms im Blumentopf. Die armen kleinen Regenwurm-Schwesterchen, denkt Dominika, sie kriechen aus der Erde, um ihre Mama zu suchen, und die liegt derweil gekocht auf ihrem Teller, eine fette tote Mama. Sie hält den Bissen ein paar Minuten im Mund und spuckt ihn dann aus. Halina nimmt den Teller und wirft das, was darauf ist, stillschweigend in den Mülleimer. Das wird eines von ihren Geheimnissen, die Oma legt die Hand auf die Brust und hebt sie dann zum Mund, wobei sie so tut, als schließe sie ihn zu. Die Kleine ahmt ihre verschwörerischen Gesten nach. Der Mund wird zugeschlossen und zwar zu-zu-zu-zuschlu. Wenn sie Mama was davon sagt, dann kommen die Zigeuner aus der Poststraße und nehmen sie mit. Wohin? In den schwarzen Wald. Warum? Um Matze aus ihr zu machen. Die Hände machen sie zu Matze, die Beine und den Bauch? Ja. Den Po und den Kopf auch? Ja. Po, Kopf, alles. Wozu den Kopf? Für Matze? Den Po für die Matze, den Kopf auf die Pratze, und die Knöchelchen werden zu Klappern für die

Zigeunerkinder! Oma Kolomotive schneidet ein Stück Brot ab, schmiert dick saure Sahne darauf und bestreut das Ganze mit Zucker. Der cremigsüße Geschmack strömt in das Kind und lässt sich darin nieder, die Zuckerkristalle lassen sie glitzern. Das wird ihr in Erinnerung bleiben.

Nach dem Frühstück setzen sich Oma und Enkeltochter auf den Boden und suchen die schönsten Reste für Puppenkleider aus. Zwischen ihnen türmt sich ein Berg, aus dem Wiesen und Röslein, Morgenröten und Flüsse, Dotterblumen und dottergelber Entenflaum hervorschauen. Die Puppe heißt Paulinka und ist das Einzige, was Dominika interessiert. Alltags sitzt sie schön angezogen auf dem Fernseher, aber wenn sie neu eingekleidet wird, das ist ein richtiger Festtag. Der Fernseher ist so gut wie unbenutzt, Halina hat nie verstanden, warum Leute stundenlang in diese Kiste glotzen können, in denen Menschen im Kleinformat aussehen wie labernde graue Leichen. So erfährst du, liebe Mama, was auf der Welt geschieht, sagt Stefan überredend, und sie antwortet darauf: Wenn etwas Gutes passiert, bringen sie es sowieso nicht, und wenn etwas Schlimmes passiert, werde ich es früher oder später auch ohne Fernseher erfahren. Der Fernseher dient also der Puppe als Sitz und Dominika dazu, die Gutenachtsendung zu sehen, denn dann sitzen sie beide einander gegenüber. Die Puppe ist keine gewöhnliche Plastikpuppe, wie man sie im Spielwarenladen auf Piaskowa Góra kaufen kann oder im staatlichen Warenhaus in der Innenstadt. Sie hat ein Porzellangesicht, echte Haare und bewegliche, sehr blaue Augen aus Glas. Halina hat sie von drüben mitgebracht und nach Jahren auf den unnützen Fernseher gesetzt, womit sie beiden einen Anschein von Nützlichkeit gegeben hat. Dominika schleicht sich nachts in das leere Wohnzimmer, in das der Kastanienbaum vor dem Fenster fließende bewegliche Schatten wirft. Wieder hat sie von ihrer Schwester geträumt, sie hatte kleine Zuckeröhrchen. Dominika hat sie im Dunkeln gelutscht, ihr Mund füllte sich mit der Süße. Ihr kam es so vor, als bewegte die Puppe sich auch, als wäre ihre Reglosigkeit tagsüber eine Lüge, doch wenn sie ihr nachts zuzwinkerte, war das die Wahrheit. Bebend vor Aufregung sieht sie zu, wie ihre Schwester langsam aufsteht, die Falten ihres Kleides glättet, so makellos und kühl, den roten Tropfenmund spitzt und die Arme nach Dominika ausstreckt. Die Arme laufen aus in Hände mit schimmernden Fingernägeln ohne einen einzigen Trauerrand. Dominika und Paulina drehen sich immer schneller und schneller, so schnell, dass man sie nicht mehr voneinander unterscheiden kann. Dominika, ein rasender Derwisch im sternchengemusterten Schlafanzug, stößt gegen Oma Kolomotive, die von dem Lärm aufgewacht ist. Paulinka kehrt auf den Fernseher zurück und erstarrt bis zum nächsten Mal. Halina weiß selbst nicht, warum sie diese Nippes mitgenommen haben. Vielleicht hatte Władek sie eingepackt, sie selbst jedenfalls hatte nur Nötiges mitgenommen, sie hatten ja ohnehin nicht viel, fast neue Schuhe, ein wenig Bettzeug, den Wandteppich, der über dem Bett gehangen hatte, eine wunderschön erblühte Geranie. Nein, die Geranie hatten sie dort gelassen. Merkwürdig, diese Erinnerung daran, wie sie mit dem Blumentopf in der Hand dastand wie vor den Kopf geschlagen und aus dem Fenster schaute, auf den Hof und den Hund, den sie auch nicht mitnahmen. Sie hatte ihn nur von der Kette gelassen und gesagt: Los, lauf schon, aber er wollte nicht weglaufen, er setzte sich neben seine Hütte und saß auch noch dort, als sie weggingen. Die Puppe – ein Hochzeitsgeschenk von einem entfernten Cousin Władeks, einem mageren Mann mit großen Ohren, dem unfehlbaren Verwandtschaftsmerkmal – hatte die ganze Reise von drüben hierher in Bettzeug gewickelt überstanden. Züge brachten sie weg, sie alle miteinander, samt Federmäppchen und Federbetten, Konfitüren und Knoblauchwürsten, mit den im Gedächtnis erstarrten, unergründlichen Erinnerungen an denkwürdige Augenblicke, während sie immer mehr verschmutzten, verlausten und stanken. Noch vor der Grenze, mit der etwas passiert war, denn einer hatte sie von hier nach dort verschoben – aber sie, Halina, hatte mit so etwas nichts zu tun, sie ist nicht zur Schule gegangen und kennt sich mit solchen Sachen nicht aus –, noch vor der Grenze also starb der erste Mensch in ihrem Waggon. In der Nacht hatte er gemurmelt, gestöhnt und sich ans Herz gefasst, er hatte sie nicht schlafen lassen, so ein Eleganter, herausgeputzt wie für eine Hochzeit, die sich dann als Beerdigung entpuppte. Hände hatte er wie eine junge Dame, daran konnte Halina sich deutlich erinnern, die langen Finger der Leiche in der Hand seiner Gefährtin, ineinander verhakte Finger, von denen man nicht mehr sagen konnte, was zu wem gehörte. Und die Frau von dem Alten, das war auch so eine Mimose, sie konnte einem leidtun, einen Hut hatte sie schief auf den grauen Haaren, eine Brosche mit Edelstein, Spitzchen und Litzchen. Sie vergoss nicht mal Tränen, war nur wie versteinert, sie sah toter aus als der Verstorbene auf ihren Knien. Die Russkis wussten genau, dass ein Toter im Waggon war, aber wieso sollten sie sich Umstände machen, sie ließen sie einfach weiterfahren, und diese beiden saßen noch bis zum Nachmittag so da, fein und ernst wie bei der Sonntagsmesse, die Hände ineinander verschränkt. Erst als am Grenzposten auf der polnischen Seite Leute kamen, um den Alten rauszuholen, stieß die Alte einen Schrei aus, aber was für einen – man konnte kaum glauben, dass so ein Schrei aus diesem fast toten Körper kommen konnte. Zusammen mit dem Leichnam blieben sie direkt hinter der Grenze in einem Ort am

Arsch der Welt, und ihr Koffer aus echtem Leder blieb im Waggon. Zuerst tat jeder so, als hätte er es nicht gemerkt, jeder guckte vor sich hin, da steht eben ein Koffer, na und, doch sobald der Zug sich in Bewegung setzte, stürzten sie sich darauf wie die Aasgeier, der eine zog einen Pelz heraus, der andere ein Hemd, Strümpfe, lange Unterhosen, und die dicke Natka, die wo in der Mühle gearbeitet hat, die nahm sich den ganzen Koffer, und setzte sich, patz, mit dem Arsch drauf, das war jetzt ihrer. Aber da waren sie angeschmiert, wenn sie gedacht hatten, sie würden jede Menge Kostbarkeiten finden, Schmuck oder Geld, offensichtlich war den alten Grafen schon vorher der Verstand flöten gegangen, und sie hatten so dumm gepackt, wie es kein Kind gemacht hätte. Irgendwelche Papiere, die bloß für den Ofen gut waren, ein paar Bücher, ein dickes Album mit silbernen Beschlägen und in so weiches Leder gebunden, zart wie ein Kinderpopo. Vielleicht hatten sie die kostbareren Sachen am Körper versteckt, weiß der Kuckuck, jedenfalls war das jetzt futschikato. Halina nahm das Album, das einer in die Ecke geworfen hatte, und so kam sie besser weg als ihr trotteliger Mann, der als Einziger im ganzen Waggon nicht drängelte, um etwas zu ergattern, dabei gehörte das doch keinem mehr und wäre sonst verdorben, deshalb war es ja keine Sünde. Sie wurde böse auf Władek, und sie hatte recht damit, denn wenn er nicht so ein Honoriger wäre, dann hätte er vielleicht mit seinen Schmiedspranken den Koffer packen können, und mit so einem Koffer, da wäre sie vielleicht mal irgendwohin gefahren, anstatt ihr ganzes Leben in dieser Fritzenwohnung zu sitzen. In dem Zug, der langsam in Richtung wiedergewonnener Gebiete zockelte, an deren Wiedergewinnung sie weder Interesse gehabt noch Hand angelegt hatte, begann Halina Chmura aus Widerwillen, ihr Beutealbum zu betrachten.

Da sah sie die beiden Alten noch lebendig und viel viel jünger und ein Landgut, das so ähnlich aussah wie das bei ihnen am Wald, nur größer, irgendwie weißer, und die Alten, kein bisschen alt, trugen Hochzeitsgewänder oder Ballkleider und standen vor dem Haus im Frühling, Sommer, Herbst und Winter. Es waren auch andere Leute auf den Bildern, alte und junge, alle in maßgeschneiderten Kleidern und Anzügen, beim Kaffee, im Frack, mit Schmuck und Uhren, in glänzenden Schuhen, mit Monokeln und Orden, mit Sonnenschirmchen. Tournuren, Schleifen. Wappen und Knappen und Kandelaberglanz. Hier war die Alte als junge Frau beim Blumenpflücken, sie lächelt und winkt jemandem, den man nicht sieht; dort war der Alte als junger Mann mit einem Schießgewehr, und neben ihm jemand Stattliches mit Schnauzbart, im Schnee zu ihren Füßen ein erschossenes Reh. Ein ganzes Reh! Den ganzen Winter könnte eine Familie davon essen. Dann die beiden ganz sommerlich auf einem etwas verwackelten Strand mit einem verschwommenen Meer, und im Kornfeld, sehr fröhlich, in weißen Kleidern, Hand in Hand. Die ganze letzte Seite nimmt ein Foto von Zwillingen ein, helläugige Mädchen mit weißen Schleifen, die eine das blühende Leben, wie Milch und Honig, die andere irgendwie missraten, wie ausgebleicht, und dann kommt nichts mehr. Ein Drittel der Seiten mit dem dünnen Seidenpapier dazwischen ist leer. Die Alten hatten bestimmt gedacht, dass sie dort, wo sie hinfuhren, weitere Fotos machen würden, in den wiedergewonnenen Gebieten würden sie sich fotografieren, in Spitzchen und Litzchen und mit Sonnenschirmchen. In Wałbrzych dann legte Halina das Album in den ehemals deutschen Schrank, der damals für den ärmlichen Inhalt ihrer Bündel zu groß war, sich später jedoch füllte, so wie sich die Schränke armer Leute füllen, die nie Kleider wegwerfen, nicht aus

Sentimentalität, sondern aus Angst, in einem eisigen Winter müssten sie vielleicht wieder ihre Sachen packen und weggehen, und dann könnte ihnen just dieser Mantel fehlen, der an den Ellbogen und am Hintern schon ein bisschen durchgescheuert ist. Über zwanzig Jahre lagerte das Album dort wie ein gut erhaltenes Fossil, bis Dominika es eines Tages fand. Mit einer Taschenlampe, geschenkt von Onkel Kazik im Gegenzug für ein Hoppe-Hoppe-Reiter-Spiel, das sie gar nicht mochte. Mit dieser Taschenlampe also, an der man die Farbe des Lichts verstellen konnte, indem man ein gelbes, grünes oder – was ihr am besten gefiel – rotes Scheibchen über die Birne schob, drang sie in das nach Mottenpulver, verwehten Parfums und Schweiß riechende Innere des Schranks ein. Sie zog die Tür hinter sich zu und aß Zucker, den Halina dort in einem Leinenbeutel für eventuelle Notzeiten verwahrte. Wenn es einmal Not gegeben hatte, konnte sie auch wiederkommen, wer gab ihr die Sicherheit, dass das nicht so sein würde? Und dann war es besser, ein Säckchen Zucker und ein paar Zloty im Schrank versteckt zu haben, das würde jeder Vertriebene bestätigen. Im Licht der Taschenlampe wurden die im Dunkel schlafenden Krawattenschlangen von Opa Władek sichtbar, den Dominika nie gekannt hatte, die leeren Umrisse von Mänteln, Kleidern und Jacken, die keinem passten, die Augen von Fuchsstolen, wachsam und hart wie Bonbons. Der Finger tauchte immer und immer wieder in den Beutel mit Zucker und wurde davon weich und zart wie Wildleder, wie das Ohrläppchen ihrer Schwester, sie hätte lutschend einschlafen können, wenn sie mit dem Rücken nicht an etwas Hartes gestoßen wäre. Und so erblickten die Gesichter der Alten aus dem Zug, die Halina hatte vergessen können, wieder das helle Licht des Tages, und Oma Kolomotive sah sich gezwungen, Dominikas Neugier zu befriedigen, denn mit ihrem wunden Fingernagel zeigte sie auf die Fotogesichter und fragte: Wer ist das denn?

Das Betrachten des Albums wurde zu einem Spiel für Enkelkind und Oma. Zum Ritual gehörte, dass Erstere darum bat und Letztere so tat, als sei sie nur unwillig dazu bereit, indem sie die Augen verdrehte und seufzte: Na gut, du kleiner Quälgeist. Sie setzen sich nebeneinander an den Tisch. Halina schiebt die Vase mit dem künstlichen Flieder beiseite, damit er nicht im Licht steht, Paulinka schielt vom Fernseher herüber, und Dominika blättert die Seiten des Albums um – nie ohne vorher den Finger befeuchtet zu haben – und fragt: Wer ist das denn? Halina nimmt sich eine Zigarette, lässt das Feuerzeug schnappen und macht einen ganz tiefen Zug. Das sind dein Urgroßvater und deine Urgroßmutter auf ihrer Hochzeit. Halinas Fingernagel zielt auf die Brust des Urgroßvaters, auf die Korsage der Urgroßmutter. Das hab ich dir doch schon gesagt, Leokadia Großherr, geborene Reich, jeder hat sie Leosia genannt. In einem großen schönen Herrenhaus haben sie gewohnt. Gutsherren wohnen so, für Gutsherren ist das normal, dass es nicht so ist wie in einer Kate, sie haben Fußböden und Standuhren, Essen in Hülle und Fülle, und du solltest mal sehen, was sie alles in Kisten und Kasten hatten, wieviele Vorräte. Für hundert Jahre genug! Hatten sie auch Kleider für kleine Mädchen? Und ob, wie sollten sie keine Kleider für kleine Mädchen haben, in jeder Truhe mindestens zweihundert, rosa, hellblau, geblümt. Auch mit Spitze? Auch mit Spitze, mit Puffärmeln, und sogar bodenlang, dunkelrot, veilchenblau, lila. Und Schuhe? Die Schuhe sind in anderen Kasten, aus rotem Chinaholz, was die Juden aus dem Ausland gebracht haben, um damit zu handeln. Handele, Handele! haben sie gerufen und verkauft. Und in den Kasten von den Juden sind goldene und silberne Schuhe, mit Schnallen. Für zum Tanzen? Aber klar für zum Tanzen, goldene Schuhe sind zum Tanzen besser als alle anderen. In solchen Herrenhäusern gibt es Bälle und Jagdgesellschaften, und schau mal hier: Halina klopft mit dem Fingernagel auf das Foto einer schönen Frau, die vor einer Säule posiert: Guck mal hier, ein Kleid bis zum Boden, hab ich es nicht gesagt, dass sie Kleider haben, die so lang sind, dass sie über den Boden schleifen? Und hier, was ist das? Da siehst du Tante Teofila, sie hatte Haare bis zu den Kniekehlen. Sie hat einen Offizier in Uniform geheiratet. Das waren Haare, sag ich dir, wie aus Gold. Und die Tante Teofila, was ist die? Teofila, geborene Reich, denn sie ist die Schwester von Frau Leosia. Sie ist zu den Großherrs zu Besuch gekommen, immer im Herbst ist sie gekommen, wegen der frischen Luft. Ich bin gekommen, um frische Luft zu schöpfen und Sahne zu trinken, so hat sie immer gesagt. Sie war sehr zart. Und wenn der Herbst kam, dann gingen sie Pilze sammeln, denn ringsum gab es nichts als Wälder und Unmengen von Pilzen. Nachts hörte man sie wachsen schuschuschuu. Von den Pilzen ist mir der Reizker am liebsten. Sie gingen und sammelten Pilze, da waren so viele, dass man sie hätte mit der Sense mähen können, und danach haben wir sie auf dem Herd in der Küche gebraten. Uroma und Tante Teofila auch? Aber natürlich, sie haben die Ärmel hochgekrempelt und auch Pilze gebraten. Und der Opa nicht? Ach was, was hat denn ein Bursche in der Küche zu suchen! Der Uropa und Onkel Franek sind jagen gegangen, guck hier, hier sind sie mit dem Schießgewehr. Aber er hat doch keine Tiere totgeschossen? Ach woher denn, natürlich nicht. Und das Rehlein, das da liegt, ist das nicht totgeschossen? Es ist ausgestopft, nicht totgeschossen, wer wird denn ein Rehlein totschießen! Und das Mädchen mit der weißen Schleife, warum ist es so bleich, warum verschwindet es? An der Schwindsucht ist es gestorben, noch vor Ostern, und das andere Mädchen hat sich die Augen ausgeweint, nichts wollte es essen, bis es so dünn war, dass der Wind es davongetragen hat. Und da konnte man gar nichts gar nichts machen? Nein, gar nichts. Und wo ist jetzt das tote Mädchen? Ein Grabmal hat es mit einem Engel drauf, im Ausland, ein Engel, der so groß ist wie du, ganz vergoldet. Der Uropa und die Uroma sind jeden Dienstag mit einem frischen Blumenstrauß an das Grab gegangen. Der Uropa und die Uroma Chmura? Ja, der Uropa Chmura, wo hat den Sohn gehabt Władzio. Und Władzio hat Stefcio bekommen und Stefcio dich. Und du bist jetzt Dominika Chmura, die Urenkelin. Urenkelin Dominika Chmura, sagt das Kind ihr nach. Aber ich seh gar nicht so aus wie sie. Ach, ob du so aussiehst wie sie oder nicht, das ist doch egal, sagt Halina wegwerfend, sie ist erschrocken über diese plötzliche Entdeckung des Kindes. Die Uroma ist blond auf den Fotos, o wie blond sind ihre Haare, wie eine Prinzessin, aber weißt du was – als sie klein war, hat sie auch so ausgesehen wie ein kleines Zigeunerchen, so wie du. Erst hinterher ist sie blond geworden. Mit Kamille hat sie das Haar gespült, Milch hat sie getrunken, in der Sonne ist sie spazieren gegangen, und als sie geheiratet hat, da wär keiner mehr draufgekommen, dass das nicht immer so war. De domo war sie Großherr und verheiratete Chmura. In einem Kleid bis zum Boden hat sie getanzt, dass die Funken stoben. De domo? Das ist französisch, parlevu franzo, die Mücke sticht dich in den Po! Was haben sie da gelacht, uhahaha, aber wie!

Halina war eingefallen, dass es so auf den Grabsteinen steht: de domo. Das heißt, nicht auf allen, nicht auf denen aus Terrazzo, wie sie ihn ihrem toten Mann hat setzen lassen, aber auf den größeren, alten, auf denen mit Engeln und Marmor, mir eleganten Toten drin, wie dem aus dem

Zug, in eleganten Särgen liegen sie da unten drin. Was schon dieser Terrazzo gekostet hat, ein Vermögen, deshalb hat sie nachgedacht und nachgerechnet und sich für ein Doppelgrab entschieden, was billiger kommt, als wenn man hinterher ein zweites bestellt. Links von Władek wartet ein freier Platz auf sie. Der Stein ist auch schon fertig mit der Aufschrift Halina Chmura geb. Czeladź, geb. 1921 – gest. Das Datum kommt erst später.

War es die Oma oder die Enkelin, die zuerst auf die Idee kam, die leeren Seiten im Album der Alten aus dem Zug zu ergänzen? Das erste Bild, das sie einklebten, zeigte Władysław Chmura mit schiefer Krawatte und aufgesetztem Lächeln, es war noch drüben gemacht, bei Ludek Borowic, dem billigsten Fotografen der Gegend. Gleich darauf war die ganze Familie auf seiner Beerdigung verewigt, weiß betüpfelt mit Schneeflocken, denn zwischen Vertreibung und Tod hatte Władek keine Gelegenheit gehabt, sich fotografieren zu lassen, höchstens war er vielleicht zufällig auf Hochzeitsfotos im Tęczowa zu sehen. Dann kamen ein paar überbelichtete Aufnahmen von Jadzias und Stefans Trauung, erst im Standesamt, dann in der Kirche, wo sich die Hand von Hochwürden Postronek, vom Rest des Körpers abgeschnitten, zwischen den beiden hob wie zu einem Karateschlag. Bald darauf Jadzia und Stefan in schlampert-trautem Eheglück. An einem See in schlecht sitzenden Badeanzügen, verwackelt am Heiligabendtisch mit Halina und schließlich grünstichig auf einem Farbfoto vom Silvesterball im Bergmannshaus, beim Zuprosten mit sowjetischem Sekt, zwischen Konfetti und Luftschlangen. Dominika erscheint im Album zum ersten Mal in Gestalt von Jadzias Bauch zwischen den klaffenden Schößen des Pepitamantels, dessen wahres Muster hier auch nicht auszumachen ist, und auf der nächsten Seite, ganz dem erhabenen Ereignis gewidmet, wird sie getauft: im spitzenbesetzten Steckkissen der Klatschmohn ihres Gesichts. Auf der folgenden Serie von Geburtstagstorten mit Zuckerrose nimmt dieses Gesicht allmählich menschliche Züge an und hat unfehlbar immer das Mündchen gespitzt, um die wachsende Anzahl von Kerzen auszublasen. Denk an was, was du dir wünschst, sagte Jadzia, und Stefan mit dem Apparat Marke Smena schnipste mit den Fingern: Eins-zwei-drei, jetzt kommt das Vögelchen, wobei es in ihm kribbelte vor soviel Glück, Hering und Süßigkeiten, denn das war etwas, Heiligabend und Geburtstag auf einen Schlag! Nachdem Dominika nach Piaskowa Góra geholt worden ist, vervollständigt Halina nach und nach die unabgeschlossene Geschichte der Grafen aus dem Zug mit Fotos ihrer Angehörigen und kritzelt mit ihrer ungelenken Schrift Bildunterschriften dazu: Jadzia und Stefan Silvester 1980, Wir alle Weihnachten 1981, Apitur (durchgestrichen und verbessert zu: Abitur) von Dominika, Grażynka und ihr Deutschland 1989. Nach ihrem Tod finden sie das Album in ein leinenes Geschirrtuch gewickelt, es ist in makellosem Zustand und fast voll. Dominika klebt noch ein Foto von Halina dazu, darauf trägt sie einen Verband um den Hals und einen türkischen Pullover mit Applikation, aus dem sie guckt, als sei sie zum ersten Mal in ihrem Leben von ihrem eigenen Spiegelbild angenehm überrascht.

7 Das Haus auf Piaskowa Góra, in das Herr und Frau Chmura gezogen sind, wird der Babel genannt. Es wird dekliniert wie jedes andere Wort dieser Art auch, des Babels, dem Babel, den Babel, und keiner weiß, wer sich diesen Babel ausgedacht hat. Im Modell von Piaskowa Góra sah das größte Gebäude der Siedlung überhaupt nicht schlecht aus, vor allem aber, Genossen: modern. Auf der Dachterrasse blühten Plastikblumen, und rings herum wucherte üppig das Gras aus Resten grüner Auslegeware. Der ehrgeizige junge Architekt redete von Begegnungsstätten für die Bewohner, von Müttern, die mit ihren Kindern auf der Terrasse spazieren gingen, die alle gemeinsam und in rotierender Verantwortung pflegen würden. Dort würden die Arbeitergenossen nach der Arbeit zwischen den Blumenkästen sitzen und mit den Nachbarn plaudern. Lauter anständige Leute, Kumpel, die Frauen der Kumpel, die Kinder der Kumpel und ihre Kumpelfrauen, Arm in Arm mit Intellektuellen der ersten Generation.

Die Liebe der Bewohner von Piaskowa Góra war eine irrige Annahme, sowohl im Hinblick auf den Terrassengarten als auch auf die Blumenkästen im Parterre, die aussahen wie große Betongräber, die darauf warteten, mit Leichen gefüllt und mit einem Deckel geschlossen zu werden. Die im Babel wohnhaften Kinder von Bauern konnten nur dann in der Erde wühlen, wenn sie ihnen gehörte, so eine Erde, die sozusagen allen gehört, ist Niemandserde und lohnt die Mühe nicht. Die Dachterrasse ist für Selbstmörder und Drogensüchtige gut, die Blumenkästen für die Besitzer der Mimis und Hektors, sie stehen in Pantoffeln am Hauseingang und warten, bis ihr mit den Resten des Mittagessens gefütterter Liebling seinen Beitrag zum

Haufen der Kötteln und Kackhaufen geliefert hat, aus dem ein Schild mit der Aufschrift ragt: Schone die Grünflächen. Auf Piaskowa Góra halten sich nur Pappeln, wilde Dorfbäume, die stark sind wie Quecken.

Die Watteknäuel der Pappelsamen sind eine Plage, sagen die Frauen vom Babel, davon juckt einem die Nase. Die Männer schenken ihnen keine Aufmerksamkeit, ihre Aufmerksamkeit gilt schwereren Dingen. Im Morgengrauen treten sie aus den Höhleneingängen und laufen herdenweise zur Haltestelle, im Autobus zur Frühschicht wird mit Fäusten gekämpft, alles ist Kampf um Leben und Lebensmittel. Die Frauen entfachen in den Höhlen die häuslichen Herdfeuer, dass die Funken stieben. Danach dürfen sie sich zu den aushäusigen Arbeiten begeben, die nicht ihre Bestimmung, jedoch unerlässlich sind. In der neuen Wohnung auf dem Babel ist die Küche Jadzias unanfechtbares Königreich, deshalb muss sie vor Stefan aufstehen, um ihm sein Frühstück für die Arbeit zu machen. Die Küche ist nicht das Königreich des Mannes, und er wäre nicht imstande, dort zu herrschen. Man lässt ihn höchstens zu, wenn es darum geht, den Müll wegzubringen oder Kartoffeln zu schälen. Der Abwasch ist schon ein Gegenstand, der diskutiert werden muss, hier kann man viele Fehler machen, die Einzelheiten sind wichtig, der Plan, der besonnene Einsatz der Mittel. Die Nachbarinnen im Babel wollen sich gegenseitig übertrumpfen, was die Ungeschicklichkeiten ihrer Männer angeht, und diejenige gewinnt, deren Mann am wenigsten in der Küche kann, denn das ist der echteste.

Als Jadzia Stefan einmal bat, den Topf mit den gekochten Kartoffeln in eine Decke zu wickeln, fuhr er sie derartig an, dass sie richtig zu heulen anfing. Jadzia sprach es sich mehrmals vor, um es anderen zu erzählen – der hat mich so angefahren, dass ich zu heulen angefangen hab –, denn aus dieser Geschichte wurde klar, dass Stefan Chmura ein echter Kerl war. Raus! mit dem Geschirrtuch scheuchen die Frauen ihre Männer aus der Küche, sollen die nur wissen, wer dort herrscht! Stefans Königreich ist die Grube, wo Jadzia nicht herrschen könnte, und deshalb fahren sie einander auch nicht in die Parade, die eher Sache der Bergleute in ihren Festtagsuniformen ist, und nicht die kleiner Büromäuse und Hausfrauen, die ja gar keine Galauniformen haben und denen man allenfalls Schürze und lila Kostüm als Arbeitskluft zugestehen kann. Stefan probiert manchmal seine Galauniform mit dem schwarzen Federbusch an und stolziert in der Wohnung vor seiner Frau herum. In so einer Uniform es mit Dziunia machen, da läuft's ihm kribblig den Rücken herunter, man muss bloß aufpassen, dass sie nicht schmutzig wird. Oberbergleute wie Stefan haben größere Chancen (als die Bergleute unter ihnen), einen Gutschein für einen kleinen Fiat zu bekommen, und das wäre schon ein echter Erfolg für Stefan Chmura, und zwar unabhängig von den persönlichen Problemen, die ein Kumpel, der in der Grube arbeitet, mit seiner Frau zu Hause lassen muss. Jadzia ist meistens unter dem Bergmann, sonst geniert sie sich, aber einen kleinen Fiat hätte sie auch gerne, am liebsten in orange oder türkis. Sie könnte hübsche Bezüge für die Sitze häkeln, damit das Polster nicht so schnell ruiniert ist. Neue Sachen sind zu kostbar, um sie zu benutzen, am besten sieht man sie erst gar nicht, denn vom Angucken nutzen sie sich auch ab.

In der Wohnung von Herrn und Frau Chmura ist die Sitzgarnitur werktags mit alten Decken geschützt. Diese werden nur abgenommen, wenn Gäste kommen, und dann sitzt Jadzia wie auf Nägeln und guckt pausenlos darauf, ob auch niemand Eiersalat auf das geblümte Polster kleckert. Über den Teppichboden führen große aus Teppichresten ausgeschnittene Füße von der Eingangstür zum Balkon und bleiben dort auch, wenn Gäste kommen. Im gesteppten Hauskittel stürzt Jadzia jeden Morgen in Richtung Kühlschrank und richtet schleunigst die Schnitten, die im Küchen-Königreich der Frau gemacht werden; sie schneidet Brot, bestreicht es mit Butter und verteilt Wurstscheiben darauf, was nicht kompliziert aussehen mag, doch der Teufel steckt im Detail. In Jadzias Königreich gibt es keinen Teufel, dafür sorgt schon Hochwürden Postronek, der jedes Jahr nach Weihnachten Weihwasser sprengt – stattdessen jedoch unzählige Details, die jede praktische Dame zu schätzen wüsste, weil sie so gut wie nichts gekostet haben. In der Küche hängt die Schwarze Madonna über der Tür; mit ihr fühlt sich Jadzia sehr verbunden. Alles andere ist in hellen fröhlichen Farben, die zum orangen Teil der orange-grauen PVC-Bodenfliesen im Schachbrettmuster passen. Orange sind die Vorhänge mit Schabrackchen, die Servietten und Väslein. Vieles andere ist gelb, denn das passt gut zu orange. Überall, wo ein bisschen Platz war, ist dieser mit etwas Gelbem oder Orangem besetzt. Selbst der Tee, den Jadzia zum Frühstück macht, hat eine fröhliche hellgelbe Farbe, weil sie den Teebeutel nur einen Augenblick lang im heißen Wasser ziehen lässt und ihn dann zum weiteren Gebrauch auf eine Untertasse legt, wo er trocknend darauf wartet, dass Stefan nach Hause kommt. Dann überbrüht Jadzia ihn noch einmal, diesmal lässt sie ihn aber länger ziehen. Dabei bedarf es noch größerer Akkuratesse als beim Herrichten der Schnitten, und Jadzias Eignung als Herrscherin des Küche genannten Königreichs tritt noch deutlicher zutage.

Zu dünnen Tee nennt ihr Mann Nonnenpisse, zu starken hält er für magenschädlich, und es ist Jadzias Aufgabe, für den Magen ihres Mannes, des Oberbergmanns, zu sorgen. Er ist der Ernährer, sie die Nährerin. Der Magen des Ernährers der Familie ist immer eifrig bei der Arbeit, und ständig muss im Königreich Küche Nahrung zubereitet werden, damit er nicht zu lange leer bleibt. Mit leerem Magen hätte der Ernährer nicht die Kraft, Geld für die Nahrung zu produzieren, und alles, was so schön funktioniert, ginge kaputt. Wer weiß, dann würde der hungrige Ernährer am Ende noch zum Kannibalen, der die Königin der Küche verschlänge, denn aus dem Manne tritt manchmal das Tier, das sich nicht beherrschen lässt. Das wissen alle Frauen vom Babel; so ein Schwein, ich sag Ihnen, sagen sie immer wieder. Jadzia, die Nährerin, hat Halinas Platz an Stefans Seite eingenommen, und sie mag es nicht, wenn er in Szczawienko vorbeischaut, um außerhalb ihres Küchenkönigreichs einen kleinen Imbiss zu sich zu nehmen. Das ist die Ordnung der Dinge, und wie viele Dinge muss eine junge Ehefrau lernen, auf dass diese Ordnung an die zukünftigen Generationen weitergegeben werde, deren nächste man schon langsam auf diesen Lauf der Dinge vorbereiten muss. Nach rund fünf Jahren Mühe kann sie, da sie anstellig ist, schon wie eine Alte schalten und walten, und alt sieht sie dann auch aus. Jadzias unscharfe Züge verfestigen sich wie Kirschglasur, durchzogen von Fältchen, die aussehen wie ein Netz von Rissen. Für die eheliche Liebe arbeitet man jahrelang und legt jeden Monat etwas zurück, damit im Alter, wenn man weder Kraft noch Lust hat, noch genug da ist.

Der Gast Stefan erscheint im Königreich Küche um fünf Uhr fünfzehn und fühlt sich ganz wie zu Hause, denn: Gast im Haus – Gott im Haus. Helle Härchen klettern an den O-Beinen des Gastes empor und dunkeln im Schritt, wo sie auch dichter werden. Sie sind zu faul oder zu schwach, um seinen Brustkorb zu erobern, dieser bleibt unbehaart, bleich wie eine Scheibe gekochtes Eiweiß. Der

Gast gähnt, lässt dabei seinen Goldzahn funkeln, und setzt sich auf den Küchenschemel, der Hodensack schiebt sich durch den klaffenden Unterhosenschlitz wie ein bläuliches Kriechtier, das sich vorgenommen hat, hinunterzukrabbeln und irgendwohin zu verschwinden, wo es interessanter ist, vielleicht auf ein Korallenriff. Stefan packt den Ausreißer und stopft ihn zurück in den Unterhosenbeutel, süßt seinen Tee mit drei gehäuften Löffeln Zucker aus der orangen Zuckerdose und rührt die Flüssigkeit um. Zum Schluss klopft er den Löffel am Rand des Glases ab, das in einem weißen Plastikkörbchen steckt. Ding dong, läuten die Glocken zum Angelus, sagt dann Jadzia, denn im Theater des ehelichen Lebens ist jetzt der Zeitpunkt für ihre Frage gekommen, und wenn sie sie nicht im rechten Moment stellt, würde das heißen, dass sie böse ist, und dann würden die Dinge einen anderen Verlauf nehmen. Das Ehepaar Chmura würde das Steuer herumreißen und nach einer Kehrtwendung zu der Pantomime namens »Schweigendes Frühstück« übergehen, mit musikalischer Untermalung in Gestalt von Schlürfen, Schmatzen und Klirren (Stefan, als Trommel und Bläser) sowie Seufzen aus tiefster Brust (Jadzia als Streicher). In der Alltagsversion leert Stefan sein Teeglas und verkündet, dass er jetzt nur schnell noch aufs Klöchen geht, von wo er nach einigem Ächzen, Platschen und Rascheln zurückkehrt, zufrieden, dass er jetzt Platz fürs Mittagessen hat, wovon er Jadzia sofort in Kenntnis setzt. Da ihre Aufgabe ja im Füllen des Ernährermagens besteht, muss sie immer gut informiert sein. Jadzia bleibt in ihrem Küchenkönigreich so lange, wie Stefan darin zu Besuch ist, und steht mit dem Hintern an die Kante der Spüle gelehnt, die auch ihr gehört. Nach und nach wird sie sie der Tochter abtreten, damit diese beim Abwasch nach dem Mittagessen lernt, wie man als Frau in der Küche schaltet und waltet. Besonders wichtig ist, am Schluss den aufgeweichten Matsch der Reste aus dem Abflusssieb zu entfernen, und das Protokoll des Königreichs sieht keinen Abwasch in Handschuhen vor. Handschuhe, mein Töchterchen, die zieht ein Chirurg an.

Wenn Jadzia dann allein ist, schließt sie die Schatzkammer Kühlschrank, verlässt die Küche und geht vielleicht wieder ins Bett, um ein bisschen zu träumen. Lieber pennen als flennen, meine Romantische, sagt Stefan zu ihr und hält das für einen sehr gelungenen Scherz, der sich auch zur Anwendung in größerer Gesellschaft eignet, sogar vor Ingenieur Waciak, wenn sich die Gelegenheit ergibt. Bevor Jadzia ein zweites Mal aufsteht, um den Tag zu beginnen, kann sie ein bisschen träumen, und sogar ein bisschen flennen, das ist die einzige Gelegenheit. Über diese Augenblicke verträumten Halbschlafs sagt Jadzia zu ihrer Bürofreundin Madzia: Das ist mein kleiner romantischer Luxus. Das Leben schenkt ihr, wie Jadzia allmählich deutlich sehen kann, nicht sehr viele Möglichkeiten, sie sieht zu, wie es an ihr vorüberläuft, und sie steht da mit leeren Händen (von denen die eine, auch durch die Schuld des Lebens, behindert ist). In dieser Stunde des romantischen Luxus gestattet Jadzia, die Ehefrau und Mutter, der Nichtehefrau und Nichtmutter Jadzia allerlei Phantasien, die sich um den Ausländer drehen, den Oberarzt, er ist alles, was Stefan nicht ist, und sie ist bei ihm nichts als Jadzia. Der Ausländer ist im Gegensatz zu Stefan, der Pole ist, Ausländer und hat eine saubere Arbeit (Grube kommt nicht in Frage), sauber sind auch seine Hände sowie andere Teile, die in sie eindringen könnten, doch so weit geht Jadzia nicht. Der Ausländer kommt und holt sie in die BeErDe, wo es Supermärkte gibt, und das reicht der dorthin geholten Jadzia, um zu wissen, wer sie ist, während die Jadzia, die dort etwas tun sollte, es nicht wüsste.

Eigentlich würde sie sich vom Ausländer höchstens bis

zur Konditorei in Breslau mitnehmen lassen, wo sie zweimal auf Betriebsausflug in einer Operette war, einmal in *La Presidente* und einmal in der *Lustigen Witwe*, beide sehr interessant, vorher aber hatten sie Freizeit, das war am interessantesten wegen der Geschäfte. Während sie über die Świdnicka-Straße mit all ihren erleuchteten Schaufenstern ging, spürte Jadzia, wie ihre Wangen vor Aufregung glühten, weil sie, Jadzia Chmura, allein in der schönen großen Stadt Breslau unterwegs war und über die Świdnicka-Straße ging. Sie war so hingerissen, dass sie ihre Kolleginnen verlor und einfach weitermarschierte, als ginge sie täglich dort entlang, auf eigene Faust und mit dem Geld aus Stefans Rücklagen, das sie ihm abgerungen hatte und in der Innentasche ihrer Kostümjacke trug. Alle paar Augenblicke tastete sie prüfend auf Herzhöhe, um erleichtert festzustellen, dass es noch dort war. Sie blieb an einem Sodastand stehen, der irgendwie größer aussah als in Wałbrzych und glänzender, und sie trank ein Wasser mit einer doppelten Portion Kirschsaft. So musste es in einem Kurbad sein, dachte sie, wohin die Damen aus den Liebesromanen fuhren, Himbeergeschmack und feuchte, funkelnde, sprudelnde Luftbläschen wie bei sowjetischem Champagner. So ein Wałbrzych konnte Breslau nicht das Wasser reichen, wie viele Leute hier waren, wie viele Geschäfte! Die hingerissene Jadzia spiegelte sich so hübsch in den Schaufenstern, dass sie sich zum Kuchenessen in die Orbis-Konditorei gegenüber der Oper wagte. Sie trat mit einer gewissen Scheu ein, schließlich war sie ja eine Fremde in Breslau, und allein. Seltsam, dass hier so viele Herren zum Kuchenessen waren und keine einzige Dame. Während sie an ihrem Baiser schmatzte, das hier nicht Baiser hieß, sondern Spanischer Wind, was eleganter klang, fand sie, dass die Herren sie auf eine Weise anstarrten, die ihr gar nicht angenehm war, und der eine mit Schnurrbart, so ein ganz unangenehmer, der verschlang sie geradezu mit den Blicken, obwohl er ein ganzes Ungarisches Törtchen vor sich stehen hatte. Heilige Muttergottes, wenn er bloß nicht zu ihr kam, was sollte sie dann machen, da stand er schon auf und kam auf sie zu, darf ich mich zu Ihnen setzen, fragte er mit so einem dünnen seltsamen Stimmchen. Ich bin Rysiek. Er reichte ihr die Hand mit Siegelring. Wenn es auf der Straße gewesen wäre, hätte Jadzia gesagt: Ich schließe keine Straßenbekanntschaften. Aber so, in der Konditorei, was sollte sie da sagen, deshalb stand Jadzia auf und flüchtete vor dem Schnurrbart. Von dem leckeren Baiser ließ sie die Hälfte stehen. Wenn es bloß niemand erführe, würde sich Jadzia von dem Ausländer ins Orbis ausführen lassen, bis zum Abend könnte sie wieder zu Hause sein. Sie würde sich mit ihm im Orbis verabreden, und der mit dem Schnurrbart, der würde vielleicht glotzen und Stielaugen machen, entschuldigen Sie, ich bin hier mit meinem Verlobten verabredet, würde sie sagen. Und der Ausländer würde nicht wie Stefan vorrechnen, wie viel Kuchen man für dieses Stück Konditoreitorte zu Hause backen könnte, wie viel Mehl, Zucker, wie viele Eier man dafür kaufen könnte, o nein, der Ausländer würde alles bestellen, was sie sich wünschte, ja, ohne zu fragen, würde er erraten, was Jadzia möchte, Spanischen Wind oder Ungarisches Törtchen. Bevor Jadzia und der Ausländer die Konditorei Orbis verlassen, klingelt der Wecker, und sie muss aufstehen. Jadzia die Träumerin, die jetzt wieder die Gestalt von Jadzia Chmura angenommen hat, sitzt auf dem Sofa und massiert die vom Leben beschädigte Hand, die morgens mehr sticht als tagsüber, wenn sie sich bei der Arbeit bewegt.

Jadzia arbeitet im Büro der Stadtverwaltung von Wałbrzych in einem Zimmer auf dem zweiten Stock, an der Tür steht: Sachbearbeitungsstelle II, im Unterschied zur

Sachbearbeitungsstelle I auf dem ersten Stock, die sich ansonsten in nichts von Ersterer unterscheidet. Hier bekommt Jadzia sechs Wochen nach der Geburt des Kindes eine Stelle, dank der Beziehungen von Onkel Kazimierz, der zu diesem Zweck auf höhergestellte Bekanntschaften zurückgreifen musste. Sie teilte das Büro mit vier anderen Sachbearbeiterinnen und ordnete tagtäglich die Eingänge der Beschwerden, Anträge und Bitten um in die Ablage der Beschwerden, Anträge und Bitten und teilte sie ein in dringend, weniger dringend und solche, die am längsten auf die Bearbeitung warten mussten. Die vier Frauen von der Sachbearbeitungsstelle II haben je einen Mann und ein Kind, das zweite Kind pro Paar ist im Sechsjahresplan vorgesehen, und sie wohnen alle auf Piaskowa Góra. Da sie alle weiblich sind und in ähnlich bescheidenen Besitzverhältnissen leben, könnten sie sich sogar gernhaben, vorausgesetzt, keine sticht heraus. Deshalb sind Jadzia drei Frauen sympathisch und eine nicht. Sympathisch sind ihr die kleineren, ruhigeren und langsameren, wie zum Beispiel Madzia, unsympathisch ist ihr die größere und lautere. Diese hat den besten Schreibtisch am Fenster und macht sich als erste Kaffee, weil sie zudem auch schneller ist. Dieser Frau fehlt wirklich jede Feinheit, sie sagt nie vielleicht, sozusagen, na weißt du, sondern ja, nein und sehr entschieden: ich wünsche nicht, und außerdem macht sie ein Fernstudium in Breslau. Die drei kleineren haben sich gegen die größere zu einer Art Herde zusammengeschlossen, und Jadzia blökt mit ihnen im Chor, dass es besser ist, unter ähnlich gearteten fraulichen Frauen still, liebenswert und fraulich zu sein, anstatt sich bei Versammlungen mit einer eigenen Meinung aus dem Fenster zu lehnen; sie haben natürlich auch eine eigene Meinung, aber die behalten sie für sich und zeigen außerdem nicht jedem, dass sie alle dieselbe haben. Die größere lehnt es ab, den Herren zum zweiten Frühstück Kaffee zu kochen, das gehöre ja wohl nicht zu ihren Pflichten, die haben auch Hände, sollen sie ihn sich selbst machen, und wenn sie nicht wissen wie, kann sie es ihnen erklären. Der Meinung der Liebenswerten und Feinen nach, die alles so machen, dass es jedem passt, ist das Kaffeekochen für die Herren etwas ganz Natürliches, und für diese geringfügige Mühe bekommen sie Komplimente, von denen eine Frau ja nie genug kriegen kann. So ein Kompliment ist besser als eine Nelke und ein paar Nylonstrumpfhosen zum Frauentag, besser, man kriegt ein Kompliment von einem Fremden als vom eigenen Mann eins aufs Auge. Es gibt wohl Frauen, die sind etwas wirr im Kopf, am Ende sollen die Herren wohl noch uns den Kaffee bringen! Das wäre vielleicht was! Man kann sich nur wundern, dass die Unsympathische, so unfraulich wie sie ist, einen Mann hat. Das muss so ein Homodingsbums sein, befinden die Sympathischen, und das freut sie. Wenn sie den Kaffee für die Herren zubereiten, ist das eine Gelegenheit für die Sympathischen und Fraulichen, der Unsympathischen in ihr Glas mit Wasser und Tauchsieder zu spucken, was sie auch tun, und dann kichern sie und kneifen sich gegenseitig vor Erregung, wenn der Spuckeflatschen sein Ziel trifft.

Jadzia mag ihre Arbeit außerhalb des Königreichs Küche, und Stefan ist froh, dass sie, da sie nun einmal arbeiten muss, im Büro eine saubere Frauentätigkeit hat. Das ist etwas ganz anderes als die Grube, wo dem Mann, der im Schweiße seines Angesichts das schwarze Gold abbaut, die Hand abgerissen werden kann, wie es Józek Sztygar vom Babel geschehen ist, oder das Bein oder sogar die schweißbedeckte Stirn zusammen mit dem Kopf, der wie eine Walnuss zerkracht. In der unterirdischen Grube verrichten die Frauen leichtere Arbeiten, und keiner nimmt sie ernst, oder höchstens ganz unverbindlich. Frauen arbeiten auch in den Büros oben, über der Erde, diese eignen sich für was Längeres, denn sie sind sauber und haben wie Jadzia keine Berührung mit der Männerarbeit. Wenn Stefan aus der Grube nach Hause zurückkehrt, ist er Gast, und wenn Jadzia von der Arbeit im Büro nach Hause kommt, beschäftigt sie sich mit dem Regieren ihres Königreichs Küche, was ja ein reines Vergnügen und keine Arbeit ist, weshalb sie dort auch sehr viel Zeit verbringt. Stefan träumt davon, dass er eines Tages wie Obersteiger Grzebieluch sagen kann: Meine Frau braucht nicht zu arbeiten, doch vorläufig zählt jeder Groschen, und das Kind muss einen Bausparvertrag bekommen. Stefan sagt, wer haben will, muss erst zurücklegen, wenn sie sparen, dann werden sie eines Tages haben, und wenn nicht sie, dann ihr Kind. Aber Jadzia will jetzt haben, und sie kann Stefan derartig übers Ohr hauen, dass es ein Wunder ist, dass er überhaupt noch hören kann. Sie stopft die Schubladen voll mit Blusen und Halstüchern, trägt Stoffe zu Modesta Ćwiek, die wie keine Zweite (besser jedenfalls als Halina) Schnitte aus dem deutschen Otto-Katalog kopieren kann; und sie kleidet sich und Dominika ganz in lila und rosa. Im Übers-Ohr-Hauen hat sie es zur Meisterschaft gebracht und gibt ihr Wissen wenn möglich schon an andere Familienmitglieder weiter: Papa sagen wir aber nichts davon! So verschwört sie sich mit der Tochter, damit die es schon in jungen Jahren lernt.

Nach sechs Jahren ist die Tochter aus der Aufbewahrung bei Oma Kolomotive zu ihren rechtmäßigen Besitzern überführt worden, sie ist jetzt zehnmal so schwer, geschickt und schlau wie bei ihrer Geburt, aber wer weiß, was so in ihr steckt. Auf eine den Eltern unbegreifliche Weise hat sie nebenbei Lesen und Rechnen gelernt. Lesen, das geht ja noch, aber Jadzia traf fast der Schlag, als die Sechsjährige schneller als sie die Preise im Laden zusammenzählen konnte. Stefan jedoch ist überzeugt, dass Onkel Kazimierz seinerzeit eine gute Idee gehabt hatte, denn das Kind ist bei der Großmutter nicht zu Schaden gekommen, außerdem kann sich so ein kleines Würstchen sowieso an kaum was erinnern, Hauptsache, sie hat immer rechtzeitig zu essen gekriegt. Man sieht ja, dass sich das Kind freut, es fragt ja dauernd, ob es jetzt für immer bei ihnen wohnen wird. Es spielt still mit einer alten Puppe, die die Oma ihr geschenkt hat, ein richtiges kleines Frauchen. Und Jadzia geht es gut wie der Made im Speck, selbst wenn sie manchmal so ihre Weiberlaunen hat, von den nächtlichen Wanderungen im Unterhemd ist sie doch Welten entfernt, höchstens schnaubt sie mal vor sich hin und stinkt nach Essig. Wo sie jetzt die Wohnung so prima eingerichtet haben, ohne Großeltern, kommt sie endlich zur Ruhe, und wenn er noch das Badezimmer kachelt, was er der Kosten wegen selber machen kann, dann leben sie richtig im Luxus. Keine Abtreibungen mehr, wenn es wieder passiert, wenn Jadzia sich mal wieder verzählt, bitte sehr, jetzt kann man sogar die Familie vergrößern, Ausstattung kaufen, eine Taufe mit zwanzig Gästen ausrichten, und Dominika wird eine Kommunion kriegen, dass dem Onkel Franciszek die Augen aus dem Kopf fallen würden, wenn er das sehen könnte.

Als Herr und Frau Chmura ihre Tochter zu sich genommen haben, melden sie sie für das letzte Jahr im Kindergarten an, damit sie sich als Vorschul-Fliegenpilz mit Vertretern ihrer Gattung vertraut machen kann, mit denen sie bislang kaum in Berührung kam. Das Mädchen muss sich ein wenig am Leben die Ecken abstoßen, denn das Leben wird sie nicht wie ein rohes Ei behandeln. Im Leben braucht man eine dicke Haut, im Leben gewinnt derjenige, der nicht zerbricht, wenn er irgendwo anstößt. Die Fliegenpilzgruppe ist die erste Schule des Lebens und der

Zugehörigkeit – ein roter Fliegenpilz leuchtet auf Dominikas Schlafanzug und auf ihrem Fach im Kindergarten. Ein Giftpilz.

So wurde das Sonntagskind zum Alltagskind und bezog das Nordzimmer, in das eine Klappcouch gestellt wurde, ein Schrank und ein Schreibtisch. In den ersten Wochen gewöhnten sie sich allmählich aneinander, Jadzia und Stefan betrachteten, jeder für sich und voller Verwunderung, die magere dunkelhaarige Gestalt, die sich plötzlich zwischen ihnen bewegte, aus dem Halina zur Aufbewahrung übergebenen Säugling herangewachsen wie eine fremdartige Blume aus einer scheinbar unschuldigen Knolle. Der Aufbau des Familienlebens zu dritt war nicht ohne Reibungen, zum Beispiel, als sich herausstellte, dass Dominika ihr Kindergartendebüt als Fliegenpilz dazu benutzt hatte, den Teppich im Raum der Vorschulkinder vollzukotzen. Sie hatte solche Brechkrämpfe, als hätte sie die hübsch getüpfelten Pilze verspeist, und zwar roh. Dieser Auftritt ruinierte Dominikas Chancen auf sozialen Erfolg ein für allemal, und viele Tage lang war nun jeder morgendliche Aufbruch davon begleitet, dass sie sich auf den Boden warf und so zusammenkrümmte, dass sie steif war wie der Henkel eines Weidenkorbs, eine Leistung, die Doktor Charcot begeistert hätte. Doch jeder Elternteil ist letzten Endes immer stärker als eine untergewichtige Sechsjährige, und nach einer gewissen Zeit gewöhnte sich Dominika an den Kindergarten, obwohl sie beim Spiel der vier Panzersoldaten niemals Marusia oder Lidka sein durfte, sondern höchstens der Hund Szarik. Tag für Tag entdeckte sie verschiedene wichtige Dinge, die für ihr unmittelbares Wohlbefinden von wesentlicher Bedeutung waren, bald zeigte sich, dass in dem neuen Zuhause die Wände leider nicht essbar waren, denn wenn sie versuchte, wie bei der Oma mit dem Finger ein Loch zu bohren, um nachts den Kalk herauszupulen und abzulecken, stieß sie auf den harten Beton. Für diese Enttäuschung entschädigte sie die Badewanne, denn die hatte es in Halinas kaltem Badezimmer nicht gegeben. Eine Wanne, die so weiß war wie der Sand auf Bula-Bula, man konnte sie bis zum Rand mit warmem Wasser füllen, sich dann mit zwei Fingern die Nase zuhalten und so lange untertauchen und den gedämpften Stimmen lauschen, bis man keine Luft mehr bekam. Unter Wasser leistete ihr die Puppe Paulinka Gesellschaft, Oma Kolomotives Abschiedsgeschenk. Der Puppe bekam das eindeutig nicht gut, ihre Haare verfilzten und wurden dünner, das Gesicht verfärbte sich grün, der Mund bleichte aus. Dominika öffnete die Augen und schaute in die offenen Augen der Puppe, aus der Bläschen stiegen, sie zwinkerten einander einvernehmlich zu wie Schwestern, während sich ihre Unterwasserstimmen zum Wiegenlied vom honigsüßen Himbeermädchen verbanden, das ein leises Stimmchen summte.

Stefan kaufte seiner Tochter eine rosarote Tauchermaske mit Schnorchel, und von da an blieb sie so lange unter Wasser, bis ihr kalt wurde oder ein Elternteil mit der Hand ins Wasser fuhr und sie herausfischte, aufgeweicht und triefend, zusammen mit der Puppe, die aussah wie eine Wasserleiche. Was sitzt du bloß immer im Wasser? fragte Stefan seine Tochter, die prustend auftauchte, wenn er ins Badezimmer platzte und sie zum Spaß unter Wasser kitzelte. Was das Schwimmen angeht, konnten Jadzia und Stefan es nur »auf Warschauer Art«, mit dem Bauch im Sand, aber die Mutter akzeptierte Dominikas Leidenschaft fürs Wasser in der Hoffnung, eine Verbündete im Kampf gegen Schmutz und Bakterien zu finden. Irgendetwas in ihr hoffte auch unvernünftigerweise, das Mädchen könnte vom dauernden Einweichen im Wasser heller werden, erst recht, wenn man die Haare mit Kamille spülte. Wie sauber du bist und wie gut du riechst! freute sie sich, wenn sie die wie Krepppapier gekräuselten Hände und Füße der Kleinen abtrocknete. Die Hygenieleidenschaft, die sie nach der Geburt der Zwillinge erfasst hatte, hatte sich beruhigt, überkam sie nur noch in zyklischen Anfällen und war nicht mehr permanent anwesend. Ein Streit mit Stefan, ein missratener Kuchen, eine Fahrt im Autobus, wo sie den von einer anderen Person, schlimmstenfalls einer unappetitlichen älteren Frau, angewärmten Platz einnehmen musste – jeder einzelne solche Anlass konnte eine neue Attacke auslösen, und Jadzias Welt wurde plötzlich räudig, und alles erschien ihr schmutzig und klebrig. Die Wirklichkeit zerbarst in kleine Splitter wie die Fensterscheibe eines Autos, von der Decke tropfte es schleimig, aus den Ritzen zwischen dem PVC quollen Widerlichkeiten. Los, drängte Stefan, los, weg von hier, sonst wirst du mit dem Wischtuch verdroschen, sagte er scheinbar im Scherz zu Dominika, aber das außergewöhnlich hohe Timbre ihrer Stimme war für das Kind eine ebenso eindeutige Warnung wie der Kübel mit heißem Wasser und der Essiggestank.

Ergreifen wir die Flucht, Mama hat wieder ihren Knall! rief Stefan, wenn er guter Laune war, dann nahm er seine Tochter auf die Schultern und spielte der Besessenen die Flucht vor, indem er – trappatrapp, trappatrapp – hinaus auf den Korridor galoppierte und dann Hals über Kopf die steilen Treppenabsätze hinunter, dass die erstaunten Nachbarn die Türen öffneten und durch den Spalt über der Kette hinausschauten. Ich bin ein Schaukelpferd, das zu fliegen begehrt! rief Stefan und imitierte ein Pferdewiehern: wihihihiiii! Das Schaukelpferd stürmte aus dem Eingangstor vom Babel, setzte mit einem Sprung über den vollgeschissenen Blumentopf, hopp-hopp galoppierte es über die Dächer der kleinen Fiats auf dem Parkplatz und stiftete gleich darauf Durcheinander, wenn es am Babel entlanglaufend in Schwung kam. Es stieß sich an Piaskowa Góra ab, die Hufe schlugen Funken, der Wind zauste die Mähne und Dominikas wildes Haar, schon flogen sie hoch über Wałbrzych, das Mädchen und das Schaukelpferd, vor dem Hintergrund der Fördertürme, über einen Himmel, den Chemikalienschmutz in Regenbogenfarben tauchte. Sie kämpften sich durch ein Gewitter über den Bergen, wo die Kugelblitze wie Bälle über Świdnica und Świębodzice hüpften, über der schönen Stadt Breslau, über Hinter-den-sieben-Bergen und Hinter-den-sieben-Meeren, bis sie auf den Bula-Bula-Inseln landeten.

Doch Stefan verwandelte sich nicht immer in ein Schaukelpferd. Manchmal hatte er ganz fremde Augen, und die Hände zitterten ihm, er warf mit Schimpfworten um sich und ging auf einen Wodka ins Tęczowa, ließ Dominika unter den Augen der nach Essig riechenden Rachegöttin zurück, die Blasen aus Spülmittel aufsteigen ließ und der Kamillenshampoo aus den Nasenlöchern schäumte. Jadzia erwachte aus schrecklichen Träumen, in denen sie mit der Zunge die klebrigen Sohlen abgelaufener Schuhe berühren musste, Schleim vom Gehsteig leckte, den Arm bis über den Ellbogen in das Abflussrohr unter der Spüle steckte oder festgeschnallt auf dem Entbindungbett lag und in einem Meer aus Blut und Scheiße driftete. Soviel Dreck! Ihr Körper voller Ritzen und Einbuchtungen, der Körper, der dauernd etwas ausstieß, das feuchte Spuren in den Schlüpfern und in den Achseln der Ärmel hinterließ. Sie hatte das Gefühl, als ströme aus ihr die Feuchtigkeit, die auf der Nordwand ihrer Wohnung als giftiger Pilz ausblühte, aus ihr kam der Schimmel auf dem Brot, so übel und leichenhaft, der Schmand zwischen den Kacheln und in den Poren ihrer Nase. Sie beschnüffelte den Bimsstein, warf Schwämme in den Müll, schüttete

Essig in die Abflüsse und stach die Blasen in der Esszimmertapete auf, bis sie mit Dominikas Hilfe alle geglättet und aus ihnen den nur für ihre Augen sichtbaren Schmutz herausgedrückt hatte. Systematisch nahm sie sich eine senkrechte Bahn nach der anderen vor, stieg auf den Schemel, stieg ab vom Schemel. Von oben nach unten strich sie über den Streifen violetter Rhomben und grünlicher Kreise, stach eine Nadel in jede Aufwerfung und glättete sie mit spiritusgetränkter Watte wie eine Kosmetikerin das pickelige Gesicht eines Backfischs. Mit Adleraugen stieß sie auf eine Aufwölbung hinab, stich sie aus! befahl sie, und das Mädchen stieß in Nachahmung der mütterlichen Gesten die Nadel in unsichtbare Blasen. Jadzia glaubte daran, dass das, was stank oder stach, Bakterien wirksamer tötete als entsprechende Mittel, die nicht stanken und nicht stachen. Essig und kochendes Wasser zur äußeren Anwendung, Knoblauch zur inneren bei Erkältungen oder vorbeugend. Keine Tablette war so wirksam wie eine zerdrückte Zehe, die man solange im Mund behielt, wie es ging, damit sie alles im Inneren wegätzte.

Seit Dominika bei ihnen wohnte, hatte Jadzias Kampf mit dem Schmutz eine neue Dimension bekommen. Bakterien, Millionen neuer Bakterien, mit denen sie kämpfen musste, zogen mit dem Kind zusammen ein und stellten gleichzeitig eine drohende Gefahr für es dar. Jadzia betrachtete jeden Teil von Dominikas Körper als einen potenziellen Epidemieherd. Das ganze Kind war eine tickende Zeitbombe. Am Abend war Jadzia vollkommen erschöpft, umgeben von glatten, glänzenden Flächen, dem Geruch von Desinfektionsmitteln, Kamillenshampoo und Essig. Kurze Zeit erschien ihr die Welt dann fast vollkommen. Sie hielt Dominika in den Armen, gut eingeweicht in duftendem Fichtennadelbad, im frischen Schlafanzug, die Haare mit einem Shampoo ausgewaschen, das etwas in den Augen brannte. Mein blitzsauberes Töchterchen, sagte sie und atmete tief den Duft der dichten geringelten Haare des Kindes ein, das mit den Augen blinzelte wie ein benebeltes Kaninchen.

Stefan fügte sich Jadzias Reinlichkeitsleidenschaft, aber nur zum Scherz, er machte sich lustig, bleckte seine geschrubbten Zähne, hauchte ihr den lauwarmen Dunst des in Verdauung befindlichen Mittagessens ins Gesicht und fragte: Na, Jadzia, wie bei Hauptmann Kloss? Wenn ihm der Sinn nicht nach Scherzen stand oder er zu viel getrunken hatte, schimpfte er: Du kannst mich mal kreuzweise, und warf sich ungewaschen aufs Bett. Seine benutzte weiße Unterhose hing auf der Sessellehne, bereit für den nächsten Tag und ein Beweis dafür, dass, wie er sagte, Männer trocken und sauber sind und Frauen feucht und fischig. Dann war Jadzia beleidigt und legte sich zu Dominika ins Zimmer, lassmichdochinRuhedubekotzterSäufer, zischte sie vor sich hin, GehdochundumarmdasKlo, und mit schaukelnden Brüsten schritt sie durch den Flur, der die beiden Zimmer voneinander trennte. Jadzia ist keine unwissende Frau mehr, sie hat Erfahrung im Umgang mit Stefan und ist sich ihrer Macht immer mehr bewusst. Es ist eine Macht voller Ingrimm, nicht Wut, eine stechend-zerrende Macht, ihre Waffen sind Besen und Wischtuch. Die Küchenkönigin verjagt mit dem Besen, haut das Wischtuch über den Kopf, wenn ihr ein Untergebener in die Hände fällt. Vor Ingrimm ballt die Herrscherin die Hände, dass die Adern hervortreten, jeden Tag wird sie für diesen Kerl, der so widerlich ist, ans Kreuz geschlagen. Diese Kerle würden an Dreck und Hunger sterben, wenn sie sich selbst überlassen wären, einer nach dem anderen. Tölpel, Schluckspechte und Bettler sind das, alle miteinander. Alle sollten sie zum Umgewöhnen nach Czarny Bór geschickt werden. Wutschnaubend legt sich Jadzia auf

Dominikas schmale Couch, und von dem Gewicht der Mutter rollt das magere Körperchen, das einst aus ihr herausgewachsen ist, direkt in ihren Bauch. Schlaf schlaf, sagt sie beruhigend zu ihrer Tochter und denkt törichterweise, wie wenig Platz sie jetzt zusammen hätten, wenn die andere überlebt hätte.

8 Zweiunddreißig Kinder gehen in Dominikas Klasse, siebzehn Mädchen und fünfzehn Jungen, und diese fehlende Symmetrie hat zur Folge, dass eine Schülerin und ein Schüler jeweils ohne Banknachbar gleichen Geschlechts bleiben müssen. Die weiblichen Paare sitzen auf der linken Seite der Klasse, die männlichen auf der rechten, am Fenster. Mädchen zu Mädchen und Jungen zu Jungen, was aber nicht heißen soll, dass sie sich zu nahe kommen dürfen. Angeblich kommt die Chemie nur zwischen den Gegensätzen zum Tragen. In der Natur ist es auch so, zum Beispiel zwischen Bienen, Primeln und Pantoffeltierchen, wie die Biologielehrerin behauptet. Wenn die Biologie menschlicher Wesen an die Reihe kommt, werden die Jungen und Mädchen getrennt unterrichtet, sie haben getrennte Biologien, deshalb ist es besser, wenn sie nicht allzu viel voneinander wissen. Der Unterschied, der zwischen ihnen besteht, lässt sich am besten aus der Ferne betrachten.

Auch für die Anziehung der Gegensätze wird die Stunde kommen – alles zu seiner Zeit. Vorläufig sollen die auf gegenseitige Anziehung programmierten Mechanismen im Ruhezustand verharren. Sie werden aus dem Lesebuch lernen, auf den kleinen Bildchen ist Mamas Küchenwelt von Papas Arbeitswelt genauso getrennt wie zu Hause. Papa geht, Mama bleibt, und sie steht, wenn Papa nach Hause kommt, noch genauso da, als wäre sie an den PVC-Boden genagelt. Wenn man näher hinguckt, sieht man die Nagelköpfchen, die auf ihren Füßen und Händen leicht vorstehen. Auf Papa warten Mama, Mittagessen und Sessel, in dem er Zeitung liest. Mamas Arbeit außer Haus wird nicht gezeigt, weil sie nicht zählt. Ala hilft Mama in der Küche, Alek klebt ein Modellflugzeug zusammen, in dem wird er Ala vielleicht mal spazieren fliegen, wenn sie brav ist.

Zwischen der Mädchenseite und der Jungenseite ist der Platz für die Lehrerin, Magister Demon, Helena, die Macht hat und verlangt, dass alles nach ihrem Plan abläuft. Den Schülern legt sie Zaumzeug und Geschirr an, die Zügel hat die Lehrerin in der Hand, sie hat auch einen Stock. Da gibt es kein Vorwärtsstürmen und Zur-Seite-Springen, wer Krach macht, kriegt Krach. Magister Demon schaut Dominika an, Dominikas Größe und ihre nach allen Seiten abstehenden kaffeeschwarzen Haare gehen ihr gegen den Strich. Dieses Gesicht will Schwierigkeiten machen, und es wird welche bekommen. Dominika, die größte unter ihren Altersgenossinnen in der 1c, wird in die letzte Reihe gesetzt, neben einen Jungen. Chmura? Achtung, da kommt Frau Chmura!*, aufpassen, dass wir nicht nass werden! scherzt Frau Lehrerin und lässt den Stock sausen, es lachen nur die, die gerade nicht getroffen werden. Magister Demon kann den Namen eines Jungen nicht aussprechen, was ihre Nervosität noch steigert. Hochgradige Nervosität ist bei ihr ein Dauerzustand, die Schüler haben zwar nichts zu sagen, aber Einfluss auf das Gemüt von Magister Demon, und das lässt sie sie spüren. Magister Demon ist der Meinung, sie habe im Leben mehr verdient als sie bekommen hat, und sie möchte nicht, dass ein anderer bekommt, was ihr versagt geblieben ist. Die Kränkungen, die sie erlitten hat, gibt sie an die Kinder in der Klasse weiter, und sie merkt, dass sie noch ein gutes Auge hat, auch wenn es ihr schon öfters blau geschlagen worden ist. Sie zielt mit einem kleinen Lineal auf die Hände, mit einem größeren auf den Hintern, und sie

* Chmura – deutsch: Wolke (Anm. d. Ü.)

trifft den Schüler so hart, dass ihm der Schmerz bis in die Fersen fährt.

Dominika sitzt in der letzten Reihe und schluckt ihren Brechreiz hinunter. Es reicht, dass sie im Kindergarten gekotzt hat, sie weiß, was ihr dann bevorsteht. Zur Beruhigung zählt sie die Topfpflanzen: vier Gummibäume, drei Dreimasterblumen, eine blühende Zwiebel, zwei Gläser mit keimenden Bohnen. Wie kommen wir bloß an diese Bohnenstange? Diese Worte der Mutter, die Dominika zufällig mitbekommen hat, klingen ihr noch in den schamroten Ohren. So verlockend sieht die erste Bank aus mit der süßen Jagienka Pasiak im Puppenformat. Sie könnten Schwestern sein. Aber sie kommt nicht in Frage für eine Bohnenstange, ein Wechselbalg, einen Bandwurm – in Dominika erwachte eine Miniaturjadzia, die mit dem Putztuch wedelt und immer wieder ruft: Bohnenstange, Wechselbalg, Spinnerin! Dominika ist voll mit solchen Wörtern, sie sind tief gesunken, bilden eine Schicht nach der anderen aus elterlicher Unbeholfenheit, Bitterkeit und Schmerz. Magister Demon steckt den Finger ganz tief hinein, rührt um und saugt den würzigen Geschmack auf, der unter den Fingernägeln sitzt.

Der Junge, ein wenig kleiner als Dominika, dunkelhaarig und braunhäutig, rutscht an den Bankrand in der Mädchenreihe. Er heißt Dimitri Angelopoulos und ist Grieche, ein Kind aus einer der Familien, vielleicht ein Dutzend, die es nach dem Krieg nach Wałbrzych verschlagen hat. Sie hatten gehofft, dort darauf warten zu können, dass in ihrem Land der Sonne und des Weins auch der Kommunismus siegt. In Wałbrzych gab es den Kommunismus schon, aber weder Sonne noch Wein, und je mehr Zeit verging, desto klarer wurde ihnen, dass weder Wałbrzych noch der Kommunismus das Wahre sind, denn bei dieser Bibberkälte hatte man auf gar nichts Lust. Durchfroren bis auf die Knochen und fassungslos auf einen Himmel blickend, der so schwer und grau war wie eingetrocknete Auberginenpaste, hüllten sich die Wałbrzycher Griechen in Pelze, schnallten die Ledergürtel enger und wandten das Antlitz nach Süden. Einige weideten auf den Hügeln und Halden um Wałbrzych ihre Schafherden, und jeder dieser Hirten trug die Erinnerung an einen derartigen Sonnenglanz in sich, dass die Wałbrzycher vor Helligkeit erblindet wären, hätten sie unter ihre halbgeschlossenen Augenlider gespäht. Die Griechen verkauften Wolle oder salzigen Käse, der zum Wodka nicht übel schmeckte, doch Dimitris Vater war der Erste in seiner Familie, der keine Schafe weidete, er war klassischer Philologe. Mit Frau, Tochter und zwei Söhnen bewohnte er eines der ehemals deutschen Häuser mit Garten am Fuß von Piaskowa Góra, und nur die alten Eisenbahngleise trennten ihn von Halinas Mietshaus, von dem ihn vor dem Krieg ein Meer und ein halber Kontinent getrennt hätten. Dimitri, der Älteste, kennt das Vaterland der Eltern von Fotos und aus den täglichen Erzählungen. Von klein auf hat man ihn den Hunger auf Aromen gelehrt, die es hier, wo er ist, nicht gibt. Er lernt, dass er mehr wollen muss, als er hat, und dass dieses Mehr irgendwo auf ihn wartet. Zuerst lernt der Junge die Namen von Dingen wie Baklava, Olimbos, Kadafi, Karpathos, und erst viel später wird er ihren Geschmack kennenlernen, den er aber schon lieben gelernt hat. Er weiß, Wałbrzych ist ein vorläufiger Ort, ein Ersatzort, und auch wenn er hier zur Welt kam, betrachten ihn diese bleichlichen Schwachbrüstler aus ungebackenem Teig als Fremden und rufen ihn Zigeuner oder gar, wer hätte das gedacht, Neger. Sein Platz erwartet ihn im Schatten eines Feigenbaums, wo Generationen seiner männlichen Vorfahren Kaffee und Ouzo getrunken und Streitgespräche über Politik geführt haben, während die

Frauen in schwarzen Kleidern Weinblätter füllten und ihre ungeborenen Enkelinnen an den Mann brachten. Für Dimitris Eltern, den Vater, der Wałbrzycher Gymnasiasten die Prinzipien lateinischer Deklinationen eintrichtert, und die Mutter, die über die Tomaten lamentiert, die ein Spott der echten, geruchlos und nichts als Wasser sind, bleibt der lange schmale Landzipfel im Mittelmeer der schönste Ort der Welt. Sie wissen nicht, dass diese Sehnsucht, kristallisiert in fertigen Bildern, die den Kindern wie süße Götterspeisenwürfel verabreicht werden können, sie zu Glückspilzen im Vergleich zu den meisten Einwohnern dieser Stadt macht, deren Vaterland entweder nicht mehr existiert oder die nie eines hatten. Diese Überzeugung, dass es einen Ort gibt, der besser ist als Wałbrzych, und dass Dimitri dorthin gehört, ist wie ein Rückgrat, das sich sogar von Magister Demon nur mit äußerster Mühe brechen ließe. Der Junge betrachtet die Welt wie vom Deck eines Schiffes, wo er Ausschau nach dem gelobten Land am Horizont hält, und macht die Lehrerin, deren Horizonte eng sind, damit ganz nervös. Dimitri ist immer in Bewegung, er hüpft und dreht sich wie ein Kreisel, baut aus Klötzen komplizierte Festungen und wirft sie ohne Bedauern wieder um, er kippt Tinte aus und zerbricht Kugelschreiber, und wenn er aufgerufen wird, dreht er sich um seine eigene Achse und bekommt eine Fünf, bevor er überhaupt Antwort geben konnte. Es gefällt ihm nicht, dass er mit einer von den Weibern in der Bank sitzen muss, doch wenigstens erinnert sie ihn an seine Mutter und seine Schwester, ihre Haut ist bräunlich, ihre Augen glänzen wie frische Kastanien, er stößt sie mit dem Ellbogen an, als wollte er ihr den Platz streitig machen, lächelt aber und zeigt seine schiefen, sehr weißen Zähne. Dominika geht nach der Schule zu Oma Kolomotive in Szczawienko, wo Jadzia sie nach der Arbeit abholt; so hat sie den gleichen Weg wie Dimitri, der hinter ihr hergerannt kommt, dass die Reflektoren an seinem Schulranzen klappern. Er fragt sie, ob sie Rachatlukum mag, wenn ja, wird er ihr morgen welches mitbringen. Dominika hat keine Ahnung, was Rachatlukum ist, sie denkt dabei an Drachen und Dachluken, doch ihr Kindergartenjahr in der Rolle des Hundes Szarik, der auf Befehl von Marusia oder Janek apportieren und bellen musste, hat sie gelehrt, dass die selbstlose Freundlichkeit eines anderes Kindes etwas Kostbares und Seltenes ist. Deshalb sagt sie Ja, sie mag es, ein Lächeln breitet sich über ihr Gesicht und sie spricht das Wort nach: Rachatlukum. Rachatlukum, dieses Wort hat Dimitri von seinem Vater gelernt, der in einem alten polnischen Wörterbuch die Entsprechung für den griechischen Namen der klebrigen Masse aus Nüssen und Fruchtsaft gefunden hat. Weißt du, wie sie unser Loukoumades nennen? hatte er lachend seiner Frau Maria zugerufen, die gerade dabei war, Paprika zu schneiden, aber was sind das für Paprika, solche Magerlinge ohne Saft, dass einem die Tränen kommen möchten. Wenn sie bloß endlich nach Hause zurückkehren, dann werden sie alle wieder wissen, wie Paprika schmeckt. Ra-cha-tlu-kum, Professor Angelopoulos murmelte das neue Wort ein paar Mal in seinen Schnurrbart, ohne zu wissen, dass er zum Sammler von Wörtern geworden war, die niemand in Wałbrzych benutzte, weil sie in einer Wirklichkeit der großen Provisorien unbrauchbar wurden. Der Grieche schrieb sie in sein Notizbuch unter Etagère, Sacvoyage und Legumine, und seine Schüler mit ihren schmallippigen scheißfreundlichen Visagen krümmten sich vor Lachen.

Dominika und Dimitri gehen den Sandberg hinunter, zuerst durch die schmalen Siedlungsstraßen, dann über einen Pfad zwischen wildem Holunder und Krüppelbirken, leeren Flaschen, alten Eimern und Schüsseln, angekohlten Lumpen, die aussehen wie schlafende Gestalten und es manchmal auch sind. Niemand weiß, woher dieser Abfall kommt, denn in den Blocks gibt es Müllschlucker, und man braucht nichts mehr in den Wald zu schmeißen wie damals auf dem Dorf. Ohne Rücksicht auf das, was die weggeworfenen Gegenstände oder kaum noch lebendigen Wesen einst waren, hier zerfallen sie allmählich zu Sand, Scheiße oder Schlamm. In dem Niemandsland, das die Hiesigen einfach »Busch« nennen, zwischen der neuen Siedlung dort oben und der alten, ehemals deutschen unten, finden oft Saufgelage im Stehen oder Sitzen statt, veranstaltet von den Männern, die mit dem Autobus von der Grube kommen. Die Augen der Trinker sind von Kohlestaub schwarz umzeichnet, ihre Wangen leuchten rot. Sie langen in ihre Kunstledertaschen, in die Innentaschen der Jacken. Bevor sie nach Piaskowa Góra hinaufgehen, kippen sie eine Flasche nach der anderen und lachen über die, die Schiss vor ihren Alten haben, guck mal, wie die auf die Bude rennen, als hätten sie Feuer unterm Arsch. Die Alte wird's ihnen zeigen!

Die Mütter von Piaskowa Góra warnen ihre Töchter, sie sollten sich vor den ekligen Säufern in Acht nehmen, aber keine erklärt, warum. Die ekligen Säufer gehören zu derselben Kategorie wie die fremden Onkels, die auf dem Spielplatz Bonbons verschenken und die Kinder überreden mitzukommen, weil sie ihnen was Schönes zeigen wollen. Fremde Onkels können auch in Haustoren und in den Höfen lauern, ganz besonders aber im Sobieski-Park, und ohne Warnung ihr Pimmelchen zeigen. Dann muss man sich die Augen zuhalten, schreien, weglaufen, alles gleichzeitig, so schwierig es auch sein mag. Die Mädchen von Piaskowa Góra wachsen in dem Glauben heran, dass Männer zugleich böse und lieb sind, sie machen was

Schreckliches und umgeben einen mit Fürsorge, sie haben etwas, was man haben will, ihnen aber nicht wegnehmen kann. Etwas, was Mädchen nicht haben. Niemand bringt ihnen bei, wie man in Zukunft die guten Onkel von den bösen unterscheiden soll, denn die einen sind gefährlich, und man darf nicht in ihre Nähe gehen, doch unter den anderen ist einer, mit dem man erst geht und dann am Altar steht. Je nachdem, was er für einer ist, muss man sehen, wie weit man gehen kann, wenn man mit ihm geht, doch hätte man sich kaum träumen lassen, dass man jemals weiter geht als in die BeErDe. Die Männer im Busch haben die Grenzen ihrer Möglichkeiten erreicht, und die Frauen, die unterschiedlich weit mit ihnen gegangen und schließlich am Altar gestanden sind, bereuen diesen Schritt schon lange bitterlich. Keiner dieser Männer wird es weiter bringen, als er es bis jetzt gebracht hat, und ein paar haben es geschafft, ganz unten anzukommen.

Dominika und Dimitri gehen an Gruppen von Männern in unterschiedlichen Graden der Betrunkenheit vorbei, an den hemdsärmelig-lärmenden in der Vertikale und den stammelnden auf der schiefen Ebene bis hin zu den traurigen stummen und reglosen in der Horizontale. Ein auf dem Rücken schlafender Säufer mit offenem Mund ist ein sogenannter Aschenbecher, und ein Lieblingsspiel der Kinder von Piaskowa Góra besteht im Hänseln der Aschenbecher, wobei sie dem Schlafenden aus möglichst großer Nähe eine Kippe in den offenen Mund werfen. Und dort, auf dem gelblichen Herbstgras essen Dimitri und Dominika zum ersten Mal zerquetschtes Rachatlukum aus einem Plastikbeutel. Von Maria Angelopoulos hergestellt, aus Nüssen, die nicht so richtig schmeckten, und Sirup aus Rosenblättern, der in diesem kalten Land auch nicht das Wahre sein konnte, denn nur dort, in dem felsigen Garten mit Blick auf die in den Hafen einfahrenden Boote, wuchsen die wahren Rosen wie nirgendwo sonst auf der Welt. Die Rachatlukum-Süße zerschmilzt im dunklen Inneren, sie gesellt sich zu der Süße von Oma Kolomotives Zuckerbrot, und in Dominika leuchtet ein weiteres kleines Licht auf, wie eine kleine Kerze unter einem Schirm. Irgendwann einmal wird sie sich von Honig, Schokolade und Milch ernähren. Ich habe einen Bruder, eine Schwester, einen Hund und zwei Katzen, berichtet Dimitri, die eine ist weiß gefleckt und die andere auch. Ich hatte eine Zwillingsschwester, aber die ist gestorben, Dominika ist ganz überwältigt von diesem Überfluss an Lebendigem, das ein einzelnes Kind besitzen kann, während sie wegen der Bakterien nicht mal einen Hamster haben darf. Tot oder an Krebs? fragte der Junge nach und mustert sie interessiert. Tot. Der tote Zwilling wiegt das üppige Leben auf, das der Junge zu bieten hat. Dimitri nimmt Dominika an der Hand und rennt mit ihr Hals über Kopf den Abhang hinunter, sodass die Luft um sie herum Funken sprüht, als bliese einer ins Feuer.

Ob im Herbst durch raschelnde Blätter, im Winter auf den Schuhen schlitternd, im Frühling durch den Matsch platschend, von nun an gehen Dimitri und Dominika gemeinsam durch den Busch nach Szczawienko. Liebespärchen. Liebespärchen, der Neger und die Vogelscheuche! rufen andere liebe Kinder ihnen nach, und manchmal kommt es zum Handgemenge. Nachmittags treffen sie sich vor Halinas Haus oder im Garten der Angelopoulos'. Maria Angelopoulos, die lieber dreißig Kinder hätte als drei, lässt Dominika ihre brachliegende Mütterlichkeit angedeihen. Sie häuft ihr Gemüse auf den Teller, das im Unterschied zu dem polnisch gekochten Farbe und Geschmack behalten hat, sie schneidet das selbstgebackene Brot in dicke Scheiben, die sie den Kindern in die Taschen stopft, wenn sie zum Spielen nach draußen rennen. Sie fliehen vor Dimitris jüngeren Geschwistern; der kleine Georgi gibt die Jagd bald auf, doch Sofia, die nur zwei Jahre jünger ist als sie und sich in die Form eines braven Mädchens so wenig einpassen lässt wie Quecksilber in ein überheiztes Thermometer, ist eine wachsende Herausforderung. Plötzlich springt sie hinter dem Bett oder einem Busch hervor wie ein silbriges Kügelchen, und sie müssen größere Schritte machen, sich von Indianern aus Büchern inspirieren lassen, Pläne austüfteln.

Auf der anderen Seite der Breslauer Straße befindet sich ein Becken mit tiefschwarzem Grubenwasser. Im Winter friert der kleine See auch im ärgsten Frost nicht zu und glänzt im Schnee wie ein großes schwarzes Auge. Alle nennen das Wasser den Kleinen See, denn in Wałbrzych gibt man den Dingen zufällige Namen, als wären sie nur für eine begrenzte Zeit, nichts da von Sacvoyage und Leguminen – das ist der Kleine See, in dem keiner schwimmt oder angelt, aber er eignet sich zum Ersäufen kleiner Hunde oder Katzen. Ganz in der Nähe des Schilds mit der Aufschrift: »Zutritt Strengstens verboten. Zuwiderhandlung wird strafrechtlich verfolgt« kriechen Dominika und Dimitri durch ein Loch im Maschendrahtzaun. Um den Kleinen See wächst Unkraut, aus denen verrostete Schrottteile ragen, das Wasser glänzt ölig und riecht wie Asphalt nach einem Sommergewitter. Ein grauer, mit Asche durchsetzter Sandstreifen bildet einen gleichmäßig breiten Ring um das Becken. Ein Steg schiebt sich in das schwarze Wasserauge, an dessen Ende die Reste des Metallgerüsts rosten. Das ist der Wachturm, den Dominika und Dimitri wendig wie die Affen der Bula-Bula-Inseln erklimmen. Im Sommer steigen Dämpfe aus dem Wasser auf, von denen ihnen schwindlig wird und sich dicker, saurer Speichel im Mund sammelt, den sie um die Wette ins Wasser spucken, wer kann am weitesten. Am Boden des Kleinen Sees wohnt die Spinnennixe, sie isst Menschenfleisch, bei lebendigem Leib nagt sie es ab und saugt das Mark aus, bis nur noch leere Knochen, Ringlein, Uhren und Metallspangen übrig sind, der Boden des Beckens ist übersät damit. Sie mag nur frische, lebende Nahrung, sie ist gefräßig, aber wählerisch. Die in Säcken ersäuften Kätzchen und Hunde sind nur ein Häppchen für die Nixe, davon wird sie erst recht hungrig. Wenn die Kinder auf dem Wachturm sitzen, sieht sie die beiden und leckt sich die Lippen. Doch selbst wenn es Dominika und Dimitri gelingen sollte, Helena Demon hierher zu schaffen, die würde sogar der Nixe schwer im Magen liegen. Die Nixe würde schreckliche Verdauungsstörungen kriegen und riesige Fürze lassen. Sie würde Blähungen kriegen! Die tägliche Nahrung für die Spinnennixe beschafft ein schwarzer Wolga, der nachts durch die Straßen von Wałbrzych fährt, viele haben ihn schon gesehen und sind um ein Haar dem Tode entronnen. Mirek Tutka aus ihrer Klasse ist von dem Wolga durch ganz Szczawienko gejagt worden, er hat sogar den Schulranzen dabei verloren, das konnte er beschwören. Zwei Nonnen fahren den Wolga, ihre Gesichter sind bleich, als hätten sie nie das Sonnenlicht gesehen. Sie haben flinke Eulenaugen, die im Dunkeln sehen. Wenn sie ein einsames Kind mit einem Schlüssel um den Hals erspähen, verschwindet es wie ein Stein im Wasser. Sie zerren es in den schwarzen Wolga und stecken es in einen schwarzen Sack, rasen zum schwarzen Kleinen See, und nach dem Festmahl der Spinnennixe bleibt von dem Kind nur ein ganz weißer Leichnam übrig. Und du, was würdest du dann machen? Dominika und Dimitri spazieren am Rand des giftigen Wassers entlang und denken sich verschiedene Methoden aus, wie man der Spinnennixe beikommen könnte. Dimitri meint, am besten hätte man immer ein Taschenmesser oder eine Granate dabei, Dominika ist für Hinterlist, man müsste sich tot stellen. Die Augen schließen, den Atem anhalten, daliegen wie eine Leiche. Hinter dem Teich kriechen sie durch ein weiteres Loch im Maschendraht und schlagen sich auf einem schmalen Pfad durch hohes Unkraut. Man muss gut aufpassen, wohin man tritt, denn dort geht es zu den Halden der Glashütte. Bald darauf sieht man nichts als Funkeln und Glänzen, bis zum Himmel türmen sich die Berge aus Glas. Eisdiamanten, Rubine wie angelutschte Bonbons, Topase aus den russischen Ringen, limonadefarben wie Brausepulver in kleinen Beuteln. Die Sonne bricht sich in unzähligen kleinen Regenbogen. Hier liegen Glasscherben mit scharfen Rändern, an denen man sich blutig schneiden kann, Kugeln voll erstarrter Blasen und kleine Quadrate, die sich glatt wie Butterstückchen anfühlen. Die mit Brillanten bestreuten Pfade führen direkt zu Palästen, in denen selbst Tante Großherr mit ihren Koffern voller Ballkleider leben könnte. Rubintreppen führen hinauf, Topastreppen hinab. Dimitri baut eine Maschine, mit deren Hilfe er auf den Mond fliegen kann, er sammelt gleichgroße Stücke, legt aus ihnen eine Startbahn und nimmt mit zum Flug ausgebreiteten Armen Anlauf. Dominika sagt, Prinzessinnen fliegen nicht in Flugzeugen, sie haben richtige Weltraumraketen, und sie jagt ihm auf ihren Spinnenbeinen hinterher. Sie suchen Schätze. Dominika hat ein Diadem im Haar, sie ist die Prinzessin vom Glasberg, den die zwölf Brüder zu erklimmen versuchen, sie hat Zähne wie Perlen, einen Ring an jedem Finger und Ohrringe. Jetzt würde sogar Jagienka Pasiak in der Schule neben ihr sitzen wollen. Sie betrachten die Glasbrocken gegen das Licht und packen die schönsten Exemplare in ihre Brotbeutel. Jedes Mal finden sie etwas Besonderes, und es bleibt immer noch genug fürs nächste Mal. Danach klettern sie auf die Halde, Kohlenstaub wirbelt auf, während sie sich an den schmächtigen Birken weiterhangeln. Auf dem Gipfel stehen noch die Reste eines Metallgerüsts und eine an Stahlseilen baumelnde Lore, die hier nach dem Aufschütten der Halde zurückgeblieben ist. In der Lore verstecken sie ihre Sammlung gläserner Schätze. Sie sind Piraten, Indianer oder Janosik und seine Bande. Sie bauen Fallen für die Feinde, die bis in ihr Versteck vordringen, so etwas kann vorkommen! Sie graben Gruben, pinkeln, spucken, werfen scharfe Glassplitter hinein und decken dann Stöcke darüber, tarnen das Ganze mit Laub. Dann klettern sie in die Lore und beobachten den Birkenhain. Dimitri hat ein kleines Fernglas, sein Vater hat ihm gesagt, dass es Lornjong heißt. Lorn-jong.

Wenn doch nur Magister Demon mit ihrem geliebten Pinscher hier spazieren gehen würde, wenn sie doch nur etwas oben auf der Halde zu tun hätte. Wenn sie sehen könnten, wie sie in die Falle ginge, würde sie das für die Schläge mit dem Lineal auf Hände und Hintern entschädigen, für das Eckenstehen, das Kichern, das durch die Klasse lief, wenn sie die beiden ermahnte, wenn sie donnernd fragte, die Herrschaften in der letzten Bank, was hat man sich da dauernd psspsspss ins Öhrchen zu flüstern? Was gibt's Neues da oben bei Fräulein Chmura, ein kleiner Regen aus der großen Wolke? Doch Magister Demon hat nie das Bedürfnis, auf die Halde zu steigen, ebenso wenig wie es ihr je in den Sinn kommt, ihre Strafen könnten ungerecht sein, denn unter Gerechtigkeit versteht sie, dass sie zurückgibt, was sie selbst bekommen hat. Sie hat noch einen großen Vorrat, der reicht für alle. Wenn man Magister Demon röntgen würde, sähe man in ihr ein kleines Mädchen, mausgroß, mit einem sehr alten Gesicht, zusammengerollt wie ein Embryo und versteinert. In ihren Träumen stehen andere Mädchen um sie herum, sie tragen alle graue Kleidchen mit weißen Krägen, Zöpfe, aschgraue Strümpfe, und wie Asche sind auch ihre lachenden Gesichter, mit den Fingern zeigen sie auf die Gestalt in der Mitte des Kreises, die ein Pappschild umhängen hat, auf dem steht: Helusia Demon ist eine Diebin. Sie hat diesen Ring mit dem grünen Stein nicht genommen! Sie hat ihn angeschaut, aber nicht genommen. Jemand hat ihn ihr in die Tasche gesteckt! Er ist von selbst in die Kitteltasche gefallen! Abends scharen sich die Mädchen um Helusias Bett und singen: Demon, Demon, Teufelssterz, wir schlagen dir einen Pfahl ins Herz! Ein Schmerz durchfährt Magister Helena Demon, die solche Träume meistens auf die Leber schiebt und Gallentabletten nimmt. Der Heilige Geist empfiehlt, die Kinderchen mit dem Rosenkranz zu schlagen, aber das rät er nur, weil er nicht weiß, wie gut sich das Lineal dafür eignet. Sollen sie sich alle miteinander freuen, dass sie ihr nicht die Hand küssen und für die Mühe mit der Erziehung danken müssen, so wie sie es im Waisenhaus der Anbetenden des heiligsten Blutes Jesu tun musste. In der Klasse reicht es Magister Demon, wenn ein Kind Entschuldigung und Danke sagt, aber nicht bloß so geflüstert, nein, nein. Laut und deutlich, Fräulein Chmura: ENTSCHULDIGUNG! Wie diese Chmura sie ärgert, wie es Magister Demon ärgert, dass sie immer nur einen Fingerbreit davon entfernt ist, in Dominika einen Menschen zu sehen, den sie seit langem kennt und versteht. Lauter! kreischt Magister Demon, Chmura, du Hohlkopf! Pfote her! Pfote, Angelopoulos! Tutka, Schwachkopf, Pfote! Fürs Schwätzen und Schweigen, für Unaufmerksamkeit und Überaufmerksamkeit, fürs Vorsagen und Sich-Vorsagen-Lassen erteilt Magister Demon Strafen, die sie, aus einem nie versiegenden Bestand an Ideen schöpfend, je nach Schwere des Vergehens zuweist. Zwischen fünf und fünfzehn Schlägen mit dem Lineal auf die Pfote, die rechte, damit man das schmerzhafte Stechen beim Schreiben fühlt. Zwischen fünf und fünfzehn auf den Hintern mit dem hölzernen Tafellineal. Es gibt Schlagende und solche, die immer einen auf den Hintern kriegen. Mit einem bühnenreifen Gespür für Stimmungen zieht Magister Demon die Vorhänge vor und zwingt ein Kind, das andere zu schlagen, das ausgestreckt auf dem Pult liegt, sie selbst behält sich das Privileg vor, die Schläge zu zählen. Am besten ist es, ein Kind zu zwingen, das nicht schlagen will, und dann zuzusehen, wie es am Schlagen Geschmack findet. In der General-Świerczewski-Grundschule zerbricht man nicht nur Lineale. So wächst die Leibgarde von Magister Demon heran. Wer zu ihr gehört, ist immer einen Schritt voraus, während Dominika und Dimitri immer zurückbleiben. Schon wieder pss-pss ins Öhrchen flüstern? brüllt die Frau Lehrerin, der sie ausgeliefert sind, und ruft sie zur Exekution an die Tafel. Die Fehler Dimitris, der die Sprachen durcheinanderwirft, sind Musik in ihren Ohren. Angelopoulos, du Analphabet! Das Entsetzen Dominikas, die das Volkslied *Hafer säten die Bauern am Berg* ... anstimmen soll, aber nur ein Haaaaaa rausbekommt, ist eine Augenweide für Magister Demon. Wahaaaaas ist los, Fräulein Chmura? Hirnlose, Trottel, Hohlköpfe, Strohschädel. Wenn sie Aufsicht hat, lässt sie die Kinder nicht mal in der Pause in Ruhe, sie dürfen dann nicht rennen, wie sie wollen, sondern müssen im Flur im Kreis gehen, genauso, wie es im Waisenhaus der Anbetungsschwestern des heiligsten Blutes Jesu üblich gewesen war. Nur dass in der Mitte Magister Demon mit ihrem Stock steht. Wenn sie könnte, würde sie für die Schüler ein Laufrad bauen lassen, wie man es in Hamsterkäfige stellt, dann würde sie mit dem Stock schlagen, und das Rad würde sich immer schneller und schneller drehen.

Leibesübungen ist die einzige Stunde ohne Magister Demon. Sie ist zuständig für Geistesübungen, denn sie ist

Expertin für Grundlagenunterricht der ersten Klassen und für Polnisch. Die Grundlagen sind dafür da, dass man einen guten Start hat, alles andere wird dann schon irgendwie gehen. In LÜ dürfen die Kinder sich austoben, und die größte Attraktion ist das Hallenbad. Das ist der Stolz der Schule, keine andere Schule in Wałbrzych hat ein solches Bad, und der Direktor führt es allen visitierenden Parteifunktionären vor, bevor sie sich in seinem Büro volllaufen lassen. Das Schwimmbad ist ein Beispiel für den Fortschritt im Unterricht, der in der General-Świerczewski-Grundschule trocken und nass durchgeführt wird. Die Schüler werden gewässert, bis sie weich sind, dann kommen sie in die Trockenschleuder, bis ihnen die Chlordampfwolken aus den Ohren steigen. Dominika schwimmt eine Länge nach der anderen in Richtung der Bula-Bula-Kokosinseln. Durch die beschlagene undichte Brille sieht sie schon ihren grünlichen Umriss, die Federbuschen der Palmen, und niemand kann sie einholen. Dominika und Dimitri sind die besten Schwimmer in der Klasse, doch der Waghalsigste ist Mirek Tutka. Die Kinder nennen ihn Siff und Bakterie, denn sein Schulkittel ist nie gewaschen, sie schielen kichernd nach seinen gelbfleckigen Unterhosen, doch er ruft: Ich bin Tutka Protzituta! und springt ungebeten in eine andere Richtung, als er soll, denn er stellt alles Mögliche an, um sich Aufmerksamkeit zu verschaffen. Er treibt an die Oberfläche wie eine schlaffe Stoffpuppe und lässt sich, als er herausgezogen wird, nicht mehr in die Senkrechte bringen, ja nicht einmal mehr hinsetzen. Nachname Tutka und Vorname Mirosław werden aus dem Klassenbuch gestrichen und mit ihnen auch die vielen Fünfer, die ihm jetzt nichts mehr anhaben können; seine drei Schwestern und zwei Brüder werden bald die unbeträchtliche Menge an Platz und Gegenständen mit Beschlag belegen, die Mirek in dem von

Familie Tutka bewohnten Zimmer mit Küche hinterlassen hat. Ein, zwei Wochen lang geht es unter den aufgeregten Schulkameraden von Mund zu Mund, dass Mirek überlebt habe, aber im Rollstuhl sitzen muss. Das stimmt nicht ganz. Keiner aus der Klasse wird Mirek Tutka jemals wiedersehen, während er acht Jahre lang, bis zum gnädigen Tod an einer Grippekomplikation, auf einen Punkt in der rissigen Öde der Zimmerdecke der Anstalt blicken wird, in der er liegt und sich mit sechs gleichgesinnten Springern einen Rollstuhl teilen muss. Nur die Glückspilze, die ab und zu mal Besuch bekommen, werden gewaschen, gekämmt und mit Schlafmitteln benebelt in den Rollstuhl gesetzt. Bevor die entsprechenden Kommissionen untersucht hatten, was passiert war und wie, bevor vermessen und verurteilt wurde, war der Winter gekommen, Rost hatte die Rohre zerfressen, das Schwimmbad fror zu, die Schwimmhilfen aus Styropor und die Rettungsringe erstarrten im Eis. In einer Januarnacht zerschlug jemand das Fenster, stieg ein und klopfte die graugrünen Kacheln von einer Wand ab, bald verschwanden auch die von den anderen Wänden sowie die Armaturen aus dem Waschraum der Mädchen. Jetzt erprobten die Schüler ihre Kräfte im Gruppensport sowie im Laufen um den Sportplatz, und letztere Fähigkeit kam Dominika auf ihren Wegen durch den Busch sehr zugute.

Immer öfter kommt es vor, dass unter den Männern, die dort als Aschenbecher schlafen, Stefan ist, ihr Vater. Im karierten Hemd und zerknitterten Hosen träumt er von der österlichen Speisekammer. Sein Mund steht offen, über die Wange läuft ihm ein Speichelfaden, der aussieht wie die schleimige Spur einer Schnecke. Dominika späht wachsam wie ein Pionier, schon von weitem kann sie ihren Vater erkennen, dann rennt sie den Abhang von Piaskowa Góra hinunter, um nicht in Tränen auszubrechen. Dimitri läuft neben ihr her, die Holunderzweige schrammen ihre Gesichter, sie rutschen durch Hundehaufen, springen über alte Sofas, stolpern über Schlafende, Kotzende, Halbtote. In aufrechter Haltung hat Stefan allerdings durch seine Körpergröße Vorsprung vor seiner Tochter, und bevor er aus der vertikalen Phase in die horizontale rutscht, erspäht er sie manchmal zuerst. Mein Töchterchen, komm zum Papa! Die väterlichen Küsse fallen wie Steine, brennen wie Eis. Die Musterschülerin. Nichts als Einser, von oben bis unten. Von mir hat sie das Köpfchen, von ihrem Papa, prahlt Stefan vor seinen Kumpeln, die wie aus stumpfen Teddybäraugen glotzen. Einige wissen schon, wie man sich das Esperal mit dem Messer herausschneidet, das tut weniger weh als der ständige Durst, der nicht zu stillen ist. Jetzt kommt Dimitri an die Reihe. Ohne Dominika aus der Umklammerung zu entlassen, wendet Stefan sich an ihn: Na, Brüderchen, was machst du denn hier? fragt er. Er zwinkert seinen Kumpeln zu, den alten Hasen vom Busch, die Männer rotten sich vor dem Jungen zusammen. Ein Junge und ein Mädchen im Busch! Im Busch ein Mädchen mit einem Jungen! Gleich wird die Meute dem Grünschnabel einheizen, der sich auf ihr Terrain gedrängt hat. Dimitri ist einer von ihnen, aber es wird noch dauern, bis er ihren Platz einnehmen kann. Sieh dich bloß vor, Brüderchen! droht Stefan dem Jungen im Scherz, und Dominika sagt flehend: Papa, bitte! Sieh dich bloß vor, sonst … Stefan der Komödiant tut so, als renne er dem Jungen hinterher, scharrt mit den Füßen auf der Stelle und rudert mit den Armen in der besoffenen Pantomime eines Sprints. Dominika kriegt zum Abschied einen Klaps auf den Po, und so verpopschelt sehnt sie sich nach dem Schaukelpferd, das zu fliegen begehrt, das sie aber in ihrem geschrumpften und nach Alkohol stinkenden Vater nicht mehr entdecken kann. Papa, bettelt sie vergeblich, geh doch am Sonntag mit mir ins Schwimmbad.

Stefan trank immer so lange, wie er zu Trinken hatte, ebenso wie er auch so lange aß, bis alles aufgegessen war. Zwischen zwei Besäufnissen hatte es früher allerdings Perioden völliger Nüchternheit gegeben. Das Trinken bekam ihm nicht, er wurde krank und kotzte, bis nur noch grünlich-galliger Schleim mit Blutklümpchen kam. Über die Kloschüssel gebeugt schwor er sich und Jadzia auf Knien, dass er sich nie wieder so zurichten würde. Er schlug sich an die Brust und gelobte Besserung, bis er mit dem Kopf auf dem Altar aus weißem Porzelit einschlief. Bald aber geriet Stefans Entschluss ins Wanken, er spekulierte, dass doch unmöglich Wodka oder Bier oder sogar beide zusammen ihn derartig zugerichtet haben konnten, es musste einen anderen Grund haben, bestimmt war das nicht mehr ganz frische Rinderhack daran schuld gewesen. Der von aller Sünde freigesprochene Alkohol kam wieder zu Gnaden, und nach einer Gelegenheit brauchte er nicht lang zu suchen, denn alle Trinker tranken, und Nichttrinker existieren für einen Trinker gar nicht. Wenn Ingenieur Waciak oder Obersteiger Grzebieluch allmählich anfingen, sich lässiger zu geben, die Krawatten lockerten und nur um den Mund herum ein bisschen aufgedunsen wirkten, spürte Stefan, der es ihnen nachmachen wollte, bereits, wie er immer schneller und schneller eine Serpentine hinunterschlitterte, an deren Ende leberfarbene Dunkelheit herrschte und darauf wartete, ihn zu verschlingen und zu erdrücken. Noch versuchte er, sich in das Stimmengewirr einzuschalten, das rings um ihn toste wie ein Wasserfall, und er rüttelte seinen Nebenmann an der Schulter und fragte, was der gesagt hatte. Wenn ihm niemand Beachtung schenkte, riss er sich zusammen und stand auf, um einen seiner Witze von der Frau zu erzählen, die früher die Gesellschaft immer so zum Lachen gebracht hatten, doch auf halbem Wege verlor er den Faden, stammelte immer wieder, sie sollten doch zuhören, denn jetzt käme das Beste. Schließlich goss eine gnädige Hand Stefan ein letztes, betäubendes Gläschen ein, er gab auf und kippte es, und das nächste, woran er sich erinnerte, war das zornige Gesicht seiner Dziunia. Mit einem Mund wie das Minuszeichen, das manchmal schon in der Monatsmitte auf seinem Konto erschien, verlangte sie von ihm, wieder die Rolle des Ernährers einzunehmen, der ins Haus bringt und nicht aus dem Haus wegträgt. Sie drohte, ihre Rolle als Nährerin aufzugeben, und setzte ihm wütend sein geliebtes Gurkenwasser vor. Die haben mich reingelegt, erklärte Stefan Chmura seiner Frau, die eine von diesen Frauenfragen gestellt hatte, auf die es keine Antwort gibt: Mensch, warum lässt du dich so volllaufen? Sie haben mich reingelegt, sagt er, denn wie sonst soll er die Alpträume erklären, in denen er rennt und rennt, keucht wie der Blasebalg in Władek Chmuras Schmiede, und dennoch auf der Stelle tritt, einen Schritt von der Speisekammer entfernt, die anderen offensteht. Die alten Kollegen kamen voran und ließen Stefan mit seinen misslungenen Witzen und seiner Kotzneigung am Wegesrand liegen. Von dort sah er zu, wie Obersteiger Grzebieluch Karriere in der Partei machte und alle naselang seinen Arsch hierhin und dorthin kutschiert bekam, sei's nach Breslau, sei's nach Liegnitz, wo ihm Hotel und alles bezahlt wurde, während Kowalik mit einem kleinen Fiat in der Farbe Bahama Jellou über die Wałbrzycher Straßen flitzte. Ingenieur Waciak wurde zum Vize befördert und kriegte ein Büro mit Holztäfelung bis zur Decke, doch Stefan schuftete immer noch in der Grube als Oberbergmann und brachte es trotz aller Bemühungen nicht zum Steiger. Alle naselang hatte er kleine Unfälle, mal ging etwas kaputt, dann sprang etwas ab, riss einem den Finger ab oder ging ins Auge. Bald erfreute er sich des zweifelhaften Rufes, ein Pechvogel zu sein, dessen Anwesenheit die Schicht ins Unglück stürzte. Die Groschen waren schneller ausgegeben denn je, und Jadzia seufzte, wie nur sie es konnte, wenn sie sich über die Preiserhöhungen beklagte. Es kam vor, dass Stefan heimlich von seiner Mutter ein paar Zloty auf Nimmerwiedersehen lieh. Die Berechtigungsgutscheine für den kleinen Fiat wurden hinter seinem Rücken verteilt, und er bekam nur einen für eine Tiefkühltruhe, die Jadzia nie hatte haben wollen. Schließlich stellten sie sie ins Esszimmer, weil sie nirgends sonst hinpasste, und dort stand sie unter einem Tischtuch von Cepelia als Stauraum für unnötige Dinge. Sie hatten gerade ein paar Kristallteile in der Sammlung, als diese aus der Mode kamen und die Schokobonbons für die Kristallbonbonnieren sowieso nie zu haben waren. Die Waren verschwanden aus den Läden, um Stefan zu ärgern, dabei hatte er doch gesagt: Wir werden helfen, und dann fingen auch noch einige an zu unken, das schwarze Gold, das sie in Wałbrzych im Schweiße ihres Angesichts schürften, sei einen Scheißdreck wert. Wer konnte, haute ab zur Vertragsarbeit in der BeErDe. Das war zu viel. Dazu hatte er nicht gesagt: Wir werden helfen, dafür war er nicht übers Leder gesprungen. Die letzten Bläschen kribbelnder Orangeade verließen Stefan beim frühmorgendlichen Schluckauf und platzten. Er sackte in sich zusammen, ließ die Schultern hängen, und nur noch der Bierbauch ragte über den Hosenbund hinaus. Guck mal, Dziunia, und mich haben sie so reingelegt, sagte er, während er an der Gardine stand und zuschaute, wie der glückliche Nachbar Ludwik Lepki die aus der BeErDe mitgebrachten Schätze aus seinem zwanzigjährigen Audi lud: Waschpulver in großen bunten Schachteln, Fünfliterflaschen mit Badezusatz, ganze Paletten mit

Fanta-, Bier- und Coca-Cola-Dosen, Milchschokolade und gefüllte Schokolade, einen Stereoturm. Der ganze Babel guckte ihm dabei zu.

Die letzte Hoffnung von Oberbergmann Stefan Chmura war das Toto-Lotto. Er richtete sich in seinem Nest vor dem Fernseher ein und wartete darauf, dass der Gerechtigkeit Genüge getan und er vom Seitengleis wieder aufs Hauptgleis kommen würde. Mit Alkohol gut befeuchtet, geriet er in Fahrt und versprach, einen russischen Farbfernseher zu kaufen, sobald er nur seinen Gewinn hätte. Dominika versprach er Jeans aus dem Westen und eine Jahreskarte fürs Schwimmbad, jeden Sonntag würde er sie in einem schönen Auto dorthin fahren, nicht mit so einem Minifiat wie Kowalik, er würde sich in der BeErDe einen Audi Metallic besorgen, um das Benzin würde es ihm nicht leidtun. Jadzia würde kriegen, was immer sie wollte. Sogar werktags würden sie Schinken, Trockenwurst und Apfelsinen essen, aber sie müssten auch etwas von dem Gewinn auf die hohe Kante legen, für später. Er erstellte Listen auf einem Blatt Papier, wer was bekommen würde und wie viel, und verteilte die noch nicht gewonnenen Millionen. Wie viel Schokolade willst du zum Beispiel, fragte er seine Tochter, und du, Jadzia, wie viel Firlefänzchen Dilledänzchen? Der Wert der Dinge, die Stefan in seiner Phantasie kaufte, wurde durch die Freude bestimmt, die sie seinen Lieben bereiteten, und den Neid, den sie bei anderen weckten. Durch das Geben würde er zu dem, der er sein wollte, zu einem Onkel Franciszek, der die Gabenhand nicht zurückzog. Er saß dort bereit, im Startloch zu Glück und Wohlstand, die Hinterbacken angespannt, um im Augenblick des Triumphs wie aus der Schleuder geschossen hochzuschnellen und sofort mit der Verteilung des Reichtums anzufangen, der sich aus der Lotteriemaschine direkt auf den Esszimmertisch im Babel ergießen würde. In der Sonntagsmesse betet Stefan um einen Fingerzeig, der ihm helfen soll, die Glückskombination der sechs Richtigen im Lotto zu erraten. Er versucht, den ungerührten Gott davon zu überzeugen, dass er sich nichts vergibt, wenn er ihn, Stefan, beglückt, ganz im Gegenteil, dieser Dienst würde sich für ihn genauso bezahlt machen wie eine Taufe, Beerdigung oder Hochzeit. Er gelobt, Geld für den Bau einer Kirche auf Piaskowa Góra und für arme Kinder zu spenden, und wirft auch noch die Abstinenz in die Waagschale zukünftiger Guttaten, doch die Maschine beginnt sich zu drehen, und Kugel um Kugel raubt ihm die Hoffnung. Es gibt keine Gerechtigkeit auf der Welt.

Wie kommt das, Dziunia, dass einem anständigen Menschen alles schiefgeht und nur die Schwuchteln und Jidden Karriere machen?

9 Von Piaskowa Góra aus zogen die Familien feierlich zur Kirche. Am Tag der ersten heiligen Kommunion ist bei einem Mädchen das Kleid wichtig, während Wetter, aufgetischte Gerichte und Geschenke bei beiden Geschlechtern zählen. Wigry-Klappfahrräder, Uhren und Goldkettchen mit Medaillon, Grundig-Kassettenrecorder – nur ein paar Glückspilze bekommen die ganze Palette der begehrtesten Gegenstände. Die weniger Glücklichen müssen sich mit einer Plastikfigur der Muttergottes zufriedengeben, auf der eingraviert steht: Zum Andenken an die Erstkommunion, oder mit einem rasselnden Rosenkranz samt Kästchen, den die Oma aus Tschenstochau mitgebracht hat. Erst wenn die Oma ins Gras beißt, gibt es ein Stück Land, das aufgeteilt werden muss. Wer zuerst ins Haus geht, findet im Säckchen mit getrockneten Bohnen den Ring vom Opa. Und wenn sie das alte Haus abreißen, um ein säulenverziertes Schlösschen aus Hohlziegeln zu errichten, kommen ihnen aus den Mauern Partisanenpapiere entgegen, die drücken sie der Tante aufs Auge, die an der Uni ist und statt Mann und Kindern ihre Karriere hat. Was die zur Kommunion eingeladene Familie gibt, wird gezählt, gewogen und vermerkt, und in Zukunft wird man sich bei Tante sowie Onkel, deren Verdiensten entsprechend, revanchieren. Woher hat zum Beispiel Oma Halina das Geld für das deutsche Fahrrad, das sie Dominika schenkt?

Das Geschenk von der armen Schwiegermutter bringt Jadzia aus der Fassung, mehr aber noch der Himmel, der wie ein schmutziger Schwamm über Piaskowa Góra hängt. Wird es aufreißen? Wenn es bloß aufreißen würde! Jadzia, um Locken und Rüschen der Tochter besorgt, schmilzt in ihrem rosa Bouclé-Kostüm wie Butter. Reiß dir nicht an den Haaren, du Buschmann, donnert sie, lass das Kränzchen in Ruhe! Seit vier Uhr ist sie auf den Beinen, zwei Stunden lang hat sie die Haare auf Wickler gedreht, und jeden Moment wird es schütten. Das Kleid ist mit einem Rüschenbesatz aus Tüll verlängert, denn in dem Monat seit dem Kleiderkauf ist Dominika eine Bohnenstange geworden, schon hängt das Kränzchen mit den Perlen schief im Haar, der Regen macht die ganze mütterliche Mühe zunichte. Soviel Kochen, Scheuern, Fleischdurchdrehen, Fensterputzen, soviel Klößchenkneten, Roterübenreiben, und jetzt klart es nicht auf. Schneller! treibt Jadzia die Familienprozession zur Eile an. An der Spitze des Zuges eilt Dominika, gefolgt von Stefan im spacken Hochzeitsanzug, Onkel Kazimierz in einer Wolke von Rasierwasser »Brutal«, Tantchen Basienka im Kleinmädchenlook am Arm, die dicke Oma von auswärts und die dünne Oma von hier, die im Gänsemarsch hinterher zockeln. Könnt ihr Mamas nicht ein bisschen schneller? pfeift ihnen Jadzia im Nacken, obwohl sie selbst auf ihren in Krampfadern eingeschnürten Beinen kaum vorwärts kommt. Vor ihnen rennen jede Menge Leute, hinter ihnen tauchen immer neue auf, die alle hoffen, vor dem Regen die Kirche zu erreichen und die Tochter im jungfräulichen Kleid hineinzuschaffen, bei einem Jungen fällt das ja nicht so ins Gewicht, ob er nass ist oder nicht. Die ersten Tropfen ereilen sie auf halbem Weg, spärliche, aber dicke Tropfen, die Boten eines Maigewitters. Blitz und Donner, Familie Lepki zieht an ihnen vorbei. Mutter Lepka mit Taufkerze und Sohn Zbyszek, Vater Lepki mit der Tochter, die starr wie ein Stück Holz unter seinem Arm steckt, überholen in einer Kurve die an der Fettlast zweier Frauengenerationen schleppende Familie Chmura. Die Schlaglöcher im Weg füllen sich mit Wasser, man muss springen und hüpfen und aufpassen, dass man nicht ausgleitet und dem Nächstbesten in die Beine rutscht, denn es ist glitschig. Klitschik! schreit die Lepka und bewegt sich im Riesenslalom, die Laufmasche in ihrer Strumpfhose lässt sich jetzt nicht mehr aufhalten. Der nächste Blitz zuckt aus dem Himmel und schlägt irgendwo in der Nähe ein, gefolgt von einem solchen Donner, dass sich die zugereisten Omas in aller Hast bekreuzigen. Jetzt in irgend so einem Wałbrzych zu sterben würde ihnen gar nicht passen, zumal doch das seit Jahren bezahlte Grab auf ihrem Dorffriedhof wartet. Ein Wolkenbruch mit gewaltigem Regen und Hagelkörnern direkt über Piaskowa Góra, plötzliche Finsternis und Wind, der an den Spitzen und Schleifen reißt, die weißen Kleider wie Ballons aufbläht. Heilige Mutter Gottes, die ganze Kommunion ist im Eimer! lamentiert die Wałbrzycher Kindesmutter, wo sie sich doch so abgeschuftet hat. Da hat die Himmelsmutter sie ganz schön veräppelt. Schlamm spritzt unter Dominikas Kommunionslackschuhen auf, in süßen Bächen strömt es aus ihren mit Zuckerwasser steifgedrehten Locken. Die tschechoslowakischen Lackschuhe sind nach dem Schlammbad völlig ruiniert, Jadzia, nach dem Anblick ihrer Tochter in Weiß am Altar schmachtend, ist den Tränen nahe. Schwarze Fluten wie aus dem Kleinen See der Spinnennixe reißt die in ihren Kleiderballons hüpfenden Mädchen mit sich, die Omas, ihre Taschensärglein an den Bauch gepresst, treten schon Wasser. Väter verlieren beim unbeholfenen Kraulen ihre Hosengürtel, brustschwimmende Mütter alle Hoffnung sowie das Kleingeld für den Klingelbeutel. Sie erreichen die rote Backsteinkirche, wo das Wasser sie hinträgt und absetzt, zerrupft und umbrandet stehen sie da wie Schiffbrüchige, deren Schiff auf Felsen aufgelaufen ist. Jadzia versucht Dominika zurechtzuzupfen, bevor sie zum Altar geführt wird. Heilige

Mutter Gottes, wie siehst du aus! Du Buschmann! Sie drückt der Tochter das Kränzchen so fest in die Haare, dass der Draht sich wie ein Dorn herausschiebt. Was hat sie sich abgeplagt, um diese ungefügigen Haare zu legen, mit Zuckerwasser hat sie sie aufgedreht, kein Mensch hat eine Ahnung, wie oft am Tag man daran rupfen, zerren, glätten muss. Wie wirst du auf dem Kommunionsbild aussehen, so verheult? Die anderen Mädchen lächeln, und du? Wirst mir wohl wieder heulen und deine Marotten haben, was?

Jadzia ist so enttäuscht. Es sollte ein Traum von einem Tag werden, warm und fliederduftend, Dominika mittels Kleid, Lackschuhen und Lockenwicklern in eine Bilderbuchtochter verwandelt. In den Läden herrscht Leere, Jadzia hat erfinderisch sein müssen, durch Beziehungen alles organisieren, für Schinken und Kotelett Schlange stehen, bis ihr fast die Beine abfielen. Was allein diese Lackschuhe gekostet haben! Da blickt die Mutter auf den krausen Kopf der Tochter, der wie eine seltsame dunkle Blume aus der Reihe der hübschen bekränzten Mädchenköpfe ragt. Weder Nelke noch Gerbera und erst recht nicht ihre Lieblingsblume, die dezente Fresie. Jadzia vergleicht und rechnet aus, wie viel ihre Tochter wert ist. Ist das möglich, dass eine Mutter ein anderes Exemplar als Tochter aussuchen würde, wenn sie die Wahl hätte? Jagienka Pasiak zum Beispiel, die Tochter des Milizkommandanten, was ist das für ein reizendes Kind, immer nett Guten Tag, Dankeschön, und was für ein Kleid sie hat, bestimmt aus dem Westen. Am Elternsprechtag wird sie immer als Vorbild hingestellt, der Star jedes Schulwettbewerbs. Gegenüber Jagienka verliert Dominika an Wert, doch wenn sie nebeneinander stünden, würde die Schlechtere davon profitieren, und die Bessere würde nicht so auffällig besser wirken. Jadzia fragt: Was hast du in der Klassenarbeit? Zwei plus. Und Jagienka? Natürlich eine Eins. Wie oft hat Jadzia zu Dominika gesagt: Wieso freundest du dich nicht mit Jagienka Pasiak an? Warum musst du immer solche Marotten haben? Jadzia gefällt Dominikas Freundschaft mit Dimitri nicht, so ein schwarzer Wilder, er lacht wie blöd, hüpft herum, blitzelt mit den Augen. Der Wert ihrer Tochter könnte bei einer solchen Freundschaft noch weiter sinken. Töchter verderben schneller als Hackfleisch. Am besten würde man sie einfrieren und erst unmittelbar vor Gebrauch aus dem Gefrierfach nehmen.

Die Kommunion ist erst der Anfang, und Jadzia frischt ihre angekratzten Träume von Dominika in Weiß schnell wieder auf. Was jetzt nicht ist, das kann noch werden, man muss nur abwarten. Sie wird sich schon ins Zeug legen! Sie hat sich für ihre Tochter bereits eine Zukunft erträumt, aber sie musste mit dem Ausdenken nicht bei Null anfangen. Was sie einst für sich erträumt hatte, war ja noch unbenutzt. Manchmal weiß Jadzia beim Träumen nicht mehr, ob es um sie oder ihre Tochter geht. Wer verbirgt sich unter diesem Schleier, den der ausländische Oberarzt gleich zum Kuss lüften wird? So oder so, in dieser Zukunft ist kein Platz für einen, der nicht in den Religionsunterricht geht wie Dimitri, und an dessen Namen sich ein normaler Mensch die Zunge brechen kann. Wenn einer nicht in den Religionsunterricht geht, gibt es auch keine kirchliche Trauung, und dann ist alles für die Katz, denn bloß auf dem Standesamt, was ist das denn für eine Hochzeit? Ohne jede Atmosphäre. Angeblich ist Dimitris Vater ja Lehrer, gab Jadzia sich selbst zu bedenken, aber man sah doch an den Gesichtern, dass es Gesindel war. Tja, Ausländer ist nicht gleich Ausländer! Man musste sehr aufpassen, dass man sich nicht in den Finger schnitt. Jadzia weiß, dass sie sehr aufpassen muss, dass Dominika sich nicht in den Finger schneidet, dass sie ohne Blutvergießen und entstellende Narben unter die Leute geht und einen Mann findet, und zwar auf einem Weg, den zu beschreiten ihr, Jadzia, nicht gelungen ist, von dem sie aber sehr gut weiß, wohin er führen soll. Die Mutter hofft, dass sie die Tochter nur in die richtige Richtung zu lenken und entsprechend aufzustellen braucht und ihr dann bloß noch einen leichten Schubs geben muss, um den hoffentlich nicht zu großen Widerstand zu brechen. Ich beiße bald ins Gras, scherzt Jadzia bitter, doch du, meine Tochter, hast das Leben noch vor dir. Pass auf, dass es dir nicht geht wie deiner Mutter und du nicht mit einem Nichtsnutz und Säufer in einem solchen Storchennest endest.

Ach, wenn ich sie doch in die BeErDe geben könnte, träumt Jadzia, sie mit einem guten Deutschen verheiraten könnte. Eine bessere Zukunft kann man sich nicht vorstellen. Deshalb ist ein deutscher Schwiegersohn nicht nur Jadzias Wunschtraum, es gibt viele Willige, wer weiß, ob es für alle Interessentinnen reichen würde, obwohl die BeErDe ja ein großes Land ist, sogar ohne DeDeEr. Erzählungen von denen, die das Glück ereilt hat, gehen vor der Kirche und beim Schlangestehen an den Wałbrzycher Läden von Mund zu Mund. Eine Familie, die ihre Tochter an einen Deutschen hat abgeben können, hat bis ans Lebensende ausgesorgt. Einst sind die Deutschen ungebeten nach Polen gekommen, und sechs Jahre konnte man sie nicht loswerden, jetzt bittet man sie, doch wenigstens für ganz kurze Zeit zu kommen, um Kasia, Madzia oder Bożenka zur Frau zu nehmen. Zur deutschen Grenze fährt man von Wałbrzych nicht mal zwei Stunden, aber einen echten Deutschen zu ergattern ist nicht leicht. Vor allem kommt man ja nicht so einfach über die Grenze. Man muss einen Pass beantragen und über Rücklagen verfügen, und wenn einer einfach so zum Amt geht, ohne wen im Rücken, der kriegt keinen Pass für seine schönen Augen.

Und hinter der Grenze ist ja erst die DeDeEr, eine Art Zwischenland zwischen Polen und dem Land der echten Deutschen, der Westdeutschen, der sogenannten BeErDe. Dort erst ist das richtige Paradies, und man hat die Wahl zwischen allen möglichen Schwiegersöhnen. Da gibt es Deutsche jeder Größe und jeden Alters. Vorherrschend ist die Farbe rosig, denn es geht natürlich um echte Deutsche und nicht etwa irgendwelche vertürkten. Die Vertürkten können sich ruhig die russischen Weiber nehmen. Als die ersten Bergleute aus Wałbrzych auf Leihvertrag in deutsche Zechen fahren, wird der Traum vom ausländischen Schwiegersohn greifbarer. Vorher hat man höchstens auf einen Zufall hoffen können, wie zum Beispiel den plötzlichen Besuch der früheren Besitzer eines Hauses in Biały Kamień, die mit ihrem zeugungsfähigen und kopulationslustigen Sohn angereist waren, um mit ihm gemeinsam den alten Schuppen anzusehen, doch anstatt in das Haus verguckte sich der Sohn in Wanda Wierzba. Das war eine schöne Geschichte!

Mütter wie Jadzia wissen, dass man bei romantischen Geschichten ein bisschen nachhelfen muss, denn wenn sie selbst kein Glück gehabt haben, dann kann es auch bei ihren Töchtern ausbleiben. Deshalb nehmen die Heiratsvermittler in Gestalt der nach Deutschland ausgeliehenen Bergleute und ihrer Frauen die Sache in die Hand. Es erfolgt ein Austausch von Fotos. Dann kommt der Deutsche, um die Ware an Ort und Stelle zu begutachten und zu betasten. Ist er zufrieden, schickt er eine Einladung, und ein weiteres Mädchen von Piaskowa Góra wird von ihrer weinenden Mutter und der weitläufigen, auf Einladungen hoffenden Verwandtschaft verabschiedet. Als Violetta Wypastek, Friseuse auf Piaskowa Góra und Tochter der Cousine der Lepka, ausreiste, lauschte Jadzia in fieberhafter Erregung den Berichten über die Geschenke, die der zukünftige Schwiegersohn Gotthilf Braunschädel der Familie mitgebracht hatte. Mein Gott, was gab es da nicht alles! Ein Jahresvorrat an Waschpulver und Ei-, Grüner-Apfel- und Blumenduftshampoo, schwarze und gemusterte Strumpfhosen, Unterhosen für jeden Wochentag mit Aufschriften von Montag bis Sonntag, Gummibärchen, Chips mit Räucherspeckgeschmack und ein elektrisches Backwunder. Zum Dank für die Vermittlung bekam die Lepka von der Brautfamilie eine Literflasche Schaumbad und eine Dose Raumspray mit Waldduft, das man nach dem großen Geschäftchen herumsprühen konnte und das so gut roch wie die feinsten Parfums. Sie zeigte Jadzia die neuen Geschenke im Bad neben den bereits geleerten Verpackungen deutscher Kosmetika, die man zur Zierde stehen ließ, auch wenn sie schon aufgebraucht waren. So ein Badezimmer, seufzte Jadzia, das ist so richtig elegant-galant. In der BeErDe gab es Geschäfte, erzählen die Vertragsbergleute, die sind so groß wie hundert Supersams von Piaskowa Góra zusammen, die Regale gehen bis zur Decke und es fehlt an nichts. Man kann einfach ganz normal nachmittags oder abends losgehen und kriegt, was man will, ohne Schlange stehen zu müssen. Man packt alles in große Wagen und geht zur Kasse, keiner guckt einem auf die Hände, und deshalb kann man schon mal einen Fotoapparat in eine Waschmittelpackung stecken oder wenigstens ein paar Unterhosen in eine Pralinenschachtel. Der Pole packt's! Außer Konsumgütern bringen die Ausleihbergleute noch Fotos von Brüdern, Onkeln und Cousins deutscher Bergleute oder auch der Bergleute selbst, die noch zu haben sind. Wenn sie zurück nach Deutschland fahren, nehmen sie die von ihren resoluten Ehefrauen angefertigten Angebote lediger, verwitweter und geschiedener Frauen aus Wałbrzych und Umgebung mit. Wanda, die einen Deutschen will, geht ins Fotogeschäft von Sylwester Papuga auf Piaskowa Góra, der die schönsten Porträts mit Säule oder Goldsessel macht. Bei Jüngeren auch mit weißem Plüschbär. Dann nimmt die Wałbrzycher Wanda ein Wörterbuch oder geht zu jemandem, der ein bisschen spräken kann und ihr beim Schreiben hilft. *Ich blonde frau, frisör und habe 26 Jahre*, ist Violetta Wypasteks Begleitschreiben zu einem Foto im neuen türkischen Pulli und Minirock. Es hat funktioniert, und heute muss sie nichts mehr machen als *putzen* und *kochen*, das nimmt den größten Teil ihres Tages in Anspruch, und dem Mädchen ist nie langweilig. *Ich sehr weiblich, körper wie rose schön* – die frischgebackene Absolventin der Textilfachoberschule verleiht dem Ganzen eine poetische Note und bekommt sechs interessante Rückmeldungen, allerdings von etwas älteren Kandidaten als geplant. Die geschiedene Anfangvierzigerin weiß, dass die Fähigkeiten *kochen* und *putzen* in der Ehe von größerem Nutzen sind als *körper wie rose schön*, und sie ist ganz unverblümt: *Ich noch im Polen hausfrau sehr gut bin und will kommen nach Deutschland reiche deutsche mann heiraten sehr schnell.* Dirk Roswig, ein Mittsechziger aus dem Ruhrgebiet, zögert nicht lange, alles geht in der Tat *sehr schnell*, doch er schickt die Geschiedene zurück nach Polen, weil ihr unmittelbar vor der Hochzeit der Schnellkochtopf mit Eisbein und Sauerkraut explodiert und ins Gesicht geflogen ist, was sie das Sehvermögen auf einem Auge gekostet und ihren Wert in seinen Augen drastisch gemindert hat. Aber es war auch ihre Schuld, wieso musste sie die Nase in den Topf stecken? Ein entsprechend von der Mutter vorbereitetes Mädchen wird solche Fehler nicht begehen und sich nicht das Glück vermasseln.

In Dominikas Fall ist es für eine Heiratsvermittlung zwar noch etwas früh, doch die Lepka zeigt Jadzia sozusagen zum Schnuppern ein paar Angebote aus Deutschland, die Auswahl ist groß. Zum Beispiel Siegfried Deppisch, 32 Jahre, der sich als Adam vorstellt, welcher seine Eva sucht; er sieht nach einem soliden Mann aus: *Ich suche eine häusliche treue Frau aus Polen, die kochen und waschen kann, Sprachkenntnisse sind nicht wichtig* schreibt er. Oder ein Horst Krautwurst, der möchte gern *mit dir zusammen in meinem Schrebergarten die Früchte unserer Liebe ernten*, da mussten sie ganz schön im Wörterbuch blättern, bis sie rauskriegten, was er meinte. Was war er nun – Gärtner oder Dichter? Am besten war Erlend von Sinnen, auch aus Castrop-Rauxel, abgelichtet auf einem Polaroidfoto vor dem Hintergrund eines Hauses mit Garage, in welcher sich deutlich der metallische Glanz eines Autos ausmachen ließ. Es sah aus wie ein ovaler silberner Fisch, was für ein Gefährt, was für eine Königskarosse! Jadzia traut ihren Augen nicht – ja, es ist das Auto des Ausländers, der einst nach Zalesie gekommen war, das dort in Erlends Garage Gestalt annimmt, dort hat es all die Jahre darauf gewartet, um Jadzias Tochter abzuholen. *Ich bin ein ruhiger kinderlieber Automechaniker (33, männlich)*, stellt sich Herr von Sinnen vor, *und ich habe eine Reihenhaushälfte in Castrop-Rauxel.* Jadzia fand Gefallen an dem Ortsnamen Castrop-Rauxel, das klang so exotisch, und an dem »von« in seinem Namen, vielleicht ein Adliger, oder ein Oberarzt, wie Michorowski aus der *Aussätzigen*. Jadzia sah die Tochter schon ganz in Weiß vor sich, sie träumte von Kutschen und Pferden, Palastgemächern mit Fototapeten an jeder Wand, tja, wenn man in Mark verdient, kann man sich so was leisten, die eine schöner als die andere. An den Fenstern eines deutschen Hauses sind die dichten Gardinen auch weiß wie Schnee, und kein böses Auge wird durch sie hindurchschauen.

Als Dominika, die vorläufig nicht gerade das ideale junge Fräulein zu werden versprach, ebenso wenig wie sie

Miss Erstkommunion gewesen war, ihre erste Menstruation hatte, servierte ihr Jadzia ihre Träume auf einem Teller in Gestalt einer Pyramide aus frischen Baisers. Die Tochter ließ sich von dem mütterlichen Zuckerzeug in Versuchung führen, und dann saßen sie zusammen und spielten Bestellen aus einem Modekatalog des Otto-Versands. Welch eine Initiation! Sie betrachteten Kleider und Unterwäsche, die sie in ihrem Leben nicht zu Gesicht bekommen hatten, Bettüberwürfe, Vorhänge mit Troddelschnüren, Fototapeten, die einen Strand oder einen Park im Herbst zeigten, Badezimmer, die vom Boden bis zur Decke gekachelt waren, Küchen, mit allem ausgestattet, was man zur Königsherrschaft brauchte. Mein Gott, wie schön! Das bestell ich! riefen mal die Tochter, mal die Mutter und tippten mit dem Finger auf das Foto. Der bestellte Gegenstand ging sofort in den Besitz der Bestellerin über, für immer oder bis zum nächsten Mal, wenn er abbestellt und gegen einen besseren eingetauscht wurde, denn ein solcher Überfluss erschien wie Sünde in einer Welt der gewendeten Hemden und gefälschten Etiketten. Wozu brauchst du solche Hosen wie für einen Burschen? rügte Jadzia Dominika, die angesichts einer Jeanslatzhose vom Kurs der Frauwerdung abgekommen war. Die Mutter befeuchtete den Finger mit Speichel und blätterte um zu einer Seite, wo angemessenere Röckchen und Hemdblusenkleider tulpenförmig auf den Hüften pfirsichhäutiger Mannequins erblühten, die lächelnd ihre brautschleierweißen Zähne zeigten. Stell dir doch mal solche Gardinen vor, murmelte die Mutter in ihrem Spitzen- und Seidenrausch, und farblich passend dazu Überwürfe auf Sofa und Sessel, damit sie nicht so schnell abwetzen. Wunderhübsch – sie drückte die Tochter an sich –, wunderhübsch würdest du in diesem lila Prinzesskleid mit den Rüschen aussehen. Dominika guckte am liebsten die

Seiten mit Unterwäsche an, auf denen sich reihenweise schöne Frauenbrüste wölbten, wo sie nur zwei Sommersprossen hatte, und sich Herrenunterhosen mit länglichen Ausbeulungen präsentierten, deren Träger nur von der Gürtellinie bis zur Schenkelmitte zu sehen waren, alles andere war abgeschnitten.

Die Frauen vom Babel liehen einander den »Otto« nicht nur des reinen Anschauvergnügens wegen aus, sondern auch, um diese elegante Welt in ihren eigenen vier Wänden und an ihrem eigenen Leib nachzuahmen, so weit es ihnen bei den im Vergleich mit den westlichen Nachbarinnen doch sehr beschnittenen Möglichkeiten gelang. Die Frauen, deren Männer im Westen unter Vertrag waren, hatten es da einfacher, und bald präsentierte die Lepka den Freundinnen vom Babel stolz ihr Boudoir, auf dessen einer Wand eine Fototapete mit Palmenlandschaft prangte, während sich an der anderen ein künstlicher offener Kamin befand, in dem von flackernden roten Glühbirnen erleuchtete Plastikholzscheite glühten. Kein Zweiter verfügte über eine solche Sammlung leerer Getränkedosen wie ihr Sohn Zbyszek. Die auf Regalen aufgebauten Pyramiden grüner Heinekens, oranger Fantas und roter Colas entlockten seinen Klassenkameraden größere Begeisterung als die ägyptischen Pyramiden. Jadzia gefiel alles im »Otto«. Es war dort so sauber, als gäbe es keinen Schmutz auf der Welt, und die Menschen lächelten frei von jeder Zahnfäule. Diese deutschen Mädels, die wissen, wie man Ordnung hält, seufzte sie, denn ihr gelang es nie, auch nicht nach einem ganzen Tag des Putzens und Desinfizierens, die Wohnung auf dem Babel in den erträumten Zustand zu bringen. Die deutschen Mädels aus dem »Otto« gehörten in Jadzias Welt zu einer anderen Gattung als die Nazis, die im letzten Krieg ihre Familie in Zalesie um ein gutes Dutzend verringert hatten, und es gab nicht mal Fotos dieser Verwandten, denn sie bissen ins Gras, bevor sie wichtig genug waren, um sich fotografieren zu lassen. Nur manchmal seufzte sie ein bisschen, wie das bloß käme, dass die Deutschen, die doch den Krieg angeblich verloren und so viele Menschen ermordet hatten, jetzt Supermärkte, Otto-Kataloge und Getränkedosen hatten, während die Sieger Frikadellen aus Paniermehl und gehackter Mortadella machten. Doch die Ungerechtigkeit der Welt war für Jadzia so selbstverständlich und unwandelbar wie der Sonnenauf- und -untergang. So ist es eben. Es gibt die, die was haben, und sie, Jadzia, die nichts hat. Auf Piaskowa Góra hatten erst alle gleichermaßen nichts, doch das änderte sich schnell, was Stefan aus der Fassung brachte, Jadzia jedoch nicht wunderte. Solchen wie Jadzia Chmura, die klein wie ein Sandkorn sind, bleibt nur das Beten zur Schwarzen Muttergottes, dass es den Kindern gut ergehen möge oder wenigstens nicht schlechter als den Eltern, dass diejenigen, die an den Fleischtöpfen sitzen, sie nicht ganz an die Wand drückten.

Wie für Stefan das Lottospiel, so wurde für Jadzia die Aussicht auf Dominikas Glück mit einem Mann wie Erlend von Sinnen in einem nach »Otto«-Vorbild eingerichteten Haus zum Vorwand für engere Kontakte zu übernatürlichen Kräften. Im Gegensatz zu ihrem Mann jedoch, der sich nach der Einreichung seiner Bitte um sechs Richtige langweilte und in der Sonntagsmesse schnarchte, ging Jadzia aufrichtig gern zur Kirche. Sie konnte sich nichts Schöneres vorstellen als die katholische Liturgie. Nicht dass sie einen Vergleich gehabt hätte. Diese Überzeugung war ein Axiom, alle anderen Religionen fielen für sie unter die gemeinsame Kategorie »Irrglauben« und waren ohne Zögern abzulehnen. Als Dominika aufgeregt von einer Begegnung mit Hare-Krishna-Anhängern im Kulturhaus erzählte, davon, wie sie Hare Krishna Krishna Hare gesungen hatten und etwas zu essen bekommen hatten, das nach Kokos und Bula-Bula-Inseln schmeckte, verzog Jadzia das Gesicht zu einer angewiderten Grimasse. Möhren mit Kokos, also wirklich! Kokos war allerhöchstens für den Kuchen. Wenn du dir da bloß nicht eine nette Krankheit angelacht hast, wer weiß, wie die das gekocht haben, diese Papperlaken. Bestimmt haben die sich nicht die Pfoten gewaschen. Den Zeugen Jehovas gab sie nie eine Chance, ihre Broschüren mit bunten Bildern von einem Paradies voll verblödeter Schäfchen und rosalippiger Hirten zu übergeben. Wenn es unerwartet klingelte, spähte sie durch den Spion, da sind sie schon wieder, diese Irrgläubigen, flüsterte sie mit verdrehten Augen und legte den Finger an die Lippen, Dominika sollte still sein. Die Singsangstimme des Priesters hingegen und die grellen Bilder, die Szenen des Kreuzwegs darstellten, rührten ihr Herz, sie liebte den Geruch von Weihrauch und die Stimmung. So schön hat der Pfarrer gepredigt, erzählte sie begeistert, und so viele Leute waren da. Dieser tränenschwere Druck im Hals unterschied sich in seiner feuchten Unbestimmtheit nicht von ihren Empfindungen bei der Lektüre der *Aussätzigen* oder bei einem Fernsehbericht über verhungernde Kinder in Afrika – dann war ihr immer, als hätte sie unter den Rippen ein kleines Tierchen mit weichen, kitzelnden Füßchen. Ihr ganzes Leben lang hatten Romanzen, Kirchenlieder und sentimentale Balladen sie gerührt, und als nach Stalins Tod die ganze Zweiklassenschule in Zalesie aus voller Kehle die *Kantate über Stalin* gesungen hatte, kam die kleine Jadzia zitternd wie Espenlaub mit hohem Fieber nach Hause und war von dieser Gefühlsaufwallung eine Woche lang krank. Was heulst du so? Zofia, Jadzias Mutter, puffte Jadzia, wenn sie bei jeder Sonntagsmesse in der Zalesier Kirche ins Schniefen kam, und das Enthüllen der Monstranz versetzte sie in ein ebensolches Schluchzen wie den alten Kukulka, dem ein Granatsplitter im Kopf steckengeblieben war, und die Leute lachten darüber, dass er eine Stunde lang heulen konnte, wenn ein Huhn für die Suppe geschlachtet werden musste.

Als Erwachsene sagte Jadzia immer, sie gehe in die liebe Kirche, um ein bisschen zu verschnaufen, und in Rosé und Pink gehüllt lief sie durch den Busch hinunter, auf immer geschwolleneren Beinen. Jedes Jahr wartete sie voller Ungeduld auf Weihnachten und Ostern und begann zwei Wochen vor den Feiertagen mit den Vorbereitungen. Sie verurteilte die Hausfrauen, die sich nicht so abschufteten wie sie und versäumten, die Teppiche zu klopfen oder die Fenster zu putzen. Was waren das für Feiertage, wenn man sich nicht vorher abschuftete, sich nicht völlig fertigmachte, sich nicht die Beine in den Bauch stand? Wenn nur die Hand nicht wäre – sie schüttelte den behinderten Arm wie ein kaputtes Gerät – wenn nur diese Hand nicht wäre. Völlig fertig vom Piroggenkneten und Schlangestehen, vom Zählen, wie viele Lebensmittelkarten ihr noch fürs Fleisch blieben und wie viele für Süßigkeiten, strich sie sich über die verkrampften Finger und sagte: Ich könnte doch noch Kohl mit Erbsen kochen. Das Gefühl von Mangel stellte sich immer ein, unabhängig davon, dass es an den Feiertagen immer zu viel zu essen gab. Jadzia knetete, rollte aus und dünstete, setzte vor und stopfte nach, bis es der Familie schlecht wurde. Sie hatte etwas übrig für religiöse Rituale und sorgte dafür, dass alles so ablief, wie es seine Richtigkeit hatte. Das Körbchen mit den Weihgaben an Ostern stellte sie immer so hin, dass besonders viel Weihwasser darauf tropfte, und an Weihnachten stand sie Schlange, um ihre Gabe in die Opferdose zu werfen, die ein lustig nickendes Holznegerchen hielt. Als Mirek Tutka dem Negerchen den Kopf abriss und Hochwürden Antoni

Postronek auf dieses Element der Krippe verzichtete, empfand sie eine Enttäuschung, als sei ihr ein persönliches Unrecht widerfahren. Was war das denn für eine Krippe ohne Nicknegerchen?

Wenn Stefan nach dem samstäglichen Besäufnis zu unwohl war, um sich aus dem Bett zu schleppen und mit Gott um sechs oder notfalls vorerst auch nur fünf Richtige im Lotto zu feilschen, machten sich Mutter und Tochter, feiertäglich gekleidet und mit Deodorant Marke »Basia« besprüht, nur zu zweit auf den Weg, um für Gesundheit und eine deutsche Zukunft zu beten. Jadzia verstand es, ihrem Kind religiöse Wahrheiten vielleicht nicht besser, in jedem Fall aber farbiger zu vermitteln, als die ewig erkältete Nonne, die im Raum hinter der Kirche Religionsunterricht gab und nur verlangte, dass die Kinder den Katechismus paukten. Dominika lernte, dass der liebe Gott unartige Kinder bestraft und mit speziellen unterirdischen Zügen in die Hölle schickt, wo die Teufel sie in Kesseln voll Pech sieden. Und wie kochen sie sie? fragte Dominika nach. Erzähl es mir doch noch mal. Ich hab dir das schon so oft erzählt, dass sie sie an den Beinen packen und mit dem Kopf zuerst in den Kessel stecken. Und das böse Mädchen, erstickt es dann nicht? Nein, es erstickt nicht, es spürt alles, so heiß wie in kochendem Wasser, dunkel und schrecklich. Ist es sehr dunkel? Ja, sehr. Und die Beine? Nur die Füße gucken heraus, die sind weiß wie Schnee, und der Teufel macht krrraps mit seiner knotigen Pfote und rührt alles mit dem Bein um wie mit einem Löffel. Mit der Zeit brachte Dominikas Neugier Jadzia allerdings aus dem Gleichgewicht, woher hatte das Kind bloß solche Sachen im Kopf? Jeder weiß, dass der Wein heiliges Blut ist, aber das sagt man nur so, denn jeder weiß doch, dass es in Wirklichkeit Wein ist. Wein, kein Blut! Wer wird denn Blut trinken! Höchstens irgendwelche Wilden.

Was erzählst du da, du Dummkopf, was für Vampire? Nach Vampiren steht ihr das Mütchen! Setzt dir Oma Halina solche Dummheiten in den Kopf, oder vielleicht dein irrgläubiger Zigeuner?

Die religiöse Jadzia Chmura gab nicht zu, dass sie ja auch nicht verstand, warum die Kinder in Afrika hungern, wenn Gott doch gut ist, und woher der Heilige Geist kommt, diese bleiche, undeutliche Gestalt, die in der Dreifaltigkeit den Platz einnimmt, der für jemand so Schönes wie die Muttergottes viel passender wäre. Jadzia hält es für pädagogisch falsch, der Meinung der zehnjährigen Dominika offen zuzustimmen, dass eine Vierfaltigkeit mit Maria doch viel besser wäre als die Dreifaltigkeit, doch sie trägt das geweihte Bildnis der Muttergottes von Tschenstochau immer bei sich, eine Zwillingsschwester der Muttergottes, die im goldfarbenen Gipsrahmen in ihrer Küche auf dem Babel hängt. Nur diese Frau, die schöne Mutter mit der Narbe von einem schwedischen Säbelhieb auf der Wange, und also versehrt wie sie selbst, hatte für Jadzia eine Realität. Eine Frau wird eine Frau immer besser verstehen als ein gekreuzigter Bursche, dazu noch Junggeselle, sagte die Lepka. Eine Ansicht, die Jadzia teilt, auch wenn sie sie nie in so deutliche Worte fassen würde. Mehrmals täglich warf sie einen Blick auf die Schwarze Madonna, wenn sie Schlange stand oder im Autobus saß, um sich zu vergewissern, dass sie auch sicher zwischen den Fotos von Stefan und Dominika steckte, oder um eine kleine Gefälligkeit zu erbitten. Jadzias Kirche war weiblich, und außer der Gottesmutter faszinierten sie die Märtyrerinnen. Zum Beispiel die heilige Ursula. Als Hauptheldin der Predigten von Hochwürden Antoni Postronek, der auf dem Gebiet körperlicher Sünden besondere Sensibilitäten hatte, diente sie als Vorbild an Tugendhaftigkeit. Elftausend Jungfrauen, donnerte er und zeichnete üppige weibliche Formen in die Luft, elftausend gottesfürchtige Jungfrauen von keinem Hunnenblut befleckt grausam dahingemetzelt! Dann musste Jadzia sich ans Herz greifen. Diese Hunnen, das waren entsetzliche Rohlinge! Sie bedauerte, dass sie die Vorgeschichte dieser Heiligen nicht kannte, die sich auf eine voreheliche Pilgerfahrt nach Rom begeben und auf der Heimreise mit ihren zahlreichen Gefährtinnen zu Tode gekommen war. Jede einzelne von einem Hunnen mit dem Spieß durchbohrt. Dann wäre Dominika oder Paulina vielleicht eine Ursula geworden, denn eine heilige Dominika oder Paulina wurde von Hochwürden Postronek nie erwähnt. Jadzia malte sich aus, dass Ursula und ihre Gefährtinnen alle ganz weiß gekleidet gewesen waren, wie Kommunionkinder, und wie die Hunnen sie mit ihren Spießen durchbohrten, jedes Mal mitten ins Herz treffend, aus dem dann Blutfontänen spritzten. Die Religion eines Vaters, der seinen eigenen Sohn zur Kreuzigung verurteilte, bot Jadzia nichts, was sich in ihrem Leben nutzen ließ, denn keine Mutter würde sich je einen solchen Schwachsinn ausdenken und würde sich lieber selbst kreuzigen lassen, auch wenn ihr Kind ihr ab und zu gehörig auf die Nerven ging. Väter hatten ihr nie einen guten Dienst erwiesen, ihr eigener war gestorben, als sie noch nicht auf der Welt war, der Vater ihrer Tochter trat selten durch Väterlichkeit in Erscheinung. Ihre Mutter, die nach Essig riechende Zofia, mochte sein wie sie wollte, aber es gab sie, und sie schickte Pakete mit Erdbeermarmelade. Später allerdings wird sich auch ein Foto des polnischen Papstes zu den anderen in Jadzias Portemonnaie gesellen, und Jadzia wird mit vielsagendem Seufzen sagen: Der hat von Anfang an über mich gewacht.

Während des Konklaves 1978 landete Jadzia in dem Krankenhaus, in dem sie die Zwillinge zur Welt gebracht hatte, um ein Haar wäre sie auf dem Weg dorthin gestorben. Die letzte Ausschabung war ihr nicht gut bekommen. Etwas war schiefgegangen, hatte sich entzündet, schwärte. Nach einer Woche hatte sie hohes Fieber, das auf ihren ansonsten stets blassen Wangen wie zwei Feuer brannte. Sie rief nach Dominika, die ihr vom Badezimmerboden aufhelfen musste, denn beim Wechseln des Watteverbandes bekam sie plötzlich einen so süßlichen Geschmack im Mund, als käme ihr auch dort Blut heraus. Guck mal, wie ich gestraft werde! sagte sie zu ihrer Tochter, die barfuß in der bräunlichen Lache stand. Von dem letzten Eingriff hatte sie Stefan nichts gesagt. Ich werd mich ins Zeug legen und für noch eins verdienen! hatte er bei der vorletzten Abtreibung gebrüllt. Angetrunken und melodramatisch hatte er sich an die Brust geschlagen, doch Jadzia, eine in Ehefraulichkeiten erfahrene Ehefrau, wusste genug, sie hatte schon etliche uneingelöste Versprechen zu hören bekommen. Kerle! Pfuscher und Blindgänger, und jeder zweite ein Säufer. Nicht mal den Müll kann er wegbringen, wenn man ihn bittet. Gleich! ruft er. Gleich! Die Unterhose kann er sich nicht waschen, aber ein Kind will er haben. Und wer soll die Windeln waschen? Der Heilige Geist vielleicht, oder die Lottofee? Egal ob am Babel oder im Fernsehen, sie reißen immer bloß das Maul auf, und hinterher stellt sich heraus, dass sie Scheiße geredet haben, die Regale in den Läden sind leer, nicht mal Binden kann man kriegen, muss sich den Mull in Streifen reißen oder Watte in Gaze wickeln, damit sie nicht an der Möse kleben bleibt. Deshalb hatte sie Stefan nichts davon gesagt, dass sie wieder schwanger war. Bis zuletzt hatte Jadzia sich eingeredet, ihre Tage kämen einfach zu spät, dabei kannte sie die Zeichen gut genug, die in ihrem Büstenhalter anschwollen und sich als dunkler Streifen wie ein Peitschenhieb über ihren Bauch zogen. Sie ging mit ihrer Kollegin Madzia und ließ es heimlich machen, privat bei Doktor

Lipka, denn sie hatte ein bisschen Erspartes, aber irgendwas ging schief.

Sie fährt allein ins Krankenhaus. Vor Schmerz gekrümmt, schweißgebadet vor Angst und voll Scham über den Flecken, den sie auf dem Kunstledersitz im Bus der Linie 2 hinterlässt. Am schlimmsten ist das Bergaufgehen von der Haltestelle aus. Schritt für Schritt schleppt Jadzia sich weiter, der schmerzende Bauch zieht nach unten, Blut fließt ihr die Schenkel hinab. Sie bleibt gut ein Dutzend Mal stehen, um zu verschnaufen und fällt dreimal hin. Zuerst stolpert sie beim Aussteigen aus dem Bus, zerreißt sich die Strumpfhose. An der Haltestelle wimmelt es von Leuten, keiner reicht ihr auch nur die Hand. Die ist doch betrunken, sagt einer, die Alte hat sich volllaufen lassen. Sie rappelt sich auf, doch gleich hinter dem Zebrastreifen fällt ihr alles aus der Tasche, als sie ein Taschentuch sucht und nicht findet. Eine alte Oma mit Augenverband bückt sich, um zu helfen, sie hat ein getüpfeltes Kopftuch wie Jadzias Mutter. Sie dankt ihr gerührt, was für eine liebe Frau!, erst hinterher merkt sie, dass die Alte ihr die Puderdose und ein Päckchen Zigaretten geklaut hat. Das zweite Mal fällt sie neben dem Gymnasium, und zwei kichernde Schülerinnen stellen sie wieder auf die Beine, sie halten sie für betrunken. Die eine hat rote Haare, und in ihrem Fieber meint Jadzia, sie stünden in Flammen. Sie lehnt einen Augenblick zwischen beiden an der Wand, sie geben ihr ein Taschentuch, denn sie hat sich das Knie aufgeschlagen, dann wischt sie sich damit über die schweißnasse Stirn und richtet sich dabei erst recht zu. In Jadzias Kopf jagt der Schnellzug ratatata-ratatata, sie redet wirres Zeug, ihr seid ja noch jung, sagt sie zu den Kichermädchen, sie hätten ja noch alles vor sich. Bestimmt würden sie Glück und Erfolg haben, sie selbst könne man abschreiben. Das dritte Mal fällt sie, als sie schon auf der Treppe des Krankenhauses ist, sie wird auf eine Bahre geworfen, nackt ausgezogen, Rock und Bluse werden ihr vom Leib gerissen. Die Ärzte gucken sie an, machen eine Ausschabung, hängen sie an den Tropf mit Antibiotika, ohne viel zu reden, Reden ist nicht ihr Ding, und zwei schlimmere Fälle als Jadzia warten aufs Messer. Sie stecken sie ins Bett in ein Zimmer mit sechs anderen, zu beiden Seiten Jadzias je drei, von denen nur zwei stöhnen. Die anderen sind verhältnismäßig munter, ihnen fehlt nichts Besonderes, eine kleine Infektion, Komplikationen nach einer Ausbrennung, Fehlgeburten.

Manche hatten es nicht eilig nach Hause zu kommen. Iwona am Fenster, die ein hartnäckiger Polyp hier festhält, erklärt, dass sie sich im Krankenhaus ganz gut erholt, sie plaudert, sieht entspannt fern. Einen solchen schneegestöbernden Schwarzweiß-Fernseher gab es nur in ihrem Zimmer, und auch aus den benachbarten Stationen kamen Patientinnen zu ihnen, ihre Metallkreuze mit dem Tropf hinter sich herziehend. Die aus der Pathologie kamen mit Geschichten von zweiköpfigen Embryos, die aus vier Augen blinzelten und mit doppelter Extremitätenausstattung strampelten. Madonnen aus der Onkologie bewältigten den Everest der zwei Stockwerke und ließen sich schwer atmend auf den Bettkanten nieder, bevor sie überhaupt etwas sagten, denn sie waren die schwächsten und außerdem zum Aussterben verurteilt. Jadzias Entzündung erwies sich als ernster als angenommen, und sie wurde nicht nach zwei Tagen entlassen, wie man ihr anfangs versprochen hatte. Sie mauschelten, wiegten die Köpfe, vielleicht eine Perforation, und wenn ja, dann hieße das Operation. Sie sollte nur liegen, wie es ihr bequem war, und nicht herumhüpfen; Oberarzt Rosen – er trug unter den grünen Leinenhosen keine Unterhosen, und die Patientinnen erzählten sich von den Wundern, die sich da ausmachen ließen – klopfte ihr auf den Schenkel. So ein Witzbold war er, immer lässig. Nach drei Tagen kannte Jadzia schon die Kreuzwege der anderen Patientinnen. Sie hatte Narben gesehen und kannte die Maße der Myome, Zysten und Missbildungen. Manche waren öfter als dreimal gefallen, andere brauchten gar nicht mehr aufzustehen und hatten auch keine Wiederauferstehung zu fürchten. Die rote Gabrysia aus der Onkologie zum Beispiel, die dauernd von einer Urlaubsreise nach Bulgarien redete; wenn die nach Bulgarien käme, dann nur mit den Füßen zuerst. Nach einer Woche waren sie wie eine Familie, sie stritten sich, klauten einander Zigaretten, kannten die Vornamen der Kinder und die Zukunft, die man sich für sie erträumte, eine schöner als die andere, und noch nichts war Wirklichkeit.

Sie saßen gerade hockend an die Wand gelehnt auf dem Klo, weil sie sich noch nicht auf den Beinen halten konnten, und rauchten, als Gabrysia, die alle Bulgaria nannten, mit ihrem Kreuz hereinschob und hauchte: Karol Wojtyła! Sie legten die Arme umeinander, aus denen die Kanülennadeln staken, Brust an Brust und Bauch an Bauch schmiegten sie sich aneinander, ein Schlachtfeld der Wunden und Narben. Denn am sechzehnten Oktober war ein Pole Papst geworden. Jetzt würde alles anders, alles besser! Die Russkis werden jetzt wütend sein, sagte Gabrysia Bulgaria, blies den Rauch durch die Nase aus und setzte hinzu, was sie anginge, würde sie im Sommer sowieso nach Varna in Urlaub fahren. Abends nach der Visite gab es hausgemachten Johannisbeerwein, Bischof und, ein Leckerbissen, Krakus-Dosenschinken auf Brot. Den Schinken hatte die dicke Gemüsefrau mit den Myomen aus dem Nachtschränkchen gezogen und damit zum ersten Mal Großzügigkeit unter Beweis gestellt. Sie rauchten am offenen Fenster, durch das die Sternennacht hereindrang, und gegen Mitternacht fingen sie an zu singen. Am besten klappte die »Schwarze Madonna«, und sie bedauerten, dass keine von ihnen eine Gitarre dabeihatte. Am ersten Tag des Pontifikats im Vatikan ging es Jadzia besser, und ihr Fieber sank. Bald wurde sie entlassen, etwas schlanker und schwächer als zuvor, doch lebensfähig. Wie neu, aber noch eine Woche lang nicht hopsen, sagte Oberarzt Rosen zwischen ihren Schenkeln und kniff sie in den Hintern. Der war immer bei Laune. Eines Tages werd ich wegen euch noch selbst vermösen, sagte er zu seinen Patientinnen und erfreute sich allgemeiner Wertschätzung.

Von da an gehörte der polnische Papst zu den religiösen Gestalten, denen Jadzia besondere Achtung und Begeisterung zuteil werden ließ. Wie schön er sprach! Wie schön er mit der Hand winkte! Und immer lächelnd, das Gesicht so freundlich, so menschenfreundlich. Und wenn er Ostern eine Taube entließ, dann flog sie bis in den Himmel! Und immer in Weiß, in Gold. Was er auch sagte, es war schön, klug. Die Tränen flossen wie von selbst, wenn man diese Menschenmengen sah. An irgendwas musste es ja liegen, diese Menschenmengen. Und was er für Reisen machte, hoho! Keiner ist so viel herumgereist wie er. Zu den Schwarzen, zu den Gelben, kein wilder Stamm, zu dem er nicht gefahren wäre. Und überall begrüßten ihn Menschenmassen, und er strich den Kindern über die Köpfchen, egal, ob sie schwarz oder gelb, krank oder verlaust waren, ja, er nahm sie sogar auf den Arm. Alte, Krüppel, sogar zu den Juden ist er gefahren, da hatte er keine Angst. Jedem hat er die Hand gegeben. Und er liebte Süßes, Kremschnitten, und wenn er Urlaub machte, lief er Ski. Fern, hell und rein, hätte Papst Johannes Paul II. Jadzias Vater sein können, der aus der Ferne über sie wachte und sie mit seiner Hand, durchsichtig wie eine Hostie, segnete. Nie belästigte sie ihn mit ihren Alltagsproblemen, damit ging sie zur Schwarzen Madonna, denn welches Kind geht schon mit jedem Scheiß zu seinem Vater, wo es doch weiß, dass der wichtigere Dinge am Hals hat, die ein Kind mit seinem Verstand ohnehin nicht begreifen kann.

Jadzia versteht nicht den Zorn der Tochter, von der sie Jahre später gefragt wird, wie sie denn die Abtreibungen mit der Kirche in Einklang brächte, die doch Abtreibungen verteufele und Mütter, die abgetrieben hatten, mit einem Hinterntritt in Richtung Hölle befördere. Was hatte das Kind jetzt schon wieder? Was waren das wieder für Spinnereien? Was wissen die denn schon vom Leben einer Frau, diese Priester! Sie meinen es gut, aber wissen tun sie einen Scheißdreck. Sie haben keine Frauen, keine Familien, sie reden, was sie aus Büchern wissen; unbeholfen wies sie Dominikas Angriffe zurück. Jadzia, genauso wie ihre Mutter Zofia und ihre Großmutter Jadwiga, betete über die Köpfe der Priester hinweg zu etwas, das viel stärker und älter war als sie, und in der Kirche in Szczawienko herrschte eine Atmosphäre, die dem zuträglich war. Jeder brauchte ein bisschen Weihrauch, ein bisschen Romantik, in Wałbrzych ganz besonders. Jadzias Kirche hätte die Welt ins Wanken bringen, die Fundamente des Vatikans unterspülen und die mit Blut geschriebenen Archive zerfetzen können, sie hätte halb Afrika vor dem Aids-Tod retten und Kriegen ein Ende setzen können. Hätte man die Fenster in dieser Kirche aufgerissen und ein bisschen frische Luft hereingelassen, hätte man sie geschüttelt wie eine Dose mit verklebten Bonbons, dann hätte sich diese Kirche auf krampfaderndurchzogenen Beinen auf rissigen Fersen, die schon genug gestanden hatten, in Gang gesetzt, sie wäre erdröhnt in der schrecklichen Musik von Millionen an Bratpfannen schlagender Kochlöffel.

Als die alte und fast blinde Jadzia zu Weihnachten den *Da Vinci Code* bekommt, mit Ausnahme der *Polnischen*

Küche das dickste Buch in ihrem Leben, beginnt sie halbherzig zu lesen, nur um ihre Tochter nicht zu enttäuschen. Wie üblich wirft sie die Daten, die Nach- und Vornamen durcheinander, was sind das denn auch für parlehvuhfranzäsige Namen, an denen man sich die Zunge verknoten kann. Doch nach ein paar Dutzend Seiten sinken die Bilder in Jadzia da ein, wo das Unbenannte zu guter Letzt seine Gestalt findet. Und sie versinkt in süße Marienketzereien wie eine Pflaume ins Kompott, sie glaubt daran aus ihrer ganzen vom Leben gebeutelten Seele und verliert dabei die letzte Chance auf eine katholische Version des Paradieses, wo sie wahrscheinlich sowieso einiges zu bemäkeln gefunden hätte. Na so was, unter diesem Louvre ist also das Grab der Muttergottes! freut sich Jadzia Chmura. Sie wirft alles ein wenig durcheinander, doch eines versteht sie – dass sie recht gehabt hat.

10 Die Nachbarn von Familie Chmura hatten einen Pudel, der auf Löwe frisiert war, und freuten sich wie Kinder, dass Schwalben in einer Ecke ihres Fensters ein Nest gebaut hatten. Jadzia beobachtete vom Balkon, wie sie Krümel auf die Fensterbank streuten und den Vögeln liebevoll zuredeten. Der Jüngere zerbröselte das Brot, während der Ältere den Hund mit der schrillen Stimme zärtlich in den Armen hielt. Der Hund wurde Oskar gerufen. Oskar! Was war das überhaupt für ein Name für einen Hund?

Die Hausfrauen vom Babel wussten, dass gegen Schwalben am besten Plastikbeutel helfen. Diese wurden so in den Rahmen geklemmt, dass sie in der Ecke des Fensters knatterten. Der Wind blähte sie auf, dann sahen sie aus wie die Lungenblasen von Riesenfischen. Wenn der Wind stärker wehte, bebte der ganze Babel, in den Wohnungen fiel der Putz von den Wänden und platzten die Scheiben, weil sich das Haus mit Hilfe der aufgeblähten Vogelscheuchen in die Lüfte erheben wollte. Doch die Schwalben waren hartnäckig, jedes Frühjahr kamen sie wieder und versuchten, an den Fenstern ihre Nester zu bauen. Ganze Schwärme kreisten um die Südseite des Babelblocks empor und stießen piepsend herab. Wo keine Vogelscheuche hing, erschien im Handumdrehen das halbrunde Fundament eines aus Lehm und Speichel geformten Nests, und die Hausfrauen schlugen sich vor die Stirn, schschsch! machten sie, rissen die Fenster auf und fuchtelten mit den Armen. Vollscheißer, sagte Jadzia ärgerlich, guck mal – sie zeigte der Tochter die Vögel –, da sind diese Vollscheißer schon wieder, und sie ließ die Schwalben erst gar nicht mit dem Nestbau beginnen. Sie erklärte Dominika, dass es ganz schmutzige Vögel seien, und wer sollte ihre Scheiße denn wegmachen? Und da stehen diese beiden Kerls, die zu den Vögeln reden, mit ihrem auf Löwe getrimmten Pudel, der mal dem einen, mal dem anderen übers Gesicht leckt. So etwas hatte Jadzia in ihrem Leben noch nicht gesehen. Von der Trennwand ihres Balkons verdeckt schielte sie zu ihnen hinüber und tat dabei so, als richte sie die Wäsche auf dem Trockner oder gieße die Geranien. Angelockt vom Geräusch schleichender Schritte klemmte sie das Auge an den Saugnapf des Spions und schaute in die verlängerte Perspektive des Korridors, um sich hinterher mit einer Mischung aus befremdendem Neid und Widerwillen zu wundern, wozu Lepki früh am morgen wieder zu diesen Homodingsbums schlich.

Homodingsbums, so nannten sie auf Piaskowa Góra die Nachbarn von Familie Chmura, aber man musste das auf eine ganz bestimmte Weise aussprechen, nicht einfach so. Nicht so wie Brot, Alte, Kerl, sondern so, dass sofort zwischen einem selbst und dem Homodingsbums eine Grenze errichtet wurde, als ende das Ausgesprochene mit einem abrupten Schnauben, dem Verdrehen der Augen wie auf einem Heiligenbild, damit sich auch nicht das kleinste Fitzelchen der Homodingsbumsigkeit ins Innere des Sprechenden verirren konnte. Man machte sich lustig über die Halstücher des Kleineren und den Schnurrbart des Größeren, darin lag eine Art Gutmütigkeit, die auf der schmalen Grenze zwischen Duldung und Hass balancierte. Wenn sie wenigstens normal aussähen. Aber dieses Schnurrbärtchen! Ach wie dieses dünne, glattgeschniegelte Schnurrbärtchen die Buschigschnauzbärtigen vom Babel irritierte, wie seine spitzen Endchen wider den Stachel des urigen polnischen Schnauzes löckten, dass man meinen konnte, sie kitzelten einen am Ohr. Kein Krümelchen darin, wohl auch nie in Bier getaucht. Ein nicht ganz einheimisches Schnäuzerchen, französisch angehaucht oder italienisch, schwarz war es, auf Hochglanz pomadisiert. Und wie sie rochen, diese Homodingsbums, wie Unjungs! Die Lepka erzählte Jadzia, sie habe gesehen, wie sie in der Drogerie am Babel Deodorant »Basia« gekauft hatten. Sie hatte hinter ihnen gestanden, sie konnte es beschwören, und zwar jeder zwei, für die zweite hatten sich beide ganz hinten an der Schlange wieder angestellt. Alle hatten gelacht, denn ein normaler Mensch fragt sich ja, wohin so ein Homodingsbums sich wohl Basia spritzt und warum. Fft fft, die Lepka tat so, als besprühte sie sich die Unterhose vorne und hinten und verrenkte dabei ihre massigen Hüften. Wusste sie, dass Lepki die Homodingsbums besuchte? Mit einem ihr selbst unbegreiflichen Gefühl der Genugtuung beschloss Jadzia, nichts davon zu sagen, ihr war, als teile sie jetzt mit den Nachbarn ein Geheimnis. Die Mütter vom Babel verboten ihren Kindern, mit einem Homodingsbums im Fahrstuhl zu fahren, doch dieses Verbot galt in erster Linie für die Jungen, denen normalerweise weniger verboten wurde als den für schädigende und verderbende Einflüsse wesentlich anfälligeren Mädchen. Aber ein Homodingsbums war etwas anderes. Die Mädchen hatten bei ihnen nichts zu fürchten, für alle Fälle sollten aber auch sie ihnen nicht zu nahe kommen. Der Herrgott gibt Acht auf den, der sich in Acht nimmt, besser war es, kein Risiko einzugehen, denn auch ein Homodingsbums kann mal Gretel mit Hänsel verwechseln. Ein junger Bursche, ein frischer und unschuldiger Bursche aber würde nach der Fahrstuhlpartie mit einem Homodingsbums bis zur Unkenntlichkeit verändert aussteigen, die Haare pomadisiert, geputzt bis hinter die Ohren, mit einem unterm Hals geknoteten Schälchen, vielleicht gar mit einem französisch angehauchten Schnurrbärtchen unter der Nase. Als einmal ein Homodingsbums vor dem Babel an einer Mutter mit ihrem kleinen Sohn vorbeiging, blähte sich diese vor Entrüstung zu einer schieren Rotz- und Fettkugel auf, die bereit war, ihn platt zu walzen, falls er ... Der kleinere und ältere Homodingsbums, Jeremiasz Mucha, war Schauspieler am städtischen Theater, wo er in Nebenrollen Bedienstete und verblödete Onkel spielte. Er besaß kein großes Talent, machte das aber mit Auffälligkeit wett. Das Haar kastanienbraun gefärbt, gekleidet, als wäre alle Tage Sonntag, mit einer frischen Blume im Knopfloch, hätte er direkt von der Straße weg auf die Bühne gehen können. Er sagte Sätze wie: Die Kutsche ist vorgefahren, Gnädige Frau!, vor einem Publikum, das aus Sonnenblumenkerne spuckenden Schulklassen oder Werksabteilungen bestand, und unter den Zuschauern war es immer der größere und jüngere Homodingsbums, der am lautesten klatschte und Bravo! rief. Jeremiasz Mucha verdiente sich bei Tanzveranstaltungen im Tęczowa etwas dazu, er sang das Repertoire von Jerzy Polomski, dem er sogar ähnelte und an Eleganz in nichts nachstand. Er war das Glanzlicht mancher Hochzeitsfeier, denn wenn er loslegte mit »Der ganze Saal«, dann riss es jeden auf die Tanzfläche, da gab es kein Vertun. Dominika gestand ihren Eltern nie, dass Jeremiasz Mucha sie mehr als einmal auf dem Flur angesprochen und – im Gegensatz zu allen anderen im Babel – gefragt hatte: Wie geht es Ihnen denn so, schönes Fräulein? Wenn ich Ihr Haar hätte und so ausdrucksvolle Augen, dann hätte ich im Handumdrehen in Warschau Karriere gemacht. Danach guckte sie in den Spiegel und fragte sich, was denn an ihren Haaren so Besonderes sei, die ihre Mutter so in Rage brachten und niemandem gefielen. Einmal sagte er: Sie haben Augen wie Ada Sari. Ada Sari, Iras Ada, sagte Dominika danach vor sich hin, fasziniert von dem fremden Klang und dem Gedanken, etwas mit jemandem gemein zu haben, der einen so schönen Namen trug. Der größere und jüngere Homodingsbums, dessen Name nicht bekannt war, arbeitete offensichtlich nicht. Er schlief in den Tag hinein, im Sommer stand er im violetten Morgenmantel auf dem Balkon und hielt das Gesicht in die Sonne. Jadzia, die Meisterin des leisen Beiseiteschiebens des Deckels vom Spion, entdeckte erst nach Monaten die Gesetzmäßigkeit, die mit Ludwik Lepkis Besuchen verbunden war, er stahl sich nämlich immer dann in die Nachbarwohnung, wenn nur der jüngere, nicht arbeitende Homodingsbums zu Hause war. Für einen Kerl vom Babel war es nur dann möglich, nicht zu arbeiten, wenn ihm ein Körperteil abgerissen oder zerquetscht worden war oder wenn er auf das Niveau des einarmigen Józek Sztygar gesunken war, der vom frühen Morgen an Autovidol oder Birkenhaarwasser trank und die eigene Frau nicht mehr erkannte, denn jedes Mal wenn er sie sah, fragte er: Was machst du überhaupt hier, Frau? Bei dem größeren Homodingsbums hingegen schien körperlich alles noch an Ort und Stelle zu sein. Im Großen und Ganzen wirkte er unversehrt, obwohl er Filterzigaretten rauchte, die er in eine lange Zigarettenspitze steckte, und einsam über die Promenade am Babel spazierte, wobei er sein Spiegelbild in den Schaufenstern bewunderte, und so konnte er gut fünfzehnmal auf und ab schlendern. Die Männer, die mit ihrem Bier auf der kleinen Mauer saßen, schauten ihm hinterher und konnten sich über dieses ständige Auf- und Ablatschen nicht genug wundern. Hat der einen Motor im Arsch, dieser Homodingsbums, oder was? Ein solches Schicksal darf man doch dem ärgsten Feind nicht wünschen.

Ssshht! Stefan herrschte seine Frau an, sie solle still sein, als sie eines Nachts – Heilige Mutter Gottes! – von einem Lärm auf der anderen Seite der Wand aus dem Schlaf geschreckt auffuhr, man soll sich nicht in fremde Angelegenheiten mischen. Er saß in den Kissen und lauschte. Die Wände im Babel waren dünn. Man hörte etwas und lauschte auf mehr, doch jeder gab das Erlauschte nur unter dem Siegel größter Verschwiegenheit und hinter dem Rücken des Belauschten wieder. Besser tat man so, als hätte man nichts gehört, als sich vorwerfen zu lassen, man mische sich in fremde Dinge ein. Die Folge der Einmischung ist die Verstoßung vom Rang eines guten Nachbarn. Als die Lepka einmal zu den Pasiaks rannte, um zu fragen, ob es ihre Jagienka war, die heulte, als würde ihr die Haut abgezogen, hat der alte Pasiak ihr fast eine runtergehauen und grüßt sie bis heute nicht. Wer sich aus dem Fenster lehnt, dem kann die Rübe abgerissen werden, sagt Stefan immer zu Jadzia. Herr und Frau Chmura erstarrten vor Wartespannung, ein Streifchen Mondlicht fiel durch einen Spalt in den Gardinen und zersprühte auf der Fototapete über der Couch. Stefan hatte sie bei Lepki bestellt, sie war den ganzen weiten Weg aus der BeErDe gekommen, um Jadzia am Weihnachtsabend zu überraschen. Jadzias Traum war eine Fototapete mit einer Palmeninsel gewesen, wie sie die Lepka hatte, oder ihretwegen auch eine mit Herbstnatur, aber sie hatte einen Wasserfall bekommen, dessen kalte Strahlen ihr Schauer über den Rücken jagten. Stefan bemerkte ihre Enttäuschung, und sie musste ihm bis zum Umfallen immer wieder sagen, nein, sie ist wirklich wunderhübsch, diese Fototapete, sie hätte sich für den Platz über der Couch im Esszimmer keine schönere vorstellen können, deshalb brachte er sie noch während der Feiertage an. Wenn Jadzia nachts aufwachte, sah sie nun Wächten aus schäumendem Wasser über sich und erwartete, dass es jeden Moment anfangen würde zu tropfen. Die Hilferufe, die sie aus dem Schlaf gerissen hatten, waren verstummt. Jetzt hörte man ein Scharren, Hundegebell, etwas Schweres fiel um. Und was, wenn dort etwas

Schlimmes passiert war? Jadzia erbleichte im Dämmer, schwer wie ein Fels und weich wie Teig. Sie waren doch immer so ruhig und höflich, Guten Tag, Auf Wiedersehen, es ließ ihr keine Ruhe. Die Homodingsbums weckten in ihr eine Art Interesse, denn ihre Andersartigkeit erinnerte sie an etwas, das ihr bekannt vorkam, ohne dass sie einen Namen dafür finden konnte. Die Zufallsbegegnungen am Fahrstuhl machten ihr Vergnügen, und wenn sie auf den Balkon hinaustrat, trug sie immer Perlglanz auf die Lippen auf. Jeremiasz Mucha tut ja wie ein Mann, aber man kann mit ihm plaudern wie mit einer Frau, erzählte sie Madzia bei der Arbeit. Er machte Komplimente: Dieses Pink steht Ihnen, Frau Nachbarin! sagte er. Pink! Kein normaler Bergmann vom Babel hätte violett von hellblau unterscheiden können, und die Frauen beklagten sich – wenn es ihnen mal gelang, so einen mit ins Kaufhaus zu schleppen, war er das Einkaufen nach einer Viertelstunde leid und hielt Ausschau, wohin er sich auf ein Bier verdrücken könnte. Ich glaub, mich tritt ein Pferd! Stefan war empört. Vor aller Augen grüßt du dich mit diesen Perversen? Hinter der Wand gab es einen dumpfen Knall, der den Wasserfall zum Beben brachte, etwas ging zu Bruch, der Hund bellte auf, dann ein Jaulen, das wie abgeschnitten verstummte. Heilige Mutter Gottes! Jadzia fasste nach der Hand ihres Mannes. Türen schlugen, Füße eilten die Treppe hinunter, dann Stille. Es war vorbei, was auch immer dort geschehen war, und nicht mal Dominika im anderen Zimmer war aufgewacht, wie hätten sie dann aufwachen und etwas hören sollen? Stefan atmete auf, als sei es sein Verdienst, dass im Babel der Frieden wieder hergestellt war. Sie werden sich Kumpel eingeladen haben, gefeiert, getrunken. Weißt du, was solche Perversen treiben? Er zog die widerstrebende Jadzia an sich und klopfte ihr aufs Knie. Meinst du vielleicht, Dziunia, die machen nichts als höflich Guten Tag und Auf Wiedersehen sagen? Er hatte ein farbiges Blättchen aus der BeErDe gesehen, wo nur Männer auf den Farbfotos herumstanden, sich in alle Richtungen bogen und reckten und streckten, mal splitternackt, mal in Frauenflitter, in Damenunterwäsche, in Unterröcken und Strümpfen, wie er sie noch nie an einer Frau gesehen hatte, von so etwas mal ganz zu schweigen. Fettgedruckt stand über ihren Köpfen Heinz, Helmut oder Klaus und andere Sachen, die nicht so einfach zu verstehen waren, wenn man nicht gut spräken konnte. Lepki, der in der BeErDe einen Zweijahresvertrag hatte, sammelte in seiner Freizeit alles auf, was er auf der Straße finden konnte. Die polnischen Bergleute nannten das Himmelsmanna von deutschen Straßen, denn alles stellten die Deutschen raus, vor ihre schönen Häuser, direkt auf die Straße, und man konnte es nehmen, aufsammeln, sich die Jackentaschen und Kunstlederköfferchen damit vollstopfen. Dienstags Schuhe und Kleidung, in gutem Zustand, nichts war zerrissen oder verfleckt, alles gewaschen, gereinigt, auf Hochglanz gebracht – Männer-, Frauen- und Kindersachen, wie zurechtgelegt zum Anziehen und nicht für den Abfall. Mittwochs waren es Möbel, Stehlampen mit voll funktionierenden Glühbirnen, Esstische, Lacktischchen, schneeweiße, saubere, glänzende Küchengeräte, ganze Reihen Stühle, Kommoden, Klobrillen, ein ganzes Haus konnte man einrichten. Freitags war es Altpapier: Illustrierte mit Postern für die Jugend, Modekataloge vom Otto-Versand für die Frauen, nackte Frauen für die Männer, weiße, schwarze, gelbe, manche säuberlich geschnürt wie ein roher Schinken, mit verschiedenen Gegenständen und Gemüsen besteckt, in hochhackigen Schuhen, mit lackierten Fingernägeln. Lepki hatte gar nicht gemerkt, dass in diesem Blättchen keine Weiber waren, oder vielleicht hatte er es gemerkt, aber es war ihm zum Wegwerfen zu schade, als er es einmal eingesteckt hatte. Da gab es supermännliches Gelächter im Umkleideraum, bis die Kohletränen flossen. Nein, wie sie sich balgten und rangen, wie einer dem anderen vor Lachen auf den Rücken klatschte und sich brüstete, wenn er bloß mal so einen Homodingsbums zwischen die Finger kriegte, dann würde er ihm einen Fick besorgen, dass ihm Hören und Sehen verging. Du weißt doch, was sie machen, Dziunia – Stefans Hand wanderte über den Gattinnenschenkel –, der eine tut wie eine Frau und der andere wie ein Kerl, und dann machen sie es von hinten. Oder der, der die Frau ist, macht es dem, der der Kerl ist, einfach so mit dem Maul. Aber nie umgekehrt. Stefans Hand verharrte, eingeklemmt von dem zweiten unwilligen Schenkel. Manchmal rätselten sie im Babel, wer von den beiden Nachbarn die Frau war. Meistens war man sich einig, dass es der Kleinere war, also der Schauspieler, denn das war doch keine Arbeit für einen Kerl. In einem Film vielleicht, in *Hauptmann Kloss* oder *Vier Panzersoldaten*, das ging ja noch, aber sich im Theater zum Affen zu machen mit Verkleiden und so? Doch die Frau sollte nicht älter sein, wenn schon, dann jünger, und dieser Umstand erschien irgendwie suspekt, denn er warf einen Zweifel auf die Gewissheit der Homodingsbumsbeziehungen. Lepki erzählte, sie lüden manchmal andere ein, denn sie wären aufeinander nicht eifersüchtig wie ein Kerl und eine Frau, aber das glaubte ihm kein Mensch. Die Kumpel vom Busch lachten, wenn Stefan nachmachte, wie der größere Homodingsbums vor dem Babel herumspazierte. Er wackelte mit dem Hintern, tat so, als schmauchte er Pfeife, zwirbelte den Schnurrbart, das war sehr lustig, aber Dziunia verdrehte nur die Augen, wenn er ihr diese Erfolgsnummer vorführte. Ach du mein Dziunialein, bedrängte Stefan seine Frau, verdoppelte die Anstrengung, durchbrach ihren

Widerstand. Jadzia ergab sich und fiel aufs Kissen zurück, überlegte, ob heute im ehelichen Kalender auch wirklich ein sicherer Tag war. Wenn sie daran dachte, strich sie diese grün an, während die unsicheren Tage rot waren und sicherheitshalber auch noch durchgekreuzt, und die Tage, wenn sie ihre Tage hatte, waren gelb. Wieviel bequemer wäre es, wenn sie zwischen den Beinen eine Signallampe hätte, und bei rot wäre kein Zutritt, denn mit diesem Zählen kam man so leicht durcheinander. Stefan seufzte, Jadzia seufzte, das vatikanische Roulette drehte sich. Und der, auf den es zeigt, macht Plumps!

Jenseits des Wasserfalls verendete der Pudel mit gebrochenem Rückgrat. Die Löwenfrisur hatte Oskar nicht geholfen, keiner hatte sich vor ihm gefürchtet. Neben seinen nackten, zusammengeschlagenen und mit Kabel gefesselten Besitzern hechelte er die letzten Atemzüge seines Hundelebens, dann hing sein weiches rosa Zünglein wie eine Krawatte herab. Jeremiasz Mucha hatte die meisten seiner Zähne eingebüßt, einschließlich der neuen Goldbrücke, die spurlos verschwunden war, er hatte eine Nierenprellung, und im After steckte ihm der Mixeraufsatz. Was für ein Glück, dass dieser Mixer längst kaputt war, denn diese Dreckskerle hatten ihn an den Strom angeschlossen. Der größere und jüngere Homodingsbums war mit einer blonden Perücke geknebelt, deren Lockenbüschel ihm wie ein Nikolausbart auf die Brust hingen, und sollte nie wieder mit dem linken Auge sehen und die gebrochenen Finger seiner Hand bewegen können. Sein abgeschnittener Schnurrbart lag im Aschenbecher, besudelt zwischen den Zigarettenstummeln. Die flüchtigen jugendlichen Straftäter, die wie harmlose kleine Schwule wirkten, als die Homodingsbums sie in der Kneipe am Bahnhof kennenlernten, hatten nicht nur die goldene Zahnbrücke und das unter dem Bettzeug versteckte Geld mitgenommen, sondern auch zwei Herrenarmbanduhren. Den Vorrat an Deodorants Marke »Basia«, zwei Kilo Zucker, vier Stück Palmolive-Seife und eine leere Flasche »Old Spice«, die Jeremiasz Mucha als Schmuck im Badezimmer aufgestellt hatte, machten sie ebenfalls zu ihrer Beute. Die mit Blut geschriebenen Worte: Fickt die Schwulen! waren schon ganz getrocknet, als es Jeremiasz Mucha gelang, sich zu befreien, ins Treppenhaus zu robben und die Lepka zu Tode zu erschrecken, die gerade mit ihrem Pirat Sträßchen gehen wollte, Pirat ist nämlich ein ganz normaler Name für einen Hund.

Jadzia und Stefan sahen nicht, wie ihre Nachbarn zwei Tage später in den Krankenwagen getragen wurden, denn am Morgen nach jener Nacht brachen sie mit Koffern und Plastiktüten voll Proviant in ihren ersten Werksurlaub an der Ostsee auf. Nach zwei verregneten Wochen, in denen der Weg zum Strand von zertretenen Schnecken mit gestreiften Häuschen übersät war und die Sonne kurz erschien, doch nur, um gleich wieder zu verschwinden, sobald sich die Urlauber entkleidet hatten, nach diesen zwei Wochen war die Erinnerung an die nächtlichen Ereignisse vor der Abreise im Ostseestrand versickert. Jadzia hatte das Meer nicht sonderlich beeindruckt, ihre ganze Aufmerksamkeit wurde vom Desinfizieren des Gemeinschaftsbadezimmers in Anspruch genommen, das sich in dem nach der Herkunftsstadt der Urlauber benannten Urlaubsheim befand. Man hätte sich im UH Wałbrzych I ganz wie zu Hause fühlen können, wäre nicht dieser Dreck gewesen. Die anderen Urlauber hatten sich gegen Jadzia verschworen, sie hinterließen Haare im Waschbecken und Urintropfen auf dem Holzfußboden im Klosett. Ich könnte schwören, dass die sich verschworen haben, stöhnte sie zornig und stellte ihrer gleichgültigen Familie die sie peinigende Frage, ob diese Schmutzfinken jetzt wohl wieder unter der Dusche gepinkelt hatten, und jedes Schamhaar auf dem Weiß der Kachelglasur legte sich für Jadzia zu einem existenziellen Fragezeichen. Sie ging ins Badezimmer wie zur Schlachtbank, mit ihren Plastiklatschen schlappend und mit Lysol, Gummihandschuhen und Essig bewaffnet. Für Dominika dagegen war das Meer eine Offenbarung. Als sie es erblickte, war ihr, als hätte es auf sie gewartet, als hätte es darauf gewartet, dass sie den Weg zurück zu ihm fand, den Weg nach Hause. Wie hatte sie ohne diese riesige Herrlichkeit leben können, und wie kam es, dass es ihr wie etwas Langbekanntes erschien? Sie stand auf dem Sandstrand und versuchte, das Meer mit dem Blick zu erfassen, es zu begrüßen, zu sehen, wo es anfing und wo es endete, doch die Wellen kamen und gingen, und am Horizont verfloss das Wasser mit dem Himmel. Nach dem Frühstück ließen sie Stefan in dem verqualmten Fernsehraum zurück, wo er, die Flasche unter dem Sessel versteckt haltend, bis zum Mittagessen auf den Wogen der langweiligen Vormittagssendungen trieb, und sie selbst gingen an den Strand, um sich die Lungen mit Jod zu füllen, wie Jadzia sich ausdrückte. In Wałbrzych hielt sie Dominika immer dazu an, durch die Nase zu atmen, hier jedoch umgekehrt – durch den Mund. Dominika atmete und schwamm im Meer, egal wie das Wetter war. Sie lief dem Meer blindlings entgegen, wie eine gerade geschlüpfte Meeresschildkröte. Sie stürzte in die Wogen und tauchte prustend zehn Meter weiter wieder auf, während Jadzia Todesängste ausstand und fürchtete, sie könnte sie aus den Augen verlieren und durchs Megafon ausrufen lassen müssen: Mädchen vermisst, etwa elf Jahre alt, bekleidet mit einem weißen Bikini und grüner Schwimmhaube, zuletzt gesehen in Richtung Schweden kraulend. Dominika stellte sich vor, wie sie zu den Schiffen schwimmen würde, die vor Anker lagen, rechtzeitig die Fähre von Polferis erreichen, übers Fallreep hinaufklettern und zu den Bula-Bula-Inseln segeln würde. Zur Begrüßung geben die Matrosen ihr Kokosmilch zu trinken, schon ziehen sie den Landesteg ein, die Sirene tutet. Wir stechen in See! Das Wasser war trüb und dunkel, und wenn Dominika mit offenen Augen und angehaltenem Atem tauchte, bis ihr die Lungen wehtaten, sah sie längliche grünliche Schatten, die wie Gras wogten, wie Reihen von Gestalten, zwischen denen Schwärme silbriger Fische huschten. Neugierig und vertrauensvoll schwamm sie hinein, sie hätte dort bleiben können, wenn es nur ein bisschen wärmer gewesen wäre. Sie kam aus dem Wasser, um sich unter dem Frotteetuch ein bisschen aufzuwärmen, dann lief sie zähneklappernd wieder ins Meer. Wie ein Aal entwand sich das nasse Kind Jadzias Händen, und wenn sie wieder in der trüben Suppe der Ostsee verschwand, krampfte sich Jadzia das Herz in schrecklichen Ahnungen zusammen. Schon sah sie den angespülten Leichnam vor sich, mit sandverschmiertem Haar und von Fischen angefressenen Augen, doch das Meer gab Jadzia ihre Tochter immer zurück. Erst am Ende des Urlaubs stellte sie fest, dass das Mädchen, das jetzt aus dem Wasser kam, nicht mehr ganz dasselbe war wie vor zwei Wochen, als es zum ersten Mal in die Wellen gesprungen war, denn da, wo Dominika vorher zwei flache jungenhafte Warzen gehabt hatte, wölbten sich jetzt weiche kleine Mirabellen. Mein Gott, ich bin alt und habe nichts vom Leben gehabt, dachte Jadzia.

Bei der Rückkehr nach Wałbrzych stellten die Chmuras verwundert fest, dass der Babel irgendwie das Gleichgewicht verloren und auf der einen Seite in den weichen Rücken des Sandbergs eingesunken war. Die Gehsteigplatten hatten sich an dieser Stelle hochgewölbt und verschoben, die Außenwand des Gebäudes überzog sich mit einem

Netz kleiner Risse wie die Haut unter Jadzias Augen. Der Fahrstuhl war wieder steckengeblieben, und der darin festsitzende Józek Stygar rief aus der Tiefe des Schachts um Hilfe. Der Briefkasten hing an der gebrochenen Halterung von der Wand herab, die Verschalung fiel in großen Placken ab, und an die Wand hatte jemand geschmiert: Jude raus! und: Ich liebe Jagienka. Die urlaubsfrische Familie Chmura teilte das Gepäck unter sich auf und stieg mit Verschnaufpausen auf jedem Stockwerk bis in ihre neunte Etage hinauf, wo sie die von der Miliz versiegelte Tür der einst von den Homodingsbums bewohnten Wohnung entdeckten. Niemand wusste, was nach dem Verlust von Schnurrbart und Bewegungsfähigkeit in den Händen mit dem Größeren, Namenlosen geschehen war, während Jeremiasz Mucha, wie man im Babel tuschelte, angeblich wieder bei Warschau auf dem Land lebte. Aufs Land schickte man abgenutzte Kleider und Geräte sowie Verwandte, die in der Stadt zu nichts mehr zu gebrauchen waren, von Lähmungen heimgesuchte oder auch nur krumm gewordene Omas, die zum tätigen Dienst an den Enkeln nicht mehr taugten, Fernseher, die durch bessere Modelle ersetzt worden waren, abgewetzte Teppiche, verschlissene Hemden, behinderte Kinder, wie das vom Stiegenhaus Nummer sechs, das von Kopf bis Fuß mit einem schwarzen Pelzchen bedeckt zur Welt gekommen war.

In die ehemalige Wohnung der Homodingsbums zog bald Familie Śledź, die in den Babel passte, als sei sie nie an einem anderen Ort gewesen oder sei einfach aus einer Betonritze gesprossen wie ein Pilz auf einem kranken Baum. Die blonde Krysia, Buchhalterin in einer Bergwerkskantine, und der stämmige Zdzisław, ein Bergwerksmechaniker, der sich auf den ersten Blick von seiner Frau nur durch den Schnurrbart unterschied, welcher allerdings ordentlich, buschig und zweifellos polnisch-männlich war. Wenn seine Frau noch Haarfarbe übrig hatte, strich sie diese auf den frühzeitig ergrauten Schnurrbart des Gatten, aber das war ihr Geheimnis. Mit ihrer Schrankwand und dem »Letzten Abendmahl«, Sofagarnitur und einer Tochter namens Iwona, die in Dominikas Alter war, gefielen sie den Chmuras auf Anhieb. Schade um die Leute, seufzte Stefan zum Thema Homodingsbums, aber: Ende gut, alles gut. Die neuen Nachbarn schraubten ein Namensschild an die Tür, auf dem in kursiven Buchstaben K. Z. Śledź stand, und ließen den Pfarrer kommen, damit er ihnen Küche und Zimmer mit Weihwasser segnete. Vielleicht, Hochwürden, auch das Badezimmer, für alle Fälle, mir ist da irgendwie nicht wohl, bat Krysia, bedrückt von der traurigen Geschichte der Vormieter. Der junge Kaplan Adam Wawrzyniak klatschte Weihwasser in jede Ecke und ließ auch Wanne und Klobrille nicht aus. Ach, wie herrlich er segnete! Die Pfarre der Unbefleckten Empfängnis der Jungfrau Maria war die erste Stelle für Kaplan Adaś, und seine Stimme war erst dabei, sich zum priesterlichen Falsettchen zu entwickeln. Noch roch er nicht nach Mief, noch konnte er sich die Namen seiner Gemeindemitglieder merken, und es tat ihm um das Weihwasser nicht leid. Er fuhr einen Motorroller, eine grüne MZ, was ihn auch von den anderen Priestern unterschied, die sich nach zwei Jahren mindestens einen gebrauchten Lada anschafften. Der zieht einem nicht die Haut vom Leib, sagte man mit einer gewissen Ungläubigkeit, als verberge sich hinter der priesterlichen Anständigkeit eine Falle, und es gab auch solche, die lieber mehr bezahlten, denn das ausgelegte Geld gab ihnen die Sicherheit, dass die Taufe oder Beerdigung bei Mensch und Gott Gefallen finden würde. Krysia Śledź packte dem Kaplan für die Segnung ein Stück Obstkuchen ein, da er kein Geld annehmen wollte, und fühlte sich jetzt zu Hause. Ein weiteres Stück Rhabarberstreusel brachte ihre Tochter Iwona den Nachbarn, und bei der Gelegenheit begegnete Dominika zum ersten Mal dem Mädchen, das aussah, als wäre es ganz aus Zuckerwatte. Sie stand da mit einem Lächeln, das immer zu spät erschien und zu lange blieb, hatte schon Brüste und weiblich gerundete Hüften, und Dominika wusste noch nicht, dass sie erschienen war, um Dimitris Platz einzunehmen.

Als sie gleich nach der Rückkehr vom Meer durch den Busch hinuntergerannt war, fand sie das Haus abgeschlossen vor, und Maria Angelopoulos' sonst so säuberliche Rabatten waren vertrocknet und ungepflegt. Zwischen verschrumpelten Blättern blähten sich die gelblichen Überreste von Zucchini und Patisson, die außer ihnen in Wałbrzych niemand zog. Als Dominika über den Zaun kletterte, um ins Haus zu schauen, kam ihr ein Dobermann entgegen, der nichts mit der freundlichen Saba von Familie Angelopoulos gemein hatte. Die Nachbarn erzählten ihr, die Griechen seien weggezogen, sie hatten alle Sachen und Tiere mitgenommen, sogar die Katzen, kaum zu fassen, dass sie sich bei einer Reise freiwillig auch das aufhalsten. Das Haus hatte der Gynäkologe Doktor Lipka gekauft, offensichtlich verdiente er mit seiner Privatpraxis nicht schlecht. Als Dominika am Tag vor Beginn des neuen Schuljahrs sah, wie fremde Leute die Tür aufschlossen und einen seltsamen Klappstuhl hineintrugen, begriff sie, dass Dimitri tatsächlich ohne Abschied verschwunden war. Sie sind dahin zurück, wo sie hingehören, sagte Jadzia mit Genugtuung. Höchste Zeit, dass du deine Marotten aufgibst und aufhörst, dich mit Jungen herumzutreiben, sonst wirst du dir den Ruf noch ganz verderben. Du wirst erwachsen, seufzte sie und betrachtete die Veränderungen, die an Dominikas Körper mit jedem Tag sichtbarer wurden, und hatte das Gefühl eines unerklärlichen Verlusts. Dominikas Erwachsenwerden ging bisher nur in die Länge und nicht in die Breite, und sie sah aus wie gewaltsam langgezogen. Ihre Knochen, dünn und scharf wie bei einem Vogel, drohten die von abgekratztem Wundschorf rosafleckige Haut zu durchstoßen. Die Nase mit dem Buckelchen, die keiner der beiden Elternnasen glich, war in ihrer bereits ganz fertigen Gestalt ein Merkmal von Dominikas Physiognomie, das ihrem Alter voraus war und mit ihrer Krummheit Dominikas Chancen in Schönheitswettbewerben zunichtemachte. In keiner der beiden Familien! seufzte Jadzia und beklagte sich bei Krysia Śledź, dass ihnen da eine Zigeunerin auf Spinnenbeinen heranwuchs, während sie, Jadzia, schon im Alter von zwölf Jahren eine kleine Frau gewesen war, sie hatte schon Brüstchen gehabt und runde Hüftchen, alles war an seinem Platz gewesen, wie bei Iwona. Zottelig wie ein Buschmann! Scherzhaft zauste sie den Kopf der Tochter, der weghüpfte wie ein Ball von der Wand. Du brauchst Sommersprossensalbe statt einen Büstenhalter! scherzte sie, wenn sie Dominika beim unbeholfenen Anprobieren ihres BHs antraf, der kaum etwas zu halten hatte, aber sie hinderte sie nicht daran, in ihren Schubladen und Kommoden zu wühlen. Die viel zu weiten und kurzen rosa Blusen der Mutter verschluckten Dominika wie weiche Mäuler glatter, schlüpfriger Tiere, die tulpenförmigen Röcke rutschten über ihre jungenhaften Hüften und wanden sich um ihre Knöchel. Die Schuhe der Mutter waren ihr schon zu klein, sie rochen komisch nach geräucherter Makrele, taten Dominika an den Füßen weh, und sie konnte nicht darin laufen. Nichts passte ihr, sogar die in den weichen Falten der Bettbezüge ertasteten Ringe waren zu groß. Sie riss Plastikbeutelchen mit Salben und Zäpfchen auf, roch an dem Maiglöckchenparfum, in dem die gerebelten Sprenkel der Blütenblätter vom Boden der Flasche emporwirbelten, sie spuckte in die Döschen mit Wimperntusche, und wenn sie sie auftrug, verdrehte sie die Augen wie Jadzia. Sie schaute in den Abfallkorb im Bad, wo die blutigen Spuren der Menstruation gleichzeitig Neid und Ekel in ihr weckten, doch sie konnte das Rätsel ihrer Verschiedenheit voneinander nicht lösen. Sie wusste nicht, dass die Mutter mit der gleichen Neugier in ihren Schulranzen und ihr Federmäppchen schaute, in ihre Jackentaschen und in die Schubfächer, wo sie unter den unordentlich hineingestopften Hosen und Röcken auch eine Antwort zu finden hoffte, aber sie fand nur ein aus der *Bravo* ausgeschnittenes Foto von Boy George. Was ist das denn für ein Homodingsbums? wunderte sich Jadzia. Einmal ging sie mit Dominika und Iwona Śledź Eis essen, und eine entfernte Bekannte aus dem Büro, die sie dort traf, hielt Iwona für ihre Tochter. Nein, was für eine Ähnlichkeit!, und die arme Frau Chmura versank fast in den Boden vor Scham, als sie sagte: Nein, die andere.

Dominika spürt, dass zwischen ihr und Jadzia eine Schnur gespannt ist, deren Enden in ihnen beiden verwachsen sind und Wurzeln geschlagen haben, das ist stärker als die Nabelschnur, die man durchschneiden und zu einem Knoten binden kann, sodass nur noch eine Narbe bleibt. Die Enden der Schnur, die sie mit Jadza verbindet, haben so starke Wurzeln wie die Pappeln, die auf dem Promenierweg am Babel den Asphalt aufwerfen. Je mehr die Mutter in ihre Richtung zieht, desto mehr will sich die Tochter entfernen. Du stellst meine Geduld auf die Probe, sagt Jadzia, noch einen Augenblick, und mir reißt der Geduldsfaden, dann geh ich an die Decke – doch Dominika zieht aus Leibeskräften, denn die Geduld der Mutter ist stark, fest verwurzelt und fett. Sie lehnt sich aus dem Fenster im neunten Stock, die Schnur zerrt sie zurück: Lehn dich nicht aus dem Fenster! Sie kauft heimlich Sonnenblumenkerne von den alten Frauen am Markt, obwohl Jadzia es verboten hat, das ist ansteckender Dreck, sagt sie, diese Schmutzfinken bohren in der Nase und pulen dann mit den Pfoten die Kerne raus. Dominika isst eine ganze Tüte, ihr wird schlecht, aber die Schnur hält. Auf dem neunten Stock von Stiegenhaus Nummer fünfzehn im Babel knallen manchmal die Türen, Fäuste hämmern gegen die Wand, dass die Haut auf den Knöcheln platzt. Jedes Zerren an der Schnur zerreißt etwas in ihrem Innern, diese Risse füllen sich mit Blut wie Seen, die in der Dunkelheit glänzen. Jadzia will, dass Dominika so ist wie sie, und der wachsende Abstand schürt den in ihr glimmenden Zorn. So eine Spinnerin. Je länger und dünner Dominika wird, je krauser und dicker ihr Haar, desto mehr kommt Jadzia in Rage, als wären die Knochigkeit und Kraushaarigkeit der Tochter Schmähungen, die gegen Jadzias glatte Haare, ihre Rundlichkeit und ihre Kleinwüchsigkeit gerichtet sind. Du Bankert, Rattenschnauze, Skelett! schrie sie die Tochter an, von ihrer Andersheit erschreckt wie von einer tödlichen Krankheit. Wie kann man so verschieden sein, dabei war sie doch aus ihr gekommen und gehörte zu ihr! Sie hat eine Schicht aus Fettpölsterchen auf den Schultern, die sich den Rücken hinunterzieht und auf den Seiten Falten wirft, bei diesem Skelett ist jeder Wirbel sichtbar wie eine Perlenkette, die bei einem Sturz vom Fahrrad in alle Richtung zerstieben können, dann würde Dominika bis an ihr Lebensende ein Krüppel sein. Ihre eigenen Arme sind weich und rundlich, die Tochter hat Stöckchen als Arme und Beine, wie ein von den Zigeunern untergeschobener Wechselbalg, und bei einem Unfall können diese Stöckchen brechen wie Streichhölzer. Eine spitze Rattenschnauze, unfreundlich, verbissen, es ist fraglich, ob sich ein anständiger Bursche in ein solches Gesicht vergucken wird, ganz bestimmt kein Erlend von Sinnen, o nein, so ein Erlend, der wird sich ein liebes, lächelndes Gesicht wünschen wie das von Jagienka Pasiak. All die Anstrengungen der Mutter sind für die Katz. Man darf auf die eigene Mutter nicht böse sein! schimpft Jadzia in das vom Weinen verschwollene Gesicht Dominikas. Deine Mutter will das Beste für dich, auch wenn sie in Wut gerät. Die an die Decke gegangene Mutter wird von einer Tsunami-Woge zurückgeschwemmt und erbarmt sich Dominikas, damit sie sich nicht dem mütterlichen Druck entwindet. Sie beugt sich über die Tochter, die Tochter spürt die üppige Weichheit, die über ihr hängt wie eine leicht nach Essig riechende Lawine. Mich hat meine Mutter nie liebgehabt. Einen Vater habe ich nie gekannt. Nur damit du weißt, was ich mitgemacht habe. Bei deiner Geburt haben sie mich ritsche-ratsche fast durchgeschnitten. Mit Jod vollgeklatscht. Komm, ich mach dir einen Kogel-Mogel mit Kaukau und Rahmkamellen in der Pfanne. Und im nächsten Moment verschwindet Dominika zwischen zwei großen Brüsten, schmilzt in die Mutter hinein, die nachgiebig wird, und sie schnieft nur noch ein bisschen. Der Körper der Mutter breitet sich aus wie Teig unter dem Druck der Hand, dann rollen sich seine Ränder auf und umhüllen die Tochter wie eine Pfannkuchenfüllung. Die gespannte Schnur lockert sich, Dominika ist eine Zeitlang nicht einsam, weil es sie jetzt gar nicht mehr gibt, aber das kann nicht lange dauern. Bald ziehst du in die Welt hinaus, und deine alte Mutter kann hier in diesem Storchennest Löcher in die Luft stieren.

Als Dominika nach den Ferien wieder in die Schule ging, stellte sie fest, dass es außer dem Fernbleiben Dimitris auch noch andere Veränderungen gab. Zwei neue Schülerinnen waren in ihrer Klasse, Iwona Śledź und Małgorzata Lipka, die Tochter des Gynäkologen, der jetzt im Haus der Angelopoulos' wohnte. Angeblich hatten die Eltern sie von der Breslauer Ursulinenschule genommen, um sie auf die General-Świerczewski-Schule von Piaskowa Góra zu schicken. Es wurde gemunkelt, sie hätte sich danebenbenommen, aber keiner wusste, was sie gemacht hatte. Beim Begrüßungsappell sang Dominika mit den anderen die Schulhymne vom General Walter, der tapfer zog in die Schlacht undsoweiter undsoweiter mit Acht und Macht und hält die Wacht über dich und mich in der Nacht. Neben ihr standen Marzenka Grzebieluch und Edytka Kowalik, und Dominika bemerkte, dass in diesem Sommer etwas mit den Mädchen passiert war. Sie waren eher aufgedunsen als gewachsen, und auf Kinn und Stirn blühten ihnen Pickel mit gelben Köpfchen. Ihre Münder waren röter, feucht, sahen aus wie rohes Fleisch. Mit raschen Bewegungen leckten die Zungenspitzen die vom Lippenglanz rosa gefärbten Speicheltröpfchen ab. Sie brachen so oft in Kichern aus, dass man kaum wachsam genug sein konnte, um die nächste Explosion abzupassen. Jeweils zwei, drei Mädchen schlossen sich gegen andere Zweier- und Dreiergruppen zusammen, und in jedem Dreier verschworen sich zwei gegen die Dritte. Alles, was sie vorher gemacht hatten, kam ihnen plötzlich kindisch vor. Erst jetzt wussten sie, wie sie sich in Bessere und Schlechtere aufzuteilen hatten. Sie verstießen die zu dicken Bożenkas, die stotternden Beatas, die Aldonas aus dem Kinderheim mit einer Leichtigkeit, als wischten sie sich den Rotz ab. Die Ausgestoßenen waren nicht mehr sie selbst, sie hießen jetzt Siff, Bakterien und Kacke. Aber das allerschlimmste Wort war Schleim. Schleim! kreischten sie und stoben quietschend auseinander, aber sie rannten nicht weit. Sie bildeten einen fest geschlossenen Kreis, in den von außen niemand eindrang. Wie sie sich zufächeln konnten und sich vor Ekel die Nase zuhielten! Schleim! schrie eine, und die anderen fielen ein und wiederholten, Schleim, Schleim, Schleim. Ihre auf die Anziehung von

Gegensätzen eingestellten Mechanismen kamen in Gang, die geölten Räderwerkchen der Erfraulichung setzten sich in Bewegung. Diese Besseren, die ausschlossen, knöpften in den Pausen ihre vorgeschriebenen Schulkittel auf, zeigten ihre Blusen, unter denen sich die ersten Büstenhalter abzeichneten. Die Ausgeschlossenen krümmten die Schultern und ließen den Kopf hängen, als wollten sie sich wie Füchsinnen zu einer Kugel zusammenrollen, um den empfindlichen Bauch zu schützen. Die anderen sprachen mit hohen Stimmen und lachten ein Lachen, als würde Styropor über Glas gerieben, wenn Zbyszek Lepki in der Nähe auftauchte, und ihre Münder verformten sich zu Sauglöchern, wie ein Staubsaugeraufsatz. In neuen türkischen Jeans mit dem Bild einer Pyramide auf der Hintertasche, modischen Jeans mit weißen Bleichflecken und -streifen kam er daher, extra für sie, in ihre Richtung, ihretwegen, und um die Wette taten sie schön, bleckten die Zähne, zogen die Luft ein. Die auf Anziehung der Gegensätze eingestellten Mechanismen beschleunigten, spritzten in alle Richtungen, Dampf stieg auf. Diese Jeans! Man konnte sie von Leuten kaufen, die zum Geschäftemachen in die Türkei fuhren, Kristalle gegen Felljacken tauschten, gegen Hosen, Baumwollblusen mit schönem Rosenmuster und Türkise gegen billige Parfumimitate, Schminkpaletten, Halva. Zbyszek Lepki oder Adrian Pypeć, das war das Dilemma, in das die Besseren gerieten, die Schlechteren können sich mit dem Zugucken begnügen, sie rechnen wohl kaum noch damit, dass sich mal einer mit ihnen vergnügen wird. Die Jeans von Zbyszek Lepki, seine Limahl-Mähne, Adrians wunderhübscher Vorname und sein resedagrünes Mofa, auf dem er nach der Schule um den Babel kurvte, fast wie dieser junge neue Kaplan Adaś. Zbyszek oder Adrian, Zbyszek, Zbyszek, flüsterten die Hübschesten in den Pausen, ihr Kichern explodierte, schnitt durch Glas, den Unvorsichtigen flogen die Splitter ins Auge, gerieten unter die Fingernägel. In ihren chinesischen Federmäppchen hatten sie Bilder von Limahl, wer glich ihm mehr – Zbyszek oder Adrian? Während des Unterrichts öffneten sie ihre mit Tierbildern verzierten Federmäppchen und zeigten einander deren fleischiges, fast feuchtes Inneres. Schon bald werden Zbyszek oder Adrian dort kleben anstatt Limahl. Jagienka Pasiak, die keine Rattenschwänze mehr trug, die Locken offen auf die Schultern fallen ließ und mit Spangen an den Seiten feststeckte, warf einen Blick auf die von Jadzia frisierten Haare Dominikas und flüsterte ihren Freundinnen Marzenka Grzebieluch und Edytka Kowalik etwas zu. Sie waren fast genauso hübsch, aber eben doch nicht ganz, hinter ihrem Rücken wechselten sie Hyänenblicke. Sie dürften von Jagienkas Butterbrot abbeißen, aber ringsum standen viele, die darauf brannten, sich zu Jagienka durchzubeißen. Man konnte nie wachsam genug sein, wenn es einen Angriff gab, dann kam er von einer Herde. Ihre Wachsamkeit richtet sich zum Beispiel auf Małgosia Lipka, die ihr Haar kurzgeschnitten hat, stark ist, jedem wie ein Junge in die Augen guckt und flucht, die jede Pause Süßigkeiten am Kiosk kauft und Klamotten aus dem Pewex trägt. Sie treibt sich ganz in der Nähe herum, keine weiß, was sie will. Sollen sie sich auf die stürzen oder lauernd abwarten, sie ausstoßen oder als eine der Ihren in den Kreis aufnehmen – die fast genauso Hübschen wissen es noch nicht. Ähnlich wie mit Dominika, der Bohnenstange, aber anders. Sie schnüffeln, beobachten. Da bietet Małgosia Jagienka einen Prinz-Polo-Riegel an, jetzt erwählt Jagienka sie dazu, Dominika ein Briefchen zu überbringen – ein vierfach gefaltetes Stück Papier mit einem aufgemalten rosa Herz, von einem Pfeil durchbohrt. Werde ich Freundinnen haben? Werden wir wie Schwestern sein? Fragen sie mich, ob ich abbeißen will? Nichts dergleichen. An den Bauerntrampel mit der Frisur wie der verfickte Chopin nach einem Konzert! Das war die Anrede des mit Druckbuchstaben auf Rechenpapier geschriebenen Briefes. Vorne platt, hinten platt, Gott hat dich nur aus Witz gemacht, das war der Inhalt, und als Unterschrift stand da: Ein heimlicher Verehrer. Die Hübschesten, ach wie sie lachten, vor allem Edytka und Marzena, denn Jagienka verzog nur den Mund zu einem schiefen Lächeln, als stehe sie über solchen Scherzen und gehöre zu einer Welt, von der sie alle noch keine blasse Ahnung hatten. Diese Jagienka Pasiak sah sogar mit einem blauen Auge noch wie ein Filmstar aus. Dass sie vom Fahrrad gefallen war, bekam eine völlig andere Dimension dadurch, dass es ein deutsches Fahrrad mit Gangschaltung war und außerdem noch rosa.

Dominika setzte sich in die Bank, die sie seit der ersten Klasse mit Dimitri geteilt hatte. Resigniert nahm sie hin, dass Magister Demon ein Mädchen neben sie setzte, das drall in einem über den Brüsten klaffenden Kittel steckte und im Gesicht so rot war, als wollte sie sich im nächsten Augenblick in einer Fontäne aus Milch und Blut entladen. Iwona Śledź* konnte nicht Volleyball spielen und bekam Fünfen in allen Fächern, zudem schwitzte sie ausgiebig. Sie trieb es wirklich zu weit. Hering! Die Hübschesten prusteten vor Lachen und hielten sich die Nasen zu. Heringsschleim! Sie kann ihr Lächeln einpacken und auch der Kometenschweif ihres fast weißen Zopfes, der in den eisigen Kosmos der Klasse fliegt, nützt ihr hier nichts. Achtung, Fischzentrale! Die fast genauso Hübschen waren der Ohnmacht nahe und fächelten sich mit übertriebenen Gesten Luft zu. Der Hering schwimmt im Schleim! Dem Fräulein Hering mangelt es heute wohl an Öl,

* Śledź – deutsch: Hering (Anm. d. Ü.)

scherzte Magister Demon, wenn sie Iwona an der Tafel abfragte und nach jedem weiteren Fehler auf einer Woge zustimmenden Gekichers schwamm. Dank Iwona Śledź' Langsamkeit kann Magister Demon in Fahrt kommen, schon war sie in Schwung wie auf einem alten Autoreifen bei der Abfahrt über den vereisten Hang von Piaskowa Góra. Sie hüpfte hoch auf den Aufwerfungen, ihre Waden ragten in die Luft, im nächsten Augenblick würde sie fliegen. Ach, sie öffnete einen Knopf an ihrer Bluse, und noch einen, ihr Lieblingsroman kommt ihr in den Sinn, *Die Herrin von Czachtice*, über Elżbieta Bathory, die im Blut junger Mädchen badete. Sie saugte es ihnen bis zum letzten süßen Tropfen aus. In der eisernen Jungfrau, einem innen mit Stacheln besetzten Schrank, schloss sie sie ein, ach Jungfrau Hering, hätte ich doch auch so einen Schrank! Magister Demon brachte Iwona der Hinrichtung noch einen Schritt näher, indem sie eine weitere Fünf neben ihrem Namen eintrug. Die Schüler waren inzwischen zu groß, um auf den Hintern geschlagen zu werden, und so ein Tadzio Wolocha aus der vorletzten Klasse oder der sie um einen Kopf überragende Adrian Pypeć, dessen Vater schon wieder im Gefängnis saß, hätten sich ärgern und es ihr heimzahlen können, wenn nicht in der Klasse, dann nach dem Unterricht. Deshalb richtete Magister Demon ihre ganze Energie darauf, diejenigen, die nichts heimzahlen konnten, mit Worten zu quälen. Sie schoss die Pfeile ihrer Worte ab und prüfte, wo sie am tiefsten und am schmerzhaftesten eindrangen, es machte keinen Spaß, wenn die Spitze von der Wand abprallte oder, was noch schlimmer war, abbrach. Iwona Śledź, die sogar nachdenken musste, bevor sie beim Abfragen der Anwesenheit Hier! sagte und dabei ganz verwundert aussah, dass sie, Iwona Śledź, da war – was für eine Zielscheibe! Sie wich nicht aus, ihr Körper war das fleischig-rosige Ziel, in das Magister Demon mit Genuss ihre Pfeile schoss, und nach jeder Unterrichtsstunde sah das Mädchen aus wie der heilige Sebastian.

Dominika und Iwona waren froh, als General Jaruzelski in diesem Winter den Kriegszustand erklärte. Krieg bedeutete für sie, dass sie nicht in die Schule gehen mussten, der Krieg bewahrte sie vor Wunden. Im Babel brodelte es. Alle kamen aus den Wohnungen, um sich zu vergewissern, dass in den Fernsehern der Nachbarn derselbe Militär mit schwarzer Brille aufgetaucht war. Was Jadzia anging, so glaubte sie im Grunde an die ehrlichen Absichten des Generals, die Tatsache, dass er kein guter Redner war, rührte sie, denn man sah, dass sich der arme Kerl schrecklich aufregte. Sie war deshalb bestürzt über den Zorn einiger Nachbarn, die ihn Kommunistenschwein nannten, doch sie behielt ihre Meinung für sich, wozu sie jemandem aufdrängen, der lieber eine andere hatte. Wer sich nicht aus dem Fenster lehnt, dem tun sie auch nichts, beruhigte Stefan sie und vielleicht auch sich selbst. Er räumte ein, dass dieser Jaruzelski tatsächlich etwas stur wäre, aber er sah aus, als könnte er Ordnung schaffen, denn da oben an der Küste hatten sie wirklich über die Stränge geschlagen, und wie. Wozu mussten sie sich so aufführen? Wozu sich so rauslehnen? Höher als sein Arsch springt keiner. Aber Ordnung kehrte keine ein, die Heizung fiel aus, der Strom wurde abgestellt, der Kran spuckte eisiges Wasser und vertrocknete dann gänzlich. An den Fensterscheiben erblühten die Eisblumen und glitzerten im Kerzenlicht, die Familien vom Babel krochen mit Hunden und Omas zusammen in gemeinsame Federbetten, die Kinder lagen zwischen Mutter und Vater, damit sie nicht erfroren. Morgens stand keine Milch vor der Tür, und in den Bäckereien fehlte es an Brot. Jadzia musste in der Kirche weinen, als Pfarrer Postronek donnerte, so wie die ungläubigen Hunnen die heilige Ursula und die elftausend

Jungfrauen, so würden die Roten Polen, unser Vaterland, mit Stumpf und Stiel ausrotten. Das ist wegen der roten Pest, sagte sie, wenn sie zum Mittagessen Kartoffelsuppe und dünn mit Schmalz bestrichenes Brot austeilte, und ihre anfängliche Sympathie für den tüchtigen General, der beim Retten des Vaterlands so in Rage kam, geriet in Vergessenheit. Guck dir diesen Affen an, diesen Esel, diese blinde Krähe, zischte sie von nun an durch die zusammengepressten Lippen, wenn Jaruzelski im Fernsehen erschien. Nur den Russen den Arsch lecken, das kann er. Um zwei Rubel hat er uns verkauft! Alle gucken doch nur, wie sie an die Fleischtöpfe kommen und einen anständigen Menschen an die Wand drücken, pflichtete Stefan ihr bei.

Allein Dominika beschwerte sich nicht in diesem Winter, der Piaskowa Góra bis zum ersten Stock im Schnee versinken ließ, sodass Gänge geschaufelt werden mussten, damit man zum Laden an der Ecke gehen konnte. Von oben sah man nur eine weiße Fläche, aus der wie graue Inseln die Hochhäuser ragten. Auf demselben Weg wie einst mit Dimitri, vorbei an dem wie polierter Basalt glänzenden Kleinen See, stieg sie den Abhang der Halde hinauf. Dort, wo sich der meiste Schnee gesammelt hatte, der auf der Oberfläche harschig, darunter aber weich war, buddelte sie eine Grube, die groß genug für ein mageres Mädchen war. Die Kunst bestand darin, hinterher den Zugang so abzudecken, dass der Innenraum in ein bläuliches Dämmerlicht getaucht wurde. Wenn die Welt verschwunden war, taten sich unter dem Schnee Gänge auf, die mit den herrlichsten Glassplittern ausgelegt waren, türkisblaue Wege direkt nach Bula-Bula, violette Wege dorthin, wo man zu den Hübschesten in der Klasse gehört, rubinrote Wege zu Rachatlukum mit Rosensirup, zu warmen Meeren. Die Knie ans Kinn gezogen und die Hände in den Jackenärmeln versteckt, saß Dominika dort so lange, bis ihre Finger erstarrten und die unter der Mütze hervorquellenden kaffeebraunen Haarsträhnen von dem gefrorenen Atem vereisten. Jedes Mal, wenn sie schließlich aus ihrer Grube stieg und in das grelle Tageslicht blinzelte, hatte sie das Gefühl, dort, unter dem Schnee, etwas zurückgelassen zu haben, das sie nie wiederfinden würde.

11 Stefan beteiligte sich nicht an den Streitereien von Mutter und Tochter. Er huschte zwischen den beiden hindurch, spielte eine Schleichpantomime mit gekrümmten Schultern und eingezogenem Kopf, den Zeigefinger an die Lippen gelegt. Er machte es sich in seinem Nest vor dem Fernseher bequem, zog die Vorhänge vor, rückte die Antenne hin und her, denn das Bild war wieder hinüber, und gleich kamen die Lottozahlen. Sonntags sah er aus verschwiemelten Augen und in Bierdunst gehüllt die nachmittägliche Natursendung. An sonnigen Tagen lag das Esszimmer der Chmuras hinter den zugezogenen Vorhängen in einem ungesunden Licht, das trübe war wie schmutziges Wasser. Stefan langte nach der Flasche hinter dem Sofa, nahm den ersten Ertrinkensschluck, versteckte sie nach jedem Schluck wieder vor seinem Durst hinter dem Sofa, ein Kampf, den er unentwegt wieder aufs neue verlor. Auf dem Bildschirm verspritzten Taranteln ihr Gift, Schildkröten legten Eier auf fernen Stränden, und Stefan erinnerte sich an die Zeiten, als es in ihm kribbelte, an die erste und letzte Bierkneipe, an der er teilgenommen hatte, als Genosse Gierek regierte, und der, hoho, der konnte regieren, damals gab es alles. Ein Bergmann, der galt etwas. Als Ingenieur Waciak bei der Kneipe im Bergmannshelm Geld für eine Ferienkolonie sammelte, in der arme Kinder sich vom Wałbrzycher Gestank erholen und saubere Luft mit Jod einatmen sollten, gab Stefan, was er im Portemonnaie hatte, nicht einmal mehr den Fahrschein konnte er bezahlen. Denkt nicht, dass wir einen prellen wollen, verdammt noch mal, wollt ihr helfen? Verdammt noch mal, ja, wir wollen helfen! Wie konnte man nichts geben? Die Schönheit des Augenblicks wurde ihm

von Waciak für alle Ewigkeit in die Schultern eingeklopft, wie einen der Seinen, wie seinesgleichen hatte er ihn geklopft, doch heute, wo er sich was in Szczawno Zdrój gebaut hat, erwiderte er nicht mal seinen Gruß, tat so, als sehe er ihn nicht. Auf dem schneegestöbernden Bildschirm schlüpften aus den Schildkröteneiern winzige Schildkröten mit weichen Panzern und eilten zum Meer, versuchten, es zu erreichen, bevor sie aufgefressen wurden, und Stefan trank den letzten Schluck aus der Flasche. Bevor er mit dem Gesicht im Aschenbecher einschlief, rief er manchmal Jadzia oder Dominika, komm, guck mal, was dieses Reptil für einen Kopf hat, doch weder Frau noch Tochter teilten sein Interesse an exotischen Spinnen und Reptilien.

Jadzia war es, die dafür sorgte, dass sich die Gepflogenheiten ihres Mannes änderten und er nicht mehr draußen trank, sondern sich mit seinem Laster dort verkroch, wo er keine Schande machte. Besser hielt man die Schande im eigenen Heim, warum sie unter die Leute tragen? Wenn du schon nicht anders kannst, dann betrink dich ordentlich zu Hause, anstatt draußen für jedermann sichtbar zu stehen und unter einen Baum zu pissen, belehrte ihn seine Frau. Je mehr er verkümmerte und verblasste, desto größer und bestimmter wurde sie. Stefan, aus der Rolle des Ernährer-Vaters, der der Familie Stolz und Nahrung bringt, verdrängt, stand jetzt auf einem Nebengleis ihres Lebens, und seine Frau übernahm das Ruder. Jadzias stachelbeergrüne Augen verloren ihre Weichheit, sie saßen in ihrem Gesicht wie zwei Glaskugeln, die sich unabhängig voneinander hin- und herdrehten und denen nichts entging. Um wieder reinzuholen, was der Gatte und Ernährer durchs Saufen vertat, polierte sie ihre in jungen Jahren erworbene Fähigkeit, Spritzen zu setzen, auf; sie stach nun in die Hinterbacken kranker Frauen vom Babel und beschwerte sich hinterher über ihre mangelhafte Hygiene und ihre schmutzigen Unterhosen. Ihre kranke Hand war in der hausfräulichen Rehatherapie beim Teigkneten und Piroggenformen wieder beweglicher geworden. Bis sie richtig in Übung war, hinterließ sie allerdings Blutergüsse auf den zellulitisch gefurchten Körpern, aber sie nahm weniger als eine private Krankenschwester, und ihre Säuberlichkeit und ihr Essiggeruch wirkten vertrauenerweckend. Das verdiente Geld, echter als ihr Gehalt, hielt sie unter Verschluss in einer Schatulle, das gehörte ihr. Wenn Jadzia nachts aufwachte, leuchtete die von einer Pilgerreise nach Tschenstochau mitgebrachte Muttergottesfigur grünlich wie Phosphor. Mich kann man nicht mehr so einfach an die Wand drücken, sagte sie. Jadzias Königreich beschränkte sich nicht mehr auf die Küche, es umfasste nun auch Esszimmer und Flur, das Zimmerchen der Tochter war ihr Lehen. Sie schritt ihr Gut mit Schrubber und Putzlappen ab, stellte die Väschen von Cepelia, die Włocławeker Keramiken in Reih und Glied, das alles gehörte ihr. Ihr gehörte das im Wäscheschrank angehäufte Bettzeug und die darunter versteckten vier Goldringe. In aller Einsamkeit probierte sie diese an ihren vom Scheuern, Desinfizieren, Selbstaufopfern kaputten Fingern an, sie, Königin Jadwiga von Piaskowa Góra. Sie behängte sich mit Kunstperlen aus Jablonex, die so manchen Bergmannsball im Café-Club Barbara gesehen hatten, wickelte Holzperlenschnüre um ihre Arme, klirrte mit kupfernen Ohrringen. In dem Maße, in dem Stefan in einem Gefühl der Ohnmacht versank, während die letzten Kribbelbläschen auf seinem Säuferatem platzten, wurde Jadzia flinker, ihre Bewegungen wurden sicherer, ihre Stimme kräftiger. Sie konnte sich schon so an der Haltestelle aufbauen, als wollte sie den Autobus auf die Hörner nehmen, und sicherte sich auch im größten Gedränge einen Sitzplatz. Im

Fleischerladen fasste sie die Rindsstücke für die Suppe bereits aus großer Entfernung mit Raubvogelblick ins Auge und schlug auch gleich, zwischen zwei anderen Interessentinnen, ihre Krallen hinein. Was drängeln Sie sich denn hier vor? In der Schlange um Strumpfhosen ging sie angesichts von Dreistigkeit zum Gegenangriff aus der Hüfte über und gewann. Herzchen, Sie haben hier nicht gestanden! Wie, gestanden? Von wegen gestanden! Vielleicht hat sie geträumt, dass sie da gestanden hat. Auf der Arbeit bot sie zum ersten Mal der Unsympathischen die Stirn, als diese sie anwies, das Fenster zu schließen. Wenn's Ihnen zieht, machen Sie's selber zu, knurrte sie, und die Unsympathische sah sie an und murmelte nur: Ist ja schon gut. Sie hatte immer weniger Ähnlichkeit mit der Dziuneczka, die mit ihrem Pappköfferchen in Wałbrzych angekommen war und in Gesellschaft höchstens »Ojeh!« sagen konnte. Still, Junge, wies sie Stefan zurecht, wenn es mal vorkam, dass er die Stimme erhob. Halt bloß dein Maul, ohne mich würdest du vor Hunger und Dreck verrecken. Wenn Stefan seine Kartenration vertrunken hatte, wagte sie sich in Pypećs Diebeshöhle, tauschte Fleisch gegen Selbstgebrannten bei der Lepka, und Stefan nahm jeden Abend die Flasche aus dem Küchenschrank, aber so, dass seine Frau es nicht sah. Er schloss sich mit der Flasche im Zimmer ein, obwohl er um keinen Preis zugegeben hätte, dass er so lieber trank, in seinem Nest auf dem Sofa, ganz allein mit seinem Gefühl, an die Wand gedrückt worden zu sein, allein mit seinem immer wieder spleißenden Gedankenfaden. Der vom Alkohol betäubte Bandwurm war eingeschlafen, er saugte ihn nicht von innen aus, und Stefan erholte sich kurzfristig von all dem, was offensichtlich seine Kräfte überstieg. Er erzählte seiner Frau nicht, dass bei den Sendungen über Spinnen oder Reptilien die Tiere manchmal aus dem Fernseher herauskamen, sie schauten ihn an, attackierten ihn aber nicht, nein, sie versteckten sich unter der Couch, hinter der Schrankwand, zwängten sich unter den Fußbodenbelag, der sich von der Wand gelöst hatte. Jadzia würde ihm nicht glauben. Hinter der geschlossenen Tür hörte er ihre Stimmen, die seiner Frau und seiner Tochter, und kurz vor der Schwelle zu einem wichtigen Versprechen, das er – so viel war ihm bewusst – ihnen geben müsste, schlief er ein. Manchmal rief Jadzia Dominika herbei und zeigte ihr mit Grimassen und verdrehten Augen, wie komisch dieser Kerl aussah, wenn er sich besoffen hatte und mit offener Klappe schlief. Guck mal, Kind – sie berührte Stefans Nase mit den Fingern, und er gab nur einen röchelnden feuchten Laut von sich, wie ein geschlachtetes Huhn. Was ist, Dziuneczka, murmelte er, ohne zu sich zu kommen, und schnarchte kurz darauf wieder genauso laut, während seine Frau und Tochter auf Zehenspitzen den Rückzug antraten und sich vor Lachen bogen.

Stefan fühlte sich völlig hilflos angesichts der heranwachsenden Dominika. Seit sie dreizehn war, sprach er kaum noch mit ihr. Wie war's in der Schule? fragte er, und seine Tochter antwortete: Gut. Wenn sie schlechte Laune hatte, sagte sie gar nichts und schloss sich in ihrem Zimmer ein. Ein paar Mal versuchte Stefan, in seinen erzieherischen Bemühungen weiterzugehen, dann sah Dominika ihn mit einem unergründlichen Gesichtsausdruck an, zuckte die knochigen Schultern und reichte ihrem Vater die in Plastikumschläge gehüllten Hefte. Mit ernster Miene schaute Stefan das Polnisch-, Biologie- und Mathematikheft durch, und da er keinen konkreten Anhaltspunkt für väterliche Sorge um die Erziehung der Tochter finden konnte, fragte er: Wieso hast du das hier so unterstrichen?, oder er bemäkelte die Eselsohren. Lerne fleißig, gebe acht, das Wissen ist das Tor zur Macht, sagte er dann immer und gab ihr die Hefte zurück, ohne der Antwort auf die an ihm zehrende Frage auch nur ein Jota näher gekommen zu sein: Wie könnte er dafür sorgen, dass seiner Tochter gelingen würde, was ihm so ziemlich danebengegangen war – das Leben. Im Unterschied zu Jadzia, die keinen Augenblick ihren Traum vom deutschen Schwiegersohn und dem weißen Haus in einem schönen Castrop-Rauxel aufgegeben hatte, fehlte ihm eine klare Vorstellung von dem, was in Dominikas Fall ein gelungenes Leben sein konnte. Er probierte in der Phantasie mögliche Versionen eines wunderbaren Lebens aus, das sie erwarten mochte, aber er kannte nur wenige und keine genau. Am besten gefiel ihm die Vorstellung von Dominika als Ärztin, so sauber und ernst im weißen Kittel, mit einem Stethoskop um den Hals, wie die Doktor Eva aus seiner Lieblingsserie. Er stellte sich vor, wie seine Tochter Rezepte ausstellte oder in die Reihe der wartenden Patienten rief: »Der Nächste bitte!«, aber für sich selbst konnte er in diesem Bild keinen Platz finden. Er hatte nur die Hoffnung, dass der Bandwurm, der ihn verschlang, nicht ansteckend war. Einmal ging er zu einem Schwimmwettkampf, an dem Dominika teilnahm. Nur wenig verspätet, aber munter, frisch rasiert und in eine Rasierwasserwolke gehüllt, stolz auf seine nüchterne sonntägliche Bevaterung, betrachtete er begeistert das Mädchen, das sich am Startblock drei zum Sprung anschickte. Sie war groß und stark, hatte einen Puddingkörper wie seine Jadzia mit deutlich sichtbaren Hüften und eine zu locker sitzende Schwimmkappe, unter die sie eine feuchte Haarsträhne schob. Dieser Anblick rührte Stefan aus ihm unerfindlichen Gründen fast zu Tränen. Er feuerte sie an und war enttäuscht, als sie verlor, bis sie die Schwimmkappe abzog und er beschämt feststellte, dass es gar nicht seine Tochter war. Diese bemerkte er erst jetzt. Glücklich über ihren Sieg, dürr wie ein Stecken, hüpfte sie auf und ab und schüttelte sich das Wasser aus den Ohren. Nie hatte jemand Stefan gesagt, was ein Vater mit einer Tochter machen kann, die kein Kind mehr ist, die sich nicht mehr in der Badewanne kitzeln lassen und auch nicht mehr auf seinem Schoß sitzen will. Deshalb tat er meistens gar nichts, schaute nur hinter einer Mauer des Schweigens hervor. Er hätte eine Niere, wenn nötig sogar sein Herz für sie geopfert, aber reden konnte er nicht mit ihr. Er erwischte sich bei seltsamen Gedanken über ihren sich wandelnden Körper, den er früher so gut kannte, dass er für jeden einzelnen Körperteil einen Scherznamen hatte. Er küsste das Köpfchen-Knöpfchen, die Händchen-Spillerenzchen und Beinchen vom Kleinchen. Ihren kleinen Schlitz, den er um nichts in der Welt berührt hätte, nicht mal wenn Dominika als Säugling in die Windeln pinkelte, nannte er Piroggelchen, denn alles, was kostbar war, verband sich für ihn mit Essen. Noch ein, zwei Jahre zuvor hatte es seine Tochter gar nicht gestört, wenn er mit ihr im Badezimmer war, doch als er vor kurzem hineinging, um die Hände zu waschen – zugegebenermaßen ohne anzuklopfen und in etwas angetrunkenem Zustand –, schrie sie ihn an wie von Sinnen. Was hatte er gesagt? Was hatte er gesagt, als er die nackte Dreizehnjährige mit ihren mirabellengroßen Brüsten sah, sein geliebtes Kind so fremd, fast so groß wie er selbst? Er sagte: Bald wird das Piroggelchen schwarz. Das rutschte ihm so heraus, als sein Blick über den flachen Bauch der Tochter glitt und auf dem vorgewölbten, kahlen oder fast kahlen Hügelchen hängenblieb. Er hatte keine bösen Absichten, schließlich war es doch sein Kind, und er war der Vater und nicht irgendein Perversling. Ein unklares Gefühl von Schuld jedoch ließ ihn nicht los, und das Bild seiner nackten Tochter tauchte immer wieder vor seinen geschlossenen Augen auf, hartnäckig, wie der Wunsch zu trinken. Ein paar Tage, nachdem Dominika den Vater aus dem Badezimmer geworfen hatte, fand sie in der Jackentasche eine Packung Mentos mit Erdbeergeschmack, wie man sie nur im Pewex am Markt in Wałbrzych oder in der BeErDe kaufen konnte. Sofort lutschte sie all die glatten, himmlisch schmeckenden Drops – was sollte ein gekränktes und auf Süßigkeiten versessenes Kind auch sonst tun? Die beängstigende Geschwindigkeit, mit der sie aufschoss, ging Hand in Hand mit einem ungeheueren Appetit auf Süßes. Sie strich sich die kaffeebraunen Haare aus dem Gesicht und stöberte durch die Küchenschränke, um wenigstens ein paar Rosinen zu finden oder vielleicht Kokosraspeln, die von der Weihnachtsbäckerei übriggeblieben waren. Jadzia kam es so vor, als wüchsen die Haare ihrer Tochter in demselben Tempo, in dem in ihrem Mund die Löffelladungen cremiger Karamellmasse aus Butter, Milch und Zucker verschwanden, die Gabeln voll Sauerkraut mit Zucker, gezuckerte Apfelspalten, mit pferdeartigem Knirschen zermalmte Zuckerwürfel. Der Zucker verwandelte sich in dunklen Karamell, der in Fäden aus Dominikas Kopf wuchs und sich dicht und warm durch die ganze Wohnung spann. Wenn Jadzia morgens das Bad betrat, fühlte sie, dass sie im ganzen Flur durch die Luft schwebten, sich wie Spinnweben auf ihrem Gesicht niederließen und um ihre Beine wanden. Was für eine Buschmännin! Nach alter Sitte legte sich Jadzia neben ihre Tochter, um nicht die Couch unter dem Wasserfall mit dem betrunkenen Stefan teilen zu müssen, aber sie spürte, wie dort immer weniger Platz für sie war. Die knochigen Knie und Ellbogen hinterließen blaue Flecken auf ihrem Körper. Der Kindergeruch, den sie so geliebt hatte, war verschwunden, und das Dickicht auf Dominikas Kopf strömte den Geruch von angebranntem Zucker und feuchter Streu aus. Jadzia kannte diesen Geruch. So hatte es in der Küche ihrer Mutter Zofia in Zalesie gerochen, wenn sie nach dem Backen für Ostern die Fenster zum Wald öffnete. Das war die einzige Zeit, in der es fast nicht nach Essig roch.

Iwona Śledź, die Friseuse werden wollte, sagte, Dominikas Haar sei ungeschmeidig. Andere Frauen beurteilte sie unter dem Aspekt von Geschmeidigkeit, Farbe und Dichte der Behaarung, selbst ihre Quälerin Magister Demon existierte für Iwona vor allem als schwarzer Haarschopf mit Minipli. Sie sollte unbedingt einmal in der Woche eine Packung mit Eigelb machen, es ein bisschen aufhellen! An Dominika, die den Verlust von ein paar Handvoll Haar verschmerzen konnte, übte Iwona die Frisuren, die sie einst in ihrem eigenen Friseursalon machen würde. Der Salon sollte Sabrina heißen. Damenfriseursalon Sabrina auf Piaskowa Góra. Diese bescheidene Zukunft hatte zwei Vorteile: Kaum jemand würde sie ihr neiden, und Iwona hatte sie sich ganz alleine ausgedacht. Als Iwona ein paar Tage nach Schulanfang Dominika einholte, die allein auf dem Heimweg war, hatte diese nichts einzuwenden, sie zuckte nur mit den Schultern, und von da an legten sie den Schul- und Heimweg gemeinsam zurück. Sie hatten bald festgestellt, dass sie über eine Reihe einander ergänzender Unterschiede und Ähnlichkeiten verfügten und sich deshalb in ihrer Durchhaltepraxis gegenseitig unterstützen konnten. Dominika half Iwona bei den Hausaufgaben, denn seit Magister Demon ihre Pflichten mit anderen Fachlehrern teilte und sich selbst nur auf Polnisch und die Klassenlehrerstunde konzentrierte, zeigte sich, dass die großgewachsene Schülerin aus der letzten Bank doch nicht hirnlos und unbegabt war. Vor allem in Mathematik und Physik legte sie einen erstaunlichen Scharfsinn an den Tag. Iwona wiederum, die auf dem Gebiet der Freundschaften mit Personen des gleichen Geschlechts größere

Erfahrungen hatte, weil sich auf ihrer früheren Schule niemand an ihrem Namen und ihrer Langsamkeit gestört hatte, führte Dominika in die ihr bislang unbekannte Welt der Mädchengespräche über Menstruationen, Jungen und Küssen ein. Bevor Iwonas Eltern Arbeit in Wałbrzych und eine Wohnung im Babel bekamen, hatte sie bei ihrer Oma in der Gegend von Piotrków gewohnt und war jeden Tag vier Kilometer zu der Zweiklassenschule im nächsten Dorf gegangen, wo ihre Schwerfälligkeit und Neigung zur Geistesabwesenheit weder auf die überforderte Lehrerin noch auf ihre Schulkameraden Eindruck machten, denn letztere interessierten sich genauso wenig wie Iwona für das Geschlechtsleben der Pantoffeltierchen oder den Satzbau. Hast du dich schon mal mit einem Jungen mit Zunge geküsst? fragte sie Dominika, die fühlte, wie ihr das Wasser im Munde zusammenlief bei der Vorahnung von etwas so Köstlichem und Widerwärtigem, etwa wie Tatar mit rohem Ei in der Mitte, wie ihre Mutter es machte. Man muss den Mund so aufmachen, erklärte Iwona, sie machte einen Stülpmund wie ein Karpfen und streckte die Zungenspitze heraus. Und man darf dabei nicht gucken. Wie würde es sein, Zbyszek Lepki so zu küssen mit seinen Pyramidenjeans und seiner Limahl-Frisur? Sie übten Küssen auf der kalten Spiegelfläche, besabberten das Spiegelbild ihres eigenen Munds, probierten es aneinander aus und fuhren kichernd zurück, als eine lebendige Zunge die ihre berührte. Dominika ging nicht mehr so oft nach der Schule zu Oma Halina und mied den alten Weg durch den Busch. Seit Dimitri weggezogen war, hatten die Gegenden ihrer alten Streifzüge jeglichen Reiz verloren, sie erinnerten sie an ihren Verlust und an die bittere Tatsache, dass ihr Freund sich weder von ihr verabschiedet hatte noch jemals schrieb. In jenem einsamen Herbst ging sie einmal zum See und kletterte auf die Halde hinauf, aber ohne Dimitri war nichts dort oben auf dem Gipfel – das leere Wägelchen schaukelte quietschend hin und her, Staub bedeckte die aufgehäuften gläsernen Schätze, die nur noch unförmige Glasbrocken waren. In einer Wolke aus grauem Staub rannte sie wieder hinunter. Nachmittags traf sie sich jetzt mit Iwona. Mit Klopfzeichen an der Wand, die die Standardwohnung der Chmuras von der Standardwohnung der Śledź' trennte, schickten sie einander Botschaften in einem komplizierten Code, den Dominika sich ausgedacht hatte. Drei Schläge im Abstand von drei Sekunden hieß: ich komme und hole dich ab, sechs kurze Schläge hießen: komm und sag meiner Mutter, dass ich dir bei den Aufgaben helfen soll, aber Iwona warf diese Zeichen dauernd durcheinander. Sie stahlen sich auf die verbotene Dachterrasse, die die fünfzehn Stiegenhäuser und Eingänge vom Babel miteinander verband, und ließen Jadzia in dem beruhigenden Glauben zurück, dass sie draußen Gummitwist spielten oder sich vor dem Haus mit Freundinnen trafen, die sie gar nicht hatten. Krysia Śledź betrachtete die Welt als einen Ort begrenzter Möglichkeiten und nicht, wie Jadzia, unbegrenzter Gefahren. Deshalb ging Dominika gern dorthin, wo es verboten war, und Iwona konnte man leicht überreden, dass ihr das auch gefiel. Zuerst fuhren sie im Fahrstuhl nach unten und gingen hinaus, um der oben aus dem Fenster schauenden Jadzia zu winken, dass alles in Ordnung war, dass sie mit dem Fahrstuhl gefahren waren, ohne dass die Kabel gerissen und er abgestürzt war und auch ohne von einem Perversen in den Keller gezerrt worden zu sein wie das Mädchen in Szczawienko, von dem in der Zeitung stand, sie wäre nur gegangen, um ihrer Mutter Zigaretten zu kaufen, und acht Stunden später hatte man sie gefunden – erwürgt, blutüberströmt und ohne Unterhosen. Wenn der blonde Kopf hinter der Gardine verschwunden war, gingen die Mädchen wieder in den Babel und fuhren mit dem Fahrstuhl zum elften Stock hinauf. Ein paar Treppenstufen höher stahlen sie sich dorthin, wo der enge Hals eines Flurs alle Treppenhäuser miteinander verband. Von dort trat man hinaus auf die eigentliche Terrasse, die sich windgepeitscht und mit Abfall übersät auftat.

Bevor noch die Lüftchen der Perestroika wehten, hielt der freie Markt im Babel seinen Einzug, und die Devisenschieber auf der Terrasse verkauften Dollars. Picklige Beuteltiere mit Devisentäschchen, die so fest an den Bauch geschnallt waren, dass die Hautfalten darüberlappten, zählten hingebungsvoll dem einen fünf auf die Hand, dem anderen zehn. Dealer handelten mit »Kompott« und gefälschten Rezepten für Relanium und Reladorm; männliche und weibliche Nutten brachten in Umlauf, was sie zu bieten hatten. Auf der Terrasse des Babel herrschten nicht nur freie Liebe und freier Markt, sondern auch Redefreiheit. Die freie Liebe hatte keinen festen Preis. Der Stand der Aktien wurde an die Wand geschrieben, wo man auch seiner Unzufriedenheit Ausdruck verleihen konnte. »Fick den Dealer Maniek« oder »Miliz = Arschlöcher«. Im Winter spielte sich das Leben hauptsächlich im Flur ab, aber im Sommer zog es sie hinaus an die Sonne: die Drogensüchtigen mit den Gesichtern in Plastikbeuteln voll Kleber, obdachlose Paare, die eine Spur benutzter Präservative hinter sich ließen, angeberisch laute Jungs, die schon die Macht des Alkohols kennengelernt hatten, der die Zunge löste, die Arme und manchmal auch die Schenkel der Mädchen öffnete, die anfangs noch schüchtern waren, sich aneinander festhielten, husteten, Hilfe! riefen, ich kann nicht mehr, das brennt so! Ratte, ein an Jahren junger und an Erfahrung alter Drogensüchtiger, trieb mit segelartig ausgebreiteten Armen von einem Ende der Terrasse zum anderen, Ahoi Matrose! riefen ihm die anderen zu, knall nicht gegen die Felsen! Ratte hatte Matrose werden wollen, ein unpraktischer Traum in einer so fern vom Meer gelegenen Gegend, deshalb brachten ihn die Eltern davon ab und schickten ihn in die Bergbauschule, damit er einen anständigen Beruf erlernte. Doch anstatt das schwarze Gold zu schürfen, ergriff er bereits nach der ersten Fahrt unter die Erde schreiend die Flucht, Blut kam ihm aus der Nase, und er schlug den Kopf gegen die Stollenwand, dass sich die abergläubischeren Bergleute bekreuzigten. Was für ein Teufel, der wird ihnen noch Unglück bringen! Anstatt des schwarzen Goldes bekam Ratte den gelben Schein und segelte seitdem auf der Terrasse des Babel, träumte von endlosen Horizonten und Meeren, von Inseln, an denen sein Schiff vor Anker ging, und die Brise wiegte die Palmen. Józek Sztygar, immer hungrig nach Wodka und Rauch, bettelte nicht, vielleicht hatte er noch seine Würde, vielleicht hatte er aus Versehen die eines anderen genommen, zumal er im Suff seine eigene Frau nicht erkannte. Er hielt einen Augenblick inne und wartete, mal sehen, ob jemand einen Stummel übriglässt oder ihm gar eine ganze Klub zuwirft, dann verbeugte er sich steif wie ein Japaner und sagte Danke, empfehle mich fürs nächste Mal. Manchmal war auf der Terrasse des Babel viel los, doch alle mieden wie auf Verabredung die Selbstmörderecke am linken Rand, als fürchte man, in der Nähe des Geländers an dieser Stelle den Todesvirus zu fangen, sodass die Arme sich ganz von selbst zum Flug ausbreiten und die Beine wie auf Federn hochschnellen würden. Von dort springt man hopp! direkt auf den halbrunden kleinen Platz gegenüber von Supersam, der im Licht einer einzelnen Straßenlaterne liegt. Man steht auf einem etwa dreißig Zentimeter breiten Vorsprung. Von dort sieht man die Hügel, die den Horizont um Wałbrzych begrenzen, dahinter liegt die Welt, die man nicht sehen kann. Man springt. Im Babel gab es jedes Jahr einen Selbstmord, in einem Jahr sogar zwei. Der erste, begangen von einer stillen und abgezehrten Frau, die im Lebensmittelladen am Babel Verkäuferin war, ereignete sich im Juni und hätte die Gemüter stärker in Aufwallung gebracht, wenn nicht just zu diesem Zeitpunkt die polnische Mannschaft in der Fußballweltmeisterschaft den dritten Platz belegt hätte. So war er ganz verschwendet, weil es keine Zuschauer gab. Doch im Dezember desselben Jahres sprang noch Emilka Buczek aus Szczawienko, ein blutjunges Mädchen. Das war dann wirklich ein Thema im Babel, wie kann man nur, so kurz vor Weihnachten, die Mutter hatte den Karpfen schon gekauft und die Piroggen fertig, so jung und ohne Grund da runter springen, das war wirklich Sünde. Emilkas Vater warf sich angeblich in seiner Verzweiflung über den Sarg, und danach hat er nur noch getrunken, sonst nichts mehr. Bloß einmal, und zwar in dem Jahr, in dem ein Pole Papst wurde, da sprang keiner. Nur die besoffenen Dreckskerle von der Baufachschule, die brachen der Kellerkatze die Beine, übergossen sie mit Benzin und warfen sie brennend vom Dach, aber das war nicht dasselbe.

Ab und zu schaute die Miliz auf der Terrasse vorbei, doch sie stießen immer nur auf die bis zur Bewusstlosigkeit Zugeknallten, zum Beispiel Ratte, der ihnen durch die Hände rutschte, als sie versuchten, ihn in die Vertikale zu bringen, und nein, er hatte keinen Ausweis, Herr Wachtmeister, man kann ihn selbst allerdings als Nachweis betrachten – dafür, dass man's mit Kleber und Kompott allein nicht lange macht. Der Rest verschwand im Schlund einer der fünfzehn Zugänge zu den Stiegenhäusern. Dominika kam auf die Idee, über die eiserne Leiter von der Terrasse bis hinauf aufs Dach des Babel zu steigen, noch einen Stock höher als alle anderen. Komm, überredete sie die zögernde Iwona, wir gucken mal, wie es da aussieht. Wir sehen, was die anderen noch nie gesehen haben! Ich gehe bis an den Rand des Dachs und stelle mit einem Bein über dem Abgrund Jadzias Geduldsfaden auf die Zerreißprobe. Die mit schwarzer Dachpappe bedeckte Fläche qualmte aus Dutzenden Abzugsrohren, durch die das Gebäude warmen Dampf aus seinen Eingeweiden entließ, nur der Himmel war noch höher, die Wolken zogen zum Anfassen nah vorbei wie große Bäusche aus Zuckerwatte. Sie saßen stundenlang auf dem Dach, aßen trockenes Brot und rote Biberrattenwurst, die Iwonas Oma aus dem Dorf bei Piotrków schickte. Die Fleischstücke sahen aus wie die verrenkten Gestalten winziger Menschen und Tiere, und sie sonderten einen salzig-rauchigen Saft ab. Iwona richtete es wohnlich ein, polsterte die Kanten mit einer Decke und legte die zum Sonnenbad ausgezogenen Röckchen und Hemden säuberlich nebeneinander. Dominika stand am Rand und versuchte, hinter die Linie des Horizonts zu schauen, sie beugte sich vor, und Iwona sagte: Pass auf! Als Ratte ihnen an einem Sommertag zwei weiße Tabletten mit einem bitteren chemischen Geschmack verkaufte, sagte Dominika: Komm, wir schlucken die jetzt, und das Dach des Babel verwandelte sich in ein Floß, das auf den Ausgang der Bucht zutrieb, die die dunkelblauen Hügel um Wałbrzych umgrenzten. Die Bewohner im obersten Stockwerk des Babel blickten verwundert zum Himmel empor, der sich über ihren Köpfen auftat, so nah und leicht wie das Innenfutter eines Zeltes. Es war ein Luftfloß, ein Wolkenunterseitenfloß, schneller als das Schaukelpferd, es wiegte sie. Es kam in Fahrt, trieb an den Fördertürmen vorbei, über die Halden mit ihren abgeflachten Gipfeln, die an vulkanische Hügel erinnerten. Schon lag Wałbrzych hinter ihnen, sie sahen Züge durch Wüstenebenen eilen, Oasen und Palmen, die Büschel aus Pfauenfedern trugen, das weite, ein wenig furchterregende Meer und fliegende Fische, die wie sprühende Regenbogen aus den Wellen schnellten, fremde Städte und Städtchen mit beinweißen Treppen, kleine Planeten, die hin- und herschwangen wie Jojos vom Jahrmarkt. Als das Floß wieder in ruhigere Gewässer trieb und schließlich auf dem Babel landete, drehten sie die Gesichter der Sonne zu, rollten die Röcke hoch und bräunten sich die Beine. Dominikas wurden noch brauner, und Iwonas dünne Haut mit dem sichtbaren Netz zarter Äderchen rötete sich und bekam Sonnenbrand. Guck mal – sie zogen den Rand von Schlüpfer oder Hemd ein Stückchen zurück, wo die Haut weiß geblieben war, und schmierten sich gegenseitig mit Nivea ein.

Ab und zu warfen sie einen Blick auf das Geschehen unten auf der Terrasse, sie robbten auf dem Bauch bis an den Rand des Dachs und reckten vorsichtig die Köpfe. Sie interessierten sich nicht für die Drogensüchtigen oder die Säufer, sondern nur für die Paare, die diese seltsamen Dinge machten mit ruckartigen Bewegungen, Zerren und Schnaufen, wovon die Schlüpfer feucht wurden. Hatten sie Eros? Informationen über Zweck und Anwendung von Kondomen war nur ein Teil der Aufklärung, die Dominika von ihrer erfahreneren Freundin bekam. Iwonas Oma, die zehn Kinder zur Welt gebracht hatte, von denen ganze sieben überlebt hatten, übergab der Enkelin ohne große Umstände ihren ganzen Vorrat, sie selbst war jetzt zu alt dafür. Das Mädchen kann es bestimmt brauchen, jetzt ist sie dran, soll sie sich umtun. Jeder Kerl ist doch nur darauf aus, einer Frau seinen reinzustecken, und danach hat er keinen Respekt mehr vor ihr, wenn also ein Mädchen auf Abwege kommt, landet sie in der Gosse. Manche brauchen nur einmal fehlzutreten und – rums! liegen sie in der Gosse und kommen nicht mehr hoch. Iwona soll nur aufpassen! Wenn nicht, dann werden sich die Leute das Maul über sie zerreißen und sie im Regen stehen lassen, und sich im Regen aus der Gosse zu rappeln, das ist erst recht schwer. Für die auf dem Land aufgewachsene Iwona war die Liebeshydraulik ohnehin kein Geheimnis mehr, nicht selten hatte sie das Schicksal der Biberratten von der Zeugung bis zur Schlachtung für Pelzgewinn und Wurst mitbekommen, und beim Menschen war es nicht so anders. Dominika war bei dem Lebenskeim steckengeblieben, von dem sie in einem ihr verstohlen von Jadzia zugesteckten Büchlein gelesen hatte, das Bilder von Herren und Damen mit glatten Puppenkörpern enthielt. Er war brünett, sie blond, und sie standen steif nebeneinander, ohne sich auch nur mit den Händen zu berühren, deshalb konnte man sich nicht so recht vorstellen, wie Es in den Bauch der Mama kam, um den Keim für ein neues Leben zu bilden, das dann kopfunter in einer rötlichen Birne hockte wie ein Irrer in der Gummizelle. Da stand nichts von Reinstecken. Iwona erklärte Dominika, dass es bei dem, was die Paare auf der Terrasse des Babel machten, nicht um den Keim für ein neues Leben ging, erst recht nicht bei der Lepka und dem glatzköpfigen Privathändler Wojciech Kołodziej, der vor dem Babel einen Stand mit Gebäck betrieb. Nur auf die Frage, wie denn ein Keim für zwei neue Leben gleichzeitig gebildet wird, wie bei ihr und der Zwillingsschwester Paulina, konnte Iwona keine Antwort geben, obwohl sie wusste, dass so etwas bei Biberratten normal ist. Sie sahen, wie der schnauzbärtige Privathändler der Lepka den Rock hochhob und an seiner Hose herumfummelte. Sein Glied sah anders aus als im Buch und ähnelte einer Biberrattenwurst. Hat er Eros? Sie lachten lautlos, als er ein silbriges quadratisches Päckchen aus der Tasche zog. Jeder wusste, dass die alten Weiber, die in den Kiosken sitzen, mit der Nadel Löcher in die Kondome stechen. Iwona hatte keinen Zweifel daran, dass es stimmte. Dominika beugte sich weiter vor und zog den Kopf zurück, als die Lepka, die hinterher voll Schuldgefühl ihrem Liebsten bei Gott und allen Heiligen schwören würde, sie habe die Fratze des Teufels gesehen, den Kopf zurücklegte und nach oben schaute.

Iwona bemerkte Stefan Chmura zuerst und stieß Dominika an, die, gelangweilt von dem Mangel an Geschehen auf der Terrasse, gar nichts tat, den Bauch in die Sonne hielt und Brausepulver mit Himbeergeschmack leckte. Sie schüttete das rosa Pulver in die gewölbte Hand und steckte die Zunge hinein, auf der dann tausend Bläschen zerplatzten. Das war, wie Jadzia ihr versichert hatte, sehr unhygienisch und ungesund. Guck mal, dein Alter. Dominika drehte sich auf den Bauch und blickte in Richtung Selbstmörderecke. Ihr Vater stand da, die Hände auf das Geländer gestützt. Mein Alter? Ihr Vater war groß, hatte mächtige Arme. Er hatte sie auf die Schultern genommen und gerufen: Ich bin das Schaukelpferd, das zu fliegen begehrt! Der Mann, der seine braunen Hosen und sein lila-gelb kariertes Hemd trug, wirkte höchstens mittelgroß, gebückt und mager, nie und nimmer hätte er sie hochheben können. Er hätte nie diese tubatiefe Stimme zuwege gebracht und gerufen: Ich bin das Schaukelpferd, das zu fliegen begehrt!, bis die Nachbarn über ihnen ans Heizungsrohr klopften, um ihn zum Schweigen zu bringen und Jadzia sich ans Herz fasste: Junge, bist du verrückt geworden, du zerschlägst dem Kind gleich den Kopf! Stefan stand eine Zeitlang dort, ohne die zusammengeballten Hände vom Geländer zu nehmen, der Wind zauste seine mühsam über die kahlen Stellen gekämmten Haare. Mein Vater hat doch keine Glatze! dachte Dominika. Sie rief nicht: Papa, wo ist das Schaukelpferd hin?, noch fragte sie: Was machst du auf der Terrasse? Als sie am Abend die Tür zum Esszimmer aufmachte, um sich mit einer Eins in der Mathematikarbeit zu brüsten, sah Stefan gerade zu, wie wieder eine tellergroße Tarantel aus dem Fernseher gekrochen kam und sich hinter den Sessel zwängte. Er begriff nicht, was dieses Mädchen von ihm wollte, das von grellem Licht umstrahlt dort stand.

In den nächsten Monaten hatten sie nicht viel Gelegenheit zu Gesprächen, und als sie Stefan mal wieder und diesmal endgültig abserviert hatten, blieben ihm nur noch die Gedanken an seinen Lottoschein, den er in die letzte Nummer der Zeitschrift *Motor* gesteckt hatte, und das Wissen, dass Jadzia ihn dort nie und nimmer finden würde. Den Faschingsdonnerstag feierte er mit Kowalik und ein paar Kumpeln, mit Wacek Wrona und Lepki, in Abwesenheit von Frau Kowalik. Es gab Wodka, der runterging wie nichts, und es gab Krapfen mit Marmelade und Zuckerguss, die nicht so beliebt waren. Jeder hatte ein paar mitgebracht, sie lagen in aufgerissenen Tüten auf dem Tisch, eine schmalzstinkende Pyramide, die Stefan das Wasser im Mund zusammenlaufen ließ, obwohl er schon sechs gegessen hatte. Man wird sich nie einig sein, wer zuerst auf die Idee kam, Stefan, der von allen der Betrunkenste war, auf die Krapfen loszulassen, denn schon lange galt es als prächtiger Spaß, Stefan Chmura auf etwas loszulassen, das wusste jeder, nur er nicht. Die ganze Feier über wollte Stefan die Gesellschaft mit einem neuen Witz über die Frau mit der Harfe im Arsch erfreuen, aber er verlor den Faden, sein quiekiger Diskant verstummte, bevor die Frau noch zum Arzt gegangen war, von der Pointe mal ganz zu schweigen, zu der es nicht mehr kommen würde. Niemand hörte ihm zu, denn sie interessierten sich mehr für Kowaliks Geschichte von einem in der Armee, der nach dem Verzehr von Bohnen so furzen konnte, dass es richtig brannte, wenn man ein Streichholz dranhielt, und man die Feuerwehr holen musste, und der Gestank war schrecklich. Nach Bohnen ebenso wie nach hartgekochten Eiern in Meerrettichsauce und wahrscheinlich auch nach Zwiebelfleisch. Sie konnten sich nicht einigen, nach was sich das meiste Gas bildet, deshalb gingen sie dazu über zu besprechen, wer von ihnen von besagtem Zwiebelfleisch oder russischen Piroggen mit viel Schmalz und Grieben am meisten essen könnte. Für Wacek waren dreißig kein Problem, Lepki redete gar von fünfundvierzig, und sieben oder acht Frikadellen schaffte jeder, nur zu trocken dürften sie nicht sein. Und wie viel Krapfen könnte Stefan essen? Sie wetten, dass er beim dritten, spätestens beim vierten passen muss, und zwar mit Kotzen. Er ist der Herausforderung nicht gewachsen. Die Krapfen kommen ihm zu den Ohren raus, er stopft sie sich rein und kriegt sie nicht runter. Was für ein Waschlappen und Weichling ist dieser Stefan, nur saufen kann er, der Blödmann! Na, was ist, Stefek! Los, mach schon! Stefan sah die Chance vor sich, noch einmal zu zeigen, was der Oberbergmann Chmura für ein Kerl war. In seinem vom Alkohol umnebelten Geist stieg kribbelnd die Erinnerung an seine Kraft auf, als er übers Leder in den Bergmannsstand gesprungen war, und der Bandwurm hob den Kopf und biss ihn von innen. Der erste und der zweite Krapfen rutschten auf leichten Druck vom dritten, Los! brüllten die Jungs, also ging der vierte Krapfen gleich hinterdrein und blieb stecken, wo der fünfte auf ihn niedersank, und – Los! – der sechste ohne Kauen. Als er am siebten würgte, fühlte Stefan, dass etwas nicht stimmte, denn er kriegte keine Luft mehr. Bevor die Kumpel begriffen, das Stefans hervortretende Augen, sein rotes Gesicht und die rudernden Arme, die die Gläser vom Tisch fegten, keiner der Scherze war, die er so liebte, war es zu spät. Stefan röchelte noch einmal, spuckte ein Stück Krapfen aus, blutete aus der Nase, pinkelte sich voll, kippte um und schlug mit dem Kopf gegen die Schrankwand. Er fühlte, dass er von der Erde aufstieg und wirbelte wie in dem von Jadzia so gefürchteten Kettenkarussell auf dem Jahrmarkt vor dem Babel. Lass es, Junge, sagte sie immer, mit deinem Pech wirst du rausgeschleudert und den Russkis direkt in die Arme fliegen. Und dich zurück nach Wałbrzych zu holen, das können wir nicht bezahlen. Reptilien und Taranteln wirbelten, Osterkuchen und Komodowarane, Wacholderwürste und Männerhände, von denen Stefan wusste, dass sie jemandem gehörten, der ihm jetzt jeden Augenblick einfallen würde. In dem Moment, in dem sein Stiefvater seine Mutter erblickt hatte, erschien Stefan Edward Gierek, dem er so überstürzt Hilfe versprochen und auch geleistet hatte, und das hatte er jetzt davon, Dominikas Bild war auch ganz nah, aber es nahm keine Gestalt an, nur sein goldenes Nachbild erstrahlte einen Augenblick lang in Stefans Sinn, um dann nach dem Bruchteil eines Augenblicks zu verschwinden, es zersprang wie eine Kristallschale aus Kowaliks Schrankwand. Stefan Chmura, Sohn der Halina, de domo Czeladź und des russischen Akrobaten Wowka starb mit offenen Augen, die die Farbe von Graupen hatten und in deren Iris sich der Kohlenstaub unauslöschlich eingefressen hatte.

Jadzia musste ihrer neuen Rolle als Witwe mit einer heranwachsenden Tochter ins Auge sehen, und da sie nicht wusste, womit sie anfangen sollte, machte sie sich ans Aufräumen. Sie ließ den Blick über die Wohnung gleiten, ihr Nestchen, das einst Stefans Stolz gewesen war, und was sie sah, waren eindeutige Zeichen von Fäulnis und Zerfall. Bakterien wie russische Panzer! Verendete Spinnen – und was für Riesendinger! – unter dem Sofa. Der Teppichboden voll von eingetretenen fettigen Essensresten. Die von Stefan ausgeschnittenen Füße darauf in noch schlimmerem Zustand, sie führten zum Balkon wie die Fußspuren eines verirrten Riesen, der sich in seiner Verzweiflung vom neunten Stock stürzen wollte. Glitschiger Dreck zwischen den schief verlegten Kacheln im Badezimmer, ein schimmliger Bimsstein auf dem Wannenrand, der tröpfelnde Wasserfall der Fototapete, deren eine Ecke sich durch Feuchtigkeit gelöst hat. Jadzia seufzte in der Vorahnung der gewaltigen Arbeit, die auf sie wartete. Die Leere, die sie nach dem Tod ihres Mannes empfand, war völlig anders als die, die sie verschlang, als sie eines der beiden Kinder verloren hatte. Anstelle der von gelegentlichen Wahnanwandlungen unterbrochenen bleiernen Schwere erfasste sie jetzt eine manische Energie. Sie hüpfte wie ein großer Strandball, prallte von den Einrichtungsgegenständen ab und bekam blaue Flecke. Wenn nur diese Hand nicht wäre! Wenn nur diese Hand nicht wäre, dann würde sie schon zeigen, wozu sie in der Lage war. Sie würde das Linoleum abreißen, den Putz abschlagen, den ganzen Babel auseinandernehmen und dann blitzsauber und desinfiziert wieder zusammensetzen. Ganz zum Schluss machte Jadzia sich an Stefans Schrank, der, wie sie feststellte, auf der Welt nicht viel Platz einnahm. Wer hätte das gedacht, so ein großer Kerl, wunderte sich die frischgebackene Witwe, denn der Tod hatte das Bild des Saufbruders und Tölpels verblassen lassen und ihr gnädigerweise die Erinnerung an den tüchtigen, breitschultrigen Blonden bewahrt, der sie sechzehn Jahre zuvor auf der Treppe des Wałbrzycher Bahnhofs in seinen Armen aufgefangen hatte. Sie nahm die Hemden mit den gewendeten Krägen heraus, die filzigen Pullover und den unmodischen Anzug, der für ihre Hochzeit genäht worden war, die Socken, Taschentücher, Unterwäsche. Das irdische Gut von Oberbergmann Stefan Chmura fand Platz in zwei Kartons: Im einen waren Kleidung und Schuhe, in dem anderen, kleineren ein

Dutzend Nummern der Zeitschrift *Motor*, darunter auch diejenige, in welcher der Lottoschein mit den fünf Richtigen ruhte, und eine deutsche Grammatik für Fortgeschrittene. Nach kurzem Nachdenken nahm Jadzia das Buch wieder heraus. Es würde nützlich sein, wenn die Oma ein paar Worte deutsch spricht, damit sie sich mit dem zukünftigen Schwiegersohn und den Enkeln in der BeErDe unterhalten kann.

Als Dominika nach Stefans Beerdigung zwei Zentimeter größer und in zu kurzen Hosen wieder in die Schule kam, witterten die fast genauso Hübschen sofort den Geruch von Schwäche. Waisenkind! zischten sie hinter ihrem Rücken. Wir sammeln für die Armen! In der Parodie einer Bettelgeste streckten sie die Hände aus. Wer gibt einen Groschen für eine Waise, die zu Friseur und Schneider gehen muss? Fische sind stumm! fuhren sie der hilflosen Iwona über den Mund, als diese ihre Freundin verteidigen wollte, und schlugen ihre Krällchen noch fester ein. Jagienka Pasiak rügte sie mit der modulierenden Stimme eines Stars der Schulwettbewerbe. Das arme Waisenkind kann sich nur Hering leisten! Ach, wie sie lachten, die fast genauso Hübschen, wie sie ihre mit Mitessern betüpfelten Näschen kräuselten, an ihrer Nagelhaut nagten, und ihre rosa Zünglein hatten gespaltene Spitzen. Wenn sich Dominika ein bisschen gewehrt hätte, wenigstens ein bisschen, so wie eine Spinne, die, wenn man ein oder zwei ihrer dünnen Beinchen ausgezupft hat, hüpfend zu fliehen versucht, dann wären sie glücklicher und satter gewesen. Leider ging sie an Jagienka Pasiak und den fast genauso Hübschen ohne ein Wort vorbei, in Gedanken mit jenem Tag auf der Terrasse beschäftigt, als sie ihren Vater in der Selbstmörderecke gesehen hatte, und damit, dass sie nichts getan hatte, denn sie hatte sich wegen seiner Glatze und seines lila-gelb karierten Hemds geschämt. Bald überließen die Mädchen sie deshalb den Qualen, die sie sich selbst ausgedacht hatte, nur ab und zu noch zischten sie »Waisenkind«, wenn sie durch Zufall in ihre Nähe kam, und hielten sich die Nase zu, weil das Waisenkind nach Hering roch. Ein besseres Opfer fanden sie in Małgosia Lipka, die unterdessen nicht mehr in Jagienka Pasiaks Gnaden stand. Hier witterten sie den Geruch des Sensationellen und wühlten mit den Näschen wie Schweine nach Trüffeln. Denn etwas klebte an Małgosia wie ein Donald-Kaugummi am Schuh. Etwas Merkwürdiges war das, aber auch interessant. Es war unklar und vage, für sie nicht verständlich, und ließ sie dennoch ekstatisch erschauern. Sie hatten die Trüffel fast erscharrt. Dass Małgosia nicht so war wie sie, trat dabei unbezweifelbar zutage. Die Beweise lagen auf der Hand. Sie war aus der vorherigen Schule geflogen, weil sie sich mit einem Mädchen geküsst hatte! Sie war nicht normal. Sie war unnormal! Und stak wie ein Dorn inmitten ihrer Normalität. Ihre Auszeichnungen als Musterschülerin und der adrette Kittel waren Trug, darunter verbarg sich die Wahrheit. Lesssbische! zischten die fast genauso Hübschen, erfreut über diese plötzliche Wendung des Schicksals, denn einer, der auf die Nase gefallen war, gab ein besseres Opfer ab als jemand, der nie Glück gehabt hatte, wie Dominika oder Iwona. So kam es, dass Małgosia sich den unwiderruflich Ausgeschlossenen anschloss. Iwona wies sie nicht zurück, und Dominika zuckte mit den Schultern, denn ihr war alles egal. Von da an spazierten sie zu dritt über die Terrasse des Babel, wo sie die Herrn Śledź stibitzten Extra-Starken rauchten, bis Małgosia mentholduftende Zigaretten aus dem Pewex-Laden beisteuerte. Małgosia brachte auch einen tragbaren Kassettenrekorder ein, wie ihn niemand im Babel hatte. Ratte, der an einer merkwürdigen Krankheit litt, die seinen Körper mit Geschwüren überzog und ihm seit einem halben Jahr Halsschmerzen bereitete, wurde von der Musik angelockt und kauerte in ihrer Nähe. Sich in der Hocke wiegend und seinen Schorf kratzend quäkte er schief zu »Zamki na Piasku«, während die Meere, die er hatte besegeln wollen, auf immer an ihm vorüberzogen. Ratte zeigte ihnen, wie man schwefelt, und entblößte dazu seinen mit Flechten und Wunden bedeckten Arm. Was war Schwefeln? Man musste den Kopf eines Streichholzes mit der Zunge befeuchten, fest auf den Unterarm drücken und einen Strich ziehen, bis die Haut aufriss und blutete. Die Wunden entzündeten sich und brauchten Wochen, um zu heilen, unter den Krusten trat Eiter aus, und zum Schluss blieb eine glänzende rosa Narbe. Dominika stellte fest, dass auf diese Weise der Schmerz nach dem Tod des Vaters ihr Besitz wurde, anstatt sie zu verschlingen und zu überschwemmen. Wenn auf den Armen kein Platz mehr war, schrieb sie auf die zarte glatte Haut der Schenkel in der Schnörkelschrift der Elfensprache.

In diesem Jahr traf der Frühling früher als sonst in Wałbrzych ein, und schon Anfang April schlug eine Hitzewelle in die unbelaubten Bäume. Kurz darauf kamen die Schwalben und begannen dort, wo keine Vogelscheuchen hingen, ihre Nester aus Lehm und Speichel zu bauen. Sie schienen noch entschlossener als früher, als hinge die ganze Schwalbenwelt davon ab, ob sie in diesem Jahr ihre Jungen auf Piaskowa Góra aufziehen konnten. Da sind die Vollscheißer schon! sagte Jadzia so wie jedes Jahr, und in den Fensterecken ihrer Wohnung knatterten Plastikbeutel mit der Aufschrift »Lebensmittelläden Spolem«. Am sechsundzwanzigsten April wehte den ganzen Tag ein trockener Ostwind, und auf allen Balkonen im Babel trocknete Wäsche. Die Mütter klammerten Windelsegel an die Wäscheleinen und stellten die Kinderwagen mit den Säuglingen in den flatternden Schatten. Dominika, Małgosia und Iwona begrüßten den Frühling auf dem Dach mit dem ersten Rübezahl-Wein ihres Lebens und wälzten sich hinterher in den wie Quecksilber glitzernden Sonnenstrahlen, denn ein Sturm brachte das Dachfloß unter einem plötzlich schiefhängenden Himmel zum Schwanken. Am Abend, als Dominika mit einer Schüssel vor sich auf der Couch lag und ihr Erbrechen auf die eindeutig nicht mehr frischen Frikadellen in der Schulkantine schob, kam die Lepka, um Jadzia zu erzählen, dass bei den Russkis irgendein Atom in einem Kraftwerk hochgegangen war. Am Nachmittag hatte ihr Mann mit dieser seltsamen Nachricht aus der BeErDe angerufen. Ein Strahlungsatom, das hatte er gesagt und sie angewiesen, die Fenster zu schließen. Denn so ein Strahlungsatom konnte für junge Menschen sehr schädlich sein. Das war so etwas wie die Bombe, die sie im Krieg auf Japan oder China abgeworfen hatten. Bevor sie noch Weiteres fragen konnte, wurde Lepki mitten im Wort abgeschnitten, man weiß ja, wie teuer solche Auslandsgespräche sind, wenn man das auf unser Geld hier umrechnet. Jetzt suchte sie Jadzia auf, um sich zu beraten, ob man sich wirklich Sorgen machen sollte, vielleicht hatten die Deutschen ihren Kerl im Kopf etwas verwirrt. Wenn da was in die Luft gegangen wäre, dann müsste man doch etwas davon sehen können? Feuer zum Beispiel müsste man doch sehen, Strahlen? Aschewolken? Jadzia dämmerte etwas von Jod, Strahlenkrankheit und Hiroshima, schließlich hatte sie ja Krankenschwester gelernt, wenn das auch weit zurücklag. So klopften sie bei Krysia Śledź, denn drei Köpfe denken besser als zwei, und sie traten auf den Balkon hinaus, um sich nach Anzeichen einer Katastrophe umzuschauen. Doch die Welt wirkte vertraut und normal, mit einem resedagrünen Streifen, wo die Sonne im Westen untergegangen war, und dichter werdender Dunkelheit im Osten, keine

Spur von Hiroshima, Ruinen und Trümmern. Sie schnupperten mit ihren drei Nasen, aber es roch auch nicht verbrannt, deshalb sahen sie davon ab, die Fenster zu schließen, denn es war schwül, und die Schwalben tschilpten wie vor einem Gewitter.

Als sich Dominika am Morgen des siebenundzwanzigsten April mit schwerem Kopf nach einer schlechten Nacht auf den Schulweg machte, stieß ihr Fuß an ein kleines gefiedertes Körperchen, das die Flügel wie zum Flug ausgebreitet hatte. Hunderte toter Vögel lagen rings um den Babel, mit weißen Bäuchen und schwarzen Flügeln, die Augen wie schwarze Tropfen auf dem regennassen Gehsteig. Die Schwalbenseuche in Wałbrzych war auf Faktoren zurückzuführen, die nichts mit der Katastrophe in Tschernobyl zu tun hatten, und es war reiner Zufall, erklärte man den Leuten, aber niemand glaubte an den Vogelvirus aus Afrika. Wie weit liegt denn Afrika, und die Russkis sind gleich hinterm Zaun, und Atom hin, Atom her, jeder weiß, dass man denen nicht trauen kann.

12 Früher, seufzte Magister Demon beim Verspeisen ihres Wurstbrötchens im Lehrerzimmer, früher gab es so etwas wie Ordnung, da nahmen sie einen an die Kandare, aber jetzt bringen sie friedliche Leute doch nur durcheinander. Die Russkis sind ja noch besser als diese Demokratie, aber Ordnung halten, das kann keiner so gut wie die Deutschen. Hoho, das können sie, die Deutschen. Bei ihnen geht es wie am Schnürchen. Eins, zwei, drei, und alles läuft wie ein Uhrwerk. Da begriff Piotr Zatryb, genannt Storch, dass es ihm viel weniger schaden würde, wenn die anderen gleich und ohne weitere Einzelheiten von seiner kriminellen Vergangenheit erführen, als wenn sie herausbekämen, dass er nicht Magister war, sondern Doktor und wegen Aktivitäten im Untergrund von der Uni geflogen war. Ihn hatte es nach Piaskowa Góra verschlagen, und er wusste, dass er nicht lange hier bleiben würde, doch Storch war so gebaut, dass er unter allen Bedingungen mit Volldampf arbeitete und seine Energie nie drosselte.

Deshalb bemerkte er wahrscheinlich, was den anderen Lehrern verborgen geblieben oder als Ungehorsam und Marotte und nicht als Talent erschienen war. Die Schülerin in der letzten Bank war in der Tat nicht imstande, Definitionen genau so zu wiederholen, wie sie im Lehrbuch standen, ihre Sätze waren kurz und bruchstückhaft, doch sie fand Abkürzungen der Lösungswege, als wäre der vorgesehene Pfad zu langweilig und langwierig für sie. Wenn sie an die Tafel gerufen wurde, strich sie ohne zu überlegen mit festem Druck der Kreide die richtigen Zahlen und Zeichen durch oder schrieb einfach das Ergebnis auf. Klassenarbeiten hatte sie nach fünfzehn Minuten fertig und hielt dann das Blatt so, dass ihre vor Anstrengung rot angelaufene Nachbarin abschreiben konnte. Auf die Frage, wie sie so schnell, innerhalb weniger Sekunden, auf die Lösung gekommen war, die mehrere Rechenschritte erforderte, antwortete sie: Das kann man doch sehen. Sehen? fragte der Storch nach. Und wie bitte sehr, wenn ich fragen darf? Im Kopf, antwortete die Schülerin, erstaunt, dass ihr außer Magister Demon überhaupt jemand Beachtung schenkte, und erwartete eine Fünf oder einen Eintrag im Klassenbuch. Dominika erinnerte Zatryb an die schwarze Katze Mara, die er als Kind auf einem Abfallhaufen gefunden und zu sich genommen hatte, sie war das erste Lebewesen, das er sich selbst ausgesucht hatte, um es zu lieben. Retten und lieben, das sollte für Storchs ganzes Leben prägend bleiben. Die Schülerin der letzten Klasse Dominika Chmura konnte dreistellige Zahlen im Kopf multiplizieren. Sie verstand die Melodie der Zahlen, zog Wurzeln, als pflückte sie Blumen, hatte die Finger immer mit Tinte bekleckst und zu kurze Ärmel, aus denen ihre mit frischen Narben bedeckten Handgelenke ragten. Mehr brauchte Storch nicht zu sehen. Im Lehrerzimmer, einer mit Rauch und dem Dunst des scheußlichen rußigen Kaffees im Glas erfüllten Höhle, versuchte er, etwas über die Schülerin Dominika Chmura herauszufinden, aber er stieß auf Ablehnung oder Gleichgültigkeit. Da kommt ein Neuer und stiftet gleich Durcheinander. Weiß der Himmel, was das für einer ist. Er erkundigt sich, mischt sich ein, kritisiert. Er ist neu und will jetzt etwas sehen, was andere jahrelang nicht bemerkt haben? Nein, so was! Angeblich aus Warschau, angeblich war er interniert, aber was, wenn er in Wirklichkeit ein Spitzel ist? Sie haben keine Lust mehr zu retten und zu erlösen, sie möchten ihre Ruhe und Schüler, die in keine Richtung über die Stränge schlagen, denn dann lässt sich schwerer Ordnung halten. Das gilt auch für Dominika Chmura, eine Viererkandidatin, durchschnittlich, aus einem armen Elternhaus. Die Viererkandidatinnen gehen auf die Textil- oder Friseurfachschule oder in die Gastronomie. Das sind gute Berufe. Wenn sie Mathematik kann, wird ihr das beim Geldzählen nützlich sein. Ohne jede Unterstützung beschloss Storch, Dominika auf eigene Faust zu retten, so wie damals die schwarze Katze, und danach noch zwei Kater, einen dreibeinigen Dackel, einen Raben mit gebrochenem Flügel und einen Cousin, der Alkoholiker war und ihm dann zum Dank seine Jugendliebe ausspannte und heiratete.

Dominika hatte man so lange für eine gehalten, die nicht viel taugt, das ließ sich nicht in ein paar Wochen wettmachen, aber Storch wollte sich Zeit nehmen, zwischen den Unterrichtsstunden, dem Verteilen illegaler Zeitungen und dem Verstecken versteckbedürftiger Personen in seiner gemieteten Mansarde. Er hatte einen Plan, denn das hatte er immer. Er wird das Selbstwertgefühl dieses traurigen Mädchens an Funktionsdiagrammen aufrichten, die fest und sicher sind wie ein Fels, er wird sie mit scharfkantigen Zahlenreihen anseilen, ihr das Schwert der klaren Logik in die Hände drücken, vielleicht noch den Flammenwerfer der Differenzialrechnung dazu. Als er, Piotr Zatryb, Don Quijote ohne Dulcinea, auf dem Fragebogen sah, dass Dominika beabsichtigte, in die Textilfachschule zu gehen, beschloss er, sie auf den Schülerwettbewerb in Mathematik vorzubereiten. Man musste sich mit der Rettung beeilen, sonst würden die anderen sie verderben. Die Schülerin zuckte so heftig mit den Schultern, dass ihre mageren Knochen fast den Schulkittel durchbohrten, und ging auf seinen Vorschlag ein. Sie nähte nicht gern. Von da an blieb sie dreimal wöchentlich nach dem Unterricht in der Schule, und bald darauf meldete sie sich von selbst auf eine Frage. Zum ersten Mal in ihrer Schulzeit hob sie selbstbewusst den Finger, und Storch brach vor Freude fast in Tränen aus, so wie damals, als die wilde verkrüppelte Katze eines Abends zu ihm aufs Bett sprang, den Kopf an ihm rieb und, in sein Ohr schnurrend, einschlief. In den Nachhilfestunden errechnete Dominika Prozente und multiplizierte Brüche, und Piotr Zatryb quetschte Bruchstücke von Zukunftsplänen aus ihr heraus und sah, dass sie zwar wusste, wovor sie fliehen wollte, aber nicht, wohin. Storch war der erste Mensch, für den Dominikas Ideen weder Marotten noch Spinnereien waren. Sie möchte reisen? Nach Amerika, nach Japan, auf die Bula-Bula-Inseln? Bitte sehr, der Weg ist frei! Piotr Zatrybs Glaube an die schüchterne Schülerin war sehr stark, und viele Jahre später, an der Universität in einem fernen Land, wo er nicht mehr Doktor, sondern Professor war, und auch nicht mehr Zatryb hieß, sondern Zätraib, wie die Studenten und Kollegen seinen Namen aussprachen, tippte er ihren Namen in die Suchmaschine des Computers. Es wird noch lange dauern, bis er weiß, warum er sie im Cyberraum der Berühmten und Unberühmten nicht finden kann: ob sie irgendwo versackt ist und ihr Talent verschleudert hat oder ob sie geheiratet hat – wobei diese beiden Dinge zuweilen identisch sind.

Der zukünftige Professor Zätraib behielt recht, es stellte sich heraus, dass Dominikas mathematisches Talent in Wałbrzych nicht seinesgleichen hatte. Sie qualifizierte sich für den Bezirkswettbewerb und gewann, wobei sie zwei altkluge pickelige Jünglinge mit schwitzigen Händen aus dem Feld schlug, die sie bei der Übergabe der Urkunden wie Luft behandelten. Dank diesem Erfolg bekam sie nicht nur vom Stadtpräsidenten einen Taschenrechner spendiert, der sofort kaputtging, ihr wurde auch die Aufnahmeprüfung fürs Gymnasium erlassen, das sie zuvor nicht einmal in Erwägung gezogen hatte. Bevor er aus Wałbrzych verschwand, führte Piotr Zatryb seine Mission zu Ende und traf sich mit Jadzia Chmura. Die begabte Tochter, von der er sprach, war ein anderes Mädchen als die Dominika, die Jadzia kannte, deshalb sperrte sie ihre stachelbeergrünen Augen weit auf, klapperte mit den grüngetuschten Wimpern und witterte eine List. Wichen die von diesem Klappergestell ausgebreiteten Möglichkeiten nicht zu weit von dem Pfad ab, auf dem sie Dominika sehen wollte? Würde das nicht Schwierigkeiten und Nachteile mit sich bringen? War das nicht riskant und gefährlich? Dem Vortrag, den der Storch ihr hielt, entnahm Jadzia nur, dass das Gymnasium den Wert ihrer Tochter steigern konnte, und sie tröstete sich damit, dass Dominika auch ohne die nützliche Schneiderlehre einen Erlend von Sinnen aus Castrop-Rauxel heiraten und ihr Leben nach den Plänen der Mutter gestalten konnte. Rechnen konnte Dominika tatsächlich, das hatte Jadzia auch schon bemerkt, hielt es jedoch eher für eine praktische Fähigkeit als ein Talent. In ihrer Welt konnte man Köpfchen, Muskeln oder Geld haben, aber Talent? Nein, Talent kam eigentlich nicht vor. Jadwigas Oma, die Müllerin aus Brzezina, hatte zwar sehr schön sticken können, aber das war nicht dasselbe wie Mathematik. Der Klapperdürre redete vom Studieren. Nach dem Gymnasium würde sie zur Universität gehen, zum Beispiel da nach Breslau. Ihre Dominika auf der Universität! In der schönen Stadt Breslau! Jadzia verließ die General-Świerczewski-Schule, und bevor sie noch den Babel erreicht hatte – das war wirklich nicht weit –, waren die von Piotr Zatryb gesäten Samen des Stolzes bereits gekeimt und sprossen mit der Geschwindigkeit von Wiesenschaumkraut im April. Am ganzen Körper spürte sie dieses Wachsen. Ja, Jadzia wuchs selbst noch ein kleines Stückchen, das Blut strömte schneller durch ihre kranke Hand. Nach dem Studium würde ihre Tochter einen Deutschen als Mann kriegen, einen Arzt oder einen Champignonzüchter, da würden allen auf Piaskowa Góra die Augen aus dem Kopf fallen. O nein, nicht den erstbesten Fritz wird sie nehmen! Nicht so einen Pfennigfuchser und Stümper. Im Fahrstuhl ragte Jadzia Chmuras Kopf schon ein paar Zentimeter höher als sonst, und aus Nase und Ohren spross ihr frisches Grün. Auf ihre Art und Weise seufzend sagte sie zur Lepka, tja, sie wisse noch nicht, was daraus werden solle, aber ihre Tochter komme aufs Gymnasium, auf das beste am Ort. So seufzte Jadzia unter Augenverdrehen immer dann, wenn sie Anlass zu Freude und Stolz hatte. Schon als kleines Kind versteckte sie sich in der Speisekammer, wenn jemand sie lobte, denn im Grunde ihrer Seele hatte sie das Gefühl, dass sie es aus irgendwelchen Gründen nicht verdiente, und wenn sie nicht sofort verschwand, würde sich das Lob ganz bald als Spott erweisen, und sie selbst würde unter dieser Last zerbrechen. Stolz war ein Gefühl für Ausländer, Oberärzte, Bourgeoise aus den Villen in Szczawno Zdrój, aber nicht für die Maślaks aus Zalesie oder Brzezina. Nicht für Jadzia Chmura auf Piaskowa Góra. Was sie gut beherrschte, war die einfachere Kunst der Angst vor plötzlichem Erfolg, der dennoch verlockend war. Wenn Dominika in diesem Gymnasium bloß nicht auf die Nase fiel!

In Wałbrzych gab es vier Gymnasien, und Dominika bekam einen Platz in dem, das als das beste galt und von Neidern »Oxford« genannt wurde. In dem ehemals deutschen Gebäude, das vor dem Krieg eine Knabenschule beherbergt hatte, standen noch die Gläser mit alten Präparaten, deren schiere Menge Anlass gab anzunehmen, dass die kleinen Deutschen ein ansehnliches Wissen auf dem Gebiet der Anatomie besessen hatten, und der Gedanke daran, wie einige es Jahre später zur Anwendung gebracht haben mochten, ließ erschauern. In Formaldehydlösung eingelegt schwammen Innereien von Menschen und Tieren, die jede Farbe verloren hatten und aussahen, wie der Tod vielleicht aussehen mochte, wenn man ihm jede romantische Maske abnahm – ein bläulicher Klumpen mit einer unleserlichen Aufschrift in Latein. Da lag ein Blumenkohl von einem Hirn mit poriger Oberfläche, aus dem jedes Mal, wenn ein neugieriger Gymnasiast das Glas schüttelte, Flocken fester Substanz aufstiegen. Menschliche Nieren sah man dort, zersetzt von einer ebenfalls verewigten schrecklichen Krankheit: Auf den beiden Nierenbohnen hatten sich Schichten einer Masse aus wuchernden Bläschen gebildet, die an den Rändern wie verbrannt erschienen. Eine Leber, die einer Schweine- oder Rinderleber im Fleischerladen erschreckend ähnlich sah, diesem merkwürdigen Fleisch der armen Schlucker, das wie ein riesiges Blutgerinnsel wirkte, lag am Boden des Glases, weil sich das Rosshaar, das die Leber in der Schwebe hielt, aufgelöst hatte. Die Leber war mit einer grünen Schicht bedeckt, die außerordentlich faulig aussah, und die Gymnasiasten witzelten, dass dies die Leber von Professor Gugula war, der Wehrkunde unterrichtete und vor seinen Erzählungen vom Schießen und Verbinden einen Schluck aus der in der Pultschublade ruhenden Flasche zu nehmen pflegte. In den Korridoren des Gymnasiums hing ein leichter Formalingeruch, der in die Kleidung drang. Im Mansardengeschoss befand sich ein astronomisches Observatorium, wo man sich auf einem Schlachtfeld kaputter Instrumente und alter Schulbänke verstecken konnte, um Zigaretten zu rauchen. Aufs Wałbrzycher Oxford gingen Kinder, die entweder außerordentlich begabt waren oder jemanden im Rücken hatten, zum Beispiel Väter, die Ärzte oder Champignonzüchter waren, tüchtige

Mütter in der PZU* oder auch nur eine Privatkonditorei hatten. Wie soll sie in diesem Oxford zurechtkommen ohne jemanden im Rücken? seufzte Jadzia ihrer Schwiegermutter beim sonntäglichen Mittagessen vor, einem Ritual, an dem beide Frauen mehr hingen, als sie zugeben wollten. Wie viel netter war es doch, sich bei Fleischsuppe und Kotelett mit Kartoffeln nicht zu mögen. Deshalb luden sie einander abwechselnd ein, und eine ganze Woche hatte die jeweils Eingeladene das befriedigende Gefühl, dass sie alles besser machen würde als die Einladende. Jadzia machte es Sorgen, dass die Schüler am Oxford mit ihren eigenen Autos vorgefahren kommen würden, jeder Dritte dort hatte einen kleinen Fiat oder einen Lada, und im Sommer fuhren sie mit ihren Eltern nach Bulgarien oder nach Rumänien. Na und, was heißt das schon, dass sie in der Gegend rumkutschieren, brauste Halina auf und stieß eine Rauchwolke aus. Sollen sie fahren, sollen sie fahren, ihr Arsch bleibt doch überall gleich dick. Aber Dominika, die hat's im Kopf! Und angeblich trinken sie dort, beharrte Jadzia. Wo trinken sie denn nicht, überall wird doch getrunken! Halina machte eine wegwerfende Handbewegung. Was sie Jadzia nicht sagte, war, dass sie die verstaubte Nähmaschine aus der Ecke geholt hatte, als Dominika den Platz im Oxford bekam, ihre Enkelin sollte aussehen wie ein Mensch, wenn sie in die neue Schule kam. Die Wohnung in Szczawienko verwandelte sich wieder in eine Werkstatt voll mit bunten Fetzen, nur die Augen der Oma waren nicht mehr so gut wie einst. Am besten gelang Halina ein rotes Kleid aus Windelbaumwolle, die sie eigenhändig knallrot gefärbt hatte, wie Klatschmohn. Halina hielt sich diese Herrlichkeit am Spiegel vor

* Polnisches Versicherungsunternehmen (Anm. d. Ü.)

und drehte sich wie zum Tanz. Einer solchen Kreation hätte sich auch Grażynka Rozpuch nicht geschämt.

Seit dem Tod ihres Sohnes suchte Halina im Gesicht der Enkelin nach den tröstenden Spuren einer Familienähnlichkeit. Sie war immer fester davon überzeugt, dass Dominika nicht nur genau wie Stefan aussah, sondern auch den klugen Kopf von ihm geerbt hatte. Wenn die Enkelin im Fleisch- oder Gemüseladen schneller rechnen konnte als die Verkäuferin und dazu noch ohne Zettel oder wenn sie die zu zahlende Summe korrigierte und die Verkäuferin nach nochmaligem Nachrechnen zugeben musste: Tatsächlich, da hab ich mich verrechnet, entschuldigen Sie, Frau Halinka!, dann wurde Halinas Eidechsenkörper von menschlicher Wärme durchströmt. Sie ließ den Blick durch den Laden schweifen und seufzte wie Jadzia: Tja, das Kind ist so gut in Mathematik, sie ist die Beste in der Klasse, was soll man da machen! Die Oma war die Erste, die bemerkte, dass Dominika zwar wirklich mager, dunkelhäutig und krausköpfig war, aber nicht mehr hässlich. Es gab in ihrem Gesicht mit der zu großen Nase und dem vorstehenden Kinn zwar keine drastischen Veränderungen, doch nahmen auch andere allmählich wahr, dass diese kleine Chmura sich irgendwie mauserte. Gelegentlich pfiffen ihr Vertreter des männlichen Geschlechts auch am Babel hinterher und formulierten sogar erste embryonale Sätzchen, die sich direkt an Dominika als Frau richteten, zum Beispiel: He, Chmura, dir wachsen ja die Titten, oder: Komm schon, Chmura, lass dich anmachen. Ratte brachte ihr dreidimensionale Postkarten auf die Terrasse des Babel mit, weiß der Himmel, wo er die her hatte. Wahrscheinlich stammten sie aus Transaktionen mit denen, die Briefe aus den Briefkästen fischten, um darin nach Geld zu suchen. Also musste er dafür bezahlen und riskierte, dass es ihm an Geld für Kompott fehlte, was im Leben dieses missglückten Matrosen das Wichtigste bleiben würde. Auf den Postkarten waren weißgesichtige Geishas abgebildet, die mit den Augen plinkerten. Dominika betrachtete sie eingehend und zerlegte die Ecken in Schichten, um dem Geheimnis von Tiefe und Bewegung auf die Spur zu kommen. Es hätte Ratte glücklich gemacht, zu wissen, dass Dominika diese Karten noch viele Jahre später in ihrem Besitz haben würde.

Dank Piotr Zatrybs Hilfe hatte Dominika nicht nur das Glück, dass ihr der Schneiderberuf erspart blieb, zu dem sie, Jadzias Hoffnungen zum Trotz, weder Begabung noch Neigung zeigte, sie fand auch Linderung in den Zahlen mit ihrer kristallklaren Transparenz. Zahlen sind schön, sagte sie zu Małgosia, wenn sie auf dem Dach des Babel saßen. Mathematik ist schöner als ein Gedicht. Das stimmt nicht! Małgosia hielt ihr Stachura entgegen. Wie können Zahlen schöner sein als diese Worte, hör mal: *Wir werden im Menschendschungel noch einander finden schwindelnde Sehnsucht bringt uns einander näher. Endlich verschmelzen die verwaisten Bahnen unserer Planeten Wundersam vereinen sich unsere beiden Körper.* In Zahlen ist alles enthalten, in Gedichten nur ein Teil, entgegnete ihr Dominika, während Iwona keine Ahnung hatte, wovon die Rede war und es immer öfter vorzog, unten zu bleiben und an jedem weiblichen Kopf, geschmeidig oder nicht, der sich in ihre Hände gab, mit Frisuren zu experimentieren. Małgosia nahm nicht ihren Platz ein, sondern einen ganz neuen; Dominika hatte in ihr einen Menschen gefunden, den sie nicht zerren und schieben musste, sondern mit dem sie wetteifern konnte. Ihre Schwefelwunden waren vernarbt, geblieben waren zarte silbrige Fäden auf ihren Schenkeln und Unterarmen. Manche davon, das sah allein Małgosia, ähnelten Buchstaben, Buchstabenreihen der Elfenschrift, in der, wie sie beschwor, Stachuras Gedichte auf Dominikas Körper eingeschrieben waren. Sie fuhr mit der Fingerspitze über die verschlungenen Linien der Narben und tat so, als lese sie oder las auch tatsächlich *Wie schwer es ist, ohne Engel zu leben Die göttliche Verbannung ist mein Los doch hab ich es nicht selbst gewählt Sie hat es für mich ausgesucht: das Mädchen, das ich angebetet habe*. Małgosias Berührung war herb und süß. Dominika wollte und wollte gleichzeitig nicht, dass sie weitermachte, die Berührung weckte in ihr die Erinnerung an etwas, was sie nie gehabt hatte: das ferne leise Singen über himbeer- und honigsüße Mädchen, das Saugen am Ohrläppchen ihrer Schwester, aus dem Süßes floss. *Silbriges tut sich in der Wolkenferne* – zur Abwechslung rezitierte Małgosia ein Gedicht von Leśmian, und Dominika stellte sich an den Rand des Dachs und rief: Komm, wir fliegen nach Wolkenfern, sofort! Hallo, Empfang, ist das Wolkenfern? Jadzia konnte an Małgosia keinen Gefallen finden, sie war das völlige Gegenteil ihres zarten Ideals, und von Anfang an beschwerte sie sich über dieses grobe Luder, das einen Gang hatte wie ein Kerl. Im Sommer muss sie doch stinken in diesen Männerhosen.

Als Jadzia im Juli ihre Tochter zu Oma Zofia nach Zalesie schickte, war sie froh, dass sie das schamlose Gesicht von Dominikas neuer Freundin nicht mehr sehen musste. Sie hoffte sehr, dass sich Dominika im Gymnasium mit einem netten und normalen Mädchen wie Jagienka Pasiak anfreunden würde. Dominika fuhr zum ersten Mal allein mit dem Zug, und Jadzia, in deren Kehle Traurigkeit und Gereiztheit einen feuchten Kloß bildeten, betrachtete das Gesicht der Tochter in der Tür des Waggons. Ihre Augen, dunkel gerändert, doch voll freudiger Aufregung vor ihrer ersten Reise allein, wirkten heller als sonst, als gäbe jemand aus der Tiefe eines Brunnens Zeichen mit einer grünen Taschenlampe. Sie hatte einen Pickel auf der Nase, die

Haare zu einem Pferdeschwanz zusammengebunden. Sie lehnte sich aus dem Fenster und winkte ihrer Mutter auf dem Bahnsteig, bis der Zug hinter der ersten Biegung verschwand, wie in Zukunft so viele Züge verschwinden würden. Jadzia, die Handtasche an den Bauch gepresst – man weiß ja, wie das so ist auf den Bahnhöfen, – und die Hand zur überflüssig gewordenen Abschiedsgeste erhoben, spürte, wie die Traurigkeit der Zurückbleibenden sie durchfuhr, und sie stand noch da, als der Zug längst zwischen den Hügeln von Wałbrzych verschwunden war. Was hatte sie schon für Reiseerfahrungen – einmal zum Urlaub ans Meer und einmal in die Berge nach Karpacz, wo sie sich im Übrigen wegen dieser Kakerlaken Salmonellen eingefangen hatte. Die ganze Woche war sie krank gewesen. Jadzia Chmura wandte sich um und brachte die denkwürdige Treppe des städtischen Bahnhofs aus eigener Kraft hinter sich, obwohl sie viel schwerer und älter war als seinerzeit. Sie hatte es eilig, zurück nach Piaskowa Góra zu kommen.

Es war ein heißer, trockener Sommer, alles knackte wie Reisig zum Anzünden des Ofens. Auf Piaskowa Góra barsten die Gehsteigplatten und schmolz der Asphalt. Jadzias Beine schwollen an wie nie zuvor. Sie betrachtete ihre aufgedunsenen Waden, die unter der Haut aufgeplatzten Adern bildeten blaue Flecke, die zu Umrissen von Kontinenten und Tieren zerrannen. Wenn sie sich in der Kirche von den Knien erhob, stach es im Kreuz, sie geriet außer Atem, wenn sie durch den Busch nach Hause ging, hielt an, wischte sich den puderbraunen Schweiß von der Stirn. Sie war über vierzig, seit zwei Jahren Witwe, manchmal wachte sie nachts in einer Hitzewallung auf, weil sie von Stefan geträumt hatte, der auf den Beinen einer Amazonas-Spinne über die Wand huschte. Zwischen jedem Paar behaarter Spinnenbeine hatte er ein kleines Schwänzchen, das baumelte wie ein Sandsäckchen. Er lächelte sie mit Goldzähnen an, doch in den Augen hatte er Tränen. Ihre Periode dauerte sieben schmerzensreiche Tage, während derer sie auf einem salzigen Meer aus Gram und Groll trieb, Blutklumpen, groß wie Viermonatsföten, klatschten aus ihr heraus, wenn sie rittlings über der Wanne saß und sich wusch. Immer schneller ermüdeten und schmerzten ihre Augen, und sie fürchtete, sie würde eine Brille tragen müssen, vielleicht nicht die ganze Zeit, aber doch beim Fernsehen und beim Lesen ihrer Romanzen. Manchmal musste sie das Buch ausgerechnet dann weglegen, wenn es kurz vor der Entscheidung war, ob sie sich kriegen würden. Keine Geschichte in Buch und Film war so schön wie ihre geliebte *Sklavin Isaura*, aber viele erfüllten ihren Zweck, indem sie Jadzia genau die richtige Menge Tränen entlockten, um den inneren Druck auszugleichen. Ihre mausfarbenen Haare wurden grau. Sie hellte sie selbst mit Platinblond auf, weil sie den Friseuren nicht traute. Die sudeln nur herum, beschwerte sie sich und rührte in einer Schüssel die nach Ammoniak stinkende Paste an. Die Handtücher waschen sie nicht, sie trocknen sie nur, da weiß man nie, was man sich fangen kann. So ein Handtuch ist ein wahrer Bakterienherd! Ausgehend von den Haarwurzeln trug sie die Farbe mit einer alten Zahnbürste auf, während ihr die Tränen aus den gereizten Augen liefen. Die watteweichen Haare tauchte sie in eine Enzianspülung aus der Apotheke, und immer wurde das Haar zu violett. In diesem Sommer schaute Jadzia öfter in den Badezimmerspiegel. Sie führte ihre schönen stachelbeergrünen Augen ganz nah an den Spiegel, glättete mit den Händen die etwas schlaffe Haut auf den Wangen, zog ihre Brauen akkurater als sonst nach und tuschte sich die Wimpern grün, nicht mehr mit dem Stein, auf den man spucken musste, sondern mit einer eleganten Spiralbürste.

Immer mehr Frauen aus Wałbrzych fanden den Mut, zu Tauschgeschäften in die Türkei zu fahren, wo sie wie die Lepka Kristallware gegen Felljacken und Jeansröcke tauschten, gegen seltsam chemisch riechendes Rouge in allen Schattierungen von Rosa und Violett, elastische Gürtel mit schmetterlingsförmigen Schnallen. Sie brachten ganze Taschen voller Schätze auf die Arbeit oder luden Bekannte zu sich ein und verkauften, dabei erzählten sie Wunder von türkischen Männern, starken, unerschütterlichen, ganz sauber gewaschenen, die sie nicht in Ruhe gelassen hatten, wie die Motten flogen sie auf ihr blondes Haar und ihre blauen Augen, ihre Brüste und Hüften, die auf der ehelichen Couch schon lange keine Begeisterung mehr entfacht hatten. Man konnte sie einfach nicht abschütteln, die Lepka ging durch Istanbul und hatte alle zwanzig Meter einen Türken an jeder Seite. Sie immer: Najn, najn, und er: kajne najn, du bist sär scheen, isch libbe disch.

Dank der türkischen Baumwolle konnte Jadzia in diesem Sommer ihre Garderobe wieder mit ihren bevorzugten Rosatönen aufhellen, die sie seit dem Tod ihres Mannes nicht mehr getragen hatte. Jadzia Chmura ging mit einem Mann ins Bett, sie hatte einen Geliebten, obwohl sie die ganze Situation eher so sah, dass sie besessen wurde, wie Isaura von Leoncio. Denn es war nicht sie, es war das Schicksal, es war Vorherbestimmung, eine übermächtige Kraft, die sie in die Arme eines nichtehelichen Mannes warf. Das hat mich derartig geschüttelt! sagte sie zu Krysia Śledź. Das hat mich derartig geschüttelt, ich weiß nicht, wie ich mich wieder fangen soll. Und alles wegen Onkel Kazimierz!

Als Stefan so plötzlich aus ihrem Leben verschwunden war, kam Onkel Kazimierz wieder zur Rettung seiner Verwandten herbeigeeilt, denn seine Gedanken waren immer bei der Familie. Sein Herz war wie die Einzimmerkate der Maślaks – warm, eng und ein bisschen stinkig, und es stand jedem Angehörigen offen. Seitdem er nach dem Krieg in Wałbrzych angekommen war, rollte er, allen Gesetzen der Physik zum Trotz, stetig bergauf und legte sich dabei ein schönes Polster zu. Gedrungen und kurzbeinig, hielt er sich immer noch dicht an der Erde und rieb sich vor Freude die Hände mit den dicken Fingern, die alle gleich lang waren. Er liebte noch immer kleine Mädchen, Miniaturfrauchen, die einen süßsäuerlichen Geruch ausströmten wie zerquetschte Himbeeren. Ach, wenn er sie in die Luft werfen konnte, dass die Röckchen flatterten, und auf den Knien – Hoppe-Hoppe-Reiter – hüpfen lassen, sie an den Armen im Kreis wirbeln, bis sie auf den Boden purzelten und da lagen und mit den Beinen zappelten, dass man bis zu ihren Unterhöschen sehen konnte. Wenn in der Kirche Kommunion war, konnte er die Augen nicht abwenden. Ihre Augen, Händchen, Popochen. Die kleinen Zappelmariechen in weißen Kleidern und Kränzchen, er fand, es gab nichts Schöneres auf der Welt. Solchen Töchterchen würde er ein Haus bauen und Männer finden, erst recht jetzt, da endlich die Zeiten angebrochen waren, in denen sich seine kaufmännischen Fähigkeiten zu voller Blüte entwickeln konnten. Die Ära der Kazimierz Maślaks war angebrochen, sie waren es, die ihren Geruch als erste witterten, nicht umsonst hatten sie immer die Nasen in karierte Taschentücher geschneuzt. Sie ließen sich nicht mehr im Zaum halten, rissen an ihren Leinen und Ketten. Auf geht's! Private Buden wuchsen zwischen den düsteren Läden der abdankenden Epoche aus dem Boden, aus Pappe, Papier und Folie zusammengeklebt, aus Wellblech, Glasscheiben, Spucke und Sand, und darin gab es Konfekt zu kaufen, Mais und Ananas in Dosen, unbekannte und exotische Dinge, Dinge, die sich angenehm anfühlten, hübsch anzusehen waren, eine Auswahl an Dingen, die unnötig waren, begehrt, spitzenverziert, samtig, glatt. Der Wind der Neuerung wehte, die restlichen Rationierungskarten wurden verschenkt, und durch Wałbrzych flossen Ströme von Coca-Cola, Lawinen tschechoslowakischer Lentilki ergossen sich auf den Markt, von Westen rückten millionenstarke Gummibärchentruppen ein, der lächelnden Türken Stoßkraft galt den Halva-Würfeln, chinesische Adidas-Imitate marschierten über die schlaglöchrigen Straßen und zertrampelten die ansässige Schuhfabrik zu einem Brei aus Leder und Leim. Waren aus der Türkei und der BeErDe, aus Ungarn und weiß der Himmel woher wurden im Hemd, in der Aktentasche, unterm Rock mitgebracht, über die südliche Grenze zur Tschechoslowakei auf dem Rücken getragen, besorgt, ertrickst, hintenrum organisiert. Und das alles auf Piaskowa Góra, auf dem Basar am Fuß des Babel, der Manhattan genannt wurde! Anfangs kaufte Onkel Kazik tschechoslowakische Ware von den »Ameisen« und verkaufte sie mit Profit in seiner Bude namens »Delikatessen bei Kazio« auf dem Manhattan, später investierte er in schokoladenartige Produkte, die sich bei ihm besser verkauften als bei der Konkurrenz, nicht weil sie besser geschmeckt hätten, sondern wegen seines sogenannten »Ideechens«: Er ließ die aus Fett, Zucker und Kakao bestehenden Tafeln mit abgelaufenem Verfallsdatum in Papier mit Bildchen einpacken, die nach Art des Hauses kopiert waren. Wer drei Stück kaufte und ein Kind bei sich hatte, bekam von ihm einen Gratislutscher dazu. Eine Nachbarin von Onkel Kazimierz stellte die Lutscher selbst her, aus Zucker und sowjetischer Lebensmittelfarbe, die sich nach dem Lutscherlecken zwei Tage lang nicht von Mund und Zunge abwaschen ließ, sodass die Kindergesichter aussahen wie blutige Wunden. Als sich Schokoladenartiges nicht mehr lohnte, stellte Kazimierz Maślak eine seriöse Marktforschung an, er betrank sich im Tęczowa, trank im Popularny am Bahnhof, durchstreifte den Manhattan am Babel und auch den alten Wałbrzycher Markt, wo eine deutsche Ausflüglergruppe mit Taschen voller Einkäufe seine Aufmerksamkeit auf sich zog. Die Ausflügler, alle bereits in mehr als reifem Alter, mit Goldrandbrillen und gut gelaunt, zeigten mit den Fingern hier und da auf ramponierte Jugendstilhäuser und den wie üblich von der Luftverschmutzung hellgrünen Himmel, schenkten den Kindern kugelrunden Kaugummi und knipsten mit kleinen Fotoapparaten, die ein Vermögen gekostet haben mussten. Ein Vermögen! dachte Kazimierz Maślak und kam zu der Erkenntnis, dass die Zeit für die Mutigen angebrochen war und man auf den internationalen Markt vorstoßen konnte. Auf diesem Wege wurde er Hersteller von Gartenzwergen aus Gips, wie sie die Nachbarn im Westen so gern in ihren adretten Gärtchen aufzustellen pflegten, vor ihren Häusern, die so hübsch eingerichtet waren wie im Otto-Katalog. Nach zwei Jahren war aus seinem Vierpersonenbetrieb ein Unternehmen mit zwölf Angestellten geworden, die jeden Monat zwischen zweihundert und zweihundertsechzig Gartenzwerge in die BeErDe verkauften. Als Stefan starb, ging es der Krasnalex GmbH prächtig, und gerade war Schneewittchen in die Produktpalette aufgenommen worden. Wer sieben Zwerge auf einmal kaufte, bekam ein Schneewittchen zum halben Preis. Ideechen musste man haben!

Onkel Kazimierz empfand Verantwortung für Dominika, die sein Patenkind war und außerdem ein Mädchen, wenn auch nicht eins von der allerliebsten Sorte. Er besuchte sie regelmäßig zweimal im Jahr, brachte Puppen mit, die sie nicht mochte, und verlangte Zärtlichkeiten – Hoppe-Hoppe-Reiter – auf seinen Knien, von denen ihr schlecht wurde. Mit Hingabe steckte er Münzen in das tönerne Sparschweinchen, das er ihr geschenkt hatte. Dann hob er das Sparschweinchen und schüttelte es heftig zu einer Miene gespielter Begeisterung, damit Dominika hören sollte, wie schön der Klang von Geld war. Stefans Tod bewog Onkel Kazio zu konkreterem Handeln, und er bot Jadzia eine Arbeitsstelle bei Krasnalex an. Anstatt für ein paar Groschen jeden Tag acht Stunden im Büro zu sitzen, würde sie bei ihm echtes Geld verdienen, und für ihn würde es auch besser sein, einen Familienangehörigen anzustellen als einen Fremden, der ihm auf die Finger guckte. Du bist noch jung! Er maß Jadzia mit den Blicken und vielleicht erblickte er in dem fülligen, schon leicht erdwärts erschlafften Körper noch eine Spur der Zwölfjährigen, deren Reize ihn vor dreißig Jahren in Zalesie so beeindruckt hatten. Du bist jung, kommst unter Leute, dann vergisst du schneller, warum immer nur zu Hause hocken und über Erinnerungen brüten? Ausbrüten wirst du nichts dabei! Er klopfte Jadzia auf den Schenkel und umfasste mit dem anderen Arm Dominika, die durch das dünne Hemd seine weiche, fast weibliche Brust spürte und seinen sauren Schweißgeruch roch. Jadzia fürchtete sich ein bisschen vor der Veränderung, doch im Büro flüsterten sich die Frauen immer wieder hinter vorgehaltener Hand das neue Wort »Umstrukturierung« zu. Es ging das Gerücht, dass diejenigen, die keine entsprechende Qualifikation hatten, gezwungen werden sollten, an Fortbildungskursen teilzunehmen – und das im fernen Breslau! Möglicherweise würde man bei ihnen sogar Computer einführen. Computer? Auch das noch! Jadzia hatte nicht die Absicht, irgendetwas anzufassen, was sie nicht kannte. Veränderungen waren im Gange, eines Tages wurden in der Sachbearbeitungsstelle II neumodische Jalousien angebracht, und die braunen Leinenvorhänge, die zwanzig

Jahre dort gehangen hatten, verschwanden. Die Lage schien ernst, und an demselben Tag wurde Jadzia die Stelle bei Krasnalex angeboten. Ihre verkrümmte Hand funktionierte vielleicht nicht präzise genug, um Spritzen ohne Bluterguss zu setzen, aber im Bemalen der Gartenzwerge war sie, wie sich zeigte, nicht schlechter als andere. Manchmal rief Onkel Kazimierz sie ins Büro, das die Frauen aus der Malstube Sprechzimmer nannten, und bat sie um Hilfe beim Ausfüllen eines Lieferscheins oder beim Verbuchen von vier Säcken Gips, wovon zwei schwarz waren, also nicht eingetragen werden durften. Die Jahre, die sie mit dem Umsortieren von Papieren im Büro verbracht hatte, waren nicht umsonst gewesen. Zwischen dem Zubereiten türkischen Kaffees für den Herrn Büroleiter und andere Herren hatte Jadzia gelernt, wie man die richtigen Dinge in die richtigen Rubriken einträgt. Sie war geduldig und genau, auch wenn ihr die Phantasie fehlte. Nach mehreren Wochen gab Onkel Kazik ihr die Schlüssel zum Büro, weil er erkannte, dass ein solches Talent beim Anmalen von Gartenzwergen verschwendet war. Die Firma Krasnalex befand sich im Lagerraum eines großen Tiefkühlunternehmens, das nicht mehr so viel Tiefgekühltes produzierte wie früher und unter wuchernden Quecken und Bärenklau allmählich verfiel. Die nach faulen Erdbeeren stinkenden Lagerräume mit schiefen Wänden und abgelaufenen Fußböden waren an Privatunternehmer vermietet. Krasnalex war zwischen den Großhändlern Marex und Janex untergebracht, und drei schlammige Trampelpfade führten durch das Unkraut zum Eingang. Die Frauen aus der Malstube bekamen die in Gussformen angefertigten weißen Gipsrohlinge und bemalten sie nach einem Schema, das für die Details in der Tracht der einzelnen Zwerge verschiedene Farben vorsah, was man sich gut merken konnte. Der eine kleine Fettwanst hatte eine rote

Schnalle und der andere eine gelbe, einer hatte braune Schuhe, der andere schwarze, und alle hatten sie die gleichen rosigen Gesichter und hellblauen Augen mit einem schwarzen Punkt für die Pupille. Die fertigen Zwerge trockneten in der Trockenkammer, und alle zwei Wochen kam Gutek Balcerzak aus der BeErDe, um sie abzuholen. Nicht genug damit, dass er die Staatsbürgerschaft besaß, er hatte es auch zu einem eigenen Lieferwagen gebracht, auf dem die schöne rote Aufschrift prangte: Gutek Transport. Auf welchem Wege Onkel Kazimierz den Kontakt zu dem eingedeutschten Schlesier geknüpft hatte, der seit dreißig Jahren in der BeErDe wohnte, blieb sein Geheimnis, aber Gutek gefiel allen bei Krasnalex. Mit dichtem, gestutztem Schnurrbart, weit aufgeknöpftem Jeanshemd, Muttergottes-Medaillon und Haaren, die, ebenso kastanienbraun und kraus wie auf der Brust, im Nacken mit einem Bändchen zusammengehalten wurden. Und kein Ehering! Er sieht so gut aus wie Krzysztof Krawczyk, sagten die Frauen bei Krasnalex. Wie Leoncio in *Isaura*, vielleicht noch besser.

Als Jadzia Gutek zum ersten Mal sah, erinnerte er sie an den kleinen Stier der Cudzakows, die in Zalesie neben ihnen gewohnt hatten. Bis er geschlachtet wurde, bereitete der Stier seinen Besitzern jede Menge Schwierigkeiten, dauernd mussten sie ihm auf anderer Leute Feldern hinterherlaufen, wo er sich nach der Bespringung einer Jungkuh an Klee überfraß. Einmal kam er auch in ihren Hof gebraust, nachdem er das mit einem Eisenriegel versperrte Hoftor durchbrochen hatte, und blieb Auge in Auge mit Jadzia stehen. Vor Schreck ließ sie den Zipfel ihrer Schürze los, in der fünf frisch eingesammelte Eier lagen. Breitnackig, dunkel und halslos strömte Gutek einen Geruch nach Moschus aus. Moschus? dachte Jadzia mit kleinem Fragezeichen, denn Moschus kannte sie nur aus der Romanzenliteratur, und sie fühlte, wie Schweiß in einem kleinen Rinnsal zwischen ihren Brüsten hinuntertröpfelte. Als sie in Gutek Balcerzaks Gesellschaft den Lieferschein ausstellte über soundsoviele Zwerge zu einem Stückpreis von soundsoviel Zloty, die zum Transport verladen worden waren, darunter auch achtundzwanzig Schneewittchen, zitterte ihr die Hand. Etwas in Jadzia gluckerte und erhitzte sich und verursachte plötzliche rote Flecken und Kurzschlüsse. Hier noch schreiben – der Mann beugte sich über den Schreibtisch und gab ihr den Lieferschein zurück. Das Medaillon mit der Muttergottes leuchtete direkt neben Jadzias Mund auf. Wenigstens ist er gläubig, nicht so ein Wilder, dachte sie. Beim zweiten Mal brachte Gutek ihr eine herzförmige Pralinenschachtel mit, auf der stand: Für Dich, und beim dritten Mal Nylonstrümpfe. Nylonstrümpfe, so nannte er das, obwohl in Wałbrzych alle immer nur Strumpfhose sagten und das auch meistens nur, wenn man sich beschwerte, dass es keine gab, oder überlegte, wo demnächst wohl wieder welche geliefert würden. Ich Dummkopf, verwünschte Jadzia sich selbst – anstatt die Strümpfe irgendwohin zu stecken und sich charmant zu bedanken, als er ihr die Hand küsste und die Plastiktüte mit dem Geschenk überreichte, stammelte sie los, dass die Strumpfhosen immer so schnell zerreißen und sie dauernd welche zum Aufnehmen der Maschen bringen muss, wie reizend es also von ihm sei, und dazu noch schwarze, wo schwarz doch besonders modisch war. Der Mann aß die Butterbrote mit Gehacktem, die Jadzia gemacht hatte, danach tranken sie an ihrem Schreibtisch Kaffee, und aus einem Flachmann, den er auf der Brust trug, goss er Whisky dazu. Es schmeckte ihr nicht, es war so bitter und stark wie Selbstgebrannter, doch aus Höflichkeit sagte sie: ja, gern, und ließ sich sogar nachschenken. Ihre stachelbeergrünen Augen leuchteten, wenn er ihr aus dem Fahrerfenster winkte, und sie leuchteten auch noch, wenn der Lieferwagen mit der Aufschrift Gutek Transport längst hinter der Kurve verschwunden war. In den folgenden Wochen suchte Guteks Bild Jadzia immer wieder heim, auf heißen Wogen kam es, die sich wie flüssiges Glas durchs offene Fenster in die Wohnung auf dem neunten Stock des Babel ergossen. Beim Frühstück dachte sie an sein aufgeknöpftes Hemd, beim Putzen der Badewanne an seine massigen Hände und die Finger, auf denen schwarze Haarbüschel sprossen; nach dem Aufwachen kam ihr plötzlich die Erinnerung an Guteks stramme Schenkel in Jeans, wenn er ihr breitbeinig gegenübersaß und im Büro von Krasnalex Butterbrote aß. Das ist vielleicht ein Stier! sagten die Frauen in der Malstube voller Bewunderung. Bestimmt noch mehr als Krzysztof Krawczyk. Der wird ganz schön stoßen! Jadzias Traum von dem Ausländer, der mit dem Auto zurückkommen würde, um sie zu holen, hatte seine Verkörperung gefunden, und sie war so davon erfüllt, als wäre es immer schon um Gutek Balcerzak und seinen Lieferwagen gegangen. Verwirrt und ohne Vertrauen zu ihrem eigenen Körper, voller Zweifel und Schuldgefühl gegenüber ihrem Mann, mit dem sie bis vor kurzem die Couch unter dem Wasserfall geteilt hatte und der in ihr nie solche Gefühle geweckt hatte wie Gutek, ließ sie halb getane Arbeiten stehen, selbst wenn es sich um so wichtige Dinge handelte wie die Desinfektion des Spülbeckens oder des Toilettensitzes. Als Gutek das nächste Mal kam, um Gartenzwerge abzuholen, war es Hochsommer, und Dominika war in Zalesie bei Oma Zofia. Onkel Kazimierz, der bisher den Zwergenabholer bei sich untergebracht hatte, konnte diesmal nicht, weil seine Frau krank war. Tante Basia mit ihrem Mund wie die Narbe einer weggeschnittenen Wucherung, still und demütig im Ertragen von Erniedrigungen, erkrankte schließlich an etwas, das ihr Mann als Weiberkrankheit bezeichnete, und versagte die weitere Beteiligung am ehelichen Leben. Keiner ist da, der kocht oder saubermacht, und obendrein redet sie noch wirres Zeug, beklagte er sich bei Jadzia und fragte, ob er Gutek nicht für eine Nacht in ihre Wohnung legen könnte. Das ist eine Anlage, die Zinsen bringt, vielleicht auch langfristig, spekulierte er, denn er bemerkte, dass Jadzia der Gedanke gut gefiel.

Am Tag von Guteks Ankunft rasierte Jadzia sich zum ersten Mal in ihrem Leben die Waden. Immer mehr Frauen im Babel machten das, viele sicher mit einer gewissen Verschämtheit. Die Jüngeren lachten über die behaarten Beine der Älteren und glaubten kein bisschen den Warnungen ihrer Mütter, dass nach dem Rasieren die Haare dichter und dicker nachwachsen würden, wie bei einem Affen. Jadzias zarte Haut wurde brennend rot, und aus Stefans altem Apparat fielen ein paar kurze Härchen von seiner letzten Rasur. Sie richtete Gutek das Bett auf der schmalen Couch in Dominikas Zimmer, die es nicht mochte, wenn man etwas in ihrem Zimmer anrührte und Jadzia nicht einmal erlaubte, ihr Zimmer ohne Anklopfen zu betreten. Was treibst du denn da, Mädchen, dass ich anklopfen muss wie beim Arzt? fragte die Mutter verwundert. Sie öffnete die Tür, sagte Oh, Entschuldigung, wenn Dominika sie anbrüllte, und klopfte erst ostentativ von innen. Eine richtige Spinnerin war dieses Kind! Jadzia hängte frisch gewaschene Gardinen und Vorhänge ans Fenster; ihre Tochter zog aus unerfindlichen Gründen nie etwas vor und spielte Kino für die Nachbarn gegenüber. Mitten auf den Schreibtisch stellte sie eine Vase mit einem Strauß Margareten und schloss die Tür, deren geriffelte Glasscheibe mit einem verblassten Abziehbild verziert war. Vor Jahren hatte sie diese Veilchensträuße dort aufgeklebt. Sie hatte das Abziehbild in einer Schüssel mit Wasser befeuchtet und dann auf der Scheibe glattgestrichen, es war gar nicht einfach, das so systematisch Rille um Rille zu machen. Stefan war auf dem Umweg durch den Busch von der Arbeit gekommen, betrunken, mit seiner blöden rot angelaufenen Visage, und hatte gar nichts bemerkt. Jadzia spürte plötzlich, wie Ärger in ihr aufstieg, so konkret, dass er im nächsten Augenblick zu Wut hätte werden können. Zur Begrüßung von Gutek zog sie eine dunkelrosa Bluse an, die die Lepka nach ihrem letzten Istanbul-Ausflug speziell für sie zurückgelegt hatte, dazu einen Rüschenrock und die neue Strumpfhose. Als sie die Klingel hörte, konnte sie noch schnell den Knopf drücken, und Andrzej Dąbrowski schoss los mit seinem *Zur Liebe ist es nur ein Schritt, ein kleiner Schritt, sonst nichts* zum Empfang. Der konnte singen! Jedes Wort war zu verstehen. Bis die Blicke erglühen, bis die Hände sich berühren – wie schön das war. Nicht so wie diese Schreihälse, die Dominika dauernd hörte. Immer wieder sagte Jadzia zu ihrer Tochter: Dąbrowski solltest du hören, Połomski, Krawczyk, das ist Musik. Als Gutek nach dem Essen mit Nachtisch in die Küche kam, sie von hinten umarmte und eine mächtige Erektion zwischen ihre Hinternbacken schob, ließ Jadzia einfach das Wasser auf das schmutzige Geschirr laufen und schloss die Augen.

Schmerzend und wundgescheuert verabschiedete sie am Morgen des nächsten Tages ihren Geliebten, der mit einer Ladung Zwerge in den Westen fuhr. Sie wusste, dass sie in den nächsten Wochen auf seine Rückkehr warten, die Tage und Stunden zählen würde. Tage und Stunden! Das kam ihr so romantisch vor wie in einem Film, wie im Leben von *Isaura* oder der *Aussätzigen*. Dreimal, jedes Mal anders, wer hätte gedacht, dass sie sich das traut, aber immerhin. Glühende Röte überlief sie, wenn sie daran dachte, aber sie hatte Gutek bestiegen und war losgaloppiert, ohne ihm ins Gesicht zu sehen, die Augen hielt sie gesenkt, auf die Stierbrust und die in der Behaarung schimmernde Muttergottes gerichtet. Du darfst nicht denken, dass ich so eine bin, hatte sie geflüstert, aber, mein Gott, sie hatte sich überreden lassen. Mein Schätzchen, hatte Gutek sie auf Deutsch genannt, und er hatte versprochen, dass er zurückkommen und vielleicht sogar zwei Nächte bleiben würde. Er würde sie nach Bulgarien in den Urlaub mitnehmen, ans Schwarze Meer, vorher aber in die BeErDe, zu sich nach Hause. Ja, ja, mein Schätzchen hatte er auf Deutsch gesagt und ihr einen solchen Klaps auf den nackten Popo gegeben, dass man es jetzt noch sah. Zwei Wochen später kam Gutek wieder und schlief auch diesmal bei Jadzia. Er brachte ihr schöne Unterwäsche in schwarz mit, die man Body nannte und im Schritt mit Druckknöpfen schloss. Er musste ihr das zeigen, denn sie hatte so etwas noch nie gesehen, und dann – dann sprangen die Druckknöpfe auf, und der Babel wankte in seinen Grundfesten. Jadzia im klaffenden Body galoppierte schon sattelfester und mit Erfolg, jedoch auf ein Ende zu, das Tränen kosten sollte.

Im Herbst orientierte sich Krasnalex um und verlegte sich auf den Großhandel in Damenbinden mit Flügeln, mit denen man es, wie Kazimierz Maślak errechnet hatte, weiter bringen konnte als mit den Zwergen, denn die Privatunternehmer, die näher an der Grenze wohnten, machten seinen Zwergen und Schneewittchen Konkurrenz. Ganze Gartenzwergarmeen säumten die Straße von Zgorzelec nach Wałbrzych, bereit zum Abmarsch nach Westen. Sie traten von einem Fuß auf den anderen, hielten die bessere Seite ihres Profils den Autos mit deutschen Kennzeichen entgegen und reckten die Brust in der Hoffnung, dass sie jetzt an die Reihe kommen würden. Die immer verzweifelteren Schneewittchen schürzten die hellblauen

Kleidchen, zeigten den Fahrern die nackten Gipsbeine und das Dreieck ihres Gipsschlitzes und stürzten sich sogar unter Lebensgefahr auf die Fahrbahn. Gutek Balcerzak verlor seine Arbeit und hatte keinen Grund mehr, nach Piaskowa Góra zu kommen, wo die von ihm entfachte Leidenschaft glomm und pulsierte wie ein kaputter Zahn. Ja, ja mein Schätzchen, hatte er Jadzia auf Deutsch beim Abschied versprochen, ja, nach Waldenburg zurück. Sie wartete mit einem Topf voll Kohlrouladen und dem frisch gewaschenen und im Schritt mit Deo »Grüner Apfel« besprühten Body, aber Gutek Transport fuhr nie wieder vor dem Babel vor.

13 Am Bahnhof von Zalesie steigt Dominika aus. Der Wuschelkopf schwankt auf dem langen Hals wie eine fast schwarze Dahlie, eine von denen, wie sie nur in Zofias Garten wachsen. Sie hebt die Hand zur Begrüßung. Zofia, klein und rund wie eine russische Babuschka, hat sich zur Feier dieses wichtigsten Tages im Jahr ein neues blaues Polyesterkleid übergezogen und breitet die Arme aus, um die Enkelin, die ihr schon lange über den Kopf gewachsen ist, willkommen zu heißen. Dominikas Ähnlichkeit erscheint ihr jedes Mal wieder wie ein Wunder, obwohl sie seit Jahren schon beobachtet, wie sich die Verwandtschaft immer mehr durchsetzt und in ihrer Art zu gehen und das Kinn aufzustützen immer stärker zum Ausdruck kommt. Sie drückt Dominika an sich, die sich zu ihr hinabbeugt und den vertrauten heimeligen Geruch einatmet. Als Jadzia Dominika zur Welt gebracht hatte, wartete Zofia über ein Jahr, bis sie, in einen verschossenen Pelzmantel aus Vorkriegskaninchen gemummt, nach Wałbrzych fuhr. Das Herz krampfte sich ihr vor Angst zusammen. Schluchzend stand sie in den roten Schneestiefeln, die Jadzia ihr geschickt hatte, während sich auf Halinas Küchenfußboden eine Pfütze aus schmelzendem Schnee und Tränen ausbreitete. Alle dachten, die angereiste Oma weine aus Enttäuschung über Dominikas Magerkeit und Hässlichkeit, doch Zofia Maślak weinte vor Glück und sagte immer wieder: Wie es einem geschrieben steht, so fällt der Stein ins Wasser, sehr zum Verdruss der solchen Gefühlsaufwallungen abgeneigten und etwas eifersüchtigen Halina. Während sie das Enkelkind betrachtete, brach sie alle Augenblicke in Tränen aus, bis Stefan fragte: Liebe Mama, bist du wirklich so gerührt, oder hast du vielleicht was mit dem Magen?

Vor Dominikas Ankunft ist Zofia extra auf den Markt nach Skierniewice gefahren und hat dort bei den Vietnamesen ein Kleid gekauft, es waren die ersten Asiaten, die sie in ihrem Leben zu Gesicht bekam, und sie wird sie bis ans Ende ihrer Tage Chinesen nennen. Man kann so einem ja nicht in die Augen sehen, aber es ist ein ehrliches Volk, da kann man sich nicht beschweren. Sie ist nach Skierniewice gefahren, obwohl sie Zalesie nicht gerne verlässt. Ihre Enkelin will sie zu einem Urlaub überreden, zum Sanatorium in Ciechocinek, aber sie sagt, auf einer Reise muss man sich mit so vielem beschäftigen und an so vieles denken, dass man im Kopf ganz durcheinander wird und überhaupt nicht mehr weiß, was man wo hat. Ihr fehlt es an nichts in Zalesie! Lieber sitzt Zofia Maślak auf der allmählich verfallenden Veranda oder unter dem Walnussbaum und wartet auf ihre Enkelin. Auf einen solchen Augenblick, auf einen Spaziergang durchs Dorf mit Dominika, die zu ihr gehört, lohnt es sich zu warten. Dann gehen sie Arm in Arm, wünschen sich mit Frau Gorgółowa, dem alten Cudzakow, Makara, Janek Kos Gott zum Gruße und halten einander an der Hand. Wie es einem geschrieben steht, so fällt der Stein ins Wasser, sagt Zofia, und Dominika lacht: Meine Oma die Dichterin, meine exponentielle Oma.

Wie es einem geschrieben steht, so fällt der Stein ins Wasser, pflegte Jadwiga Strąk zu sagen, die Müllerin von Brzezina, deren Vornamen Zofia ihrer einzigen Tochter nur in der Koseform gegeben hatte. Sie meinte damit ungefähr, dass das, was geschehen soll, auch geschehen wird, doch der Mensch kann mit Gott einen für beide Seiten günstigen Pakt schließen und ein böses Schicksal überlisten. Zumindest verstand Zofia es so, denn Jadwiga erklärte ihre Aussprüche nie, und die ganze Familie musste rätseln, worum um aller Welt es ihr diesmal ging. Auf dieselben Gleise, auf denen der Personenzug aus Skierniewice ihre Enkelin gebracht hatte, hatte sich Zofia dreiundvierzig Jahre zuvor gelegt, um den letzten und radikalsten Versuch zu machen, sich einer ungewollten Schwangerschaft zu entledigen. Der Himmel über ihr war gläsern und schrecklich, es roch nach Quendel, im Wald rief eine Eule, und die Schienen bebten schon unter dem Gewicht des sich nähernden Zuges. Zofia lag so, wie es sich gehörte, auf dem Rücken, den Kopf in Richtung der nahenden Lokomotive, denn es war wichtig, dass sie den Körper von oben nach unten überrollte und nicht umgekehrt. Sie hatte ein geblümtes Kopftuch umgebunden, und unter den vollen Brüsten ragte der kleine Hügel ihres Bauches auf, der bald anderen in die Augen stechen würde. Der Geruch nach Rauch und erhitztem Metall stieg ihr schon in die Nase, die Schienen sangen direkt neben ihrem Gesicht, und sie legte die Hände schützend auf den Bauch, den sie doch loswerden wollte. Dann war alles nur noch Finsternis und Getöse. Zofia machte in die Hose und wusste, dass sie es nicht mehr aushielt, sie musste aufstehen und versuchen, vor diesem Tosen und Heulen, vor dieser Finsternis zu fliehen, bevor sie davon zerquetscht und verschlungen würde. Sie hob langsam den Kopf, von dem der Zugwind das mohnblumengemusterte Tuch geweht hatte, ihre Stirn war kaum ein Haarbreit von dem eisernen Fahrgestell entfernt. Da fühlte sie, wie sich etwas über sie breitete, das sanft und stark zugleich war, es bedeckte und beschützte sie, barg sie unter sich und hielt sie reglos zwischen den Schienen. Auf einmal wurde sie klein und willenlos wie ein Embryo im Ei, jenseits der Angst, weil sie nicht wusste, was es hieß, sich zu fürchten, jenseits der Welt, weil sie die Welt noch nicht kannte. Der Krach des Zuges war plötzlich fern und unwirklich wie Geräusche unter Wasser. Zofia hatte keine Angst mehr, zwischen ihr und dem Tod war etwas, das weder sie noch der Tod durchdringen konnten. Wie es einem geschrieben steht, so fällt der Stein ins Wasser, das war die Stimme ihrer Mutter, der Müllerin aus Brzezina, und sie war es auch, die den Kuss auf die Stirn der geretteten Zofia drückte. Sie öffnete die Augen, und wieder war Himmel über ihr, jetzt war er rein und friedlich, mit ausgefransten Löchern für die Sterne. Das Ende des Zuges verschwand im Dunkel, es roch nach Quendel. Rußschwarz, aber lebendig, mit einem Bauch, der voll war und das auch bis zur Entbindung bleiben sollte, lief Zofia durch das dunkle Dorf nach Hause und dachte, dass die Worte ihrer Mutter etwas bedeuten mussten, etwas Gutes und Starkes, dass sie ein Wunder prophezeiten. Sie hatte das Gefühl, als sei sie jetzt erst schwanger geworden, und die zuvor ungewollte Schwangerschaft wurde jetzt ersehnt und erwartet.

Jadwiga Strąk aus Brzezina, die Mutter von Zofia und fünf anderen Kindern, die nicht überlebten, brachte eine Menge Redensarten hervor, die außer ihr niemand kannte oder verstand. Sie stellte beliebig Sprichwörter zusammen, schnitt sie in der Mitte durch und fügte dem Rest des einen das übriggebliebene Stück eines anderen an, das sie auch nur teilweise verwendet hatte. Die Späne fegte sie zusammen, rollte sie zu einer Kugel und steckte sie in die Schürzentasche, sie würde schon noch Verwendung dafür finden. Ihre Sprache war ein verrücktes Flickwerk, was für eine Landschaft, was für ein Muster! Hätte man eine solche Decke genäht, würde sie den Augen beim bloßen Anschauen wehtun, und dennoch würde sie den Blick auf sich ziehen, denn jeder würde darüber nachsinnen, ob die Näherin verrückt geworden war oder ein verborgenes Ziel verfolgen mochte. Von kaputten Dingen sagte sie: Die rufen ja schon nach Erbsen mit Kohl, und das feinste Mehl pries sie an als weiß wie die Füße der Muttergottes am

Sonntag. Bei faulen Burschen wird auch für den Kaiser nichts werden, klagte sie über die Müllerburschen, die alle naselang aus dem Gemüsegarten gescheucht werden mussten, wo sie sich mit Erbsen und Erdbeeren vollstopften. Zofia wurde ganz ängstlich zumute, wenn die Mutter sie aus ihrem Schaukelstuhl, dem einzigen Stück Mitgift, das sie in die Ehe gebracht hatte, anschaute und sagte: Denk daran, Öl ist gerecht und schwimmt oben wie eine Ertrunkene, oder sie für ein Vergehen rügte, indem sie ihr mit dem Finger drohte: Der Teufel wartet nur drauf, dass er dich in seinen Schwanz einwickeln kann, und dann aber dreimal über die Schulter gespuckt! Jadwiga hatte einen vorstehenden Bauch, große Hände und Augen wie unreife Stachelbeeren. Wie es einem geschrieben steht, so fällt der Stein ins Wasser, sagte sie zu ihrer Tochter, und auf ihrem Thron schaukelnd stickte sie jahrelang an einem Tischtuch, das sie dem Herrgott zum Dank für ihr gesundes und unversehrtes Kind versprochen hatte. Zofia hatte Angst, wenn sie nicht tun würde, was die Mutter ihr sagte, würde sie zwischen zwei Mühlsteine geraten, die ihre Knochen zu einem mit Weizenkörnern vermischten Brei zermahlen würden. Dieses Unglück war in einem Herbst dem taubstummen Tadzio widerfahren, den Zofias Vater Adam Strąk aus Mitleid angestellt hatte, und das Mädchen, das die Müller gerne bei der Arbeit beobachtete, sah, wie der Arm des Jungen krachte und Blut herausspritzte, und das alles geschah in einer merkwürdigen Stille. Tadzio hatte zwar den Mund wie zum Schrei aufgerissen, doch auch jetzt blieb er, der noch nie einen Ton herausbekommen hatte, stumm, und sie war starr vor Entsetzen. Der Vater trug beide zugleich aus der Mühle heraus, unter dem einen Arm Tadzio, unter dem anderen seine Tochter. Jadwiga fiel fast in Ohnmacht, weil sie dachte, ihrem eigenen Kind sei auch etwas zugestoßen, doch Zofia war heil und gesund, nur träumte sie von da an von roten, blutgetränkten Broten. Adam Strąk kaufte dem Versehrten eine teure Prothese aus Leder und Holz, die jedoch auf dem Armstumpf nicht gut hielt, weshalb Tadzio sie meistens in der anderen Hand trug und dazu benutzte, Hunde zu verjagen, die Zweige des Mirabellenbaums tiefer zu ziehen oder sich auf dem Rücken zu kratzen.

In Brzezina und Zalesie war man der Meinung, der geschäftliche Erfolg sei dem jungen Müller zu Kopf gestiegen. Nicht genug damit, dass er selbst an Werktagen einen Filzhut aufsetzte und in der Westentasche eine Uhr trug, auf der er ohne jeden Grund ständig die Uhrzeit ablas, er hatte sich auch eine Frau aus dem fernen Tschenstochau geholt und die ihm zur Heirat angetragenen Töchter seiner Brzeziner Nachbarn verschmäht. Wenn es wenigstens eine aus Skierniewice gewesen wäre, seufzten die Mütter der missachteten Töchter, aber so etwas hat ja die Welt noch nicht gesehen, dass einer eine Weltreise macht, um sich eine Frau zu nehmen, bis nach Tschenstochau! Neidisch schaute man zu, wenn die junge Müllerin mit dem Fuhrwerk aus Skierniewice zurückkam, wo sie in der Konditorei ganze Bleche mit Kremkuchen als Zugabe zum Preis für das Mehl bekam, sie saß auf dem Kutschbock und kutschierte mit einer Hand, während sie mit der anderen kremgefüllte Eclairs aß und rosa Windbeutel, die aussahen wie Flocken luftiger Wolken, denen ein Dach aus Teig aufgesetzt worden war. Der Müller betete seine Frau an, und er liebte seine Mühle. Manchmal nahm er Jadwiga nachts mit in die Mühle und wartete, bis ihr Körper ganz mit Mehl bedeckt war, das als feinkörniger Staub in der Luft wirbelte wie Schnee. Dann leckte er das Mehl von ihren Armen, ihrem Bauch und ihren Schenkeln. So hätte er seine Frau am liebsten immer gesehen, nackt und mit Mehl bestäubt, mit weißen Wimpern, weißen Brustwarzen und einem Büschel weißer Haare zwischen den Beinen, duftend wie das Brot, auf das man wartete. Für so eine Frau hat es sich gelohnt, bis nach Tschenstochau zu fahren, sagte er, wenn er im Sosenka einen kippte, und soll einer sagen, dass das nicht stimmt. Jadwiga war die zweite von sechs Töchtern des Eisenbahnbeamten Alojzy Dziurski. Alojzy war im Alter von neununddreißig Jahren an einer unbekannten Krankheit verstorben, die ihn im Laufe weniger Monate völlig auszehrte und alle Farbe aus ihm saugte, sodass man den Sarg geschlossen aufstellen musste, weil es so aussah, als lägen darin ein leerer schwarzer Anzug und leere Pappschuhe. Die Ärzte hoben ratlos die Schultern und sagten, bestimmt hätte er sich da eine Krankheit im Ausland angelacht, und seine Frau Kazia starb fast vor Scham, so wie er aussah, also wirklich. Nach dem Tod des Gatten konnte sie nicht wählerisch sein, wenn es um die Heiratskandidaten für die Töchter ging. Die älteren Mädchen hatten sogar eine bezahlte Ausbildung, zum Beispiel im Sticken oder in bestimmten Rechenfertigkeiten, doch sie waren nicht gerade mit Schönheit gesegnet, und als Mitgift konnten sie allenfalls einen Satz Bettzeug und eines der wenigen noch nicht fürs tägliche Brot verkauften Möbelstücke aus dem schwammbefallenen Zinshaus am Fuße von Jasna Góra erhoffen. Die neunzehnjährige Jadwiga ging als Erste aus dem Haus, sobald sich dazu in Gestalt des Müllers Adam Strąk die Gelegenheit bot – eigentlich eine Mesalliance, denn Alojzy Dziurski hatte unter seinen Vorfahren Landadlige gehabt, jedenfalls behauptete er das, aber besser ein Müller als eine leere Speisekammer, zumal er Frau Dziurska half, die ausstehenden Mieten zu zahlen. Jadwigas Schwestern verwehten in alle Richtungen wie Sandkörner im Wind, und nach dem Tod der Mutter verlor Jadwiga den Kontakt mit ihnen. Sie wusste nur, dass Wladzia, die Jüngste und Hübscheste von ihnen, nach Amerika ausgewandert war, wo es ihr gut ging. Wenn wir nur Wladzias Adresse hätten! seufzten die Dziurski-Schwestern jede für sich in schweren Zeiten; keine von ihnen sollte je erfahren, dass Wladzia nichts so fürchtete wie die Möglichkeit, die Schwestern könnten eines Tages an der Tür ihrer Dreizimmerwohnung auf der New Yorker Lower East Side klopfen, um ihr Vorwürfe wegen der Profite aus ihrer florierenden Regenschirmmanufaktur und ihres Eheglücks mit einem Ungarn zu machen, den sie auf einem Handelsschiff kennengelernt hatte und dessen Vornamen sie Zeit ihres Lebens nicht richtig aussprechen konnte, weshalb sie ihn Wácek rief. Adam Strąks Ehefrau Jadwiga hatte nicht die Fruchtbarkeit ihrer Mutter Kazia geerbt, jedenfalls nicht richtig, denn sie wurde zwar schwanger, wenn sie nur an eine Hose streifte, wie ihre Schwiegermutter aus Brzezina zu sagen pflegte, doch die Kinder, die sie zur Welt brachte, waren unfertig und noch nicht bereit für die Welt. Entweder sie hatte nach wenigen Monaten eine Fehlgeburt, die dunkelblutend unter dem Rock aus ihr hervorbrach, oder sie gebar im siebten Monat ein Kind, so weiß und zerbrechlich wie Osterlämmchen aus Zucker, und die Hebamme ließ sofort den Pfarrer rufen, denn wenn ein Kind ungetauft starb, dann konnte kein Pfarrer der Welt es mehr am Ohr aus der Hölle ziehen. Jadwigas Frühchen spuckten ein paar Wochen lang grün geronnene Milch und starben eins nach dem anderen, sie begrub sie auf dem Dorffriedhof, wohin es gar nicht weit war, zuerst an der Pełcznica entlang, die die Räder ihrer Mühle in Gang hielt, und dann über die Bahngleise. Wenn sie wieder hinter einem Särglein stand, das nicht größer war als ein Schuhkarton, fühlte sie, wie in ihr schon das nächste neue Leben keimte, und sie dachte daran, dass sie sich bald wieder mit schmerzendem Bauch und leeren Händen würde durch die Kletten schlagen müssen, um den Weg von der Mühle auf den Friedhof zu machen. Erst beim sechsten Mal, es war im März, zu der Zeit, wenn das Eis bricht und die Kartoffeln im Keller keimen, brachte Jadwiga eine Tochter zur Welt, die so ausgetragen, dick und lebensfähig war, dass man schon munkelte, es sei nicht von Strąk, mit dem es so viele Male nicht geklappt hatte, sondern von dem jungen Tagelöhner, der danach spurlos verschwand und mit dem jemand Jadwiga angeblich im Herbst im Wald gesehen hatte. Und was kann die Müllerin im Wald schon mit dem Müllerburschen machen? Jadwiga wunderte sich nicht über die strahlende Anmut ihrer Tochter und bekannte, dem Herrgott habe einfach der von ihr vorgeschlagene Handel – ein wohlgeratenes Kind gegen eine Decke auf dem Altar in der Kirche von Zalesie – besser gefallen als diejenigen, die sie ihm früher angetragen hatte. Sobald sie aus dem Wochenbett war, bestellte sie beim Juden Aronek, der Ware aus Skierniewice brachte, drei mal zwei Ellen vom weißesten und zartesten Leinen sowie Stickgarn in fünfzehn verschiedenen Farben und machte sich an die Arbeit. Was auch immer sie tat, das Kind hatte sie bei sich. Am liebsten hätte sie es überhaupt nie vom Arm genommen und sie stillte es unentwegt an der Brust, aus der süße Milch floss, sämig wie die Kreme in den Eclairs. Jadwiga stickte, und dem Säugling an ihrer Brust schmeckte die Milch in allen Farben: blau für Vergissmeinnicht, Himmel und Wasser, grün für Gras und Blätter, rot für Rosen, Herzen, Lippen und Blut. Dieses schöne, runde Kind erinnerte in nichts an die vorherigen schwächlichen und unfertigen Säuglinge, aber das musste es auch nicht, denn Jadwiga würde sie nicht vergessen. Mitten auf das Altartuch stickte sie ihre fünf toten Kinder, dem Alter nach Bronek, Marysia, Kazia, Henio und Krysia, als einen Kreis von Engeln, die sich an den Händen halten, rings um das heiligste Herz Jesu, das in zwei aufeinander abgestimmten Rottönen Blutstropfen vergießt. Als das Tuch nach zwanzig Jahren Sticken fast fertig war und so schön, dass sich die Frauen aus Brzezina Wunder darüber erzählten, verbrannte es im dritten Kriegsjahr, als die Deutschen, die schon den Müller, die Müllerburschen und einen zwischen Kornsäcken versteckten Partisanen der Heimatarmee ermordet hatten, die Mühle und das Haus der Ştrąks in Brand steckten. Jadwiga sah die berstenden Scheiben, die lodernden Geranien, sie sah Bronek, Marysia, Kazia, Henio und Krysia und das Feuer, das zuerst die warmen Farben verschlang und dann die kalten, und sie sah den brennenden Hund, der heulte und an der Kette riss. Als sie dann nackt am Rand der im Wald ausgehobenen Grube stand, die gelb war wie ein Osterpinzen, dachte sie an das Altartuch, auf dem in einer einzigen Ecke noch eine Girlande aus lila Stiefmütterchen fehlte, und fragte sich, ob sie sich wohl nun in den Augen Gottes aus ihrem Gelübde gestohlen hatte, obwohl es gar nicht ihre Schuld war, dass sie jetzt trotz bester Absichten und einem ausreichenden Vorrat an Stickgarn nicht fertig werden würde.

Nach dem Tod ihrer Eltern war Zofia ganz allein auf der Welt, eine der vielen Kriegsstrohwitwen in Zalesie. Ihre Ehe mit Maciek Maślak, mit dem sie nur einen regnerischen und von Mücken wimmelnden Sommer verbrachte, hatte im Zeichen von Nässe und Katastrophen gestanden. Erst herrschte eine Hitze, dass die Leute starben wie die Fliegen, es stank nach flüssigem Teer, und allenthalben brachen Feuer aus, während über Zalesie ein schwerer Himmel hing, mit Wasser vollgesogen wie ein Schwamm. Auch die Ältesten im Dorf hatten so etwas noch nicht erlebt, die alte Cudzakowa schaute empor, spuckte über ihre linke Schulter und sagte, es sei an der Zeit, die brennenden Sterbekerzen in die Fenster zu stellen und zu beten, einen anderen Rat gäbe es nicht mehr. Dann trat die Pełcznica über die Ufer, ihr trübes rötliches Wasser überschwemmte die Felder, ersäufte das Vieh und unterspülte die Keller, es hatte den Anschein, als sei der Fluss von Sinnen und habe, einmal entfesselt, nicht die Absicht, in sein Bett zurückzukehren. Nach der Überschwemmung kam die Schneckenplage, die Schnecken überzogen die Apfelbäume, saugten sich an den Eutern der Kühe fest, fielen in die Brunnen und ertranken in der sauren Milch. Es gab schuppenbedeckte Schnecken, die groß wurden wie Ratten und denen sogar Hühner und Kaninchen zum Opfer fielen. Alle bewährten Methoden versagten, die Schnecken wurden immer gefräßiger, die Mütter hatten schon Angst, kleinere Kinder aus dem Haus zu lassen. Das ganze Dorf ging mit Stöcken bewaffnet, um die an den Beinen hoch kriechenden Biester wegstoßen zu können. Die Alten sagten zu Recht, dass eine solche Plage das Vorzeichen von Schlimmem war, doch dafür brauchte man keinen Propheten, und kaum war nach der Überschwemmung und den Schnecken alles halbwegs getrocknet, kam der Krieg. Zofia sah Macieks rotwangiges Gesicht mit der Kartoffelnase und der Pockennarbe auf dem Kinn hinter dem Zugfenster entschwinden, und sie, seine Frau, blieb zurück, wie die anderen Mütter, Schwestern und Frauen. Bevor Maciek wegfuhr, riet er ihr, seine Miststiefel auf die Schwelle zu stellen, dort sollten sie stehen und Fremden sagen, dass ein Mann in der Hütte war. Er würde zurückkommen, die Stiefel würden auf ihn warten, sagte er mehrere Male, als sollte es von einem Paar alter Gummistiefel und ihrer leeren Öffnung für seine Füße abhängen, ob er nach Hause kam. Zofia blieb allein in dem alten Holzhaus am Rand des Dorfes, das sie zusammen mit dem Stück Land von Macieks kinderlosem Onkel geerbt hatten und wo Maciek selbst nur den neuen, weißgekalkten Brotbackofen hatte bauen können, denn das hatte er seinem Schwiegervater, dem Müller, und der merkwürdigen, wirr redenden Schwiegermutter versprochen. Aus eigenem Antrieb hatte er noch Kaninchenkäfige gezimmert, denn zur Hochzeit hatten sie zwei Pärchen geschenkt bekommen, und er hatte sich über den ersten Wurf gefreut. Alle Augenblicke ging er in die Hocke, um die fünfzehn grauen Bällchen zu betrachten. Wenn er doch hier bei Zofia bleiben und zugucken könnte, wie die Kaninchen wuchsen! Das war Maciek Maślaks einziger Wunsch. Zofia stellte Macieks Stiefel auf die Schwelle, wie er gebeten hatte, und dort sollten sie jahrelang stehen, im Regen modernd und im Frost gefrierend, bis im linken ein ansehnlicher Birkenpilz spross und sich im rechten Mäuse einnisteten. Sie bekam von ihm zwei in Großbuchstaben auf liniertes Papier geschriebene Briefe, in denen er ihr mitteilte, dass er Sehnsucht hatte und ihre Vergissmeinnichtaugen küsse, und er habe sich überlegt, wenn er zurückkomme, würde er noch Kaninchen dazukaufen und eine richtige Zucht anfangen. Dann würde Zofia Felle für einen Kragen oder sogar für einen ganzen Pelz haben, ganz wie sie wollte. Danach fuhr der Briefträger auf seinem quietschenden Fahrrad an ihrem Gartentor vorbei und rief nie wieder: Frau Zofia, ein Brief!

Nach zwei Jahren Krieg, in denen Zofia Kaninchen pökelte, von deren sanftem dummem Blick sie beim Erschlagen das Gesicht abwenden musste, Beeren sammelte und Pilze trocknete, vergaß sie allmählich Macieks Gesicht, denn sie hatte zu wenig Zeit gehabt, um ihn liebzugewinnen oder sich an ihn zu gewöhnen. Sie hatte ihn geheiratet, weil er ihr als der Liebste von den Kandidaten erschien, die seit ihrem sechzehnten Geburtstag in der Mühle ihre Besuche abstatteten. Sie kamen in ihren besten Anzügen, in Begleitung von Vätern oder Onkeln und so glattrasiert, dass sie wie Äpfel glänzten. Sie wischten die eigens für diesen Anlass sauber geschrubbten schwitzenden Hände ab und blähten sich auf vor Empörung, wenn Jadwiga auf ihre Berichte von soundsoviel Morgen plus zwei Milchkühen mit einem ihrer unverständlichen Sprichwörter antwortete. Der Erste war Janek Kos, der schon angeprescht kam, als Zofia noch keine fünfzehn war, und Jadwiga jagte ihn davon, bevor er noch die Füße in den zu großen, von seinem Vater geliehenen Gamaschen über die Schwelle setzen konnte. Nach dieser misslungenen Brautwerbung fiel er zwei Jahre aus dem Rennen, weil er an Kinderlähmung erkrankte, die sein linkes Bein kürzer machte und ihn so gründlich mit Verbitterung erfüllte, dass sich in ihm wie in einer guten Thermosflasche diese saure Wärme bis ans Ende seiner Tage hielt. Er war überzeugt, dass Zofia ihn besonders mochte, und die Erinnerung an einen Korb Pilze, den er im letzten Herbst vor der Kinderlähmung von ihr bekommen hatte, wendete er wie den Beweis für das nahe Glück auf der Zunge hin und her. Solche Pilze! Nur Steinpilze hatte sie ihm geschenkt! Janek Kos' Kinderlähmung mochte eine Rolle gespielt haben, aber Maciek hatte vor allem deshalb bei der schönen Müllertochter Glück, weil ihr verbissenster Verehrer, Maniek Gorgól mit seinen dicken Lippen und seinem Geruch nach verbranntem Fleisch bei ihr solchen Widerwillen weckte. Da halfen keine noch so verschwenderischen Mengen des vom Apotheker in Skierniewice hergestellten Eau de Cologne namens »Żorż«, mit dem sich Maniek Gorgól jedes Mal beträufelte, wenn er zur Mühle ging. Zofia roch ihn schon, bevor er auf dem Pfad zu sehen war, und versteckte sich hinter den Mehlsäcken, die den abstoßenden Geruch wie Löschpapier aufsaugten. Dort wartete sie ab, bis ihre Mutter sie rief und ihr sagte, die Stinkmorchel sei weg, der eher Birnen in der Asche wachsen sehen würde als ihre Tochter zur Frau zu bekommen. Am Tag ihrer Hochzeit mit Maciek sah Zofia auf dem Weg von der Kirche Maniek verborgen im Schatten des Mostbirnenbaums neben seinem Haus stehen, doch schon bevor sie die Augen erspähte, die, ausdruckslos wie hingespuckter Auswurf, auf ihr verweilten, war ihr der untrügliche Geruch nach Verbranntem in die Nase gestiegen.

Alle paar Monate bekam Zofia Besuch von Kazimierz Maślak, dem ungeliebten Cousin ihres Mannes, der weiß der Himmel woher ins Dorf geschneit kam, um Lebensmittel zu kaufen und mit einem Rucksack voller Würste, Eier und Trockenpilze wieder zu verschwinden. Jedes Mal, wenn Zofia ihn sah, hatte sie das Gefühl, er rechne etwas aus, während er sie anschaute, und sie verschränkte unwillkürlich die Arme vor der Brust. Sie war immer erleichtert, wenn die Tür hinter ihm ins Schloss fiel, obwohl sie ihm nichts direkt vorwerfen konnte. Maniek Gorgól heiratete Marysia Kobiałka, die Tochter des reichsten Bauern am Ort und trat den blauen Polizisten bei. Die Leute im Dorf nannten ihn Beulenpest und gingen ihm aus dem Weg. Der alte Kobiałka erzählte in der Kneipe Sosenka, er habe eine Teufelsbrut als Enkel, und wenn sie nach Gorgól gerieten und er nur einen Schatten der Gorgólschen Niedertracht an ihnen feststellen sollte, würde er sie mit eigener Hand wie Katzen ersäufen, danach könnte er ruhig am Galgen baumeln. Maniek Gorgól spazierte in Uniform über die Dorfstraße und spuckte den Leuten vor die Füße, und wenn er an Zofia vorbeikam, schnalzte und schmatzte er, als wollte er Reste aus einem faulen Zahn saugen. Manchmal sah sie ihn nachts, dann stand er rauchend in der Dunkelheit und schaute auf ihr Haus.

14

Das ist die schönste halbe Stunde meines Lebens, sagte Jadzia und setzte sich vor den Fernseher, in die Sitzkuhle, die Stefan hinterlassen hatte. Süßer Tee mit Zitrone, ein Teller mit Süßigkeiten, nach denen sie griff ohne hinzugucken, denn ihr Blick hing wie gebannt am Bildschirm, bis die stachelbeergrünen Augen tränten. In den besonders spannenden Momenten biss sie sich die Nagelhaut bis aufs Blut ab. *Die Sklavin Isaura* zog sie mit jeder Folge in eine fremde Welt, die ihr dennoch so nah war, als sei auch sie, Jadwiga Chmura aus Wałbrzych, auf einer Plantage geboren, in der Sonne Glut.

Isaura war eine schöne Sklavin im fernen Brasilien, das sehr anders ist als Wałbrzych. Wie viele schwarze Neger es in diesem Brasilien gibt! In der Nacht, da erkennt man so einen Neger ja nur an den Augen oder wenn er lacht, weil die Zähne so weiß sind. Ein Mädchen vom Babel war nach Breslau zur Uni gegangen und hatte sich einen Neger mitgebracht. Das gab ein Gelächter! Aber ihre Eltern, die sind vor Scham fast gestorben. Isaura hatte dunkle Augen, die Haare gescheitelt, Kleider mit Puffärmelchen und eine Haut, die war beinah so weiß wie Negerzähne. Leoncio ist Isauras Besitzer und auch ihr Peiniger, aber hässlich ist er nicht, eher geheimnisvoll. Leoncio ist ein böser Mann, die eigene Frau hat er verbrannt, und Isaura lilienrein fleht: töten darfst du nicht, o nein!, das singen die Kinder in den Kindergärten von Wałbrzych, denn sie gucken auch *Isaura*. Wie er Isaura peinigte, dieser Leoncio. Wie er sie peinigt, guck mal!, die Mutter rief nach Dominika, denn sie konnte es kaum aushalten, die Leiden der schönen Sklavin allein anzusehen. Er peinigt sie, demütigt, verwundet und beißt sie, dieser Leoncio, und sie vergießt Tränen auf ihrem Dornenweg. Aber einen Schnauzbart hat er, wie Schuhkreme so schwarz, wie die mondlose Nacht. Er reißt Isaura zum Tanz, beugt ihre schmale Taille wie einen Tulpenstengel, quetscht ihre Brust an seinen gewaltigen Oberkörper, das Mädchen fällt fast in Ohnmacht davon. Dieser Leoncio ist in einer seltsamen grausamen Leidenschaft zu Isaura entbrannt. So eine Leidenschaft hätte Jadzia gern mal erlebt gehabt! Im Gegensatz zu Leoncio ist Alvaro ein Guter, er will Isaura heiraten; Jadzia hat Stefan geheiratet, und man hat ja gesehen, wie das ausgegangen ist, wozu seine Güte getaugt hat. Der böse Leoncio reizt und kitzelt sie hier und da, als lange er eigenhändig aus dem Bildschirm nach ihr, und diesen Kitzel spürt Jadzia noch lange nach der glücklichsten halben Stunde der Woche, sodass es ihr kalt den Rücken hinunterläuft. Nachdem Isaura so von Leoncio durch die Mangel gedreht worden ist, erscheint sie in der nächsten Folge wieder taufrisch wie ein Gänseblümchen auf der Wiese. So zart und bescheiden, jede Mutter hätte gern eine solche Tochter, obwohl andererseits etwas in Jadzia wünschte, dass Leoncio Isaura am Kopf packen, in den Staub schleudern und vergewaltigen würde. Dass er sie zerzausen, beschlafen, besudeln, schänden würde, ihr dieses propere Kleidchen verschmutzen, zerfetzen, besabbern, beschmieren, bespritzen würde. Jadzia glüht, sie kriegt rote Flecken auf der Brust, trinkt prickelnde Orangeade zur Abkühlung, aber nach jeder Folge von *Isaura* sieht sie noch lange aus, als würde in ihr ein Feuerwerk abbrennen, ihre helle Haut schimmert golden, purpurn, türkis. Eine Spannung voll Schauder, Gänsehaut und der Ahnung eines fernen, unbekannten Lebens.

Von Isaura reden die Frauen in den Wałbrzycher Läden, Aufzügen, Bussen, bei der Arbeit am Schreibtisch und auf ihre Schrubber gestützt seufzen sie, dass dieser Leoncio doch etwas hat, trotz Gemeinheit, die sich in jeder Folge wieder zeigt. Sie können sich nicht entscheiden, ob ihnen die Selbstverteidigung der beißenden und tretenden Isaura gefällt oder ob sie lieber hätten, dass sie klein beigeben und sich von ihm flachlegen lassen würde. Krysia Śledź stellt sich auf Leoncios Seite und sagt, wenn er sie wollte, dann würde er sie schon nehmen, dass sei ja sein Herrenrecht, aber da bäumt sich in der sonst so friedlichen Jadzia etwas auf, und sie fährt ihre Stacheln aus, was bei ihr allerdings eher so aussieht, als blase sie die Backen auf. Isaura hat Jadzias Meinung nach das Recht, sich zu widersetzen, ein solcher Widerstand entfacht das Feuer der Liebe. Länge und Intensität der männlichen Bedrängung erhöhen die Temperatur bei Bedrängendem und Bedrängter. Widerstand steigert den Respekt des Mannes, denn so ein Mann schätze das höher ein, um das er sich habe mühen müssen. Die Frau Isaura soll sich widersetzen, um schließlich dem Mann Leoncio zu erliegen. Erst Widerstand, dann Erliegen. Diese Reihenfolge muss eingehalten werden.

Sei es aus Zuneigung zu Isaura, sei es aus dem Bedürfnis, Leoncios Leidenschaft zu erwecken, falls es ihn mal von seiner Hazienda nach Wałbrzych verschlagen sollte – die Frauen in Wałbrzych jedenfalls machten auf Isaura. Schwarze Haare bis auf die Schultern passen irgendwie besser zu dunkelhäutigen Brünetten, doch die Hellhaarigen wollen nicht das Nachsehen haben, wenn blond unerwarteterweise ins Hintertreffen gerät. Im Salon Marie-Celeste donnern sie sich auf. Der Isaura-Stil – mit Färbung und Frisur – findet in den Friseursalons auf Piaskowa Góra und in Szczawienko reißenden Absatz. Die Mutigeren gehen ins Hotel »Sudeten«, da haben sie für Damen einen männlichen Friseur, einen scherenden Homodingsbums, jung und geschmeidig, eine echte Neuheit in

Wałbrzych. Jadzia zögert noch, die Angst vor den Homodingsbums-Bakterien siegt, welche Vorsicht, und das, wo in Wałbrzych noch kein Mensch von Aids auch nur gehört hat. Schließlich färbt sie sich mit dem deutschen Haarfärbemittel Londa selbst auf Isaura. Eine Woche lang sind ihre Stirn und Finger schwarz, bei jeder Wäsche fließt ihr Isaura aus den Haaren, die dünn sind wie Entenflaum. Die Frauen möchten Isaura haben, Isaura sein, und sie essen, sie tauschen Rezepte für Isaura-Käsekuchen und Isaura-Napfkuchen. Man braucht nur ein bisschen Kakao, und schon ist er braun wie eine Brasilianerin von der Hazienda. Sonntags nach dem Mittagessen stopfen sich ganze Familien mit Isaura voll und trinken süßen Tee dazu. Wenn *Isaura* im Fernsehen kommt, ist auf den Straßen von Piaskowa Góra keine einzige Frau zu sehen, die Promenade am Babel entlang ist wie leergefegt, und nicht einmal Eis wird an der Bude gekauft, obwohl doch Sonntag ist. Trübselig tropft Vanille- und Kakaoeismischung aus den Spendern des Automaten. Jadzia, Krysia und Bożena auf dem neunten Stock, alle Teresas, Anias, Ewas und Urszulas spüren, wie in ihnen eine salzige Woge anschwillt und aufsteigt. Wenn sie sich ergießen würde, würde sie den Babel wie ein Federchen hinwegreißen und in Richtung Brasilien schwemmen, dort würden die Jadzias, Krysias und Bożenas, die Teresas, Anias, Ewas und Urszulas aus den Fenstern strömen wie kleine Fische durch die Maschen des Netzes, direkt auf die rote Erde, mitten zwischen die schwarzen Neger, in der Sonne heiße Glut. In sämtlichen Wohnungen vom Babel steht Isaura kurz vor der Befreiung aus der Gefangenschaft, endlich sollen Glück und Wohlstand ihr zuteil werden, da dreht sich das Rad des Schicksals wieder, und es heißt warten bis zum nächsten Sonntag. Aber das Warten lohnt sich, man weiß, dass es mit dem Eintreffen des Erwarteten belohnt wird, und zwar zur angesagten Stunde, was im Leben selten genug geschieht. Als es dann ganz vorbei ist, bleibt im Sonntagnachmittag der Frauen vom Babel ein Loch zurück. Obwohl es danach weitere Telenovelas gibt, verheilt dieses Loch lange nicht, es zieht wie die Narbe nach einem Kaiserschnitt, und als die Lepka die Nachricht verkündet, dass Isaura und Leoncio nach Polen kommen, weht Jadzia ein Hauch von Abenteuerlust an, was wahrhaftig nicht jeden Tag geschieht.

Leider steht Wałbrzych nicht auf der Liste der Städte, die die Gäste aus dem sonnigen Brasilien besuchen, aber Warschau steht drauf, die Hauptstadt, wo man anlässlich Isauras auch durch die Läden und Märkte der Hauptstadt streifen kann. Sie beschließen, mit dem Nachtzug von Breslau zu fahren und am Morgen dann gradewegs vom Bahnhof zum Treffen mit Isaura auf dem Markt der Altstadt zu gehen. So werden sie nur zwei Nächte und einen Tag nicht zu Hause sein, so lange können die Familien doch vielleicht ohne sie auskommen, wenn sie vorkochen und genau auf einen Zettel schreiben, was wo ist. Auf Isaura frisiert und in türkische Baumwolle gekleidet, packen die Lepka, Krysia Śledź und Jadzia hurtig ihre Koffer, stopfen Halstücher und Blusen zum Wechseln und Lippenglanzcreme hinein. Auf dem Breslauer Hauptbahnhof zeigt sich, dass sie nicht die Einzigen sind, die auf die Idee gekommen sind, Isaura und Leoncio zu treffen. Am Bahnsteig warten schon etliche weitere Sklavinnen aus Breslau, Wałbrzych, Świdnica und Świebodzice, bereit, sich in die Waggons der zweiten Klasse zu stürzen, um sich einen Platz für die Reise durch die Nacht zu sichern. Wer das nicht schafft, dem steht eine Nacht auf dem Gang oder gar auf dem stinkenden Klo bevor, und wie wird man sich dann in der Hauptstadt präsentieren? In jedes Abteil quetschen sich neun, zehn Isauras, je nach Gewieftheit und

Körperfülle; vor Aufregung schwitzen sie unter ihrer türkischen Baumwolle, trotz Bac-Deodorants. In der Drogerie von Piaskowa Góra bekommt man diese Deos nicht, sie werden auf Handelsausflügen in Budapest besorgt. Man erwirbt sie im Tausch gegen Geschirrtücher und Handtücher, an denen es den Ungarn mangelt. Es gilt dann nur, an der Grenze ruhig Blut zu bewahren, wenn der Zöllner in die Taschen guckt, als befänden sich illegale Zeitungen darin oder Granaten. Wenn er sie findet, rentiert sich der Ausflug nicht, aber er muss sich rentieren, wozu sollte man sonst in dieses Budapest fahren? Die Isauras hatten sich nun so herausgeputzt und fein frisiert und mit ihren Bac-Deos bespritzt, doch bald schon verschmiert etwas, verrutscht, verdirbt, und Laufmaschen machen sich eigenständig auf den Weg. Dank der Lepka zwängt sich in ihr Abteil jetzt keine mehr, sie haben Glück. Auf der einen Seite sitzen vier Isauras aus Wałbrzych, ihnen gegenüber vier fremde, sie beäugen sich gegenseitig und wollen es sich nicht anmerken lassen. Ist hier noch was frei – der nächste Kopf mit Isaurafrisur schiebt sich durch den Türspalt, aber die Lepka sagt: Nein. Sie können sich nicht noch enger quetschen, sonst ist die ganze Aufmachung im Eimer. Der Zug setzt sich in Bewegung, mit dem Rattern der Räder entspannen sie sich, das Schaukeln des Waggons löst die Steifheit. Die Lepka, weltläufig und reiseerfahren, ist die Erste, die ihr Gegenüber anspricht, um sich bekanntzumachen. Kreuz und quer stellt man sich vor. Jadzia hat eine Slawka als Gegenüber, Krysia eine Viola und die Lepka eine Marta. Slawka, Marta und Viola wohnen in Breslau-Kożanow, anscheinend haben sie es dort so ähnlich wie auf dem Babel, nur ohne Ausblick auf die Berge. Krysia holt eine Flasche selbstgemachten Kirschlikör hervor, sie trinken reihum, um sich in Laune zu bringen, und die Laune kommt auch wie bestellt. Gemeinsam reisen sie Leoncio und Isaura entgegen, als kennten sie sich seit Jahren. Marta würde das Leben auf der Hazienda im fernen Brasilien gefallen. So eine Hazienda, ja so eine Hazienda, wo so viele Familien Platz hätten, anstatt alle zusammengedrängt auf einem Haufen. Schade, dass Alvaro nicht kommt, sagt Viola, denn so ein Leoncio, der würde sich auch nach der Hochzeit nicht ändern. Wer vor der Hochzeit schlägt, der schlägt auch nachher! Marta würde ganz allgemein gerne in irgendein fernes Land reisen, aber sie kann nicht, weil sie ihre Mutter pflegt, die irgendeine chronische Krankheit hat. Die Nacht ist kurz, wenn man nett plaudert, draußen vor den Fenstern ziehen Sand und Kiefern vorbei. Im Licht des Zuges blitzen sekundenlang die Augen wilder Tiere auf, kleine Lichtpunkte, die verschwinden, als hätte man sie in eine Schublade gesteckt. Die Felder sehen im Mondschein aus wie mit Quecksilber übergossen, und einen kurzen Moment lang kommt es Jadzia schaurig vor, so weit von zu Hause wegzufahren.

Gegen Morgen schlummern die Isauras kurz ein, und die Männer, die in den vollgestopften Zug steigen, um zur Arbeit zu fahren, sind ganz verblüfft – auf diese geballte Isauraladung waren sie nicht gefasst. Sie schauen in die Abteile, stoßen sich mit den Ellbogen an, ziehen den süßsäuerlichen Geruch ein, so riecht eine Hochzeitstorte gegen Morgen, so riecht eine Nacht auf der Hazienda. Auf dem Zentralbahnhof schütteln die benommenen Isauras bei einem Glas stark gesüßten Kaffee die letzten Reste Schlaf ab. Wie groß der Bahnhof hier ist, und wie modern; aus der verglasten Halle sieht man den Kulturpalast, wenn sie nachher noch Zeit haben, wollen sie bis ganz nach oben fahren. In der Toilette möbeln sie den Glanz wieder auf, der über Nacht ein bisschen verschmiert und verknittert ist. Die Sparlampe leuchtet dazu mit ihrem gnädigen

Licht, und Jadzia hält sich kurzzeitig für geradezu verführerisch, ihre Augen sind fast blau. Wie wird es werden? Sie gehen durch die Stadt, die aussieht, als hätte jemand sie aufgefressen und dann wieder ausgewürgt, und sie können sich kaum vorstellen, dass sie hier Isaura, die schöne Sklavin sehen werden. Keine auch noch so jämmerliche Hazienda gibt es hier, und durch die aus dem grauen Steinbruch der Häuser gehauenen Straßen treibt sie ein Wind voran, der weht, als komme er direkt von Piaskowa Góra. Die Gesichter sind vertraut, kein einziger Neger, ein Passant läuft Krysia Śledź fast um. Jadzia war noch nie in Warschau, sie hat etwas anderes erwartet, irgendwie sauberer und heller, und erst in der Altstadt kommt sie wieder in Stimmung. Die in der Mitte des Platzes errichtete Bühne ist mit bunten Kreppgirlanden dekoriert, ein großes Foto von Isaura und Leoncio hängt dort und eine Überschrift aus ausgeschnittenen Buchstaben: Willkommen in Warschau. Allmählich schwillt die Menge an. Die Wałbrzycher und Breslauer Isauras blicken mit leichter Überheblichkeit auf ihre Schwestern aus der Hauptstadt hinab. Man sieht, dass sie es hier weiter bis zur BeErDe haben, dass die türkischen T-Shirts und Kosmetikpaletten, die Spiralbürstchen mit grüner Wimperntusche und die Deodorants aus Ungarn noch nicht ihren Weg bis hierher gefunden haben. Die hiesigen Isauras sind irgendwie kleiner, sie haben schlechtere Zähne. Sogar Zigeunerinnen sind da, in Röcken bis zum Boden und mit Ohrringen. Die Isauras wimmeln auf dem Platz durcheinander, jede drückt sich ihre Tasche an den Bauch. Diese Geste hat jede Frau im Blut, sie vergisst nie, dass dort draußen die Welt ist, in der sie beklaut werden kann, vor allem hier, wo diese Zigeunerinnen herumlaufen. Gegen Mittag immer noch kein Anzeichen, die Isaurenmenge wogt, die Zugereisten packen die letzten Butterbrote aus, wickeln das aufgeweichte Papier ab, schwärmen aus in die umliegenden Geschäfte. Vielleicht lässt sich hier doch mehr kaufen als in Wałbrzych und dort weiterverkaufen, dann wäre der Fahrschein bezahlt.

Jadzia ist eine der Ersten, die sie erspähen. Schwerfällig springt sie hoch, weil ihr allenthalben ein höher ragender Kopf den Blick verdeckt. Eine elegante schwarze Limousine fährt vor. Der Schlag geht auf, erst erscheint ein spitz zulaufender Schuh, dann ein Bein in einer beigen Hose und schließlich der ganze Leoncio, noch stattlicher als im Fernsehen. Um den Hals hat er ein Schälchen gebunden, dunkelrot, glänzend, bestimmt teuer wie aus Milanówek, in Polen würde sich nur ein Homodingsbums so was umbinden, aber zu ihm passt es irgendwie, obwohl er doch ein echter männlicher Mann ist. Die ganze Isaurenmenge begreift sofort, was los ist, und ballt sich um das Auto, drängt möglichst dicht heran. Und hinter Leoncio – ja! Ein zierliches Bein wird sichtbar, der Fuß in durchbrochenen Pumps, und da ist sie, die schöne Sklavin mit den Eichhornzähnchen und dem leichten Silberblick gleitet heraus auf das Warschauer Pflaster. Wie zauberhaft sie ist! Jadzia und Krysia halten sich an den Händen, um auf den Spitzen ihrer Schuhe stehend das Gleichgewicht zu halten, was nicht so einfach ist, wenn man einen birnenförmigen Körperbau und außerdem keine Balletterfahrung hat. Mal neigt sich die eine, mal die andere zur Seite und zieht die Freundin mit, dann kehren sie beide wieder in die aufrechte Stellung zurück. Schon stehen Isaura und Leoncio oben auf der erhöhten Bühne, dicht neben ihnen die Übersetzerin, dieser Glückspilz, und außerdem wohl der Stadtdirektor persönlich oder ein anderer wichtiger Direktor. Jadzia kann sich hinterher an kein Wort von dem erinnern, was Isaura und Leoncio gesagt haben, aber mit allen Fasern saugt sie wie ein Schwamm die Melodie der fremden Sprache in sich auf. Das portugiesische Lispeln dringt in sie hinein und gelangt in ihre Blutbahn, es wird nicht mehr lange dauern, und Jadzia wird den Fado singen, den sie nie gehört hat, der jedoch immer die Musik ihres Herzens gewesen ist. In der Warschauer Altstadt, die nicht viel älter ist als Piaskowa Góra, wandelt Jadzia zum ersten Mal eine Ahnung an, dass es etwas Größeres gibt als Wałbrzych und den Babel. Ein anderes Leben prallt wie ein Wasserball gegen sie und bringt sie kurz aus dem Gleichgewicht. Und als wäre das nicht genug an Gemütserschütterung, steigen Isaura und Leoncio nun von der Bühne herab wie Engel vom Himmel – dieses Licht, das sie ausstrahlen! Die Frauen strecken die Hände aus, jede will wenigstens einmal Isauras Hand, Leoncios Arm streifen; wenn man ihnen die Zügel schießen ließe, würden sie sich über die Sklavin und ihren Herrn hermachen, sie würden sie zerpicken, zerfetzen, zerknabbern, wie den Mäusespeck oder die Schokowaffeln, die sie vor der Familie und sich selbst versteckt halten. Jadzia weiß, dass sich ihr eine solche Gelegenheit nie wieder bieten wird, und setzt die Walze ihrer ausladenden Hüften in Bewegung, ihre Ellbogen arbeiten wie Kolben, vor denen sogar Krysia Śledź zurückweicht. Das ist nicht mehr die alte Jadzia Chmura, das ist ein entfesselter Streitwagen, eine Elementargewalt, und niemand soll es wagen, sie zurückzuhalten. Nur noch ein Hindernis in Gestalt von drei kleinwüchsigen Dunkelhaarigen, durch das sie hindurchprescht, und sie ist am Ziel. Da steht Jadzia von Angesicht zu Angesicht Isaura gegenüber, derselben Isaura, die sie im Fernsehen gesehen hat! Ein Wirbelwind erfasst Jadzia, der rote Staub der Hazienda steigt vom Kopfsteinpflaster auf, die Sonne sinkt tiefer und brennt und brennt, die Gesichter ringsum sind lauter schwarze Neger, ihre Zähne schimmern wie Kuchenglasur, es verschlägt ihr den Atem. Leoncio steht direkt neben ihr, seine Augen sind der Himmel, ein Brunnen ohne Boden, ein Sturmwind trägt Jadzia ihnen entgegen, und sie weiß selbst nicht mehr, wo und wer sie ist, ob sie sie selbst ist oder die Sklavin Isaura.

Wenn sie das doch bloß auf einem Foto hätte, denkt sie später, doch alles, was ihr geblieben ist, ist die Momentaufnahme in ihrer Erinnerung und der Klang des Namens, neben dem sich sogar Paulina und Dominika gewöhnlich ausnehmen. Während Jadzia eine Ladung Kohlrouladen einfror und dabei ab und zu mit einem letzten Rest Hoffnung auf das Erscheinen von Gutek mit seinem Gutek Transport die Gardine beiseitenahm und nach draußen lugte, malte sie sich eine Tochter mit diesem schönen Namen aus, eine kleine Isaura, die in der Tiefe ihres Bauches lag und an ihrem Fingerchen saugte. Klein wie eine Kohlroulade. Töchterchen Isaura würde aussehen, als bestünde sie aus einem guten Dutzend rosiger Einzelteile ganz ohne Kanten, man könnte sie mit den Händen formen wie Teig. Die Wülstchen ihres Babyspecks würde Jadzia mit einem auf ein Streichholz gespießten Wattebausch reinigen, danach würde sie ihr weiße und rosa Kleider anziehen, mit Rüschen. Die schwankenden Grundfesten von Jadzias Träumen schwemmt die Flut einer verspäteten Monatsblutung davon, und die romantische Schwärmerei wird gefaltet ins Regal gelegt, gleich neben den schwarzen Spitzenbody, der zum Wegwerfen zu schade ist. Vielleicht kann Dominika ihn brauchen, wenn sie heiratet. Jadzias Verzweiflung wegen Gutek Balcerzak währte nicht lange, denn das war etwas, was nie hätte passieren dürfen. Jadzia schätzte nur das, was sie nie gehabt hatte, denn was sie hatte bekommen können, das konnte ja nicht mehr viel wert sein. Und dann hat dich der Alltag wieder, verwehet ist die große Liebe, summte sie vor sich hin und genoss dabei das Gefühl von Traurigkeit, das ein wenig brannte wie eine Spülung mit Essigwasser.

Sie schüttelte die letzten Reste der Liebhaberin Jadzia ab, und sie rieselten wie bröckelnder Putz, unter dem die sich aufopfernde Mutter Jadzia ihres Triumphes harrte. In ihre Ausgehuniform gezwängt – ein von Modesta Ćwiek geschneidertes dunkelrosa Kostüm –, fuhr Jadzia zu Onkel Kazimierz, um als Mutter, die an die Zukunft ihrer Tochter denkt, mit ihm zu sprechen. Sie wollte nichts mehr in Rubriken eintragen, denn ihre Augen wurden immer schlechter, und außerdem genierte sie sich vor den Frauen, die bei Krasnalex, inzwischen zum Damenbindengroßhandel umfunktioniert, arbeiteten und von ihrer Romanze mit Gutek Balcerzak wussten. Sie genierte sich, dass sie sich so hatte hinreißen lassen! Wie konnte sie ihnen in die Augen sehen? Doch sie brauchte eine Arbeit, und bei ihrem letzten Besuch bei Onkel Kazimierz hatte sie gesehen, dass es eine Aufgabe gab, die auf sie wartete und ihr die Möglichkeit geben würde, sich zu bewähren. Tante Basia war von ihrer Krankheit nicht genesen. Ganz im Gegenteil, sie hatte sich irgendwohin verzogen, wo das Schimpfen ihres Mannes sie gar nicht erreichte und sie ihn unter leisem, aber irgendwie boshaftem Summen aus leeren Äuglein anschaute. Das Haus verwahrlost, Kakerlaken wie russische Panzer, der Kühlschrank verschimmelt, und die sang, verfickt noch mal! Kazimierz brachte seine Frau nach Stronie Śląskie, aber sie wurde aus dem Irrenhaus wieder nach Hause geschickt, denn abgesehen davon, dass sie schlecht sah und immer kleiner wurde, fehlte ihr nichts, und sie war schwer zu beaufsichtigen, selbst wenn man sie mit Relanium spickte wie ein Weihnachtshuhn. Also kehrte sie zurück in das einstmals deutsche Haus, und wieder wirbelte sie herum wie ein Kreisel, huschte Kazimierz zwischen den Beinen hindurch und schlängelte sich unter dem Bett her, während ihm nur Leere in den Fäusten blieb und ein paar Haare dünn wie Spinnweb. Er brauchte nur eine Tür oder ein Fenster angelehnt zu lassen, und schon war sie entwischt. Man musste in dem verwilderten Garten herumkriechen, unter den Klettenblättern nachsehen, die Hundehütte abklopfen, wo im letzten Winter der Hund erfroren war, durch den Kurpark rennen, wo man sie manchmal beim Füttern der Schwäne fand. Als Jadzia kam, machte Basia zwar Tee und servierte einen Teller mit ranzigen Keksen, doch gleich darauf war sie unter dem Tisch verschwunden, wo sie alle Augenblicke Jadzias nackten Fuß ergriff und kitzelte. Mit einem Blick sah Jadzia das verklebte Wachstuch, die verdreckten Fensterscheiben, den schimmligen Kühlschrank und die Mumien der Topfpflanzen. Sie schaute unter den Tisch, wo Basia saß, ihr schartig zulächelte und gleichsam einvernehmlich zwinkerte.

Ein Mensch von deinem Stand und deiner Stellung! seufzte Jadzia und traf mit ihren Worten den Onkel ins Herz. Nach kurzem Nachdenken übertrug Kazimierz Maślak Jadzia die Sorge für das verwahrloste Königreich seiner Küche, in der seine Frau Barbara nicht mehr herrschen konnte, vom Backen eines Kuchens oder dem Klopfen von Rouladen mal ganz zu schweigen. Er selbst hatte jetzt Wichtiges zu tun, vor ihm eröffneten sich Perspektiven, und Jadzia war ein Geschenk des Himmels. Wenigstens würde jetzt kein Fremder in seinem Haus herumstrolchen, und das Geld blieb auch in der Familie.

Stets von seiner untrüglichen Spürnase geleitet, witterte Kazimierz Maślak, dass der von ihm so geliebte Geruch nach Geld nun auf einem anderen Feld keimte, das die Ersten schon so rege unter sich aufteilten und besiegelten, dass man bei einem abendlichen Gang an den Wałbrzycher Kneipen vorbei das Aneinanderklatschen verschwitzter Hände hörte. Um ebenfalls einzusteigen, musste Kazimierz ein bisschen lavieren, denn er hatte keine Bildung, und manchmal, wenn auch selten, spürte er diesen Mangel. Doch Ideechen und Riecher erwiesen sich als mindestens so erfolgreich; das kann man nicht lernen, es ist einem angeboren. War nicht er, Kazimierz Maślak, als Einziger in Wałbrzych und Umgebung auf die Idee gekommen, dass man bei den neuen Banknoten andere Portemonnaies für Wechselgeld brauchen würde? Wer, wenn nicht er, hatte ein Vermögen mit Kunstledergeldbörsen gemacht, während andere sich in den Hintern beißen wollten, weil sie Studierte waren, irgendwelche Diplome und Schmiplome hatten, auf diese einfache Idee aber nicht gekommen waren? Ha! So ging nun Kazimierz Maślak von einer Wałbrzycher Kneipe zur anderen und hörte auf das Händeklatschen und schnüffelte. Die ehemaligen Kohlenbarone, rote Direktoren und Sekretäre kalkulierten und berechneten, ob man die Farbe jetzt schon wechseln oder besser noch warten sollte. Den Arsch aufs Trockene bringen, den Kopf einziehen, oder, hopphopp, ins kalte Wasser springen. Kazimierz Maślak hatte sich die Worte gemerkt, die der ehemalige Direktor Mizera oder der ehemalige Vize Mrugala am lautesten immer wieder gesagt hatten. Worte wie Demokratie, Revision, Entkommunisierung kannte er nicht. Worte wie Profit, Spekulation, Futterkrippe, Geld und Kalkulation kannte er gut und auswendig wie das Vaterunser. Er konnte sich denken, dass es darum ging, das Alte und das Neue irgendwie miteinander zu verbinden und mit Hilfe der entsprechenden Spekulationen und Kalkulationen von der Demokratie zu profitieren. Das führte auf direktem Wege zu Geld und Futterkrippe. Viel sagte Kazimierz Maślak nicht, aber wenn er etwas sagte, dann kam es allen so vor, als hätten sie genau darauf gewartet. Er hatte die Fähigkeit, Worte zu wählen, die er zum Teil nicht verstand, die aber beide im Streit liegenden Seiten denken ließ, er bringe in schönen und einfachen Sätzen, die ihnen schon auf der Zunge gelegen hatten, zum Ausdruck, dass er jeweils auf ihrer Seite stehe. Doch es waren nicht nur die Worte. Kazimierz selbst bemerkte, dass sich seine Hände von sich aus zu den Worten zurechtlegten wie beim Pfarrer in der Kirche oder wie im Fernsehen. Die Finger hielt er immer zusammen wie Flossen, und die Leute folgten ihren Bewegungen, als wäre er ein Verkehrspolizist auf der Kreuzung, sie lauschten ihm wie einem Kaschpirowski. Das Schlimmste aber war, dass er dabei trinken musste, und seine Gesundheit war nicht mehr die beste, die Bauchspeicheldrüse hatte ihre Mucken, und die Blase auch, es war schon vorgekommen, dass er plötzlich nicht mehr wusste, wozu man eine Gabel oder einen Schuh brauchte, von seiner Frau Basienka mal ganz zu schweigen, deren Anwendung ihm längst entfallen war. Einmal betrank er sich auf Piaskowa Góra so sehr, dass er sich auf dem Heimweg verirrte, und als der Blasendruck nicht mehr auszuhalten war, verwechselte er den Friedhof mit einem Park und irrte anschließend auf der Suche nach dem Ausgang zwischen den Gräbern umher, bis er an die Marienkapelle kam und dort völlig erschöpft auf die Nase fiel. Als ihn am frühen Morgen die Kälte und das Bibbern seines Körpers weckten, konnte er sich gerade noch auf die Knie erheben und erstarrte dann, weil ihn ein scharfer Rückenschmerz in dieser Gebetshaltung lähmte, und so erblickte ihn Hochwürden Postronek. Ergriffen von Kazimierz Maślaks Glaubenskraft dachte er sich, dieses Gemeindemitglied könnte ein Gewinn für die neue Gemeindeinitiative sein, die die frischgebackene Direktorin der Grundschule, Magister Helena Demon, ausgebrütet hatte. Hochwürden Postronek konnte für diese Initiative wenig Begeisterung aufbringen und noch weniger Interesse. Er versuchte sich davonzustehlen, doch die Frauengruppe witterte ihn schon zehn Meilen gegen den Wind und war eins-zwei-drei an der Hintertür. Sie bedrängten ihn derartig, und aus ihrer Gruppe schlug es ihm so feuchtheiß entgegen, dass der Pfarrer geradezu um seine Gesundheit fürchtete. Zuerst wunderte sich Kazimierz Maślak über das Lächeln auf dem Gesicht des nahenden Pfarrers, doch er verstand rasch, dass seine Anwesenheit vor der Kirche, und dazu noch lange vor dem Morgengottesdienst falsch verstanden wurde. Ich bin hier bloß bei die Jungfrau die Allerheiligste, sagte er, was den Grad seiner Aufgeregtheit verriet, denn im allgemeinen war er bemüht, nicht wie auf dem Dorfe zu sprechen, es sei denn, ein Geschäft mit einem dörflichen Partner verlangte es von ihm. Was für ein guter, schlichter Mensch, freute sich Hochwürden Postronek. Solche einfachen Menschen sind das Salz dieser schwarzen Erde, das Fundament der Kirche, der wahre Fels. Wer schon um sechs Uhr morgens mit solchem Eifer betete, würde mit Sicherheit die Bedeutung des Anliegens erkennen, mit dem Helena Demon und andere zu ihm gekommen waren. Auf diese Weise stieß Kazimierz Maślak zu den Treffen des Vereins zum Schutz des ungeborenen Lebens.

Er verteilte Handküsschen, aß ein Stück hausgemachten Käsekuchen, den eine der Frauen mitgebracht hatte, und ein Stück Isaura von einer anderen, schmatzte und lobte, denn Isaura mochte er besonders gern. Helena Demon verteilte an alle ein schönes, langes, auf der Vervielfältigungsmaschine kopiertes Gedicht, das man auch singen konnte, und wie schade, dass Kaplan Adaś mit seiner Gitarre nicht hier war, eins-zwei-drei hätte er eine Melodie dazu komponiert. Doch Helena Demon ließ sich auf allseitige Bitten herbei, es vorzulesen, oder vielmehr auswendig aufzusagen.

Sie drückte ihren geliebten Pinscher an die Brust und holte tief Luft:

Mamilein!
Ich bin's, das Seelchen, so klein.
Auch dank dir, Papilein!
Ich bin schon auf der Welt, wie fein
Bin unter Mamileins Herz geschwommen,
bin wie der Regen vom Himmel gekommen.

Kazimierz Maślak langte nach einem zweiten Stück Isaura und dachte sich, da er hier so bald nicht wegkommen würde, sollte er sich wenigstens umsonst an Kuchen satt essen.

Klein bin ich wie ein Krümelein
Mein Häuschen ist Mamis Bäuchlein,
noch weiß ich nicht, bin ich Mädchen oder Büblein.
Mamilein,
ich bin's, dein Krümelein!
Aaaa!!!

Heilige Muttergottes! erschrak Kazimierz Maślak und verschluckte sich fast. Das Weib hat vielleicht eine Stimme! Wenn man so eine im Haus hat, die tanzt einem auf dem Kopf herum, wenn man sie nicht ordentlich durchbleut.

Mamilein, was tut sich da?!
Etwas Schreckliches geschah!
Licht ist gedrungen zu mir herein,
etwas packte mich am Bein!
Aaaa!!!

Kazimierz Maślak leckte sich die Krümel vom Schnurrbart, lauschte und nickte mit dem Kopf, obwohl er sich in seinem ganzen Leben noch nie Gedanken über Föten gemacht hatte, nicht einmal, als die Zwillinge aus Brzezina bei ihm eine doppelte Abtreibung erschleichen wollten. Na, da bin ich ja schön reingefallen, dachte er sich, aber einfach weggehen – das ging nicht. Schließlich war hier ja die Kirche.

Mamilein!
Der Doktor reißt mein Beinchen ab,
alles ringsum dröhnt und kracht,
jetzt rupft er ab das zweite Bein –
Mamilein!
Halb ist durchsägt dein Kindelein,
und Stahl bohrt mir den Bauch entzwein.
Nun ist mein kleines Herzchen dran,
schon zwickt der Zange kalte Hand,
doch meine Hand, Mamilein, wirst du nie erleben.
Auf den Müll wirft der Arzt meine Lunge und Leber,
dein Kindlein ist eine blutige Leich,
Mamilein!
Mein kleines Blut ist ganz verflossen,
ich kann auf nichts Schönes mehr hoffen.
Aaaa!!!

Helena Demons Lehrerinnenstimme, gestärkt durch die kürzliche Beförderung zum Dir., dröhnte und bebte. Während Kazimierz sie in Ermangelung einer anderen Beschäftigung betrachtete, dachte er bei sich, als Mädchen mochte sie ja ganz hübsch gewesen sein, mit Augen und Gliedmaßen in kleinerer Ausführung und aus unbenutztem Material. Aber – möglicherweise hatte sie ja so eine ganz kleine Tochter, die ihr glich?

Mamilein, warum hast du mich nicht beschützt?
Hast dich samt dem Arzt in Sünde gestürzt?
Mamilein!!!

Und gehst du auch durchs Leben mit sicherem Schritt,
Wehe dir Mamilein beim Jüngsten Gericht!

Als Helena Demon fertig war, hatte Kazimierz Maślak das Gefühl, er müsste jetzt etwas sagen, denn tränenfeuchte Augen blickten ihn an, es blickte ihn sogar Magister Demons Pinscher an, und außer zwölf Frauen und Pfarrer Postronek, der aus seinem Schlummer erwachte und Amen! sagte, weiter nichts, war nur noch der alte Pypeć anwesend, der überallhin ging, wo es was zu essen gab, und in der Ecke döste. Kazimierz räusperte sich, kalkulierte kurz durch und erklärte dann, was ihn anginge, so sei er der Meinung, das laufe dem Gefängnis zuwider, und man müsse nicht nur die Frau, sondern auch den Arzt streng bestrafen. Denn womit würden sich diese Quacksalber wohl ihre Villen bauen? All diese Glasuren und Bolaserien? Mit dem Blut Unschuldiger. Das erntete Applaus, der Kazimierz Maślak etwas verwunderte. Er wagte sich also einen Schritt weiter vor, probierte den Boden aus, tastend, als wate er beim Krabbensuchen am Ufer der Pełcznica. Für den Arzt eine langjährige Gefängnisstrafe. Für die Frau lebenslänglich, aber wenn eine Frau entgegen dem Willen ihres Mannes abgetrieben hat, dann muss man strenger sein als bei einem Fräulein. Denn so ein Ab. . .ortus, das ist ja . . . Völkermord wie bei diesem Doktor Mendele. Herr Kazimierz! Helena Demon richtete sich auf und ließ einen Augenblick lang tief blicken, als sie den einen Schenkel über den anderen legte. Sie nehmen mir die Worte aus dem Mund, Herr Kazimierz. Man kam überein, dass im nächsten Monat Kazimierz Maślak und Helena Demon ins ferne Breslau fahren und sich mit der dortigen Gruppe zum Schutz ungeborenen Lebens treffen würden, um zu besprechen, wie man mit vereinten Kräften vorangehen könnte.

Von seinem Erfolg beflügelt vermutete Kazimierz Maślak allmählich, dass es bei der Politik um die entsprechend prägnante Wiederholung dessen geht, was andere Versammelte sagen, in den Worten, die diese gerne benutzt hätten, was ihnen aber aus irgendwelchen Gründen nicht gelingt. Was für ein Glückspilz er doch ist. Er sitzt auf der Veranda, um ein bisschen sonnenzubaden, denn ein gebräunter Mann sieht immer gleich eleganter aus, als käme er gerade aus Sopot zurück oder habe sich ein wenig in seinem Schrebergärtchen vergnügt. Er hatte auch Basienka immer gesagt, dass die Bräune, die man im Schrebergarten bekommt, dieselbe ist wie am Meer, man gibt nur weniger Geld dafür aus. Nach Breslau würde es vielleicht nach Warschau gehen und dann, wer weiß, gar ins Ausland. Man musste gewappnet sein. Er hat schon siebzig auf dem Buckel, aber er könnte es noch so manchem Jüngeren zeigen. Kazimierz hatte gehört, dass es in Thailand und in Afrika jede Menge kleine Mädchen zur freien Auswahl gibt, farblich passend für jeden, der Geld hat.

Seine eigene Frau Basienka indessen war inzwischen selbst kaum größer als eine Zehnjährige. Mit Brillengläsern so dick wie ein Flaschenboden, die grauen Haare zu Zöpfen geflochten, schrumpfte sie in einem Tempo, dass die rudernden Arme ihres Mannes ein ums andre Mal ins Leere trafen. Das kann einen aufbringen, erst recht wenn man mit ernsten politischen Angelegenheiten beschäftigt ist und im Kopf ständig Reden vorbereitet. Wie oft kann man sich ein Liedchen vom Himbeer-Mädchen wie Honig so süß anhören, wenn man die Quelle des Gesangs nicht orten kann und nicht einmal weiß, in welche Richtung man den Pantoffel werfen soll? Die verkleinerte Frau eignete sich nicht für Küchenarbeit, denn sie wäre nicht einmal imstande gewesen, den Fleischklopfer zu halten, um ihrem Mann seine geliebten Rindsrouladen zu machen. Deshalb übernahm Jadzia die Zubereitung des Essens für das Oberhaupt der Familie, das Kazimierz immer so gern hatte sein wollen. Barbara trat ihr Küchenreich an sie ab, die Abdankung erfolgte ohne ein Wort des Protestes, denn sie hatte sich nie als Königin gefühlt. In den ersten Wochen saß sie manchmal auf einem Schemel am Küchentisch und sah durch ihre mit Pflaster beklebten Brillengläser Jadzia beim Kartoffelschälen oder Zwiebelbraten zu. Sie weichte Weißbrot in süßer Milch ein und summte vom Himbeer-Mädchen wie Honig so süß, während sich vor ihrem Mund Speichelblasen bildeten. Jadzia behandelte sie genau wie das kleine Mädchen, das sie immer geblieben war, flocht ihr die mausigen Zöpfchen und band ihr eine doppelte Schleife darum. Sie wischte hinter ihr her die Flatschen von eingeweichtem Brot auf, die Basienka auf den gewienerten Boden gespuckt hatte, und beschimpfte sie als Papperlake. Wenn sie einkaufen ging, band sie Basienka vorsichtshalber mit dem Bein am Heizkörper fest. Eines Tages, als von Piaskowa Góra her ein so starker Wind wehte, dass Sand durch die Fensterritzen drang, entwischte die geschrumpfte Barbara, als Jadzia dem Briefträger öffnete, und trotz einer Suchaktion, an der sich auch die Miliz mit Hunden beteiligte, wurde sie nicht wiedergefunden. Mit ihr verschwand ein Ring mit einem grünen Stein, den Kazimierz Maślak im letzten Krieg erworben hatte.

15 Eines Abends im Winter des fünften Kriegsjahrs ging Zofia, beunruhigt vom Bellen des Hundes und bewaffnet mit Mut und Stock, auf den Hof hinaus und steuerte geradewegs auf etwas Schwarzes zu, das in der Dunkelheit lauerte. Weg mit dir! rief sie und tat so, als habe sie keine Angst. Wenn es Maniek Gorgól war, würde sie ihm draußen leichter davonlaufen können als im Haus, dessen Tür er mit einem Fußtritt zertrümmern könnte. Und wenn es ein Tier war, sagte sie sich beruhigend, dann würde es sie nicht grundlos angreifen. Bitte schlagen Sie mich nicht, sagte das dunkle Etwas, und Zofia blieb fast das Herz stehen, denn sie hatte mit Sicherheit etwas weniger Menschliches und Höfliches erwartet. Wer ist da? Was wollen Sie? fragte sie unsicher, und der Schatten richtete sich auf. Es war ein Mann, ein Fremder, dessen dunkler Kopf aus einem Lumpenkokon ragte. Ich heiße Ignacy, sagte der Schatten. Guten Abend, meine Dame. Das gab es zu normalen Zeiten nicht, wie viel weniger noch im Krieg, dass man einen Fremden im Garten fand, der nicht die Kehle durchschneiden, nicht vergewaltigen, nicht die Kate in Brand stecken wollte, nur sagte: Guten Abend, meine Dame. Zofia stand mit offenem Mund. Woher kommen Sie denn? Na, sagen Sie, was wollen Sie, ich kann den Hund auf Sie hetzen. Ich bin auf der Flucht, sagte der Schatten. Aus dem Ghetto, aus Warschau. Heilige Muttergottes! Zofia Maślak wurden die Knie weich, der Krieg wütet, sie ist ganz allein auf der Welt und hat einen Juden im Garten, und auch noch aus Warschau, ausgerechnet! Wie sind Sie hierher gekommen? fragte sie ins Dunkel, in dem seine Augen leuchteten. Was wollen Sie?

Es war keine außergewöhnliche Geschichte, Zofia

glaubte sie, denn etwas Ähnliches war vor ein paar Monaten passiert, als an der Sägemühle ein verirrter Jude von den Deutschen erschossen worden war. Einer hatte Ignacy im Wald stehen lassen und war verschwunden. Die Leute, die ihn angeblich hätten holen und in ein Versteck bringen sollen, waren nicht gekommen. Ignacy hatte sich auf eigene Faust auf den Weg gemacht. Wenn man schon sterben muss, dann lieber im Gehen. Im Gehen fürchtet sich der Mensch nicht so. Er wusste nicht, wie viele Tage und Nächte er so gegangen war, bestimmt war er im Kreis gelaufen, er aß gefrorene Beeren, einmal stieß er auf einen Bach, aber dann kam er wieder davon ab, er aß Schnee, der nach Rauch schmeckte. Ihr Haus steht am Rand des Dorfes, er hat Hunger, er hat kein Geld mehr, er hat gar nichts mehr, was soll er also wollen? Er schaute Zofia aus fiebrig glühenden dunklen Augen an und flüsterte: Ich gehe schon. Er machte eine halbe Kehrtwendung, stürzte und schlug dabei mit dem Kopf an die steinerne Brunnenumrandung. Zofia dachte an den Gestank von verbranntem Fleisch, an die Lippen von Maniek, die aussahen wie zwei Schnecken. Sie schaute auf den Pfad, der vom Dorf zu ihrer Gartenpforte führte und weiter in den Wald – er war leer, weiß, das Mondlicht übergoss alles wie mit Quecksilber. Den Juden vor ein paar Wochen hatten angeblich zuerst Burschen von der Sägemühle gefunden, er lag neben den Gleisen und konnte aus eigener Kraft von dort nicht mehr weg. Die Männer standen und guckten, in der Gruppe ist die Angst stärker als in einem Einzelnen. Die Angst band ihnen die Hände, und niemand wagte, ihm auch nur Wasser zu geben. Die Cudzakowa sagte, das war doch ein Jude, der hätte sowieso nicht überlebt, die Beine waren ihm schon schwarz gefroren. Bitte, tötet mich ganz! soll er gefleht haben, und einer sagte den Deutschen Bescheid, vielleicht der alte Kos, vielleicht Kukułka, als ob ihnen dieses »Tötet mich ganz«! das Recht dazu gäbe, als ob er wirklich hätte sterben wollen und nicht in Wirklichkeit um Rettung gebettelt hätte.

Zofia Maślak rief noch einmal die Muttergottes um Hilfe an, die jedoch an diesem Abend mit anderen Dingen beschäftigt war, dann beugte sie sich über den bewusstlosen Mann und schleppte ihn ins Haus. Sie zog die Tür zu, das Schloss schnappte ein, es gab kein Zurück. Auf dem Boden im Flur wusch sie ihn mit einem essiggetränkten Lappen, der Anblick des geschundenen Körpers ließ sie erschauern. Ruhig, ganz ruhig – sie besänftigte ihn wie ein Kind, denn er begann zu stöhnen, wollte dem Engel etwas sagen, der sich im Schein der Petroleumlampe über ihn beugte. Am Schenkel hatte er eine eiternde Wunde, die Zofia von ein paar weißlichen Würmern reinigte und mit Wodka übergoss, es war auch klar, dass er schon lange hungerte, denn sein eingefallener Bauch hing durch bis fast auf die Wirbelsäule. Sie schnitt Ignacys Hemd und Hose mit der Schere entzwei und zog ihm die schmutz- und blutstarrende Kleidung aus. Dann streifte sie ihm eine Hose und ein Hemd von Maciek über und half ihm in die Küche, wo sie ihm mit Wasser verdünnte Milch aufwärmte, am Ende dieses Tages hatte sie nicht viel übrig. Zofia hielt ihm den Becher an die Lippen, er trank wie ein Kind, und er weinte dabei. Die erste Nacht schlief Ignacy in der Küche, auf dem schmalen Bett unter einem Bild, auf dem Christus sein fuchsienfarbenes Herz entblößte, während Zofia im Halbdunkel auf dem Kartoffelschälhocker saß und über ihn wachte. Man muss ihm diese Zotteln abrasieren, dachte sie, als sie zwischen den dichten dunklen Haaren des Schlafenden eine Laus erspähte. Erst gegen Morgen döste sie ein, und als sie erwachte, sah sie direkt in die auf sie gerichteten Augen des Mannes, der flüsterte: Ich danke Ihnen! Wie es einem geschrieben steht, so fällt der Stein ins Wasser, sagte sie, als er sie unnötigerweise warnte, denn jedes Kind in Zalesie wusste, dass sie umkommen würde, wenn herauskam, dass sie einen Juden versteckte. Kann man nichts machen. Sie zuckte mit den Schultern, bedeutete ihm, sich auf den Küchenschemel zu setzen, und schor ihn dann mit einem großen Rasiermesser, das sie an einem Gürtel schärfte, völlig kahl. Wie bin ich hierhergekommen? fragte er sich, als er im Spiegel seine Dybbukvisage und seinen mit einer grünen Paste eingeschmierten Kopf betrachtete. Das muss so sein bei Läusen, erklärte ihm knapp die Frau mit den Hüften wie eine Wiege und den gütigen rauhen Händen. Er sei aus Warschau, sagte er, Ach ja? fragte sie.

Er hieß Ignacy Goldbaum, war zweiundzwanzig Jahre alt und studierte in Warschau Medizin, als der Krieg kam und seine Zukunft wie ein Häuflein Asche hinwegfegte. Damals hatte er bei einer Schwester seiner Mutter gelebt, Roissa Boiss, einer kinderlosen und sehr frommen Witwe, die in ihrer nach Mottenpulver und Knoblauch riechenden Vierzimmerwohnung an den Rollstuhl gefesselt war. Dank der Hilfe polnischer Freunde hatte Ignacy später aus dem Ghetto fliehen können; sein Aussehen war besonders ungünstig, und auch die besten Papiere auf einen Namen wie Kowalski oder Wiśniewski hätten diese Nase und diese Augen nicht vertuscht. In dem Haus, in dem er Obdach finden sollte, siegte jedoch die Angst über die im Voraus bezahlte Nächstenliebe, und er musste wieder verschwinden. Der letzte kostbare Gegenstand, den Ignacy besaß, war ein Goldring mit einem Smaragd von seiner Tante. In dem Wald zwischen Brzezina und Zalesie gab er ihn dem Mann, der versprochen hatte, wiederzukommen und ihn abzuholen – er oder eine andere vertrauenswürdige Person, wie er gesagt hatte –, doch der Mann verschwand auf Nimmerwiedersehen in den Büschen.

Auf dem Dachboden, in den man aus der Speisekammer stieg, richtete Zofia für Ignacy ein Lager her. Von einer plötzlichen Bauernschläue geleitet, ließ sie die Leiter so stehen, wie sie vorher gestanden hatte. Wenn sie sich nur nicht durch ihre zitternde Stimme und die unter der Schürze ineinander verkrallten Hände verriet – sie hatte sich nie für einen mutigen Menschen gehalten –, würde sie jedem ungebetenen Gast sagen können: Geh nur hinauf, geh nur hinauf, dort oben auf dem Dachboden ist sowieso nichts. Zweimal täglich kletterte sie auf den Dachboden, um Ignacy Essen zu bringen, dann sah er zuerst ihren Kopf, hellleuchtend in dem Streifen silbrigen Lichts, das wie ein Springbrunnen durch die geöffnete Klappe nach oben strömte. Sie stellte das Tablett ab und schob sich ganz empor, der cremefarbene Hals, die Brüste und die Hüften, die kaum durch die Luke passten. Sein erster Eindruck verstärkte sich: Es musste sich um einen Engel handeln, einen Engel aus einer Warschauer Kirche, wie er sie manchmal aus Neugier besucht hatte. Der Engel war in diesem Kaff am Ende der Welt zur Erde herabgestiegen und hatte ihn gerettet. Wenn Ignacy Zofia ansah, hatte er für eine Weile keine Angst. Zum ersten Mal seit langer Zeit zitterte er nur vor Kälte, wenn er seinen mageren Körper mit den Kaninchenfellen bedeckte, die die Frau säckeweise besaß. Die Zotteln gerieten ihm bei jedem Atemzug in die Nase, und er konnte ein Niesen, das ihn möglicherweise verraten hätte, nur mit Mühe unterdrücken. Einmal kam Zofia zwischen Frühstück und Abendessen außerplanmäßig auf den Dachboden gestiegen, um ihm einen Apfel zu bringen, so rund und rot, als würde beim Anbeißen Blut herausspritzen. Woher kam ein solcher Apfel mitten im Winter? Der Engel nahm die Gestalt einer Verführerin mit herzförmigem Gesicht und etwas rauhen Händen an, die ihm sagte, er solle halt bloß aufpassen, könnten Würmer drin sein. In den ersten Wochen sagte Zofia fast kein Wort, wenn sie das Essen hinstellte oder den Eimer zum Ausleeren mitnahm. Sie antwortete einsilbig auf die Fragen des Mannes, der den Ring aus dünnem Golddraht an ihrem Finger bemerkt hatte und sich denken konnte, dass sie eine Kriegsstrohwitwe war.

Ignacys Wunde heilte nicht gut, und sein Fieber wich erst nach einigen Wochen, die blutige Masse auf seinem Schenkel sah aus wie verhärtetes rohes Fleisch, und nie mehr würde sich Haut darauf bilden. Er sagte Zofia, welche Medikamente er brauchte, und sie kaufte beim Apotheker, was dieser an Zutaten vorrätig hatte, obwohl sie der Meinung war, die Umschläge aus Lorbeerblättern, die sie selbst gemacht hatte, hätten besser geholfen. Ignacy fühlte sich allmählich kräftiger und übte sein Gehirn, indem er sich Vorlesungen oder den Inhalt von Büchern in Erinnerung rief, die er gelesen hatte, er zählte die erfrorenen Spinnen an der Decke und multiplizierte sie mit der Anzahl der Ameisen, die er gefangen hatte, er trainierte die schlaff gewordenen Muskeln bei Liegestützen, bis Zofia der Putz auf den Kopf rieselte. Sie blieb jetzt länger auf dem Dachboden, schaute dem Mann beim Essen zu, lauschte seinen Geschichten von Warschau, wo sie nie gewesen war, während er die Straßen, Kaffeehäuser, Theater und Parks vor ihr erstehen ließ, die Jugendstilhäuser mit Marmorfußböden und Treppengeländern aus poliertem bernsteinglänzendem Holz, deren Spiralen sich in die Endlosigkeit drehten. Zofia erwartete ungeduldig die Mahlzeiten, und wenn sie im Bett lag, schaute sie auf die Zimmerdecke, verstört von dem unschicklichen Gedanken, dass Ignacy in seinem Strohsack genau über ihr schlief. In ihr erwachte etwas Helles und Leuchtendes, das ein gewöhnlicher Hunger nach Liebe sein mochte, aber auch etwas Größeres – Neugier auf die Welt.

Obwohl es schon März war, fiel draußen Schnee, die Fische erfroren in der Pełcznica, und Zofia dachte daran, wie es sein musste, im Café auf dem Nowy Świat zu sitzen oder mit einem Sonnenschirmchen durch den Łazienki-Park zu spazieren und Himbeereis in der Waffel zu lecken. Ignacy war anders als die Juden, die sie bisher gekannt hatte, sicher auch anders als die ungläubigen Schurken, die den lieben Jesus umgebracht hatten und mit denen Pfarrer Zdunek von der Kanzel drohte, die persönlich kennenzulernen sie aber nie Gelegenheit gehabt hatte. Der Herrgott schickt den Kaufmann, und der Teufel den Melassehändler, hatte ihre Mutter jedes Mal gesagt, wenn der kleine fette Mosche, wegen seiner schrecklichen Haut auch »Schorf« genannt, aus Skierniewice zu ihnen kam, um ihnen ein paar Enten oder ein Kälbchen abzufeilschen, denn immer hatte sie hinterher das Gefühl, betrogen worden zu sein. Was hat dieser Schorf mich wieder ausgejiddelt! Jadwiga schüttelte den Kopf, teils aus Ärger, teils aus Bewunderung für dessen Handelstalent. Zu dem sympathischen, geschwätzigen Aronek, von dem sie Stoff und Faden kaufte, Abführzäpfchen und Rosencreme fürs Gesicht, die nach echten Erdbeeren duftete, hatte Zofias Mutter auch kein rechtes Vertrauen und feilschte mit ihm so lange herum, dass am Ende beide den Tränen nahe waren und fluchten: dann sei es eben mein Verlust, soundsoviel und damit Schluss. Ignacy indessen hatte nichts mit fliegenden Händlern oder Kaufleuten gemein. Er aß, ohne wie Maciek zu rülpsen, und redete wie Pfarrer Zdunek. Zofia musste sich ganz schön anstrengen, um nicht auf einem Seitenpfad seiner langen verschachtelten Sätze steckenzubleiben. Der redet und redet! staunte sie. Woher kommt soviel Gerede aus so einem mageren Menschen? Alle Augenblicke bat er um etwas warmes Wasser, und er roch wie ein Welpe, wie Burek, dem sie erlaubt hatte, bei ihr im Bett zu schlafen, bis er groß war und in die Hütte musste. Wenn Zofia nachts aufwachte, meinte sie, diesen Welpengeruch Ignacys zu riechen, und Gewissensbisse plagten sie beim Gedanken an ihren abwesenden Mann, von dem sie nicht einmal wusste, ob er noch lebte. Eines Nachts öffnete sie die Tür, die vom Dachboden auf das Dach des Holzschuppens führte, und zum ersten Mal nach langer Zeit sah Ignacy den Himmel, dunkel und noch schwer vom ersten Frühlingsregen. Sie saßen nebeneinander auf der Schwelle, sodass sich ihre Arme berührten, und Zofia Maślak aus Zalesie empfand ein so durchdringendes Bewusstsein ihrer eigenen Existenz, dass ihr die saure Suppe vom Abendessen aufstieß. Als Ignacy sie küsste, schien es, dass der Frühling und alles auf ihrer Seite waren. Zofia war warm, feucht und roch nach Regen. So begannen zwei Wochen, in denen es nicht mehr Versteckerin und Versteckten gab und sich der Krieg auf einem anderen Planeten abspielte, der böse, hart und kalt war. Das Holzhaus mit Zofia und Ignacy darin entfernte sich vom Krieg wie ein rebellischer Satellit und flog zu den Sternen. Zofia war die erste Frau, die Ignacy berührte, und ihm erschien es unmöglich, dass dieses Wunder nicht einmalig und unwiederholbar sein sollte, denn konnte etwas vielfach sein, was sich nur seinen Augen offenbarte? Die Achselhöhlen mit den Büscheln aus hellem Gras, ihr Duft nach Quark und Honig, die wundersame Doppelheit der Brüste mit den großen aprikosenfarbenen Brustwarzen und der Nabel – das warme Auge des Bauches, durch das Ignacy ins Innere Zofias zu spähen versuchte, um das Geheimnis zu begreifen. Zofia konnte nur einzigartig sein, andere Frauen waren allenfalls ihr fernes, kaltes Abbild. Sie aßen Kartoffeln mit dem scharfen Nachgeschmack von Keller und Gerstengraupen für die Hühner, denn es gab nichts anderes mehr zu essen. Er zog von dem kalten Dachboden nach unten, wo das Feuer im Herd brannte. Zofia schlief immer auf dem Bett in der Küche, während die beiden anderen Zimmer – das Paradezimmer mit den aufgeschüttelten Sofakissen und das kleine Zimmer, das Maciek für die »Kinnerchen« bestimmt hatte, – den ganzen Winter verschlossen blieben. Jetzt teilte sie das schmale Bett mit Ignacy. Ihr Satellit des Planeten Erde flog immer schneller, und Zofia vergaß, wachsam zu sein. Wenn sie draußen war, lief sie so schnell wieder hinein, als ob es brannte. Eines Morgens entdeckte sie Burek tot an der angezurrten Kette vor seiner Hütte. Zofia hatte vergessen, dass sie in einer Welt lebte, auf der jemand die Absicht haben könnte, ihren klugen, wachsamen Hund zu vergiften.

Zofia hatte mit niemandem Umgang, und nun, da sie den Hund nicht mehr füttern musste, ging sie nur selten vor die Tür. Sie bemerkte nicht, dass Maniek Gorgól sich immer in der Nähe herumtrieb und alle Augenblicke ausspuckte, als habe er etwas Bitteres im Mund. Er war kein kluger Mensch, wusste aber, dass er in Menschen eine Angst weckte, die stärker war als Hass. Mühelos bekam er Informationen über die seltsamen Medikamente, die Zofia beim Apotheker bestellte, obwohl sie gesund war wie ein Pferd und bestimmt nicht verletzt, er wusste auch, dass es ein bisschen zu lange gedauert hatte, bis sie die Tür öffnete, als die Cudzakowa zur Mittagszeit gekommen war, um einen Becher Barszcz für die saure Suppe zu borgen. Nachts bemerkte er einen seltsamen Schein um ihr Haus, obwohl die Fenster dunkel waren, dennoch drang etwas hinaus und brachte den Schnee zum Schmelzen, sodass unter den Fenstern Gras spross, bevor noch Eisgang auf der Pełcznica war. Zuerst dachte Maniek Gorgól, es sei einer aus dem Wald, vielleicht Janek Kos, denn der war seit Jahren hinter Zofia her und ihm mehrmals in die Quere gekommen. Doch so viele Nächte er auch vor ihrem Haus verbrachte, nie sah er jemanden hineingehen oder herauskommen. Er hätte sie denunzieren können, so wie er ihre Idioten von Eltern denunziert hatte, die ihn nicht zum Schwiegersohn gewollt hatten. Maniek Gorgól brauchte noch ein wenig Zeit, um ganz sicher zu sein, und dann, gleich nach Ostern ging er zu dem Haus am Rande des Dorfes, diesmal nicht mit einer Bitte und nicht mit Pralinen, die sie einmal verschmäht hatte, obwohl er sie sogar aus Skierniewice mitgebracht hatte, den ganzen Weg hatte er die Blechdose poliert, drauf gehaucht und sie mit seinen Rockschößen blank gerieben, weil sie ihm für Zofia noch nicht schön und glänzend genug erschien. Er wusste inzwischen, dass dieses Warschauer Jüdchen, diese Kommunistenratte bei Zofia unters Federbett gekrochen war, den hatte er wie blöde im Wald gesucht, als er im Winter von seinem Kontaktmann aus dem Wald den Tipp bekommen hatte. Das Jüdchen sollte Gold bei sich haben und Geld, und er hatte einen Scheißdreck davon gesehen. Er wartete, bis das Licht ausging, rauchte seine Zigarette zu Ende und trat die Türe ein, denn fürs Anklopfen und Pralinen war es jetzt zu spät. Sie waren im Bett, und das entfachte seine Wut so, dass er die Sache fast versiebt hätte, weil er über einen Schuh stolperte, der auf dem Boden lag. Ignacy hatte keine Chance, als Gorgól ihm mit dem Kolben gegen die Schläfe schlug, dass es von den Wänden widerhallte. Er spürte, wie ihm Blut über die Augen lief, und bevor er stürzte, sah er durch einen roten Schleier, wie ein Mann in Polizistenuniform nach Zofias Zopf griff. Sie biss und trat, spuckte und stach ihm die Finger ins Auge, aber das erregte Maniek Gorgól nur noch mehr. Sie reichte ihm bis zur Brust und hatte Füße wie ein kleines Mädchen, einen weichen runden Bauch und einen Hintern voller Grübchen, da hatte er schon ganz andere in den Griff bekommen. Er packte sie fester an den Haaren, an dem aufgelösten Zopf, wickelte ihn um sein Handgelenk, sodass sich ihr Hals nach hinten bog, und knetete ihre weichen Brüste mit seinen Händen. Maniek Gorgól vergewaltigte Zofia so, wie er es vorgehabt hatte – ohne seine Schuhe auszuziehen. Gefällt's dir, du Hündin, du? keuchte er wieder und wieder. Er war schneller fertig, als er wollte, und Zofia setzte sich aufs Bett und erbrach sich im nächsten Augenblick, dass sie ihm die ganze Uniformhose bis zu dem noch nicht zugeknöpften Hosenschlitz besudelte. Sie konnte gar nicht aufhören, als hätte er eine ganze Flut von unverdauten Graupen, Stärke, verreckten Fischen und Ochsenaugen entkorkt. Entsetzt blickte er auf diesen Strom, der ihm entgegenkam. Er wischte die Hose mit einem Betttuchzipfel ab, doch das half nicht viel, denn sie war besudelt bis über die Knie, und er fühlte sich betrogen. Du Hündin, du!, er wollte schon auf sie losgehen, aber mied dann doch lieber den näheren Kontakt. Er hatte sich ausgedacht, dass er sich dank dem Juden an Zofia erfreuen und sich an ihr nach seinen Regeln befriedigen könnte, er würde sie jetzt in der Hand haben und nicht aus den Augen lassen, jetzt hatte er sie an der Kandare. Doch die Wonne, auf die er so lange gewartet hatte, war ihm verdorben, und er würde zumindest diese vollgekotzten Hosen wechseln müssen. Er schraubte den Docht in der Petroleumlampe herunter, nahm eine Schnur, die er vorbereitet hatte, und nutzte eine kurze Pause in der Erbrechensflut, um Zofia Arme und Beine zu binden, dann brachte er Ignacy, der langsam zu sich kam, mit einem Tritt auf die Beine und fesselte ihn auch. Seine Kräfte kehrten zurück. Er dachte nach und setzte die beiden dann mit dem Rücken zueinander auf zwei Stühle und fesselte sie sicherheitshalber auch aneinander. Bald erschien ihm Zofia fast hässlich, vielleicht war sie all diese Mühe gar nicht wert. Eigentlich hatte er genug von ihr. Maniek Gorgól trat hinaus in das silbrige

Morgengrauen und setzte sich auf sein Fahrrad. Er würde zum Gut fahren und in Gesellschaft der Fritze wiederkommen, sie waren nur zehn Minuten von hier, die würden sie an ihren Zotteln auf den Hof zerren, das Jüdchen würden sie gleich zerknacken, was sie mit ihr machten, würde man sehen. Diese Vorstellung der Rache für die Kotze auf seiner Männlichkeit bereitete ihm einen solchen Genuss, dass er, während er auf dem Fahrrad über den Waldweg sauste, seine übliche Wachsamkeit verlor und die Schnur nicht bemerkte, die quer über den Pfad gespannt war. Er stürzte kopfüber ins Dunkel. Als er sich Erde spuckend aufrappeln wollte, bekam er einen Schlag über den Schädel. Maniek Gorgól verlor das Bewusstsein und konnte gerade noch denken, dass das nicht vorgesehen war.

Als Maniek Gorgól verschwunden war, sagte Zofia kein Wort mehr, obwohl Ignacy sie anflehte und fluchte und um Verzeihung bat, ohne zu verstehen, dass ihr für diese und viele folgende Nächte die Worte ausgegangen waren. Er fühlte, wie sie zitterte, und dachte, ihr sei kalt, denn Maniek hatte die Tür nicht zugezogen, und das Feuer im Herd war erloschen. Wenn er sie nur hätte halten und wärmen können! Aber es war mehr, es war eine Kälte, die von innen kam und in Zofia vergiftete leblose Seen bildete, wo bisher helle Lichtungen gewesen waren und Kiefernwald voll tanzender Sonnenflecken. Zosienka! bat Ignacy, und es war eine Bitte, die er auch an etwas Dunkles in ihm selbst richtete, das ihm zuflüsterte: Flieh! Zosienka, im Guten wird sich das Böse auflösen und verschwinden. Warte nur ab. Wir werden im Wald spazieren gehen, saure Suppe essen, Blumen säen, Dahlien so groß wie Kindsköpfe, von denen du geredet hast, Matthiolen, was du willst. Doch Zofia dachte an die Strafe, eine solche Strafe, wie Pfarrer Zdunek sie in der Zalesier Kirche angedroht hatte. Sie wird die Sündigen heimsuchen und ist gerecht, und zu ihr war sie in Gestalt von Maniek Gorgól gekommen. Zofia hatte die Strafe verdient! Sie krümmte sich zusammen, denn im Dunkeln spürte sie den Blick eines schrecklichen Auges, das alles sah. Das Klopfen an der Tür war eine plötzliche Hoffnung, denn der Tod klopft nicht an, und Ignacy rief: Herein! Zofia erkannte in denen, die in ihre Küche kamen, sogleich zwei, drei Jungen aus dem Wald, mit Antek Cudzak und Józek Makara war sie in Zalesie zur Schule gegangen. Ohne den Blick von ihrer Nacktheit zu wenden, schnitten sie die Schnur durch. Sie hüllte sich in die Decke, die sie ihr zuwarfen, und schwieg weiter, zitterte aber so, dass Józek einen Flachmann hervorzog und ihr ein wenig Wodka einflößte. Sie würden ab jetzt den versteckten Mann unter ihre Fittiche nehmen, er war hier nicht mehr sicher. Sie war eine Mitverschwörerin, das werden sie ihr nicht vergessen. Oj, das werden sie ihr nicht vergessen! Antek Cudzak, ein Blonder mit eitrigen Augen und Vollmondgesicht, verdrehte die Augen, und Józek Makara lachte wie über einen guten Witz. Der Krieg geht zu Ende, sagte der dritte Partisan, quer über seine Wange zog sich eine frische, mehr schlecht als recht verbundene Wunde, und erst als er lachte, erkannte Zofia, wer es war. Der Krieg geht zu Ende, sagte Janek Kos und maß mit den Blicken ihre füllige Gestalt, es wäre besser, wenn Ehemänner keine fremden Hosen in ihrer Hütte finden würden. Und auch keinen Klein-Mojschele auf dem Hof, ergänzte Antek Cudzak, womit er seine Kameraden wieder erheiterte. Sie gingen ohne Abschied. Zofia ballte die Fäuste und senkte den Blick. Ignacy sagte: Danke für alles. Dann waren sie weg. Als die Tür ins Schloss fiel, ging Zofia in die Hocke, umfing ihre Knie mit beiden Armen und wiegte sich in lautlosem Weinen.

Am Morgen erfuhr sie von der Cudzakowa nebenan, dass sie Maniek Gorgól an der Eiche bei der Weggabelung aufgeknüpft gefunden hatte, die Hände auf dem Rücken zusammengebunden und auf der Brust ein Schild: Tod den Vaterlandsverrätern. Seine Frau Marysia sprang daraufhin in die Pełcznica, doch der alte Kobiałka zog sie an den Haaren raus, verpasste ihr eine Tracht Prügel und nahm sie mit nach Hause.

Zofia war sicher, dass sie schwanger war, bevor noch die alte Makara ihr den Bauch abtastete und an ihrem Pipi schnupperte. Wie von ihr empfohlen, probierte sie es mit Senfumschlägen, Knoblauchtampons und heißen Bädern mit Wodka und Salz. Nichts wirkte. Wenn ein Fötus so fest sitzt, dass die Hausmittel nicht helfen, muss man sich auf die Gleise legen, unbedingt auf den Rücken, und den Zug über den Bauch streifen lassen. Das wusste Zofia, doch seit ihrer Kindheit hatte sie Angst vor Zügen. Jeder hat Angst, sagte die Makarowa, denn gerade die Angst sollte die Medizin sein. Unmittelbar vor dem Krieg hatte man Solasia Cudzak, die fünfzehnjährige Schwester des Partisanen Antek, ohne Kopf auf der Eisenbahnböschung gefunden, der Kopf hing zwanzig Meter weit entfernt an den goldenen Haaren in den Zweigen einer Pappel, wahrscheinlich hatte sie in ihrer Angst im letzten Moment noch aufstehen wollen, und die Lokomotive hatte sie im Nacken erwischt. Mehrere Frauen starben auch an der Angst selbst, man fand sie unversehrt mit aufgerissenen Augen und den Mund wie zum Schrei geöffnet.

Als der Krieg zu Ende war, betranken sich die Bauern in Zalesie und Brzezina vor Freude, feuerten Vivatschüsse ab, bei denen sie versehentlich den stummen und armlosen Tadzio und zwei Hühner erschossen, und an die Tür des Hauses am Rande des Dorfes klopfte Zofias Mann Maciek Maślak, abgemagert und stinkend, aber ansonsten bei guter Gesundheit. Während er im Morgengrauen das letzte Stück des Heimwegs zurücklegte, dachte er abwechselnd an die Kaninchenzucht, die weißen Schenkel seiner Frau und saure Suppe mit großen Mengen gebratener Zwiebeln darauf. Erst als er sich zu Tisch setzte und anfing zu essen, bemerkte er, dass Zofias Augen ihn so kalt anblickten, als wären sie aus Eis, und in nichts mehr an die Augen erinnerten, die er vor einigen Jahren in ihrem Gesicht gesehen hatte. Er war kein Mensch, der zu heftigen Reaktionen neigte, deshalb begann er über den Grund für diese Veränderung nachzudenken, und die Jahre im Krieg hatten ihn gelehrt, dass dem Nachdenken nichts so förderlich ist wie das Trinken in Gesellschaft anderer Männer. Er stand vom Tisch auf, seufzte, sagte: Dann geh ich mal was trinken, und das tat er auch. Im Sosenka wurde er von seinen Kameraden belehrt, er solle es sich nicht zu Herzen nehmen, man könnte ja nicht sicher sein, ob Zofia Schuld hätte, er solle sich nur ruhig ins Bett mir ihr legen, aber nicht ohne ihr vorher für alle Fälle mit dem Uniformgürtel den Arsch zu versohlen, und so machte sich Maciek in besserer Stimmung auf den Weg nach Hause. Er ging die Straße an der Pełcznica entlang und dachte, irgendwie werde es schon in Ordnung kommen. Und wenn er erst neue Kaninchen kaufen würde, anstelle derer, die Zofia verspeist hatte! Er war müde, die Beine gehorchten ihm nicht so recht, und als er ein Auto näherkommen sah, stolperte er in die Mitte der Fahrbahn und streckte die Hand aus, um es anzuhalten. Er hatte es jetzt eilig, zu seiner Frau nach Hause zu kommen. Der Fahrer, Kazimierz Maślak, war gerade dabei, den Gewinn aus seinem letzten Geschäft zu errechnen. Was für Herrlichkeiten konnte man heute für Selbstgebrannten erhandeln, nur mit den Juden, die nach einem Versteck suchten, hatte er mehr verdient. Er bemerkte nicht das Erstaunen in den blauen Augen des Soldaten, der offenbar meinte, sehen hieße auch gesehen werden. Es krachte, und Maciek flog in Richtung Pełcznica, in eine grünliche und schreckliche Finsternis, und konnte nur noch ein paarmal mit den Armen wedeln, als wolle er Mücken verscheuchen. Kazimierz hielt an, untersuchte die Blutspuren an seiner verbeulten Stoßstange, doch außer den verlaufenden Kreisen auf dem Wasser war nichts mehr zu sehen. Eine Leiche, dachte er, oder besser gesagt: ein Toter, und fuhr weiter. Den Obergefreiten Maciek Maślak, den Soldaten, dem es in sechs Jahren gelungen war, keinen einzigen Menschen zu töten, und der während des größten Kriegs der Weltgeschichte vor allem an Kaninchenzucht dachte und sogar in sowjetischer Gefangenschaft ununterbrochen davon redete, ihn trug die Frühlingsströmung davon. Erst im Spätsommer fand man die Leiche an der abgebrannten Mühle seiner Schwiegereltern. Mit hellgrünen Wasserlinsen überzogen und im Mühlrad verhakt, tauchten seine Überreste auf und unter, und die Fische nagten daran.

Zofia brachte ein Mädchen zur Welt, das vorläufig keine Spur von Ähnlichkeit mit Ignacy hatte, doch mit den stachelbeergrünen Augen der Großmutter gesegnet war. Zofia gab ihr den Namen Jadwiga, nannte sie Jadzia und konnte sie beim besten Willen nicht liebgewinnen. Das Kind, offiziell als posthum geborener Nachkomme von Maciek Maślak anerkannt, wuchs heran, still, teigig, schwerfällig, und mit Grausen im Herzen suchte die Mutter nach Spuren einer Ähnlichkeit mit Maniek Gorgól. Von den Augen abgesehen hatte das Mädchen keinerlei besondere Eigenschaften. Mal wollte es Zofia scheinen, dass sie einen hübsch geschwungenen herzförmigen Mund hatte wie sie selbst, dann wieder fühlte sie sich an Ignacys schmalen Mund erinnert und zitterte vor ungewisser Freude, doch zwischendurch gab es Tage, an denen im Gesicht der Tochter Maniek Gorgóls schneckenartige Lippen erschienen. Dann rief sie: Komm mal her zu mir ans Licht, nahm sie fest beim Kinn und musterte im Schein der neuen elektrischen Lampe, ein Wunderding, das sie stets aufs Neue in Erstaunen versetzte, das konturenlose, verschwommene Gesicht ihres Kindes. Sie schnupperte an ihren dünnen fahlen Haaren, die weich waren wie frisch gerupfter Flaum, und schnitt dabei eine Grimasse, als prüfe sie Exkremente, ein ferner, flüchtiger, aber dennoch vorhandener Gestank von verbranntem Fleisch schien ihr daraus in die Nase zu steigen. Du verlauster Schmutzfink! schimpfte sie dann und bereitete ein Bad mit so heißem Wasser, dass die mit Gewalt hineingetauchte Jadzia protestierte: Mama, das bennt! Einmal erwischte sie Jadzia im Garten dabei, wie sie mit einem alten Löffel ein Grab für die Katze grub, die nur noch ein Häuflein Fell und Eingeweide war. Blitzartig kam Zofia der schreckliche Gedanke, dies sei der Beweis, denn nur Gorgóls Tochter könnte imstande sein, ein Tier zu töten, das von klein auf ihr eigenes war. Sie schlug sie ein ums andere Mal in das blasse Gesicht, bis Blut aus der Nase des Kindes floss, und dann kam heraus, dass der Hund der Cudzakows die Katze totgebissen hatte. Nach fünfjährigen Versuchen hatte er sich von der in seinen Hals schneidenden Kette reißen können und die Folter seiner Gefangenschaft in einer mörderischen Raserei abreagiert, bis Cudzak ihn schließlich mit dem Spaten erschlug. Schuld oder nicht schuld, das war auf Vorrat, sagte sie zu dem verunsicherten Mädchen und wusch ihm das Gesicht mit brühheißem Wasser, was sie neben Essig für die beste Medizin gegen Schmutz hielt.

Als Jadzia heranwuchs, änderte sich nicht viel. Zofia träumte insgeheim davon, ihre stille Tochter könnte plötzlich verborgene Begabungen offenbaren; sie würden aus ihr fahren wie Springteufelchen aus der Kiste, und es würde klar, dass ein so außerordentliches Mädchen nicht Maniek Gorgóls Tochter sein konnte. Was für eine Außerordentlichkeit das sein sollte, hätte Zofia nicht zu sagen gewusst, doch sie würde sie sofort erkennen, der Haken war nur, dass nichts Derartiges zutage trat. Es trat allerdings auch keine nach verbranntem Fleisch stinkende Boshaftigkeit zutage, was ein eindeutiger Beweis für die Vaterschaft Gorgóls gewesen wäre. Die Mutter betrachtete ihre undefinierbare Tochter, zuckte ratlos mit den Achseln und machte ein Gesicht, als wollte sie fragen: Was zum Teufel …?

Zofia wusste, dass der Ausländer, der sie eines Sommers so unerwartet besucht hatte, in irgendeinem Zusammenhang mit Ignacy stand. Im Gegensatz zu Jadzia erkannte sie seine Jugend unter der allzu erwachsenen Kleidung und das noch nicht lange an Rasuren gewöhnte Gesicht unter dem Hut. Sie erkannte die langen Sätze voller Seitentürchen und plötzlicher Haken, wie sie sonst nur der Pfarrer benutzte, und die Hautfarbe, die an ganz leicht gebräuntes Brot erinnerte. Er hatte Jadzia angeschaut, als rechnete er in Gedanken etwas aus, und Zofia hatte den Kirschentkerner bearbeitet, um ihr Herzklopfen zu übertönen. Würde der Ausländer in Jadzia eine Spur von Ignacy erkennen, die sich unter der weichen Hülle der Unähnlichkeit verbarg? Die Enttäuschung des Ausländers war wie eine Ohrfeige, denn Zofia sah, dass er in Jadzia nicht das sah, was sie selbst so gerne finden wollte.

Jadzia Maślak wuchs heran in dem Glauben, ihr Vater sei in der Pełcznica ertrunken, was sie nachteilig von anderen Kriegshalbwaisen aus Zalesie, Kocierzowa und Brzezina unterschied, die stolz Väter vorzuweisen hatten, die von den Deutschen erdolcht, erschossen, aufgehängt und verbrannt worden waren. Als Erwachsene gelangte sie zu dem Schluss, dass Maciek Maślak nur aus dem Krieg zurückgekehrt war, um sie zu zeugen. Sie begriff, dass der Mangel an mütterlicher Liebe irgendwie mit der Tatsache zusammenhing, dass sie, Jadzia, zum Tod dieses pausbäckigen Burschen beigetragen hatte. Auf der einzigen Fotografie, die es von ihm gab, blickte Maciek Maślak mit einem solchen Entsetzen ins Objektiv, als stünde er vor einem Erschießungskommando, und Jadzia konnte sich nicht vorstellen, wie er sie angeblickt hätte. Immer erschien er ihr zu jung, um Vater zu sein, und seltsam wehrlos. Von Kindheit an ersann Jadzia eine heldenhafte Kriegsgeschichte, um ihren toten Vater vor der Nichtexistenz und dem Mangel an Liebe zu beschützen, vor dem sie sich selbst nicht schützen konnte. Mein Vater war ein Held, erzählte sie in der Schule, er hat hundert Deutsche auf einen Schlag getötet. Er flog im Flugzeug und schoss vom Himmel auf sie herab, mit Leichen übersät war das Feld, vor Angst machten die Fritze sich in die Hosen. Er war unglaublich klug und mutig!

Als Jadzia nach Wałbrzych gegangen war und geheiratet hatte, wurde Zofia klar, dass sie ihr ganzes Leben für ein Kind geopfert hatte, das zu lieben sie nie gelernt hatte; was ihr blieb, war Einsamkeit in einem Haus voller Holzwürmer und verrottender Möbel. Nur für ihren treuesten Verehrer, Janek Kos mit der Narbe im Gesicht, die aussah wie eine aufgeschnittene Wurst, war sie noch immer die schönste Frau der Welt, sonst hätte er sich eingestehen müssen, dass er Jahre auf sinnlose Bemühungen vergeudet hatte. Zum ersten Mal erklärte er sich Zofia ein halbes Jahr nach Maciek Maślaks Tod, als sie in Hoffnung war und Janek Kos Hoffnungen hegte, während er Hemd und Ansprache zurechtlegte. Von einem Cousin in Skierniewice bekam er eine noch aus Vorkriegszeiten stammende Flasche Kölnischwasser »Żorż« und bespritzte sich ausgiebig damit, obwohl seiner Meinung nach Parfums nur Weiberzeug waren. Janek Kos gaukelte sich sogar vor, die schreckliche Narbe auf seiner Wange könne den Eindruck von Männlichkeit steigern und wettmachen, was er durch das verkrüppelte Bein eingebüßt hatte. Es war ja nicht eine x-beliebige Narbe, sondern sie stammte aus dem siegreichen Kampf mit einem Feind des Vaterlands. Als sie damals an den auf dem Waldweg liegenden Maniek Gorgól herantraten, wirkte der erfolgreich außer Gefecht gesetzt, doch bevor sie ihn so zurichteten, dass er sie anflehte, sterben zu dürfen, und dabei Zähne und Namen ausspuckte, hatte er noch nach dem Messer greifen können.

Zofia empfing Janek Kos unter dem Walnussbaum, wo sie Pilze zum Trocknen schälte; sie warf einen Blick auf sein schlecht gebügeltes Hemd und dachte, dass er ja nicht wissen konnte, wie sehr sie den Geruch des Kölnischwassers »Żorż« hasste. Sie wies seinen Antrag zurück, bot dem Freier aber aus Mitleid einen Teller saure Suppe mit Grieben an, was Janek Kos als Zaudern und Hinweis auf eine zukünftige Zusage deutete. Deshalb kam er alle ein, zwei Jahre in das Haus am Rande des Dorfes, immer mit praktischen Geschenken wie zum Beispiel einem Ring Wurst oder einer Kalbsbrust, und wiederholte seinen Antrag stets in demselben Ausgehhemd und mit denselben Worten. Für Jadzia hatte er mal einen Lutscher, mal eine Papiertüte mit ein paar Bonbons, und fand, dass das Kind mit seinen hellen Augen und dem Entenflaumhaar ihm ein klein wenig ähnlich sah. Er könnte ihr Vater sein, wenn Zofia nur wollte. Einmal, zu Ostern, brachte er Zofia ein nicht alltägliches Geschenk: einen ganzen Pappkoffer voller elegant in Scheiben geschnittener Schinken, Trockenwürste, Leberwürste, Rollschinken, verschiedenerlei Geselchtem, alles verziert mit hübschen Rosetten aus Möhren und Gemüse. Sein Cousin aus Skierniewice, der Parteikarriere machte, hatte die Tochter eines Zahnarztes geheiratet und eine Hochzeit für zweihundert Gäste mit bezahltem Orchester ausgerichtet, wovon man noch ein Jahr lang sprach. Manchen geht's gut! Danach beklagte sich Janek Kos in der Wirtschaft Sosenka, dass Maślaks Witwe hochmütig und starrsinnig sei. Nicht einmal eine ganze Garnitur vorzüglichster Delikatessen könne ihr Herz erweichen. Man erklärte ihm, dass mit Zofia Maślak offenbar etwas nicht stimmte, denn sie hatte weder den alten Cudzak genommen noch den jungen Kukułka, der doch Eisenbahner war, eine gute Partie, Züge würden ja immer fahren. Und nicht nur das – sogar den stellvertretenden Direktor der Wachstuchfabrik aus Kocierzowa habe sie abgewiesen, als der um ihre Hand anhielt und sie sofort, auf der Stelle und sogar mit dem Kind nehmen wollte, doch das alles konnte Janek Kos nicht trösten.

Mit schwankenden Schritten kehrte er nach Hause zurück, versetzte seinem Hund einen Tritt, als dieser ihm in seiner nie versiegenden hündischen Hoffnung entgegenstürzte, und fiel in sein Bett, wo ihn treu und stets wachsam die Schlaflosigkeit erwartete, die ihn seit dem Krieg plagte. Er lag mit offenen Augen da, die Zunge wurde ihm schwer. In Janek Kos' Haus war es zu jeder Jahreszeit stickig, als sei es nicht von Luft erfüllt, sondern von einem Wattebausch. Es stanken das Benzin für den Traktor in dem Kanister, den er unter dem Tisch aufbewahrte, und der Urin auf den Hosen, die selten gewaschen wurden, weil Waschen die Hosen verschleißt. Und wer hätte sie ihm auch waschen sollen?

Kurz nach dem Krieg hatte Janek Kos den Zwillingen aus Kocierzowa Arbeit in seinem Haushalt gegeben. Die beiden obdachlosen, weißblonden mageren Schwestern waren immer zusammen und blickten auf die Welt aus vier identischen wasserhellen Augen. Wenn jemand nur eine Person als Haushilfe anstellen wollte, erklärten sie sich bereit, die Bezahlung und den Teller Suppe zu teilen. Sommers wanderten sie von Hütte zu Hütte in Zalesie, Brzezina und Kocierzowa, und zum Winter verschwanden sie, um zur Zeit des Eisgangs wieder aufzutauchen. Mit ihrem leichten Geruch nach Schimmel und Feuchtigkeit und Laub in dem verfilzten Haar gingen sie dann Arm in Arm durchs Dorf und riefen unisono über den Zaun, ob man keine Arbeit für sie habe. Sie sahen verschlafen aus und rieben sich dauernd die Augen, vielleicht schliefen sie mit den Dachsen in einer Sandgrube an der Pełcznica und wurden erst vom Krachen des Eises geweckt. Die Schwestern waren nicht voneinander zu unterscheiden, deshalb hielt es niemand für nötig, sich ihre Namen zu merken, die sie irgendwann sicher mal gehabt hatten, aber wie heißt man bei einem unbenutzten Namen? Die Leute im Dorf nannten die Zwillinge entweder »die« oder »die Weißen«, und sie riefen nach ihnen: He! kommt mal hier an den Zaun!, oder: Geht nur woanders hin, hier hat's keine Arbeit. Die Zwillinge konnten umgraben, säen und jäten, sie wuschen, rupften Federn und färbten, hackten Holz, tasteten Hennen auf Eier ab, konnten die Nachgeburt aus der Kuh holen und des Menschen Einsamkeit zerstreuen. Niemand säuerte den Kohl wie sie, und es hieß, das Geheimnis stecke im Stampfen mit vier Beinen in einem Rhythmus, den nur die weißen Zwillinge kannten, mit ihren großen platten Füßen und Greifzehen. Als Zofia die Delikatessensammlung mit der Garnitur aus Karottenrosetten verschmähte, heuerte Janek Kos wieder die Zwillinge an, die sich der Verwahrlosung in Haus und Hof bei ihm annehmen sollten. Sie schliefen in der Scheune, tagsüber machten sie sich in einträchtigem Rhythmus zu schaffen, brachen alle Augenblicke in Gelächter aus und hörten auch ebenso gleichzeitig wieder mit dem Kichern auf. Nach einiger Zeit gewöhnte sich Janek Kos an ihre Anwesenheit und begann zu schätzen, was die vier Frauenhände mit seinem Anwesen anstellten. Er schaute zu, wie die Zwillinge sich am Brunnen wuschen, und aus der Ferne, im scharfen Morgenlicht der Sonne und der Wasserspritzer, kam es ihm manchmal kurz so vor, als sähe er nur eine Frau, die Zofia ein wenig ähnlich sah. Auf dem Markt in Skierniewice kaufte er den Zwillingen zwei Schnüre mit Brezeln und zwei Schnüre mit Plastikperlen, die sie sofort anlegten und dabei einander Gesichter schnitten, als betrachteten sie sich im Spiegel. Als sie in dieser Nacht zu ihm kamen, war Janek Kos nicht besonders erstaunt, denn am Abend hatte er im Sosenka getrunken und bei sich daran gedacht, dass er immer wieder einen Traum hatte, in dem er sich mit zwei Frauen liebte, die rosa Perlen um den Hals trugen. Den ganzen Sommer verbrachten die Zwillinge bei Janek Kos, irgendwann im August beschloss er, eine von ihnen länger zu behalten. Er war sich nicht sicher, ob er Zofia damit ärgern und in ihr Eifersucht wecken wollte oder ob er sie einfach auf diese Weise vergessen und sich mit seinem Schicksal abfinden würde. Wenn es nach ihm gegangen wäre, hätte er weiterhin mit den beiden Schwestern gelebt, die nachts kamen und vor Tagesanbruch verschwanden, denn eine solche Liebe erschien ihm etwas unwirklich und anspruchslos, doch er wusste, dass sie tagsüber untragbar war. Welche der beiden identischen Schwestern er wählen sollte, das wusste Janek Kos allerdings nicht. Er versuchte, es dem Schicksal zu überlassen und die zu nehmen, die als Erste nach dem Becher mit Sauermilch oder nach der Schale mit den Kartoffeln greifen würde, aber sie griffen gleichzeitig danach und stießen mit den Löffeln aneinander. Diese Unentschiedenheit quälte ihn, und er war schon fast so weit, Zofia um Rat zu fragen, ob er die eine oder die andere nehmen sollte, zog aber nie in Betracht, dass die Schwestern aneinander mehr hängen könnten als an ihm. Er hatte ja schließlich Grund und Boden und seine Kate, so ärmlich sie auch war, aber sie hatten nichts.

Bevor er schließlich eine Entscheidung treffen konnte, fielen im Garten die Äpfel von den Bäumen, und von den Feldern wehte Rauch herbei, und die Zwillinge setzten ihn in Kenntnis, dass sie schwanger waren. Beide? Ja, beide. Einen Augenblick lang stellte er sich seine Familie mit einer doppelten Frau und zwei Bäuchen vor, aus denen wer weiß wieviele Kinder kommen mochten, die alle fröhlicher und weniger schwerfällig sein würden als Zofias maulfaule und langsame Tochter. Wer redete überhaupt von Tochter – nur Söhne würde er haben. Sie würden heranwachsen, er würde ein Haus anbauen, was für eine Familie würde er haben, die größte im ganzen Dorf! Doch das war nicht erlaubt, und seit mehreren Sonntagen schon nagelte Pfarrer Zdunek in der Messe jedes Mal, wenn von Sünde die Rede war, Janek Kos mit den Blicken fest. Nur eine Zwillingsschwester kann bei ihm in Zalesie bleiben, die andere würde was für eine Abtreibung kriegen, ab auf den Zug nach Skierniewice, und dann soll sie sich hier nicht mehr blicken lassen. Welche von den beiden, das mussten die Schwestern untereinander ausmachen. Janek Kos warf ein paar Banknoten auf den Tisch und spürte, dass er die Situation wieder unter Kontrolle hatte. Er würde rausgehen, sagte er, und bei seiner Rückkehr sollte eine noch in der Kate sein, die andere spurlos verschwunden, und ohne eine von den beiden anzusehen, ging er und ließ die Tür hinter sich ins Schloss fallen. Als er aus dem Sosenka zurückkehrte, waren die Zwillinge verschwunden und mit ihnen das Geld, zwei Garnituren Bettzeug, die noch von der alten Mutter Kos stammten, sowie der Zuckervorrat. Janek Kos schaute sich in seiner Kate um und begriff, dass er einen Fehler gemacht hatte. Er wartete hoffnungsvoll, dass die Schwestern zurückkämen, so sollten sie eben zu zweit sein, doch sie tauchten in Zalesie weder in diesem noch im nächsten Frühling auf. Er versuchte, sie aufzustöbern, fragte in den Nachbardörfern und fuhr bis nach Skierniewice, aber das alles führte zu nichts, sie blieben verschwunden. Nach einiger Zeit tauchte Janek Kos deshalb wieder bei Zofia mit seinen Fleischgeschenken auf, doch ihre Zurückweisungen entfachten nicht mehr die Liebe, sondern nährten seinen Groll, den er mit der ihm angebotenen sauren Suppe löffelte.

Die verlorenen Zwillingsschwestern und die nicht stattfindenden Hochzeiten der Söhne, das undichte Dach und das dreckige Bettzeug, dessen Wäsche er dauernd hinauszögerte. Der Kartoffelkäfer! Bei ihm wütete er am schlimmsten. Daran musste jemand schuld sein. Er rieb mit den Knöcheln über die Narbe, und die Bitterkeit lief über in ihm und gerann, drang auch bis in die letzten Stellen, wo noch Luft und Licht gewesen waren. Sie fraß sich langsam nach innen, als ob alles in ihm zu einem inneren Dunkel strebte. Sein Gesicht verlor Züge und Ausdruck, immer öfter kam es vor, dass man ihn nicht erkannte oder für jemand anderen hielt. Die Bardame im Sosenka fragte: Sie sind wohl krank oder so, Herr Janek, denn Sie haben sich im Gesicht so verändert, als wären Sie nicht mehr Sie selbst. Janek Kos' Gesicht hätte jetzt jedem x-beliebigen gehören können, es unterschied sich von anderen einzig und allein durch die Narbe, die aussah wie ein Riss in einem Stein. Janek Kos' Hoffnung starb endgültig in jenem Sommer, in dem Jadzia zum ersten Mal ihre kleine Tochter mit nach Zalesie brachte, damals war Dominika ein paar Jahre alt. Zwischen den monströsen Dahlien in Zofias Garten sah er ein mageres kleines Mädchen, das niemandem im Dorf glich, am allerwenigstens Maciek Maślak. Das Kind musterte das zerfurchte Gesicht, das sich über den Zaun schob, und Janek Kos spürte, wie die Bitterkeit in ihm zu einem Hass wurde, der brannte wie der beste Wodka. Ein jüdisches Kind in Zofias Garten? Eine jüdische Enkeltochter? Jadzia jedenfalls sah man nichts an, und er hatte sich vorgegaukelt, wenn sie nicht ehelich sei, dann doch wenigstens von Gorgól, der zwar ein Verräter gewesen war, aber doch immerhin einer von hier, ein Pole. Kazimierz Maślak hatte immer gesagt, mit den Juden im Krieg, da habe was nicht gestimmt. Was nicht stimmte, war, dass sie nicht ganz so arm waren und nicht so ungerecht behandelt, wie es immer hieß, und Maślak, der war nicht dumm. Zum einen wusste man ja, dass sie Geld hatten. Dort in Auschwitz hatten sie angeblich ganze Berge von Gold aus den Koffern geschüttelt. In der Schlange hatten sie gestanden und das Gold rausgeschüttelt, bis zum Himmel wuchs der Goldhaufen, und wie er in der Sonne glänzte! Wie viele Edelsteine in den Ringen dort waren, Silber aus echtem Silber, wertvolle Gemälde, angemalte Pferdekutschen. Auch jetzt, nach dem Krieg, sind die Polen immer noch bettelarm, er zum Beispiel – in seiner Kate regnet es ihm auf den Kopf, und keinen gibt es, der das Dach flicken kann, der Kartoffelkäfer frisst die Kartoffeln auf, wie vom Himmel ist er gefallen, man kommt mit dem Ablesen gar nicht nach. Hat so ein Jude Kartoffelkäfer? Nein! Sie sind in Amerika, diese Juden, in der BeErDe oder in Palästina, sie haben Schinken, Apfelsinen und Filterzigaretten, so viel sie wollen, in jeder Kate ein Badezimmer, die Kühlschränke jeden Tag vollgestopft wie vor Weihnachten, nicht mal sein Cousin, der erste Sekretär isst so gut. Sie fressen sich voll, zählen ihre Goldbarren, und Jesus – wer hat den getötet? Ihresgleichen hätten sie ja nicht getötet, was soll dann das Gerede, dass Jesus auch Jude ist. Von wegen Jude, eher ist er Pole.

Unsereiner kommt überall rein. Gut, dass man sie alle von hier weggejagt hat, die Russkis, die Jidden, obwohl – alle ja doch nicht, dieser neue Lehrer aus Brzezina, der geht weder in die Kirche noch ins Sosenka, und Koteletten hat er, wie aufgedreht. Oder die von der Post. Eine Frau in diesem Alter und dann ohne Mann und Kinder. Janek Kos würde sich gar nicht wundern, wenn herauskäme, dass die Juden an dem ganzen Elend schuld sind, an dem Loch im Dach und dem Kartoffelkäfer. Sie können reden wie im Fernsehen, einen im Kopf ganz durcheinander machen wie dieser Ignacy, aber der hätte nach einiger Zeit auch genauso ausgesehen wie die anderen Jungs aus dem Wald und nicht mehr fremd. Die vom Kukułka machten kein Aufheben. Trafen sie einen Juden im Wald, kriegte der einen über die Rübe, und Schluss. Hat einer was gesehen? gehört? Einen Scheiß hat er gehört! Und wenn schon, das wird einfach geleugnet. Wird man denn Helden wegen eines Jüdchens verurteilen? Das fehlte ja noch! Aber ihr Anführer bestand darauf, dass keiner die Hand gegen Ignacy erhob, wer ihn angriff, den würde er persönlich erschießen, und wenn er ihn auch seit Kindertagen kennen mochte. Eule, so nannten sie ihn, weil er angeblich so klug war. Klug! Eher blind wie eine Eule am Tag. Und wegen Eule wurde der Jude zu seiner, Janek Kos' Marter, zum Grund für sein vergeudetes Leben. Als später der Jude in einem Brief aus Amerika anfragte, hätte er ihm da etwa die Wahrheit sagen sollen, dass Zofia noch lebt? Da kann er lange warten! Was ihn anging, Janek Kos aus Zalesie, er hat seine feste Meinung, sie haben das alles klug eingefädelt, die Jidden, wie dieser Ignacy. Das Ganze war so eine Verschwörung, eine jüdische, damit sie ihren Arsch ins Trockene bringen konnten, nach Amerika, in die BeErDe, nach Palästina, aber erst hier noch Kinder machen, Nachfahren hinterlassen, um die ganze Welt in Besitz zu nehmen. Eine Judenflut zu erzeugen. Polen, das doch für die Polen sein sollte und für polnische Kinder und polnische Mütter, wollen sie verjuden. Seine Zofia verjuden, und sein Land. Janek Kos ging weiterhin zu Zofia, doch an ihrem Anblick nährte er das kleine schwarze Böse, das in seinem Innern entstanden war und wuchs und Ableger bildete. Zofias Mitleid hinderte sie daran, es zu sehen, denn sie wiegte sich in dem Irrglauben, das Böse sei immer offensichtlich und rieche nach verbranntem Fleisch, es springe einem direkt an die Gurgel und esse nicht am Tisch saure Suppe und lobe sie auch noch. Das Böse bringt keine Pilze in einem mit Laub ausgelegten Korb, es sagt nicht Grüß Gott. Es wunderte sie, dass die kleine Dominika hinter den Dahlien stand und Janek Kos aus dieser sicheren Entfernung beobachtete und als Halbwüchsige eine Miene des Widerwillens nicht unterdrücken konnte. Du brauchst keine Angst zu haben, er ist hässlich und stinkt, aber er ist eine anständige Haut, erklärte sie der Enkelin, die sich nicht vor der Narbe erschreckte, sondern vor der Tatsache, dass der Bekannte ihrer Großmutter immer mehr wie ein Feldstein aussah, glatt und leblos.

16 Halinas Versprechen ging nicht in Erfüllung, und Dominika wurde nicht heller an der Sonne wie die Urgroßtante im Album der Alten aus dem Zug. Ganz im Gegenteil, das, was an ihr golden gewesen war, verfärbte sich schwarz, Scharfes in ihren Zügen verschärfte sich, Seltsames verseltsamte sich. Ihr Kampf mit der Überfülle dunkler Haare hatte erst begonnen. Alle paar Tage zupfte sie mit der Pinzette die Linie der Brauen sauber, die hartnäckig über der Nase zusammenwuchsen, und die roten Stellen, wo sie die Härchen ausgerissen hatte, bluteten wie Dornenstiche.

Mit zunehmendem Alter zeigte sie eine immer stärkere Neigung zu Geschichten, doch während Jadzias Lieblingserzählungen von der Zukunft handelten und vor allem um Dominika kreisten, interessierte Dominika sich für die Vergangenheit eines jeden Dings und Lebewesens. Wo war der Baum gewachsen, aus dessen Holz ihr Stuhl gemacht war, was für Säfte hatte er aufgesogen? War es ein guter oder ein böser Wald, was für ein Muster bildeten die Wege darin? Auf welchen Feldern war der Flachs für die Leinenvorhänge mit dem Opart-Muster gewachsen, was für Winde waren darüber hinweggegangen? Lagen die Felder auf Bergen oder in der Ebene? War der Flachs von einem traurigen oder einem glücklichen Menschen gesät worden? Was für ein Leben lebten die Weber, die das Leinen webten? Ein gutes mit viel Lachen, oder ein mühsames mit Einkaufsnetzen voll Kartoffeln und Kohl? Was für ein Zusammentreffen von Umständen, Anzeichen, Zufällen und Zwangsläufigkeiten hatte zu ihrem, Dominika Chmuras, Dasein hier auf Piaskowa Góra geführt? Von welchem Baum ist sie ein Zweig? War unter ihren Urgroßmüttern und Urgroßtanten eine, in der ihre Seltsamkeit zum ersten Mal so aufgekeimt und gewachsen war, dass sie eine wenn auch krumme und unterbrochene Linie verfolgen und zeigen könnte: das hat dann und dann begonnen. Dorther komme ich, das ist mein Anfang, das ist mein Stamm. Hatte es dort, in der Vergangenheit, des Zählens kundige Schwestern gegeben, die Mohn säten, die sich auf den Mond und auf Kräuter verstanden, oder waren es fromme Greisinnen, die Sünden zählten ohne Abakus? Hochexponentielle Großmütter – hatte es die gegeben? Häuser, in die man hineingehen konnte, wo man die Schuhe ausziehen und bleiben konnte, oder Häuser mit Durchzug und Gelärm? Mit offenen Fenstern auf einen Park? Mansarden? Blähte der Wind weiße Gardinen wie Segel? Zigeunerinnen aus einem Zigeunerlager, die aus der Hand lesen konnten? Zigeunerinnen in langen Röcken und mit Ohrringen wie Sonnen, die auftauchten und verschwanden, weil sie nie irgendwo sein mussten. Unstete Zigeunerinnen, mit denen man drohte – sie kommen dich holen –, und Dominika wartete und wartete, doch keine kam. Wie waren sie gewesen? Waren es nährende Mütter, umringt von Kindern, die sich in sie schmiegten wie Körner in eine Ähre, oder verrückte Wanderinnen, einsam auf Schiffen, die Haare im Wind wehend, die Wüsten durchmessend, in ledergebundene Notizbücher schreibend? Gab es Zwillingsschwestern, die nicht ganz unterschiedlich, sondern identisch waren, mit dunkler Haut und Augen so schwarz, dass man die Iris nicht von den Pupillen unterscheiden konnte? Gab es Väter, die nicht Säufer und die lebendig waren, gab es Mütter, die weder zu viel noch zu wenig gaben?

Dominika durchwühlte Halinas Wohnung und die spärlichen Andenken, die ihre Mutter besaß, doch sie fand nichts Neues, weder in dem ehemals deutschen Schrank noch in dem Pappköfferchen, mit dem Jadzia vor Jahren aus Zalesie gekommen war, um nach Piaskowa Góra zu ziehen. Sie suchte nach dem Geheimnis ihrer Unähnlichkeit in Zofias verfallendem Haus, wo sie die Sommerferien verbrachte. Sie steckte die Hände in die Abgründe von Schubladen, die mit Kaninchenfellen vollgestopft waren, schaute hinter die nach Bauernart aufgehängten Bilder, wo Zofia jedes Jahr die zu Mariä Himmelfahrt gesegneten Sträußchen hinsteckte, von denen sie seit einem halben Jahrhundert keines weggeworfen hatte. Die zu Staub getrockneten Pflanzen zerbröselten zwischen den Fingern der Enkelin. Sie blätterte die stockfleckigen Lagen Packpapier auseinander, die ihre Großmutter hortete, als hätte sie in nächster Zukunft einen großen Umzug vor, und scheuchte Motten mit durchsichtigen Flügeln auf, diese im Dunkel lebenden Insektengeister, die an der Sonne eingehen. Keine Angst! beruhigte sie die Mäuse, die aus ihren Nestern in den Kaninchenfellen wuselten und ihre nackte piepsende Brut zurückließen. Wozu brauchte die Großmutter diese alten Felle? Die Großmutter zuckte mit den Schultern und lächelte ihr kindliches Lächeln, das Dominika rührte und aufregte. Wenn Dominika in Zalesie war, wich dieses Lächeln nicht von Zofias Gesicht. Manchmal rief die Enkelin sie, bekam keine Antwort, suchte sie im ganzen Haus und fand sie schließlich in einem Winkel hockend, mit feuchten Augen und einem Lächeln so breit wie für ein Foto.

Zofia konnte nicht von der Erleichterung sprechen, die sie bei Dominikas Anblick stets von neuem empfand, denn dann hätte sie alles erzählen müssen, die Liebe drang ohne Worte aus ihr und hinterließ goldene Streifen wie abgefallenes Lametta vom Weihnachtsbaum. In dem Staub, der bei jeder Luftbewegung in dem selten gefegten Haus wolkenweise aufstieg, tanzten schimmernde Teilchen und ließen sich auf den abgenutzten Dingen nieder. Zofia Maślak wurde wieder zu einer Frau, unter deren Händen die Brote rund und goldgelb aufgingen und auf der Unterseite den Abdruck der kunstvoll verästelten Adern eines Kohlblatts trugen, die Hühner legten zweimal am Tag Eier, und ihre Apfelbäume trugen zweimal so viel wie die anderen in Zalesie. Ihr Garten war wieder so herrlich wie früher, noch bereichert um phantasievolle Unregelmäßigkeit, die etwas Neues war. Die Beete verloren ihre akkurate Eckigkeit, verwebten sich mit den wellenlinienförmigen Erdbeerstreifen, zwischen denen die Federbüsche der Möhren und Fontänen von rosa Akelei emporragten. Kalbskopfgroße Kürbisse wärmten sich zwischen Blumen in der Sonne. Jetzt ist die Maślak ganz durchgedreht, sagten die Nachbarn kopfschüttelnd, in diesem Kraut und Rüben wird sie einen Scheißdreck ernten. Doch es wuchs, es wuchs wild und wie verrückt, als wollten die Pflanzen die Jahre des Hindämmerns abschütteln, oder als wüssten sie, dass ihnen nicht viel Zeit blieb. Um Gurken für den Salat zu ernten, musste man sie im Dickicht der Dahlien suchen, die kindskopfgroße Blüten trugen, und wenn man die Gurkentriebe zwischen den Blumenstengeln fand, entdeckte man daran übergroße Gurken mit rosig angehauchtem Fruchtfleisch, das nach Melonen schmeckte. Man brauchte beide Hände, um die langen, makellos geraden, duftenden Möhren aus dem Boden zu ziehen. Wilder Wein umrankte Zofias Holzhaus, schnürte es zusammen wie ein Paket und bewahrte es davor auseinanderzubrechen. Die Triebe drangen durch die Fensterritzen bis ins Haus, wucherten hinein, und ihre blassgrünen Blätter überraschten Dominika in Schubladen mit Bettwäsche oder den Ärmeln von Kleidung, die selten getragen wurde.

Großmutter und Enkelin lernten, sich über banale

Dinge auszutauschen, als unterhielten sie sich über gewichtige Themen, und die Stärke dieser Verständigung lag mehr in Gesten und Intonation als in den Sätzen selbst, die die Funktion austauschbarer Verpackungen hatten. Sie gingen in den Wald, der direkt hinter dem Garten anfing, um Kiefernreisig zum Feueranzünden zu sammeln, oder weiter, noch über die Himbeerbüsche hinaus, die das Kreuz und den Stein umwucherten, auf dem unter den siebenundfünfzig Namen auch Strąk, Adam und Jadwiga stand. Selten bekamen Großmutter und Enkelin Besuch. Wer am häufigsten kam, war Janek Kos, der ihnen einen Korb Pilze oder Brombeeren brachte und einen Augenblick an der Gartenpforte stehenblieb, ohne sich jemals direkt an Dominika zu wenden, als sei sie eine der Blumen im verrückten Garten ihrer Großmutter. Wenn er nichts für Zofia hatte, kam er nicht einmal bis ans Gartentor, sondern machte am Zaun halt. Er grüßte mit erhobener Hand und blieb eine Zeitlang schweigend stehen, Dominika sah ihn sogar nachts, eine einsame, reglose Gestalt, die ins Dunkel starrte.

Zofia und ihre Enkelin schauten nur gelegentlich bei Frau Gorgól vorbei, einer einsamen scheuen Greisin in Zofias Alter, die ihr künstliches Gebiss an einer Schnur um den Hals trug und wie mit Mausfell überzogen wirkte. Man musste sich sehr vorsehen, um sie nicht zu erschrecken, wenn auch nur ein Löffel zu Boden fiel, sprang sie auf, griff sich ans Herz und sagte: Was hab ich mich erschrocken! Sie servierte ihnen Tee in schartigen Gläsern und Regenbogenkuchen, der schon mitten auf dem Tisch prangte, ein fröhlicher Dorfkuchen mit Kreme in fünf Farben, so süß, dass es an den Zähnen wehtat, und offensichtlich zu ihren Ehren angefertigt. Sie aßen je ein Stück und ließen sich auch noch nachlegen.

Umso erstaunter waren sie, als eines Dienstagnachmittags, sie saßen unter dem Nussbaum – Dominika mit einem Kranz aus Kamillenblüten auf dem Kopf, die Großmutter in einem alten Strohhut – und entkernten Kirschen für die Marmelade, ein Auto vor ihrem Haus hielt und der Fahrer von der Gartenpforte her rief: Frau Zofia Maślak? Das Tschilpen der Schwalben ließ ein Gewitter erwarten, doch noch tropfte die Sonne wie flüssiges Glas, und man musste blinzeln, um den untersetzten Mann zu erkennen, der eine Schultertasche trug. Zofia musterte das Allerweltsgesicht des Mannes, das aussah wie eine von Modraczeks Kartoffeln, und nahm die Schweißflecken auf dem karierten Hemd wahr und dachte, wie wenig er doch dem Ausländer glich, der vor über zwanzig Jahren ebenso unerwartet und zu dem gleichen Zeitpunkt erschienen war. Sicher hatte er ein Allerweltsanliegen, höchstens würde sie ein paar Groschen für dies oder jenes auslegen müssen. Oder ihn zum Teufel jagen wie dieses junge Paar mit dem Fotoapparat im letzten Frühjahr, die hatten gefragt, ob Zofia nicht ihr Haus verkaufen wollte, woraufhin sie sie mit dem Besen in die Flucht geschlagen hatte, dass sie bestimmt nicht wiederkommen würden. Diese städtischen Scheißer. Der Unbekannte war ein Historiker namens Marek Czerwiński, er gab Zofia eine Visitenkarte, die sie unbeholfen in die Schürzentasche steckte, weil sie nicht gewöhnt war, dass man ihr wie einem Mann so ernst die Hand schüttelte, und dann auch noch diese Visitenkarte, weiß der Teufel, wie man sich dann verhalten muss und was man mit diesem Stückchen Papier machen sollte.

Er war nicht gekommen, um Zofia zum Verkauf ihres Hauses zu überreden, da konnte sie ganz beruhigt sein, er hatte ein ganz anderes wichtiges Anliegen. Der Besucher ließ sich gegenüber der Großmutter und Enkelin und der Schüssel mit Kirschen nieder, an dem Tisch unter dem Nussbaum, denn da er nun mit einem wichtigen Anliegen gekommen war, bitte sehr, solle er sich setzen, Gast im Haus, Gott im Haus, wie man so sagt. Er trank ein Glas kalten Rhabarbersaft, lobte den Geschmack, heutzutage bekam man so etwas selten zu kosten, in der Stadt schon gar nicht. Er lächelte noch einmal beruhigend und sagte, er sei ein Freund von Herrn Ignacy Goldbaum und schreibe ein Buch über Polen, die im Krieg Juden gerettet hatten, er sei der schwachen Spur der Zofia Maślak gefolgt, deren Andenken der in Berkeley bekannte jüdische Arzt Ignacy Goldbaum in so hohen Ehren gehalten hatte. Ist Ignacy tot? stieß Zofia flüsternd hervor und legte dann die Hand auf den Mund, als fürchte sie, die Fragen, die sie seit über vierzig Jahren bewegten, könnten plötzlich aus ihr geschossen kommen wie die Kerne aus dem Kirschentsteiner. Was für ein Ignacy, Oma? fragte Dominika. Auf den fragenden Blick des Historikers hin erlaubte Zofia der Enkelin, bei dem Gespräch am Tisch zu bleiben, denn, so dachte sie bei sich, wie es einem geschrieben steht, so fällt der Stein ins Wasser, und da das Geheimnis nun just in diesem Sommer zur Reife gelangt war, wie die Kirschen für die Konfitüre, konnte man nichts machen. Sie nahm den ausgefransten Strohhut ab und rückte ihren Zopf zurecht, um sich der Vorsehung in Gestalt von Marek Czerwiński, der für sie Modraczek blieb, angemessen zu präsentieren. Nein, Ignacy Goldbaum war nicht tot, es ging ihm gut, und sein, Marek Czerwińskis Besuch bei ihr hänge mit Ignacy Goldbaums von Zofia gerettetem Leben zusammen und nicht mit seinem Tod. Was für ein Ignacy, Oma? fragte die Enkelin mit dem Kamillenblütenkranz wieder. Ignacy Goldbaum, antwortete ihre Großmutter und tat einen Seufzer der Erleichterung, auf die sie lange hatte warten müssen. Dann kannten Sie also Ignacy Goldbaum? Ja, sie hat ihn gekannt, bestätigte Zofia. Von Dezember 1944 bis April 1945 hatte sie ihn in diesem Haus versteckt gehalten, sie allein, niemand hatte davon gewusst. Sie zeigte mit der Hand auf ihr Haus, als könnte es noch ein anderes in ihrem Besitz geben, das in Frage käme. Auf dem Dachboden? Auf dem Dachboden. Auf dem Dachboden? wiederholte Dominika, Ignacy Goldbaum auf dem Dachboden? Die nie erzählte Geschichte drängte aus Zofia heraus, die Worte strömten wie die Pełcznica im März. Es tat so gut, endlich alles zu erzählen. Hatte sie je wieder von ihm gehört? Zofia senkte die Augen, und die Leberflecke verschwanden in der tiefen Röte, die ihr Gesicht übergoss. Drei Briefe in der letzten Zeit. Briefe, Oma? Habe sie gewusst, dass sie ihr Leben aufs Spiel setzte, wenn sie einem Juden half? Daran habe sie nicht gedacht? Wie es einem geschrieben steht, so fällt der Stein ins Wasser? Sehr interessant. Marek Czerwiński hat dieses Sprichwort noch nie gehört, aber es gefällt ihm. Bitte sehr, benutzen Sie es nur! Zofia lächelte, einen Augenblick lang konnte Marek Czerwiński sich vorstellen, wie sie vor vierzig Jahren ausgesehen hatte, mit rotwangigem herzförmigem Gesicht und Hüften wie eine Wiege, dann warf er noch einen Blick auf Dominika mit ihrer sonnengebräunten Haut und dem kaffeeschwarzen Haar. Er ist Arzt geworden? Zofia stellte die erste Frage mit derselben Scheu, mit der sie sich in den ersten Wochen an Ignacy gewandt hatte, bevor sie feststellte, dass er nicht nur erzählen, sondern sie zum Reden bewegen konnte und ihr das Gefühl nahm, ein dummes Mädchen zu sein, das nur ein paar Klassen Dorfschule absolviert hatte. Ja, Ignacy Goldbaum hatte sein ganzes Leben als Arzt gearbeitet und zukünftige Ärzte ausgebildet. Jetzt war er pensioniert und lebte in einem kleinen Ort in Südkalifornien. Der Ort hieß Pasadena. In Amerika? In Amerika, auf der anderen Seite des Meeres, Oma! Dominika kam Marek Czerwiński zuvor. Er hat zwei erwachsene Söhne, David und Joshua, der eine ist auch Arzt geworden, der andere Mathematiker. Die Tochter Ruth war die Jüngste, sie studierte Astronomie. Wollte Zofia Fotos sehen? Mathematiker? Marek Czerwiński blickte den Backfisch mit dem zu großen Kopf und dem Giraffenhals an und begriff. Entschädigung – dieses Wort bekam Zofia aus dem weiteren Vortrag Marek Czerwińskis mit, und ihr gesprenkeltes Gesicht wurde wieder so rot, dass die Leberflecke verschwanden. Ich hab's nicht für ein Geld gemacht und werd nichts nehmen, stieß sie hervor und schämte sich noch mehr, weil sie merkte, dass diese Antwort dumm und grob klang. Ihre Großmutter ist eine sehr mutige Frau, sagte er mit einem Blick auf die Enkelin. Ihre Großmutter ist eine Heldin. So große Worte! »Mut« und »Heldin« waren Worte, die Zofia in Erstaunen versetzten. Ich hab ihn aus Mitleid aufgenommen, wer wird denn einen kranken Menschen auf der Schwelle liegenlassen, Jude hin, Jude her, erklärte Zofia unbeholfen. Erst die Tatsache, dass im Namen eines jeden, der einen Juden gerettet hatte, in Israel ein Olivenbaum gepflanzt wurde, sprach ihre Phantasie an. Ein Bäumchen, das ist was, erst recht eins, das tausend Jahre und noch länger lebt. Nur schade, dass es aus Zalesie so eine Weltreise ist, sie wird doch nicht auf ihre alten Tage in der Weltgeschichte herumfahren, auch nicht, wenn sie es bezahlt bekommt. Und in ein Flugzeug würde sie auf gar keinen Fall steigen! Marek Czerwiński ließ Zofia zwei Fotos da, ein kleineres von Ignacy, noch fast genauso mager wie damals, aber mit schlohweißem Haar, und ein größeres, auf dem derselbe Ignacy mit seiner Familie zu sehen war, mit seiner Ehefrau in einem eleganten Kleid und Sonnenbrille, seiner Tochter und den beiden Söhnen. Der größere und ältere der beiden war der Ausländer, der einmal hier unter diesem Walnussbaum gesessen und Kirschen mit Zucker gegessen hatte. Der jüngere, der dem Vater viel ähnlicher sah, hatte Augen und Mund von ihm, und die Tochter sah aus wie eine ältere und aufpolierte Version von Dominika. Als der Überraschungsgast durch das Gartentor verschwunden war, blieben Großmutter und Enkeltochter am Tisch sitzen und hielten sich dort schweigend bei der Hand, bis die ersten Regentropfen in den Blättern des Walnussbaums raschelten.

In dieser Nacht las Dominika die drei Briefe, die ihr Großvater Ignacy ihrer Großmutter geschrieben hatte. Sie starrte auf Ruth, die ihr so ähnlich sah, und betrachtete den Umriss des Hauses, in dessen Fenstern sich die kalifornische Sonne spiegelte, und knabberte sich die Fingernägel ab, denn auf dem Foto der Familie Goldbaum fand sie etwas, das es nicht einmal im Album der Alten aus dem Zug gegeben hatte. Ignacys Tochter könnte ihre ältere Schwester sein und war Jadzias Halbschwester. Dominika stellte ihre neue Familie auf und suchte ihren eigenen Platz darin. Zwischen ihr und dieser Familie, zu der sie gehörte, stand Jadzia, und an ihren Tränen würgend, versuchte Dominika, sich ihre Mutter im dunkelrosa Bouclékostüm aus der Werkstatt von Modesta Ćwiek auf Piaskowa Góra zwischen David und Joshua vorzustellen.

Das hatte Jadzia noch gefehlt! Warum wühlst du so gern in der Vergangenheit, Kind? hatte Jadzia ihre Tochter gefragt, sobald sie anfing, ihr von den Tanten und Cousinen im Album der Alten aus dem Zug zu erzählen. Jadzia reichten die Familiengeschichten über die Großeltern Strąk, die Müllersleute waren, und den Vater namens Maciek, der aus dem Krieg zurückgekehrt war und tragisch umkam, bevor sie geboren wurde. An der Pełcznica hatte man ihn gefunden, in seiner Soldatenuniform, er sah wunderschön aus, als ob er schliefe, beschneit mit Apfelblüten, Schneesternen und Herbstlaub in lauter Goldtönen. Die Geschichte von Maciek, der außer dieser Legende nichts hinterlassen hatte, wurde von Jadzia auch noch um das außergewöhnliche Heldentum bereichert, für das er im Krieg Berühmtheit erlangt hatte. Der verpasste jungenhafte Vater, nur von einem Foto auf Zofias Hausaltärchen bekannt und längst schon jünger als seine Tochter, wurde mit den Jahren immer reicher an Würden und Medaillen. Dein Großvater, erzählte sie Dominika, dein Großvater Maciek war ein echter Held und hat in einer Schlacht einen deutschen Offizier und seine beiden Adjutanten mit bloßen Händen umgebracht und den Hund noch dazu, einen rasenden deutschen Schäferhund, den hat er erwürgt, dass die Nackenknochen nur so krachten, krix-krax. Die Begleitumstände änderten sich, doch Großvater Macieks Heldenmut erstrahlte jedes Mal in vollem Glanz, während der deutsche Offizier ein Schuft und Feigling war, der sich vor Angst in die Hosen schiss, bevor er seinen letzten Atemzug tat. Jadzias längst verstorbene Großeltern väterlicherseits wurden in ihren Erzählungen auf ein Paar liebenswerter Alterchen in einer Kate am Waldrand reduziert, auf die drängenden Fragen der Tochter fügte sie noch einen über die Maßen üppigen lilafarbenen Fliederbusch hinzu, der vor ihren Fenstern stand. Von da aus war es für Jadzias Phantasie nur ein Schritt zum Gipfel, auf dem die Großmutter, deren Namen sie trug, eine schöne Adlige war, die infolge von nicht näher erläuterten, jedoch tragischen Umständen romantischer Natur an den dahergelaufenen Strąk aus Brzezina verheiratet worden war. Mir ist es ein wenig so ergangen wie deiner Urgroßmutter, der Müllerin seligen Andenkens, seufzte Jadzia geheimnisvoll. Sie wurde dort wie eine Aussätzige behandelt, wie Isaura verhöhnt, gekränkt, doch sie gab nicht klein bei. Wenn Jadzia der Tochter aus ihrer Kindheit erzählte, kam Zofia fast nicht vor, denn das war ihre einzige Möglichkeit, Rache zu nehmen. Jadzia gestand sich selbst nie ein, dass sie auf die verspätete Liebe eifersüchtig war, die Zofia sich weit von ihr entfernt bewahrt hatte und ganz der Enkeltochter schenkte. Für Jadzia reichte es nicht, Zofia hatte ihre Tochter nicht liebgewinnen und die Jahre der Ungeliebtheit nie mehr wettmachen können. Stefan, für den die Vergangenheit ein in Angst- und Hungerattacken sich niederschlagender Alptraum war, hatte seine vorwitzige Tochter aus seinem Nest vor dem Fernseher betrachtet und war Fragen nach seiner Kindheit aus dem Weg gegangen. Wieder so eine Spinnerei? fragte er. Hast du die Hausaufgaben gemacht? Mein Leben, das sind alles Picassos und Schnickschnacks, dachte Dominika in den Worten der Mutter, die manchmal in ihr Zimmer kam, auf gut Glück ein Buch in die Hand nahm und dann, wenn sie weder Witkacys Malerei noch Stachuras Gedichten und noch viel weniger dem Mathematikbuch etwas abgewinnen konnte, erklärte: Wie du dir darauf nur einen Reim machen kannst, Kind, das sind doch alles Picassos und Schnickschnacks! Brauchst du alle diese Bücher zum Lernen, oder ist das wieder so eine Spinnerei? Im fernen Pasadena betrachtete Ignacy Goldbaum die Polaroidfotografie von Dominika, und ihr erzählten seine Briefe eine Geschichte, die sich nicht einmal Oma Halina hätte ausdenken können.

Ignacy war nie nach Warschau zurückgekehrt. Auf einem Weg, der ihm zu gleichen Teilen Begegnungen mit anständigen Menschen und Schurken bescherte, die sich nicht immer auf den ersten Blick voneinander unterscheiden ließen, gelangte er schon wenige Monate nach seiner Trennung von Zofia in die Vereinigten Staaten. Nach dem Krieg suchte er die Frau, die ihm das Leben gerettet hatte, doch seine Briefe blieben unbeantwortet, und nach den Angaben den Roten Kreuzes waren in der Gegend von Zalesie, Brzezina und Kocierzowa mindestens drei Zofia

Maślaks umgekommen, davon zwei in einem Alter, das auch auf seine Zofia hätte passen können. Polen nach dem Krieg war kein Land, in dem er hätte leben wollen, und das Vorkriegspolen gab es nicht mehr. Vom Haus der Tante Roissa war nur noch ein Trümmerhaufen übrig, von ihrem Grab nicht mal eine Spur, andere Verwandte waren vielleicht in einem Lampenschirm erhalten oder in einem Knäuel Haare, hinter der Glasscheibe des Auschwitzer Museums nicht von anderen zu unterscheiden. Zu guter Letzt schrieb Ignacy an Janek Kos. Ohne große Hoffnung adressierte er den Umschlag an Janek Kos, Zalesie, doch schon einen Monat später öffnete er einen Brief, der seine fehlerhaft mit Kopierstift gekritzelte Anschrift trug. Jan Kos schrieb, Zofia lebe nicht mehr, sie sei in den letzten Kriegswochen an Typhus gestorben. Da könne man nichts machen, ihm selbst gehe es gut, was er auch ihm, Ignacy, wünsche, obwohl er sich für ein Land entschieden habe, in dem die Arbeiterklasse ausgebeutet wurde. Mit dieser Nachricht von Zofias Tod war auch der letzte Grund für eine Rückkehr weggefallen. Ignacy schloss sein Medizinstudium ab, lernte seine Frau kennen und hütete das Andenken an Zofia in dem Winkel seines Herzens, der seinem ersten, wichtigsten, dem verlorenen Heimatland vorbehalten war. Ignacy Goldbaums ältester Sohn David reiste nach Polen, seit seiner Kindheit hatte er von diesem Land geträumt, verlockt von den Erinnerungen des Vaters wie ein Fisch von einem glitzernden, ungenießbaren Köder. Er sollte Warschau sehen, bevor er sein Studium begann, und seinem Vater eine Bestätigung seiner Erinnerungen mitbringen. Je älter Ignacy wurde, desto schöner wurden diese Erinnerungen, wucherten und drangen sogar dorthin, wo sie nicht hingehörten. Wenn Ignacy sagte: Damals, früher, bevor …, dann wussten die Kinder, dass er Polen meinte, und sie nahmen an, dass er nach Polen zurückkehrte, wenn er mit glasigen Augen vor der gehackten Leber saß, die er so gerne mochte, und David dreimal sagen musste. Papa!, bevor der Vater reagierte. Nach einem Monat kehrte Ignacys Sohn um fünf Kilo leichter und zehn Jahre älter aus Polen zurück, brachte Geschichten mit von schmutzigen Städten und Mauern, die noch Kugelspuren trugen und daneben frische Schriftzüge »Juden ins Gas« oder Zeichnungen von einem Davidsstern in einer Galgenschlinge. Dieser Junge, der mit achtzehn Jahren gerne Jacketts und Hüte trug, die ihn gesetzter erscheinen ließen, weil er sich immer schon älter gefühlt hatte als er war, fand in Warschau nicht die Straßen, die an Sommernachmittagen die beschwingte Stimmung Pariser Boulevards hatten, nur breite Schneisen durch das Grau gesichtsloser Häuser, Schneisen, die in kein Zentrum führten, sondern in Vorstädte, die unvermittelt in Kohlfelder und Schlamm übergingen. Er nahm einen Bus und stieg an der Endhaltestelle aus, wo es schon dörflich war, sah vor einem Laden Männer Bier trinken, Frauen eilten fuchtelnd auf sie zu, als wollten sie zuschlagen, stießen aber nur Schmähworte aus, die wirkungslos im Schlamm versickerten. David fuhr mit demselben Autobus wieder ins Zentrum und suchte die Vergangenheit des Vaters in den Straßen des Ghettos, die abgebrannt waren, in den Cafés, die es nicht mehr gab, vor der fremden Universität. Ignacy Goldbaums Sohn gefiel nur der Kulturpalast, der ihn an Gebäude in New York erinnerte, überspannte, kühne Türme, die in den Himmel ragten, der ihre Hässlichkeit gnädig milderte, die Umrisse verschwimmen ließ, die Spitzen in Nebel hüllte, so dass es dem kopfreckenden Betrachter schien, als schwebten sie. David lieh sich ein Auto, um nach Zalesie zu fahren, und erzählte seinem Vater von zwei verschreckten Frauen aus einem Holzhaus am Rand des Dorfes. Er erzählte von den vielen Schwalben unter dem Dachüberhang, von der älteren Frau, die Zigaretten ohne Filter rauchte und einem nicht gerade aufgeweckten Mädchen mit stachelbeergrünen Augen, das dem Anschein nach zu urteilen in seinem Alter war – keine der beiden hatte etwas von einem Engel oder einer Verführerin an sich. Der vom Land seiner Vorfahren enttäuschte David hielt es nicht für möglich, dass Zofia mit ihrer ungesunden Gesichtsröte und der verfleckten Schürze, oder Jadzia, ein Landmädchen mit dem Charme einer Dampfnudel, mit ihm oder seinem Vater etwas gemein haben könnten. Vor allem jedoch hielt er es nicht für möglich, dass er, David Goldbaum, mit diesem Land etwas gemein haben konnte, das sich als schrecklicher Irrtum auf der Karte dieser Welt erwiesen hatte, und viele Jahre dachte er, das Schlimmste, was ihm widerfahren könnte, wäre, in Warschau zu wohnen und über eine dieser Straßen zur Arbeit fahren zu müssen, die aussahen, als hätte sie ein verrückt gewordener Goliath zwischen den hässlichen Häusern herausgehauen.

Nun wusste Ignacy Goldbaum zwar, dass Zofia lebte, doch auf dem Bild, das sein Sohn ihm mitbrachte, war für ihn kein Platz. Sie lebte und hatte eine erwachsene Tochter, die weder ihm noch ihr glich, auf der Schwelle ihres Holzhauses standen Männerschuhe. Jan Kos hatte ihn belogen, und die Erinnerung an den Widerwillen des Partisanen mit der Narbe auf der Wange, der ihn aus Zofias Haus geholt hatte, wurde in Ignacy mit einem Mal so lebendig, als habe er gestern noch mit ihm im Zalesier Wald gesessen. Vielleicht hatte sie Janek Kos geheiratet? Manchmal war Doktor Goldbaum so in Gedanken versunken, dass seine Frau ihn stupsen musste, um ihn von Zalesie nach Pasadena zurückzuholen. Sie kannte seine Geschichte und wusste von Zofia. Wenn ich sterbe, findest du sie wieder, sagte sie einmal ohne jeden Groll. Je älter er wurde, desto mehr ergriff ein Gedanke von Doktor Ignacy Goldbaum Besitz: dass er Rechnungen zu begleichen hatte. Er sprach viel mit Gott und seiner Familie darüber, doch sowohl der eine wie die anderen waren meistens mit wichtigeren Dingen beschäftigt. Anfangs wollte er die Rechnung vor allem mit denen begleichen, die ihm etwas geraubt hatten, und er nahm sogar an einer Reise nach Argentinien teil, wo die Verbrecher mit feisten Fressen und kleinen blassen Äuglein Unterschlupf gefunden hatten und jetzt mit ehemaligen Diktatoren Golf spielten. Doch mit der Zeit trat eine andere Abrechnung in den Vordergrund, denn wenn er auf der Terrasse seines Hauses saß, Bach-Kantaten hörte und auf das Meer blickte, beschlich ihn das Gefühl, dass er doch eigentlich sehr viel bekommen hatte und es vielleicht gar nicht mehr schaffen würde, das alles zurückzuzahlen. Seine Frau erkrankte an Krebs und starb innerhalb von drei Monaten, was Ignacy Goldbaum wieder einen Grund gab zu Diskussionen mit Gott, doch er hegte keinen Groll. Das Leben mit ihr war hell und klar gewesen, und die Spuren, die sie hinterlassen hatte, machten es ihm möglich, mit einem Lächeln an die gemeinsam verbrachten Jahre zurückzudenken. Zofia war es, die ihm keine Ruhe ließ. Er träumte von ihr, sah sie mit einem Apfel in der Hand oder Kaninchen gebärend, die unter ihrem Rock hervorhüpften und die er vergeblich zu fangen versuchte. Eines Tages beschloss er, ihr einen Brief zu schreiben.

Zwei Monate später kam die Antwort auf einem linierten Blatt Heftpapier. Verehrter Ignacy, schrieb Zofia, zu Anfang meines Briefes möchte ich Dir mitteilen, dass ich gesund bin, und mich nach Deinem Befinden und dem Deiner Familie erkundigen, und Doktor Goldbaum las und weinte, wozu er mit zunehmendem Alter immer mehr neigte. Sie bat um Entschuldigung, dass die Buchstaben so wacklig waren wie die Stühle in ihrem Haus, aber ihre Augen seien sehr schlecht, und da sah er plötzlich ihr helles Blau so deutlich vor sich wie vor all den Jahren, und das gab ihm einen Stich ins Herz. Sie schrieb, das Wetter in diesem Frühjahr sei schön, im Walde blühten so viele Leberblümchen, dass es ganz violett war, und sie, ja, sie wüsste noch, aber er brauchte sich für nichts zu bedanken. Mit ihrem dritten Brief schickte sie Ignacy ein Foto von Dominika in ihrem Garten. Im Vordergrund Dominika vor einem Korb mit Äpfeln und mit einem Klettenblatt auf dem Kopf, hinter ihr Jadzia, und noch weiter hinten, fast unsichtbar zwischen den Dahlien, Zofia. Ignacy Goldbaum wusste, dass die verloren geglaubte Vergangenheit zurückgekehrt war, denn das Mädchen auf dem Foto sah aus wie seine amerikanische Tochter.

Da hast du herumgeschnüffelt und herumgeschnüffelt und dann so was rausgeschnüffelt, und ich, wie steh ich jetzt da? Jadzia brach in Tränen aus, als herauskam, dass der Stammbaum der Familie Chmura verzweigter war, als es den Anschein gehabt hatte. Nicht genug, dass Jadzia so früh ihren Mann verloren hatte, nun wurde sie auch noch des Vaters beraubt, den sie nie gekannt hatte. Was für ein Verlust, der sich nicht einmal beweinen ließ, denn an der Stelle ihres Vaters Maciek, des Helden, erschien ein ihr völlig unbekannter Vater auf der Bildfläche, ein Jude vom Dachboden. Und dazu noch aus Übersee, aus Amerika, einem sogenannten Pasadena. War es möglich, dass sie, Jadzia, nichts Böses ahnend Halbjüdin war? Dass das niemand bemerkt hatte? Dieser Doktor Rosen, klar, das wusste jeder, man sah es gleich am Gesicht, dass er kein Hiesiger war, so unpolnisch im Aussehen, italienisch fast. Und außerdem Arzt. Das sind sie immer – Arzt oder sonst Anwalt oder Geschäftsleute. Aber sie, Jadwiga Chmura?

17 Die Schwarze Madonna in der Kirche der Unbefleckten Empfängnis in Szczawienko schielte leicht, und um ihren Mund lag ein Lächeln, das zwar traurig, doch auch irgendwie spöttisch wirkte. Die Kirche selbst mochte gähnend leer sein, vor der Madonna war immer jemand. Vielleicht drei alte Weiblein mit unter dem Kinn geknoteten Kopftüchern, vielleicht Mutigere, die allmählich auf flache Mohairmützen umgestiegen waren. Mit einer Drahtbürste gegen den Strich gebürstet und von unten mit einer Seite der Wałbrzycher Tageszeitung verstärkt. Die Bekopftuchten zischelten dann: Habt ihr die alte Spalkowa gesehn, wie die sich mit dem Mohair-Barett aufgedonnert hat? Die ist ja nicht mehr bei Trost. Sie grüßten sich, Gelobtsei, achmanhatsnichleicht. Mit ihren Taschen wie Särglein und Rosenkränzen, die ihnen wie Knöchelchen durch die Finger rasselten, sammelten sie sich vor dem Bild, zündeten Kerzen an, hatten einen Kummer, eine Bitte. Gelobtsei, achmanhatsnichleicht, bittefüruns! Sie beteten zur Schwarzen Madonna so wie sie Erbsen enthülsten, bittefüruns, bittefüruns, in den Hülsen ihrer Bitten lagen die rohen Kerne von Anklage und Groll mit ihrem säuerlichen Geschmack. Bittefüruns, wiederholten sie immer wieder in der Maiandacht und dachten an Rechnungen, Kränkungen, Abrechnungen mit jemandem, mit dem sie ihre Kränkungen nicht mehr abrechnen konnten, weil er schon tot war, achmanhatsnichleicht, Bittefüruns. Doch es kamen auch Jüngere, die weniger Geduld hatten, zwischen der Arbeit außer Haus und der Königsherrschaft in der Küche kamen sie auf einen Sprung vorbei, wie bei Verwandten, mal um zu verschnaufen, mal um sich zu beschweren und den einen oder ande-

ren überholten Ärger hervorzukramen, achmanhatsnichleicht, bittefüruns. Die Madonna blickte sie nur aus traurigen Augen an, als wollte sie sagen: Ich will's versuchen, kann aber nichts versprechen, meine Möglichkeiten sind begrenzt. Achmanhatsnichleicht, bittefüruns!

Dominika saß im Halbdunkel und zählte die Kerzen, die unter dem Bild brannten. Eine ungerade Zahl bedeutete Pech, eine gerade Zahl Glück, denn Halbwüchsige und Erwachsene glauben, dass Paar besser ist als Unpaar, ungeachtet der Offenkundigkeit, dass die meisten Adams und Evas vom Ideal weit entfernt sind, und selbst wenn sie sich diesem Ideal annähern wollten, nicht wüssten, in welche Richtung sie gehen sollen. Deshalb zählte sie die Kerzen und teilte die Summe durch die Menge der Frauen, die sich innerhalb der nächsten fünf Minuten vor dem Altar hinknieten, und das Endergebnis beruhigte sie vorübergehend, weil es eine Gültigkeit hatte wie wenige andere Dinge. Sie zählte die Greisinnen mit Kopftuch und multiplizierte sie mit den Mohair-Baretten, addierte die Menge der Tage bis zum Ende des Schuljahrs und teilte das Ergebnis durch die Anzahl der Schritte vom Babel zur Schule und zog die Wurzel aus der Summe, die sich nach der Addition mit der Quersumme des Todesdatums ihres Vaters ergab. Jedes Ergebnis, von dessen Richtigkeit sie immer überzeugt war, beruhigte sie mit seiner unerschütterlichen Gewissheit. Wenn Stefan noch lebte, könnte sie ihm jetzt schwarz auf weiß zeigen, welche Wahrscheinlichkeit bestand, dass genau seine sechs Nummern im Großen Lotto gezogen würden, und vielleicht würde er dann sagen: Ach, hol's der Teufel, gehen wir ins Schwimmbad. Und er wäre nüchtern, sodass sie ihn diesmal reinlassen würden, statt an der Türe zurückzuweichen und so laut zu sagen, dass es auch hinten jeder hören konnte: Was für eine Schande, betrunken mit dem Kind ins Schwimmbad zu kommen!

Kaplan Adam Wawrzyniak war es schon seit einiger Zeit aufgefallen, wie Dominika in Andacht gebückt vor dem Madonnenbild saß und lautlos die Lippen bewegte, ein Anblick, der seinen Glauben an die polnische Jugend stärkte, auch wenn er gerade wieder Aufschriften wie »Jude raus« oder »Wałbrzych, fick dich selbst« von den Mauern des Pfarrhauses hatte abwaschen müssen. Die Arbeit mit den Jugendlichen war Kaplan Adam am liebsten. In der Jugend liegt unsere Zukunft, sagte er den Gemeindemitgliedern und seinen Vorgesetzten, die bestätigend nickten, ganz richtig, ganz richtig, was gibt es Schöneres als die Jugend! Er war in Breslau geboren und aufgewachsen, in einem alten, einstmals deutschen Mietshaus, dessen Fenster auf die Oder hinausgingen. Der Fluss strömte groß und grau, an seinen Ufern wurde Bier getrunken, geangelt, es gab Messerstechereien, Vergewaltigungen und so weiter. Wenn der kleine Adaś Wawrzyniak aus dem Fenster auf den Fluss blickte, hatte er manchmal das Gefühl, das ganze Haus schwimme wie das schöne Schiff Stefan Batory, das er einmal in einem Hafen an der Ostsee gesehen hatte. Auf so einem Schiff könnte er nach Afrika fahren und Missionar werden und dann dort, wie in Sienkiewiczs *Wüste und Wildnis*, an einem Fieber sterben, trotz des bitteren Chinins, das er einnahm. Wie würden Papa und Mama um ihn weinen, vor allem Mama, denn Papa würde dann vielleicht schon nicht mehr leben. Die Schönheit des Blicks auf die Oder entschädigte nur bis zu einem gewissen Grad für die Enge von Doktor Scheurens ehemaliger Wohnung, die in vier Einheiten aufgeteilt worden war und von zwölf Personen unterschiedlichen Geschlechts und Alters bewohnt wurde, die unterschiedliche Gewohnheiten hatten und alle ihre Ansprüche auf die eine Küche und die eine ständig verstopfte Toilette geltend machten.

Adams Vater, der Ingenieur Karol Wawrzyniak, liebte das Angeln über alles und hatte ein Händchen dafür, was den Neid anderer weckte, die ebenfalls ihre Angelruten ins Oderwasser tauchten. Jeden Sonntag brachte er einen Eimer voll klatschend zuckender Geschöpfe nach Hause und ließ sich auch nicht von warnenden Pressemeldungen abschrecken, in denen die Rede von Wasserverschmutzung und Krankheiten war, die der Verzehr von Fischen mit ausgefransten Schuppen und weißlich getrübten Augen mit sich bringen konnte. Er glaubte daran, dass Fisch besser war als Schwein oder Rind. Zur Bekräftigung seiner Thesen zog er Zitate aus der Bibel heran: Wo Jesus Fisch gegessen hatte, werde er das auch tun, das heiße ja wohl, dass es nichts Besseres gebe. Wäre er ein halbes Jahrhundert später in Amerika zur Welt gekommen, hätte er mit seiner Idee einer Bibeldiät ein Vermögen machen können, so aber ging er nur seiner Frau Leokadia auf die Nerven. Er stellte den Eimer auf den Boden und rief: Leolein, schau, wie viel ich heute gefangen habe! Er sollte nie erfahren, dass weder seine Gattin noch sein Sohn Fisch mochten und seinem Anglerglück insgeheim ein Ende wünschten. Ach was, alles Gerede, man muss sie nur gut abschrubben – so zerstreute er ihre Zweifel, und die Familie aß sich satt an Fisch mit rohem Sauerkraut. Das Tiefkühlfach ihres Kühlschranks Marke Minsk war mit steinharten Fischkörpern angefüllt, und im Keller stapelten sich die Gläser mit Sauerkraut. Adaś bemühte sich, seinen Eltern zu gefallen, er zerteilte das wässrige Fleisch säuberlich mit zwei Gabeln und wartete, dass der Vater das Skelett auf seinem Teller sehen und sagen würde: Adaś, du bist ein Blitzbub.

Ingenieur Wawrzyniak arbeitete in der Breslauer Waggonfabrik Pafawag, doch er mochte seine Arbeit nicht besonders. Wie für seine Eltern, die als Übersiedler aus Lemberg hierhergekommen waren, sind auch für ihn Reisen immer mit der Tragödie von Vertreibung und Besitzverlust verbunden gewesen und nicht mit dem Vergnügen, neue Orte kennenzulernen. Anfangs mied er nur längere Reisen, später wollte er nicht einmal mehr bis zum Markt spazieren, wo Leokadia so gern in der Cocktailbar Vitaminka mit dem Strohhalm Eiskaffee trank, und schließlich ging er nicht weiter als bis zur Oder, von wo aus er sein Zuhause im Blick behalten konnte. Die immer wieder aufs Neue geschürte Angst wucherte in seinem Herzen kräftig und giftig wie Bärenklau. Sie wand sich um seine Leber und drückte ihm das Herz ab, kroch an seinen Ohren heraus und schwoll auf seiner Zunge; dauernd verzog er das Gesicht, als hätte er Kernseife im Mund. Was hat es mir genützt, dass ich Waggons baue, sagte er immer, wer weiß, vielleicht stecken sie uns eines Tages wieder in einen Zug und bringen uns weiß der Teufel wohin. Seine Unwilligkeit, das Zuhause zu verlassen war so groß, dass er nicht einmal mit seiner Familie in den ihm zustehenden Urlaub fuhr; jedes Jahr brachte er seine gutaussehende Frau Leokadia und Sohn Adam nur bis zum Bahnhof und verabschiedete sich dort von ihnen, als führen sie nicht für zwei Wochen nach Świnoujście, sondern ans andere Ende der Welt, und auch das nicht freiwillig. Als Adaś älter wurde, zog er es vor, mit der katholischen Jugendgruppe in die Berge zu fahren, anstatt mit seiner Mutter ans Meer, und legte dabei die beunruhigende Neigung an den Tag, sich nicht nur einmal, sondern mehrmals im Jahr von zu Hause fortzubewegen. Hat der Hummeln im Hintern, oder was? regte sich sein Vater auf und redete seiner Frau die Notwendigkeit sommerlicher Sonnenbäder an der Ostsee mit der Begründung aus, es sei doch besser, zusammen zu Hause zu sein als jeder an einem anderen Ort. Ingenieur Wawrzyniak war sich im Klaren, dass seine Furcht vor dem Reisen eine unmännliche Schwäche war, und fühlte sich verpflichtet, seiner Familie sowie näheren und ferneren Bekannten zu erklären, wenn er nur wollte, dann könnte er nach Bulgarien und Rumänien fahren, ja, er würde sogar mit dem Flugzeug fliegen, doch leider verhalte es sich so, dass der Arzt jeden Klimawechsel seiner kranken Nieren wegen für geradezu mörderisch halte. Der Vater fürchtete, seine Schwäche könnte vom Sohn ererbt sein, der von Kindheit an empfindlich und kränklich gewesen war. Ingenieur Wawrzyniak glaubte, einen Jungen – trotz vieler Versuche, ein Pärchen heranzuzüchten, blieb ihnen nur ein Junge beschieden – müsste man zum Manne erziehen, was gleichbedeutend war mit dem Ersticken jeder Heulsuserei und übermäßigen Sentimentalität, die bei einem Mädchen oder auch einer ausgewachsenen Frau wie Leokadia keinen Nachteil darstellten. Diese Verburschung von Adaś war nicht leicht, denn die im Zorn erhobene Vaterhand musste zuerst nicht nur ihre eigene Schwäche überwinden, sondern auch den Widerstand in Gestalt von Leokadia; ihr Schwung erlahmte, bevor sie auf den Sohneshintern traf. Der kleine Adaś erwies sich als besonders erregbares und empfindliches Kind, das ein unentwegtes Bedürfnis nach Zärtlichkeit an den Tag legte; was war es da für eine Hölle, ihn zu einem echten Mann zu dressieren, wie er im Buche steht. Doch mit und ohne Buch sah es eher danach aus, dass er das Zeug zu einem echten Mann gar nicht hatte. Ingenieur Wawrzyniak spuckte ins graue Wasser der Oder und überlegte, ob nicht vielleicht gemeinsames Angeln ein Ergebnis zeitigen würde, doch jedes Mal gelang es Leokadia, den Sohn unter dem Vorwand von Halsweh zu retten, das die Kühle am Fluss zweifellos verschlimmern würde.

Als Adaś im Alter von drei Jahren bei der kirchlichen Maiandacht in Ohnmacht fiel und seinen Eltern danach erklärte, der Gesang sei so schön gewesen, gelangten die Eheleute Wawrzyniak zu der Überzeugung, in ihrem Kind sei die Berufung zum geistlichen Stand erwacht, und behandelten es fortan, als stecke in seinem blassen Körper ein goldenes Ei. In Leokadias Augen hatte die Empfindsamkeit des Sohnes geradezu mystische Eigenschaften, seine leichte Tölpelhaftigkeit wurde zu der einem zukünftigen Priester angemessenen Zartheit und Vergeistigung. Vor Verwandten und Bekannten sagte sie: Ach, von klein auf schon steckt ein Priester in ihm, und der Kleine plapperte ihr nach, dass er Priester werden wollte, vielleicht Missionar, und nach einiger Zeit glaubte er es selbst. Er war gerne Ministrant und Chorknabe, die ihm zuteilwerdende Aufmerksamkeit und das Lob, das er wegen seiner Stimme und seines properen Äußeren einheimste, bereiteten ihm eine solche Wonne, dass er Gänsehaut davon bekam. Er spürte einen Kloß im Hals, auf dem ganzen Körper richteten sich die feinen weißen Härchen auf, die seine mageren Gliedmaßen und den Rumpf wie Schimmel bedeckten. Bald gingen ihm diese Anwandlungen von Hochmut, die er mit viel löblicheren Gefühlen verwechselte, in Fleisch und Blut über, und er wurde süchtig nach den Schauern, die sie ihm bereiteten. Schon vor dem Stimmbruch begann er mit der begnadeten Stimme eines Priesters zu sprechen; noch früher hatte er es sich zur Gewohnheit gemacht, in der Kirche aufgeschnappte Archaismen wie »selbdritt« und »wahrlich« einzuflechten, wenn er redete, und Leokadias blaue Augen füllten sich mit Tränen des Stolzes.

Die Aufgabe der Mama war es, ihn auf dem Weg zum Ruhm zu hätscheln, während der Papa darüber wachen sollte, dass er nicht vom Wege abkam, weshalb an der Tür von Adaś' mit Sperrholzwänden abgetrennten Zimmer eine Geißel hing. Diese bestand aus einem Stück Einmachgummi, der geschickt an einem Holzschaft befestigt war. Die Sperrholzwände reichten nicht bis an die Decke, und Ingenieur Wawrzyniak konnte jederzeit auf einen Schemel steigen und von oben ins Zimmer seines Sohnes blicken, um zu sehen, ob er nicht zufällig gerade etwas Strafwürdiges machte. Sein Kopf mit den dünn über die Glatze frisierten Haaren erschien über dem Rand wie im Puppentheater, und Leokadia zog die Fäden. Die Geißel sollte den Sohn bei Abwesenheit des Vaters an die zornige Hand erinnern, die Gerechtigkeit schafft, und an das Auge, das alles sieht. Ich habe ihm insgesamt nur viermal richtig den Allerwertesten versohlen müssen – so brüstete sich Ingenieur Karol Wawrzyniak mit seinem Sohn, und man konnte wirklich an einer Hand abzählen, wie oft Adaś solche Prügel bekommen hatte, dass es Spuren hinterließ. Die Eltern verbuchten das als offensichtlichen Beweis für das angeborene edle Gemüt ihres Einzelkinds sowie für ihr elterliches Talent. In der Regel musste der Vater den Sohn nur die Geißel riechen lassen, um jeden Anflug von Rebellion im Keim zu ersticken; für den Sohn wird der Geruch von Gummi bis ans Ende seines Lebens mit dem Vater und später mit Gott verbunden sein. Der alte Wawrzyniak hielt sich eisern an die Prinzipien der strengen Zucht. Da gab es kein Sich-gehen-Lassen! Leokadia war es, die ihrem Mann die Rolle des Peinigers in Erinnerung rief, sie stupste ihn in den Rücken: Geh und bestraf ihn!, und dann steckte sie selbst den Kopf unter ein dickes Federkissen. Wenn ihr Gatte am Sonntagmorgen angeln ging, erlaubte sie dem nach Zärtlichkeit lechzenden Sohn, in ihr Bett zu kommen. Während dieser für sie beide süßen Stunden erklärte sie dem an ihre Brust geschmiegten Adaś, dass der Papa streng sei, weil er sein Bestes wollte, doch Mama habe ihn am liebsten auf der Welt, sein Köpfchen, die Händchen und sein Bäuchlein. Adaś konnte sicher sein, dass er über die Leiter der Mutterliebe aus jeder Klemme finden würde, Mama würde ihn auffangen, wenn er stolperte, sie würde ihn nach den Hieben des Vaters herzen und mit Süßigkeiten füttern, und wenn er zu ertrinken drohte, würde sie ihm den Rettungsreifen zuwerfen oder sich gleich selbst in einen Ponton verwandeln und ihm zu Hilfe kommen, wie früher am Ostseestrand, wenn ihm ein älterer Junge eins auf die Rübe gab und auch noch Eimer und Schaufel wegnahm. Niemals war es seine Schuld. Die Last jeglichen Vergehens nahm die Mutter von den Schultern des Sohnes und bürdete sie dem Nächstbesten auf, und wenn kein Rüpelkamerad oder keine Versucherin zur Hand war, nahm sie sie seufzend auf sich. Ihre Schuld, sie hatte nicht aufgepasst!

Als Adaś dreizehn Jahre alt war, tauchte der väterliche Kopf immer öfter über der Wand seines Zimmers auf, um der Sünde der Onanie vorzubeugen. Das Onanieren, so erklärte Ingenieur Wawrzyniak seinem verlegenen und verheulten Sohn, hat auf den Geist geradezu fatale Auswirkungen und ist ähnlich wie Schweinefleisch die unmittelbare Ursache für Pickel. Fleißiges Lernen und die richtige Ernährung, reich an Fisch und Vitamin C, sind die Arznei. Die Eltern erkannten, dass das sicherste Ventil für die erwachende Sinnlichkeit des Kindes die Musik werden könnte, man musste ihn also nur musikalisch ein bisschen lockern, dann würde der ganze Dampf in diese Richtung abgehen. Der einzige Sohn der Eheleute Wawrzyniak hämmerte nun auf einem Schlagzeug aus Kochtöpfen, knallte mit Kinderzimbeln, pustete in eine Blockflöte, bis ein Ton herauskam und die Nachbarn an die Wand klopften, doch zu guter Letzt entdeckte er seine wahre Liebe – die Gitarre. In der hellhörigen Wohnung konnte er nicht üben, deshalb probierte er die Wirkung seiner Stimme im nahegelegenen Zoo aus, wo ihn eine Bekannte, die dort

Eintrittskarten verkaufte und von seinen adretten Kleidern und Manieren angetan war, kostenlos einließ. Mit der nagelneuen Gitarre, die er von den Eltern zum Geburtstag bekommen hatte, suchte er eine Bank vor den schlammverkrusteten Flusspferden, den in Freiheitssehnsucht rasenden Tigern oder vor den Affen auf, die sich an seiner Kunst am interessiertesten zeigten. Er klampfte und sang mit seinem reinen, etwas zitternden Tenor zu Gottes Ehren, und die Paviane setzten sich auf ihre rosa Hintern und schauten ihn an, während sie sich lausten. Leokadia wusste von den Konzerten im Zoo und träumte heimlich davon, dass die Gucwinskis ihren Sohn hören würden, Herr und Frau Zoodirektor, wer weiß, wer weiß, womöglich gab es da sogar Beziehungen zum Fernsehen. So sang also Adaś den Affen seine eigenen Kompositionen und bekannte Lieder vor, populäre Schlager und Variationen über die Opernarien, die seine Mutter gerne hörte. Er machte sich weis, die Bank bei den Pavianen sei die bequemste, weil sie am abgelegensten war, doch in Wirklichkeit zog ihn das Sexualverhalten dieser Wesen mit den fast menschlichen Gesichtern an, die beiläufig kopulierten, ohne das Interesse an dem Konzert zu verlieren. Adaś hatte schon beim Anblick der Gespenstschrecken im Schulterrarium sexuelle Assoziationen und wurde fast ohnmächtig, wenn er sah, wie sie auf der Suche nach frischen Kleeblättern aufeinanderkrochen. Entgegen den naiven Hoffnungen der Eltern lenkte die Musik Adaś nicht von den Versuchungen des Fleisches ab, die er sogar selbst bei diesem altertümlichen Namen nannte, wenn er mit allwöchentlicher Regelmäßigkeit und dem selben wonnigen Schauder, den er beim Sündigen empfand, seine Bekenntnisse durch das Gitter im Beichtstuhl flüsterte, bis ihm ein alter erfahrener Dominikaner riet, er sollte es doch mal mit Fußball oder dergleichen versuchen. Wenn Adam

Wawrzyniak bei seinen häufigen Beichten auch keine Sünde verschwieg und dem Priester seine unreinen Gedanken und Träume sowie die Masturbationen zwischen den Seerosen der zum Trocknen aufgehängten mütterlichen Nylonstrumpfhosen, auf dem Dachboden ihres Wohnhauses, im Keller, auf den Toiletten im Zoo, im Fahrstuhl des Hochhauses in Kożanow, wo er zur Mathematiknachhilfe ging, gestand, entfielen ihm doch irgendwie immer die Affen, wenn er im Beichtstuhl kniete. Beim nächsten Mal aber wirklich, schwor er sich, doch nie gelang es ihm, dieses Versprechen vor sich selbst einzulösen.

Als Gymnasiast festigte Adaś seine Stellung im Kirchenchor und beherrschte fast bis zur Perfektion die Fähigkeit, sein Sexualleben vor seinem Vater zu verbergen, sodass der alte Wawrzyniak, der lauernd lauschte, wie sein Sohn hinter der Sperrholzwand leise summte, dann unvermittelt auf den Hocker sprang und über die Wand spähte, ihn nie bei etwas erwischen konnte und sich deshalb mit der Zeit die umgekehrte Sorge machte, ob mit seinem Sohn auch alles in Ordnung war. Das feine Gehör hatte Adaś von seiner Mutter geerbt, die in ihrer Jugend von einer Karriere als Sängerin geträumt und eine Zeitlang sogar bei einer alten Lemberger Diva in einer mit riesigen Farnen und verblüffend positionierten Spiegeln vollgestopften Villa in Biskupin Unterricht genommen hatte, doch entweder erwies sich Leokadias Talent als zu klein oder ihre Bemühungen als unzureichend, jedenfalls wurde sie nicht am Konservatorium aufgenommen, sondern landete schließlich als Tontechnikerin beim Radio. Wenigstens in der Nähe der Musik, so tröstete sie sich, und nur manchmal, sonntags, wenn ihr Gatte angelte, legte sie die Hand unter den Busen und stellte sich, lautlos ihre Lippen bewegend, vor, sie stünde auf der Bühne der Breslauer Oper oder, wer weiß, gar der Mailänder Scala. Von diesen lang begrabenen Träumen erzählte sie ihrem Sohn, der nicht wusste, ob sie diese Träume für ihn geopfert und aufgegeben hatte, oder ob sie sie als etwas bewahrt hatte, das sich für ihn, für sein persönliches Fortkommen als nützlich erweisen könnte. Vielleicht war seine Mutter der Grund, dass er sich von musikalisch begabten Frauen angezogen fühlte und sich sogar ein paar Mal mit einer Klassenkameradin verabredete, die Flöte spielte.

Adam Wawrzyniak absolvierte das Breslauer Priesterseminar und war beim Abschluss seines Studiums ein energischer junger Mann, schlank und sehnig, mit hellgrauen Augen, dunkelblondem Haar, das im Sommer heller wurde, und einem zur Rotwangigkeit neigenden Teint. In einem Anblick, in der Musik und in den Worten suchte er die Gefühlsbewegung, nicht die Kunstfertigkeit, und er verfiel leicht in Zustände melancholischer Zerrissenheit, unter deren Oberfläche sich Schwäche und Unentschlossenheit verbargen. Es reichte ein zufälliges Bild, der Blick in eine Wohnung, in der sich gerade eine Familie zum Abendessen an den Tisch setzte, oder eine Frau, die mit ihrem Einkaufsnetz voll Kartoffeln, Kohl und Brot zum Autobus lief, und schon unterspülte eine Woge von Sehnsucht und Groll die Sicherheit seiner Berufung. Doch wenige Stunden später, umnebelt vom Weihrauchduft der Kirche und zur Messe umgekleidet, phantasierte er von Rom und dem Vatikan, in seinen großen glänzenden Augen spiegelte sich der Glanz der Kerzen, und die Frauen seufzten: Was haben wir für einen schönen Kaplan abbekommen! Dem jungen Geistlichen gelang es, die ernsteren Sünden des Fleisches zu vermeiden, während er die kleineren alltäglichen Fehltritte offen und detailliert beichtete, um noch einmal den bitteren Geschmack der Schuld zu kosten, der nach und nach in der Süße der Erleichterung aufging. Als er zu seiner ersten Gemeinde nach Wałbrzych berufen wurde, erfasste ihn ein großer Arbeits- und Wohltätigkeitseifer, in seiner Sprache wimmelte es von Gotteslämmern, Kreuzen, die man tragen musste, und himmlischen Königreichen. Er redete viel von der Nachahmung Christi, obwohl er selbst ganz banale Unannehmlichkeiten kaum ertrug, wie zum Beispiel ein angebranntes Rührei, das niemand so zubereiten konnte wie seine Mutter. Hochwürden Postronek begrüßte erleichtert den jungen Mann mit der Gitarre auf dem Rücken, Ersatz für den Vikar, der von einer Pilgerreise nach Lourdes nicht zurückgekehrt war. Er betraute ihn mit so vielen Dingen, wie er vor seinem Gewissen verantworten konnte, und widmete sich selbst der Pflege seines Blumengartens und dem Studium der Viten heiliger Märtyrerinnen, die seinen Predigten Farbe verliehen. Die größte Freude und Erfüllung jedoch bereitete Kaplan Adaś, wie man ihn bald nannte, die Leitung der katholischen Jugendgruppe und der Religionsunterricht für Teenager in einer kleinen Halle am Friedhof, die früher als Totenkapelle gedient hatte und immer noch von einem süßlich-fauligen Leichengeruch durchweht war. Er stellte fest, dass die Kinder seine Worte noch nicht verstanden und die Großen nicht mehr; an Ersteren perlten sie ab wie Wasser, an Letzteren prallten sie ab wie Kiesel von einer Fensterscheibe, während die nicht mehr Kleinen, aber noch nicht Großen sie aufsogen wie Schwämme. Er stellte fest, dass er am besten im Halbprofil aussah, mit leicht nach hinten geneigtem Kopf, seine langen Wimpern warfen dann einen Schatten auf die blassen Wangen. In dieser Pose stand er am Fenster und sprach, jedes Wort war wie Gold, und er bebte wie im Fieber, wenn er die Woge spürte, die ihm von der verliebten Jugend entgegenströmte. Die Mädchen von Piaskowa Góra zu betrachten, die das Haar von der ersten Dauerwelle versengt hatten und Perlmuttglanz auf den Lippen trugen, bereitete Kaplan Adaś ebensoviel Wonne wie die Erleichterung, die er verspürte, wenn er diese kleine Sünde gebeichtet hatte.

Im Gegensatz zu den Religionsstunden von Hochwürden Postronek und der alten Schwester Agnieszka erfreute sich der Unterricht bei Kaplan Adaś außerordentlicher Beliebtheit, die allerdings nicht nur auf seine Leidenschaft beim Verkünden von Glaubenswahrheiten zurückzuführen war, sondern mindestens so sehr auf sein Gitarrenspiel, insbesondere beim progressiven Repertoire, zu dem auch Lieder von Stachura und Kaczmarski gehörten. Jede Religionsstunde endete mit einem kleinen Konzert von Kaplan Adaś, bei dem sich die besseren und schlechteren, kühneren und weniger kühnen Stimmchen der Teenager seinem zunehmend sicheren Tenor anschlossen und mit ihm sangen: *Reiß der Gitter Zähne aus den Mauern*, oder auch *Los, Bruno, gehn wir auf ein Bier, bei den Kumpels in der Kneipe fehlen nur noch wir.* Bevor er letzteres Lied anstimmte, ging Pfarrer Adaś zum Fenster und schaute hinaus, als wollte er sichergehen, dass niemand vor der Katechetenhalle lauschte, denn – so sagte er, seiner geliebten Jugend zuzwinkernd, – wenn Hochwürden erführe, was wir hier singen, dann würde es uns schlecht ergehen. Die Luft ist rein! verkündete er den von dieser Verschwörung begeisterten Teenagern, setzte sich auf die Bank, hob den beseelten Blick zur Decke und sang, während die Mädchen seufzten – was waren dagegen ihre pickligen männlichen Altersgenossen mit schwitzigen Pfoten und gewöhnlichen Träumen von Reisen zur Saisonarbeit in die BeErDe. Und zu alledem fuhr Kaplan Adaś auf einem Moped, einer grünen MZ; mein Gott, das war ja fast wie ein Ritter auf einem Ross, das war ja wahrhaftig wie in den *Dornenvögeln*. Für den Religionsunterricht machten sich die Mädchen von Piaskowa Góra zurecht wie zur Samstagsdisko im Genossenschaftshaus, und an der Tür zur Halle trugen sie Lippenglanz mit Bananengeschmack auf. Sie stritten sich darum, welche er angeschaut hatte und wie lange, und wenn sie sich vorstellten, was wäre wenn, fingen sie vor Erregung an zu kreischen und stießen so hohe Töne aus, dass auf Piaskowa Góra alle naselang eine Fensterscheibe zerbarst und die Glaser alle Hände voll zu tun hatten.

Es war Małgosia Lipka, die Dominika erzählt hatte, dass Kaplan Adaś im nächsten Sommer eine Pilgerreise mit dem Bus nach Taizé organisieren würde. Sie wusste, dass Dominika die Ferien Jahr für Jahr bei ihrer Großmutter auf dem Land verbrachte und noch nicht einmal in der Tschechoslowakei gewesen war, während sie, Małgosia, bereits Paris und Rom gesehen hatte. Sie erzählte Dominika, dass sie, während ihre Mutter sich im Hotelzimmer betrank, hinter ihrem Vater hertraben musste, der die im Reiseführer aufgeführten Sehenswürdigkeiten abhakte. Eiffelturm, abgehakt, Markusdom, abgehakt, Schiefer Turm, abgehakt. Und so weiter, zum Kotzen. Wie anders wäre es, wenn sie beide zusammen nach Rom, Paris oder sogar Taizé führen! Małgosia knüpfte eine Hoffnung an diese Pilgerfahrt, und sie knüpfte sie mit einem Seemannsknoten, der fest und kompliziert war. Versprach diese Pilgerreise doch Stunden Arm in Arm im Autobus und Nächte in ausländischen Pfarrheimen, wo alle in einer Reihe nebeneinander schlafen würden. Sie neben Dominika, Dominika neben ihr. Sie war fasziniert von der Klassenkameradin mit dem androgynen Charme und dem präraffaelitischen Haar. Wenn sie an Dominika dachte, benutzte sie diese Begriffe – androgyn und präraffaelitisch, denn sie war eine belesene und intelligente Gymnasiastin, und Frauen hatten sie schon in ihrer Kindheit angezogen. Dominika und Małgosia galten in den Augen der anderen als Freundinnen oder sogar mehr, wie man auf den Feten munkelte, zu denen sie nicht eingeladen wurden, doch sie selbst wären erstaunt gewesen, dass man sie für so eng befreundet hielt. Unbeliebt und als Sonderlinge angesehen, verbrachten sie die Pausen zusammen, rauchten auf derselben Toilette, den Rauch verwedelnd, als gäben sie indianische Rauchzeichen, weil die Lehrer einem ungeschriebenen Gesetz folgend nur auf den Rauch von Zigaretten reagierten, nicht auf den Gestank. Während sie sich vor einer Physikarbeit ihre letzte Zigarette teilten, sagte Małgosia, auf die Pilgerfahrt nach Taizé könnten nur die mit, die ein Jahr lang an den Treffen der Katholischen Jugend teilgenommen hatten. Dominika, die, unempfänglich für den Reiz von Schnee und Eisblumen an den Fenstern, jeden Winter von den Ländern aus Dimitris Erzählungen träumte, Ländern, in denen die Temperatur nie unter Null sank und Melonen wuchsen, so groß, dass sich ein Kind unter der ausgelöffelten Hälfte verstecken konnte, Dominika sehnte sich nach Wärme und Süden. Im Winter herrschte nur im Hallenbad und im Palmenhaus eine annähernd tropische Temperatur, und auch nur dann, wenn die Heizung nicht ausgefallen war. Taizé, das hatte sie auf der Landkarte nachgeprüft, lag entschieden weiter südlich als Wałbrzych, doch das traf ja wohl auf den überwältigend größeren Teil der Welt zu. Aus diesen Gründen ging Dominika am Anfang des Abiturschuljahrs in Małgosias Begleitung auf ein Treffen der Katholischen Jugend.

Jadzia, die sich seit einigen Jahren in einer rührseligen Frömmlerischkeit vergrub, freute sich über die unerwartete Bekehrung der Tochter und kam öfter als in den letzten Jahren abends in ihr Zimmer, um, wie sie es nannte, zu verschnaufen und ein bisschen zu tratschen. Seit Gutek mit seinem Gutek Transport ihrer Schlafcouch ein für alle

Male den Rücken gekehrt hatte, wandte sie sich mit der für sie typischen Mischung aus Schuldgefühl, Exaltiertheit und Groll dem Himmel zu. Manchmal legte sie sich nackt auf den Betonboden im Badezimmer, doch das Bedürfnis nach Selbstkasteiung unterlag nach einiger Zeit der Lust auf Süßes, und im Gefühl einer Niederlage ging sie in ihr Küchenreich, wo sie ganz unten im Schrank eine Tafel Milchschokolade und ein paar zähe Rahmkaramellen vor sich versteckt hatte. Von ihren dauernden Tränenausbrüchen war sie aufgeweicht, als hätte das Bindemittel, das ihren Körper in den Fugen hielt, sein Verfallsdatum überschritten. Ihre stachelbeergrünen Augen sahen aus, als hätte man Buttermilch hineingeschüttet. Mir ist vom Leben nichts geblieben, pflegte sie zu sagen, das einzige, für das ich bete, mein Kind, ist deine Zukunft. Weißt du, dass ich in einem Kleid aus einer alten deutschen Gardine geheiratet habe? Sie ließ sich auf der Couch der Tochter nieder und zog sich den Rock über den Schenkeln zurecht, die, von einem Netz aus Flüssen und Seen überzogen, der Landkarte von Finnland ähnelten. Deine Hochzeit, mein Mädelchen, die würden wir auf Jasna Góra feiern. Ja, mach du dir nur keine Gedanken darüber. Ich werde schon alles in die Hand nehmen. So ein Tag, der kommt nur einmal im Leben. Hochzeit auf Jasna Góra, und das Kleid aus der Markthalle in Breslau. Schleier und alles. Nagelneu. Den Schleier würden kleine Mädchen tragen, auch in Weiß. Iwonas Patricia wird dann genau im richtigen Alter sein, und wir finden noch ein paar dazu, kleine Mädchen gibt es ja wie Sand am Meer. Und das Fest dann in einem eleganten Lokal. Man muss sich nur vorher vergewissern, dass in der Küche auch alles sauber ist, heutzutage gibt's ja überall Sauerei und Papperlaken – so hing Jadzia ihren Hochzeitsträumen nach. Und so ein Priester wie unser Adaś müsste dazu auf der Gitarre spielen und singen. Man könnte ihn ja sogar bitten, das zu machen, wer weiß. Ihn im Auto nach Tschenstochau bringen, denn dein Zukünftiger wäre natürlich motorisiert. Er würde ihn schon mitnehmen. Wenn er so elegant vorm Babel vorfahren würde, dann würde die Śledź vielleicht dumm gucken, ihre Iwona hat ja mit diesem jungen Lepki nicht grade das große Los gezogen. Du, Kind, wirst zum Altar gehen, das Kleid und der Schleier werden über den Boden rascheln, und Kaplan Adaś wird spielen. Für die Fahrt zum Lokal könnte man sogar eine Kutsche mieten. Das käme bestimmt teurer, mit den Pferden und allem, aber schlimmstenfalls müssen wir eben das Gold verkaufen, denn irgendwie muss die Braut ja zum Hochzeitstanz kommen. Aber Mama, protestierte Dominika, ich hab noch nicht mal einen festen Freund, und du richtest schon die Hochzeit aus. Vielleicht will ich gar nicht heiraten? Ach was, natürlich willst du. Hauptsache, du findest den Richtigen. Jadzia ließ die Einwände der Tochter nicht gelten. Ich fühle es, mein Mädelchen, sagte sie und legte die Hand an die linke Brust, irgendwie fühl ich es in der Tiefe meines mütterlichen Herzens, dass du ihn bald finden wirst. Mir war es nicht vergönnt, aber das soll nicht heißen, dass es dir auch entgeht. Guck dir doch mal zum Beispiel Jagienka Pasiak und ihren Freund an, den mit dem Schnurrbart, die passen doch so gut zusammen. Du weißt nicht, was das für einer ist? Er macht eine gute Figur, das musst du zugeben. Nicht so ein Rotzbengel wie der, der ein paar Mal hier gewesen ist. Damit diffamierte sie Andrzej Knapik, dessen mickrige Erscheinung nichts von seinen ungeheuren mathematischen Talenten verriet und der still und aussichtslos in Dominika verliebt war. Ein Rotzbengel, sag ich dir. Als er auf der Toilette war, hat er sich hinterher nicht die Hände gewaschen, das hab ich aus der Küche gesehen. Ojehojeh, stöhnte Jadzia und massierte ihre verunstalteten Beine. Wenn ich, meine Tochter, jemals so klug gewesen wäre wie du, dann hätte ich gewusst, wie ich mich verhalten muss. Da war so ein junger Arzt in der Praxis in Zalesie. Er strich mich immer vor den anderen heraus, lobte mich, wie sauber unsere Jadzia ist, hat er gesagt, der Kittel immer wie nagelneu. Von diesem Ausländer, der mal nach Zalesie kam, hab ich dir doch erzählt? Ja, das hast du. Dominika nickte. Und was war mit diesem Arzt? Sie fragte nur, um Jadzia nicht zu kränken, doch die beiderseitige Kränkung ließ sich kaum noch abwenden. Der ist auch zum Teufel gegangen, wie alles.

Jadzia wurde plötzlich traurig und wütend. Wenn du nicht hier in diesem Storchennest Löcher in die Luft stieren willst, dann, das sag ich dir, Mädelchen, dann halt dich sauber. Du suchst dir nicht die richtigen Freunde aus. Erst dieser griechische Zigeuner oder was, dann dieses Flittchen von den Śledź, die nach der ersten Klasse in der Berufsschule schon den dicken Bauch mit nach Hause gebracht hat. Und jetzt dieses Mannweib Małgosia. Und das als Tochter von einem Arzt, dazu auch noch Gynäkologe, aber die kümmern sich nicht um das Kind, ich frage mich – wie kann man ein Mädchen in dieser Kleidung aus dem Haus lassen? Männerhosen, Oberhemd, Haare streichholzkurz. Und dieser unhygienische Nagel in der Lippe. Keine Figur, Treter wie für den Miststall. Und nur um mich zu ärgern, ziehst du die gleichen an. Jadzia reckte ihren weichen, abwärts ziehenden Busen vor, als wollte sie sich vergewissern, dass dieses Attribut der Weiblichkeit bei ihr noch so exponiert war, wie es sich gehörte. Und ich sag dir, sauber ist die nicht, diese Małgosia Lipka. Die geht Pipi machen, und als ich nachher gucke, ist die ganze Brille bespritzt. Macht die Pipi im Stehen wie ein Kerl, oder was? Ja, antwortete Dominika. Małgosias Papa ist sehr tolerant, weil sie es sich gewünscht hat, hat er ihr einen Pimmel angenäht, sie muss nur noch lernen, damit umzugehen. Jetzt ging es los. Jadzia vergaß vorübergehend die Hochzeit auf Jasna Góra und fuhr die grollenden Geschütze ihres Zornes auf. Das war kein leises Bitten, kein Flüstern zur schielenden Madonna, sie platzte wie die mit rotgefärbtem Wasser gefüllten Kondome, die die Jungen am Ostermontag vom Dach des Babel warfen. Und wozu das alles? Ist das der Lohn für mein Schweißundblut? Für mein Michaufopfern als Mutter? Für mein Nurdasbestewollen? Für mein Schuften mit der Nase am Boden, damit dir nichts fehlt, und dafür bringst du mir hier perverse Weiber und Homodingsbumse nach Hause? Hinter meinem Rücken lacht ihr über die Alte, und warum? Wenn meine Mutter mich so gehätschelt und getätschelt hätte wie ich dich. Wenn sie mich so geliebt hätte. Alles kriegst du auf dem Tablett serviert, für alles hab ich mir die Beine in den Bauch gestanden. Blitzsauber. Du hast mich zu Oma Halina gegeben, sagte Dominika. Am Anfang hast du mich wohl nicht so liebgehabt. Ich war krank! Jadzia sprang von dem Schlafsofa auf, der hochgerutschte Rock ließ einen Schenkel sichtbar werden, auf dem die Zellulitis Dellen wie Kugeleinschläge gebildet hatte. Sonst hätte ich dich dieser alten Hexe nie gegeben. Ich war krank! Du warst durchgeknallt, nicht krank. Aus Trauer, weil die Hübschere gestorben war und nicht ich. Die haben sich verschworen! schrie Jadzia. Die haben sich verschworen, um mich fertigzumachen! Was hat sie dir erzählt? Sie hat dich gegen mich aufgehetzt. Nimm das Messer, bring deine alte Mutter um! Oder nein, bring sie nicht um, ich sterbe auch so. Wenn du wüsstest, welche Kämpfe ich mit deiner Oma ausgefochten habe, damit du alles bekamst, was du brauchtest, blitzsauber, auf dem Tablett. Gebügelt. Sogar die Unterhöschen hab ich im Schritt heiß gebügelt. Was hab ich ihr erklärt, wie sie mit den Bakterien aufpassen musste. Nachts hab ich nicht schlafen können vor Angst, dass sie dich nicht richtig versorgt. Und das ist der Dank! Vor den Bakterien von diesem deutschen Gartenzwerg hast du dich aber nicht gefürchtet, was? Verheult knallte Jadzia mit der Tür und watschelte aus dem Zimmer der Tochter, doch ein, zwei Stunden später hörte man sie in der Küche hantieren, und bald rief sie in einem Ton, der Gleichgültigkeit oder Unbekümmertheit vorgaukelte – eigentlich war ja gar nichts passiert, manchmal tut es gut, abzuwerfen, was das Herz bedrückt, und wenn man dabei die eigene Tochter trifft, macht auch nichts, dafür gibt es ja Papiertaschentücher –, magst du ein Omelett mit Pflaumenmus?

Nach einem solchen Streit ging Dominika durch den Busch zu ihrem ersten Treffen der Katholischen Jugend. Sie kam etwas zu spät, die Haare zerzaust, die Augen noch feucht von Tränen, und als Kaplan Adaś' Blick auf sie fiel, blieb ihm das Wort im Halse stecken. Gelobt sei Jesus Christus! Das hell erleuchtete Viereck der Tür, die große schmale Gestalt in Armeestiefeln, Jeansjacke und rotem Kleid mit einem vollgestopften Rucksack über der Schulter. So etwas Schönes hatte er in seinem Leben noch nicht gesehen! Das Kleid aus gefärbter Windelbaumwolle schnellte durch den Saal wie der Stern von Bethlehem und erlosch in einer Bank, Kaplan Adaś spürte einen unerwarteten und ihm ganz unbekannten Stich der Eifersucht, denn die neue Schülerin hatte sich neben die beunruhigend jungenhafte Małgosia Lipka gesetzt. Warum ausgerechnet neben diese Kurzgeschorene, hätte er sie rügend fragen wollen, wenn er nicht ein nachsichtiger Priester wäre, verständnisvoll und jugendlich. Und diese Małgosia wandte sich Dominika zu und flüsterte ihr etwas ins Ohr, berührte mit ihren Lippen die dunklen Haare, vielleicht sogar zart die rosige Ohrmuschel, die sich ganz dicht an der mit einer silbrigen Sicherheitsnadel durchbohrten Lippe der Kurzgeschorenen befand. An diesem Tag sang Kaplan Adaś voller Gefühl, denn in ihm kullerte etwas wie Glaskügelchen auf einer Treppe, eins nach dem anderen, eine ganze Kaskade. In der Katechetenhalle wurde es heiß, der zarte Duft der Seife Grüner Apfel wurde von den Ausdünstungen der jugendlichen Achselhöhlen und Genitalbereiche erstickt, an deren Reinlichkeit Jadzia manches auszusetzen gehabt hätte, wenn sie eine Inspektion hätte vornehmen können. Dominika sang auch *Reiß der Gitter Zäääähne aus den Mauern* und *Los, Bruno*, denn Kaplan Adaś kam ihr anders vor. Er ist so anders, flüsterte sie Małgosia zu. Einfach außergewöhnlich anders! Anders als Zbyszek Lepki, der ihre Freundin Iwona Śledź geschwängert hatte und sich nicht zärtlich erkundigte, ob ihr der Sinn eher nach Saurem stehe, was einen kleinen Buben ankündigte, wie er einer war, oder nach Süßem, was ein kleines Mädelchen wie sie bedeutete, sondern stattdessen beim Krafttraining im Bergmannskulturhaus die Muskeln stählte und davon träumte, Gelben, Schwarzen oder anderen die Rübe einzuschlagen, wenn er hoffentlich als Berufssoldat angenommen würde. Anders als Andrzej Knapik, mit dem zusammen Dominika den in Mathematik und Physik schwächeren Klassenkameraden half. Andrzej hatte überhaupt keine Muskeln, und das Einzige, das bei ihm hart wurde, bedurfte keiner Willensanstrengung, eher im Gegenteil. Dann wurde er rot bis an die Wurzeln seiner fettigen Haare und murmelte: Entschuldige, ich muss mal, wo der König zu Fuß hingeht, und Dominika verdrehte die Augen genauso wie Jadzia. Kaplan Adaś war anders als alle ihre zweiundzwanzig Mitschüler aus der mathematisch-naturwissenschaftlichen Klasse des Oxford, in die außer Dominika und Małgosia nur noch zwei weitere Mädchen gingen, und die eine war auch nur durch

Beziehungen reingekommen, ihr Vater importierte Gebrauchtwagen aus Deutschland, und mit so etwas im Rücken wäre jeder in jede beliebige Klasse in Wałbrzych gekommen, sogar in die Abiturklasse. Und Kaplan Adaś war anders als ihr verstorbener Vater Stefan. Vom Herrgott und der Volksrepublik Polen an die Wand gedrückt, hatte er kein Instrument gespielt, und sogar sein Schnarchen klang falsch. Den beliebtesten Jungen auf Piaskowa Góra, Typen wie Zbyszek Lepki und Adrian Pypeć, schenkte Dominika ohnehin keine Beachtung, denn in jedem von ihnen sah sie wie im Spiegel ein Leben, in dem sie Jadzia ähnlich wurde. Sie waren alle gleich! Jadzia gefielen Krzysztof Krawczyk und ein bisschen auch – was sie ihrer Tochter gegenüber allerdings nie erwähnte – Zdzislaw Śledź. Dominika gefiel Boy George. Zu dem Bild von einem androgynen Wesen mit der Katze Calimero und einer Geisha im Hintergrund, das Dominika einmal in der deutschen Zeitschrift *Bravo* gesehen hatte, passten weder Jadzia noch der Babel, denn Jadzia suchte Gleiches, ihre Tochter aber sehnte sich nach Anderem, in dem ihre eigene Andersartigkeit endlich Name und Gestalt finden konnte. Sie sehnte sich nach ihrer Schwester und der sagenumwobenen Urgroßmutter Großherr, nach dem Vater, der lange vor seinem Tod aufgehört hatte, der Mensch zu sein, den sie liebte, manchmal träumte sie von jemandem, der sich auf sie legte und in sie eindrang, manchmal war sie selbst im Traum jemand, der sich über Małgosia beugte. Ohne es zu wissen, suchte sie nach etwas, das nicht in die Grenzen von Piaskowa Góra passte, was über dieses Leben hier weit hinausging, es war ein tastendes Suchen, wie im Schrank von Oma Kolomotive. Deshalb stimmte sie mit einer Postkarte für ein Lied von Boy George in der Hitliste von Marek Niedźwieckis Radioprogramm und sang mit kama, kama, kamiiilia, denn sie konnte nicht gut Englisch. Als Dominika zum ersten Mal Kaplan Adaś sah, wie er *Reißt der Gitter Zähne aus den Mauern* sang, fiel ihr prompt Boy George ein, denn auch wenn der junge Geistliche keine Schminke trug, positionierte ihn seine Tracht doch irgendwo zwischen der Hosen- und der Rockabteilung, und sein Wangenrot sah aus wie Rouge in der Farbnuance »Kirschglanz«. Die Schnur, die Dominika mit Jadzia verband, straffte sich wie nie zuvor, als Dominika den Blick des Kaplans erwiderte. Mit so einem Kaplan, der den Glanz höherer Dinge in den Augen trug, würde es sein wie in den *Dornenvögeln*, wo die schöne Maggie und der Kardinal auf einem tropischen Strand ihrer Leidenschaft nachgeben und auseinandergehen, bevor er sich betrinken und sie ihm sagen kann: Du Trottel, ohne mich würdest du im Dreck verkommen, um sich dann mit einem Gartenzwergspediteur einzulassen. Mit so einem gäbe es nie Alltäglichkeit und Gewöhnliches, es gäbe keine niedrigen Gespräche über Geld und Einkäufe, kein: Was gibt's morgen zu Mittag? Alles würde wie eine Monstranz in einem geradezu unirdischen Licht erstrahlen. Eine solche Liebe würde bewirken, dass die Schnur zwischen ihr und Jadzia so gespannt würde, dass sie zu guter Letzt reißen musste und der daraus entstehende Impuls Dominika geradewegs auf die Bula-Bula-Inseln katapultieren würde. Von dort würde sie Postkarten und Lebensmittelpakete schicken, vielleicht sogar mal eine Einladung. Was danach – denn unweigerlich würde es ein »danach« geben – bleiben würde, wäre eine wunderbare Sehnsucht; wunderbar wäre es, etwas wegen Gott zu verlieren, auch wenn man ernste Zweifel an seiner Existenz hatte, anstatt beispielsweise wegen Jagienka Pasiak. Dominika war überzeugt, dass sie ihrer Körpergröße, ihrer kleinen Brüste und ihres Hexenaussehens wegen keinen Erfolg hatte. Sie schob es auch auf ihre naturwissenschaftliche Begabung, denn diese galt nicht nur in Jadzias Augen als Beweis für eine gewisse Absonderlichkeit, und die Mädchen aus dem humanistischen Gymnasium, auf das beispielsweise Jagienka Pasiak ging, erfreuten sich größeren Zuspruchs. Und? fragte Małgosia Dominika und näherte ihren durchbohrten Mund wieder ihrem Ohr. Wie gefällt dir Adaś? Geht so, antwortete Dominika flüsternd, doch ihr Blick glitt wieder Kaplan Adaś' Blick entgegen. Sie trafen sich auf halbem Wege und zündeten eine kleine Explosion, genau über dem Kopf von Edyta Kowalik, einst fast genauso hübsch wie Jagienka Pasiak, inzwischen aber bepickelt und zu einem Dasein als resolute Gastronomin verurteilt. Die Schnur zwischen Jadzia Chmura und ihrer Tochter Dominika ruckte so fest, dass es beiden gleichzeitig im Bauch stach.

Dominika, die jetzt auf jedes Treffen der Katholischen Jugend wartete, widmete sich immer stärker ihrem Äußeren. Früher hatte sie gedacht, ihr Aussehen sei wie es sei, unabhängig davon, ob sie sich damit befasste oder nicht, doch da hatte sie sich geirrt. So wie es kein schlechtes Wetter gibt, ist schlechtes Aussehen nur das Fehlen von Aussehen, und das ist gleichbedeutend mit Nichtexistenz. Du musst mehr Sorgfalt auf dein Aussehen verwenden, ermahnte Jadzia sie. Das Aussehen, beschwert mit aufwendiger Aufmerksamkeit wie mit einem großen Schminkkoffer voller Lidschatten, Rouge und Pomaden, wird nun Dominikas Besitz, mit dem sie sich entsprechend den wechselnden Moden befassen wird. Überwältigt von Kaplan Adaś' Außergewöhnlichkeit wollte sie ein Aussehen, das sich allerdings von dem, welches die rüschen- und spitzenlustige Jadzia sich für sie gewünscht hätte, erheblich unterschied. Im Spiegel von Kaplan Adaś' Außerordentlichkeit wollte sie sich so gestalten, dass sie mit Jadzia immer weniger Ähnlichkeit hatte. Die Mutter, inzwischen in die bis nach Polen gedrungenen Harlequinhefte vertieft, die ihr die Welt verschönten, bestaunte die Harlequin-Heldinnen auf den Umschlägen. Die hatten ein Aussehen! Unterdessen färbte Dominika drei Strumpfhosen Größe L sowie zwei mit Knoten versehene Männerunterhemden und einen Baumwoll-BH mit der kleinsten Körbchengröße schwarz. Den dunklen Sud kochte sie in einem großen Kessel, rührte um, ließ abkühlen und setzte Essig zu, wie auf der Packung angegeben. In dem heißen Bad büßten die Strumpfhosen Elastizität ein, gewannen aber Farbe, der BH lief ein, die Hemden, die Dominika linksherum tragen würde, weil die angerauhte Innenseite an die nur im Dollarshop erhältlichen Velourpullis erinnerte, zeigten ein ungleichmäßiges Grau, das jedoch, wie Małgosia behauptete, stilvoll und bohemienartig wirkte. Alles roch wie Teer mit Essig. Das rote Kleid, die schwärzlichen Strümpfe sowie drei Ketten aus gerösteten Nudelsternchen, die in der Mitte ein Loch hatten, damit praktisch gesinnte junge Damen sie auf Fäden ziehen und sich mit ihnen schmücken konnten, machten nun Dominikas Look aus. In Gesprächen mit Jadzia streute sie den Namen des Kaplans ein wie ein kleines glitzerndes Päckchen unbekannten Inhalts, das sie einerseits auspacken wollte, andererseits fürchtete.

Warum gibt es denn das Böse, wenn Gott gut ist? fragte Dominika Kaplan Adaś. Was ist mit den Spinnen, Herr Kaplan? Und mit den Fliegen? Eklige und stinkende Dinge – warum hat er sie erschaffen, wenn er so unendlich gut und weise ist? Hat er das Böse erschaffen? Wenn ja, dann ist er doch nicht unendlich gut. Und wenn er das Böse nicht erschaffen hat, ist er nicht allmächtig, fuhr sie fort, schaute ihm in die Augen und hörte nicht, dass den Antworten von der Erbsünde und Gottes Willen, den der Mensch mit seinem kleinen Verstand nicht erfassen kann, die Logik ihrer Fragen fehlte. Der Schlüpfer wurde ihr warm, und Schweißrinnsale trübten das Schwarz ihres BHs, während Kaplan Adaś unter der Soutane sublimierte und mit dem Adamsapfel an das plötzlich scheuernde Kollar stieß. Wenn er sang, verschlug es den anderen schier den Atem, und sogar die ganz Schüchternen fielen ein, wenn es darum ging, der Gitter Zähne aus den Mauern zu reißen. *Los Bruno*, sangen sie, und *Der Hund schlich in die Küche*. Nur Jagienka Pasiak, die vor Eifersucht kochte wie ein Teekessel auf der Gasflamme, argwöhnte, die stimmliche Steigerung von Kaplan Adaś könnte etwas mit Dominika Chmura zu tun haben. Wer hätte das gedacht, dass sie die Aufmerksamkeit eines solchen Mannes auf sich ziehen konnte, der so vergeistigt und jung war und eigentlich wie geschaffen für eine besondere Person wie Jagienka.

Kaplan Adaś sehnte sich danach, Dominika zu erlösen, sie mit der Gnade eines Glaubens ohne Zweifel zu erfüllen, über eine Wiese mit ihr zu laufen, voller Blumen und zahmen Tieren wie auf den Bildern des heiligen Franziskus. Schweißgebadet in seinem Flanellschlafanzug träumte er davon, wie er sie auszog und nackt auf das Bett in der elterlichen Wohnung legte. Er träumte, wie er sich über sie beugte, wie sie die Arme ausstreckte und die Schenkel spreizte, mein Gott, um ihn mit den Beinen an sich zu ziehen und in ihr feuchtes Inneres zu drücken. Er wachte schreiend auf, denn die Tür des geträumten Schlafzimmers hatte sich plötzlich geöffnet, und Hochwürden Postronek war mit einem Eimer voll zähneklappernder Fische eingetreten, während Dominika sich in ein Pavianweibchen mit schwefelfarbenen Augen verwandelte. Kaplan Adaś magerte ab und betete, übte sich in Geduld und Demut, während er langweiligen Beichten lauschte, die sich anhörten wie eine Einkaufsliste für das Kurzwarengeschäft, und weniger langweiligen, die dafür seinen Zorn erregten, weil sie ihm das Gift von Hass, Grausamkeit und Dumpfheit ins Ohr träufelten. Das war böse, grollte er wie ein hinter dem Wald aufziehendes Gewitter, böse, dass der Beichtende seinem Kollegen in den Kaffee gespuckt hatte, weil er Anlass hatte, den Kollegen perverser Neigungen zu verdächtigen. Selbst wenn es stimmte, dass sie pervers waren, war es böse, wahrlich böse, denn Gott heißt uns nicht in den Kaffee spucken, er wird selbst über solche Menschen richten und manchmal wird er ihnen sogar vergeben. Nein, erklärte er Frau Pasiak, die sich im Beichtstuhl natürlich nicht namentlich vorgestellt hatte, nur anfing, ganz grundsätzlich und anonym mit Gelobt sei Jesus Christus, aber in so einer Gemeinde weiß man ja schnell, wer wer ist, insbesondere, wenn die betreffende Person jede Woche beichtet, allerdings nicht ihre eigenen Sünden. Nein, sie darf ihrem Mann nicht erlauben, dass er die erwachsene Tochter ins Gesicht schlägt, nein, Gott erwartet nicht, dass er sie auf andere Körperteile schlägt, und er hat sie auch gezwungen, auf trockenen Erbsen zu knien mit dem Gesicht zur Wand und hochgereckten Armen. In seinem besänftigenden und doch Respekt gebietenden Flüstern, das die Gläubigen so liebten, erklärte er, dass Herr Śledź keine deutschen Pornohefte angucken sollte, und er konnte nichts dagegen tun, dass jede Fleischessünde, die er sich anhörte, sogar die ganz öden und ohne jedes Erzähltalent vollkommen schmucklos vorgetragenen, in ihm die Lust weckten, sofort Dominika zu erkennen, und seine erbaulichen Ermahnungen waren von einer Erektion begleitet. Unbefleckt und verführerisch, kindlich und fraulich, fremd und so vertraut weckte sie in Kaplan Adaś das ihm doch nicht ganz ausgebleute Verlangen nach Zärtlichkeit. Nichts bedeutete ihm die Soutane mit ihrem Geruch nach Mottenpulver und Grüner-Apfel-Seife, die er immer rechtzeitig zusammen mit Eingemachtem von seiner liebenden Mutter Leokadia erhielt. Ihn quälte die Sehnsucht nach Dominikas jungem Madonnengesicht, den vorstehenden Schlüsselbeinknochen, den kleinen Brüsten, den dünnen langen Beinen in Armeestiefeln unter dem roten Kleid. Gottseibeimir! Er fuhr sein Moped schneller als sonst, doch kein Fahrtwind konnte seinen glühenden Kopf mehr kühlen, Funken stoben unter den Reifen auf, die Soutane stand in Flammen, denn nach dem letzten Treffen der Jugendgruppe war Dominika erst mit den anderen hinausgegangen, aber dann wieder hereingekommen und hatte ihm einen Kuss gegeben. Ja, das hatte sie getan, sie hatte ihm *Siekierezada* von Stachura gegeben, mit einer Widmung »von Dominika«, beredt in ihrer Schlichtheit, was allerdings nicht Absicht war, sondern daran lag, dass ihr die Worte fehlten, sie war nie redselig gewesen. Sie hatte herausbekommen, dass an diesem Tag sein Geburtstag war, und schenkte ihm das Buch, sie küsste ihn auf die Wange und verschwand in einem roten Hauch, und als er zur Tür ging, sah er nur doch den in dem Novemberabend verschwimmenden Umriss des Mädchens, ein Tropfen Licht in einem Meer aus Grau. Am selben Abend noch komponierte er ein Lied mit diesem Titel und sang es so lange, bis Hochwürden Postronek ihm sagte, er solle jetzt Schluss machen und schlafen gehen. Wenn er die Kraft hätte, wenn er nur die Kraft hätte, dachte Kaplan Adaś, wohlwissend, dass er sie nicht hatte, dann würde er den Winterausflug in die Bieszczaden mit der Gymnasiastengruppe der Katholischen Jugend absagen. Ach, die Bieszczaden, seine liebsten Berge, wo er immer das Gefühl hatte, seine Berufung sei ein Paar Flügel und nicht das Kreuz. Wie jedes Jahr wollte er auch diesmal mit der Jugend in einer gipfelstürmenden Mission wandern, beten und singen. Nicht nur für sich und die Musen, sondern vor allem für die jungen und alten Anwohner in den vermieften Katechetensälchen und kaltblauen Schulen, wo es zwischen November und März keine anderen Attraktionen gab als den Nikolaus, der unerwünschte Brettspiele und steinharte Bonbons verteilte. In diesem Jahr war Dominika in der Jugendgruppe, und Kaplan Adaś spürte trotz des Frostes ein Feuer, in dessen Flammen seine Willenskraft dahinschmolz wie Wachs. Seine Soutane war mit Feuer gefüttert, mit Feuer war sein Flanellschlafanzug überzogen, seine Blöße strömte eine Hitze aus wie alle brodelnden Geysire Islands. An dem Januardienstag der Abfahrt sah er Dominika auf dem Bahnhof Wałbrzych Stadt. In denselben Armeestiefeln wie immer, in demselben roten Kleid wie immer, unter dem sie aber vorsichtshalber Jeans trug, und mit derselben Małgosia Lipka wie immer. Dominika lächelte ihn an, und einen in seiner ketzerischen Schönheit idealen Moment lang dachte Kaplan Adaś, das Feuer, das ihn verzehrte und bewirkte, dass er sang und glaubte wie nie zuvor, sei himmlischen und nicht höllischen Ursprungs.

Als Kaplan Adaś Dominika zum ersten Mal küsste, unter einem verschneiten Baum, wohin sie, die Zungen miteinander verflochten, gesunken waren, hatte er keinen Zweifel, dass er verloren war, denn dieses zerbrechliche Mädchen mit dem gefräßigen Mund und den überraschend muskulösen Armen und Beinen umfasste ihn fest wie eine Krabbe. Sie waren auf dem Heimweg vom Besuch einer Dorfschule, wo unterernährte Kinder mit verrotzten Nasen und Augen, so schwer und träge, als wären sie voll Wasser, die feuchten Pfötchen mit Trauerrändern in ihre Hände schoben, um mit ihnen zu singen *Ehre sei Gott*, obwohl dieser nie Zeit hatte, bei ihnen in der kalten Schule vorbeizuschauen, wo es von Schwindsucht- und Wundbranderregern wimmelte. Sie blieben hinter den anderen zurück, er, Dominika und die in ihrem Futteral frierende Gitarre, der Schnee knirschte unter ihren Füßen, die immer kleinere Schritte machten, damit der Abstand zu den anderen vor ihnen größer wurde, bis diese anderen schließlich hinter der nächsten Biegung des steil ansteigenden Pfads verschwanden. Eigentlich tat er den ersten Schritt und nicht sie, aber sicher konnten sie dessen nicht sein, denn beide hatten sie sich auf bisher unbekanntes Gelände gewagt, auf dem Pfad eisglatt und abseits davon tief verschneit und abschüssig, so wälzten sie sich in einem Gewirr fallender Handschuhe, Mützen und Schals, im Takt mit einem entfesselten Himmel, der Purzelbäume schlug. Während sie sich küssten, war der Himmel mal über, mal unter ihnen, er suchte Dominika unter der wattierten Jacke, und als er die kleinen Brüste mit den aufgerichteten Brustwarzen fand, entglitt sie ihm wieder, während sie immer schneller den Abhang hinunterrutschten. Unten, wo Kaplan Adaś' Gitarre als Erste hingepoltert war, blieben sie im weichen Schnee liegen, Schnee rieselte auch von den Fichtenzweigen, vielleicht hatte es auch wieder angefangen zu schneien, und der Schnee verwischte die Spuren, verwehte ihre Flugbahn und Dominikas rote Pudelmütze. Dominika dachte, dass sie nie zuvor einem Menschen so nah gewesen ist. Der Himmel kehrte zurück an seinen Platz und erstarrte zu einer Fläche aus schwarzem Glas; die Sterne sahen aus wie hineingebohrte Öffnungen, durch die Licht aus der besseren Seite des Universums fiel. Sie hielten sich schweigend an der Hand und irrten sich, als sie dachten, dass dieser vollkommene Augenblick etwas verhieß, denn er war ein einmaliges Geschenk, das leicht zerbrach, wenn man die richtigen Lagerbedingungen nicht kannte. Auch eine so leidenschaftliche Liebe wie ihre hat es im Januar schwer. Dominika musste Pipi, und Kaplan Adaś fühlte, wie sich sein Pullover und Hemd verheddert hatten und dass der Frost ihn in den Rücken stach. Sie standen auf und klopften sich gegenseitig den Schnee ab, verlegen, denn unter anderen Umständen wäre es der lustige Schlussstrich unter ein paar Küsse gewesen, doch bei ihnen war kein lustiger Schlussstrich vorgesehen. Die rote Pudelmütze, die Oma Halina der Enkelin für die Reise gestrickt hatte, blieb verschwunden. Ich werde ihr sagen, dass der Herr Kaplan mir suchen geholfen hat, sagte Dominika, denn in einer verbotenen Liebe ist es für die erste Lüge nie zu früh. Bis zum Ende des Aufenthalts in den Bergen bewegten sich Dominika und Kaplan Adaś auf den Spuren ihres ersten Kusses, blieben zurück oder liefen voraus, um sich ein paar Augenblicke zu zweit zu stehlen, sie schlichen sich über den knarrenden Boden der Berghütte zwischen dem Schlafraum der Jungen und dem der Mädchen, um sich im Niemandsland des Kaminzimmers zu küssen und an den Ohren zu lecken und hineinzubeißen. Er wagte sich mit den Lippen nicht weiter als bis an ihre aus dem schwarz gefärbten Büstenhalter befreiten Brustwarzen, die einen süßlich-salzigen Nachgeschmack hatten. Wie Hostien, dachte Kaplan Adaś unwillkürlich und ohne Absicht, Gott sei sein Zeuge. Ganz genau genommen würde man in der Waagschale ihrer Sünden auch noch ein paar feucht gewordene Schlüpfer von ihr und Unterhosen von ihm finden. In Augenblicken der Leidenschaft sagte er zu Dominika mein Pfirsich, Rehkitz, Liebste und verzeih, und sie sagte liebster Adaś, ich verzeih dir, Geliebter, und vor anderen weiterhin – bitte, Herr Kaplan, in schafsköpfiger Blindheit für die Tatsache, dass ihre Stimme von Pfirsichsaft triefte und die ihm entgegeneilenden Blicke wie ein Tornado alles andere in ihrer Bahn platt walzten.

Pass ein bisschen auf! sagte Małgosia zu Dominika, denn sie gehörte zu den Frauen, die einen Menschen sogar dann schützen wollen, wenn er vor Liebe zu einem anderen brennt, und Małgosia sah das boshafte Grinsen, die vielsagend hochgezogenen Brauen, das Zischeln und Schnauben aus Mädchenmündern. Zwischen Jagienka Pasiak und Edyta Kowalik lief eine Autobahn, über die Laster rasten, deren Fracht aus Scheiße und Dreck nur darauf wartete, abgeladen und verwendet zu werden. Das war zu viel für zwei Mädchen, auch wenn die eine von ihnen fast siebzig Kilo wog und Hände wie Schaufeln hatte; sie brauchten weitere Hände und Münder, denn sie krümmten sich unter der Last des Hasses. Bisher hatte nie jemand auf Ireka Chloryk aus der Biochemie geachtet, doch wie schnell brachte das gemeinsame Hassen sie Jagienka Pasiak näher. Und bald schon schließt sich ihnen eine vierte willige Helferin an, sie heißt Aldona und wollte nie etwas Böses tun, sie hatte noch nicht mal zu den fast genauso Hübschen gezählt, doch sie rollte einfach in ihre Richtung, weil sie sich auf der abschüssigen Bahn befand. Die ersten gehässigen Worte sind wie auf gut Glück abgeschossene Pfeile, man kann ihnen aus dem Weg springen, man kann sie nicht einmal bemerken, wenn man an die nächtlichen Küsse denkt. Pass ein bisschen auf, du wirst nur den Kürzeren ziehen, sagte Małgosia zu Dominika und war hartgesotten genug, darüber zu lachen, dass ihr machiavellistischer Plan nur zum Teil gelungen war. Da hatte sie sich mit Dominika angefreundet, und sie waren zusammen in den Bergen, wie sie es gewollt hatte, und sie schliefen sogar in einem Doppelbett, was nicht nur an ihrem Bedürfnis nach Nähe, sondern auch an der Kälte in dem Zwölfbettzimmer lag. Wenn sie aufwachte, sah Małgosia zum Anfassen nah den verwuschelten Kopf, die hohen Wangenknochen und den breiten Mund und konnte ungehindert in den Schatten blicken, der wie Wasser in der Vertiefung zwischen den Schlüsselbeinen stand. Doch nachts redete sie mit ihr über eine andere Liebe als die, die in ihr wild wucherte, und sie wartete darauf, dass die Freundin von ihrem Rendezvous im Kaminzimmer zurückkam, um den intensiver gewordenen Geruch nach feuchten Fichtennadeln einzuatmen.

Als Tochter eines Gynäkologen war Małgosia überzeugt, dass die Liebe zwischen Mann und Frau in der Regel mit Problemen verbunden war, mit Ausschabungen, Abtreibungen, Komplikationen in der Schwangerschaft. Ein Beweis war für sie ihre Mutter, so labil und unstet, dass sie sich nie fassen ließ, in den Armen ihrer Tochter blieben nur ihr rosa Morgenrock und der säuerliche Geruch von Alkohol zurück, deshalb hegte die Tochter mit der Zeit den Verdacht, dass es außer diesen nie etwas gegeben hatte. Der Vater, von dem Małgosia die Leidenschaft, den kräftigen Körperbau und die groben Gesichtszüge geerbt hatte, war laut und jovial, er hatte früh eine Glatze und trug einen ansehnlichen Bauch vor sich her, als durchlebe er in einer Art Sympathiezauber die Schwangerschaften seiner zahlreichen Patientinnen, von denen etliche seine vorübergehenden Geliebten waren. Er kaufte seiner Tochter alles, was sie sich wünschte, doch sobald sie einfach nur seine Gesellschaft brauchte, schlüpfte er in seinen weißen Kittel, rieb sich schon die Hände auf dem Weg ins Sprechzimmer, wo, wie er sagte, ein Dutzend Schlitze auf ihn warteten. Wenn spät am Abend Doktor Lipkas Mülleimer voll war mit schleimbedeckten Handschuhen, Papiertüchern, Händchen und Beinchen in eigenem Saft, und seine Brieftasche vor Geldscheinen schwoll, dann wurde er müde und schläfrig wie ein Mops, und die ganze Väterlichkeit, die er noch aufbringen konnte, erschöpfte sich in der Frage: Wie viel brauchst du, Kind? Małgosia hatte immer mehr Taschengeld als andere Kinder bekommen und versucht, sich in die Gunst von Mädchen mit zarten Gesichtchen und spitzen Knien einzukaufen, doch ihre Bemühungen hatten nichts als Scherereien eingebracht. In den seltenen Augenblicken, in denen Doktor Lipka seiner Tochter Beachtung schenkte, fiel ihm ein, dass er im Studium etwas zum Thema Homodingsbums gehört hatte. Er hatte immer geglaubt, das sei nur eine Männerkrankheit, zu seiner Zeit waren die Lehrbücher etwas überholt, und jetzt hatte er den Salat – die eigene Tochter! Er lebte in dem Glauben, die lesbischen Neigungen seines einzigen Kindes seien eine vorübergehende Erscheinung, er bagatellisierte sie, obwohl sie deshalb bereits von der privaten Ursulinenschule in Breslau auf die gewöhnliche staatliche Schule in Wałbrzych hatte wechseln müssen, denn die Eltern der kleinen Kamilla mit den glänzenden Augen wie frisch aus der Schale geplatzte Kastanien bestanden darauf, dass der Kuss, dessen Zeugen sie geworden waren, sündig und in jeder Hinsicht pervers gewesen war. Er blickte auf seine Tochter, prall in ihren Levis-Jeans, mit schaukelndem Busen ohne Büstenhalter in einem T-Shirt mit dem Bild einer Georgia O'Keeffe und bedauerte zum tausendsten Mal, dass dieses Geschöpf, dem man seit früher Kindheit sagte, dass es dem Vater glich wie gespuckt, kein Sohn war. Ja, man konnte mit ihr Skilaufen gehen und sogar Ringkämpfchen machen, aber trotzdem. Er hoffte so sehr, dass sie Medizin studieren und seine Praxis übernehmen würde, obwohl eine Frau und Gynäkologie nicht richtig zusammenpassten. Małgosia nahm von dem großzügigen Doktor Lipka immer mehr, denn wenn er sonst nichts zu geben hatte, konnte sie ihrer Meinung nach dieses Geld besser nutzen als er mit seiner Vorliebe für kackfarbene Ledermöbel und Landschaften in güldenen Gipsrahmen. Das Geld, das ihr Vater für Ausschabungen und Ätzungen bekam, gab sie für Bücher und Bildbände aus, die sie in Antiquariaten aufstöberte, und für Theaterbesuche in Breslau, wo sie ihre erste Geliebte kennenlernte, die magere, nervöse Polonistin Iza mit dem hennaroten Haar, woran man damals die Studentinnen der Geisteswissenschaften erkennen konnte. Je mehr sie für Toilettenwasser – das gut ein Viertel eines durchschnittlichen Monatsgehalt kostete – und Abendessen im Hotel Wrocław ausgab, desto mehr hungerte sie nach Gefühl, wie sie es in Izas Bett nicht fand, wo sie jeden zweiten Sonntag verbrachte und sich ihre schlechten Gedichte und gespielten Orgasmen anhörte. In Dominika sah sie die Erfüllung all ihrer Sehnsüchte, die sie immer schon gehabt hatte, und träumte davon, sich in diesem Geruch nach feuchten Fichtennadeln zu wälzen wie ein Fohlen, das Gesicht hineinzutauchen, ihn von den Fingern zu lecken, und dann würden sie Wałbrzych verlassen, irgendwohin fahren, wo es immer warm und hell war. Sie stellte sich vor, wie sie in einem Kabrio sitzen würden, das über die Straße sauste wie in amerikanischen Filmen, durch eine hitzeflimmernde ziegelrote Wüste. Dominika würde eine Sonnenbrille tragen, und sie würde fahren, mit einer Hand am Steuerrad.

Leider hatte sich Dominika in Kaplan Adaś verliebt, und diese Gefühle waren nach der Rückkehr von den Bieszczaden nach Wałbrzych nicht vorüber. Die beiden trafen sich heimlich nach den Zusammenkünften der Katholischen Jugend, trennten sich und kamen nach zwei Tagen wieder zusammen, die Lippen rissig von Fieber und Schlaflosigkeit, um sich am Grab der zu Staub und Erde gewordenen Paulinka zu küssen und zu schwören, dass dieses Mal wirklich das letzte Mal sei. Für Dominika wurde Kaplan Adaś all das, was eine erste Liebe sein kann oder sogar sein sollte, er fügte sich geradezu ideal in den Platz der verlorenen Zwillingsschwester, des versagenden Vaters und der Mutter, die, wie viele Mütter, gleichzeitig zu viel und zu wenig liebte. Jedes Buch, das sie las, handelte von ihnen beiden, obwohl sie für unmöglich hielt, dass überhaupt schon jemand so etwas erlebt hatte. Höchstens Stachura. *Woher kam am Rand des Todes dieses Wunder lebendig und wahr hier zwischen leeren, toten Zeilen // Hier, wo nichts als grauer Staub lag // Die weiße Lokomotive*. Dieses Gedicht hängte sich Dominika über den Schreibtisch, und Jadzia wunderte sich. Weiße Lokomotive? Mädelchen, jetzt bist du aber vollends übergeschnappt. Kaplan Adaś, zehn Jahre älter als Dominika und über diese Liebe zehnmal erschrockener als sie, bewegte sich langsam, aber sicher von seiner Sicht Dominikas als Geschenk Gottes weg zu dem Glauben, dass sie die Probe war, auf die Gott ihn stellte und die er wegen seiner fleischlichen Gelüste nicht bestand. So bezeichnete er in Gedanken sein sexuelles Verlangen, das ihm den Schlaf raubte, woher sollte er auch andere Worte finden. Wahrlich, wahrlich furchtbar schüttelte ihn die Lust. Das Problem einer mangelnden Lokalität, das vielen Paaren auf Piaskowa Góra vertraut war, wurde im Fall von Dominika und Kaplan Adaś besonders schmerzlich. Die Kommunikation war auch schwierig. Die Eheleute Chmura hatten nie ein Telefon zugeteilt bekommen, obwohl Stefan gleich nach ihrem Einzug im Babel einen entsprechenden Brief geschrieben hatte. Nach seinem Tod sah Jadzia ein, dass nichts zu machen war, Schmiergeld würde sie keines geben, und ohne dieses würde man wohl eher Rost ansetzen als eine Nummer zugeteilt bekommen. Und wen, fragte sie rhetorisch, wen sollte ich auch anrufen und auf wessen Anrufe warten, wo ich doch sowieso einsam und verlassen in diesem Storchennest enden werde. Deshalb rief Dominika zu vorher verabredeten Zeiten aus der Telefonzelle im Pfarrhaus an, und wenn die Haushälterin abnahm, stellte sie sich als seine Mutter, Leokadia Wawrzyniak vor. In chiffrierter Sprache verabredeten sie, wo und wann sie sich treffen würden, und die misstrauische Haushälterin lauschte aus der Pfarrhausküche.

Kaplan Adaś betrat den Babel durch einen der fünfzehn Eingänge und fuhr mit dem Fahrstuhl auf die Terrasse, wo Dominika auf ihn wartete. Auf dem obersten Stockwerk eines jeden Treppenaufgangs war ein Trockenboden, wo, wie der Name sagt, Wäsche zum Trocknen aufgehängt werden sollte, doch das tat niemand, weil die dort aufgehängte Wäsche den Besitzer wechselte, bevor sie trocken war. Dort hatten die Drogensüchtigen und Säufer, verliebte Paare und auch unverliebte – der Erstbeste ist gut genug – ihre Eckchen. Aufgescheucht vom Erscheinen des Geistlichen, stoben sie auseinander, Türen knallten und umgestoßene Flaschen klirrten, während Dominika, die Lippen strahlend von ihrem ersten Lippenglanz mit Bananengeschmack, aus dem Dunkel auftauchte. Dort hatten sie ein wenig Zeit für ein paar geflüsterte Worte, Küsse, Berührungen, die keine Linderung brachten, und bald schon säte jemand im Babel den Samen des Gerüchts, das in kochdunstigen Küchen keimte, in Badezimmern Wurzeln schlug und wuchs, giftige Triebe aus Ritzen und Abflussrohren streckte. Vielleicht hatte die Lepka es in Umlauf gebracht, die sich jetzt mit einem rothaarigen Klempner aus dem dritten Treppenaufgang dort traf, vielleicht hatte einer der Drogensüchtigen erzählt, er habe etwas gesehen, was er nicht erwartet hätte, aber am wahrscheinlichsten war doch Jagienka Pasiak, in der Boshaftigkeit und Eifersucht die Siedetemperatur überschritten hatten und nun zischend austraten. In den Fahrstühlen und auf den Fluren, zwischen Nachrichten und Abendfilm, beim Totschlagen von Zeit, die keiner brauchte, erntete man, was gesät worden war.

Die Neuigkeit drang auch an Jadzias Ohr, die mit der ihr eigenen Plumpheit fragte: Weißt du vielleicht, Mädelchen, mit wem Kaplan Adaś neuerdings auf der Terrasse herumhurt? Arme Jadzia, selbst eine in Fragen der Mütterlichkeit so unbeholfene Person wie sie konnte den Schmerz auf dem Gesicht der Tochter nur auf eine Weise deuten. Dominika antwortete ihrer Mutter wie eine erwachsene Frau. Ich weiß nicht, ob er herumhurt, aber es ist möglich, dass er sich in jemand verliebt hat. Du willst deine alte Mutter umbringen! heulte Jadzia auf. Sieh nur! Sie breitete die Arme aus und kreuzigte sich an die Tür, du hast mich umgebracht! Jadzia ließ sich auf die Couch gleiten – du brichst mir das Herz! Diese Schande werde ich nicht überleben. Umsonst hat sich deine Mutter abgemüht, umsonst sich geopfert, dir alles auf dem Tablett serviert, und das mit einer kranken Hand. Alles hast du versaut, hast dir das Leben in Scherben geschissen. Wie soll ich jetzt den Leuten in die Augen sehen! Diese Iwona, die ist normal mit Mann und Kind, aber du mit deinen Spinnereien, bei dir muss immer alles verkehrt herum sein. Immer der Mutter zuwider. Ein Kerl will immer nur das eine, ob er Hosen oder eine Soutane anhat, aber wenn die Hündin nicht will, wird der Hund nichts kriegen. Genau, sagte Dominika, deren Lippen ganz weiß geworden waren, und bekam eine Ohrfeige mit der gesunden Hand. Du Hure. Jetzt war nichts mehr zu machen.

Im März pissten die schmutzigen Eiszapfen, die sich am Dach des Babel festgesaugt hatten, den Leuten auf den Kopf, der Schnee schuppte sich von den Hügeln wie Haut, auf den Grünflächen kamen die vergammelnden Hundehaufen zum Vorschein, und Dominika lief durch den Busch im roten Kleid und Armeestiefeln, und niemand hätte sie aufhalten können. Die Frauen in Wałbrzych nahmen die Pelzkappen ab und schüttelten ihr kraus dauergewelltes Vorfrühlingshaar aus. Onkel Kazik eröffnete auf Piaskowa Góra die erste legale Wechselstube (ein Dollar für dreitausend polnische Zloty). Dominika hing bei Episoden von *Reich und Arm* ihren Tagträumen nach, in denen sie die da auf dem Bildschirm war und Adaś der Senator Rudy Jordache. Dann fiel ihr ein Ort ein, der größere Intimität versprach als die Terrasse oder der Friedhof.

Das von den Deutschen hinterlassene Palmenhaus erhob sich am Rand der Stadt zwischen staatlichen Kartoffeläckern und rachitischen Obstgärten, ein Paradies unter Glas, noch oder schon unbewohnt, sich selbst überlassen und voll tropischer Pflanzen, aus denen das Kondenswasser tropfte wie ein ewig nieselnder Monsun. Dort standen hübsch anzusehende Bäume wie zum Beispiel verwilderte Bananenstauden, die winzige Früchte hervorbrachten, und Dattelpalmen. Es gab Lianen und riesige Büschel rhabarberartiger Blätter, Blumenkelche mit aufgestülpten Lippen, faulende, mit hellroten Gräsern bewachsene Stämme und Wassertümpel mit grüner Entengrütze, aus der von Zeit zu Zeit große Luftblasen stiegen, als atme ein Tier langsam und regelmäßig am Grund. Morsche Bänke standen hinter Vorhängen aus dem Engelshaar exotischer Weidenbäume, auf den Steinwänden eines dunklen Tunnels wuchs hellblau schimmerndes Moos, und der mit Feuchtigkeit vollgesogene Holzboden gab weich unter ihren Schritten nach. Den Zugang verwehrte ein Schild mit der Aufschrift »Zutritt verboten. Einsturzgefahr«. Im Winter machten die umliegenden Grundschulen Ausflüge zum Palmenhaus, gerne kamen auch Deutsche aus dem einen oder anderen Castrop-Rauxel, von denen manche sich noch daran erinnerten, wie das Palmenhaus vor vielen Jahren ausgesehen hatte, kurz nach seiner Errichtung, als das spiegelblanke Glas so strahlte, dass es die Augen blendete. In lärmenden Gruppen schlugen sie sich durchs Dickicht, zertraten die abgefallenen Früchte und warfen Münzen in die Wassertümpel, damit sie wiederkommen würden, und wenn nicht sie, so ihre Enkel, um in diesem modernden, wirklich sehr unordentlich tropischen Miststall Ordnung zu machen, und sie wussten nicht, dass die Studenten der Breslauer Landwirtschaftshochschule, die hier ihr Berufspraktikum machten, alle Münzen bis auf den letzten Pfennig herausholten, sobald die Deutschen weg waren.

Dominika und Kaplan Adaś verabredeten sich am Rand von Piaskowa Góra, dort wartete sie auf ihn und sein Moped. In der irrigen Annahme, sie könnten die Klatschbasen überlisten, rasten sie zum Palmenhaus, um gleich, wenn geöffnet wurde, dort zu sein. Ihnen folgte ein kleiner Fiat, der in der Eisenbahnunterführung in Szczawienko fast ins Schleudern kam. Märzschnee fiel in großen Flocken wie Wattefetzen und verwischte die Umrisse der beiden Mädchengestalten, die sich hinter den Zeitungskiosk duckten. Dominika und Adaś gingen mit zehn Minuten Abstand ins Palmenhaus, beide mit schuldbewusst gesenktem Blick. Die Tausend-Zloty-Eintrittskarten zur Glückseligkeit hatten sie schon in den Händen zerknüllt, als sie sich in der feuchten Hitze und dem Geruch nach feuchter Erde fanden und verliebt und verschwitzt Jacken und Pullover abstreiften. Außer ihnen war noch niemand da. Dominika verließ als erste den Besucherpfad und zog Kaplan Adaś unter eine Bananenpalme, die sich unter der Last eines auf ihr lehnenden Baums mit regenschirmgroßen Blättern krümmte. Dort lutschten sie gemeinsam das letzte Mentosbonbon mit Erdbeergeschmack aus Dominikas Tasche, indem sie die glatte Pastille abwechselnd einander in den Mund schoben. Sie küssten sich und zertraten Blumen aus allen Gegenden der Welt, die sie einst vielleicht bereisen würden oder auch nicht, stießen an Baumstämme, die rauh, schorfig oder glasglatt waren, zerknickten Zweige und fielen fast in einen Tümpel, unter dessen Entengrützenschleier noch ein rostiger Pfennig vom letzten deutschen Rentnerausflug lag. Die Gefahr, in dem Tunnel mit Leuchtmoos auszurutschen, machte ihnen keine Angst, denn Kaplan Adaś hatte längst entschieden, dass das, was ihm geschah, ein Abrutschen in den Abgrund war, während Dominika meinte, jede Liebe sei Schlinge und Abgrund, sechshundertzweiundzwanzig Stürze des Bung und die Bretter zwischen den Häusern, auf denen Talita balanciert, denn sie war achtzehn Jahre alt und las Stachura, Witkacy und Cortázar. Sie fielen auf den weichen Boden, wo sie sich aus ihren beiden Jacken ein perfektes Lager machten. Zuallerletzt nahm Kaplan Adaś den Kollar ab, aber Dominika schaffte es nicht mehr bis zu den Armeestiefeln. Kurz darauf beugte er sich über Dominika wie in seinem Traum, sein magerer Bauch berührte ihren mageren Bauch, seine rosigen flachen Brustwarzen ihre dunklen und aufgerichteten, und mit einer Entschlossenheit, deren Beben er bis ins Rückenmark spürte, zeigte sie ihm den Weg. Während sie Hand in Hand aus dem Palmenhaus liefen und ihr Glück größer war als ihr Schuldgefühl, hatten Jagienka Pasiak, Edytka Kowalik und Irena Chloryk auf der Terrasse des Babel zwei anderen Mädchen etwas erzählt, wovon diese die Augen so weit aufrissen wie Klapperschlangen, bevor sie zustoßen.

18 Für Jagienka Pasiak gab es nichts Schlimmeres als die Zahnsteinentfernung, die ihr Vater mit einer Rasierklinge an ihr vornahm. Es war viel schlimmer als das Knien auf trockenen Erbsen. Auch wenn das eine wie das andere nur zu ihrem Wohl war, in dem Augenblick, in dem sie die Schmerzen hatte, war es in weiter Ferne. Alle ein, zwei Monate rief ihr Vater: Komm, zeig mir die Zähne, dann musste sie sich zwischen seine Beine knien und den Mund weit öffnen. Der Vater schaute ihr ins Innere, dann war sie sein, von innen und von außen, er drehte ihren Kopf hierhin und dorthin und befand: Schon wieder Stein angesetzt. Er griff nach der Rasierklinge, die er längs entzwei gebrochen hatte, so war sie handlicher. Halt bloß die Zunge still! befahl er warnend, und sie fühlte sich am Speichel würgen, den sie nicht schlucken konnte. Das Blut schmeckte nach Eisen, nach Tatar, die Tränen nach Salz. Danach träumte sie, dass sie den Mund voller Rasierklingen hatte und sie nicht ausspucken konnte, weil sie zwischen den Zähnen steckten und darauf warteten, ihre Zunge in Scheibchen zu schneiden.

Zum achtzehnten Geburtstag bekam Jagienka von ihrem Vater einen gebrauchten kleinen Fiat, mit dem sie zur Schule fahren konnte, und sie wusste, dass im Leben etwas Besonderes auf sie wartete, sie wusste nur noch nicht, was. Ihre Zähne waren weiß und ohne jeden Zahnstein, ihr Körper rosig, verschlossen und kalt wie eine Puppe. Ab und zu sagte sie bei einer Schulfeier ein Gedicht auf, sie sah hübsch aus und spürte, wie sich etwas in ihr vorbereitete, was nur das bisher unentdeckte künstlerische Talent sein konnte. Kaplan Adaś müsste das Besondere an ihr sofort bemerkt haben, denn sie standen auf ähnlichem Niveau, was ihre Außergewöhnlichkeit betraf. Er hätte sich direkt auf sie stürzen und sie wie ein Schatzkästlein aufschließen müssen, dann wäre ihre ganze Außergewöhnlichkeit daraus aufgestiegen wie ein Schwarm Schmetterlinge.

Ganz anders lagen die Dinge hingegen mit Zbyszek Lepki. Ein so besonderes Mädchen wie Jagienka Pasiak konnte einer wie Zbyszek Lepki nur deshalb haben, weil sie sich erniedrigte und ihn erhöhte. Sie sorgt dafür, dass sich mindestens einmal in der Woche die Gelegenheit zu einer weiteren Erniedrigung und Erhöhung bietet, und sie gibt Zbyszek zu verstehen, was er mit ihrer Person verlieren kann. Jagienka wusste nicht, dass Zbyszek Lepki vor allem immer die Frauen haben wollte, die er gerade nicht hatte. Sofort nachdem er es mit Jagienka gemacht hatte, dachte er an Iwona und ihre weißblonden Puppenlocken. Er streichelte den Arm des Mädchens, das auf seiner Brust lag, aber das Streicheln galt schon einer anderen, und er überlegte, wie lange er noch so würde liegen müssen, bis er aufstehen und das Hotel Sudeten verlassen konnte. Wenn er mit seiner jungen Frau vor dem Fernseher saß und selbstgemachte Fritten mit Ketchup aß, dachte er wiederum, er würde doch gern ein bisschen ausgehen, weg von zu Hause und den Fritten, vielleicht zu Jagienka, die nun einmal zur Verfügung war. Jagienka war wie Bier und ein polnischer Fußballsieg, wie der Schrei Tooor! Iwona war eher wie Balsam für die Seele, wie Stille, wie ein Bier draußen im Schrebergarten, wenn es Frühling wird. Jagienka kam immer angerannt, weil sie sich verspätete, sodass er eher ärgerlich war als erwartungsvoll, Jagienka sagte: Schnell, los, schlag mich, aber fest, so fest du kannst, man darf nur nachher nichts davon sehen. Iwona zupfte ihm die Haut von den sonnenverbrannten Schultern und stand sogar mitten in der Nacht auf, um ihm Wurst mit

Zwiebeln zu braten, sobald er sagte, er hätte Lust darauf. Zbyszek wollte sie beide, immer genau die, die er gerade nicht zur Hand hatte, und beide würde er gerne zurücklassen, wenn er bloß in den Krieg ziehen könnte, als Berufssoldat. Zuerst waren sie zusammen, Jagienka, Tochter des Milizkommandanten Sergiusz Pasiak höchstpersönlich, und er, ihr Freund, der ein paar Mal vor der Polizei abgehauen war, es dann aber einmal nicht schaffte und danach einen Monat den Hintern in Kräutern baden und mit Katzenfell umwickeln musste, weil sie ihm mit dem Knüppel so auf die Nieren geschlagen hatten. Aber das mit den Nieren war halb so schlimm, sie versauten ihm das Führungszeugnis mit einer Vorstrafe. Deshalb musste Jagienka sich offiziell von ihm trennen, nachdem der alte Pasiak sie einmal zusammen im Haustor erwischt hatte. Der ging zu den Lepkis und beschwerte sich, Zbyszek würde seine Tochter auf Abwege bringen und vom Lernen abhalten, und sie hätten für ihre Tochter eine andere Laufbahn und eine andere Zukunft geplant als einen Freund in der Berufsschule. Sie hatten eine herrliche und besondere Zukunft für sie, maßgeschneidert, sie brauche sich gar nicht den Kopf darüber zu zerbrechen, denn wenn man älter ist, weiß man besser, woraus das Geld gemacht ist. Kommandant Pasiak hatte die Absicht, seine von Zbyszek abgeschleppte Tochter wieder dorthin zu schleppen, wo ihr Platz war, und ging es nicht mit Güte, so brauchte er Gewalt. Deshalb trug er Uniform und hatte den Knüppel am Gurt, als er zu den Lepkis ging. Ein sauberes Führungszeugnis, wenn Zbyszek schwor, die Tochter von Kommandant Pasiak ein für alle Male in Ruhe zu lassen. Vielleicht hätte Zbyszek sein Wort sogar gehalten, denn er träumte von einem netten Krieg und einer nagelneuen Kalaschnikow, mit der er zehn Feinde auf einmal niedermähen konnte, egal ob Neger oder Gelbe. Jagienka aber war gegen das Einhalten des Versprechens, sie setzte Zbyszek sogar unter Druck. Sie konnte ihrem Vater zum Beispiel sagen, dass er, Zbyszek, ihr immer noch nachstellte, sie im Dunkeln am Fahrstuhl schikanierte und ihr die Hand unter den Rock steckte. Er hatte sie sogar so in den Schenkel gekniffen, dass sie hier, ja, genau hier, noch einen blauen Fleck hatte. Und wem würde Kommandant Pasiak wohl glauben? Na, wem wohl?

Bei der Disko im Genossenschaftshaus auf Piaskowa Góra stand Zbyszek an der Wand und hielt Ausschau, wen er hier statt Jagienka aufgabeln könnte, blond sollte sie sein, nicht zu dick, nicht zu dünn, am besten mittel. Da kam Iwona Śledź herein, in einer neuen Frisur, lockenköpfig wie die Schlagersängerin Urszula mit ihrem Pusteblumen-Hit, und mit einem Haarband in rosa oder hellblau, so verändert, dass er sie kaum als seine Nachbarin im Babel erkannte. Später erzählte Iwona Dominika, Zbyszek Lepki habe nicht nur zweimal langsam mit ihr getanzt, sondern auch gefragt, ob sie am Samstag Zeit hätte, wenn ja, könnten sie in *Der Mann mit der Todeskralle* mit Bruce Lee gehen. Danach lud er Iwona auf eine Baiserkreme ins Café Babórka am Markt ein. Was für ein Glück, dass Iwona sich noch vor der Kreme auf die Zunge gebissen und Zbyszek nicht gesagt hatte, dass sie *Den Mann mit der Todeskralle* schon zweimal gesehen hatte, denn was hätte er dann von ihr gedacht, und bestimmt hätte er eine andere eingeladen. Dominika solle sich also nicht verplappern, sonst würde die sozusagen fertige Zukunft in sich zusammenfallen wie ein Kartenhaus, und jeder hat ja nur eine Zukunft, mit Ausnahme von ein paar Glückspilzen aus der BeErDe oder Schauspielern und Schlagersängern. Als sie draußen auf der Treppe standen, um sich abzukühlen, hatte Zbyszek ihr gesagt, dass sie ihm schon in der Schule gefallen hatte, denn er mag Blondinen, und er gehe schon lange nicht mehr mit Jagienka Pasiak. Er sagte auch, dass diese ersten Sünden begraben waren, und was einmal war und nicht mehr ist, käme auch nicht ins Vorstrafenregister. Und auch, dass er sich von Iwona angezogen fühlte, und er wollte wissen, ob sie sich auch von ihm. Von da an fuhren Iwona und Zbyszek im selben Autobus, denn sowohl zur Friseurschule als auch zur Mechanikerfachschule fuhr man mit der Linie null oder fünf. Bald darauf wurde Iwona schwanger, und die Anziehungskraft ließ etwas nach, sodass man sie mit dem Band der Ehe verknüpfen und beringen musste. Sie sammelte Kissenüberzüge, Untersetzer, Tellerchen, und er kniff ein Auge zu und zielte mit dem Finger auf die Spatzen auf der Fensterbank ihres Ehezimmers. Ehefrau Iwona fürchtete nichts so wie den Krieg, in den zu ziehen Zbyszek sich immer mehr wünschte. Sie zogen bei Herrn und Frau Śledź ein, die ihre Tochter zwar Zbyszek zur Frau gegeben hatten, sie aber samt Schwiegersohn und einem dicken Bauch voll mit den strampelnden Ärmchen und Beinchen der werdenden Patricia zurückbekamen.

Ein solches Leben war mit Sicherheit weit unter dem, was auf Jagienka Pasiak unter dem Weihnachtsbaum wartete. Es war ein gewöhnliches Leben, fernab von ihren Ambitionen, die allerdings so hoch angesiedelt waren, dass Jagienka selbst sie längst aus den Augen verloren hatte. Das gab sie Zbyszek zu verstehen, doch ob sein Verstehen auf einem ihren Worten angemessenen Niveau war, bezweifelte sie, er brachte jedenfalls nichts dergleichen zum Ausdruck, sagte nur: Du bist vielleicht eine durchgeknallte Nudel. Das komplizierte Besondere an Jagienka Pasiak hätte wirklich nur Kaplan Adaś verstehen können, sonst niemand. Auf dem Sofa saß Jagienka neben ihrem Papa, und etwas brachte sie dazu, ihren Arm unter seinen zu schieben und den Kopf an seine Brust zu legen, wo sie den

Papageruch nach Salz und Fleisch einsog. Sie schaute auf Papas Hand, die mit schwarzen Härchen bedeckt war und aussah wie ein seltsames fünfbeiniges Tierchen, das jederzeit aufwachen und sich zur allmonatlichen Inspektion des Zahnsteins auf ihren Mund stürzen konnte. Sie dachte an Dominika und Kaplan Adaś, gerne hätte sie das Tierchen auf sie gehetzt. Um ihn zu erschrecken, dass ihm die Augen aufgingen, und um sie zu beißen. Das wollte sie. Dominika, diese blöde Bohnenstange.

Jagienka ließ in der Schule nach, ihre Haut sah ungesund aus, sie war aufgedunsen, als durchbreche etwas, das sie von innen aufblähte, die Schranken und ließe bittere und gallige Bosheit aus ihren talgigen Poren treten anstatt des künstlerischen Talents, das wahrscheinlich noch tiefer verborgen lag. Kommandant Pasiak bestrafte sie hart für die drei neuen Vierer auf dem Halbjahrszeugnis, dazu noch so kurz vor dem Abitur, und Jagienkas Knie waren so geschwollen, als wäre sie darauf nach Tschenstochau und zurück gerutscht. Anstatt zu lernen, hing Jagienka Tagträumen von Unfällen nach, bei denen Dominika umkam und Kaplan Adaś leicht verwirrt überlebte, denn das konnte ihm die Augen für seinen Irrtum und die Erniedrigung öffnen. Sie klaute schluckweise beißenden Cognac aus der Hausbar, und so erwärmt stellte sie sich vor, wie sie Kaplan Adaś' bewusstlosen Kopf auf den Knien halten, wie er die von ihren Tränen benetzten Augen aufschlagen würde. So süß waren diese Träume, doch mit der Wirklichkeit hatten sie nichts zu tun. Jagienka war es, die hinter dem Grabengel stand, als Dominika und Kaplan Adaś aneinandergelehnt saßen und sich unterhielten, während ein grünlicher Schein wie ein Schwarm Johanniskäfer ihre Gesichter erhellte. Sie lächelten! Sie war es, die hinter dem Auto der Lepkis hockte, als Kaplan Adaś den Babel betrat, und sie folgte ihm Schritt für Schritt über die Terrasse, bis die geschlossene Tür des Trockenbodens sie von dem trennte, das ihr anstatt Dominika beschieden sein sollte. Mit Edyta Kowalik und Irenka Chloryk sauste sie in ihrem kleinen Fiat der grünen MZ hinterher, auf der sich Dominika an Kaplan Adaś' Rücken schmiegte. Adaś' Namen führte sie immer im Munde, sie spickte damit ihre Sätze, die sie an Bekannte wie Fremde richtete, bis Zbyszek fragte: Was ist denn mit euch los, ihr dummen Nudeln, dass ihr so in dieses schlappschwänzige Kaplänchen verliebt seid? Unter bebendem Gekicher und mit roten Flecken der Aufregung dachte sie sich mit Edytka und Irenka alle möglichen Szenarios aus, wie sie Dominika aus dem Weg räumen könnte, und plantschte in seichten Bädern der Genugtuung, weil ihre Vorschläge immer am raffiniertesten waren.

Als sie zur Osterbeichte in der Schlange vor Hochwürden Postroneks Beichtstuhl stand, die wesentlich kürzer war als die für Kaplan Adaś, hatte Jagienka einen plötzlichen Einfall, der sie in die Magengrube traf. Hochwürden Postronek saß in dem dunkelbraunen Beichtstuhl wie die Füllung in der Schokolade und döste mit aufgestütztem Kopf, gewiegt vom Raunen der Sünden. Solange er nur aufwachte, um die Bußaufgabe zu erteilen und im entsprechenden Moment zu klopfen, mochte der Fluss nur fließen, den seine Gegrüßetseistdus und Vaterunser sowieso nicht aufhalten würden. Eine Pfütze voller Dreck und Fleischfetzchen trat langsam unter dem Beichtstuhl aus, die Beichtwilligen in der Schlange mussten die Füße heben, um ihre Ausgehschuhe nicht zu beschmutzen, besonders Jagienka sorgte sich um ihre neuen Pumps mit Schleife. Als sie an der Reihe war, stand die Pfütze schon fast kniehoch, und sie musste ihren von Modesta Ćwiek nach einem Burdamuster genähten Rock schürzen. Hochwürden Postronek döste vor sich hin, in Träume von der heiligen Urszula versunken, und meinte deshalb anfangs, er sei noch im Traum, als ihm die Woge des Jungmädchenflüsterns ins Ohr schwappte. Kaplan Adaś? Er riss den Kopf hoch. Sein Stolz und Stellvertreter? So eine Verleumdung! Konnte dies wahrlich die Wahrheit sein? Kaplan Adaś und eine Jungfer? Auf der Terrasse vom Babel, gar nackt, entehren sie vor aller Augen die Heiligkeit? Auf dem Moped, auf dem Friedhof, im Palmenhaus geben sie sich der Unzucht hin? Im Palmenhaus? Wahrlich, wahrlich im Palmenhaus! Gut, dass sie zu ihm gekommen ist, ein Glück, dass sie neben ihren Sünden auch fremde gebeichtet hat, doch er, als der Geistliche, der die Beichte abnimmt, ist unter strengster Strafe einschließlich Exkommunikation dazu verpflichtet, absolutes Stillschweigen zu wahren. Doch sicher sei diese Information direkt in Gottes Ohr gedrungen, und also werde er beten, denn zur Beichte kommen die Menschen im Hinblick auf Gott und das ewige Leben. Und sie solle nachher zu ihm in die Sakristei kommen, wo sie sich unbelastet von der Schweigepflicht des Beichtstuhls unterhalten könnten, vielleicht würden sich die sündigen Seelen noch retten lassen. Jagienka sieht, dass sie Erfolg gehabt hat, das Wort ist Fleisch geworden, und eine Woge, dick wie Suppe, trägt sie direkt vor den Altar, wo sie bebend die ihr aufgetragene Buße aufsagt, und bald glaubt sie selbst an ihre guten Absichten.

Von diesem Tag an setzt Hochwürden Postronek Adaś nach, obwohl dieser schwer einzuholen ist, und jede Unternehmung auf den Spuren des Kaplans endet mit Atemnot. Anstatt zu einem Gläschen Feigenlikör in den Heiligenviten zu lesen oder seinen Steingarten zu pflegen, für den er sogar aus Breslau neue Sukkulentensorten besorgt hat, schleicht er barfuß im Pfarrhaus umher, um zu hören, wenn das Telefon im Flur klingelt. Er hebt ab, bevor die Haushälterin oder Adaś es zum Telefon schaffen, und auf sein Hallo antwortet eine verblüffte Stille, Adaś hält mitten im Schritt inne und macht ein Gesicht, als hole er tief Luft, um in ein Eisloch zu tauchen. Nach den Treffen der Katholischen Jugend späht Hochwürden Postronek durch die Gardinen des Pfarrhauses und sieht Adaś mit der Gitarre auf den Friedhof gehen. Kurze Zeit später läuft ein hochgewachsenes Mädchen, das sich aus der abziehenden Gruppe Jugendlicher gelöst hat, in dieselbe Richtung. Ihre Haare leuchten rötlich in der Sonne, sie trägt ein rotes Kleid, es sieht aus, als hätte sie Flügel, die Kastanien blühen, und der Weg unter ihren Füßen ist wie beschneit. Hochwürden Postronek sieht auch zwei andere Gestalten, die ihr folgen, und er erkennt die Tochter von Kommandant Pasiak. Hochwürden hat schon ein paar Jährchen auf dem Buckel, und ein paar fremde dazu, denn als er jünger war, hat er bei den Beichten nicht geschlafen, und das Leiden anderer drückte ihn zu Boden, doch von Psychologie versteht er nichts. Er will Kaplan Adaś retten und meint, die Kräfte des Guten und des Bösen seien in dieser Geschichte klar getrennt. Er überlegt, wer noch auf seiner, der guten Seite steht. Er ist gleichsam der Schutzengel, der darüber wacht, dass das Kindlein nicht von dem schmalen Steg stürzt, den es unaufgefordert betreten hat. Er wartet abends und hört, wie die Haustür leise geöffnet wird und Adaś, der um diese Zeit längst daheim sein und dort bleiben müsste, hereinschlüpft. Er schnuppert und weiß nicht, woher dieser Geruch nach feuchter Streu in den Zimmern kommt, wo es vorher nur nach Bohnerwachs und Schimmel gerochen hat. Leise schlurft er in Filzpantoffeln durch das Pfarrhaus und wacht über den Schlaf, in dem Adaś von Dominika träumt.

Eines Samstags im Mai verspätet sich Adaś zur Begrüßung seiner Mutter, die wie jeden Monat einen Korb mit Leckereien bringt, gestopft mit Mutterliebe. Das ist noch nie vorgekommen. Die Unruhe des alten Priesters nimmt Leokadia mit allen Fasern ihres Körpers auf, der, mit Millionen Saugnäpfchen der Mutterliebe ausgestattet, in Abwesenheit ihres einzigen Sohnes nichts aufzusaugen hat. Die Angst ihres Mannes vor dem Reisen hatte sich im Alter zu einer regelrechten Agoraphobie ausgewachsen, vom Anlegen der Saugnäpfchen an ihn konnte keine Rede sein, im Gegenteil, man hatte alle Mühe, ihn abzuschütteln und aus dem Haus zu kommen; der einzige Vorteil war, dass er keine Fische mehr nach Hause brachte.

Leokadias ganze Hoffnung richtete sich auf ihren Sohn, den Kaplan. Sie hatte ihm Seife, Konfitüren und Küsse gebracht, zwei Paar Unterhosen und Baumwollunterhemden, die so schwer zu bekommen waren, und drei Gläser mit marinierten Pilzen, Schneckchen mit Fleckchen. Doch Adaś ist immer noch nicht da, der alte Pfarrer seufzt und verdreht die Augen, sagt etwas von dem Weg, von dem man leicht abkommen kann, von der Hölle und Sünden des Fleisches. Das Tratschfetzchen, das wie ein verwehtes Bonbonpapierchen bis zu Leokadia nach Breslau geflogen ist, gewinnt an Gewicht, und Hochwürden Postronek begreift, dass sein wichtigster Mitstreiter im Kampf um Adaś' Seele hier vor ihm sitzt und in einem beigen Polyesterkostüm schwitzt. Man musste besonnen vorgehen. Zweifellos muss dem, was zwischen Adaś und dieser Person, wie Leokadia das ihr unbekannte Mädchen nennt, vorgeht, ein Ende gesetzt werden. Es könnte ja noch so weit kommen, dass diese Person schwanger würde, dann wäre Adaś auf immer an sie gebunden. Mutter Leokadia ist deshalb für sofortiges Eingreifen und bereit, dieses eigenhändig vorzunehmen, selbst wenn dabei Blut fließen müsste. Sie schüttelt den ondulierten Kopf, dass die Schuppen rieseln wie Sporen aus dem Hut von einem alten Pilz. Der alte Priester weiß aus Erfahrung, dass das nicht gelingen wird und rät zu Vorsicht. In einem selten aufgesuchten Winkel seiner Erinnerung trägt er eine gewisse Urszula, derentwegen er vor dreißig Jahren aus einem hübschen Städtchen in Ostpolen nach Wałbrzych versetzt wurde. Ihm fällt Dominikas rotes Kleid ein und der schmelzende Schnee der Kastanienblüten, er fühlt, dass die Mutterliebe das nicht wird aufwiegen können. Er hat deshalb den Plan, Adaś von ihr zu trennen, indem er ihn auf einen dreimonatigen Studienaufenthalt nach Italien schickt. Adaś träumte doch vom Vatikan! Von all den Museen, den Kirchen! Wenn man ihn wegholte, ohne ihm eine gleichzeitige Bindung fern von ihr zu geben, könnte die Trennung nicht vollständig und dauerhaft sein. Leokadia wägt notwendiges Abwarten und das Risiko einer Schwangerschaft dieser Person gegen den strahlenden Glanz eines in Italien studierenden Kaplanssohnes ab, womit sie ihre Nachbarn im Breslauer Mietshaus umhauen könnte. Das Bündnis ist geschlossen. Im Empfangszimmer des Pfarrhauses wartet Hochwürden Postronek gemeinsam mit Leokadia Wawrzyniak auf den verlorenen Sohn Adaś, und jedes Ticken der Uhr dringt in beider Körper wie Pfeile.

19 Während Dominika und Adam im Palmenhaus saßen und sich ihre Zukunft ausmalten, machte sich Ignacy Goldbaum auf den Weg in die Vergangenheit. Er stand auf dem Flughafen LAX und verabschiedete sich von seinen Kindern. In der Tasche hatte er einen Brief von Zofia, in dem sie ihm riet, sich warm anzuziehen, Sommer hin, Sommer her, in Zalesie waren die Abende kühl, und von der Pełcznica wehte ein Wind. Er sog den Geruch des Papiers ein, und es schien ihm, als rieche er den Dachboden und Äpfel. Sie hatten zweimal telefoniert; in der Telefonkabine auf der Zalesier Post hatte Zofia in den Hörer geschrien, während Ignacy sie kaum verstehen konnte, und das ganze Dorf hörte mit, wer da aus Amerika die alte Maślakowa anrief. David, Ignacys ältester Sohn, der seiner verstorbenen Mutter glich, sagte: Pass nur auf in diesem fernen Polen und vergiss deine Medikamente nicht. Dem Jüngeren, Joshua, standen die Tränen in den Augen, und die Tochter, frischverliebt in einen Mathematiker aus Polen, fiel Ignacy im letzten Augenblick um den Hals, bevor eine Gummischnur sie zurückriss wie einen Jojo.

Das Flugzeug löste sich vom Boden. Nicht voneinander lösen konnten sich hingegen Dominika und Adaś – die Intensität ihrer Treffen ging inzwischen auf Kosten der Vorsicht. Dominika würde in ein paar Tagen nach Zalesie fahren, um ihren Großvater kennenzulernen, und wenn sie zurückkam, würden die Koffer für ein neues Leben in Warschau gepackt. Jadzia gab sich entrüstet und wollte Ignacy nicht kennenlernen, seit dem letzten Jahr erklärte sie immer wieder, dass ihr Vater als Held im Krieg gefallen sei, mit Apfelblüten beschneit hätte er am Ufer der Pełcznica gelegen, als schliefe er, alle hatten sich gewundert, dass sein Gesicht gar nicht aufgedunsen war, so frisch hatte er ausgesehen. Einen anderen Vater brauche sie nicht, besten Dank. Sie nannte Ignacy »diesen Juden aus Amerika«, und ihrem Unwillen widmete sie ebenso viel Zeit wie Dominika ihrem Willen, den Großvater zu treffen. Dominikas Bereitwilligkeit und Jadzias Unwilligkeit waren Pole, die sich anzogen, aufeinanderprallten und auseinanderfuhren, um einander dann aus sicherer Entfernung wieder entgegenzusausen. Soll Dominika doch hinfahren, wohin sie will, aber wenn schon, dann soll sie sich von ihrer besten Seite zeigen und sich diese wilden Haare kämmen. Ein bisschen herrichten soll sie sich. Und bloß nicht in diesen Männertretern fahren, was wird dieser Jude aus Amerika von ihr, Jadzia, denken, in was für ein ungünstiges Licht würden diese Treter sie denn stellen, jetzt, wo sie ohnehin nicht mehr weiß, wo sie steht, weil ihr der Boden unter den Füßen schwankt. Pumps, ein Kleid, vielleicht mit Rüschen, das braucht Dominika, wenn sie – nur aus Trotz gegen die Mutter – unbedingt fahren will. Vielleicht wird sie dieser Jude aus Amerika mal zu sich einladen? Er ist ja immerhin Arzt, gutsituiert, ohne so einen Rückhalt ist der Mensch ja ein Nichts. Nur die wilden Haare soll sie sich doch irgendwie … Damit sie weiblicher aussieht, nicht wie ein Homodingsbums.

Oma Halina, die ihrem eigenen Äußeren gegenüber so gleichgültig war, dass sie mit der Wollmütze auf dem kahl gewordenen Kopf und in dem unsterblichen Kittel mit den Affen, Tigern und Elefanten einkaufen ging, machte sich auf ihre Weise Gedanken über das Aussehen der Enkelin. Mit dem Gespür, an dem es Jadzia mangelte, gab sie Dominika einen Rock und ein Kleid, als wären es wertlose Lumpen: Ob sie diesen Mist vielleicht brauchen könne? Dominika gefiel die schwarze Lederjacke, die im letzten Paket aus der BeErDe angekommen war, und mochte sich gar nicht von ihr trennen, sie ahnte ja nicht, dass der Mann von Grażynka Rozpuch sie ihr gekauft hatte, Hans Kalthöffer, der persönlich mit der Hand über das Material gestrichen und das teuerste Modell ausgesucht hatte.

Grażynka Kalthöffer de domo Rozpuch vergaß die Menschen nicht, die gut zu ihr gewesen waren. Da es von diesen in ihrem Leben nicht viele gegeben hatte, musste sie ihr Gedächtnis nicht sonderlich anstrengen. Ihre alte Nachbarin Halina hatte bei ihr den Rang einer älteren Schwester und wunderte sich bei jeder ihr von Grażynka erwiesenen Freundlichkeit, dass sie wirklich ihr galt. Als Grażynka das Mietshaus in Szczawienko verlassen hatte, schloss Halina nie wieder mit jemandem Freundschaft, und an einsamen Abenden gedachte sie des Klapperns der zur Anprobe eilenden Absätze, die in ihrer Küche den Takt der neuesten Modeschlager klopften. Gezwungen, sich eine feste Arbeit zu besorgen, war Grażynka im Sanatorium in Szczawno Zdrój gelandet, wo sie dank einer Stelle als Geschirrwäscherin ihre Kinder bei sich behalten konnte, nach denen die Sozialfürsorge schon die Krallen ausstreckte.

Im Kurort Szczawno bei Wałbrzych hatten einst Könige und Kaiser ihre Magengeschwüre und Nerven auskuriert, auf der Promenade im Kurpark flanierten, Mineralwasser nippend, der griechische König mit dem rumänischen oder mit dem Zar von Bulgarien, doch nach dem Krieg erlosch der alte Glanz, und die Kurgäste hatten jetzt dreckige Fingernägel und abgetragene Hemden. Die Eleganz der Promenade und der Kurhalle ruhte auf den Schultern von Jeremiasz Mucha, der nach jahrelanger Abwesenheit wieder in die Gegend von Wałbrzych zurückgekehrt war. Begleitet von einer Band, sang er beim Dancing im Weißen Saal, und die weiblichen Kurgäste waren begeistert, jeden Abend eine frische Blume im Knopfloch und diese Stimme, diese Stimme, das ist was anderes als diese modernen Schreihälse. Das einstmals deutsche Sanatorium verfiel, mausgroße Kakerlaken ließen es sich in den Feuchtzonen von Küche und Lagerräumen gut gehen, und die Grażynka zugewiesene Wohnung in einer für viele Familien aufgeteilten einstmals deutschen Villa war kaum größer als ein Schrank. Doch das verdarb ihr nicht die gute Laune, und sie legte ihre zwölf Quadratmeter mit werweißwo aufgetriebenen Matratzen aus, dem Ersatz für Betten, Schränke und andere Einrichtungsgegenstände, die sie sich nicht leisten konnte. Auf diesem königlichen Lager hüpfte sie mit ihren Kindern, die weder ihr noch einander glichen, bis zur Decke, und in dem Durcheinander von Kleidern, Schulheften und Schminkutensilien konnte man nur mit Hartnäckigkeit oder Glück finden, was man gerade suchte. Abends brachte sie Essen mit, das aus der Sanatoriumsküche in alle Richtungen weggetragen wurde, und es gab Picknick auf den Matratzen. Angelockt vom Duft der Hühnchenbeine und Frikadellen, kamen andere Bewohner der Villa und schlossen sich ihnen an, darunter auch Jeremiasz Mucha, der einzige Mensch, der Grażynka Frau Grażynka nannte. Danach schlief Grażynka mit den an sie geschmiegten Kindern ein, umgeben von Hühnchenknochen und Bonbonpapieren, und ihre Träume waren immer voll von den schönen Dingen, die vielleicht noch geschehen würden.

In einer weißen Schürze mit dem Aufdruck Staatliches Sanatorium Nr. 1 Szczawno Zdrój spielte Grażynka auf den Kochkesseln, schlug im Takt mit den Bratpfannen, und sie brauchte sich nur zum Einsammeln des schmutzigen Geschirrs aus dem Durchreichfenster zu lehnen, schon trat ein Strahlen auf die Gesichter der Magengeschwürler, Nervösen und Hinkenden, als wären sie mit Glanzspray besprüht. Sonntags ging sie in ihre besten, noch aus Halinas Werkstatt stammenden Nuttenaufmachungen gekleidet um die Kurhalle spazieren, denn neue Kleider konnte sie sich nicht leisten; samstags abends machte sie sich auf zum Dancing im Weißen Saal, und dort war sie Hans Kalthöffer aufgefallen.

Hans Kalthöffer kam jedes Jahr nach Szczawno Zdrój, um seine Gesundheit zu stärken und das Haus wiederzusehen, das vor dem Krieg seiner Familie gehört hatte. Davon bekam er neue Magengeschwüre, denn anstatt eines modernen und sauberen Landwirtschaftsbetriebs herrschten dort Dreck und Sauerei wie bei *Hempels unterm Sofa**. Hans wollte nichts zurückhaben, ganz im Gegenteil, er wollte helfen, die Hand ausstrecken zur Versöhnung, doch sobald die dort wohnende Familie seiner ansichtig wurde, ließen sie den Hund von der Kette, verbarrikadierten sich im Haus, stellten sich hinter die Gardinen und behielten den Fritz von dort aus im Blick. Wenn sie ihn nur einmal erklären ließen, was er wollte, wenn sie ihn nur einmal reingelassen hätten, anstatt von weitem mit der Axt zu drohen, dann hätte er ihnen gezeigt, wie man Ordnung macht. Nach einem weiteren solchen Besuch saß Hans eines Tages an seinem Tisch und sann über diese Verwahrlosung nach – wie konnte man soviel Sand herbeischaffen und Bretter stapeln und dann zulassen, dass alles mit Gras und Unkraut überwucherte und verfaulte? –, als Grażynka den Weißen Saal betrat. Sie trug ein rotes Kleid mit weißen Punkten, hatte die Haare hochaufgetürmt wie eine Torte aus purer Schokolade, und ihre Augenlider zierte ein ganzer Regenbogen. Und wie sie tanzte! Das war reine Bewegung und Rhythmus, Hüften, Brüste und die weißen Tupfen, die übers Parkett rollten wie Perlen, nach denen man sich nur zu bücken brauchte. Hans Kalthöffer

* Im Original deutsch

schluckte seinen Ärger herunter, rückte seine Goldrandbrille zurecht und fasste den Mut, Grażynka zu einem langsamen Tanz aufzufordern. Obwohl sie einen Kopf größer war als er und sich ihr Alter aus der Nähe betrachtet unter der dicken Puderschicht nicht ganz verbergen ließ, wusste er bereits, dass er diese Frau haben wollte, sie und keine andere. Er störte sich nicht an dem Gerücht, das Grażynka überall hin auf dem Fuße folgte wie ein an der Schuhsohle klebengebliebener Kaugummi, ja es bestärkte ihn sogar in seiner Liebe. Auch die Tatsache, dass Grażynka drei Kinder hatte, machte ihm nichts aus, und der Umstand, dass niemand väterliche Ansprüche auf sie erhob, beruhigte ihn geradezu. Er würde sie zu seinen Kindern machen, sie aufpäppeln und mit seinem deutschen Herzen lieben, er, Hans Kalthöffer, ein nicht mehr taufrischer, aber noch einwandfrei verwendbarer Junggeselle und Schweinezüchter, der eine hochmoderne Küche zu Hause hatte und ein Badezimmer, das sogar mit Bidet ausgestattet war. Grażynka würde es dort wie im Paradies haben, denn die Schweineställe waren sauber und gestankfrei, sie brauchte nur noch Ja zu sagen.

Drei Monate später war Grażynka in Bayern, und nach zwei Jahren sprach sie so gut deutsch, als habe sie diese Sprache mit der Muttermilch eingesogen. Beim alljährlichen Bierfest verkleidete sie sich als Schäferin und verkaufte dicke Scheiben Schinken, an ihrem Stand war die Schlange immer am längsten.

Schon gleich zu Anfang stellte sie ihre Sprachkenntnisse unter Beweis, denn sie verstand, als Frau Korn *polnische Schweine* sagte, und vermöbelte sie vor der Kirche so, dass Frau Korn in die Blumenrabatten fiel. Von da an belästigte sie nicht nur niemand mehr, sie wurde sogar eingeladen, im Planungskomitee für das Bierfest zu sitzen. Als Grażynka im Alter von sechsundvierzig Jahren – und das waren nur die, die sie zugab – einen Sohn zur Welt brachte, der aussah wie eine Miniaturausgabe von Hans, übertrug ihr Mann ihr die gesamten Finanzen des Betriebs, anstatt ihr wie bisher ein monatliches Taschengeld auszuzahlen. Anfangs zählte Frau Kalthöffer die Stellen der Zahlen mehrmals durch, weil sie nicht glauben konnte, dass man soviel besitzen kann und dass ihr zugefallen war, was andere so nötig brauchten.

Grażynka machte sich keine Illusionen, dass sich dieser nervöse Mann mit den kurzen Fingern und dem Bierbauch vollkommen selbstlos ihrer angenommen hatte, denn solche Wunder gab es nicht mal in der BeErDe. Ihr ganzes Leben lang hatte sie erfahren, dass Männer etwas von ihr wollten, aber meistens nicht wussten was, und ihr dann böse wurden, weil sie, Grażynka, es auch nicht wusste oder, schlimmer noch, es wusste und nicht sagte. Hans allerdings wusste, was er wollte: Er fühlte sich schuldig, und die in Liebesspielen aller Art erfahrene Grażynka war dazu da, ihm dieses Schuldgefühl zu nehmen. Ein kritisches Niveau war erreicht, wenn er das Foto seines Vaters aus der Schublade zog, der in Gestapouniform vor der Zakopaner Berglandschaft posierte. Grażynka verstand es, Hans klarzumachen, das sie ihn natürlich fesseln und auspeitschen könne, dass es sein Schuldgefühl aber bestimmt erleichtern würde, wenn er von Zeit zu Zeit ihrer Schwester Halina in Polen ein Päckchen schickte, denn sie hatte durch den Krieg sehr gelitten. Hans war etwas verwundert über dieses plötzliche Auftauchen einer Schwester, wo Grażynka doch Einzelkind war, aber er hätte alles für sie getan. Und als die Enkelin der Schwester eines Sommers dringend Hilfe brauchte, wurde Hans Kalthöffer vor freudiger Hilfsbereitschaft ein paar Zentimeter größer.

Beim Anblick des ersten Pakets, das der Briefträger Halina brachte, bekam diese vor Schrecken fast einen Herzanfall, bevor sie den Absender sah. Niemals hatte sie Sohn oder Schwiegertochter verraten, dass sie mit Grażynka in Kontakt geblieben war, denn ihr Eidechsenkörper spürte in wesentlich stärkerem Maße als andere Wahrnehmungsorgane, dass ein geradezu unanständiges Geheimnis in dem Umstand lag, dass diese Schwesternschaft ihr von Anfang an mehr Freude gemacht hatte als das Ehefrau- und Muttersein. Von Grażynka wusste nur Dominika, die anfangs meinte, diese leibliche Schwester der Oma in der BeErDe sei genauso erfunden wie die Gräfin Großherr. Wenn wieder ein Päckchen kam, packten sie zusammen die Milkaschokoladen und Tobleronen aus dem raschelnden Papier, die Gummibärchen, Marlboroschachteln und Dosen mit orangeroter Fantalimonade, die wie süße kleine Springbrunnen aufschäumte. Nicht einmal Dominika jedoch wusste von dem Geld, das versteckt in Glückwunschkarten oder zwischen den Fotos der Familie Kalthöffer eintraf. Halina klebte die Fotos in das Album der Alten aus dem Zug und schrieb Grażynka lange Briefe, während sie das mit den deutschen Schweinen verdiente Geld in ihrem Schrank unter dem Zuckersack versteckte, den sie weiterhin für den Kriegsfall dort lagerte. Die eleganten Kleider und Blusen, die Grażynka ihr schickte, machte sie auf einem Markt in Breslau zu Geld. Alle paar Monate fuhr sie dorthin, sehr zur Freude ihrer Stammkundinnen, von denen es beim Handeln nur wenige mit ihr aufnehmen konnten. Manchmal fragte Halina ihre Enkelin, wie viel beispielsweise hundertfünfzig Mark bei uns wären?, aber Dominika war so daran gewöhnt, dass die Familie ihre Rechenkünste als eine Art Zirkusnummer betrachtete, sie wäre im Traum nicht auf die Idee gekommen, diese Summe existierte wirklich.

Als Dominika einen Platz an der Universität bekam, überwies Halina ihr stolz die erste Miete für die Wohnung, wo ihre geliebte Enkeltochter wohnen sollte. Im Unterschied zu Jadzia wusste sie, dass Dominika zur Prüfung nicht nach Breslau, sondern nach Warschau gefahren war, denn sie, Halina, hatte persönlich die Fahrkarte bezahlt und belegte Brote für die lange Reise geschmiert, sowohl für ihre Enkelin als auch für Małgosia Lipka, um die sich zu Hause niemand kümmerte. Małgosia bekam einen Platz in Medizin und Dominika in Mathematik. Von der verbotenen Liebe ihrer Enkeltochter hatte Halina aus dem Mund von Jadzia erfahren, die das Gefühl hatte, dass sie mit so etwas nicht zu Krysia Śledź und erst recht nicht zur Lepka gehen konnte, die sie schon seit längerem so vielsagend angrinste, wenn sie ihr im Fahrstuhl begegnete. Nichts als Probleme mit den Kindern, seufzte die Lepka dann, kaum haben sie noch in die Windeln geschissen, da haben sie schon ihre Mutter zur Oma gemacht. Jadzia hatte das Gefühl, dass die Lepka damit nicht nur ihren eigenen Sohn Zbyszek meinte, der Iwona Śledź geschwängert hatte, denn die Geschichte zwischen Dominika und Adaś war außer dem Zusammenbruch des Kommunismus das Interessanteste, das sich im Babel ereignete.

Getuschelt wurde darüber in den Schlangen vor den leeren Läden, wo die Tratschfetzen gegen die Ladentheke klatschten wie die erträumten Nacken, Lenden und Koteletts. Die beiden ersten, die schon um vier Uhr morgens dastanden und ihre Gutscheine für die Fleischausgabe bereithielten, fingen damit an – diese Lange Dünne vom Babel, wo der Vater an Krapfen erstickt war, die sollte was mit dem Kaplan haben. Nein, nicht an Krapfen, nicht an Krapfen, mir hat eine erzählt, dass ihm eine Pirogge im Hals steckengeblieben ist, versetzte die dritte, die für die vierte einen Platz in der Schlange freihielt. Also wirklich, mit dem Kaplan? Die muss ja gewissenlos sein. So eine Sünde! So eine Schande! Wenn hundert vor dem Eingang zur Fleischausgabe standen, dann war hinten schon ein neues Gerücht entstanden, bevor das erste bis dorthin vorgedrungen war. Wenn das von vorne und das von hinten aufeinandertrafen, gab es einen blutigen Zusammenprall, als wäre der Lieferwagen mit Schweineleber explodiert, die zum Verdruss der Madonnen von der Fleischausgabe anstelle von Fleisch angeliefert worden war. Also, immer treibt sie sich mit dem Kaplan in den Ecken rum, ich sag Ihnen, angeblich ist sie schon schwanger, einen Bauch soll sie schon haben. Ach was, schwanger, was reden Sie denn da, sie war schwanger, aber sie hat es sich wegmachen lassen. Abtreibung? Aber ja, beim Lipka. Eine hat sie gesehen, wie sie rauskam, und hat meiner Schwägerin erzählt, wie sie da ging, also wirklich, als wär sie zusammengewachsen mit dem Lipkamädchen, und ich sag Ihnen, das ist auch eine Schande. Und wieder eine hatte von einer anderen gehört, aber von einer, der man wirklich glauben konnte, dass diese schwarze Bohnenstange es nicht nur mit dem Kaplan trieb, sie machte auch mit der Tochter vom Lipka herum, wie wenn die ein Mann wäre. Mit dem seiner Tochter? Ja, ist die denn so ein Homodingsbums? Kann eine Frau denn auch so falsch herum sein? Aber wie ging das denn? Irgendwie wird's schon gehen, hahaha. Zu spät bemerkten sie Jadzia, die, wie es ihre Gepflogenheit war, still neben der Schlange stand, um im entsprechenden Moment eine Schwachstelle zu durchbrechen und sich mit einer solchen Miene zwischen fremde Gesäßbacken und Bäuche zu klemmen, als stünde sie dort schon seit ewigen Zeiten, Körper an Körper gezwängt. Leberflecke bedeckten Jadzias Gesicht, und sie hatte keine Ahnung, wie sehr sie inzwischen ihrer Mutter glich, wenn sie aufgeregt war. Mein Gott, was für eine Schande vor den Leuten, und am Sonntag wird es kein Fleisch geben!

Jadzia scherte aus der Schlange aus und rollte durch den Busch in Richtung Szczawienko. Sie war entschlossen, mit ihrer Schwiegermutter ein Bündnis zu schließen, denn es gibt Momente, in denen Verwandtschaft mehr zählt als alles andere, insbesondere zwischen Frauen, die so gut miteinander auskommen. Halina wunderte sich über den unverhofften Besuch ihrer Schwiegertochter, in der Regel sahen sie sich nur beim sonntäglichen Mittagessen abwechselnd bei der einen und der anderen, das reichte ihnen. Als Jadzia dann auch noch in Tränen ausbrach und sich ihr weinend an den Hals warf, da war es nun wirklich zu viel. Mamilein, kannst du nicht auf Dominika ein bisschen Einfluss nehmen? Sie überzeugen, dass sie sich selbst und ihrer Mutter das Leben versaut? Und dann auch noch mit einem Kaplan, immer diese Spinnereien, anstatt mit einem normalen Jungen. Dann muss dieser Adaś eben aufhören Kaplan zu sein, wenn er lieber Liebe will! Damit quittierte Halina Jadzias Enthüllungen und paffte einen Cumulus aus Zigarettenrauch. Jadzias Plan, mit Hilfe der Schwiegermutter Dominikas sündiger Beziehung ein Ende zu setzen, war ein Reinfall.

Halina ging nur anlässlich von Taufen, Hochzeiten und Beerdigungen in die Kirche und hoffte, sie würde das Nahen ihres eigenen Todes früh genug spüren, um noch rechtzeitig hingehen zu können und für ein ewiges Leben zu sorgen. Sie verschob diesen Augenblick immer wieder, weil sie lieber zu Hause saß, Zigaretten rauchte, Bilder ins Album der Alten aus dem Zug klebte oder lange Briefe an Grażynka schrieb, zumal ihr vorläufig nichts fehlte, von einem gelegentlichen Kratzen im Hals einmal abgesehen. Doch jetzt ging sie in die Ostermesse, um sich den jungen Kaplan anzusehen, und als er sich so vor dem Altar hin und her bewegte, sich umkleidete, mit den Händen wedelte, da tauchte Wowka, der lang vergessene Akrobat, aus

Halinas verrauchtem Gedächtnis auf. Wowka, wie er leibte und lebte, und so gutaussehend – über die Jahre hatte er im Verborgenen Schönheit, Stattlichkeit und Schliff erwerben können, und seine Augen waren denen von Adaś wirklich ähnlich. Anstatt nun Arm in Arm mit Jadzia zu versuchen, Dominika dieser Affäre zu entreißen, sie herauszuziehen wie eine Rübe aus der Erde, konzentrierte Halina sich darauf, die Beziehung zwischen Adaś und der Kirche zu kappen, und als ihre Enkeltochter den Studienplatz bekam, war der Plan fertig. Dominika und Adaś würden nach Warschau fliehen, die vielen Mark unter dem Zuckersack würden für den Anfang reichen.

Im Palmenhaus, auf der Bank am Tümpel, in dem an jenem Tag noch all die Pfennige leuchteten, die der letzte Rentnertrupp hineingeworfen hatte, erzählte Dominika Adaś von Warschau. Ihre Wohnung war klein, ein Zimmer mit fensterloser Küche in einer Vorortsiedlung, aber die Hauptsache war doch, dass sie zusammen sein würden. Und unten im Haus gab es Geschäfte, ein bisschen Grün. Sie würde mit dem Sechzehner Bus zur Uni fahren, er würde ohne Probleme eine Arbeit finden. In Warschau warteten sie ja nur auf Adaś, der so schön sang, erstarren vor Bewunderung würden die Leute, wenn sie ihn hörten. Vielleicht könnte er eine Gruppe gründen? Oder in einer Schule arbeiten? Und in der Freizeit Theater, Parks, gemeinsames Kuchenbacken. Sonntags natürlich in den Łazienki-Park, Kaffee, Enten füttern. Warschau war eine wunderbare Stadt. Wirst du es dir auch nicht anders überlegen, Adaś? Seltsamerweise hatte Dominika – möglicherweise unter dem Einfluss des Weins, den sie mit Małgosia zur Feier der bestandenen Aufnahmeprüfung getrunken hatte – Warschau als die Stadt gesehen, die Ignacy Goldbaum geliebt hatte. Die schrecklichen Straßen, die in kein Zentrum führten, erschienen ihr voller Verheißung, die erhaltenen alten Mietshäuser in der Innenstadt mit ihren nach Urin stinkenden Eingängen und dem Gemäuer, das porös war wie ein alter Bimsstein, kamen ihr romantisch vor – was hatten sie nicht alles gesehen! Und die Altstadt, die war einfach märchenhaft, Eis in Kugeln mit Vanille-, Erdbeer-, Schokoladengeschmack, und dieser Schauspieler, der den *Czterdziestolatek* gespielt hatte, spazierte dort einfach so herum.

Während Dominika immer entschlossener wurde und bei Cepelia Keramikvasen und Tischdecken für die sonntäglichen Mittagessen in Warschau kaufte, kämpfte Adaś mit seinem Gewissen und begriff allmählich, dass alle, einschließlich seiner Mutter, längst von dem Geheimnis wussten. Durchs Telefon spürte er ihren Zorn, er hörte, wie die passend zum Lippenstift lackierten mütterlichen Fingernägel auf die Tischplatte trommelten, und harte Kügelchen trafen ihn mit der Heftigkeit von Donnerschlägen. Hätte er nicht mit Gewalt sein Ohr vom Hörer gerissen, Leokadia hätte ihn eingesogen wie einst in der Cocktailbar Vitaminka den Eiskaffee durch den Strohhalm, während der kleine Adaś in seinem Kuchen stocherte und zuschaute, wie die mit einer weißen Sahnehaube gekrönte Flüssigkeit in seiner Mutter verschwand. Adaś betete um ein Zeichen und wusste sich keinen Rat, da er zwei Dinge wollte, und zwar beide gleichermaßen: mit Dominika zusammen sein und Priester bleiben. Wenn er allein war, betete er und kaute sich die Fingernägel ab, und einmal unterzog er sich sogar einem nicht besonders erfolgreichen Versuch der Selbstgeißelung. In Erinnerung an die von seinem Vater, dem Ingenieur, angefertigte Geißel bastelte er sich ein Imitat, entkleidete sich bis zur Gürtellinie, holte aus – und erwischte die Gipsmadonna. Es krachte, und er hatte eine halbe Stunde damit zu tun, die Scherben zu beseitigen, weil der Kopf der Muttergottes hinters Sofa gerollt war.

Beim zweiten Mal klappte es besser, was ihm eine gewisse Erleichterung verschaffte.

Hochwürden Postronek kam Adaś gegenüber immer öfter auf das Thema des Zölibats zu sprechen. Nach dem Abendessen saßen sie meistens noch eine Weile im Esszimmer, wo Adaś auf der Gitarre klimperte und Hochwürden über seinen Märtyrerinnenviten oder einer Gartenzeitschrift döste. Ihre Gespräche berührten praktische Dinge, das undichte Dach oder die Frage, wie man den Blumendieben auf dem Friedhof das Handwerk legen könnte. Seit einiger Zeit jedoch hatte Hochwürden Postronek die Angewohnheit, tief Luft zu holen und ohne jede Warnung auf Adaś einen Wortstrom loszulassen, der wie die Luft aus dem Gebläse des Staubsaugers roch. Das Zölibat war die Nachahmung Christi, der keine Ehefrau hatte und sich allgemein von Frauen fernhielt. Die Nachahmung Christi sei doch Adaś' Ziel. Unbeweibt zu bleiben für das himmlische Königreich, wie der heilige Matthäus schreibt. Und der heilige Paulus schreibt auch irgendwo, dass derjenige, der den Bund der Ehe eingegangen ist, den weltlichen Dingen anhängt und sich bemüht, bei seiner Frau Gefallen zu finden. Die Frucht des Zölibats ist doch, selbst wenn sie spät zur Reife gelangt, ein ganz unirdischer Friede im Herzen. Das ist ein anderer Friede, als ihn Ehefrau und Kinder geben. Das Zölibat ist etwas, das den Menschen schon auf Erden vom Leben der Engel kosten lässt. Der Engel! Das ist wie im Himmel, wo man weder eine Frau zur Gattin noch einen Mann zum Gatten nimmt, wie der heilige Matthäus schreibt. Ein solcher Friede ist herrlich. Das Zölibat ist doch fürwahr ein köstliches Geschenk und keine Buße, dessen solle Adaś gewahr sein. Doch der Teufel führt einen in Versuchung, oh, wie führt er in Versuchung! Ins Verderben führt er in Gestalt des Weibes. Man muss sich schützen. Wie? Indem man unnötige Versuchungen vermeidet. Vermeidet! Nicht von unkeuschen Dingen spricht. Im Fernsehen, in Büchern solches nicht betrachtet, nichts liest, was die Reinheit in Gefahr bringen könnte. Auch nicht in der Zeitung. Nicht an Dinge denken, die die Reinheit beflecken. Das sei schwierig? Fürwahr, das ist der Kampf mit der Natur! Mit dem sündigen Körper. Jede Versuchung ist eine Probe, auf die Gott uns stellt. Wenn man die Sechzig überschritten hat, hört es auf, Adaś würde also nur noch wenig mehr als dreißig Jahre damit zu tun haben.

Adas wurde unter dem Einfluss der Worte von Hochwürden weich, schon sah er sich selbst an seiner Stelle, in innerem Frieden die Viten heiliger Märtyrerinnen lesend und seinen Garten pflegend, und vielleicht würde er sogar Bischof, wie es seine Mutter erträumte. Er musste Schluss machen! Mit diesem Vorsatz brach der erweichte Adaś zu dem nächsten Treffen mit Dominika auf, doch sobald sie in der Ferne auftauchte, spürte er den Bananengeschmack des Lippenglanzes auf ihrem Mund, der zu ihm sprach: Du bist es, Adaś. Dominika will sich nicht als Probe und Versuchung sehen. In der Logik der mathematisch begabten Achtzehnjährigen kann ein guter Gott nicht die Mentalität von Onkel Kazimierz haben. Er rechnet nicht mit dem Bleistift in der Hand, er kalkuliert nicht, er steckt keine mit List erworbenen Guttaten ins Sparschwein. Diese Liebe ist keine Probe, sondern eine Gabe, Gott zeigt Adaś einen anderen Weg, mit Dominika, ihrem gemeinsamen Zuhause, Warschau. Zusammen werden wir mehr Gutes bewirken als du allein. Jeden Sommer Ferien in den Bieszczaden, Besuche in Kinderheimen, in Dorfschulen, es wird wunderbar. Du und die Gitarre. Ich kann Mathematik unterrichten. Du wirst eine Familie haben, sag doch selbst – kann ein guter Gott wollen, dass du unglücklich bist? Der Trennungsvorsatz drückte Adaś noch ein bisschen, verflüchtigte sich aber schnell unter der Berührung von Dominikas Händen, er sah sich schon Arm in Arm mit ihr durch Warschau wandern, von dessen Straßen sie erzählte, als habe sie ihr halbes Leben dort verbracht und nicht drei Tage mit Aufnahmeprüfungen für die Universität.

Als der Sommer nach Piaskowa Góra kam – ein Sommer, der so trocken war, dass die Bäume vor Staub grau waren und der Himmel schwefelgelbe Funken regnete –, fiel ihre Entscheidung. Sie würden zu zweit fahren. Erst Zalesie, dann Warschau und ein neues, gemeinsames Leben, das auf sie wartete. In drei Tagen, am zehnten Juli.

20 Janek Kos erkannte ihn sofort. Obwohl er im Sosenka ziemlich tief ins Glas geguckt hatte, bestand für ihn nicht der geringste Zweifel, als er vor seiner Kate stand und auf die Straße zum Bahnhof schaute. Die Zeit, die ihn angefressen und ausgespuckt hatte, war mit Ignacy Goldbaum gnädig umgegangen,

Wie gerade er ging, wie eine Kerze. An einem Werktag gekleidet wie für den Sonntag, mit Hut und Stock. Da, wo das Leben Janek Kos gewalkt und geknüllt hatte, hatte es den anderen glattgeschliffen. Was es diesem genommen hatte, das hatte es jenem gegeben, und jetzt, zu guter Letzt, wurde klar, worauf es hinauslief. Ignacy Goldbaum hatte es, ihm war zugefallen, was Janek Kos durch die Finger geronnen war. Wie er da über die Straße vom Bahnhof kommt, mit einem Lederkoffer, bestimmt hat er ein Vermögen darin und kein Mäusenest. Der Koffer ist so schwer, dass er seinen Arm nach unten zieht. Einfach so, mit Hut, spaziert er durchs Dorf, allen zum Hohn, die wie Janek Kos nie einen Hut gehabt haben. So ein Hut, das ist eine Verspottung anderer, ein Auf-sie-Herabschauen. Ein Fremder ist er, doch er geht wie über sein eigenes Land, und mit einer Selbstverständlichkeit, als wäre er erst gestern hier entlangspaziert. Als wären noch die Abdrücke seiner Füße da, dabei ist fast ein halbes Jahrhundert vergangen.

Janek Kos wartete ein wenig ab, dann machte er sich im Schutz des Schattens auf, Ignacy hinterher. Nervös rieb er mit dem Fingerknöchel über die Narbe in seinem Gesicht. Er war dabei, als das Gartentor quietschte, das Licht auf der Veranda anging, als Zofia aus der Tür trat und in dem goldenen Viereck der Tür ein paar Sekunden still vor Ignacy stand. In ihrem hellblauen Kleid, als ginge sie zur Osterweihe, was hätte er darum gegeben, dass sie für ihn und nicht für den Fremden in dem blauen Kleid aus der Tür getreten wäre. Als sich die Dunkelheit auf den Garten senkte, schlich Janek Kos durch das offene Gartentor und hockte sich ins Dickicht des Phloxes unter das Fenster. Durch das angelehnte Fenster verstand er nicht genau, was sie redeten, und das, was er nicht hören konnte, erfüllte ihn mit Hass. Er hatte die Schlinge um Maniek Gorgóls Hals gelegt, er hatte Würste und Kalbsnacken gebracht, bis nach Brzezina war er frühmorgens um vier gelaufen, um die schönsten Steinpilze für sie zu finden, und immer hatte er die Schuhe geputzt, bevor er zu ihr ging. Und der da, der nie etwas für sie getan hatte, konnte einfach so reingehen, mit Hut und Stöckchen wie ein Herr. Über vierzig Jahre war er nicht hier gewesen, und jetzt marschiert er dort hinein, als hätte er das Haus eben erst verlassen. Kazimierz Maślak hatte recht gehabt, da kommen sie mit ihren Ansprüchen, als gehörte ihnen die Welt, die Koffer haben sie voller Gold und tun so, als hätte man ihnen das Haus abgebrannt, ihnen alles weggenommen, sie zu Lampenschirmen gemacht. Lügen! Eine Verschwörung ist das!

Über Janek Kos' Kopf bewegt sich plötzlich etwas, Zofias oblatenweiße Hand zieht den Fensterladen zu und verriegelt ihn. Was für eine Stille ringsum. Nur in der Ferne irgendwo bellt ein Hund, ein Insekt, das aufgewacht ist, summt in den dichten Blumen. Ausgesperrt haben sie ihn, im Dunkel stehen gelassen, keine Dankbarkeit für all die Jahre mit Wurst, Pilzen, Kalbsbrust. Sie verachten ihn. Wegen seines vergeudeten Lebens, des undichten Dachs, des Kartoffelkäfers, der ihm wieder die Kartoffeln wegfrisst, das dritte Jahr schon an einem Stück, wegen seiner Kinderlähmung, der Narbe, der Tränen, die jetzt fließen und für die es keine Linderung gibt.

Hätte Janek Kos mit seinen Blicken die von Borkenkäfern angefressene Holzwand durchdringen können, hätte er gesehen, dass Zofia und Ignacy einander gegenüber saßen wie in jener ersten Nacht, sie auf dem Schemel, er auf dem schmalen Bett. Über dem Bett hängt der Christus so wie damals und ein Foto von Dominika im Kommunionkleid, das damals noch nicht dort hing. Er hätte gesehen, wie ein weißhaariger Mann in großen Zügen Milch aus einem Becher trank und die Frau ihm zuschaute, als stillte diese Milch den Durst, der seit fast einem halben Jahrhundert in ihr brannte. Zofia steht auf und nimmt Ignacy an der Hand, sie legen sich auf das schmale Küchenbett, auf dem Zofia all die Jahre geschlafen hat. Den Tisch, auf dem Maniek Gorgól sie vergewaltigte, hat sie in Stücke gesägt, leider kann sie nicht die Abneigung, die sie wegen Maniek Gorgól für ihr eigenes Kind empfand, genauso zersägen. Was Ignacy ihr gab, war wie ein Geschenk, das zu lange im Verborgenen gelegen hatte, um aufzuwiegen, was der andere ihr weggenommen hatte, aber sie würde versuchen, das Verlorene aufzuholen. Wie so ein Olivenbäumchen wohl aussah? Wie ein Apfelbaum? Oder ein Birnbaum? Morgen will sie Ignacy fragen, er wird es wissen. Das gestärkte Bettzeug knistert wie Sand, als sie sich hinlegen, es ist warm, tief und weich sinken sie hinein. Das Bett ist wirklich schmal, der Strohsack mit Stroh gefüllt, am Fußende ein Wandbehang mit den aufgestickten Worten: Morgenstund hat Gold im Mund. In den Schränken knabbern Mäuse an den Kaninchenfellen, die Kleider verschwinden in den durchsichtigen Mäulchen der Motten, lautlos blättert der Putz von der Wand, Modriges wirbelt in winzigen Fetzchen durch die Luft. In dem Spiegel im Flur erscheint eine Gestalt, an die Zofia sich gewöhnt hat, früher hielt sie es für ihr eigenes Spiegelbild, aber jetzt, da ihre Augen nicht mehr so scharf sehen, ist sie sich nicht mehr ganz sicher – vielleicht ist es ihre Mutter Jadwiga, vielleicht ihre Tochter Jadzia, manchmal kommt es ihr vor, als sehe sie ihre Enkelin, aber älter, ernster, und eine Hälfte ihres Gesichts im Dunkel. Jetzt schaut sich die Gestalt um, als suche sie jemanden, und ihr Mund formt ein Wort, das unausgesprochen bleibt, die sonst grünliche Oberfläche des Spiegels verfärbt sich rot, glüht auf, und das Bild verschwindet. Zofia riecht nach saurer Suppe mit Zwiebel und nach Matthiolen, obwohl sie zu diesem besonderen Anlass die Haare mit dem neuen Palmolive-Shampoo gewaschen hat.

Gebückt und sein krankes Bein hinter sich herziehend, humpelt Janek Kos durch das Dorf so schnell er kann. Es ist eine trockene, heiße Nacht, Rauch steigt von dem mit Herdasche bestreuten Weg, die Fenster der Häuser, an denen er vorbeigeht, sind schon dunkel. Ignacy schläft zuerst ein, er träumt von dem Apfel, den Zofia ihm vor fast einem halben Jahrhundert auf den Dachboden gebracht hat. Janek Kos stolpert in seinen Hof und versetzt dem Hund einen Tritt. Er öffnet die Tür und tastet nach der angebrochenen Flasche Wodka, trinkt in großen Schlucken daraus. Dann greift er unter den Tisch, wo zwischen Pappschachteln, Lumpen und schimmligen Brotrinden der Benzinkanister steht.

21 Jagienka Pasiak kann nicht begreifen, wie es geschehen konnte, dass die Kommission der Aufnahmeprüfung für Polonistik an der Universität Breslau ihre Außergewöhnlichkeit nicht erkannt hat. Sie ist durchgefallen. Lauter Homodingsbums und neidische alte Jungfern in unmodischen Schuhen saßen in der Prüfungskommission. Andererseits – vielleicht wäre so ein Studium gar nichts für sie gewesen. Alle großen Gestalten hatten es am Anfang schwer. Sie waren unverstanden, weil sie ihren Zeitgenossen so weit voraus waren. Herbert zum Beispiel – oder war es Miłosz? – hatte in einer Torfstecherei gearbeitet. Marylin Monroe war Halbwaise und hatte einen schiefen Biss, bevor sie entdeckt und begradigt wurde.

Vorläufig jedoch hatte der Vater Jagienka eine Stelle bei einem Bekannten verschafft, einem Prothesentechniker, dort würde sie ein Praktikum machen und nebenbei im Fernstudium Medizin, denn ein Papier muss man haben, sie wird es ihm noch danken, sie wird noch begreifen, was im Leben zählt, denn was die Leute brauchen, sind falsche Zähne und nicht Gedichte. Jagienkas Widerstand zerbricht wie ein ausgeblasenes Ei, solange sie ihre Füße unter den Tisch von Kommandant Pasiak streckt, ist sie nicht zu alt, um auf Trockenerbsen zu knien oder mit der Rasierklinge Zahnstein entfernt zu bekommen. Sie geht jetzt mit Jacek Byliński, einem angehenden Polizisten und Untergebenen ihres Vaters, dessen Segen er hat, ihre Schnurrbärte sind ähnlich, und sie tragen den gleichen Knüppel. Mit Zbyszek Lepki lacht Jagienka über Jacek Byliński und deutet mit der ihr eigenen Subtilität an, dass er rasend eifersüchtig sein müsste, doch Zbyszek bemerkt dazu nur, er hätte jetzt gern Grillhähnchen, lieber Schenkel als Brust, mit Fritten und Ketchup. Jagienka trifft sich mit Edyta Kowalik und Irena Chloryk, die so deutlich weniger haben als sie, dass Jagienka eine halbe Stunde lang im seichten Tümpel ihrer Schlagfertigkeit und witzigen Beobachtungsgabe plantschen kann. Sie erzählt den beiden all das, was ihr geschehen sollte, als wäre ihre herrliche Zukunft ein auf eigenen Wunsch verschobener Picknickausflug. Sie wiederholt Zbyszeks Worte und erzählt von Dingen, die sie gerne hätte, als wären sie wirklich passiert. Sie streicht sich die Haare aus der Stirn, ihre Lippen glänzen wie eine aufgeplatzte Kirsche, sie lacht, als Edyta sagt, du bist ja vielleicht durchgeknallt. Sie trinken süßen Wein und Kirschwodka und rauchen Carmen-Zigaretten, nach denen der saure Speichel schäumt wie Seifenlauge, sie fahren in dem kleinen Fiat durch Wałbrzych und überlegen sich, was Hochwürden Postronek wohl machen wird, um Adaś und Dominika zu trennen. Edyta und Irena bewundern Jagienkas Einfallsreichtum, ihren Mut. Sie trinken auf dem ehemaligen deutschen Friedhof in dem Dorf Dziecmorowice bei Wałbrzych, und Jagienka tanzt auf einem eingesunkenen Grab, zieht faulige Blumen aus den steinernen Vasen und sagt, sie sei Ophelia. Wo bist du Hamlet? In einem Grab auf dem evangelischen Friedhof finden sie einen halb mumifizierten Rumpf ohne Kopf, der die Hände auf der Brust gekreuzt hat und aussieht wie eine schlafende Fledermaus. Kommt, wir nehmen ihn mit und legen ihn vor die Kirche, lacht Jagienka. Edyta versucht, es ihr nachzutun, Irena hat manchmal Angst, was daraus werden soll, und denkt, sie würde lieber ins Kino gehen oder Musierowicz lesen, das wäre friedlicher als auf dem Friedhof zu sitzen, doch Widerspruch liegt nicht in ihrer Natur. Er liegt irgendwo, wo sie nie hingelangen wird, deshalb lacht sie und sagt: Wenn Kaplan Adaś uns jetzt sehen würde!

Jagienka weiß von Zbyszek Lepki nur, dass Dominika und Małgosia Lipka einen Studienplatz in Warschau bekommen haben. Diese Chmura, verfickt noch mal, die hat Köpfchen wie ein Kerl, sagt Zbyszek und versteht nicht, warum seine Liebste so wütend wird. Hab ich was falsch gemacht? fragt er, oder bist du schon ganz am Arsch? Jagienka fragt zurück, was würdest du tun, wenn ich jetzt rausspränge, würdest du um mich weinen? und lehnt sich aus dem Fenster im zehnten Stock des Hotels Sudeten, und er sieht ihr Gesicht verzerrt durch die unebene Glasscheibe, hässlich wie das Gesicht einer Wasserleiche, und er denkt: Spring ruhig, Alte, bloß nicht, wenn ich dabei bin.

Der Juli kommt mit einer Trockenheit, dass im Babel das Wasser knapp wird. Die Leute stehen mit ihren Eimern Schlange an den Wassertankwagen, zu müde und ärgerlich, um sich über einen weiteren Selbstmord zu freuen, zumal es bloß Ratte war, der runtergesprungen ist, und damit hatte man seit Jahren gerechnet. Die ganze Zeit weht ein Wind, der warm und stickig ist wie Menschenatem, er trägt Abfall und seltsame neue Gerüche herbei. Die Frauen beschweren sich, dass ihr Haar elektrisch ist, und tauschen Tipps aus, wie man es bändigen kann. Die Älteren, wie zum Beispiel die Lepka, behaupten, häufiges Waschen sei am schädlichsten, von diesen Spülungen würde das Haar nur noch fettiger, am besten man wäscht sich die Haare nicht, stäubt nur Mehl darauf, das zieht das Fett heraus, danach braucht man es bloß durchkämmen, und schon ist es sauber. Jagienka geht zu Iwona, um sich Strähnchen färben zu lassen. Da sitzt sie mit einer grünen Badehaube auf dem Kopf, und Iwona zieht mit der Häkelnadel Strähnchen durch die Löcher in Jagienkas neuer Gummihaut. Jagienka gefällt Iwonas Farbe, wirklich schön, so eine Farbe wollte sie immer schon haben. Irgendwie sind sie früher nie dazu gekommen sich anzufreunden. Aber dafür ist es noch nicht zu spät. Natürlich nur, wenn Iwona will. Sie könnten doch mal zusammen einen Kaffee trinken? Oder Eis essen, am Babel? Super! Dann können sie quatschen. Iwona kann ja ihre kleine Tochter mitbringen. Patrycja – sie heißt doch so? Nennt sie sie Pati? Das hört sich elegant an. Sie, Jagienka, hat Kinder auch so gern, vor allem kleine Mädchen, doch ihre würde sie nicht Patrycja nennen, sondern Angelina oder Milena. Iwona hat wirklich Glück, sie hat einen guten Mann und so eine süße kleine Tochter, das sagt jeder. Wirklich. Warum in die Ferne schweifen, wenn man das Glück doch so nah finden kann. Sie will nie weg von hier, geht es ihnen etwa schlecht auf Piaskowa Góra? Vor allem, wenn man Freundinnen hat. Frauen brauchen eine verwandte Seele, die wie eine Schwester für sie ist. Iwona schmiert Perhydrol-Paste auf Jagienkas Haar und sieht sich selbst durch ihre Augen. Ein Glückspilz mit einem besonders schönen Blondton, befreundet mit Jagienka, der Hübschesten in der Klasse. Ihr gefällt das Bild, es ist etwas ganz Neues.

Am selben Abend erzählt Jagienka Edyta und Irena von dem Besuch im Friseursalon. Wie lächerlich ist doch diese dicke Kuh, dieses dumme Frauchen, Iwona, wie lächerlich und jämmerlich mit ihrem fetten hässlichen Balg, das ein Gesicht hat wie ein verschrecktes Ferkel. Aber Jagienka lässt sich nichts anmerken, o nein. Bald werden sie sich treffen, und Iwona gibt der neuen Freundin die kleine ganz in Rosa gekleidete Pati auf den Arm. Diese Jagienka, die muss Kinder wirklich gern haben, wie sie mit ihr redet, was für lustige Gesichter sie macht, nur schade, dass die Kleine die ganze Zeit heult. Iwona hatte Dominika versprochen, dass sie das Geheimnis für sich behält, aber als Jagienka sie fragte, da ist es ihr irgendwie so rausgerutscht, sie musste es sagen. Sonst hätte sie doch undankbar gewirkt. Du musst nicht, wenn du mir nicht traust, kein Problem, hatte Jagienka gesagt, und da hat sie es erzählt, es ging nicht anders. Dass sie zusammen nach Warschau durchbrennen wollen, Dominika und Adaś. Am zehnten Juli, mit dem Nachtzug. Iwona hätte nichts gesagt, wenn sie gewusst hätte, wie Zbyszek reagieren würde, weil er sie und Jagienka zusammen gesehen hatte. Was hat er gegen dieses Mädchen? Er hat sich wahnsinnig aufgeregt, dass sie sich mit Jagienka abgibt, er hat sie herumgeschubst und so geschrien, dass die Nachbarn an die Wand geklopft haben. Diese Hure soll es nicht mehr wagen, meine Tochter anzufassen, drohte er, vielleicht hatte sie wirklich einen Fehler gemacht. Am Abend ist er irgendwohin gegangen, hat die Tür hinter sich zugeknallt, davon ist Pati aufgewacht, und sofort ging das Gebrüll los.

Zbyszek ging zur Telefonzelle. Er hatte Glück, Jagienka war allein. Hast du Sehnsucht? lispelte sie. Es ist aus, sagte Zbyszek, er seufzte, als hätte er hundertvierzig Kilo abgeworfen, und hielt die Sache für abgeschlossen. Was für eine durchgeknallte Fotze war diese Jagienka, dass sie ihre Pfoten nach seiner Frau und seinem Kind ausstreckte, dass sie vermischte, was getrennt bleiben musste. Manchmal hat man die Nase wirklich gestrichen voll und will bloß noch in den Krieg, egal wohin, um alles zu vergessen.

Als Hochwürden Postronek den anonymen Brief mit Tag und Uhrzeit von Adaś' geplanter Flucht mit Dominika bekommt, ist die Abreise des jungen Kaplans nach Italien beschlossene Sache. Er muss sich nicht einmal in einen Pilgerbus quetschen, denn Mutter Leokadia hat das Geld für ein Flugticket lockergemacht. Es fehlt nur noch die Zustimmung des Reisenden selbst, der von seinem Glück noch nichts weiß. Adaś' Blick ist ganz abwesend, die ganze

Nacht brennt Licht in seinem Zimmer, aber er vernachlässigt nicht seine Pflichten. Seine Konzerte in der Kirche sind so gut besucht, als wäre Krzysztof Krawczyk persönlich nach Wałbrzych gekommen. Den ganzen Juni über Hochzeiten, jedes Paar fragte, ob Kaplan Adaś auch spielen würde. Wird Kaplan Adaś auch spielen? fragten die, die Taufen bestellten und diejenigen, die einen zu beerdigen hatten. Hochwürden Postronek betrachtet den jungen Kaplan und sieht sich selbst vor vielen Jahren. Sein früheres Ich und Adaś sind für denselben Weg bestimmt, daran hat Hochwürden keinerlei Zweifel. Das Ticket, ein gutes Wort, die nötigen Reiseutensilien – Leokadia Wawrzyniak weiß, was sie tut. Wer sollte es sonst wissen, wenn nicht die Mutter?

Als Adaś in Zivilkleidung, mit fast blutig glattrasierten Wangen aus seinem Zimmer tritt, wo er zwei Briefe hinterlassen hat, die nicht an ihre Adressaten gelangen werden, tritt ihm ein zweiköpfiger Drache entgegen. Mama, du hier? Der Mutterkopf trieft von Rotz und Tränen, der Hochwürdenkopf spuckt Wortpfeile aus, droht mit Höllenfeuer. Der doppelte Ansturm wirft Adaś aus der Bahn, aber er fällt nicht sofort. Er erhebt sich, bereit, dem Drachen die Stirn zu bieten, doch anstelle einer Lanze hat er nur eine stumpfe Campinggabel. Er sticht aufs Geratewohl zu, trifft nicht, höchstens mal eine Extremität des Drachens, die aus dem Kratzer schwarzes Blut absondert. Wenn er sich nur bis zur Tür durchkämpfen könnte, für einen Zweikampf wird ihm die Kraft fehlen, doch wenn er hinausgelangt, wenn er fliehen kann, dann wird er rennen, was die Beine hergeben, und er wird es schaffen. Der Drache wittert seine Absichten und ändert die Taktik. Anstelle von Drohungen gibt es jetzt Versprechen, es ist kein Drache mehr, sondern ein scharwenzelnder Hund mit einem großen starken Maul. Der Mutterkopf winselt, der

Hochwürdenkopf bellt: Italien! Vatikan! Karriere! Den Papst aus der Nähe sehen! Möge er doch ihre Worte nicht verwerfen, nicht von sich weisen. Sieht er nicht der Mutter Tränen? Ihr gebrochenes Herz? Auf der Mutterhand liegt ein blutiger Fetzen und zuckt. Das Herzelein aus der Brust gerissen! Hab Erbarmen, Adaś! Leokadia witterte seine Schwäche wie ein Jagdhund die erschossene Ente – ja, er wird nach Italien fahren! Nach Rom! In den Vatikan! Das Herz, das Herz wird ihm die Wahrheit zuflüstern, es wird ihm helfen, den richtigen Weg zu wählen. Sie wird ihn nicht aufhalten. Nur jetzt, in Hast, im Fieber, im Feuer der fleischlichen Begierde solle er nicht die Entscheidung treffen. Er soll fahren – nach Italien! Nach Rom! In den Vatikan! – und dort in aller Ruhe, fern von allem hier entscheiden, wie sein Leben weitergehen soll. Ach, diese herrlichen Kirchen, Berninis heilige Theresa, der polnische Papst dortselbst – es kann keinen besseren Ort zum Beten geben. Der Mutterkopf ist sich des Sieges schon gewiss, sie kennt ihr Kind nicht erst seit heute. Als Dominika mit dem Rucksack auf dem Rücken den Babel verlässt, ist Adaś überzeugt. Er lässt den Kopf auf die Brust hängen, in den Augen stehen ihm Tränen, im Koffer liegt ein Satz frischer Wäsche und ein Stück Grüner-Apfel-Seife, damit er dort in Rom auch blitzsauber ist. Die siegreiche Leokadia legt dem Sohn den Sicherheitsgurt an und fährt ihn in ihrem Lada zum Breslauer Flughafen.

Jagienka Pasiak ist enttäuscht, dass nur Edyta gekommen ist. Edyta ist immer auf Zustimmung eingestellt, Irena hat sich in der letzten Zeit etwas ferngehalten, das macht sie nervös. Sie braucht Publikum, um von dem Bruch mit Zbyszek zu erzählen, die Sache in die richtigen Worte und Gesten zu kleiden. Es darf nicht zu dramatisch klingen. Nein, sie muss es beiläufig fallen lassen, geradezu unwillig, ach, er ist mir langweilig geworden, ich langweile mich ja so schnell. Ich brauche immerzu neue Eindrücke, ich lebe geradezu von neuen Eindrücken, von starken Eindrücken.

Jagienka und Edyta trinken auf der Terrasse des Babel Wodka mit Himbeersaft und rauchen Carmen. Rauch und rosa Flammen im Rachen, ein Wind, der den Rauch zurück in die Himbeerschnäbel drückt. Sie spucken rosa Speichelblasen von der Terrasse des Babel. Jagienka hat das Gefühl, dass sie fliegen könnte, wenn sie wollte, sich über die Dächer von Piaskowa Góra erheben, sie singt leise: *Reiß der Gitter Zähne aus den Mauern*, während es Edyta ein bisschen übel ist. Als sie unten Dominika mit dem Rucksack sieht, ist sie nicht ganz sicher, ob es nicht umgekehrt ist: Steht sie vielleicht unten und Dominika mit dem Rucksack oben? Jagienka hat bessere Augen, guck mal, sagt sie, Adaś ist nicht an der Haltestelle. Er ist nicht gekommen. Ich wusste, dass er nicht kommen würde! Oder sie haben sich auf dem Bahnhof verabredet? Komm, schnell!

Jagienka torkelt vor Lachen, sie zieht Edyta hinter sich her, die nicht weiß, was so lustig ist, aber sie fängt auch an zu lachen und kann nicht aufhören. Sie steigen in Jagienkas Fiat, Edyta muss hinten sitzen. Du bist betrunken, du darfst nicht fahren, sagt Edyta, oder sie will es sagen, und das plötzliche Anrucken des Autos bewirkt, dass sie die Worte unausgesprochen runterschluckt. Im Rückspiegel sieht Edyta Jagienkas Augen, sie sind rosa wie der Speichel, den sie von der Terrasse gespuckt haben, und Edyta bekommt Angst. Es sind nur ein paar hundert Meter Schlangenlinie vom Babel, an der Bushaltestelle hält Jagienka an und ruft: Dominika!

Jadzia kann nicht stillsitzen, sie trippelt durch die Wohnung und zieht immer wieder etwas anderes heraus, was

Dominika bestimmt noch brauchen kann – noch einen Apfel, guck mal wie schön rot, Taschentücher, einer der Ringe, die sie zurückgelegt hat, falls mal schlechte Zeiten kommen. Sie soll ihn nur nehmen, bloß verlieren soll sie ihn nicht und ihn auch nicht klauen lassen. Hat sie die neuen Pumps eingepackt? Und das Sommerkleid von Oma Halina? Vielleicht will sie sich ja doch vor Zalesie im Zug umziehen und frisieren, der erste Eindruck ist so wichtig. Sie soll nur nicht wie eine Wilde aus dem Zug steigen.

Jadzia wollte mit ihrer Tochter zum Bahnhof fahren, aber das hat Dominika ihr ausreden können. Jetzt lehnt sie sich aus ihrem Fenster im Babel und winkt der Tochter hinterher, bis sie ihren Blicken entschwindet. Besser, sie lernt jetzt diesen Juden aus Amerika kennen, als dass sie sich weiter mit diesem Kaplan Adaś herumtreibt. Jadzia bleibt in der verlassenen Wohnung zurück, und plötzlich überkommt sie die brennende Gewissheit, dass ihre Tochter nie mehr hierher zurückkehren wird. Sie setzt sich auf ihre Couch und sieht die Jahre, die ihr hier noch bevorstehen, Jahre, in denen sie auf diesem Platz in dieser Haltung sitzen wird, Jahr um Jahr. Und das ist alles? fragt sich Jadzia verwundert.

Dominika denkt nicht an Jadzia, sie rennt zur Bushaltestelle, wo Adaś bestimmt schon auf sie wartet. Sie hatte so lange getrödelt, er wird noch meinen, sie kommt nicht, sie muss sich beeilen. Bei Tagesanbruch werden sie in Zalesie sein, aber sie werden warten, bis es richtig Tag wird, dann erst werden sie zu Zofias Haus gehen, nicht durchs Dorf werden sie gehen, sondern auf dem Umweg durch den Wald, ganz gemächlich. Die Oma wird das sicher verstehen. Dominika wird Adaś den Stein mit den Namen der Urgroßeltern Strąk zeigen. Bestimmt sind schon die Himbeeren reif, die an dieser Stelle am süßesten sind, groß und glänzend wie Tropfen. Die Leute aus dem Dorf pflücken sie nicht, aber Zofia sagt immer, dass alles, was lebt, aus Totem erwachsen ist, und sie essen diese sonnendurchwärmten Himbeeren. Adaś und sie werden Himbeeren zum Frühstück essen. Sie werden sie pflücken und der Oma und dem Großvater mitbringen. Der Wind ist stärker als am Morgen und zaust Dominikas Haare. Adaś hat ihr dichtes Haar so gern. Ist er das? Ist das sein Arm, den sie dort am Rand der Haltestelle herausragen sieht? Nein. Es ist ein fremder Arm, fremd wie sein stämmiger Besitzer, dessen Augen von Kohlenstaub umrahmt sind.

Dominika überläuft ein Schauer, irgendetwas an diesem Irrtum beunruhigt sie. Der Autobus kommt, fährt weiter. Sie bleibt allein an der Haltestelle. Vielleicht sollte sie zur Telefonzelle laufen und anrufen, aber was, wenn Adaś genau dann auftaucht und meint, sie wäre nicht da, sie hätte es sich anders überlegt? Immer noch keine Spur von ihm. Sie hat die Fahrkarten, die Käsebrote für zwei, eine genaue Vorstellung von dem Wiedersehen mit Oma Zofia und der Begegnung mit dem Großvater Ignacy, und ganz unten im Rucksack liegt das Warschauer Leben, auch für zwei Personen gedacht, plus Małgosia, die zu Besuch kommt, weil sie in der Nähe wohnen wird. Was soll aus alledem werden, wenn Adaś nicht kommt? Die Zeit vergeht, der nächste Autobus fährt davon. Sie hätte einsteigen sollen. Das war schlecht, dass sie nicht eingestiegen ist. Dumm. Vielleicht ist Adaś aufgehalten worden, und er ist mit dem Taxi direkt zum Bahnhof gefahren. Der nächste Autobus kommt erst in einer Viertelstunde, es ist schon fast zehn Uhr abends, sie hat noch siebenundzwanzig Minuten bis zur Abfahrt. Sie wird den Zug verpassen. Was jetzt?

Dominika! Am Steuer des kleinen türkisgrünen Fiat sitzt Jagienka Pasiak, sie lehnt sich über den Beifahrersitz und öffnet die Tür. Steig ein, wir bringen dich zum Bahnhof, er wartet dort, komm schnell! Iwona hatte Dominika erzählt, dass Jagienka ganz anders geworden war, offenbar hatte sie recht. War das möglich? Den Rucksack auf den Rücksitz, schnell, schnell, die Türen schlagen, das Auto setzt sich in Bewegung, und die Fragen – warum du, woher weißt du – bleiben ungesagt. Jagienka wendet das Gesicht ihrer Beifahrerin zu, sie singt *Reiß der Gitter Zähne aus den Mauern*, Jagienkas Gesicht ist geschwollen, das Zahnfleisch sieht aus wie rohes Fleisch, und Dominika weiß sofort, dass sie einen Fehler gemacht hat.

Janek Kos bewegt sich lautlos. Er gießt Benzin zwischen die Phloxe, Malven und Matthiolen, deren Duft in dieser Nacht stärker ist als sonst. Das Benzin sickert in die modrigen Wände von Zofias Haus, es rinnt hinein durch die Ritzen, die seit Jahren niemand gestopft hat, die regenbogenfarbenen gespaltenen Zungen lecken am Boden, kosten den Geschmack der alten Möbel, der Schubladen voll mit Kaninchenfellen, der beiden alten Leute, die auf dem Küchensofa schlafen und einen der schönsten Träume ihres Lebens träumen. Ein einziges Streichholz reicht. Keiner der Jungs im Wald konnte so gut ein Feuer anzünden wie Janek Kos, der im Licht der Flammen steht und sich erst vom Fleck rührt, als das Feuer ihm entgegenschlägt. Als das Dach von Zofias Zalesier Haus einsackt, als wäre es aus Pappe, durchbricht in Piaskowa Góra der kleine Fiat die Absperrung mit der Aufschrift »Unbefugten Zutritt verboten« und rutscht über die Böschung in den See der Spinnennixe, der aufblitzt, ein schwarzes, lebloses Auge.

Dominika schreit: Halt an!, Edyta erbricht sich auf dem Rücksitz, und Jagienka singt: *Reißt der Gitter Zähne aus den Mauern*. Der Gitter Zähne, ihre Zähne, der Zähne

Klingen, brich entzwei. Nur jemand ganz Besonderes konnte so verrückt sein und so singen, doch dieser Jemand ist jetzt ihrer Kontrolle entwischt.

Zum Bahnhof Wałbrzych Stadt biegt man nach rechts ab, aber nicht bei fast hundert Stundenkilometern, doch Jagienka fährt gar nicht zum Bahnhof, heute fährt niemand zum Bahnhof, und die Mauern stürzen ein, es stürzen die Mauern und begraben die alte Welt. Das Aufprallen auf den Zaun tut nicht weh, nur die Stoßstange ist abgefallen und die Windschutzscheibe splittert, aber das Auto rollt immer schneller aufs Wasser zu, direkt auf den Steg, über den es krachend schlittert. Es prallt gegen die Reste des eisernen Turms am Ende des Stegs, auf den einst Dominika mit Dimitri geklettert ist, und einen kurzen Augenblick lang taucht auch Dimitri in ihrer Erinnerung auf, ein schwarzhaariger Junge mit einem Tornister voll Rachatlukum.

Das Auto zerbricht in zwei Hälften, Dominika fliegt durch die Windschutzscheibe und landet in dem Wasser, das dunkel und zähflüssig ist wie Schmieröl. Ihre unglaublichen Haare, diese wilden Haare, dämpfen den Aufprall, doch ein scharfer Splitter schneidet tief in ihre Wange, von der Schläfe bis zur Mundecke. Es wird ganz still, doch die von den Autoscheinwerfern zerrissene Finsternis kehrt nicht wieder ein, denn das in den Resten des Stegs festgeklemmte Wrack des kleinen Fiats geht mit einem Knall des explodierenden Benzintanks in Flammen auf. Im Kleinen See der Spinnennixe ist die Explosion nur das dumpfe Ploppen einer geöffneten Champagnerflasche, das über die Wasserfläche gleitende Feuer ist ein Feuerwerk, glühendes Konfetti, unter dem Dominika auf den Grund sinkt. Sie hat die Augen offen und sieht einen schwarzen Wolga, weiße Knochen, Schwärme von Neonfischen, den Ring mit dem Rubin, der aus ihrer Jeanstasche gefallen ist, sie sieht zwei Nonnen, die ihr einladend aus dem Wolga winken, ihr die Hände entgegenstrecken, weiße Knochen. Sie versucht Luft zu holen, weshalb ist das Atmen so schwer, sie hustet, sieht weiße Treppenstufen wie aus Knochen, die direkt ans Meer führen, sie sind schön, und plötzlich erinnert ihr Körper sich daran, dass er schwimmen kann. Er stößt sich vom Boden ab, von der weißen Treppenstufe, steigt auf in Richtung des Feuers, dessen Schein sich über den See der Spinnennixe breitet.

Zweiter Anfang Als Dominika kam, um ihre Mutter abzuholen, hatte der Babel ausgedient. Ein Koloss auf einem Fundament aus Sand, dessen Umriss sich noch immer scharf wie ausgestochen vom Himmel abhob, der jedoch von unten aufweichte. Die unter der Stadt verlaufenden Bergwerksstollen waren geflutet, der Hügel verrottete und sank ein wie plattgetrampelt.

Wie konnten sie uns das antun, murrten die Bewohner des Babel. Früher haben wir auf dem Babel gewohnt, wie in der BeErDe. Alles haben wir gehabt, man brauchte nur ein bisschen zu spekulieren. Eher musste man aufpassen, dass man nicht zu viel gegessen und getrunken hat. Und wenn einer im Bergbau war, hoho, dem ging es gut. Solange es den Bergbau gab. Berechtigungsscheine für Autos, Urlaub, Läden für Leute mit der Karte B wie Bergmann. Der Bergmann war König. Hatte Uniform, Federbusch, Ehre. Die Balkone vom Babel sind gelb, rosa, hellgrün angestrichen und vollgestopft mit Sachen, die zum Wegwerfen zu schade sind wie Einmachgläser, Schränkchen, alte Skier mit Spitzen, die sich auffächern wie Blätterteig, Schwalbenscheuchen flattern an den Geländern, und die Leute stehen da und blicken zu der steigenden Horizontlinie. Sie warten. Auf dem vierten Stock hat die Lepka den Busen auf die Balustrade gebettet und unbeweglich wie eine Karyatide, nicht wegzukriegen von dem Ort, der ihr gehört und den niemand anders will, wartet sie auf ihren Sohn. Obergefreiter Zbyszek Lepki, offiziell nach einem Kopfschuss für tot erklärt, kehrt ja vielleicht doch noch aus dem Jugoslawien zurück, das es nicht mehr gibt, lebendig und undurchlöchert, und das nennt man dann ein Wunder. Krystyna und Zdzislaw Śledź mit der Enkelin, die ihnen kurzfristig – inzwischen allerdings schon ein gutes Dutzend Jahre lang – zur Obhut anvertraut wurde, halten Ausschau nach ihrer Tochter Iwona. Sie hatte versprochen, dass sie zum Mittagessen vorbeikommt, wenn sie mit dem Haareschneiden und Aufdrehen fertig wird, und wenn nicht, dann kommt sie trotzdem vorbei, und sie sitzen wenigstens ein bisschen zusammen. Hinter der Wand seufzt Jadzia, was sie angeht, sie wartet auf gar nichts mehr und wird in diesem verschissenen Storchennest bald durchknallen, denn außer Krampfadern hat sie im Leben nichts zustande gebracht.

Obwohl niemand anwesend war, der ihre wahren Gefühle hätte sehen können, hob Jadzia mit einem gespielten Seufzer der Ungeduld den Hörer des zu guter Letzt doch angeschlossenen Telefons ab, weil sie die Stimme ihrer Tochter hören will. Immer wieder verwundert, dass sie Dominika aus fernen Ländern so gut und deutlich hört, als wäre sie nebenan, schrie sie in den Hörer, weil sie nicht glauben konnte, dass dieses Wunder in beide Richtungen wirkte. Seitdem Dominika mit Hilfe von Grażynka Kalthöffer de domo Rozpuch vor fünfzehn Jahren in ein deutsches Krankenhaus gebracht wurde, ist sie immer nur für kurze Zeit nach Piaskowa Góra zurückgekehrt. Meistens kam sie im Frühling angeflattert wie eine Schwalbe, und viel mehr kriegte Jadzia nicht von ihr zu sehen. Immer wieder sich entfernend, wie eine lange Reihe sich wiederholender Bilder von ihrem Rücken, den langen Beinen, dem struppigen Haarschopf. In immer seltsameren Kleidern, umweht von Düften, die ihrer Mutter fremd waren, telefonierte sie irgendwohin und sprach in Sprachen, die Jadzia nicht verstand, mit Leuten, die Jadzia nie gesehen hatte, und kurz darauf packte sie wieder ihre Sachen und verabschiedete sich mit einem herben Kuss. Da fliegst du wieder, du Wirbelwind, du Flattervogel, sagte die Mutter sarkastisch. Dann flieg und sing. Sie schloss die Tür, mit dem leisen Klicken der Klinke war ihr Sarkasmus am Ende, das Warten begann wieder, und Jadzias Warten stand im Zeichen ihrer Phantasien von allen erdenklichen Unglücksfällen, die Dominika zustoßen könnten, wenn sie nicht in ihrer Nähe war. Dominika lief indessen die Treppen hinunter und schüttelte all das Unglück ab, das ihr widerfahren könnte, wenn sie auf Piaskowa Góra bliebe.

Nach Jahren hat Jadzia endlich zugestimmt – Dominika kann sie zu sich holen. Jetzt steigt die Tochter die dunklen Treppen hinauf zu ihrer Mutter. Wie schwer ihr das Gehen hier fällt. Sie spürt, dass die Narbe auf ihrer Wange, normalerweise kaum sichtbarer als ein silbriger Altweibersommerfaden, rot angelaufen ist, wie immer, wenn sie sich anstrengt. Im Treppenhaus gibt es kein Licht, die fleischfarben angestrichenen Wände kommen ihr vor, als würden sie im nächsten Augenblick einstürzen und sie für immer unter sich begraben. Die Treppengeländer sind klebrig und glitschig, Dominika ekelt sich, sie zu anzufassen. Sie bekommt keine Luft, obwohl sie eine kräftige, durchtrainierte Frau mit flachem Bauch und muskulösen Beinen ist. Die wilden Haare, die man ihr nach dem Unfall abrasiert hatte, um die Kopfverletzung nähen zu können, hat sie nie wieder nachwachsen lassen. Sie trägt ihr Haar ein paar Zentimeter lang in einem Haarschnitt, der weder männlich noch weiblich ist, und es kommt vor, dass sie auf Reisen, auf einem Flughafen oder in einer Bar am Straßenrand, in den Augen zufälliger Gesprächspartner Unsicherheit wahrnimmt – ist sie Frau oder Mann? Dann wählt sie ihre Worte so, dass diese Unsicherheit möglichst lange erhalten bleibt, ihr Lächeln ist schelmisch und glücklich. Dominika steigt die Treppe hinauf, aber es fühlt sich an, als stiege sie gegen einen Widerstand in die Tiefe.

Ihre Mutter kommt ihr nicht entgegen, sie muss bis zuletzt allein gehen. Sie weiß, dass die Zeit dafür gekommen ist und dass sie es schafft.

Seit ein paar Jahren hatte Jadzia, abgesehen von Kirchenbesuchen und Einkäufen im Supermarkt, ihr Storchennest fast nie verlassen. In der letzten Zeit hatte der Supermarkt, der am nächsten lag und mehr Sonderangebote hatte, der Konkurrenz den Rang abgelaufen. Jadzia konnte jede Menge Gründe dafür finden – ihre Gesundheit (die sie nicht hat), das Fett (von dem sie zu viel hat) und das Wetter (windig, schwül, strömender Regen) waren auf ihrer Seite. So ein großer Laden! Anfangs konnte sie einfach nicht glauben, dass so viele Leute gleichzeitig einkaufen wollten. Wer zum Teufel braucht so was! Von ihrem Balkon aus hatte sie die Baustelle betrachtet und übertrieben gehustet, als ersticke sie an dem von den Baufahrzeugen aufgewirbelten Staub. Doch bald kam sie zu der Einsicht, dass man sich dort nett die Zeit vertreiben konnte, indem man zwischen den Regalen spazieren ging, auf denen es alles zu geben schien, was man sich nur wünschen konnte. Und irgendwas braucht der Mensch ja immer, wenn er sich in so einem Geschäft umsieht. Damals, als es gar nichts gab, hat einem irgendwie weniger gefehlt, stellte Jadzia verwundert fest, wenn sie das ganzjährige Angebot an Obst betrachtete, eine Fülle, die sich, von den glänzenden Spiegeln vervielfältigt, bis ins Unendliche zu erstrecken schien. Ich bin nur kurz zur Verkostung gegangen, sagte sie zu Krysia Śledź, die sie am Eingang traf, und war dabei noch ganz außer Atem von all dem Kosten, Kaufen, Konsumieren, von den verschiedensten Serien der Harlequin-Liebesromane, von denen sie die Arztromane am interessantesten und lebensechtesten empfand, Geschichten, in denen männliche Ärzte mit Eigentum Krankenschwestern trafen, die nicht im Besitz von Immobilien, dafür aber mit

Körper, Haar und Augen gesegnet waren. Ach, wenn Dominika doch so einen Arzt, träumte sie, wenn sie doch so einen Doktor Michorowski heiraten würde, im Schleier, handgestickt von ihrer Mutter. Piekfein, schnalzte sie, wenn sie im Sonderangebot Dinge kaufte, die sie nie aufessen und aufbrauchen würde, echt piekfein, wenn sie die bunten Schachteln und Dosen betrachtete. Sie errichtete Vorratspyramiden daraus, baute chinesische Mauern aus Erbsen und Ölsardinen, Seifen und Waschpulver, legte für ihre Tochter Geschenkpackungen mit Kosmetika zurück und Weihnachtssüßigkeiten, die nach den Feiertagen heruntergesetzt wurden. Sie erzählte Dominika, dass es morgens die meisten Verkostungen gab und die Frauen zum Frühstück hinrannten. Die Herumlungerer und Obdachlosen, in der Regel ehemalige Bergleute, wurden vom Sicherheitspersonal hochkant aus dem Laden geworfen, doch an den tagtäglichen Ansturm alter Frauen hatte man sich gewöhnt. Was kann so eine Oma schon essen, und klauen wird sie auch nicht viel, Mal einen Schokoriegel oder ein Stück Palmolive-Seife, oder sie besprüht sich heimlich mit Bac-Deo oder Raumspray mit Meeresbrisenduft. Die können ruhig ein paar Mal zwischen den Regalen auf und ab gehen und von den winzigen Würfelchen Hartkäse kosten, von den Cornflakes mit Milch und den Wurstscheiben an Zahnstochern, die man hinterher benutzen kann, um die hartnäckigen Reste, die sich beim besten Willen nicht aus den Ritzen heraussaugen und -schmatzen lassen, aus der Prothese zu pulen. Ein paar ganz Dreiste gehen bis zu dreimal zur Verkostung! Jadzia verzog das Gesicht ob solcher Ruchlosigkeit, und ihr zusammengekniffener Mund schob sich rechts hoch bis zu dem straff gezogenen Wangenmuskel. Solche Lümmel, sie machen eine kleine Runde und sind schon wieder da, um zu grabschen, was sie kriegen können, für lau, um sich umsonst den Bauch vollzustopfen. So hatte Jadzia ihre kleinen Vergnügen und ließ sich nicht einmal abschrecken, als sie auf dem Weg zum Supermarkt zum ersten Mal so hinfiel, dass sie sich zwei Wochen kaum bewegen konnte und außerdem noch ihre Mohairmütze verlor. Keine der kleinen Katastrophen im Babel konnten sie unterkriegen – weder Stromausfälle noch Heizungsexplosionen und ganze Serien von Familienstreitereien. Sie gab erst klein bei, als ihr in einer Januarnacht ein Schwall faulig stinkenden Wassers aus dem Kran entgegenschoss und sie auf den Boden des dunklen Badezimmers warf – das Licht hatte sie natürlich nicht an, das wäre ja reine Geldverschwendung. So lag sie ein paar Stunden auf dem Boden und weinte leise, bis sie genügend Kraft gesammelt hatte, um, das gebrochene Bein nachziehend, zum Telefon zu kriechen. Gut, sie würde zu Dominika kommen! Bitte sehr. Aber Dominika solle nur nicht damit rechnen, dass sie diese Sprache lernen wird, an der man sich ja die Zunge abbricht. Die können mit ihr so reden, wie sie wollen, sie wird dann auf nischt ferschtejen schalten, dosvidania und damit basta.

In der Wohnung von Familie Chmura blieb nur noch das Kristall einzupacken. Jadzia hatte zugestimmt, dass die beauftragte Firma alles andere machte, aber ihr Kristall durfte kein Fremder anfassen, das machen sie mit ihren Pfoten dreckig, oder sie stibitzen es und dann ade, auf Nimmerwiedersehen. Dieses Kristall, das ist ein Vermögen. Ja, gewiss, jetzt sind diese Sachen nicht in Mode, aber sie sollte nur abwarten, das kommt alles wieder, dann wirst du es aufstellen, wie es dir gefällt, sagte sie zu Dominika, während sie die monströsen Terrinen und Bonbonnieren in Zeitungspapier einwickelte. Dafür opferte sie mehrere Jahrgänge der *Freundin*, deren Seiten jede Menge Löcher aufwiesen, wo Jadzia über die Jahre Ratschläge und Kochrezepte ausgeschnitten hatte, die allesamt verblassten und zerbröselten, bevor sie als Strudel, Torten und Fleischfüllungen Gestalt annehmen konnten. Die sind ganz zerbrechlich, seufzte sie, und zart. Sicherheitshalber stopfte sie die Hohlräume der Gefäße mit Sockenkugeln und Wäsche aus.

Dominika bemerkte, dass die kranke Hand ihrer Mutter dunkler und verkrampfter geworden war. Sie sah aus wie der Zweig eines toten Baumes. Jadzia war so viel kleiner als sie – eine kleine, runde, kantenlose Mama im Taschenformat. Klein wie die jüngere Schwester, die Dominika nie gehabt hatte. Sie gingen hinaus, und Jadzia Chmura schloss die leer geräumte Wohnung zweimal ab und rüttelte sicherheitshalber auch einmal an der Klinke, wie sie es immer tat, obwohl nichts mehr darin war. Aber weißt du, Kind, es tut einem doch leid um dieses Piaskowa Góra, sagte sie, als sie davonfuhren.

Nachbemerkung

Die Texte in Zusammenhang mit den Bergmannsritualen auf S. 29 f. entstammen den folgenden Büchern: Zbigniew Jarząbek, Mirosław Kosmacz, Kazimierz Mirota.: *Prace naukowe profesora doktora humoris causa Icka Łapcycka wygłaszane w karczmach i na biedsiadach piwnych* [Wissenschaftliche Arbeiten von Professor Doktor humoris causa Icek Łapcycek, vorgetragen anlässlich von Bierkneipen und Festmählern]. Tomik I. VI Majówka Stowarzyszenia Gwarków, Wałbrzych Mai 2002 sowie: *Fragmenty prac naukowych profesora niezwyczajnego dr humoris causa Icka Łapcycka oraz inne ciekawostki z karczm piwnych KWK »Victoria« w Wałbrzychu w latach 1967-2003* [Fragmente wissenschaftlicher Arbeiten des außerordentlichen Professors Dr humoris causa Icek Łapcycek sowie andere Kuriositäten aus den Bierkneipen KWK Victoria in Wałbrzych in den Jahren 1967–2003] (ohne Angabe von Autor, Erscheinungsort und -jahr).

J. B.

Nachwort

Landschaft mit fragmentierten Lebensläufen

Joanna Bators Roman *Sandberg* handelt von einer Welt am Rand: am Rande Polens, am Rand der historischen Ereignisse, am Rand der Hoffnung. Der Sandberg, auf polnisch Piaskowa Góra, liegt in Wałbrzych, das auf deutsch Waldenburg hieß, mitten im inzwischen stillgelegten niederschlesischen Kohlenbergbaugebiet, unweit des heutigen Dreiländerecks von Polen, Tschechien und Deutschland – ein Landstrich, der nach dem Zweiten Weltkrieg tiefgreifende demographische Umwälzungen erfuhr. Im Zuge der Verschiebung der Staatsgrenzen nach Westen kamen die aus den östlichen, an die Sowjetunion gefallenen Teilen des Landes vertriebenen Polen in die Gebiete, die sich nach Flucht und Ausweisung der deutschen Bevölkerung geleert hatten. Verlusterfahrungen prägten noch jahrzehntelang die Nachkriegsstadt, in der fast alles »poniemiecki« war, »nachdeutsch«, einstmals von den Deutschen bewohnt, besessen, betrieben. Häuser, Gegenstände, Kleider, all das Hinterlassene wurde nun von heimatvertriebenen Polen aus dem Osten in Besitz genommen, benutzt, ratlos in den Händen gedreht oder zerstört, war nie das rechte, nie das, was sie zumindest materiell für die Verluste in ihrem »Drüben« entschädigen konnte.

In dieser Umgebung richtet sich die Kleinfamilie Chmura aus dem heutigen Weißrussland ein – Halina und Władek mit Sohn Stefan, der dank der Nachkriegswirren vom Bankert mit abständigem russischem Zirkusvater zum legitimen Sohn des Schmieds Władek Chmura avanciert. Als das Schicksal an einem kalten Wintertag im Jahre 1970 dem Bergmann Stefan die frisch aus ihrem mittelpolnischen Dörfchen eingetroffene Jadzia Maślak buchstäblich entgegenwirft, schlittert er mit ihr auf einen Lebensweg, der die beiden zwar aus den Niederungen der einstmals deutschen Mietskasernen von Szczawienko hinausführt, hoch auf den Sandberg, in den neunten Stock eines Plattenbaus, der ihnen jedoch ansonsten wenig Glück beschert. Jadzia Maślak, einziges Kind von Zofia, die wiederum als Einzige ihrer Familie Krieg und Verfolgung überlebt hat, kommt nach Wałbrzych auf Einladung des Verwandten ihres verstorbenen Vaters, des zwielichtigen Onkels Kazimierz, ein Kriegsgewinnler und Kleinkapitalist, dessen Interesse ausschließlich seinem wirtschaftlichen Vorteil und kleinen Mädchen gilt. Aus diesen Bruchstücken entwickelt sich die Geschichte der Heldin des Romans, Jadzias und Stefans Tochter Dominika, die in den siebziger und achtziger Jahren auf »Piaskowa Góra« aufwächst. Es sind schüttere Stammbäumchen, die ihre Zweige in diese Gegend Westpolens ausgestreckt haben, Bäume mit abgebrochenen, verdorrten, abgebrannten und faulen Ästen, als deren letzter Abkömmling Dominika erscheint, und doch sind es Familienkonstellationen, in denen nichts fehlt, was zu der von Verlust und Vernichtung geprägten polnischen Geschichte des 20. Jahrhunderts gehört.

Wałbrzych scheint bevölkert von Menschen, die der »Treibsand der Geschichte« bis hierher getragen hat. Von der Welle der Vertreibung in die Furche gespült, die eine andere Vertreibung hinterlassen hat, ist man hier hängengeblieben. Wer als Erwachsener gekommen ist, verschreibt sich der Erinnerung, wie Władek Chmura, oder dem Vergessen wie seine Frau Halina. Andere kommen der Arbeit im Bergbau wegen, die gut bezahlt und hochangesehen ist und Vorzugsbehandlung garantiert. Doch mit der Geschichte und der Vergangenheit des Ortes verbindet niemanden etwas. Halinas und Władeks Sohn Stefan gelobt Genosse Edward Gierek, dem kommunistischen Parteichef, seine enthusiastische Hilfe, um Polen zum Wohlstand zu führen, und stürzt sich in die Illusion der heilen, verheißungsvollen Bergmannswelt, in deren Hierarchie er auf der kindlichen Suche nach einer Vaterfigur am unteren Ende steckenbleibt. Mit den Vätern tut man sich schwer in dieser Gegend, allgemein zeichnen sie sich durch Versäumnis und Abwesenheit aus, scheiternde, blasse, ferne, allenfalls grausame Gestalten, die sich mit ihrer Kumpelrolle und den damit verbundenen demütigenden Ritualen begnügen.

In dieser Szenerie ist es kaum Zufall, dass sowohl Stefan als auch seine der Traumwelt romantischer Phantasien zugeneigte Ehefrau Jadzia in Unkenntnis ihrer wahren Väter leben. Stefan hat einen russischen, Jadzia einen jüdischen Vater, beide halten sich jedoch für Kinder von Polen. Als ihre Tochter Dominika heranwächst, dünn, kantig, widerborstig, schwarzhaarig, dunkel, ein unordentliches »Zigeunerkind« in einer sich krampfhaft an ihre Ordnung klammernden Gesellschaft der Weichen, Weißen, Gefügigen, bekommt die unausgesprochene Fremde, die die Eltern in sich tragen, ein Gesicht. Das aus unterschiedlichen Gründen verschwiegene Vatererbe tritt an die Oberfläche und lässt die Leere zwischen den Familienangehörigen, die Abgründe der Sprachlosigkeit und Liebesunfähigkeit deutlich werden.

Fremdheit ist ein großes Thema des Buches: die grundlegende Unzugehörigkeit, der Verlust des Eigenen, an dessen Stelle eine aufgepfropfte, an Rollenschablonen orientierte Identität tritt, die Aussichtslosigkeit einer Gemeinschaft, die keine gemeinsame Vergangenheit hat und deren gemeinsame Zukunftshoffnungen sich in der Verbesserung der materiellen Bedingungen erschöpfen. Der eindeutig als »fremd« Definierte – zuerst Dimitri, Dominikas griechischer Kindheitsfreund, später Ignacy Goldbaum, Dominikas jüdischer Großvater – steht mit größerer Selbstverständlichkeit in dieser Landschaft der fragmentierten Lebensläufe als die Polen, weil er von einem konkreten Ort der Zugehörigkeit weiß. »Sie wissen nicht, dass diese Sehnsucht, kristallisiert in fertigen Bildern ... sie zu Glückspilzen macht im Vergleich zu den meisten Einwohnern dieser Stadt, deren Vaterland entweder nicht mehr existiert oder die nie eines hatten«, heißt es von Dimitri und seiner Familie. Dominika hingegen steht außerhalb von allem, es gibt keinen Namen für ihre Andersartigkeit, der dünne kollektive Konsens hält für dieses fremd anmutende Kind zweier gänzlich »normaler« Polen keine Schublade bereit. Dominika bleibt die vage Sehnsucht nach einem Anderswo, der Wunsch, nach »Wolkenfern« fliegen zu können, wie es in einem von ihr zitierten Gedicht von Leśmian heißt, und die Zuflucht in die präziseste und klarste der Wissenschaften, die Mathematik, in der sich nichts verschweigen oder beim falschen Namen nennen lässt.

Wie in keinem zweiten Roman der polnischen Gegenwartsliteratur wird in *Sandberg* die kleinstädtische Provinz sichtbar und greifbar. Die missglückten Gemeinschaftskonzepte der »Platte«, die Enge der Lebensvorstellungen, an die sich die Bewohner klammern, die Gier nach Dingen, nach Besitz, nach den trügerischen Verheißungen des Westens, der sich hier dank herbeigewehter Schokoladepapierchen näher anfühlt als Warschau. Und oben, auf der Dachterrasse, die Ausbruchzone mit Schmalspurdrogen, Alkohol, Selbstmordschanze, Winkeln für den Ehebruch braver Bergmannsgattinnen und einer Empore für Dominika, die vom höchstmöglichen Punkt aus das Waldenburger Bergland nach einem Stück Horizont und Ferne absucht.

Joanna Bator, 1968 in Wałbrzych geboren, Kulturwissenschaftlerin und Japanexpertin, die sich in Polen vor wenigen Jahren mit dem Essayband *Der japanische Fächer* über ihre Erfahrungen von Fremde einen Namen gemacht hat, schildert das Milieu ihrer eigenen Kindheit und Jugend mit anthropologisch geschärftem Blick. Man riecht, hört, sieht das Zubehör der siebziger und achtziger Jahre in diesem polnischen Abseitsland, angefangen von den kümmerlichen Topfpflanzen in Schulen und Büros über den Dunst von Kohlestaub und Zweitaktmotoren, polnische Schlager zwischen Schnulzen und Punk bis hin zum begehrten Duft »Grüner Apfel« der Shampoos aus der BeErDe, der das Parfum der Sechziger, den russischen »Roten Mohn«, erfolgreich verdrängt hat. Da sind die Fototapeten aus dem Westen, die Pyramide aus Getränkedosen, die Kleinstanschaffungen aus dem Dollarshop und die im westdeutschen Sperrmüll aufgesammelten Versandhauskataloge, die einen Fluchtweg aus der Misere des Sandbergs vorgaukeln. Das Bemerkenswerte an dieser Welt jedoch ist, dass sie zwar den Stempel der von Kirche und Gesellschaft vertretenen Rollenvorstellungen trägt, doch in Wahrheit von den Frauen beherrscht wird. Der Roman bietet ein ganzes Panorama unvergesslicher Frauengestalten, neben denen sich die Männer wie konturenlose Schatten ausnehmen: von der schrägen, lebenslustigen Grażyna Rozpuch über Halina und Zofia, die beiden Großmütter, bis hin zu Nebenfiguren wie Dominikas Schulkameradinnen oder der geschäftstüchtigen Nachbarin Frau Lepka. Im Mittelpunkt steht Jadzia Chmura, geborene Maślak, Dominikas Mutter, die, ungeachtet ihrer Neigung zu Liebesromänchen und Telenovelas, aus den Widrigkeiten des Lebens Kraft schöpft. Die Frauen in diesem ebenso großartigen wie bedrückenden Bild, das Joanna Bator von der polnischen Realität in der zweiten Hälfte des 20. Jahrhunderts entwirft, sind keine Opfer oder Verlierer. Sie tragen schwer an ihren Aufgaben – Schlangestehen um Lebensmittel, Beten zur Muttergottes, Kochenbackenputzen – und dem Versagen ihrer Männer, doch sind sie ungleich stärker und bestimmender als diese und besitzen vor allem die Fähigkeit, Gemeinschaften zu bilden, die die leeren Rituale männlicher Verbünde und auch der Kirche überwunden haben. Nichts könnte das witziger und besser illustrieren als die Szene im Krankenhaus, in der Jadzia nach der soundsovielten Abtreibung mit den Leidensgenossinnen aus ihrer Abteilung die Wahl eines Polen zum Papst feiert. Bemerkenswert ist in diesem Zusammenhang auch die Hintergrundrolle der im wesentlichen »männlichen« Politik: Der Kriegszustand und General Jaruzelski sind ein paar müde Wortwechsel im Treppenhaus wert, der Kommunismus zerbröckelt beiläufig, der Wegfall von Restriktionen gilt in erster Linie einer größeren »Konsumfreiheit«.

Joanna Bator schreibt mit distanzierter Ironie und einem in der polnischen Literatur beispiellosen Gespür für das, was die Sprache jener Zeit und jenes Milieus sagte und was sie ungesagt ließ, doch ohne Zynismus, allenfalls schwingt ein bitteres Mitleid gegenüber der Hoffnungslosigkeit der meisten Lebensentwürfe zwischen den Zeilen. Aus der jeweils eigenen Perspektive ihrer Protagonisten, zugleich wie eine Regisseurin das Geschehen überblickend, erzählt sie vom Leben in einer posttraumatischen Gesellschaft, von den Erfahrungen der Wurzellosigkeit und des Andersseins und vom Umgang damit. Die in der Gestalt Dominikas personifizierte Fremde – ein Tabu, das in der tristen niederschlesischen Monokultur der Nachkriegszeit in gewissem Sinne auch für das multiethnische, multikulturelle Erbe Vorkriegspolens steht – hat auf dem Sandberg letzten Endes keine Chance zu bestehen. Dominika geht – knapp mit dem Leben davongekommen – fort, um ihren eigenen Sehnsuchtshorizont zu finden. Piaskowa Góra, der auf dem unsicheren Boden deutscher Glasbläserschlacke errichtete Wohnkoloss, die verfehlte Vision eines sozialistischen Modells, versinkt langsam im Sand; in den Betonplatten tun sich um die mühsam gebildeten, schwächlichen Wurzeln der Bewohner Risse auf. Doch es ist ein Zerfall, der den Blick offener macht und nicht unbedingt nur im Westen einen Hoffnungsschimmer am Horizont erscheinen lässt.

Berlin, November 2010 Esther Kinsky

Anmerkungen der Übersetzerin

S. 19 *Die Aussätzige* Orig. *Trędowata*, Roman von Helena Mniszkowna

S. 91 *Lorgnon mit Qualle* Zwei Gläschen Wodka (= Lorgnon); Aspik, in dem der Schweinefuß sitzt (= Qualle)

S. 141 *Cepelia* staatliche Kette, die Kunsthandwerksprodukte verkauft

S. 175 *Hauptmann Kloss* polnischer Spion in Wehrmachtsuniform in einem Spionagethriller, der während des Zweiten Weltkriegs spielt. Die Fernsehserie war in den siebziger Jahren in Polen sehr populär, Hauptmann Hans Kloss der Held polnischer Kinder und Erwachsener. – *Czarny Bór* Schwarzwaldau bis 1945, Entzugsanstalt

S. 189 *Janosik und seine Bande* Eine Art schlesische Schinderhannes-Legende

S. 194 *Esperal* Tabletten-Implantat gegen Alkoholismus

S. 207 *Wanda, die einen Deutschen will* bezieht sich auf den polnischen Mythos von »Wanda, die keinen Deutschen begehrte«: Wanda ist eine sagenumwobene polnische Herrscherin, die den Heiratsantrag eines deutschen Fürsten ablehnte, der Polen daraufhin mit Krieg drohte. Um ihrem Land den Frieden zu sichern, bringt sie sich selbst zum Opfer dar, indem sie sich in die Weichsel stürzt.

S. 247 *Pewex* staatliche Läden, in denen man nur gegen Dollar einkaufen konnte

S. 264 *Kompott* das sogenannte polnische Heroin, das von zwei Danziger Chemikern in den siebziger Jahren entwickelt wurde

S. 265 *gelber Schein* Attest über Berufsunfähigkeit für Nervenkranke

S. 277 *»Zamki na Piasku«* Lady Pank, Sopot 1985, polnischer Pophit

S. 289 *Stachura* Edward Stachura, 1937–1979, Liedermacher und Schriftsteller

S. 295 *Lentilki* Smarties aus der Tschechoslowakei. – *»Ameisen«* Schmuggler, die über die grüne Grenze verkehrten

S. 319 *blaue Polizisten* Policja Polska, PP; »Polnische Polizei des Generalgouvernements« 1939-44, Kollaborateure

S. 331 *Stronie Śląskie* deutsch Seitenberg, Kurort mit Nervenheilanstalt

S. 334 *Kaschpirowski* Anatoli Kaschpirowski, sowjetischer »Psychotherapeut« und Hypnotiseur

S. 374 *Modraczeks Kartoffeln* Modraczek ist eine Figur aus dem in Polen jedem bekannten Klassiker »Das Waisenkind Mariechen bei den Zwergen« von Maria Konopnicka.

S. 399 *Kaczmarski* Jacek Kaczmarski, 1957–2004, Liedermacher und Schriftsteller – *Dornenvögel* australische Fernsehserie über einen katholischen Priester, der ein Waisenkind aufzieht und sich dann in das Mädchen verliebt

S. 414 *Siekierezada* Film über einen jungen Dichter, der der Stadt den Rücken wendet, um in einem kleinen Dorf ein Leben als Holzfäller zu beginnen. Drehbuch von Edward Stachura nach seinem Roman *Siekierezada albo Zima leśnych ludzi* [Holzfällen oder Der Winter der Waldmenschen], 1971. Regie: Witold Leszczynski. Polen 1986

S. 427 *sechshundertzweiundzwanzig Stürze des Bung* »622 Stürze des Bung oder Das dämonische Weib«, Roman von Stanisław Ignacy Witkiewicz (Witkacy), 1885–1939, um 1910 entstanden, 1972 veröffentlicht – *Talita* Figur aus Julio Cortázars (1914–1984) Roman *Rayuela: Himmel und Hölle* (1963)

S. 451 *Czterdziestolatek* Der Vierzigjährige, populäre polnische Fernsehserie, die im Warschau der siebziger Jahre spielt

S. 460 *Musierowicz* Małgorzata Musierowicz, poln. Jugendbuchautorin, die in den siebziger bis neunziger Jahren sehr populär war